Erellgorh
Geheime Pläne

Matthias Teut

Bucht von Eskrin
Nunahzbar
Straße von Akralahr
Belldes-To
Hecco-Tia
Crem
Grehum
Helldo-Ta
Fullbor
Akralahr
Hochebene Abrinor
Steppe Ilidor
Nehrbor
Abringarth
Tyklahr
Nebelsee
Wüste Idoteh
Alter Wald
Arro-Yrdazh
Ehlesdorn
Idomark
Wullutu
Jozh-Yrdazh
Athûr-Sümpfe
Myxa
Arroda-Delta
Sklioten

Jukahbajahn
Eskringebirge
Kessel der Fruchtbarkeit
Mutter der Wälder
Gohlannbjahr
Ocka-Tang
Ophringebirge
Der heilige Wald
Clutt
Kessel der verlorenen Schätze
Tonda
Arro-Pazh
Erellgorh
Tangris
Feld der Gebeine
Ebene von Cambal
Innelles
Arro-Jigu (Uwentengal)
Elenau
Idsand
Gelder
Nifruh
Meding

Erellgorh – Geheime Pläne

Band 3 der Trilogie

www. erellgorh.com

www.facebook.com/Erellgorh

3. Auflage, März 2020

Illustrationen und Covergestaltung: Sören Meding
Lektorat und Satz: Frank Friedrichs
Herstellung, Vertrieb: DichtFest GbR, Seeweg 3, 19243 Wittendörp
Druck: BooksFactory, PRINT GROUP Sp. z.o.o., Szczecin, Polen

ISBN: 978-3-946937-02-9

Bibliografische Information der Deutschen Nationalbibliothek:

Die Deutsche Nationalbibliothek verzeichnet diese Publikation in der Deutschen Nationalbibliografie; detaillierte bibliografische Daten sind im Internet über http://dnb.d-nb.de abrufbar.

Matthias Teut

Erellgorh
Geheime Pläne

Für Michaela

»Ich wollte, dass die Leute einfach in diese Erzählung hineingeraten und sie in gewissem Sinne für wirkliche Geschichte nehmen.«

J. R. R. Tolkien

Prolog

Dröhnend fiel die Tür ins Schloss. Lauter als beabsichtigt. Gehlen stemmte sich mit der Schulter gegen den großen Schrank. Zoll für Zoll schob er ihn über die raue Holzdiele. Ächzend drückte er mit dem ganzen Körpergewicht dagegen. Das Schaben von Holz auf Holz kratzte in seinen Ohren, doch es war keine Zeit, sich darüber Gedanken zu machen. Noch ein Stück, endlich hatte er es geschafft. Von der Tür war nichts mehr zu sehen, und für die einsame Frau dahinter begann das Warten. Allein käme sie nicht wieder heraus, aber darüber durfte er sich jetzt keine Gedanken machen.

Gehlen schob einen Tisch vor den Schrank, deckte Teller und Becher und stellte Stühle hin. Dann nahm er das Kehrblech und blies mit vollem Atem in den Dreck, den er vorher so eilig zusammengefegt hatte. Sofort tanzten Ruß- und Staubpartikel durch die Luft. Den Rest warf er mit einer ausholenden Geste durch den Raum. Wenn sich der Staub gelegt hätte, gäbe es hier nichts zu finden als ein verlassenes Haus.

Er ging zur Tür und spähte hinaus. Niemand zu sehen. Ein Blick zurück, dann trat er auf die Gasse und beeilte sich, von dem alten Gemäuer wegzukommen. Von Weitem hörte er Rufe. Bald wären sie hier! Und es gab nichts mehr, was er noch ausrichten könnte. Ein Schrei zerriss die Luft, sofort sprang Gehlen in die nächstbeste Türnische. Er spähte um die Ecke. Sie waren noch nicht in Sicht. Aber er wusste, dass die Gellwicks immer mehr Entgeistete in die Stadt trieben. Irre Monster, die keinen Stein auf dem anderen ließen. In ihrer seelischen Pein griffen sie alles und jeden an. Sie töteten und zerstörten, als könnte der Schmerz der anderen ihre eigenen Qualen lindern. Doch das konnte er nicht. Nur der Tod würde sie von dem erlösen, was der Kreh ihnen angetan hatte.

Gehlen schluckte schwer. Die Elben hätten es wissen sollen. Einst, als der Abtrünnige die Welt mit Intrigen und Machthunger ins Chaos gestürzt hatte. Als die Völker sich gegeneinander erhoben hatten und ganze Städte untergegangen waren.

Wieder gellte ein Schrei durch die Gasse. Näher! Gehlen musste weiter. Er spähte in alle Richtungen, warf einen Blick zum Himmel. Wenn es nur heller wäre. Tiefhängende Wolken blähten sich über ihm, quollen ineinander und verschlangen sich. Graue Massen, die sich der Stadt entgegenwölbten wie Blasen eines giftgärenden Suds.

Plötzlich ein Rauschen. Gehlen drückte sich dicht unter einen Dachvorsprung. Fast gleichzeitig flog ein Schwarm von Rabenvögeln über ihn hinweg. Die Augen des Kreh! Der Abtrünnige wusste um das Portal, da gab es keinen Zweifel. Zu stark hatte die Magie der Scheltar gestrahlt, als sie es geöffnet hatten. Er würde alles tun, um es zu finden. Sein Weg in das Herz der Elbenwelt! Um Erellgorh zu schützen, müsste es zerstört werden. Doch es ging um mehr.

Gehlen hetzte weiter. Wie weit war Brandan inzwischen gekommen? Er lief, so schnell ihn seine Füße tragen konnten. Nach rechts, nach links. Endlich: das letzte Haus und vor ihm der Strand. Düster lugten Mauerreste aus dem Sand und dem Wasser, erinnerten an Tage, als die Häuser der Stadt sich in die Hänge des Eskringebirges hinaufzogen. Nicht anhalten! Gehlen huschte von Ruine zu Ruine – er hatte es fast geschafft. Dann gellten laute Schreie hinter ihm. Eine große Meute Entgeisterte!

Atharu

1

Atharus Schritte wurden langsamer, je näher sie dem Palast kamen. Als trüge er Findlinge an den Füßen. Selbst die Freude, seine Schwester wiederzusehen, konnte ihn nicht beflügeln. Wie sollte er ihr und vor allem der Fürstin Jehlens Tod erklären? *Zwölf verdammte Schritte.* Er hieb sich mit der Faust an die Stirn. *Hör auf damit! Es ändert nichts.*

Ihlinn schritt zielstrebig voran. Vorbei an Bänken und Obelisken, die sonst den Aras als Platz dienten. Doch da saßen keine Vögel. Der Garten vor dem Palast der Fürstin war so früh am Morgen seltsam leer. Keine Elben, die sich unterhielten, lachten oder sangen. Selbst die Blüten der unzähligen Blumen wirkten im Dunst des Tages farblos. Grau und trüb wie seine Gedanken. Er hatte Jehlen durch seinen Feuerzauber im Bannkreis von Tondaborgen getötet, das war die grausame Wahrheit. Und es gab nichts, mit dem er es ungeschehen machen konnte.

Atharu hatte in Ihlinns Blick geforscht, als sie ihn abholen kam. Hatte Hass, Abneigung oder Wut gesucht. Doch die Miene der Elbenkriegerin war unergründlich. Sie musste von Jehlens Tod gehört haben, da war er sicher. Bald wüsste ganz Erellgorh davon. Von dem Feuer-Scheltar, der seinen Mentor auf dem Gewissen hatte. Atharu starrte der Kriegerin nach, folgte den Schritten ihrer nackten Füße, die über das taubedeckte Moos zu gleiten schienen.

Erinnerungen überfielen ihn und ließen ihn wie betäubt stehen bleiben. Der Tag, an dem sie angekommen waren. Als Jehlen und Gehlen sie am Ufer des Nebelsees begrüßt hatten, als Brandan noch bei ihm gewesen war. Sie alle hatten gemeinsam dem Wortwechsel der Elbenfreunde gelauscht, die ihnen so vieles erklärt hatten. Er erinnerte sich an den Moment, als er das erste Mal barfuß über das weiche Moos gelaufen war. Ein unbeschreibliches Glücksgefühl. Glück, von dem nichts mehr übrig war. Er blickte auf seine Zehen und wünschte, die Zeit zurückdrehen zu können.

»Atharu-Scheltar, was ist mit Euch?« Ihlinn kam zu ihm zurück. Er fand in ihren Augen weder Vorwurf noch Abneigung. Dabei hätte er sie verdient.

»Ihr wisst, was in Tondaborgen geschehen ist?« Atharus Beine fühlten sich seltsam weich an. Er trat auf die nächste Bank zu und setzte sich.

»Ich weiß, dass Freund Jehlen sich geopfert hat, um den Feuer-Scheltar zu retten, wenn Ihr das meint.«

»Geopfert – so kann man es auch sagen. Ihr solltet nicht verschweigen, wie es dazu kam und wer Schuld an seinem Tod trägt. Ich habe ihn umgebracht! Wie kann ich der Elbenfürstin mit dieser Schuld gegenübertreten? Wie soll ich meiner Schwester in die Augen sehen?«

Ihlinn antwortete nicht sofort, Atharu hatte das Gefühl, ihr Schweigen würde seinen Schädel sprengen.

»Schuld ist ein großes Wort. Eine wenig hilfreiche Schöpfung der Menschen, um etwas sehr Vielschichtiges auf einen dürftigen Punkt zu bringen. Alles ist immer ein Zusammenspiel von Situationen, Handlungen, Wirkungen, Ergebnissen und nicht zuletzt von Emotionen. Ein vermessenes Unterfangen, dies alles mit einem Wort zu deuten, findet Ihr nicht? Für uns Elben verdient alles eine eigene Betrachtung!«

Atharu versuchte, den Strohhalm zu entdecken, der sich in ihren Worten verbarg. Etwas, an dem er sich festhalten konnte. Das ihm aus der Ohnmacht seiner Gefühle heraushelfen würde. Doch es gelang ihm nicht. Sobald er die Augen schloss, sah er wieder und wieder die Flammenspeere aus seinen Händen schießen, sah sie einen feurigen Bogen ziehen, zurückschnellen und Jehlen durchbohren. Der Moment als sein Mentor leblos zu Boden stürzte, würde ewig in ihm gären. »Es kommt auf dasselbe heraus, oder nicht? Er ist tot.«

»Ja, Freund Jehlen ist nicht mehr, und das gilt es zu betrauern. Doch Ihr betrachtet nur Teile des Ganzen, Atharu-Scheltar. Eure Emotionen vernebeln Euren Geist und hindern an klaren Gedanken.«

»Klare Gedanken? Ich habe es vor Augen. Bilder, die sich in meiner Erinnerung eingebrannt haben.« Atharu merkte, dass er laut geworden war, und senkte die Stimme. »In Tondaborgen hätte ich klare Gedanken haben sollen. Wie Ondara es mich gelehrt hat. Dann wäre Jehlen noch am Leben.«

Ihlinn setzte sich ihm gegenüber. »Sagt mir, was Ihr gelernt habt, das es hätte verhindern können. Wie klug wollt Ihr sein, im Angesicht des Lebens mit all seinen Möglichkeiten?«

Wie meinte sie das? Zweifelte sie etwa an seiner Ausbildung? »Klug genug, um ein Vorbild zu sein, hoffte ich zumindest. Ich war schließlich Schüler Ondaras, sie hat mich alles gelehrt, was ich wissen muss. Die Heilkunst, die Lehren von Pflanzen und ihren Wirkungen, die Mythen der Welt und die Geschichte unseres Volkes. Ich werde in Tangris nicht nur Heiler sein, sondern auch Ratgeber, Erzähler, Archivar und Lehrer. Für alle, die zu mir kommen.«

Ihlinn nickte bedächtig. »Der Mittelpunkt Eures Volkes. Mit diesen Erwartungen aufzuwachsen geht nicht spurlos an einem Menschen vorüber, nehme ich an.«

»Ich musste immer versuchen, allen gerecht zu werden, wenn Ihr das meint. Es geht schließlich darum, Verantwortung zu übernehmen, nicht wahr? Für sich und für andere.«

»Nein, das denke ich nicht!« Dieser Satz kam so schlicht über die Lippen der Kriegerin, dass Atharu fast daran zweifelte, ob er ihn richtig verstanden hatte. »Jedes Lebewesen, egal ob Elb, Zwerg oder Mensch, muss für sich selbst Verantwortung tragen. Sie kann wirksam für andere sein und schützend, das bestimmt. Aber sie darf nicht dazu führen, anderen die eigene Verantwortung abzusprechen. Es ist ein schmaler Grat zwischen Demut und Hochmut!«

Das saß. Für einen Moment blieb Atharu die Luft weg.

Ehe er fähig war, etwas zu entgegnen, fuhr Ihlinn-Saldanah fort. »Hier und heute ist es Eure Verantwortung, das Erbe der Elemente-Magie würdig im Sinne der Völker zu vertreten!« Sie erhob sich. »Ihr dürft trauern, zornig sein, mit Euch hadern und in Selbstmitleid zerfließen, wenn Ihr wollt. Aber bedenkt, dass Ihr der Feuer-Scheltar seid. Was wäre würdig, im Gedenken an Euren Mentor? Was würde Jehlen Euch raten? Denkt darüber nach!« Sie wandte sich zum Gehen, hielt aber inne. »Und noch eins. Ihr seid nicht der einzige Erbe Ondaras. Ihr habt eine Schwester! Und sie ist mehr als würdig, Mittelpunkt *aller* Völker zu werden.«

Ihre Worte waren wie Hiebe, die mit jeder Silbe glühende Nadeln in seinen Leib trieben. Atharu fühlte sich wie ein dummer Junge, dem man erklären musste, dass es nachts dunkler war als am Tag. Sprachlos sah er der Kriegerin nach. Ohne innezuhalten, schritt sie auf das Tor des Palastes zu. Das Blut pochte in seinen Schläfen, es dauerte einen Moment, bis er begriff, was sie gesagt hatte. Auch Selana war eine Erbin Ondaras. Hätte er doch früher davon gewusst. Wie viel leichter wäre ihm die Ausbildung gefallen! Doch in all den Jahren hatte niemand ein Wort darüber verloren. Nicht einmal auf ihrem Sterbebett hatte seine Urmutter etwas verlauten lassen. Weder von Selana, noch von Wanda. So viele Geheimnisse und so wenig Zeit, mit seiner Schwester darüber zu reden.

Ihm fiel ein, dass er mit ihr über Wanda sprechen wollte. Stattdessen saß er hier und haderte mit seinem Schicksal. Dabei konnte er nichts ungeschehen machen. Was hatte Ihlinn über Schuld gesagt? Die Elben nutzen dieses Wort nicht. Er hatte das nicht verstanden. Aber vielleicht lag darin die Hoffnung, nicht von allen verstoßen zu werden. Im Zutrauen darauf fasste er neuen Mut und folgte der Kriegerin, immer noch bemüht, seine trüben Gedanken abzuschütteln.

Ihre Worte hatten ihn getroffen. Er wollte nicht in Selbstmitleid zerfließen, sondern sich auf das Hier und Jetzt konzentrieren. Auf den Palast der Elbenfürstin, der sie friedvoll und erhaben empfing. Auf die eigentümliche Stille, die sie schon bei ihrem ersten Besuch umhüllt hatte. Beinahe lautlos schritten sie über die hölzernen Böden, vorbei an den kunstvollen Vertäfelungen. Atharu strich mit den Fingern über die Maserungen. Es half ihm, die Gedanken zu fokussieren und alles bewusst wahrzunehmen. Der Fürstin würde es nicht um Schuld gehen, das hatte er den Worten der Kriegerin entnommen. Es kam ihr auf die Zukunft der Völker an. Darauf musste er vertrauen und seinen Emotionen zu einer anderen Zeit und an einem anderen Ort ihren Raum geben.

Der Weg durch die intarsiengeschmückten Gänge erschien ihm endlos. Vielleicht gingen sie langsamer als bei den vorherigen Besuchen, vielleicht bildete er sich das auch nur ein. Die unzähligen Motive in der Wandvertäfelung verschwammen mit seinen Erinnerungen und Gedanken. Doch sie führten zu keiner Erkenntnis, außer der, dass er nicht genug vorbereitet war. Er müsste die Dinge nehmen, wie sie kamen.

Endlich erreichten sie die schlichte Tür zum Ratssaal. Ihlinn öffnete und ließ ihn ein. Sein Herzschlag beschleunigte sich. Mit erhobenem Haupt erwartete die Fürstin ihn, sofort senkte er den Blick. Gleich würde er erfahren, ob Ihlinns Worte auch für Mehlen-Ellanjah galten. Er verbeugte sich und sank auf die Knie, wie es in ihrer Gegenwart Brauch war. Dann sah er vorsichtig zu ihr auf. Die Herrscherin von Erellgorh nickte ihm zu, ausdruckslos und verschlossen, keine

Gefühle preisgebend. Oder war da doch etwas? Ein neuer Ausdruck in ihren Augen?

Atharu erhob sich, versuchte, ihrem Blick selbstbewusst zu begegnen. Sie strahlte Entschlossenheit und Macht aus, auf ihrem hohen Lehnstuhl sitzend und mit gerecktem Kinn. Als focht es sie nicht an, dass die Plätze zu ihrer Rechten und Linken jetzt leer waren.

Atharu schluckte. Es war nicht nur Jehlen, der fehlte. Auch ihr zweiter Berater war fort, fiel es ihm wieder ein. Gehlen war Brandan durch das Portal nach Crem gefolgt, um die Menschen vor der schwarzen Magie des Kreh zu retten, sie vor der Entgeistung zu bewahren. Würden die beiden zurückkehren? Oder war es eine Reise ohne Wiederkehr, wie für Jehlen?

Da war es wieder, dieses Gefühl, das in ihm hochstieg, die Brust abschnürte und ihm den Atem raubte. Sein Mentor würde nie mehr neben der Fürstin Platz nehmen. Atharus Blick verschleierte sich, doch er blinzelte die Tränen weg. *Ich bin trotz allem der Feuer-Scheltar. Das Medaillon muss neu geschmiedet und der Kreh in die Knie gezwungen werden. Es geht hier nicht um mich und meine Gefühle, sondern um meine Aufgabe. Unsere Aufgabe.*

Er sah sich nach seiner Schwester und Aria um. Ihlinn hatte doch erzählt, dass Selana zurück war. Es war aber nur ein weiterer Stuhl besetzt. Eine ältere Frau, dachte er. Weißes Haar fiel über ihre Schultern, ein Ohr lag frei, klein und zierlich. Noch ein Mensch in Erellgorh? Er blickte die Fürstin fragend an, doch sie machte keine Anstalten, ihn vorzustellen.

Als er vortrat, um seinen Platz einzunehmen, stand die Weißhaarige auf und drehte sich zu ihm. Atharu erstarrte. Ihr Gesicht war entstellt, von wulstigen Narben überzogen, die ihren Haaransatz auf einer Seite weit nach hinten zwangen. Ihr Antlitz hatte einen morbiden Ausdruck von Strenge. Er wollte wegsehen, die Frau nicht anstarren wie eine seltsame Kreatur, doch irgendetwas fesselte seinen Blick. Vielleicht war es der Kontrast zwischen den Narben und dem sanften Teint ihrer unversehrten Haut. Der Schwung ihrer Lippen, die gerade Nasenlinie oder die Farbe ihrer Augen. Ein reines Blau, das ihn an seine Schwester erinnerte.

Ihm stockte der Atem, als er sie endlich erkannte. Selana! Atharu wollte etwas sagen, brachte aber kein Wort über die Lippen. Er sah das Erkennen über sein Entsetzen in ihren Augen aufflackern. Beschämt trat er auf sie zu und schloss sie in die Arme. Welche Martern hatten zu dieser Entstellung geführt? Wie nah war sie dem Tod gewesen?

Atharu spürte, wie Selana sich in seine Umarmung schmiegte, fühlte die Vertrautheit zwischen ihnen. Als sie ihn von sich schob, wollte er sofort fragen, was geschehen war, doch sie legte ihm sanft einen Finger auf die Lippen. Es ist nicht die Zeit, sagte ihr Blick.

»Die Macht der Schatten, Atharu-Scheltar!« Die Stimme der Fürstin klang schärfer als gewöhnlich. Mit einer Geste gebot sie ihnen, sich zu setzen. »Nicht ohne Grund warnte ich vor dem Kampf gegen die Geschöpfe der Finsternis. Doch die Scheltar der Winde hat bestanden. Dazu braucht es weit mehr als die bloße Magie der Elemente. Mehr als Mut und Ausdauer. Geduld, Demut, Würde und ein klarer Verstand sind es, die im entscheidenden Moment die Magie wenden können.«

Mehlen-Ellanjahs Blick streifte Atharu nur kurz. Doch verbunden mit ihren Worten, war er ein wohlgezielter Peitschenhieb, blitzschnell und schmerzhaft. Den Begriff Schuld gab es in Erellgorh vielleicht nicht, doch den Vorwurf, versagt zu haben, hatte sie ihm dennoch ins Gesicht geschleudert – unausgesprochen, aber deutlich.

»Ich danke Euch, Fürstin. Doch wie ich schon sagte, bevor mein Bruder dazugekommen ist: Ohne Ihlinn-Saldanah hätte ich nicht bestehen können.«

Atharu sah dankbar zu seiner Schwester hinüber. Sie relativierte ihren Sieg um seinetwillen. Aufrecht, mit erhobenem Kinn blickte sie Mehlen-Ellanjah entgegen. Trotz der Entstellung strahlte Selana eine unglaubliche Kraft und Würde aus. Ihre Stimme klang volltönend und selbstbewusst.

»Das Zusammenspiel von Empfindung und Erkenntnis, ermöglicht die Stärke und den Mut, die das Schicksal wenden können«, fuhr seine Schwester fort. »Zum Guten oder zum Schlechten. Selten aber sind es die Emotionen und Handlungen eines Einzelnen.«

Atharu warf Mehlen-Ellanjah einen vorsichtigen Blick zu. Die Worte seiner Schwester waren weise gewählt, aber auch kühn, im Angesicht der Fürstin. Doch die Miene der Herrscherin blieb unbewegt. Ein schwaches Leuchten ihres Rings lenkte Atharus Aufmerksamkeit auf den kleinen Kristall und die geschliffene Schneckenmuschel daran. Fast im gleichen Moment schob die Fürstin ihre Hände übereinander und verbarg das Schmuckstück.

»Fürwahr, du bist eine würdige Scheltar. Vielleicht die Trägerin des neuen Medaillons!« Erneut bedachte Mehlen-Ellanjah Atharu mit einem kurzen Blick. Doch diesmal traf ihr Hieb nicht. Er war gewappnet. Selbst eine Herrscherin brauchte jemanden, dem sie die Verantwortung aufbürden konnte. Was mochte Jehlens Tod für sie bedeuten? Atharu hatte keine Vorstellung davon, wie innig eine Freundschaft über Dekaden oder gar Jahrhunderte hinweg werden konnte. Oder wie sehr ein Verlust nach solch einer Zeitspanne schmerzen musste. Doch er ahnte, dass die Fürstin dieser Tage gegen ganz eigene Dämonen kämpfte.

»Wir wollen unseren Blick auf die Dinge richten, die vor uns liegen. Die Säulen des Grehum müssen fallen, um den Abtrünnigen besiegen zu können. Einer der Scheltar muss die magische Kuppel durchschreiten und dieses Werk vollbringen. Ohne das Medaillon könnte dies nicht gelingen. Ohne diesen Schlüssel werden wir scheitern! Nur die Seelen, die mit den Wassern des Arro-Ezhanjotäe ziehen, durchdringen die lodernde Kuppel, ohne Schaden zu nehmen. Jedes andere Wesen ist dem Tod anheimgestellt! Noch heute wird das Medaillon in den magischen Schmieden unter unseren Hallen neu geschmiedet!«

Mehlen-Ellanjah machte eine bedeutungsvolle Pause, die Atharu nutzte. Wenn sie jetzt nicht über die jüngsten Ereignisse reden würden, wann dann? »Wollen wir nicht erst über die Dinge sprechen, die geschehen sind? Ich denke, es wäre gut für uns.« Noch während Atharu es aussprach, wusste er, dass dieser Vorschlag unnütz war. Die Fürstin würde ihm keine Gelegenheit geben, sich zu erklären.

»Nannlohr-Bennzhardizh hat mir berichtet, als er mir das letzte Bruchstück übergab. Und auch Ihlinn-Saldanah hat mir alles Notwendige übermittelt. Das genügt! Wir wenden uns dem zu, was vor uns liegt.«

Atharu sah zu Selana. Hatte sie auch noch keine Gelegenheit gehabt, mit der Fürstin zu sprechen? Zögernd blickte er zu Mehlen-Ellanjah. Vermied sie den direkten Kontakt zu ihnen? Warum? Ihr musste doch klar sein, dass Informationen verloren gingen, wenn Dritte über Dinge berichteten. Immerhin war Ihlinn seiner Schwester gewogen, das war deutlich zu spüren. Aber wie mochte Bennzhardizh seine Erlebnisse mit Atharu geschildert haben? Der Nebelmacher war selbst fast umgekommen, weil Atharu sich nicht unter Kontrolle gehabt hatte. *Unnütze Gedanken!* Er musste sich dem zuwenden, was im Fokus der Fürstin lag. »Werden wir dem Schmiedeprozess beiwohnen? Wie können wir helfen?« Er hoffte auf eine Aufgabe, die ihn beschäftigen und ablenken würde.

Doch Mehlen-Ellanjah sah ihn kühl an. »Es braucht keinen Scheltar, um dieses Werk zu verrichten. Bennzhardizh hat mir das letzte Fragment übergeben, damit ist es genug.« Sie erhob sich. »Wir werden euch wissen lassen, wenn das Medaillon bereit ist. Bis dahin ...«

Ein tiefer Gong unterbrach die Herrscherin und sie hielt abrupt inne. Schritte näherten sich, durch den Wandbehang anfangs nur gedämpft zu hören. Atharu vermied es, das kunstvolle Gemälde von Tondaborgen anzuschauen. Bei seinem ersten Besuch hatte es ihn fasziniert, doch jetzt weckte es nur noch hässliche und grausame Erinnerungen.

Die Fürstin schritt daran vorbei und trat einem Elb in goldenem Harnisch mit tiefblauem Umhang entgegen. Sofort kniete er vor ihr nieder. Sein Brustkorb hob und senkte sich in schnellem Tempo.

»Warum bist du nicht am Platz?« Die Stimme der Fürstin klang scharf. Sie gab ihm einen Wink, sich zu erheben. »Das Werk muss noch heute vollbracht werden!«

Der Elbenkrieger senkte das Haupt, doch seine Augen fixierten die der Fürstin. Ein selbstbewusster Blick, der darauf schließen ließ, dass er von hohem Rang sein musste. Atharu fielen mehrere Mondsicheln auf den Schultern des Umhangs auf, doch er konnte davon nichts ableiten.

»Das Portal nach Gohlannbjahr ist aktiviert. Die ehrwürdigen Mijah-Glajurdah wünscht Euch zu sprechen!«

Die Miene der Fürstin blieb unbewegt, doch Atharu blickte auf den Kristall an ihrem Ring. Ein helles Leuchten ging von ihm aus, und sie versuchte erst gar nicht, ihn zu verbergen. Zeigte der Ring womöglich ihre Emotionen? Der Kontakt der Fürstin der Mütter der Wälder hatte sie offenbar überrascht oder gar erschreckt. Mehlen-Ellanjah warf ihm einen eisigen Blick zu. Dass er und seine Schwester Zeuge dieser Nachricht geworden waren, schien ihr nicht recht zu sein.

»Danke, Kellbruhn-Palizhturh«, presste sie beherrscht hervor. »Ich möchte, dass du in die Schmieden zurückkehrst. Doch vorher ...«, ihr Blick streifte Selana und heftete sich auf Atharu, »führe die Scheltar aus dem Palast. Wir wollen ihnen noch ein wenig Ruhe gönnen.«

Selana

2

Eine würdige Scheltar bin ich also, dachte Selana, als der Heerführer der Elben sie vor dem Tor aus seiner Obhut entließ. Die Behandlung durch die Fürstin schien etwas anderes auszudrücken. Sie einfach aus dem Palast eskortieren zu lassen – was war nur in sie gefahren? Hatten sie nicht mehr das gleiche Ziel? Es wäre gut gewesen, die Dinge gemeinsam aufzuarbeiten, wie Atharu es vorgeschlagen hatte.

Selana sah zu ihrem Bruder hinüber, der Kellbruhn-Palizhturh mit offenem Mund nachblickte. Ein Gefühl inniger Zuneigung durchströmte sie. In dieser bedrückenden Situation tat es gut, Atharu an ihrer Seite zu haben. Wie verletzend auch die Anweisung der Fürstin war, wenn sie nicht mit ihnen sprechen wollte, hätten sie beide zumindest selbst die Gelegenheit, miteinander zu reden. Sagte Mehlen-Ellanjah nicht, sie sollten die Ruhe genießen? Vielleicht war es wirklich gut, eine Atempause zu haben.

»Ich weiß nicht, wie es dir geht, aber ich könnte einen Spaziergang gebrauchen. Und das gerne außerhalb des Palastviertels.« Selana schaute ihren Bruder auffordernd an.

Ein Lächeln zauberte sich auf sein Gesicht, die Sorgenfalte auf seiner Stirn verschwand. Er streckte ihr zustimmend die Hand entgegen. »Ich bin ganz deiner Meinung.«

Gemeinsam schlenderten sie durch die Elbenstadt. Sie passierten das Haus der Berührung, dessen Wandbemalung so einladend gestaltet war. Doch Selana beschleunigte ihre Schritte. Der Gedanke, sich in einem solchen Haus entkleiden zu müssen, die Narben ihres Kampfes zu offenbaren, schutzlos der Abneigung oder dem Ekel ausgeliefert zu sein, versetzte ihr einen Stich. Wer würde sie jemals berühren wollen? Vor ihrem inneren Auge sah sie Gehlen, der sich von ihr abwendete. Immer wieder hatte sie sein Gesicht vor Augen und fürchtete plötzlich, was sie noch bis vor ein paar Tagen herbeigesehnt hatte: ein Wiedersehen mit ihrem Mentor. Ihrer Liebe.

Sie schüttelte den Gedanken ab und wandte sich den Sandsteinbauten zu, auf die sie zusteuerten. Die hohen Fenster hatten Selana schon am ersten Tag fasziniert. In Akralahr besaß nicht einmal der Königspalast solche Fenster. Akralahr! Ein Zuhause auf Zeit, aber doch keine Heimat.

Ihr Blick eilte weiter, bemüht, jedes Detail aufzunehmen, um sich von diesen Gedanken abzulenken. Ein Stück voraus kam das wunderbar geschmiedete Tor in Sicht, dessen Streben an emporwachsende Gräser erinnerten. Zweige und Triebe in zärtlicher Umarmung verwoben. Diesmal war es nicht verschlossen. Einladend und weit geöffnet schien es ihr wie ein Sinnbild der Unwissenheit gegenüber dem, was jenseits des Nebelsees vor sich ging. Wären die Schergen des Kreh erst einmal hier, hätte es den Gellwicks oder Schatten nichts entgegenzusetzen.

Selana schauderte bei dem Gedanken, dass der Krieg tatsächlich bis hierher kommen könnte. Dass das rote Banner, wie die Elben es nannten, die Schönheit dieses Eilands zerstören und alles Leben auslöschen würde.

»Ich glaube, ich habe eine Ahnung, wohin du möchtest«, unterbrach Atharu ihre schwermütigen Gedanken.

»So, meinst du? Woher willst du das denn wissen?«

»Na hör mal, ich bin schließlich dein Zwillingsbruder.« Er stupste sie sanft an, was sie zum Lächeln brachte. Es tat gut, ihn an der Seite zu haben.

Sie führte ihren Bruder bergab, vorbei an den Felswänden mit den Fenstern, deren Glas wie gefrorenes Wasser wirkte. Sie passierten den geschnitzten Arbenbogen und stiegen schließlich die steinernen Stufen zur großen Lichtung hinab.

»Die Federflieger haben es dir angetan. Das habe ich schon am Tag unserer Ankunft bemerkt. Schon Tage, bevor deine Verbindung zu ihnen an den Portalen offenbar wurde.«

»Du hast recht«, gab Selana zu. »Sie sind so klein und zerbrechlich, dass man seine schützende Hand über sie halten möchte. Und gleichzeitig von so ungewöhnlicher Schönheit und Anmut, dass ich am liebsten zu ihnen gehören würde.«

Atharu nickte. »Teil einer Welt zu sein, die begrenzt und übersichtlich ist, ist ein verlockender Gedanke. Behütet von den Zweigen eines kräftigen Baums, der ein Hort des Friedens ist.«

Langsam schritten sie auf die großen Bäume zu, deren ausladende Kronen anmutig über der Lichtung thronten.

»Ich weiß, es ist albern. Aber es tröstet mich, dass es in unserer Welt noch diese kleinen Reiche gibt, in denen alles in Ordnung ist.« Selana blieb stehen und genoss den Anblick. »Die Federflieger leben ihr kleines, zerbrechliches Leben, ohne sich auch nur einen Tag Sorgen um den Kreh machen zu müssen. Sie wissen nichts von Angst und von Qualen ...« Unwillkürlich tastete sie nach den Narben in ihrem Gesicht, ließ aber die Hand sinken, als es ihr bewusst wurde. Sie wollte nicht mehr an den Kampf mit den Schatten denken. Nicht jetzt, nicht hier!

Hunderte kleine Flieger glitten vor ihnen durch die Luft. Weiße Federn, die ihnen zarte Lichtreflexe der Sonne wie zum Gruß entgegenwarfen.

»Aber wir wissen es! Es wird nichts mehr sein, wie es war.« Die Stimme ihres Bruders klang rau, ihr fiel nichts dazu ein, als still zu nicken. Eine Weile standen sie da und sahen einfach nur den gleitenden Federn zu. Düstere Gedanken versuchten, sich an die Oberfläche zu drängen, doch Selana kämpfte sie nieder. Dieser Augenblick, hier bei den Federfliegern, sollte hoffnungsvoll sein und Kraft spenden.

Unwillkürlich musste sie an ihre Ziehmutter denken. »Das erinnert mich an das Schneetreiben im letzten Frühjahr. Ich hatte Ausgang und konnte den Tag mit meiner Momm verbringen. Wir haben uns viele verschiedene Dinge ausgedacht. Woher die Schneeflocken kommen und was sie auf ihrem Weg schon alles gesehen haben. Wanda ist eine wunderbare Erzählerin. Es war ein schöner Tag.« Selana sah Atharu an. »Woran erinnern sie dich?« Sie wies mit beiden Armen auf die unzähligen Federflieger. Erst nachdem sie die Frage gestellt hatte, bemerkte sie Tränen in seinen Augen.

»Das willst du nicht wissen.« Er blinzelte.

»Doch.« Sie ergriff seine Hand. »Du weißt, es gibt nichts, was wir uns nicht sagen können. Also, woran denkst du?«

Stumm starrte ihr Bruder auf die schwebenden Federn mit ihren winzigen Reitern. Eine Wolke schob sich vor die Sonne, das Glitzern der anmutigen Flieger verschwand. Auf einmal wirkten die kleinen Wesen im Schatten der Zweige grau und matt.

»Ich sehe schwelende Ascheflocken vor mir, die aufwirbeln, wo immer ich gehe. Bei jedem Schritt, den ich tue, künden sie von Tod und Zerstörung. Steigen von verkohlten Überresten auf, nehmen mir die Luft zum Atmen.« Atharu entzog ihr die Hand, wandte sich von den Federfliegern ab und stierte sie mit glasigen Augen an. »Ich sehe Leichenasche!«

Selana schluckte. Sie sollte etwas darauf entgegnen, ihn trösten, doch es fiel ihr schwer, die richtigen Worte zu finden. Sie durfte nicht zulassen, dass die verderbliche Saat des Kreh von ihrem Bruder Besitz ergriff. Dass er von schrecklichen Erinnerungen oder üblen Vorahnungen gelähmt wurde.

»Magst du mir erzählen, was geschehen ist?«

Atharu sah sie lange an, bevor er endlich nickte. Während sie in langsamen Schritten die Lichtung umrundeten, erzählte er von Tondaborgen, von dem Verbot, Zauber zu wirken, von den Tempelbrüdern und von Jehlen. Selana hörte zu. Erschrocken von der Ehrlichkeit, mit der er von dem Inferno sprach, bei dem er Hunderte von Gellwicks zu Asche verbrannt hatte. Betroffen spürte sie seine Schuldgefühle, als er sich alles von der Seele redete. Atharu erzählte von Ihlinns Rat und davon, dass die Elben das Wort Schuld nicht kannten. Weil es immer viele Gründe gab, die zu dem führten, was geschah. Gründe, die sich aus der Verantwortung vieler speisten. Sie begriff den Trost, den er in Ihlinns Worten suchte, und spürte gleichzeitig, dass es ihm nicht helfen konnte, das Geschehene zu vergessen. Atharu würde alles tun, um die Zeit zurückzudrehen, erkannte sie. Nur lag das nicht in seiner Macht. Aber es tat ihrem Bruder gut, darüber zu sprechen. Als sie das zweite Mal um die Lichtung gingen, waren seine Schritte schon leichter, immer häufiger wandte er den Kopf, um einem Vogel nachzublicken oder dem Rauschen der Arben zu lauschen.

Irgendwann bat er sie, ihre eigene Geschichte zu erzählen. Fragte nach den Schatten, ihren Narben, nach Aria, wie es Wanda ging. Da war er es, der zuhörte. Zuerst fiel es Selana schwer, einen Anfang zu finden. Doch schließlich genoss sie das befreiende Gefühl. Die Erinnerung machte das Erlebte nicht besser oder schlechter, aber sie half, die Dinge klarer zu sehen, um leichter damit zurechtzukommen. Ihr Bruder war ein guter Zuhörer. Er ließ ihr die Zeit, nach den richtigen Worten zu suchen. Bestärkte ihre Hoffnung, dass Aria bald wieder wohlauf wäre, zeigte Bestürzung über den Tod von Magister Eldarh und bedauerte Pitu, der sich mit Vorwürfen geplagt hatte und den Anfeindungen Schwester Epresstas ausgesetzt war.

Selana ließ ihm kaum Zeit, sich mehr in das Gespräch einzubringen, so froh war sie darüber, ihm endlich alles berichten zu können. Sie freute sich besonders, ihm von Wanda erzählen zu können. »Es geht ihr so gut, dass sie die Rolle der

Mittlerin zwischen den Hütern und Königin Tulipa übernommen hat. Sie ist einfach unverwüstlich.«

»Deine Momm ist wirklich erstaunlich. Man merkt, aus welcher Linie sie stammt.«

Selana schaute ihren Bruder verblüfft an. »Wie meinst du das? Weißt du etwa mehr über Wanda als ich?«

»Entschuldige. Ich vergesse manchmal, wie wenig Zeit wir bisher hatten, um unsere Gedanken auszutauschen.« Atharu blieb stehen. »Es ist mehr eine Ahnung als wirkliches Wissen. Aber du erinnerst dich sicher, dass ich deine Momm im ersten Moment für meine Urmutter hielt? Als wäre sie das jüngere Ich von Ondara. Die Ähnlichkeit kann nicht zufällig sein. Später fiel mir ein, was meine Mutter – nein, *unsere* Mutter – mir einmal erzählt hatte.« Er seufzte, schien zu überlegen, wie er es am besten erklären sollte.

»Was denn? Spann mich nicht auf die Folter.«

»Eigentlich war es ein trauriger Moment, weil ich als Kind immer Angst hatte, Mutter würde mich verlassen. Sie war oftmals für mehrere Tage fort, auf Erntereise mit den Kräuterfrauen. Ich hatte häufig das Gefühl, mir würde etwas fehlen. Doch an den Tagen, da sie Kräuter sammelte, war es am schlimmsten. Als sie eines Tages wieder packte, bettelte ich sie förmlich an, dazubleiben oder mich mitzunehmen. Ich weiß nicht, warum ich mich so intensiv daran erinnere. Doch ich weiß noch, wie sie beteuerte, dass sie vor dem zehnten Sonnenaufgang wieder daheim wäre. Für mich fühlte es sich an wie ein Abschied über Monde hinweg. Ich erinnere mich genau an ihre Worte: ›Mein Atharu, ich könnte dich niemals verlassen. Du bist alles, was mir geblieben ist. Ich weiß, wie es ist, die eigene Mutter gehen zu sehen. Und nicht nur *sie* zu verlieren.‹ Ich erinnere mich an Tränen in ihren Augen, an die Traurigkeit in ihren Worten, die ich damals nicht verstand. Doch in dem Moment wusste ich, sie würde zu mir zurückkommen.«

»Und du meinst, Wanda ist die Mutter unserer Mutter?«

Ihr Bruder nickte. »Wem würde eine Mutter ihr Kind anvertrauen, um es auf die andere Seite der Welt zu bringen?«

Selana merkte, wie in ihrem Kopf alles einen richtigen Platz fand. »Wanda stammt also auch aus der Linie Ondaras.« Ihr gefiel diese Vorstellung. Auch wenn ihre alte Momm sich immer nur als ihre Ziehmutter ausgegeben hatte, war Selana stets innerhalb ihrer leiblichen Familie aufgehoben gewesen.

Ihr Bruder nickte. »Es muss so sein. Wie hätte Mutter unserer Trennung sonst zustimmen können? Sie hätte dich niemals weggegeben.«

»Es sei denn, an die eigene Mutter. Die Person, zu der wir Menschen ein Urvertrauen haben, das sich mit nichts vergleichen lässt.« Selana seufzte. »Es muss dennoch ein großes Opfer gewesen sein.«

Ihr Bruder nickte. »Eines, das wahrscheinlich Ondara eingefordert hat, weil sie um die Prophezeiung wusste.«

Die Prophezeiung! Selana kannte die Zeilen inzwischen auswendig. Konnte es möglich sein, dass jemand schon damals darüber Bescheid gewusst hatte?

Einer wird wiederkehren, Düsternis zu verbreiten. Leid und Tod sind seine Späher, Frost und Eis seine Begleiter. Wenn das Land erkaltet und die Vögel ziehen, wenn die Seelen rufen und die Mächte erstarken, müssen die Säulen der Macht fallen und die letzte Schlacht wird geschlagen – ein Kampf der Elemente, der Verbundenen und des Einsamen! War es naheliegend gewesen, Atharu und Selana damit in Verbindung zu bringen? Sie waren doch noch Säuglinge, gerade erst geboren. *Ein Kampf der verbundenen Elemente.* Aber natürlich! »Ondara muss geahnt haben, dass Zwillinge aus der Linie einer Hüterin in Tangris nicht sicher waren.« Selana fasste Atharu beim Arm. »Vielleicht gab es schon damals jemanden in Tangris, der …«

»Teehl.« Atharus Stimme klang frostig. Sein Blick richtete sich ins Leere, als würde er das Hier und Jetzt ausblenden, um eine Antwort zu ergründen.

Selana spürte, dass sie etwas Wichtigem auf der Spur waren. Doch sie konnte es nicht greifen. So vieles lag in der Vergangenheit verborgen. »Meinst du, seine Verbindung zum Kreh liegt weiter zurück, als wir dachten?«

»Womöglich hatte der Abtrünnige ihn schon am Haken, bevor er den unseligen Armreif mit den dunklen Runen anlegte.« Ihr Bruder blickte sie ernst an. »Aber wie sollten wir das herausfinden? Ich denke, es hat keinen Sinn, sich in einer Vergangenheit zu verlieren, an der man nicht Anteil hatte. Wichtig ist nur, dass Ondaras Plan aufgegangen ist. Wir sind beide am Leben und konnten die Bruchstücke nach Erellgorh bringen. Vielleicht werden wir eines Tages mehr erfahren, wenn wir wieder zu Hause sind. Mit Wanda zusammen. In Tangris.« Atharu nickte ihr aufmunternd zu, doch Selana wollte es nicht gelingen ihm ein Lächeln zu schenken.

»Glaubst du, wir schaffen das? Werde ich wirklich einmal in die Felsenstadt kommen und meine leibliche Mutter in die Arme schließen?«

Ihr Bruder fasste sie bei den Schultern. Kräftige Hände, die Schutz versprachen. »Solange ich atme, werde ich alles dafür tun.«

Erst einige Zeit später, sie folgten dem Weg zurück in die Stadt, nahm Atharu den Faden von vorher wieder auf. »Und Wanda ist wirklich bei Hofe vorstellig geworden? Wie hat sie das geschafft?«

»Magister Lieburus hat ihr den Weg zur Königin bereitet.«

»Dann ist der alte Magister noch immer in der Stadt?«

»Inzwischen sicher nicht mehr. Doch glücklicherweise noch in den Tagen, als wir alle zusammen nach Erellgorh kamen. Wer hätte sonst Pitu im Palast unter seine Fittiche nehmen können?«

Atharu blieb stehen und sah sie stirnrunzelnd an. »Du meinst, nachdem unser Kleiner im Verdacht stand, Eldarh getötet zu haben?«

»Nein, vorher. Deshalb war Pitu doch nicht rechtzeitig wieder bei uns. Ach ja, das weißt du ja auch noch nicht.« Selana blieb auf einer der breiteren Steinstufen stehen, blickte kurz zur Stadt hinauf und drehte sich dann zu ihrem Bruder. Die Sonne brannte unangenehm auf ihrer narbigen Stirn, sie strich das verbliebene Haar darüber.

»Was weiß ich noch nicht?«

»Meine Momm hat mich in Tyklahr zur Seite genommen und mir etwas über unseren kleinen Urda erzählt. Pitu ist demnach der neugeborene Erd-Scheltar.«

»Nein, das ist nicht dein Ernst.«

»Doch. Zumindest hat er entsprechende Kräfte entfesselt, und Magister Lieburus hat ihn wohl unterwiesen, damit er sie kontrollieren kann.«

»Aber ...« Atharus Miene hellte sich auf. »Dann wären wir zu dritt. Warum hast du ihn nicht mitgebracht? Die Elben könnten ihn bestimmt besser unterweisen als Magister Lieburus. Mag der alte Kauz auch noch so freundlich und belesen sein. Was für eine gute Neuigkeit! Wir sind also drei Scheltar.« Atharu lächelte und sprang einige Stufen in Richtung Stadt hinauf. Dann blieb er wie angewurzelt stehen und drehte sich um. Er öffnete die Arme und strahlte. »Das Portal nach Crem! Zu dritt haben wir ganz andere Möglichkeiten. Ich könnte Brandan und Gehlen folgen! Wir müssen Pitu unbedingt herholen.«

Selana konnte förmlich sehen, wie die Hoffnung von ihrem Bruder Besitz ergriff. Wie gerne hätte sie sich der gleichen Hoffnung hingegeben. Allein der Gedanke, sie könnte Gehlen wiedersehen, ließ ihr Herz höher schlagen. Es tat ihr in der Seele weh, diese Hoffnung zu enttäuschen. Doch was half es? Sie erzählte Atharu, dass Pitu in den Kampf gegen die Gellwicks gezogen war, weil das Leben der Menschen in Tyklahr von der Zerstörung der Brücke vor Nehrbor abhing. »Wenn Pitu scheitert, ist Tyklahr in ernster Gefahr. Königin Tulipa hat viel zu lang gezögert. Sie kann von Glück sagen, dass die Urda gekommen sind und weitere Schatten abwehrten.«

»Ich verstehe.« Atharus Stimme klang rau. Der helle, freudige Ton war wieder verschwunden.

Während sie weiter bergan gingen, überlegte Selana, ob sie ihrem Bruder endlich alles erzählt hatte. Die Sache mit Lysa fiel ihr noch ein. Der Gedanke an das von roten Locken gerahmte Strahlegesicht zauberte ihr ein Lächeln auf die Lippen. *Unsere kleine Seelenflüsterin.* Doch mit der nächsten Frage ihres Bruders vergaß sie, was sie über Lysa erzählen wollte.

»Hast du Mehlen-Ellanjah von Pitu erzählt?« Atharu ließ sich offenbar nicht von dem Gedanken abbringen, dass Pitu nach Erellgorh gehörte. »Was sagt sie dazu, dass es noch einen Scheltar gibt? Ich könnte mir vorstellen, dass sie ihre bisherigen Pläne überdenkt. Vielleicht würde sie Tyklahr sogar Waffenhilfe schicken, damit Pitu für Königin Tulipa entbehrlich ist. Die Elben haben genügend Boote. Das wäre doch prima!«

Unwillkürlich musste Selana an die Einflüsterungen des Kreh denken. An ihre Schwäche nach dem Kampf gegen die Schatten. Die grausame Magie des Abtrünnigen war mit Macht über sie gekommen und hatte sich tief in ihren Geist gebohrt. Seine kaltherzige Stimme hatte Zweifel in ihr gesät. *»Die Elben verfolgen ihre eigenen dunklen Pläne! Vergiss das nie!«* Wenn Selana an Gehlen dachte, mochte sie nicht daran glauben. Doch nach dem heutigen Auftritt der Elbenfürstin war sie sich nicht sicher. Vielleicht gab es doch Dinge, die Mehlen-Ellanjah ihnen vorenthielt.

Selana hielt Atharu am Ärmel seiner Tunika und blieb stehen. »Die Fürstin weiß es nicht. Und ich denke, wir sollten es für uns behalten.«

Pitu

3

Warme Luft, Metall- und Ölgeruch. Was hätte ihm anderes einfallen können als eine Schmiede? Das hier jedenfalls nicht. Allein schon mit den weiß strahlenden Kristallen der Felsenhalle hätte sein rotbärtiger Begleiter ihn beeindrucken können. Doch das, was in diesem Felsendom so eindrucksvoll im Licht thronte, stellte alles andere in den Schatten. Ein gewaltiges Geflecht aus eisernen Platten und Streben, gezackten Rädern und Seilen stand inmitten des riesigen Raums.

»Das ist echt ...«, Pitu suchte nach einem Wort, das seine Begeisterung zum Ausdruck bringen konnte, »... unglaublich!« Er schüttelte fassungslos den Kopf. »Ich hab keine Idee, wofür es gut ist, bin aber schon wegen der Größe absolut sprachlos!«

»Das, mein fast sprachloser Freund, ist die Konstruktionskunst der Zwerge! Schön, dass es dich beeindruckt.« Semje schritt auf das eiserne Ungetüm zu. »Wollen sehen, was du sagst, wenn ich es zum Laufen bekomme.«

»Zum Laufen?« Pitu eilte ihm nach. »Du meinst, dieser Koloss kann laufen?«

Semje gab ein tiefes Stöhnen von sich. »Natürlich nicht! Funktionieren, meinte ich. Der alte Fernzahn ist hier im Osten schon lange nicht mehr in Gang gesetzt worden.«

»Fernzahn?« Pitu schaute zu dem eisernen Skelett hinauf. »Dieses Ding hat einen Namen?« Vollkommen in Gedanken rempelte er in seinen Begleiter.

»Pass doch auf!«, schnaubte Semje. Er stützte sich an einer Art Tisch ab. »Geh am besten ein paar Schritte zurück. Und vor allem: nichts anrühren!« Der Rotbart griff nach einem metallenen Krug, der an einer Seite einen Henkel und an der anderen eine Art Rohr besaß. Er linste hinein. »Hab ich schon befürchtet.« Semje blickte sich um. »Wollen mal hoffen ... vielleicht ist noch ...« Er griff nach dem Deckel eines Fasses.

»Was wollen wir hoffen?« Pitu sah, wie sein Zwergenfreund sich abmühte, es zu öffnen. Er wollte ihm gerade zur Hilfe eilen, als sich der Deckel löste und polternd zu Boden fiel.

»... dass du aufhörst zu nerven!«, schimpfte der Zwerg.

Der Geruch von Öl wurde stärker, als Semje den Krug füllte. Eine zähe Flüssigkeit rann an dem Gefäß hinunter und tropfte auf das Wams des Rotbarts. Pitu griff nach einem fleckigen Tuch, das neben dem Fass baumelte, und reichte es Semje. Mürrisch nahm der es entgegen.

»Wo ihr Zwerge doch alles ordentlich zu hinterlassen pflegt.« Pitu wies auf den Boden, auf den das Öl inzwischen hinuntergeleckt war.

»Tun wir auch, du vorwitziger Wicht.« Semje warf den Lappen auf den Boden, setzte einen Fuß darauf und wischte grob hin und her. »Zufrieden?«

Ohne Pitu noch eines Blickes zu würdigen, nahm er die Kanne und ging um den Fernzahn herum. Durch die eisernen Streben konnte Pitu sehen, dass sein grummeliger Begleiter sich eine Leiter hochstemmte. Was auch immer der Zwerg da oben machen würde, es war offensichtlich, dass er keine Hilfe wollte. Also beschloss Pitu, sich umzusehen. Er begann, den eisernen Koloss zu umrunden. Ehrfürchtig bestaunte er die kantigen Streben und die Stahlnieten. Das geschmiedete Ungetüm war sicher 30 Fuß hoch, wenn nicht noch mehr.

Als er dem einen Ende entgegenging, fiel ihm eine Art Rampe auf. Sie erinnerte ihn an die Gleitschienen am Hafen von Gelder, wo die neuen Schiffe zu Wasser gelassen wurden. Einmal hatte er das selbst gesehen. Wie von Geisterhand war das riesige Schiff auf den gewachsten Balken dahingeglitten. Die Schienen hier bestanden komplett aus Eisen. Sie zogen sich aus der Höhe herunter und strebten dem Hallenboden entgegen. Nein, Moment mal. Mit schnellen Schritten lief er darauf zu. Sie verschwanden sogar im Boden.

Pitu linste in ein schwarzes Loch, das von einem Geländer umgeben war. Wohin auch immer diese Schienen führten, sie wären für ein Schiff oder ein Boot viel zu steil. Und überhaupt, Boote in der zwergischen Unterwelt? Obwohl – gab es hier nicht diesen unterirdischen Fluss? Wovon hatte Semje noch erzählt? Silberweißes Wasser für die Schmieden von Fullbor. Pitu musste an den Auftrag denken, dem er etwas unfreiwillig zugestimmt hatte. Die tiefen Schmieden der Zwerge waren geschändet worden. Besetzt von den Häschern des Kreh zu einem einzigen Zweck: Armreife mit schwarzmagischen Runen zu fertigen, um Hunderte oder womöglich Tausende Seelen unter den Willen des Kreh zu zwingen. Pitu hatte die grausame Macht der Runen miterlebt, als sie Magister Eldarh um den Verstand gebracht und in den Tod getrieben hatten. Fullbor musste befreit werden, um jeden Preis. Nur wie sie dorthin kommen sollten, begriff er noch nicht.

Er wandte sich um und betrachtete den Lauf der Schienen. Sie führten ganz hinauf bis zur obersten Ebene des eisernen Konstrukts. Dahinter war eine Lücke. Pitu umkreiste den Koloss weiter und spürte plötzlich einen kühlen Luftzug. Die Lücke reichte bis ganz herunter und setzte sich in einem Loch fort, das dunkel im Boden klaffte. Dicke Eisenpfähle und Ketten verschwanden in der Tiefe. Nur wenige Schritte daneben hing eine große Platte über einem ähnlichen Loch.

Schwere Steine ruhten auf ihr. Auf einem davon glänzte ein schmieriger Fleck. Als sich der Klecks vergrößerte, schaute Pitu genauer hin. Ein öliger Film, auf den weitere Tropfen fielen. Er blickte nach oben: Semje goss den Inhalt seiner Kanne großzügig auf das Lager eines der gezahnten Räder.

»Was machst du da?«

»Im Gegensatz zu dir etwas Sinnvolles, möchte ich meinen.«

»Sehr witzig.« Pitu zog eine Grimasse. »Komm schon, spann mich nicht länger auf die Folter«, versuchte er es noch einmal. »Was genau macht man mit diesem Ding? Ersetzt es eine Treppe?« Der Gedanke kam Pitu ganz plötzlich, und er war fast sicher, dass es stimmen konnte. Wenn die Steine als Gegengewicht dienten, müsste man etwas Schweres damit emporziehen können.

»Wenn man so will.«

Pitu versuchte, an der Platte vorbei in die Tiefe zu linsen.

»Fall da nicht rein!«, polterte die Stimme von oben, vor Schreck wäre Pitu fast in den Abgrund gestürzt. Ein raues Lachen dröhnte zu ihm herunter.

»Alter Maulwurf!«, keuchte Pitu. »Findest das wohl lustig, oder wie?«

»Der Spalt neben der Platte ist viel zu klein. Da hättest du eh nicht durchfallen können.«

Pitu starrte auf die düstere Lücke und schluckte. Von oben mochte es anders aussehen, aber von hier erkannte er sehr deutlich, wie leicht er da hindurchgepasst hätte.

»Du hast wohl vergessen, dass ich nicht so einen fetten Zwergenkörper habe.« Er betonte seine Worte über die Maßen und hörte den Rotbart schnauben.

»Ich bin nicht zu dick!«

»Nicht für einen Zwerg, ich weiß.« Pitu seufzte. »Wann wollen wir eigentlich weiterziehen? Wenn ich mich recht erinnere, hast du davon gesprochen, dass die tiefen Schmieden von Fullbor weit im Norden der Hochebene liegen.«

»Noch hinter den Zackenbergen«, antwortete Semje mit seiner dunkelrauen Stimme.

»Eben. Sollten wir nicht mal weiterziehen? Bevor ich mir hier noch die Beine in den Bauch stehe.« Ungeduldig stemmte Pitu die Hände in die Seiten und bemerkte erst jetzt wieder den Verband an seiner Rechten. Seit dem letzten Zauber hatte er gar keine Schmerzen mehr gehabt. Er sollte mal einen Blick auf die Wunden werfen.

»Ich bin gleich fertig«, kam es von oben. »Muss nur diese Leiter wieder runter.« Ächzend kletterte Semje Sprosse für Sprosse herab. Bei dem Tempo konnte das noch ewig dauern.

Pitu lehnte sich seufzend gegen eine der eisernen Platten, stieß sich aber sofort wieder ab, als etwas schmerzhaft in seinen Rücken drückte. Sein Fuß trat ins Leere und er verlor das Gleichgewicht. »Oh, oooh ...« Er streckte die Arme aus und griff um sich. Jäh sah er in den schwarzen Abgrund, als er vollends das Gleichgewicht verlor. Schon im Fallen begriffen, bekam er etwas zu fassen und klammerte sich daran. Doch das Stück Eisen hielt nicht stand, sondern senkte sich mit einem Ruck hinab. »Dokadreck, verdammter!« Hastig zog Pitu ein Bein auf den sicheren Boden und griff nach einem weiteren Eisenrohr, das ebenfalls aus der Platte ragte. Er schaffte es gerade noch, das andere Bein hochzuziehen, als auch dieser Griff sich ruckartig senkte.

Dann vibrierte plötzlich der Boden! Mit ohrenbetäubendem Lärm begannen sich die gezahnten Räder über ihm zu drehen, rasselten Ketten an ihm vorbei, die steinbeladene Eisenplatte senkte sich in die Tiefe. *Dieser Fernzahn lebt!* Pitu robbte rückwärts aus seiner Reichweite.

»Nichts anfassen, habe ich gesagt!«, brüllte Semje. »Himmel, Axt und Eberdreck!«

Wenn Köpfe vor Wut rauchen könnten, würde Dampf aus seinen Ohren steigen, dachte Pitu, und robbte noch ein Stück weiter. Erstaunlich schnell turnte der Rotbart jetzt die Leiter hinunter. Manche Sprossen übersprang er direkt und ließ sich an den Holmen hinuntergleiten.

»Der Hebel!«, schrie er. »Wir müssen den Hebel hochdrücken, bevor unsere Lore ohne uns fährt!«

Hebel? Lore? Pitu verstand kein Wort. Doch dann sah er, wie etwas Großes aus dem vorderen Loch aufstieg.

»Der Hebel!«, schrie Semje wieder und sprang das letzte Stück herunter. »Nein, nein, nein. Bleib hier!«

Das meint er mit Lore. Pitu sah dem eisernen Gefährt nach, dass immer weiter hinaufstieg.

Mit erstaunlich flinken Schritten eilte Semje auf den Abgrund zu, dem Pitu nur um Haaresbreite entkommen war.

»Vorsicht!«

»Dafür ist keine Zeit!« Mit einem gewagten Sprung setzte Semje vorbei und stürzte sich auf den eisernen Griff, der Pitu eben noch vor dem Sturz bewahrt hatte.

Kraftvoll zog er daran, stemmte sein ganzes Gewicht in den Boden. Sein Gesicht färbte sich rot. »Schrundenschwert und Knorzenknüppel«, keuchte er, und endlich verstand Pitu, dass er helfen musste.

Behände sprang er auf und hetzte zu dem Rotbart hinüber. Er hechtete an dem Abgrund vorbei und kniete sich geistesgegenwärtig unter den Hebel.

»Was machst du denn?«

»Los, zieh noch mal!« Pitu stemmte sich mit der Schulter von unten gegen den Griff. In den Beinen hatte er mehr Kraft als in den Armen. Der Druck des Hebels schmerzte, doch er biss die Zähne zusammen. »Und los!«, presste er hervor und drückte mit aller Macht. Etwas in seiner Schulter gab knirschend nach, Pitu schrie. Sofort flutete ein Energiestrom durch seinen Körper. Wie von selbst fand er den Weg in die Schulter und betäubte den Schmerz. *Meine Magie.* Wie dumm war er eigentlich? Er war ein Scheltar. Wenn er Kraft in die Erde leiten konnte, konnte er sie auch durch seinen Körper schicken.

»Bei ... den ... Göttern ... der ... Himmelsschmiede!« Semjes Stimme war nur mehr ein Ächzen.

Doch Pitu wusste jetzt, dass sie es schaffen konnten. Entschlossen pumpte er Magie in seine Muskeln und Knochen, stemmte sich ein letztes Mal mit aller Kraft gegen den Hebel. Und endlich bewegte er sich. Metall ächzte und die Ketten knarrten, als würde man sie auf einer Streckbank foltern. Es knirschte bedrohlich, ein Ruck fuhr durch die Konstruktion und versetzte der Lore einen letzten Stoß. Doch sie war noch da. Nur wenige Zoll trennten sie von den Schienen. Erleichtert atmete er auf, als das Vibrieren des Fernzahns aufhörte und die Lore still über ihnen hing.

»Das war knapp!« Semje stützte sich auf seinen Knien ab. Er brauchte etwas Zeit, um wieder zu Atem zu kommen, doch dann richtete er sich entschlossen auf und deutete nach oben. »Los, hinauf mit dir!«

»Hinauf? Und dann?« Pitu stierte durch die eisernen Streben. Erst jetzt sah er, dass die Lore ebenfalls auf Schienen ruhte.

»Dann prüfst du das Halteeisen, bevor ich noch einmal den Hebel nach unten drücke.«

»Ich verstehe kein Wort. Eben noch mussten wir die Lore aufhalten und jetzt willst du die Hebel erneut drücken?«

Semje stöhnte. »Für einen Scheltar bist du reichlich einfältig.« Er packte ihn mit einer seiner Pranken bei der Schulter und wies nach oben. »Guck doch mal genau hin. Was wäre passiert, wenn die Lore weiter hochgestiegen wäre.«

Pitu hasste es, wenn man ihn wie einen dummen Jungen behandelte, doch er wollte mit dem Zwerg nicht streiten. Seufzend starrte er nach oben und versuchte, mehr zu erkennen. Die Lore ruhte mit ihren Rädern auf den Schienen, bereit, jeden Moment davonzurollen. Doch dann entdeckte Pitu Bolzen oder etwas in der Art, die vor und hinter den Rädern steckten. Pitu konnte es nicht fassen! Das Ding hätte gar nicht wegrollen können. Unwillig schüttelte er den Kopf. Ohne Magie wäre seine Schulter jetzt hinüber. Und das nur, weil der Zwerg so einen Aufstand gemacht hatte. »Dieses Gondelding hätte gar nicht weg sein können. Die Räder sind festgesteckt.«

»Bei den Kennluren, schau doch mal genau hin!« Semje raufte sich die Haare.

»Sag es mir doch einfach, wenn du so schlau bist!« Pitu war dabei die Geduld zu verlieren. Es fehlte nicht mehr viel und er würde wirklich sauer.

Der Rotbart atmete geräuschvoll aus. »Die Schienen liegen unter den Schienen des Fernzahns«, raunte er; Pitu spürte, wie sehr sich der dicke Zwerg zusammenriss. »Siehst du zumindest, wie schmal und hohl sie auslaufen?«

Pitu schaute nach oben. Ja, das sah wirklich ungewöhnlich aus. Aber für ihn sah hier alles ungewöhnlich aus.

»Die Schiene senkt sich über die andere und drückt die Haltebolzen nach unten, wenn die Lore oben ankommt«, schloss Semje seine Erklärung. »Deshalb musst du die Halteeisen anziehen. Mit dem Hebel in der Lore.«

Wie die einsamen Tropfen einer vorbeiziehenden Regenwolke sickerte die Erkenntnis langsam in Pitus Bewusstsein. »Und dieses Loren-Dings bringt uns dann irgendwie nach Fullbor?« Er traute diesem Fernzahnungetüm nicht und stierte skeptisch die Leitersprossen hinauf.

»Das erste Stück zumindest. Und nun rauf mit dir!«

Pitu fügte sich und kletterte aufwärts. Auf halber Höhe entdeckte er die Bremseisen unter der Lore. Grobe, gezackte Eisenklötze, die direkt über den Gleisen hingen. Er erklomm das Gefährt. Die Form glich einem von oben ausgehöhlten Brotlaib. Natürlich kantiger. Symbole zierten die Außenseite, auf der Nase, wenn man die Vorderseite so nennen wollte, prangte eine Nummer. 68. Bedeutete das etwa, dass es noch siebenundsechzig weitere Loren gab?

»Beeil dich mal ein bisschen. Sonst verwachse ich hier noch mit dem Steinboden!«

Pitu sah sich in der Lore um. Zwei hölzerne Bänke zogen sich von vorn nach hinten, auf denen man rittlings sitzen konnte. Darüber waren Haltestangen angebracht. Es erinnerte ihn an eine Kutsche für Gefangene. Zwei Sträflinge je Stange, mit eisernen Ketten gefesselt. Pitu zählte die Sitzplätze. Zwölf.

»Nun mach endlich!«, brüllte Semje herauf.

»Ja doch!« Pitu sah die Hebel für die Halteeisen vorne links und rechts. Er kletterte unter den Stangen hindurch, ergriff einen Bremshebel und zog ihn, so fest er konnte. Dann beugte er sich über die Seitenwand. »Fertig! Das sollte halten!«

»Sollte? Es muss! Zumindest so lange, bis ich oben bin.«

Semje klang wütend, und Pitu zog noch einmal an den Bremsstangen. Dann ruckte plötzlich der Boden unter seinen

Füßen, er fiel der Länge nach hin. Alles um ihn herum vibrierte und dröhnte, als sich die Konstruktion wieder in Gang setzte.

»Elender Grummelkopf. Kannst du mich nicht vorwarnen?«, schimpfte Pitu, doch der Lärm des Fernzahns verschluckte seine Stimme. Die Lore hob sich, er spürte ein seltsames Gefühl im Bauch. Sollte er nicht doch lieber aussteigen? Wieso vertraute er diesem dickbäuchigen Zwerg eigentlich? Er rappelte sich auf und blickte über die Kante. Der Boden schien zu schwanken, während die Lore Zoll für Zoll höher stieg.

»An die Bremsen!«, brüllte Semje ihm entgegen. »Du musst die Lore halten, bis ich bei dir bin!« Verbissen mühte der Zwerg sich die Leiter hinauf.

Pitu lehnte sich weiter über die Kante und linste zu den schartigen Bremseisen. Sie lagen eng auf den Schienen. Warum sollten sie nicht halten? *Zwerge!* Er drehte sich zu den Hebelstangen um.

In dem Moment fuhr ein gewaltiger Ruck durch die eiserne Kutsche, Pitu stürzte erneut und schlug mit der Stirn gegen die Seitenwand. Der Schmerz schoss bis in seinen Rücken hinunter. Sein Blick verschwamm, die Hebel vor ihm trieben haltlos hin und her. Ihm wurde übel und er schluckte angewidert runter, was sauer aus seinem Magen hochstieg. Er hielt sich den Kopf und zog sich mit der anderen Hand auf die hölzerne Bank. *Meine Magie. Konzentrier dich!* Wenn er doch mehr über diese Scheltargeschichte wüsste. Noch ein Ruck, der durch die Lore fuhr. Doch diesmal konnte er sich festhalten. Pitu blickte sich um. Zumindest hielt dieses Ding.

»Bin ... gleich ... da«, hörte er den Rotbart keuchen.

Na hoffentlich. Er hielt sich noch immer den Kopf. Der Boden unter seinen Füßen wankte. Wenn doch nur der Schmerz aufhören würde. Er konzentrierte sich auf den Strom seiner Magie und merkte, wie sein Atem ruhiger wurde. Ein Gedanke reichte ihm jetzt, um die Energie zu lenken und die Schmerzen zu lindern. Trotzdem hatte er das Gefühl, die Welt würde sich seltsam verdrehen. Sein Körper drängte plötzlich nach vorn, als würde sein Gewicht von einer unsichtbaren Kraft angezogen. Ein grelles Geräusch schrillte in seinen Ohren.

»Die Bremseisen!«, hörte er Semje schreien.

Und dann begriff Pitu. Die Lore stieg weiter, aber nur hinten. Mit einem knarzenden Geräusch begann die eiserne Kutsche zu kippen und schrammte vorwärts. Hastig griff Pitu zum Bremshebel und zerrte mit aller Kraft daran.

»... gleich da!«, kam es von Semje, es klang jetzt viel näher.

Doch die Schienen der Lore hoben sich weiter und mit jedem Kettenglied schien die ganze Konstruktion zu schwanken. Ruck für Ruck drängte sich die Lore nach vorn, schrammte, ächzte und quietschte, Metall auf Metall. Pitu stemmte sich mit den Füßen gegen die vordere Haltestange und zog mit aller Kraft. Schon hatte er Sorge, dass sie brechen könnte, als er endlich Semje aus den Augenwinkeln über die Kante kommen sah. Doch er kletterte nicht hinein, sondern schnaufte heftig und japste nach Luft.

»Lange ... kann ... ich ... nicht ... mehr«, keuchte Pitu. Es fiel ihm schwer, sich auf seine Magie zu konzentrieren und sie an die richtigen Stellen zu leiten.

Endlich versuchte Semje, sich über die Kante zu hieven, rutschte aber ab, als die Lore erneut ruckte. Inzwischen neigte sie sich so weit nach vorn, dass Pitu Schwindel ergriff. Der Zwerg versuchte es noch einmal – diesmal weiter vorn.

»Halt dich an mir fest!«, rief Pitu.

Semje nahm ihn beim Wort. Er krallte sich in sein Wams und wuchtete sich über die Kante. Sofort begann die Lore, sich vorwärts zu bewegen. Das Quietschen von Metall auf Metall gellte durch den Felsendom und biss in ihren Ohren. Immer noch krampften sich Pitus Hände um die Bremsstange.

»Halt fest!«, brüllte Semje gegen den Lärm und wechselte mühsam auf den Platz neben Pitu. Er griff sich die andere Bremsstange, die Lore wurde tatsächlich noch mal langsamer.

»Auf drei lässt du die Bremse fahren!«

Pitu hatte geahnt, dass es so kommen musste, doch allein der Gedanke jagte ihm eisige Schauer über den Rücken. Tief unter ihnen gähnte das schwarze Loch und schien die Gleise heißhungrig zu verschlingen.

»Du musst dich aber sofort an der Haltestange festhalten. Sofort! Hörst du?«

Pitu nickte, Schweiß troff von seinem Gesicht.

»Eins ...«, begann Semje.

Die Haltestange, dachte Pitu, *die Haltestange!*

»Zwei ...«

Bei den Seelen und allen Elementen ...

»Drei!«

Atharu

4

»Meinst du das ernst?« Atharu traute seinen Ohren nicht. »Wir sollen der Fürstin von Erellgorh Wissen vorenthalten? Unserer mächtigsten Verbündeten im Kampf gegen den Kreh?«

»Ist sie das?« Selana stieg eine Stufe an ihm vorbei und drehte sich zu ihm um. Ihr Blick wirkte ernst, beinahe etwas kühl. »Wir wissen zu wenig. Hin und wieder wirft sie uns ein paar Häppchen vor. Aber es sind immer nur Stücke des großen Ganzen. Bedacht ausgewählt, damit die Scheltar nicht zu selbstständig werden.«

Atharu schluckte. »Das ist hart. Genauso gut könnte es sein, dass sie uns schützen will und nicht überfordern möchte.«

»War das heute Morgen auch dein Gefühl?«

Atharu spürte, wie sie einen wunden Punkt traf. »Die Situation heute war eine andere. Einer ihrer Getreuesten ist nicht zurückgekehrt, und das ist meine ...« Er atmete durch. »Dafür trage ich einen Teil der Verantwortung.« Ihlinn hatte recht. Es tat gut, das Wort Schuld nicht zu benutzen. Auch wenn es nichts an dem änderte, was geschehen war, half es ihm, besser damit fertig zu werden. *Wie mächtig Worte doch sind. Sie mögen noch so harmlos daherkommen und wirken doch auf unsere Emotionen – können heilen und zerstören. Man sollte achtsamer mit ihnen sein.*

Seine Schwester seufzte. »Atharu, ich habe einfach ein ungutes Gefühl. Lass es uns dabei belassen.« Sie wendete sich um und stieg die Felsstufen hinauf zur Stadt.

Atharu sah ihr nach und folgte ihr schließlich. Selana war eine besonnene Frau. Das hatte sie in der kurzen Zeit, die sie zusammen waren, oft genug unter Beweis gestellt. Irgendwie passte das nicht zu ihr. Natürlich war Mehlen-Ellanjah heute alles andere als vertrauenserweckend aufgetreten. Aber sie war die Fürstin und regierte ein Elbenreich. Sie trug die Erfahrung von Dekaden in sich und war schon bei den zwei Kriegen dabei gewesen. Durften sie sich anmaßen, auch nur zu vermuten, was eine Elbenfürstin alles zu bedenken hatte? Selana musste doch klar sein, dass die Information über Pitu entscheidend sein konnte im Kampf gegen den Kreh. Ließ sie sich wirklich nur von einem unguten Gefühl leiten? Nein, es musste noch etwas anderes vorgefallen sein.

Kurz bevor sie durch das geschmiedete Tor ins Innere der Stadt traten, hielt er sie auf. »Selana, bevor wir zurück sind, und nicht mehr ungestört sprechen können, musst du mir sagen, was passiert ist. Es gibt doch etwas, das dein Unbehagen ausgelöst hat, nicht wahr? Sag es mir, bitte!« Atharu hoffte inständig, dass sie sich öffnen würde. Gleichzeitig war ihm klar, dass es Dinge gab, die jeder lieber für sich behielt. Ob es mit Gehlen zu tun haben konnte? Er war ihr Mentor gewesen, sie hatten viel Zeit miteinander verbracht.

»Wenn ich es dir erzähle, wirst du mich für verrückt halten.« Sie blickte sich um, trat zu einer der unscheinbaren Steinbänke und nahm Platz. Mit einem Handzeichen bedeutete sie ihm, sich dazuzusetzen.

»Es war ein Moment der Schwäche«, begann sie. »Nach meinem Kampf gegen die Schatten.« Sie lachte ein raues, freudloses Lachen. »In dem Moment, als mich unglaubliche Macht durchströmte, weil ich den Sieg errungen hatte, überkam mich eine irrsinnige Selbstzufriedenheit. Alle Vorsicht fiel von mir ab und alle Konzentration ließ ich fahren.«

Sie sah ihm in die Augen. *Sie sucht nach Verständnis.* Er nickte.

»Mit der Entfesselung meiner Macht hatte ich die Schatten besiegt. Aber das war nicht alles. Ich hatte die Aufmerksamkeit des Kreh auf mich gelenkt!«

Atharu spürte, wie sich in seinem Inneren etwas zusammenschnürte, als Selana den Namen aussprach.

»Verstehst du? Diese ungeheuren Magiewellen waren für ihn wie eine Einladung. Ich habe einfach nicht darüber nachgedacht.« Sie senkte den Kopf.

Atharu fielen drei Worte ein, die wie aus dem Nichts in ihn gefahren waren, damals in Tyklahr. »Wer bist du?«

Selana starrte ihn an. »Er war auch in deinem Kopf?«

Er nickte. »Es war nur ein Augenblick. Als ich in Tyklahr den Armreif mit den dunklen Runen berührte. Ich war mir nicht einmal sicher, ob es wirklich geschehen war. Doch diese eisige Kälte werde ich nie vergessen. Ich erinnere mich, wie viel Anstrengung es kostete, dieses Gefühl auszusperren.«

»Weil es galt, *ihn* auszusperren!« Selanas Augen glänzten. »Was mir leider nicht so schnell gelungen ist. Er war in meinem Kopf, hat meine Gedanken gelesen. Seine misstönende, grelle Stimme zwang mich in ein Gespräch, ich konnte nichts dagegen tun. Ich war zu schwach, um *ihm* etwas entgegenzusetzen!«

Atharu verstand sofort, was sie meinte. Was ihr Unterbewusstsein ihr nach diesem Erlebnis einreden wollte. Sie war dem Kreh unterlegen gewesen. Dem übermächtigen Gegner, den sie doch eigentlich zu Fall bringen sollten. »Das ist nicht wahr! Du hast ihn aus deinem Kopf hinausgedrängt. Sonst wärst du nicht hier! Du hast ihn besiegt!«

»Du verstehst nicht. Er war in mir drin. Der Kreh hat die Lehrsätze der Elben in meinem Kopf gefunden, hat die Berührung von Ihlinn gespürt und ...« Selana holte Luft und Atharu ahnte, dass das Entscheidende noch kommen würde. »Er hat mich vor den Elben gewarnt.« Sie packte seine Hand und erschauderte. »Sie verfolgen ihre eigenen dunklen Pläne. Das waren die Worte, die er mir in den Kopf gepflanzt hat.«

Atharu sah ihre Lippen beben. »Du sagst es selbst: Er hat dir das in den Kopf gepflanzt. Nichts davon muss wahr sein.«

»Aber was, wenn er recht hat?«

»Nein.« Atharu schüttelte den Kopf. »Was für Pläne sollten das sein? Das kann ich mir einfach nicht vorstellen.«

»Warum nicht? Das Leben ist nicht schwarz-weiß. Kein Wesen ist nur gut oder böse. Was, wenn doch etwas dran ist?«

Atharu stand auf. Er musste sie von diesen Gedanken abbringen. »Merkst du nicht, was er vor hat? Er will dich verunsichern! Zwietracht säen und uns dadurch schwächen.«

Selana seufzte. »Ja, das ist mir klar. Und ich will die Elben nicht verurteilen.« Sie stand auf und blickte ihm fest in die Augen. »Ich glaube aber, dass es für seinen unermesslichen Hass auf die Elben Gründe geben muss. Und ich denke, dass es nicht von Nachteil ist, vorsichtig zu sein. Lass uns zumindest gut darüber nachdenken, bevor wir die Aufmerksamkeit von Mehlen-Ellanjah auf Pitu lenken. Versprich es mir.«

Er nickte. Auch wenn ihm der Gedanke, die Elben könnten eigene finstere Pläne haben, abwegig erschien – Vorsicht schadete nicht. Und Achtsamkeit war sowieso eine Disziplin, in der es für ihn noch eine Menge zu lernen gab. Schweigend und in Gedanken versunken folgte er Selana zurück in die Stadt. Ihre Haltung war so aufrecht und würdevoll. Nachdenklich sah er auf ihr weißes Haar, versuchte zu ermessen, was der Kampf gegen die Schatten sie auch innerlich gekostet haben mochte.

Plötzlich blieb Selana stehen und trat ein paar Schritte zurück. Sie presste sich an die Hauswand und gab Atharu ein Zeichen, es ihr gleichzutun. Was hatte sie gesehen? Er lauschte angestrengt, während seine Schwester vorsichtig um die Ecke spähte. Auf einen Wink trat er dicht hinter sie und blickte auf einen Platz. Das Haus der Berührung lag vor ihnen. Atharu konnte zuerst nichts Auffälliges sehen, doch dann erkannte er Bennzhardizh, der im Begriff war, hineinzugehen. Jemand in einem Kapuzenumhang war bei ihm, doch es war nicht auszumachen, wer es sein konnte.

»Der Nebelmacher.« Er flüsterte, damit sie keine Aufmerksamkeit auf sich lenkten. »Soll mir das etwas sagen?«

»Findest du das nicht sonderbar?«

»Weshalb? Du wirst doch Freund Benn ein wenig Zerstreuung gönnen, oder?«

»Fällt dir denn nichts auf?«

Er sah genauer hin. Bennzhardizh war gerade im Eingang verschwunden, doch die Person im Umhang folgte erst nach kurzem Zögern. Irgendetwas störte Atharu an der Gestalt. Sie wirkte unbeholfen und sah andersartig aus. Dann verstand er, was seine Schwester meinte. »Der fehlt ein Arm!«

»Merkwürdig, findest du nicht?« Selana sah ihn fragend an. »Das ist die erste Person, die ich in Erellgorh sehe, der ein Arm fehlt.« Sie flüsterte immer noch, und Atharu schaute sich um. Niemand da, der sie hören konnte. »Sollte es eine frische Amputation sein, käme dafür nur einer infrage ...«

Endlich verstand Atharu, worauf Selana anspielte. Teehl! Noch etwas, bei dem die Fürstin sie außen vor gelassen hatte. Er nickte. »Meinst du, sie würden dem Ältesten den Armreif samt Arm abnehmen und ihn dann einfach in der Stadt herumspazieren lassen? Die dunklen Runen und die Verbindung zum Kreh könnten ihn immer noch beeinflussen, oder?«

»Vielleicht hat er deswegen eine Begleitung.« Sie schaute versonnen zum Haus der Berührung.

»Noch wissen wir ja nicht einmal, ob er es wirklich war.«

»Stimmt. *Noch* nicht.« Sie blinzelte ihn auffordernd an.

»Was denn? Du möchtest mit mir da rein gehen?«

»Aber woher.« Seine Schwester verzog das Gesicht. »Ich muss dringend zurück in unsere Gasträume und mich um Jiga kümmern. Das arme Tier ist schon den ganzen Tag allein. Aber du hast ja gerade nichts Besseres vor, oder?« Sie stupste ihn verschwörerisch an und Atharu seufzte.

Wieso war Jiga bloß nicht bei ihm geblieben? Das Frettchen hatte für ihn zwar meistens nur bleckende Zähne übrig gehabt, aber sein Freund hatte immer gemeint, dass es nur Eifersucht wäre, und sie ihn im Grunde ihres tierischen Herzens mochte. Die Frettchendame hatte sich nach Brandans Verschwinden allerdings an Aria und Selana gehängt. So weit konnte es mit der Zuneigung also nicht her sein. Dabei hätte er Jiga gerne bei sich gehabt. Bei diesem Gedanken wurde ihm bewusst, wie sehr sein Freund ihm fehlte. Warum nur war Brandan durch das Portal nach Crem gegangen, ohne vorher mit ihm darüber zu sprechen? Er riskierte sein Leben, um Menschen zu retten, die womöglich nicht mehr zu retten waren.

»Nun komm schon«, drängte seine Schwester ihn. »Du hast doch nichts Besseres vor, nicht wahr?«

Er schaute sie an und verbannte die Sorge über Brandan in einen stillen Winkel seines Herzens. »In Ordnung. Dann lasse ich wohl mal ein wenig Berührung über mich ergehen. Kräftige Hände auf nackter Haut. Du solltest es dir doch überlegen.« Er zwinkerte ihr zu.

»Atharpazh bewahre mich.« Sie verdrehte die Augen.

»Was hast du gegen nackte Haut?«

Selanas Lippen zuckten kaum merklich, und noch im selben Moment verwünschte er sich für diese unbedachte Äußerung. Atharus Blick huschte zu ihren Narben. Er wusste nicht, wie er selbst mit so einer Entstellung umgehen könnte. Mit Sicherheit wäre es ein Problem für ihn.

Selana lächelte, als föchte sie seine Frage nicht an. Doch er kannte sie inzwischen zu gut, um das zu glauben. Ihre Lippen waren schmal, als sie ihm antwortete. »Zum einen suche ich mir lieber selbst aus, mit wem ich zusammen nackt sein will. Und zum anderen graut mir allein bei der Vorstellung.«

»Bei welcher Vorstellung denn?«

»Den Ältesten Teehl vollkommen nackt vor mir zu sehen.« Sie schüttelte sich in gespieltem Entsetzen.

Atharu ging darauf ein und rieb sich die Augen. »Stimmt. Es gibt Bilder, die will man nicht sehen. Ich übrigens auch nicht.«

»Dann hoffen wir mal, dass ich mich irre.« Selana schob ihn vorwärts. »Wir sehen uns später bei mir. Ich warte auf dich.« Sie drehte sich abrupt um und ließ ihn stehen.

Atharu sah ihr nach, wissend, dass seine Worte Salz in ihren Wunden waren. Er blickte zum Haus der Berührung. Das zumindest konnte er tun, um sie nicht erneut zu enttäuschen. Wenn Teehl dort war, würde er es herausfinden. Beherzt schritt er auf das Haus zu, dessen Bemalung so einladend gestaltet war. Schon am Tag ihrer Ankunft in Erellgorh hatte es sein Interesse erregt. Allerdings hatte er sich den ersten Besuch unter anderen Vorzeichen gewünscht. Ob er sich da drinnen überhaupt zurechtfinden würde?

Atharu hatte eben die Tür erreicht, als sie wie von Geisterhand aufschwang. Eine schlanke Elbin, eingehüllt in ein durchscheinendes Gewand, das mehr offenbarte als verbarg, schenkte ihm ein einnehmendes Lächeln und bedeutete ihm einzutreten. Der Stoff, aus feinsten Fäden gesponnen, schmiegte sich wie eine zweite Haut um ihre anmutige Gestalt. Atharus Blick glitt wie von selbst an ihrem perfekten Körper hinab, streifte die Brustwarzen ihrer straffen Brüste und tastete sich bis zu ihrer Scham. Als er merkte, wie sich etwas an ihm regte, schluckte er. *Denk nicht mal dran. Du bist hier, um nach Teehl zu suchen.* Atharu versuchte, sich die ausgemergelte Gestalt des Ältesten vor sein inneres Auge zu holen. Doch sein Blick glitt erneut zu den Brüsten der Elbin.

Sanft berührte sie ihn an der Schulter und führte ihn in einen angrenzenden Raum. *Bitte nicht anfassen!* Inbrünstig stellte er sich Teehls Hakennase vor. Anscheinend half es, denn seine Erregung flaute ab.

Er sah sich um. Kunstvoll bemalte Wände, die einen Arbenhain zeigten. Die Stämme der Arben waren so plastisch gestaltet, dass man das Gefühl hatte, inmitten echter Bäume zu stehen. Kleine Regale fügten sich wie selbstverständlich in das Bild, als ruhten sie auf Ästen und Zweigen. Auf einigen davon lagen Kleidungsstücke oder Taschen, auf anderen gefaltete Tücher. Eine Berührung lenkte seine Aufmerksamkeit zurück zur Elbin. Atharu mühte sich, seinen Blick auf Augenhöhe zu halten. Ihr silbriges Haar war kunstvoll hochgesteckt, ihre Ohren lagen frei. Die langen Spitzen waren mit einem blumigen Ornament geschmückt. Es sah auf eigenartige Weise schön aus. Doch es war definitiv auch die Stelle ihres Körpers, die Atharu keine Konzentration auf den Ältesten abverlangte. Er atmete durch, froh den Punkt gefunden zu haben, der ihm das Nacktsein leichter machen würde. Mit einer weiteren Berührung bedeutete sie ihm, seine Kleidung auszuziehen und auf einem der Regale abzulegen. Dann entschwand sie und ließ ihn allein.

Auf einem Tisch aus kunstvoll gemasertem Wurzelholz stand eine Karaffe mit Gläsern. Atharu schenkte sich ein, probierte und trank begierig. Kühles, klares Wasser. Seit dem frühen Morgen hatte er nichts getrunken. Dann entkleidete er sich, froh darüber, sich vor der Audienz mit der Fürstin gründlich gewaschen zu haben.

Eigentlich machte ihm Nacktheit keine Probleme. Aber als einziger Mensch inmitten lauter Elben? Womöglich hatten alle so einen perfekten Körper wie die Schönheit von eben. Er spürte sein Herz schneller schlagen. *Die Ohren. Einfach nur auf die Ohren schauen.* Atharu schaute an sich hinab, pflückte einen Fussel aus dem Bauchnabel und suchte nach dem Zugang zu den weiteren Räumen.

Außer der Eingangstür, durch die ihn die Elbin hereingebracht hatte, gab es noch einen bogenförmigen Durchgang, der mit seidenen Tüchern verhängt war. Neugierig schritt er darauf zu. Der glatte Boden unter seinen Füßen fühlte sich angenehm warm an. Man konnte über die Elben denken, was man wollte, sie verstanden es, eine behagliche Umgebung zu schaffen. Atharu ergriff die Vorhänge und zog sie beiseite. Sein Herz klopfte. Was würde ihn als Nächstes erwarten? Eine weitere Schönheit, die ihn auf ein gemütliches Lager mit weichen Kissen zog? *Elbenohren, lange angemalte Elbenohren ...*

Noch während er durch den Bogen schritt, vernahm er leise Klänge, die von Lauten und Harfen herrühren mochten. So genau konnte er es nicht heraushören. In jedem Fall waren es mehrere Instrumente, deren kunstvolles Spiel sich zu einer tänzerischen Melodie verwob. Vor ihm öffnete sich ein großer

Saal, geschmückt mit durchscheinenden Seidentüchern, die von einer hohen Decke bis zum Boden hinabreichten. Sie wallten sanft hin und her, wie hohe Gräser, die ein zarter Wind durchstreicht. Die Szenerie hatte etwas Traumhaftes, Meditatives, und ließ seinen Blick ziellos umherwandern.

Atharu kniff die Augen zusammen. Er entdeckte Elbenmänner und -frauen, die, in Gespräche vertieft, an hohen Tischen standen. Glänzende Früchte und kristallene Karaffen mit perlendem Inhalt vor sich. Bennzhardizh konnte er nicht entdecken. Auch keinen Einarmigen. Selbst der Ursprung der Musik blieb ihm verborgen. Doch die Klänge umhüllten ihn wie ein behaglicher Traum. Eine ruhige, wohlige Atmosphäre für das Beisammensein hier. Er würde zu gern noch einmal ohne Auftrag wiederkommen.

Sein Blick glitt weiter durch den Saal. Wenn er Freund Benn nicht sehen konnte, musste es andere Räume geben. Und tatsächlich entdeckte er Tücher, die ringsherum an den Wänden auf verborgene Nischen hindeuteten. War der Nebelmacher in einer davon? Zusammen mit Teehl? Atharu beschloss, den Raum langsam und unauffällig zu umrunden, um nach bekannten Stimmen zu lauschen. Doch schon im nächsten Moment verwarf er diesen Plan.

Sämtliche Elben im Raum schauten plötzlich zu ihm, starrten ihn an, die Blicke auf seine Körpermitte gerichtet. Interessiert, beschämt oder begierig? Unterschied er sich in seiner Nacktheit so sehr von Elbenmännern? Es dauerte einen Moment, bis Atharu verstand. Dann schoss ihm das Blut in den Kopf. Sie waren alle nackt wie er. Bis auf die Tücher, die sie um ihre Hüften geschlungen hatten.

Selana

5

Selana eilte durch die Gassen der Elbenstadt. Sie hatte die Fassung gewahrt. Doch innerlich war sie bei der Frage ihres Bruders zusammengezuckt. »Was hast du gegen nackte Haut?« Nichts, hätte sie am liebsten geschrien. Sie hatte nichts gegen nackte Haut. Im Gegenteil! Sie sehnte sich nach Berührung, seit sie sich klar war über ihre Gefühle für Gehlen. Danach, sich an seinen Körper zu schmiegen, sich mit ihm zu vereinen. Selana beschleunigte ihre Schritte. Sie wollte in ihre Gasträume und allein sein. Sie musste ihre Gedanken ordnen. Gedanken an Dinge, die sie sich zu lange verboten hatte. Ihr Leben lang hatte sie sich bedeckt gehalten. Um Übergriffe wie die von Osse nicht zu provozieren. Und doch waren sie geschehen. Sie hatte geglaubt, nie wieder einen Mann herbeizusehnen, bis sie Gehlen traf. Und jetzt?

Beinahe wäre sie in zwei Elben hineingerannt, die jedoch geistesgegenwärtig Platz machten und hastig eine knappe Verbeugung andeuteten. *Ich bin die Scheltar der Winde,* schoss es ihr durch den Kopf. Sie verlangsamte ihre Schritte. Versuchte, die Ruhe und Würde zu spüren, die einer Scheltar anstand.

Osse war Geschichte. Darum ging es nicht. Sie wusste, dass sie niemals mehr jemandem ausgeliefert sein würde. Als wollte sie es sich selbst bestätigen, spürte sie mit einem tiefen Atemzug nach der Quelle ihrer Macht. Ein Gedanke genügte ihr, um einen winzigen Hauch dieser unglaublichen Energie durch ihre Adern fließen zu lassen. Sofort fühlte sie die unsagbare Kraft in jedem Winkel ihres Körpers. Was für ein Gefühl! Sollte das nicht genug sein? Stünde es ihr bei der Fülle dieser Macht noch zu, sich nach anderem zu sehnen?

Vielleicht hatte Aria recht und sie hatte zu lange auf den Richtigen gewartet, ihre Unschuld unnötig aufgespart. Und jetzt, wo sie diesen Einen gefunden zu haben glaubte, war er fort und ihr Körper von Narben gezeichnet. Ein Fingerzeig Atharpazhs vielleicht, um Gehlen zu vergessen. Zhanjor-Gehlen! Sie würde ihn nie mehr aus dem Kopf bekommen.

Oder doch? Ihre Hand glitt unter den Ärmel ihrer Tunika und fühlte nach den Narben. Sie würden sie begleiten, Zeichen ihres Mutes und ihrer Kraft. Als Scheltar würde sie sie nicht verstecken. Und Gehlen würde sie als Beweis ihrer Macht wertschätzen, da war sie sich sicher. Aber würde er mit seinen Händen über diese narbige Haut gleiten wollen? Könnte er hinter den Entstellungen noch die Frau sehen, die sie war?

Endlich erreichte Selana das Gebäude, trat durch die Tür und schloss sie hinter sich, erleichtert, keinem weiteren Elb begegnet zu sein. Hier würde sie Ruhe finden, um über alles nachdenken zu können. Sie musste aus dieser Gedankenspirale herauskommen. Solange Gehlen nicht zurück war, war das ohnehin unwichtig. Ihr Atem beschleunigte sich, als sie daran dachte, in welche Gefahr er sich begeben hatte, um Brandan zu helfen. Sie schüttelte den Kopf, bemüht, Dinge in den Blick zu nehmen, die dringlicher waren.

Überlebenswichtig für sie alle! Das Medaillon musste neu geschmiedet werden, um mit ihm die magische Kuppel des

Grehum durchschreiten und stürzen zu können. Sie brauchten diesen Medaillonschlüssel, und das möglichst schnell. Vorher könnten sie sich nicht auf den Weg machen, geschweige denn auf einen Sieg hoffen. Denn solange der Kreh noch Zugang zur unermesslichen Magie des Grehum hatte, könnten sie im Kampf nicht gegen ihn bestehen. Das war Selana in dem Moment klar geworden, als er in ihren Geist eingedrungen war. Doch wann wollten die Elben ihr Werk in den magischen Schmieden vollenden? Beeilten sie sich oder spielten sie auf Zeit?

Sie war nicht sicher, wie die Unterstützung der Elben wirklich aussehen würde. Die Fürstin war undurchschaubarer denn je. Warum hatte sie Teehl wieder auf freien Fuß gesetzt? Ja, er musste es gewesen sein, den sie gesehen hatten.

Sie ging zu dem Tisch, auf dem die Elben täglich frische Früchte und Getränke bereitstellten, und schenkte sich ein. Während sie trank, glitt ihr Blick durch den Raum. Schon der Eingangsbereich war von beeindruckender Schönheit. Für einen kurzen Moment überlegte sie, ob das alles nur Fassade war. Eine aufgesetzte Wertschätzung, um sie von den wahren Plänen abzulenken. Entschlossen stellte sie das Glas zurück und schüttelte den Kopf. *Jetzt fang nicht an, überall Böses zu wittern.* Sie nahm sich eine von den Rimmpur-Früchten und biss hinein, während sie ins Schlafgemach hinüberging.

Die weiche Frucht mit der samtig gelben Schale schmeckte erfrischend und angenehm süß. Brandans Frettchen würde sie mögen. Wo war es eigentlich? »Jiga?« Selana schaute sich noch einmal um und trat an die Tür, die zum Innenhof führte. »Jiga! Ich habe was für dich.« Der kleine Brunnen zauberte mit seinem Wasserspiel eine beruhigende Atmosphäre. Selana trat an den Rand und tauchte ihre Hand in das kühle Nass. Plötzlich hatte sie das Gefühl, etwas würde nicht stimmen. Sofort flutete Magie durch ihren Körper.

»Scheltar der Winde ...«

Erschrocken wirbelte Selana herum und ließ ihre Arme vorschnellen. Der Rest der Rimmpur-Frucht fiel hinunter und rollte über das Moos.

Auf einer der Bänke, die geschützt zwischen großen Pflanzenkrügen standen, saß Ihlinn und blickte ihr aufmerksam entgegen. Auf ihrem Schoß hielt sie Jiga. Das Frettchen zappelte ein wenig, doch die Elbenkriegerin blieb ruhig, beinahe wie erstarrt. Erst als Selana ihre Arme sinken ließ, entspannte sich die Kriegerin und ließ das Tier los. Sofort sprang es zur Rimmpur-Frucht.

»Verzeih, dass ich dich erschreckt habe.«

»Ich dachte, ich wäre allein. Und ehrlich gesagt, würde ich das auch vorziehen.« Selana beugte sich zu dem Frettchen, das bereits die Frucht hinuntergeschlungen hatte und jetzt enttäuscht im Moos herumschnüffelte. Endlich nahm Jiga auch von ihr Notiz und sprang ihr entgegen.

»Du meinst, allein mit Jiga? Ich nehme an, sie ist eine gute Zuhörerin.« Ihlinn saß immer noch auf der Bank und machte keine Anstalten aufzustehen.

»Das ist sie.« Selana kraulte das weiche Fell von Brandans Begleiterin. Sie sah der Elbenkriegerin in die Augen und überlegte, ob sie ihr trauen konnte. Hier in der Elbenstadt.

»Das bin ich auch. Mit einem Unterschied.« Ihlinn machte eine Pause, Selana glaubte zu wissen, was kommen würde. »Ich war es, die zusammen mit dir in den Kampf gegen die Schatten gezogen ist. Und ich weiß, was dort geschehen ist.«

Selana fühlte, wie ihr Misstrauen schwand und sich ein anderes Gefühl breitmachte. Scham. Wie konnte sie nur an ihrer Elbenfreundin zweifeln? Ihlinn hatte ihr das Leben gerettet. Und ihr geholfen dem Kreh zu widerstehen. Ahnte die Elbenkriegerin, dass die Einflüsterungen des Schwarzmagiers noch immer in ihrem Kopf nachhallten? Dass er ihren Geist mit seinen dunklen Gedanken womöglich auf lange Zeit vergiftet hatte?

»Du hast der Fürstin nicht von ihm erzählt.«

Selana setzte Jiga ab und wandte sich zum Brunnen. Ihlinns Worte trafen zielsicher ihren wunden Punkt.

»So, wie du es auch mir nicht preisgegeben hast. Warum nicht? Was hat er gesagt, als er in deinem Kopf war?«

»Hast du der Fürstin davon erzählt?« Selana versuchte, ihrer Stimme Beiläufigkeit zu verleihen. Sie fühlte sich durchschaut, wollte sich aber nichts anmerken lassen. »Dass der Kreh mich in einem schwachen Moment überwältigt hat?«

Sie hörte, wie die Kriegerin sich erhob und zu ihr trat. Ihre Stimme war direkt hinter ihr, als sie antwortete. »Nein, das habe ich nicht. Es steht mir nicht zu, für die Scheltar zu entscheiden. Auch wenn ich hoffe, ihr Vertrauen zu haben. Als ihre Freundin.«

Ein großes Wort. Obwohl Selana es ähnlich empfand – empfinden wollte. Trotzdem haderte sie mit sich. Ihlinn war eine Vertraute aus dem Kreis der Fürstin. Wem würde sie beistehen, wenn es hart auf hart käme? Ihr gemeinsamer Kampf wider die Schatten stand gegen Dekaden von Herausforderungen und Kämpfen, die sie an der Seite der Fürstin verbracht haben mochte. Doch irgendjemandem musste Selana sich anvertrauen, wenn sie mehr erfahren wollte. Wem, wenn nicht Ihlinn?

Abrupt drehte sie sich zu der Kriegerin und schaute ihr in die Augen. »Er hat mich vor den Elben gewarnt. Er meinte, dass ihr eure eigenen, dunklen Pläne verfolgt!«

»Und du glaubst, er könnte recht haben?« Ihlinn schritt an ihr vorbei und stützte sich auf den Rand des Brunnens.

»Ehrlich gesagt, weiß ich nicht, was ich glauben soll. Die Fürstin ist seit unserer Rückkehr geheimnisvoller denn je. Wir wissen nicht, was gerade passiert. Welche Erkenntnisse sie uns vorenthält. Warum meldet sich die Fürstin der Waldelben, plötzlich? Und warum wurden wir aus dem Palast eskortiert, als wären wir nicht mehr vertrauenswürdig?«

Selana richtete den Blick auf die winzigen Tropfen, die das Wasserspiel des Brunnens aufspritzen ließ. Sie erinnerten sie an ihren Zauber auf der Barke. Als der Nebel, verdichtet zu Millionen Wassertropfen, um sie herum herabrieselte und den Blick zum Himmel freigab. Wie gerne hätte sie auch hier den Nebel gelichtet. Alle Geheimnisse aufgedeckt, um mit klarem Blick die Dinge beurteilen zu können, wie sie wirklich waren.

»Es ist nicht lange her, da durften wir ohne ihr Beisein zu den Portalen. Was würdest du an unserer Stelle glauben?« Sie warf der Elbin einen flüchtigen Blick zu.

»Ich würde mir ebenfalls Gedanken machen. Und ich würde das Gespräch mit der Fürstin suchen, um von ihr selbst die Antworten zu erhalten.« Ihlinn richtete sich auf. »Mir ist allerdings auch bewusst, welch große Verantwortung unsere Fürstin trägt. Sie führt das erste der Elbenhäuser. Das allein ist eine unvorstellbare Bürde. Denn wir alle hier entstammen dem ersten Volk, das Atharpazh überhaupt erschuf. In Erellgorh liegen die ältesten Erinnerungen der Welt verborgen. Würde Jukahbajahn in Schutt und Asche liegen und Erellgorh hätte überlebt, so wäre die ganze Welt gerettet! Diesem Wissen ist sie verpflichtet.«

Die Ausführungen der Kriegerin wogen schwer, auch wenn Selana noch nicht einschätzen konnte, welche Erkenntnis sie daraus gewinnen sollte. »Dann muss ihr Handeln doch immer dem Wohle Erellgorhs gelten. Wie viel Bedeutung misst sie dann den anderen Völkern zu? Welche Opfer würde sie in Kauf nehmen, um Erellgorh zu retten? Vor diesem Hintergrund ist es durchaus vorstellbar, dass ihr die Menschenopfer des Kreh weniger wichtig sind, oder nicht?« Sie wusste, die Fragen waren herausfordernd. Doch wenn die Kriegerin ihre Freundin sein wollte, musste sie alle Möglichkeiten mit ihr zusammen überdenken. Zumindest, wenn ihre Freundschaftsbekundung der Wahrheit entsprach.

»Hilja-Mehlen-Ellanjah ist die Tochter ihrer Mutter. Auch das treibt sie an. Ich weiß nicht, wie viel ihr über Fellen-Kehlanda wisst, aber sie war die Friedensstifterin zwischen den Völkern. Sie hat seinerzeit dem sinnlosen Sterben auf den Schlachtfeldern allein durch diplomatisches Geschick ein Ende bereitet.«

»Große Fußstapfen, wie man bei uns Menschen sagt.«

Ihlinn nickte. »Deshalb schauen die Elbenvölker auf Erellgorh. Die Entscheidungen unserer Fürstin geben den Ton an.«

Selana versuchte zu ermessen, wie groß die Last dieser Verpflichtung war. Keiner sollte eine Bürde von diesem Ausmaß tragen. Es überstieg die Verantwortung einer Scheltar um ein

Vielfaches. Selana verstand plötzlich, warum die Fürstin in ihren Aussagen immer so vage blieb. Warum sie stets kontrolliert wirkte und ihre Pläne nicht preisgeben konnte, ehe sie nicht alle Umstände bedacht und die Folgen abgeschätzt hatte. Doch gerade wegen dieser übermenschlichen Verantwortung, die Mehlen-Ellanjah trug, blieb Selana eine Sache gänzlich unverständlich. »Warum, bei allen Dingen, die du mir erläutert hast und die mir helfen sollen, die Fürstin besser zu verstehen, warum lässt sie Teehl wieder auf freien Fuß?«

Ihlinn zuckte, nur kurz, doch Selana hatte es gespürt.

»Du weißt nichts darüber?«

»Wenn es so ist, wird unsere Fürstin dafür einen Grund haben.« Die Stimme der Kriegerin verriet nicht, ob die Nachricht sie aufwühlte oder kalt ließ. Doch ihre nächste Frage entlarvte die Verunsicherung ob der Neuigkeit. »Du bist dir sicher?«

»Wenn ich meinem Gefühl trauen kann, ja. Um sicher zu sein, geht Atharu der Sache auf den Grund. Wir konnten nicht eindeutig sehen, ob der Einarmige wirklich Teehl war.«

»Ein Einarmiger ...« Ihlinns Stimme war kaum mehr als ein Flüstern. Gedanken, die sich an ihren Atem klammerten und nur versehentlich aus ihrem Mund entwichen. Sie schüttelte den Kopf und fixierte Selana. »Bitte sprecht niemanden sonst darauf an.«

»Warum nicht? Wenn Teehl sich frei in der Stadt bewegen kann, und sei es nur in Begleitung, dann wird es doch sowieso jeder erfahren.« Sie verstand nicht, was Verschwiegenheit bringen sollte.

»Eure Deutung dieses Umstands könnte falsch aufgenommen werden. Es wäre nicht hilfreich, wenn euer Verhältnis zur Fürstin getrübt würde.«

Das klang einleuchtend und gleichzeitig wie eine Drohung. Doch Selana versprach es.

Plötzlich ergriff Ihlinn ihren Arm. »Hast du etwas von Begleitung gesagt? Der Älteste wurde von jemandem begleitet?«

»Ja.« Selana hoffte, sie brächte den Nebelmacher nicht in Schwierigkeiten, wenn sie es der Elbenkriegerin erzählte. »Er war in Begleitung von Nannlohr-Bennzhardizh.«

Ihlinn ließ ihren Arm los, ging unvermittelt zur Tür, drehte sich aber noch einmal um. »Es ist gut, dass du es mir erzählt hast. Versprich mir, dass ihr nichts unternehmt, bis ich zurückkomme!« Sie öffnete die Tür.

»Aber Atharu ist wahrscheinlich schon bei ihnen.«

Die Kriegerin schenkte ihr einen nachdenklichen Blick. »Dann wollen wir hoffen, dass er vorsichtig und weise ist.«

Pitu

6

Pitu schrie! Das Echo seiner Panik hallte ihm hinterher, als sie mit der Lore in die Tiefe stürzten. Sie flogen dem finsteren Loch entgegen, sein Magen rebellierte, der Fahrtwind trieb ihm Tränen in die Augen. Dann verschluckte sie die Dunkelheit.

»Scheiße, scheiße, scheiße!«

Krampfhaft hielt Pitu sich an der Eisenstange fest. Das Rattern der Lorenräder auf den Schienen dröhnte in seinen Ohren. Es ruckelte gewaltig, und er fand mit der rechten Hand kaum Halt, weil der Stoff des Verbands auf der Stange rutschte. Ein heftiger Stoß und Pitu hob vom Sitz ab.

»Beine zusammendrücken!«, rief Semje, und Pitu presste seine Knie ans Holz. Was würde passieren, wenn er aus der Gondel flog?

Mit einem Ruck ging es in eine Kurve, dann noch eine. Nach links, nach rechts, wieder geradeaus. Lautes Rattern und noch lauteres Lachen. Lachen?

»Das macht dir Spaß?« Pitu musste brüllen, um gegen den Lärm anzukommen. Er versuchte, den Rotbart zu erkennen, doch die Dunkelheit löschte jede Kontur.

»Je schneller, je besser!«, schrie der Zwerg und grölte vor Vergnügen. »Wie fliegen! Schade, dass es bald langsamer wird.«

Pitu atmete auf.

»Vorher aber noch ein paar Kurven ...« – es ruckte nach links – »und dann geht's noch mal richtig los!« Rechts, links ...

»Waaaaaaaaaaa ...«

Freier Fall, kalter Wind und feuchter Nebel, der Pitu wie ein Sturm ins Gesicht schoss. Die Geschwindigkeit raubte ihm den Atem, seine Ohren wurden taub, Schmerzen zuckten durch seinen Kopf. Sein Magen tobte, er schluckte Galle. Die Ohrenschmerzen ließen nach. Er schluckte noch einmal. *Besser.* Er versuchte, sich weniger zu verkrampfen. Solange es nur geradeaus ging, konnte er das Ruckeln aushalten.

»Hahaha! Was für eine Fahrt!« Dieser Zwerg war verrückt.

Doch als die Lore langsamer fuhr, war es plötzlich weniger schlimm. Die Geschwindigkeit gefiel sogar Pitu. Dann ging es wieder bergab, doch nicht so steil wie zuvor. Das Tempo war jetzt gemäßigt, das Rattern leiser. Pitus Herzschlag beruhigte sich und der Druck im Magen ließ nach.

»War das nicht wunderbar?« Semjes kräftige Pranke landete auf seiner Schulter.

»Wunderbar? Du gemeiner Höhlenkriecher hättest mich warnen können! Was, wenn ich aus dieser elend-eisigen Gondel geflogen wäre?« Er drehte sich zum Rotbart, konnte aber noch immer nicht genug sehen.

»Bist du aber nicht! Nun mach nicht so ein Gesicht. Ich wusste, dass deine Reflexe und dein Lebenswille für so eine Fahrt ausreichen.« Semjes Stimme klang amüsiert.

»Gesicht? Ich mache ein Gesicht? Pah, woher willst du das überhaupt wissen? Wir fahren durch eine Dunkelheit, die jede Orientierung unmöglich macht. Ich kenne weder die Strecke noch die Kurven ...« Es ruckte. »Au!« Pitu wurde herumgeworfen und prallte mit der Brust gegen die Haltestange.

Semje lachte. »Daran habe ich ja überhaupt nicht gedacht!« Pitu hörte, wie er sich auf die Schenkel klopfte. »Blind wie ein Höhlenfisch von Eskrin«, japste der Zwerg.

»Sehr witzig!«

»Entschuldige.« Langsam beruhigte sich sein rotbärtiger Begleiter. »Wir Zwerge können im Dunkeln besser sehen. Nicht alles zwar, aber zumindest deutliche Konturen.«

Pitu zuckte, als Semje ihm erneut auf die Schulter klopfte.

»Ich hatte für den Moment ganz vergessen, dass du ein Urda bist, kleiner Mann.«

Wie frech war das denn? »Besser klein als rund!«

Semje lachte sein tiefes, knarzendes Lachen und schlug sich erneut auf die Schenkel; oder vielleicht auch auf den Bauch, das war schwer herauszuhören. »In Dekaden angefressen. Wir Zwerge sind eben Genießer.«

»Lebensmüde würde ich das nennen.« Es klang nicht so schroff, wie Pitu beabsichtigt hatte. Und dann merkte er, wie sich ein Grinsen auf sein Gesicht schlich. Inzwischen machte ihm die Fahrt sogar Spaß. Er konnte dem Rotbart einfach nicht böse sein.

»Begnadete Bauherren und Erfinder, das sind wir.«

»Begnadet wäre ein Fernzahn mit Beleuchtung.«

»Keine Sorge. Gleich wird es wieder heller.«

»Sind wir etwa schon da?« Er hatte nicht die geringste Ahnung, wie weit sie mit dieser Lorenbahn gekommen waren. Aber zu Fuß hätten sie sicher einen Tag dafür gebraucht.

»Am nächsten Haltepunkt, ja.«

»Haltepunkt.« Pitus Hoffnung auf eine schnelle Ankunft schmolz dahin wie Eis in der Sonne.

»Natürlich. Wir müssen doch wieder Schwung nehmen.«

Pitu schloss die Augen und versuchte, seine Gesichtsmuskeln unter Kontrolle zu behalten. Die Lorenfahrt an sich war in Ordnung, aber er hoffte inständig, dass es nicht erneut so steil bergab ginge. Der Gedanke an den Beginn ihrer Fahrt trieb ihm einen unangenehmen Schauer durch den Körper.

»Wirst sehen, beim nächsten Mal bringt es noch mehr Spaß!«

Die Lore ruckte, Pitu riss erschrocken die Augen auf, seine Hände fest am Haltegriff. Doch es ging nur sanft abwärts und ihr eisernes Gefährt glitt zwar zügig, aber nicht zu schnell dahin. Vor ihnen war Licht zu sehen, endlich! Ein schillerndes Leuchten, beinahe, als würden Sonnenstrahlen durch belaubte Zweige fallen, die sanft im Wind wogten. Als sie näherkamen, erkannte Pitu, dass die Helligkeit von den Höhlenwänden zurückgeworfen wurde. Sie kam von unten.

»Trugschuppler«, raunte Semje.

Pitu reckte den Kopf, um mehr zu sehen. Das Leuchten kam aus einem Tümpel oder Teich, über den die Schienen direkt hinwegliefen. Das Licht war nicht besonders hell. Eher wie Kerzenlicht, das nicht einmal ausreichen würde, um Kundigen das Lesen in Büchern zu ermöglichen. Doch allemal besser als die finstere Dunkelheit, die sie hinter sich hatten.

Die Lore fuhr jetzt immer langsamer, Pitu konnte nach und nach etwas mehr erkennen. Grobe Ketten hingen von der Decke, reichten bis zu den Gleisen hinab und verschwanden darunter. Das fahle Licht des Teiches fiel auf rostiges Metall und grünes Moos.

Als Semje sich erhob, wollte auch Pitu aufstehen. Doch er sackte sofort auf die Bank zurück. Er war total verkrampft und musste seine Muskeln erst lockern. Als er begann, die Schultern kreisen zu lassen, fiel ihm seine Magie wieder ein, er hieb sich an die Stirn. *Ich bin ein Scheltar. Ein Elementemagier! Ob das jemals in meinen Kopf geht? – Geduld,* mahnte er sich. *Meister fallen nicht vom Himmel.* Er spürte nach der Kraft, fühlte, wie die Energie pulsierte, und lächelte. Konzentrieren, atmen und strömen lassen! Sofort ließen die Verspannungen nach. Eigentlich war es ganz einfach. Was für eine wunderbare Gabe.

»Vorsicht!«, warnte Semje. »Wir rasten gleich ein.«

»Wir machen was?« Pitu sprang auf und sah nach vorn – direkt auf eine Wand.

Klong!

Abrupt blieb die Lore stehen, Pitu kippte über die Haltestange. Er stöhnte.

»Ich habe dich ge...«

»Gewarnt, ich weiß.« Pitu ließ das Gesicht in die Hände sinken und rieb sich die Augen. »Kann ich endlich aussteigen?« Er schaute Semje müde an. »Sag einfach nur, wie es weitergeht.«

»Wir ziehen uns nach oben und machen erst mal Pause.« Der Rotbart rieb sich über den Wanst. »Sonst falle ich womöglich noch vom Fleisch.« Sprach's und wuchtete sich erstaunlich behände über die Lorenwand.

Erst jetzt fielen Pitu die Löcher auf, in die man die Füße setzen konnte. Wieder etwas dazugelernt. Direkt neben den Schienen entdeckte Pitu Trittsteine, die ein wenig über die Wasserfläche hinausragten und über die Semje gerade davon stapfte. Er wollte ihm schon hinterhereilen, schaute dann aber nach der Lichtquelle. Das Schimmern kam wirklich aus dem Wasser. Was hatte der Zwerg gesagt? Irgendetwas mit Trucksch oder so ähnlich.

»Trugschuppler.« Semje hatte sich zu ihm umgedreht und wartete. »Du musst genau hinsehen.«

Pitu starrte auf kleine, leuchtende Scheiben, die unter der Wasseroberfläche gemächlich dahintrieben. In der Mitte waren sie etwas dunkler und ihr Rand wirkte seltsam wulstig. »Was soll denn das sein?«

»Fische. Bei einigen Zwergenmännern ganz beliebt.«

Pitu schritt behutsam über die Trittsteine. »Warum nur bei den Männern?«

»Halte einen Finger ins Wasser, dann weißt du, warum.«

»Das meinst du nicht ernst, oder?« Fragend hob er die Brauen.

»Trau dich! Wirst schon keinen weiteren Finger verlieren.«

Pitu starrte wieder ins Wasser. Langsam kniete er sich hin.

»Nimm zur Sicherheit lieber deine verstümmelte Hand.«

Er warf dem Zwerg einen vernichtenden Blick zu.

Semje lachte. »War nur ein Scherz, ehrlich.«

Seufzend zuckte Pitu mit den Schultern und streckte den Zeigefinger aus. Für einen kurzen Moment musste er an die Crullmahr in den Sümpfen denken. Fludo hatte ihn damals gewarnt, doch er hatte nicht hören wollen, und es wäre beinahe böse für ihn ausgegangen. Aber das hier war etwas anderes, der Zwerg würde nicht ... Pitus Finger verharrte. Semje war nicht Fludo, ging es ihm durch den Kopf. Aber Trugschuppler waren auch keine Crullmahr, oder?

»Nun mach schon, bevor ich hier zu Stein erstarre.«

»Könnte für einen Zwerg die Erfüllung sein, nicht?« Pitu holte Luft und tippte auf die Wasserfläche. Sofort schoss das Licht heran und stülpte sich über seinen Finger. Er schrie vor Schreck und sprang hastig auf. Das Ding hatte sich komplett über den Zeigefinger gestülpt. »Eberdreck, verschmorter!« Die dunkle Mitte war der Rachen von diesem Trugschuppdings.

Semje lachte. »Trugschuppler! Finger sind ihre Leibspeise.«

Der Schuppler hing fest wie ein Blutegel, doch zu Pitus Verwunderung tat es nicht weh. Es fühlte sich sogar angenehm an, als würde der Finger massiert. Pitu hob den Trugschuppler vors Gesicht. Oberhalb des ausgestülpten Mundes lagen zwei blaue Augen, die ihn anzuzwinkern schienen. Darunter hing ein labbriger, rundlicher Körper, dessen weiße Schuppen hell leuchteten. Vier kurze Flossen hatte das possierliche Tier, die seltsamerweise wie verkümmerte Hände und Füße wirkten. Das Irritierendste war vielleicht der geringelte Schwanz. Als Pitu ihn mit einem Finger antippte, klammerte sich das Tier sofort daran fest.

»Damit halten sie sich sonst an Pflanzen oder Steinen fest.« Semje war nähergekommen. »Sind doch ganz niedlich, die Viecher, oder?«

Pitu nickte. »Und warum sind sie nun bei Zwergenmännern so beliebt?«

»Nicht dein Ernst!« Der Zwerg starrte ihn aus großen Augen an. Dann glitt sein Blick nach unten. »Oder ist bei euch Urda da was anders als beim Rest der Völker?«

Eher nicht, dachte Pitu und spürte, wie der Rüssel des Tieres sich mit rhythmischen Bewegungen abwechselnd zusammenzog und erschlaffte. Ein irritierendes Gefühl, das ihm beinahe die Röte ins Gesicht trieb. »Ich hab keine Ahnung, wovon du sprichst. Aber wie sollte ich auch? Diese

Trugdinger gibt es bei uns ja nicht.« Er blickte nachdenklich auf den Trugschuppler und dann zu seinem Begleiter Eine gute Gelegenheit, ihn herauszufordern. »Kannst du es mir nicht erklären? Oder vielleicht zeigen?«

Semjes Wangen wurden rot, Pitu verkniff sich das Lachen. »Wenn du es mir zeigst, verstehe ich es bestimmt sofort.«

»Das werde ich sicher nicht. Wo kommen wir denn ... das ist aber auch ... und sowieso ... nicht so wichtig«, stammelte er. »Vergiss das alles. Eigentlich werden sie nämlich für die Käseherstellung eingesetzt.«

Das verblüffte Pitu nun doch. »Käseherstellung?«

»Ihr Körper ist sehr dehnbar. Man stülpt sie über die Euter, und dann übernehmen sie das Melken. Spart richtig viel Zeit, kann ich dir sagen.« Er wandte sich um und stampfte weiter.

»Äh ...« Pitu sah ihm nach. »Und wie werde ich das Ding jetzt wieder los?«

»Unter Wasser halten. Wenn er merkt, dass er nur Wasser kriegt, lässt er von alleine los.«

Pitu sah noch einmal in die blauen Augen des Tierchens und hatte das Gefühl, sie würden zurückblicken. Er tauchte die Hand samt Trugschuppler unter Wasser und hatte in wenigen Augenblicken seinen Finger zurück. Eilig lief er dem Rotbart nach. »Und wie bekommt man die Milch aus ihnen wieder heraus? Werden sie aufgeschnitten?«

»Für was hältst du uns? Natürlich nicht. Keiner würde einem Trugschuppler etwas antun. Wenn sie genug gesaugt haben, ubergeben sie sich von allein. Darfst nur nicht vergessen, die Eimer drunterzustellen und die Schuppler aus der Milch zu fischen.«

»... aus der Milch fischen«, wiederholte Pitu und nahm sich vor, bei Zwergen keine zu trinken.

»Natürlich. Wenn du so einen Schuppler aus Versehen mit verarbeitest, schmeckt die Milch nur noch nach abgestandenem Algenmist. Und der Käse wird dann auch nichts. Schmeckt nach Fisch und bekommt nicht das scharfwürzige Aroma, das wir so schätzen.«

Pitu verbat sich jedes weitere Wort. Mit Semje über Essen zu sprechen, verhagelte ihm beinahe die Lust, tiefer in das Zwergenreich vorzudringen. Wobei von Lust nicht wirklich die Rede sein konnte. Doch er musste helfen, Fullbor zu befreien. Nicht zuletzt, weil er in der Schuld seines rotbärtigen Freundes stand. Semje hatte ihm vor der schwarzen Feste das Leben gerettet.

Der Rotbart stapfte voran. Pitu folgte ihm in einen tunnelartigen Gang, der ausgesprochen düster wirkte. Das hier war wirklich nicht seine Welt. Je eher sie in Fullbor waren, umso besser. Er brauchte Luft zum Atmen, wollte Sonne auf der Haut spüren, Wind in den Haaren. Eigentlich hatte er längst zurück in Tyklahr sein wollen. Er seufzte.

Was hätte er darum gegeben, im Garten des Gesundhauses zu sitzen – zusammen mit Kessja! Ein warmes Gefühl durchströmte ihn bei dem Gedanken an sie. Wenn er die Augen schloss, konnte er sie vor sich sehen. Wie gerne hätte er sie in seine Arme geschlossen, wäre im Blick ihrer grünen Augen versunken und hätte noch einmal den zarten Duft geatmet, der sie umgab. *Es wird so sein. Ich komme zurück, Kessja!*

Immerhin war sie in Tyklahr gut aufgehoben. Er hatte die Brücken zerstört und den Angriff der Gellwicks abwenden können. Und die Stinker, die es hinübergeschafft hatten, wären sicher kein Problem für die Soldaten der Königin, oder? Nein, so viele konnten es nicht gewesen sein. Die Truppen der Tykalden hätten jetzt ein wachsames Auge auf Nehrbor. Aus dieser Richtung sollten sie sich nicht erneut überraschen lassen.

Aber Gellwicks waren nicht nur im Westen unterwegs, dachte er plötzlich. Sie konnten auch aus dem Süden oder aus dem Norden kommen. Wären die Truppen der Königin auch dann noch in der Lage, die Stadt zu schützen? Bloß nicht darüber nachdenken. Ein Zurück gab es nicht mehr. Zumindest nicht auf dem Weg, den Semje und er gekommen waren. Und dass der grummelige Rotbart ihm einen anderen zeigen würde, glaubte Pitu nicht. Für den Zwerg war das Ziel klar: Es ging ihm einzig und allein um die Schmieden von Fullbor. War es ihm von Anfang an nur darum gegangen?

Gerade hatten sie den Tunnel passiert, als es merklich heller wurde. Diesmal war es allerdings kein Wasser, aus dem weiß schimmerndes Licht emporstieg, sondern das Glimmen grüner Kristalle, die aus eisernen Schalen von den Wänden leuchteten. Das musste man den Zwergen lassen, sie hatten sich einiges ausgedacht, um Helligkeit unter die Erde zu bringen.

Semje stapfte geradewegs auf eine Art mannshohen Käfig zu, der allerdings zu einer Seite offen war. Schwere Kettenglieder kamen aus dem Boden und reichten oben bis durch die Decke. Was sollte das jetzt wieder? Der Zwerg trat neben die Kette und bedeutete Pitu, ebenfalls in dieses metallene Ding zu steigen. Er zögerte. Der Käfig hatte auf jeden Fall seine besten Tage hinter sich. Einige Nieten fehlten und mindestens drei der Seitenstreben waren durchgerostet. Neben der Kette verlief eine Mittelstange, an der eine Art Haken angebracht war. Zumindest der musste einmal erneuert worden sein, so blank, wie er aussah.

Pitu blieb mit verschränkten Armen stehen. »Was ist das?«

»Unser Weg! Komm schon, oder willst du Wurzeln schlagen?«

Skeptisch betrachtete Pitu den Käfig. Immerhin ruhte das Ding auf festem Boden.

»Was nun? Mann oder Memme?«

Pitu schnaufte. Solche Sprüche kannte er schon. Hohle Worte, die ihn früher selbst einmal angetrieben hatten, Dinge zu tun, die er eigentlich nicht hatte tun wollen. Nur, um nicht als feige angesehen zu werden. Inzwischen wusste er, dass es meist besser war, nicht den Sprücheklopfern zu folgen. »Im richtigen Moment Mann und im richtigen Memme. Damit bin ich bisher ganz gut durchgekommen.«

»Beim Barte Gallbaturs!« Semje lachte. »Ein wahres Wort gelassen ausgesprochen. Du erstaunst mich immer wieder. Aber trotzdem hilft das Zaudern nicht, wenn wir weiterkommen wollen. Die Horden des Kreh werden nicht auf uns warten. Je länger sie die tiefen Schmieden besetzt halten, umso mehr dunkle Runen werden ihre Träger finden.«

Die unseligen Armreife. Wieder überkam Pitu ein Gefühl von Bedrohung. Die schwarze Feste, die eine ganze Armee willenloser Söldner ausgespuckt hatte. Erinnerungen an die gefallenen Soldaten und die Schreie aus dem Lazarett krochen hervor. Bilder der Opfer im Gesundhaus, der Qualen, die Magister Eldarh in den Tod getrieben hatten, sein Hass und sein Flehen. Das musste aufhören!

Pitu trat zu Semje in den Käfig. Der rostige Gitterboden knirschte, eine der Streben zerbröselte unter seinen Füßen. Er schluckte, doch wenn dies der Weg nach Fullbor war, blieb ihm keine andere Wahl als mitzugehen.

»Pack mit an.« Die Pranken des Rotbarts griffen nach oben in die Kette, Pitu tat es ihm gleich. »Und zieh!« Ein Ruck ging durch den Käfig. »Im Rhythmus und auf keinen Fall nachlassen, verstanden?«

Pitu nickte tapfer.

»Eins, zwei und zieh!«

Der Käfig löste sich vom Boden, Pitus Fuß rutschte durch einen Spalt. Hastig zog er ihn heraus.

»Eins, zwei und zieh!«

Metallenes Knarzen und Ächzen.

»Eins, zwei und zieh!«

Sie zogen die Kette herunter und damit sich selbst hinauf.

»... zieh!«

Pitu blickte nach oben und stöhnte. Diesmal war das schwarze Loch also über ihnen.

»Gibt es keinen anderen ...«

»... zieh!«

Der Boden fiel zurück.

»... zieh!«

Mit jedem Zug ging es zwei bis drei Fuß weiter in die Höhe. Schon glitten sie in den dunklen Schacht.

»Nicht nach unten schauen – zieh!«

Pitu sah hinunter, vorbei an den rostigen Streben des verwitterten Gitterbodens fiel sein Blick auf grün schimmerndes Licht, das sich langsam entfernte. Einzig die fingerdünnen Stangen des Käfigs bewahrten sie vor dem tödlichen Sturz. Ihm wurde schwindlig, alles begann sich zu drehen. Er hatte plötzlich das Gefühl, der grün schimmernde Grund riefe nach ihm, als wollte er ihn zurückhaben. Die Anziehungskraft der Tiefe war wie ein Sog, der ihn in das Innerste der Welt ziehen wollte. Jeden Moment müsste er sich fallen lassen, um dieser Kraft zu folgen. Sein Magen zog sich zusammen, eine hilflose Schwäche waberte durch seinen Körper.

»... zieh!«

Die Kette entglitt ihm.

»Festhalten, verflucht noch mal!«, schrie Semje.

Mit einem Ruck sank der Käfig abwärts.

»Festhalten!«

Noch einmal sackten sie hinab, der Schreck schoss Pitu wie ein Blitz in die Glieder. Sofort packte er wieder zu. »Entschuldige, ich habe ... ich war ...« Ihm versagte die Stimme.

»Zieh!«

Im Schacht war es dunkel, doch Pitu konnte sich den vernichtenden Blick des Zwergs vorstellen.

»Im Rhythmus! Du bist ein Scheltar, verdammt. Eins, zwei und zieh!«

Ein Scheltar! Wie oft musste er sich das noch sagen lassen? Wann würde er endlich von allein eins sein mit der Macht, die in ihm wohnte? Verbissen konzentrierte er sich auf die Aufgabe. Eins, zwei und zieh! Für alles andere wäre später Zeit. Er spürte die Magie stärkend durch seinen Körper strömen und packte entschlossen zu.

Immer höher ging es hinauf. Die Luft wurde merklich kühler, an zwei Stellen erleuchteten magische Kristalle schmale Tunnel, die in die Schachtwände führten. Doch Semje zählte weiter, und Pitu zog mit aller Kraft im Rhythmus, den der Rotbart vorgab. Er verbot sich jeden Gedanken an den Abgrund unter ihnen und blieb wie festgewachsen auf den Streben stehen, die ihm Halt boten. Seinen Schmerzen in Knien und Händen begegnete er mit Magie und bewunderte im Stillen den Zwerg, dem der Schweiß von der Stirn troff. Schon längst zählte er nicht mehr. Sie hatten ihr gleichmäßiges Tempo gefunden. Als es heller wurde, erkannte Pitu das Ende des Schachts. Endlich tauchten sie in das kristallene Licht einer kleinen Felsgrotte.

»Der Haken«, stöhnte Semje.

Pitu brauchte einen Moment, um zu begreifen, was der Zwerg meinte. Erst als der versuchte, mit seinem dicken Bauch den blanken Haken an der senkrechten Stange zu bewegen, ging Pitu ein Licht auf.

»Aus dem Weg!« Er brachte sich in eine bessere Position.

Semje drückte sich zur Seite, ohne die Kette loszulassen. Im nächsten Moment sprang Pitu hoch und trat mit Wucht gegen den Haken. Der eiserne Riegel rastete in einem der Kettenglieder ein, der Käfig war gesichert. Endlich konnten sie loslassen. Semje stützte sich schwer auf Pitus Schulter, als er in den Felsenraum stieg. Die rostigen Streben ächzten unter seinem Gewicht, und für einen Moment fürchtete Pitu, dass sie am Ende doch noch in die Tiefe stürzen würden. Doch das Gitter hielt stand. Mit vorsichtigen Schritten folgte er dem Rotbart auf festen Boden.

Erst dann sah Pitu den Tisch und die Lehnstühle, auf die der Zwerg zuwankte.

»Ich werde langsam zu alt für solche Sachen.« Semje nahm seinen Rucksack von den Schultern und wuchtete ihn auf den Tisch. »Zeit für eine Pause.« Er fummelte an dem Band und kramte Proviant hervor. Dann ließ er sich schwer in einen der Stühle fallen, nahm einen kräftigen Schluck aus dem Trinkschlauch und riss sich ein Stück vom Rest des Brotlaibs ab. »Steh nicht rum wie ein unbearbeiteter Granitblock. Du solltest auch etwas essen. Hier.« Er streckte Pitu das Brot entgegen.

O ja. Pitu fühlte sich mindestens so erschöpft, wie der Zwerg aussah. Er nahm sein eigenes Reisebündel vom Rücken und ließ sich auf einen der Stühle fallen. Was für Strapazen! Er suchte nach seiner magischen Quelle, um noch einmal Kraft durch Arme und Beine strömen zu lassen. Doch das beruhigende Gefühl der Linderung, das den Muskeln Kraft verliehen und seinen Gelenken Schmerz erspart hatte, blieb aus. Den ganzen Weg über hatte er doch die Magie anrufen können. Und jetzt schwieg sie?

Pitu spürte Panik aufsteigen. Atmen, fokussieren, fließen lassen! *Konzentrier dich einfach.* Doch von der kraftvollen

Macht in seinem Inneren war nichts mehr da, das Strömen war kaum mehr als ein Tröpfeln, ein Rinnsal, ausgedörrt von der Sonne. Ein dürftiges Pulsieren, das die Schwäche in seinen Gliedern nicht vertreiben konnte. »Bitte nicht, bitte nicht!« Er erkannte die eigene Stimme nicht, so seltsam dünn und flehend klang sie in seinen Ohren. Er holte Luft, flach und hektisch, tastete über den Bauch und die Brust. »Das kann doch nicht ... darf doch nicht ...«

»Was ist denn los mit dir?« Semje starrte ihn fragend an.

»Meine Magie ist weg.«

Atharu

7

Langsam machte er erst einen Schritt rückwärts, dann noch einen. In einem hilflosen Versuch, selbstbewusst zu erscheinen, reckte er das Kinn und lächelte. Plötzlich legte sich eine kräftige Hand auf seine Schulter, er zuckte zusammen.

»Ihr habt etwas vergessen, Scheltar des Feuers.« Ein Elbenmann trat vor ihn und reichte ihm ein Tuch. Atharu wand es rasch um die Hüften und nickte seinem Retter dankbar zu. Er hatte etwa die gleiche Größe und eine ähnlich athletische Statur. Vielleicht etwas sehniger oder definierter.

»Danke! Ihr seid meine Rettung. Ich bin das erste Mal in einem Haus der Berührung und habe den Erzählungen darüber wohl zu unaufmerksam gelauscht. Hoffentlich habe ich nicht den Unwillen der Gäste auf mich gezogen.«

»Nun, der eine oder andere wird für heute wohl eingeschüchtert von dannen ziehen.«

Das rechte Auge schloss sich für einen winzigen Moment. Hatte der Elb ihm etwa zugezwinkert?

»Und die anderen werden beeindruckt darauf hoffen, mit Euch Berührungen auszutauschen.« Der Elb ließ seinen Blick an Atharu hinunter- und hinaufgleiten. »In jedem Fall wird Euer Besuch unvergessen bleiben. Selten hat ein Feuer-Scheltar sich imposanter in die Elbengesellschaft eingeführt.«

Atharu schluckte. Die Offenheit des Elbenmanns war irritierend. Auch die Art, wie er ihn ansah, und seine Stimme, die, obgleich männlich dunkel, eine auffallend weiche Note in der Betonung hatte.

»Nun, wie gesagt, es war nicht meine Absicht. Bitte verzeiht. *Zharmell-kuhn*«, setzte Atharu eine Entschuldigung auf Iljaitt hinzu. Er versuchte, die Begegnung in sachliche Bahnen zu führen, bei denen keine Gefahren zwischen den Zeilen lauerten. »Vielleicht mögt Ihr mir erklären, was es mit den Häusern der Berührung genau auf sich hat. Ich nehme an, Ihr kennt euch hier aus, *pyr*? *(Oder?)*«

»Perk.« (In Ordnung.) Der Elb warf ihm ein strahlendes Lächeln zu. *»Zharmell-kuhn jyhr krokk. Jyhr nemna jaln Linuzh-Kellzhardizh.«* Er verbeugte sich leicht. (Vergebt mir meine ...) Was hieß nochmal krokk? Atharu versuchte, alles zu verstehen. Doch der Elb sprach ausgesprochen schnell.

»Jylna falta kerr-torpinn azhfahr bellzhanbjir ilka, pyr?«

»Äh ...« Atharu verstummte. Seine Kenntnisse der Elbensprache reichten für diese Unterhaltung nicht aus. Es lag nicht nur am Sprechtempo, sondern auch an den ungewohnten Wortklängen. *»Zharmell-kuhn, jys kerr-ellkirh«*, versuchte er eine Entschuldigung. (Entschuldigt bitte, ich verstehe nicht.) Nicht besonders einfallsreich, aber verständlich, wie er hoffte.

»*Perk. (In Ordnung.)* Ich meinte nur, wir müssen nicht noch einmal mit der traditionellen Begrüßung anfangen, oder?« Der Elb lächelte und streckte ihm die Hand entgegen. »Linuzh-Kellzhardizh. Aber Ihr könnt mich einfach Linuzh nennen. Das machen hier alle.«

Atharu ergriff bereitwillig seine Hand. »Dann will ich es auch so halten, Freund Linuzh.«

»Bei den Seelen, lasst das ›Freund‹ weg. Wir sprechen hier nicht so geschwollen wie im Palast, *pyr?*«

Atharu konnte es nicht glauben. Dieser Elb gab sich vollkommen anders als alle, die sie bisher kennengelernt hatten. »Dann nennt mich bitte auch einfach nur Atharu.«

»Atharrru«, gurrte Linuzh und zwinkerte. »Was für ein schöner Name. Passend für den Feuer-Scheltar, wie ich finde. Ebenso wie Eure starken Hände. Die könnten wir hier brauchen.«

Atharu wusste nicht, worauf das hier hinauslaufen sollte. Außer einem gezwungenen Lächeln fiel ihm auch nichts darauf ein. Doch Linuzh plauderte schon weiter. »Ich bin in diesem Haus der Berührung übrigens der *ferrom-ezhancham*. Ihr würdet es vielleicht Führender oder Meister der Berührungen nennen. Wenn Ihr mögt, zeige ich Euch erst einmal das Haus und gebe Euch dann eine Probe meiner Kunst.« Wieder das Zwinkern und ein strahlendes Lächeln.

»Nun, äh ... belassen wir es erst mal bei einer Führung.«

»Spüre ich Angst oder Ablehnung? Was fürchtet Ihr?« Der Elb legte einen Arm auf Atharus Schultern und schob ihn zur Seitenwand des Raumes.

»Nichts. Wovor sollte ich Angst haben?« Kameradschaftliche Berührungen störten Atharu eigentlich nicht. Aber etwas mehr Distanz hätte er sich schon gewünscht. Er warf einen Blick zu den anderen Elben. Doch die hatten sich wieder einander zugewandt und beachteten sie nicht weiter.

»Na also, dann ist es abgemacht. Ich werde Euch persönlich in die Geheimnisse unseres Hauses einführen.« Linuzh klopfte ihm auf die Schultern und fing, noch bevor Atharu etwas erwidern konnte, übergangslos an, von dem Haus zu schwärmen. »Dieses Haus der Berührung ist in Erellgorh von allen das größte. Kein anderes bietet diese wunderbare Kuppelmusik.« Er wies an die Decke, von der die Tücher herabhingen. Erst jetzt sah Atharu die Abhängung und die schemenhaften Spiegelungen in der Kuppel darüber. Elben mit Instrumenten. Die Musik kam tatsächlich von dort oben, perlte an der gewölbten Decke zu ihnen hinab und erfüllte den Raum mit ihrer melodischen Schmeichelei. Was für eine wunderbare Idee. Und zweifellos eine meisterhafte Baukunst.

»Neben den Zweisamkeitsnischen«, Linuzh machte eine ausladende Bewegung und schloss damit die Wände des gesamten Raumes ein, »halten wir auch noch zusätzliche Räumlichkeiten mit großen Liegen für bis zu sechs Elben vor. Seht Ihr den offenen Vorhang dort hinten? Von dort führt eine Treppe in den unteren Bereich. Kräuteröfen zaubern dort eine äußerst anregende Temperatur für unsere Begegnungen. Es kommen oft kleine Gruppen, die insbesondere nach meinen Diensten fragen. Eine Spezialität von mir.«

Während Linuzh ihn an der Wand entlangführte, philosophierte er von Körper und Seele, von Gleichgewicht und Wohlbefinden. Seine Stimme hob und senkte sich in einem lebendigen Singsang. Er verstand es, Ausschweifungen nicht nur mit eifriger Betonung, sondern auch mit Namen zu würzen, verbat sich aber, Näheres über die Kunden zu erzählen.

»Selbst Kellbruhn-Palizhturh, unser Heerführer, kommt nur zu uns. *Ophana, pyr?* (Gut, oder?)« Plötzlich lachte er. »Mit diesen Falten auf der Stirn seht Ihr aus wie eine Zirbelmaus in einem Berg Kelbarknollen. Hat Euch das schon mal jemand gesagt? Nein? Nun schaut nicht so. Wer hier ein- und ausgeht, ist kein großes Geheimnis. Schließlich kommen und gehen alle durch dieselbe Tür. Aber was hier drinnen passiert, bleibt hier drinnen. Elben-Ehrenwort!« Er zwinkerte wieder.

Atharu seufzte und versuchte das Unmögliche, nämlich Linuzh aufmerksam zuzuhören und gleichzeitig nach dem Einarmigen und Bennzhardizh Ausschau zu halten. Er war schließlich nicht hier, um sich um den Verstand reden zu lassen.

»Linuzh, wo Ihr gerade ›dieselbe Tür‹ sagt: Eigentlich bin ich so spontan hereingekommen, weil ich jemanden hineingehen sah, den ich kannte. Wenn ich Euch den Namen nenne, wisst ihr sicher, wen ich meine: Nannlohr-Bennzhardizh.«

Von einem Moment zum anderen, war das Lächeln auf Linuzhs Gesicht verschwunden. »Der Nebelmacher der Fürstin.« Auch der Singsang war aus der Stimme des Elbs gewichen. »Wir können uns nicht aussuchen, wer hier mit wem ein- oder ausgeht.«

Atharu schaute ihn aufmerksam an. Offensichtlich war der Meister der Berührungen nicht sehr erfreut über den Besuch des Nebelmachers oder seines Anhangs. Womöglich eine gute Gelegenheit, mehr zu erfahren. Er musste sich nur mit ein paar unaufdringlichen Fragen etwas weiter vortasten. »Ihr meint die Begleitung von Bennzhardizh? Wenn ich es richtig gesehen habe, ist er nicht allein gekommen, oder?«

»Nein, ist er nicht. Ich wollte es selbst nicht glauben.« Linuzh senkte die Stimme. »Aber mein *Zhamm-Delldrer* hat den Häscher des Kreh mit in dieses Haus gebracht. Zum Glück konnte ich verhindern, dass die anderen Gäste es sehen.«

»Zhamm-Delldrer?«

»Oheim oder Onkel, wie es in der Menschensprache heißt. Bennzhardizh sollte wissen, dass er mein Haus damit in Schwierigkeiten bringt. Den Verräter leibhaftig vor mir zu sehen, hat mich beinahe erstarren lassen. Es dürfte für viel Unverständnis sorgen, dass er sich erneut frei bewegen darf. Einige von uns munkelten ohnehin, die Verbindung zum Kreh würde womöglich auch ohne den Reif fortbestehen.«

»Dann wissen in Erellgorh alle von dem Vorfall?«

»Zwischen der Scheltar der Winde und dem Kreh? Davon, dass ihre Magie auf die Runen eines schwarzmagischen Armreifs getroffen ist? Aber natürlich. Die magische Entladung haben die meisten von uns gespürt. Und unsere Fürstin hat überdies alle Elben umgehend unterrichten lassen. Das rote Banner ist näher, als wir glaubten.« Er schaute Atharu eindringlich an. »Ihr wisst, was ich meine?«

»Der Krieg streckt seine blutigen Hände nach Erellgorh aus.«

»Ja!« Die Stimme des Elbs war nur noch ein Flüstern. »Die Schwärze seiner finsteren Magie kommt immer näher. Entgeistete Menschen fallen übereinander her, Gellwicks löschen ganze Dörfer aus, Nehrbor ist besetzt, Tondaborgen belagert und Schatten ziehen auf Tyklahr.« Die Worte hingen unheilvoll in der Luft, als Linuzh verstummte. Selbst die Musik war leiser und melancholischer geworden. Der Elb holte tief Luft und reckte sich. »Aber meine Aufgabe hier ist es, Zerstreuung zu bieten. In die Häuser der Berührung darf die Bedrohung durch den Abtrünnigen nicht Einzug halten. Nicht, solange ich hier der Meister bin!«

Die Worte des Elbs klangen ernst. Atharu glaubte zu verstehen, dass hier der wahre Linuzh durchblickte. Die Leichtigkeit und Verspieltheit mochte auch zu ihm gehören. Vor allem aber gehörte sie zur Aufgabe, die er innehatte. Wie oft hatten seine Besucher wohl die Möglichkeit, mit dieser verborgenen Version seiner selbst zu sprechen? Atharu nahm sich vor, den Augenblick zu nutzen.

»Ich muss noch mal auf Teehl zurückkommen. Verzeiht mir. Glaubt Ihr persönlich, dass die Verbindung zum Kreh noch andauern könnte? Auch ohne die dunklen Runen an seinem Arm?«

»Nein. Aber das tut nichts zur Sache, wenn meine Gäste fürchten, sie könnten hier keine intimen Gespräche mehr führen, weil in der Nische nebenan vielleicht dieser *Mensch* liegt und mithört.« Linuzhs Ton klang verächtlich. »Glücklicherweise war die Zweisamkeitsnische gleich neben dem Durchgang frei, ich konnte die beiden direkt hineinschieben. Außer Euch hat niemand mitbekommen, wer hier ist.« Plötzlich schien Linuzh aufzugehen, mit wem er sprach, denn seine Miene wurde aschfahl. Er zog Atharu zur Seite. »Vergebt mir meinen Ton. Ich sollte meine Emotionen besser kontrollieren. Bitte behaltet das für Euch. Würdet Ihr das tun?«

Atharu nickte. Er konnte die Situation verstehen. Ihn erschütterte weniger die Tatsache, dass Menschen in Erellgorh wohl doch nicht so gut angesehen waren, wie sie bisher geglaubt hatten, als vielmehr der Umstand, dass Selana recht gehabt hatte. Bennzhardizh war mit Teehl unterwegs. Der Älteste weilte nicht mehr in den Verliesen unter der Stadt, sondern konnte sich offenbar wieder frei bewegen.

»Macht Euch keine Gedanken. Ich fühle mich nicht angegriffen, nur weil ich auch ein Mensch bin und zufällig aus derselben Stadt wie der Häscher des Kreh komme.«

»Das solltet Ihr nicht vergleichen. Ihr seid schließlich kein schlichter Mensch. In Euren Adern fließt Elbenblut!«

Atharu musste sich verhört haben. »Wie meint Ihr das?« Er war ein Tangora aus der Linie Ondaras. Da gab es keinen Zweifel. Die Ähnlichkeit mit seiner Mutter war offensichtlich. Und seine Ohren waren sogar für Tangora eher klein.

»Ihr seid der Feuer-Scheltar«, entgegnete Linuzh knapp.

Das meinte er also. Atharu atmete erleichtert auf. Für einen kurzen Moment hatte ihn der Meister aus dem Gleichgewicht gebracht. Aber es war für Linuzh einfach nur undenkbar, dass Wesen ohne Elbenblut mit der Elementemagie gesegnet sein konnten. Wie traditionell er doch dachte. Spätestens seit Gründung der Orden beherrschten zumindest die Magister ein wenig Magie. »Ich verstehe Euch. Natürlich fühlen Selana und ich uns durch unsere Gabe sehr mit den Elben verbunden.«

Linuzh Augen weiteten sich, seine Hand fuhr zum Mund, als wolle er sich jedes weitere Wort verbieten. Atharu wurde plötzlich heiß. Nichts hätte besser transportieren können, dass der Elb mehr verraten hatte, als ihm lieb war.

»Bei Atharpazh! Ihr meint das ernst. Aber wie soll das ... Elbenblut in meinen Adern? Wie kommt Ihr nur darauf?«

Ein Vorhang öffnete sich und lenkte Atharus Augenmerk auf zwei Elbinnen, die aus der Nische neben ihnen traten. Sein Blick glitt aber sofort wieder zurück. Nichts konnte ihn jetzt von dem ablenken, was der Meister der Berührungen ausgeplaudert hatte. Im nächsten Moment packte Linuzh Atharu bei den Schultern und schob ihn in den frei gewordenen Raum hinter den Vorhängen.

»Was soll das?« Er versuchte, sich loszumachen und wieder hinauszugehen.

Doch Linuzh bedeutete ihm mit einem Finger auf den Lippen, still zu sein. Mit einer kreisenden Bewegung der Hände sprach er einen Zauber, an den Atharu sich sofort erinnerte. Magister Eldarh hatte denselben damals im Garten des Gesundhauses gesprochen. *»Labre e horrezh jaln yn atharu!«*

Sofort richtete Atharu seine Aufmerksamkeit ganz auf den Elb. Er ahnte, dass er etwas Entscheidendes erfahren würde.

Selana

8

Die Tür fiel ins Schloss, sie blieb allein zurück. »Nichts unternehmen?« Sie blickte zu Jiga, die auf den Platz gesprungen war, auf dem Ihlinn eben noch gesessen hatte. Das Frettchen starrte sie aus dunklen Knopfaugen an und reckte sein Köpfchen. Es trippelte ein paar Schritte vor und zurück, als wollte es Selana etwas sagen. »Nichts zu tun, ist nicht gerade unsere Stärke, oder?« Jiga sprang von der Bank und kam zu ihr gelaufen. Aufgeregt wieselte sie um ihre Füße herum.

»Vorsicht!« Selana beugte sich hinab und nahm das Frettchen hoch. »Du hast doch gehört, was Ihlinn gesagt hat. Vorsichtig und weise sein! Ich fürchte, diese Verantwortung ist nicht allein die unsere. Gerade in diesem Augenblick liegt sie eher bei Atharu.«

Jiga fauchte. Selana erschrak so sehr, dass sie das Frettchen beinahe fallengelassen hätte. Mit ausgestreckten Armen hielt sie Brandans Begleittier von sich und schaute es vorwurfsvoll an. »Ich hoffe doch, dass du nicht mich damit gemeint hast.«

Jiga zappelte, bis sie sie losließ. Kaum auf allen vieren gelandet, spurtete das Frettchen zur Tür. Selana eilte ihm alarmiert nach. *Vorsicht ist vielleicht nicht Atharus größte Stärke.* Vor allem aber durfte sie sich nicht selbst mit solch mysteriösen Andeutungen abspeisen lassen: »Versprich, dass ihr nichts unternehmt« und »Wollen hoffen, dass er vorsichtig und weise ist!« Brandans kleine Freundin wieselte ungeduldig vor der Tür hin und her.

»Wir sollten nach ihm schauen, Jiga. Du hast recht. Aber ich kann dich nicht mitnehmen.« Als verstünde das Frettchen jedes Wort, setzte es mit einem kleinen Sprung zurück und machte die Tür frei. Selana öffnete, doch ehe sie auch nur einen Schritt machen konnte, flitzte das Tier an ihr vorbei. Sie fluchte und hetzte hinterher.

Zielstrebig lief Jiga in Richtung des Parks, der vor den Palasttoren lag. Ausgerechnet, dachte Selana und rief ihr nach. »Jiga!« Sie glaubte zwar nicht, dass das Frettchen auf ihre Rufe reagieren würde, wollte es aber zumindest versuchen. »Jiiiigaaa!« Irgendetwas musste das kluge Tier wittern. Hoffentlich war es kein bloßer Jagdtrieb, der das Frettchen antrieb. »Keine Aras! Hörst du, Jiga? Nicht jagen!« Weiter vorn sah sie schon die ersten Bänke mit den Obelisken. Und Ihlinn. Das Tier schnellte auf die Kriegerin zu. »Ihlinn, Vorsicht!«

Die Elbin drehte sich abrupt um. Im selben Moment sprang Jiga sie an. Ihlinn versuchte auszuweichen, doch das Fellbündel hing schon an ihren Beinen.

Selana beeilte sich. »Entschuldige!« Als sie die Kriegerin erreichte, ließ Jiga von ihr ab und sauste auf eine der Bänke. Aufgeregt hechelnd hüpfte das Frettchen hin und her. Es wirkte beinahe, als wäre es stolz auf sich.

Ihlinn strich über eine Bissspur an ihren ledernen Beinlingen. »Wie gut, dass ich es vorziehe, gerüstet zu sein.«

»Es tut mir leid. Eigentlich sollte Jiga drinnen bleiben.«

»Und du nicht? Hatte ich dich nicht gewarnt, nichts zu unternehmen?«

»Vor allem hast du mich mit bloßen Andeutungen zurückgelassen.« Selana spürte, wie ihre Empörung Oberhand gewann. Sie mochte nur ein Bruchteil der Lebensspanne von Ihlinn hinter sich haben, aber sie trug die Verantwortung der Elementemagie. »Ich bin die Scheltar des Windes. Wer, wenn nicht du, weiß, dass ich vertrauenswürdig bin.«

Die Kriegerin sah sich um. Direkt vor dem Palast, im Licht der Abendsonne, waren die Bänke fast alle noch besetzt. Doch hier, am äußeren Rand des Parks, war es leer. Ein Stück entfernt gingen einige Elben vorbei, die aber in ein Gespräch vertieft schienen.

»Darum geht es nicht. Ich vertraue dir und denke, dass das gegenseitig ist.«

»Dann erzähle mir, was es mit Benn auf sich hat. Und mit Teehl. Was hat die Fürstin vor? Und warum wurden wir aus dem Palast geführt?«

»Ich nehme an, du lässt mich ohne Antworten nicht gehen. Auch dann nicht, wenn ich gerade auf dem Weg zur Fürstin bin, um mehr zu erfahren?«

»Gerade dann nicht. Womöglich nimmt sie dir irgendein Schweigegelübde ab, und dann erzählst du gar nichts mehr.«

Ihlinns Lippen umspielte plötzlich ein sanftes Lächeln.

»Was? Warum grinst du?«

»Du hast mich gerade an deine Freundin erinnert. Eure gemeinsame Reise hat euch mehr verbunden, als ich dachte.«

Aria. Selana seufzte. Ihlinn hatte recht, und sie würde einiges dafür geben, dass ihre Freundin wieder an ihrer Seite wäre. Doch in diesem Moment musste es ohne sie gehen.

»Ich wollte nicht ablenken.« Erneut sah Ihlinn sich um. »Hier ist nicht der Ort, um über diese Dinge zu sprechen.«

»Du warst es, die es eben so eilig hatte«, entgegnete Selana. Sie würde sich nicht noch einmal mit Andeutungen abspeisen lassen.

Ihlinn lenkte ein. »Du hast recht. Lass uns zurück in deine Gemächer gehen. Dann erzähle ich dir, was ich weiß.«

Jetzt war es Selana, die zum Palast hinübersah. »Und die Fürstin? Wolltest du nicht dringend zu ihr?«

Die Kriegerin schaute ihr fest in die Augen. »Ja. Aber unsere Freundschaft ist mir wichtig.« Unvermittelt machte Ihlinn sich auf den Weg zurück.

»Moment.« Selana streckte ihre Hände nach Jiga aus. Zu ihrer Verwunderung ließ sich das Frettchen sofort auf den Arm nehmen. Mit leise fiependen Lauten kuschelte es sich in ihre Tunika. Es hatte seinen Anteil vollbracht und konnte sich zufrieden ausruhen. Selana glaubte zu verstehen, warum Brandan Jiga als Begleittier gewählt hatte. Etwas ausgesprochen Kluges wohnte diesem Tier inne, eine unergründliche Weisheit.

»Weißt du, es ist nicht von Nachteil, Dinge unausgesprochen zu lassen«, begann Ihlinn, während sie den Weg zurückgingen. »Manchmal mag es gut sein, nicht alles zu teilen, was man weiß. Denn es kann Gedanken auslösen, die in die Irre führen.«

Die Elbin hatte zweifellos recht, und Selana begriff, was zwischen den Zeilen stand. *Was immer ich dir sage, muss mit Weisheit bedacht werden. Es ist nur ein Stück vom Ganzen. Der Rest ist ungewiss.* Aber war das nicht meistens so? *Kennen wir nicht grundsätzlich nur einen Teil der Geschichte und maßen uns trotzdem an, Urteile zu fällen?*

Als sie zurück waren, trat Selana auf den Tisch zu, der vor dem Durchgang zum Innenhof stand. Sie nahm die Karaffe und schenkte erst Ihlinn, dann sich selbst ein.

»Du wolltest wissen, was es mit Teehl auf sich hat. Dazu kann ich wenig sagen, denn mir war nicht bekannt, dass er wieder frei ist. Der Gedanke beunruhigt mich, deshalb wollte ich umgehend bei unserer Fürstin vorsprechen. Ebenso wenig weiß ich, was Freund Benn mit dem Ältesten zu schaffen hat. Aber als Nebelmacher ist er in Erellgorh hoch angesehen. Er gehört zu den mächtigsten Untergebenen der Fürstin.«

Eine Pause entstand und Selana hatte das Gefühl, Ihlinn würde es widerstreben, mehr über Bennzhardizh preiszugeben. Daher hakte sie nach. »Als Untergebenen der Fürstin sollten wir ihn trotzdem nicht fürchten müssen, oder? Deshalb erzähl mir bitte, warum du mich vor ihm gewarnt hast.«

Ihlinn zögerte. »Er ist ... schwer zu durchschauen.«

Selana seufzte. »Verzeih mir, aber nach meinem Dafürhalten trifft das auf alle Elben zu, die ich bislang kennenlernen durfte.«

»Für Menschen mag das so sein. Für uns Elben gibt es Unterschiede. Freund Benn wurde schon früher Nannlohr der Schweigsame genannt. Aber nicht jeder, der schweigsam ist, ist auch verschlossen. Und nicht jeder, der sich anderen gegenüber verschließt, ist schweigsam. Bennzhardizh ist der einzige Elb, den ich kenne, auf den beides zutrifft. Das begann, als sein Zwillingsbruder starb.«

»Er hatte einen Zwillingsbruder?« Bis eben wäre Selana nicht einmal auf die Idee gekommen, dass es bei Elben überhaupt Zwillinge gab. Aber warum eigentlich nicht? »Gestorben?« Sie wollte sich nicht vorstellen, was das bedeuten musste. »Das muss schwer sein. Atharu und ich haben uns zwar gerade erst gefunden, doch ich empfinde die Verbindung zwischen uns so stark, dass mich sein Tod ...« Selana brach den Satz ab, sie wollte diesen Gedanken nicht zu Ende führen. »Rückblickend kommt es mir vor, als hätte ich schon immer gespürt, dass es ihn gibt.«

Ihlinn nickte wissend. »Bei Elbenzwillingen ist diese Verbindung immer so stark. Der Verlust hat Freund Benn hart getroffen. Doch das ist es nicht, was mich besorgt. Natürlich veränderte es ihn. Aber das ist viele Winter her. Erst seit ihr beide hier seid, scheint er erneut in sich zu versinken. Bevor die Fürstin ihn mit Freund Jehlen und deinem Bruder nach Tondaborgen sandte, war er eine Zeit lang unauffindbar. Niemand weiß, wo er gewesen ist oder warum er sich allem entzog.«

Selana stutzte. *Seitdem wir hier sind? Kommt er etwa nicht damit zurecht, andere Zwillinge lebend zusammen zu sehen?* »Du meinst, er ist auf Atharu und mich eifersüchtig?«

Ihlinn schüttelte den Kopf. »Ich glaube, es liegt daran, *wie* sein Bruder gestorben ist. Oder besser: wo.«

Jetzt verstand Selana gar nichts mehr. »Aber wo bei den Seelen ist er gestorben?« Es konnte unmöglich etwas mit ihnen zu tun haben. Nicht, wenn es so lange zurücklag.

»In Tangris.«

Selana stockte der Atem. Mit dieser Antwort hatte sie nicht gerechnet. »Dann sind die Tangora verantwortlich für den Tod seines Bruders? Bei Atharpazh!«

»Erst als du von Freund Benn und dem Ältesten Teehl in einem Atemzug erzählt hast, erinnerte ich mich. Soweit wir wissen, war es ein tragischer Unfall, dass Zhinlohr-Bennzhardizh in den Tod stürzte.«

»Unsere Heimatstadt muss wie ein rotes Tuch für ihn sein!« Was mochte im Kopf des Nebelmachers vorgehen?

»Und nach all den Jahren holt ihn dieser Verlust wieder ein«, ergänzte Ihlinn. »Plötzlich sind nicht nur einer, sondern gleich mehrere Tangora in Erellgorh.«

Sie schwiegen einen Moment, dann schaute Selana die Kriegerin fragend an. »Meinst du, er sinnt auf Rache?« Der Gedanke war ihr ganz plötzlich gekommen, sie hätte ihn am liebsten wieder zurückgenommen. Aber konnte es nicht sein, dass Freund Benn Zhinlohrs Tod dem Volk der Tangora anlastete? »Versteh mich nicht falsch. Es wäre ein niederer Beweggrund, den ich Elben nicht zutrauen möchte ...«

Ihlinn hob die Hand und neigte den Kopf. »Entschuldige dich nicht. Auch Elben können fehlgehen. Was in Bennzhardizhs Kopf vorgeht, kann ich nicht einmal erahnen. Ich erinnere mich nur daran, dass der Ältestenrat von Tangris damals dafür sorgte, dass Zhinlohrs Leichnam nach Erellgorh zurückkehrte.«

Selana stutzte. »Dann kennt Freund Benn Teehl vielleicht noch aus der Zeit und ist ihm zu Dank verpflichtet.«

»Das weiß ich nicht. Ich war nicht da, als Bennzhardizh seinen Bruder heimführte.«

»Aber die Fürstin weiß es, oder? Hat Freund Benn womöglich für den Ältesten gebürgt? Weshalb sollte sie Teehl sonst laufen lassen? Er ist der Häscher des Kreh! Wer weiß, wie viel von den giftigen Gedanken des Abtrünnigen noch in ihm wüten? Und für den Verlust seines Arms wird er sicher auch nicht besonders dankbar sein.«

»Die Antwort darauf weiß nur der Älteste. So die Verbindung zum Kreh eine Qual war, mag er den Arm gern geopfert haben.«

»Aber wenn er die Runen schon länger getragen hat und sie bereits Teil seiner selbst waren, war der Verlust umso schmerzhafter. Beinahe, als hätte er einen Teil von sich verloren.«

»Dann allerdings könnten finstere Pläne im Kopf des Ältesten gären.« Plötzlich starrte Ihlinn sie an. »Wenn Freund Benn also keine Rache im Sinn hat, sondern tatsächlich Dankbarkeit empfindet ...«

»... würde er dem Ältesten vielleicht einen Gefallen tun.«

In diesem Moment pochte es an der Tür. Selbst Ihlinn zuckte, so sehr waren sie in ihr Gespräch versunken gewesen.

»Ja?« Selana ging zur Tür und öffnete.

Atharu war mit einem Schritt bei ihr und schloss sie wortlos in die Arme. Erst als er sie losließ, entdeckte er über ihre Schulter hinweg die Elbenkriegerin. »Freundin Ihlinn, vergebt mir mein ungestümes Auftreten. Ich hoffe, ich habe nicht gestört?« Er sah Selana fragend an, doch sie schüttelte den Kopf.

»Es ist gut, dass du da bist. Ich habe mit Ihlinn über Freund Benn und den Ältesten Teehl gesprochen.« Sie schloss die Tür. »Ich denke, wir drei sollten offen zueinander sein.«

»Wenn du meinst.« Eine Falte zeigte sich zwischen Atharus Brauen.

Doch Selana war sicher, dass sie in Bezug auf Benn und Teehl keine andere Wahl hatten. »Wir können Ihlinn vertrauen«, sagte sie mit Nachdruck.

Atharu nickte ihr zu. »Das wünsche ich mir.«

Die Kriegerin blickte ihn an und schwieg.

»Nun setz dich schon.« Selana schob ihm einen Stuhl hin. »Was hast du herausgefunden? Machen wir uns umsonst Gedanken? War der Einarmige womöglich jemand anderer?«

Atharu schüttelte den Kopf. »Es war Teehl. Auch wenn ich es nicht selbst gesehen habe. Linuzh hat es mir erzählt.«

»Linuzh?«

»Der Meister der Berührung«, antwortete Ihlinn an Atharus Stelle. »Er kann eine unerschöpfliche Quelle sein, wenn es um die Gäste seines Hauses geht. Ist es nicht so?« Sie blickte Atharu fragend an.

»Er ist zugewandt und freundlich, wenn Ihr das meint.«

Selana merkte, dass ihr Bruder vorsichtig wurde.

»Sagt mir, Freundin Ihlinn, glaubt Ihr, er hätte sich vielleicht etwas ausgedacht? Ist er am Ende doch eher ein fantasiebegabter Geschichtenerzähler?«

»Nein, das glaube ich nicht. Wenn er etwas erzählt, dann ist es wahr. Linuzh kann Dinge aussparen oder weglassen, manchmal auch gänzlich für sich behalten, aber lügen gehört nicht zu seinen Gewohnheiten. Ihr könnt seinen Worten trauen, denke ich.«

Atharu nickte und setzte sich. »Das habe ich mir gedacht.«

Selana schenkte ihrem Bruder ein und reichte ihm das Glas. »Dann ist es also wahr. Teehl ist vom Reif des Kreh erlöst und darf sich in Erellgorh wieder frei bewegen.« Sie sah zu Ihlinn hinüber, die nickte.

»Und ich habe noch mehr herausgefunden.« Atharu schnappte sich eine Rimmpur-Frucht. »Bennzhardizh und Teehl kennen sich.« Er grinste triumphierend und biss herzhaft in das gelbe Fruchtfleisch.

»Also war es tatsächlich der Älteste, der ihm den Leichnam seines Zwillingsbruders überbracht hat.«

Atharu hustete das abgebissene Stück aus dem Mund. »Woher weißt du von Zhinlohr?«

Selana lächelte. »Ihlinn hat es mir erzählt.« Sie klopfte ihm auf den Rücken. »Wir sind zwar nicht spionieren gewesen, konnten uns aber das eine oder andere so zusammenreimen.«

Ihr Bruder bückte sich nach dem ausgehusteten Fruchtstück, doch wie aus dem Nichts kam Jiga angeflitzt. Er zuckte gerade rechtzeitig zurück, als ihre spitzen Zähne zuschnappten und sie mit dem Bröckchen in den Garten flitzte. Atharu starrte ihr nach. Wahrscheinlich hatte auch er den ganzen Tag noch nichts Vernünftiges zu essen gehabt, dachte Selana. Ihr Magen gab ein grummelndes Geräusch von sich.

»Wurden Euch heute keine Speisen gebracht?«

Sie schüttelte den Kopf und Atharu antwortete mit einem knappen: »Nein.«

»Ich werde mich darum kümmern.« Ihlinn erhob sich. »Sicher haben die Küchenmeister noch von dem Rote-Linsen-Eintopf. Bis wir wieder in die Schmieden gerufen werden, kann es womöglich noch dauern.«

»Warum?« Selana hatte gedacht, das Medaillon müsste bald fertig sein. »Sind eure Schmiede nicht schon den ganzen Tag damit beschäftigt?« Sie tauschte einen Blick mit Atharu.

»Das ist richtig. Doch es ist weniger die handwerkliche Aufgabe als das Einweben der schützenden Magie, das die Zeit verrinnen lässt. Es braucht fünf unserer begabtesten Elben, um die Elementezauber unserer Ahnen auf das Medaillon zu wirken. Und nicht allen sind diese Zauber vertraut.« Sie ging zur Tür. »Es gibt sicher noch viel zu bereden. Ich bin bald zurück. Versprochen.« Sie nickte Selana zu und schloss die Tür hinter sich.

»Nicht alle sind mit den Zaubern vertraut.« Atharu sah ihr nachdenklich hinterher.

»Weil zwei der begabtesten Elben fehlen.« Selana seufzte. »Gehlen beherrscht das Element Luft wie kein anderer. Sicher sollte er deshalb mein Mentor sein. Er war jedenfalls der beste Lehrer, den ich mir wünschen konnte. Und Jehlen ...« Erst jetzt wurde Selana bewusst, welche Wunden sie in ihrem Bruder mit diesem Thema aufbrach. Betroffen sah sie zu ihm, doch er bewahrte Haltung und blickte sie tapfer an.

»So war es auch für mich. Jehlen war ein Meister des Feuers. Er wäre ein würdiger Scheltar gewesen. Du hättest sehen sollen, mit welcher Intensität die Feuerbälle aus seinen Händen schossen. Seine Geschicklichkeit war unvergleichlich. Als wäre seine Seele einzig diesem Element geweiht.«

Atharus Augen glänzten. Selana konnte die Bewunderung verstehen, obgleich sie wusste, dass auch Atharu ein unvergleichliches Talent besaß. Schon bevor er als Scheltar angeleitet worden war, hatte er sich seinem Element intensiv hingegeben. Sie erinnerte sich, was Brandan darüber erzählt hatte. Atharu hatte sich heilen können. Die Kraft der Flammen war in ihn gesickert und hatte ihn ins Leben zurückgeholt. Wie gerne wäre sie dabei gewesen. Doch sie kannte das Gefühl auch von ihrem Element. Ganz durchdrungen zu sein, sich eins zu fühlen.

Ein plötzlicher Gedanke ließ sie innehalten. Es war für Selana kaum vorstellbar, dass sie durch ihr eigenes Element Schaden erleiden könnte. Dass Luft sie töten würde. »Atharu ...« Sie musste ihn fragen, auch wenn es nichts änderte. »Warum glaubst du, dass Feuer einen Feuermagier in Tondaborgen töten kann? Ich meine, du sagst es selbst, Jehlen war durchdrungen von seinem Element. Und auch, wenn kein gewöhnlicher Elb letztlich die Macht eines Scheltar erreichen kann, so sind sie doch immer einem Element verbunden, oder nicht?«

Sein Blick flackerte. Sie sah Hoffnung darin aufblitzen, die gleich wieder schwand. »Beim Bau von Tondaborgen wurden die Hallen mit schützender Magie versehen. Deshalb wenden sich die Zauber gegen einen selbst.«

»Irgendwie passt das nicht zum Erbe der Fellen-Kehlanda, findest du nicht?« Selana hatte mit einem Mal ein seltsames Gefühl bei diesem Gedanken. Doch als sie Atharu in die Augen sah, erkannte sie, dass sie zu weit gegangen war.

»Was willst du von mir?« Er sprang auf. »Ich bin gerade dabei, meinen Frieden zu machen mit den Dingen, die dort geschehen sind. Und jetzt deutest du an, es könnte noch Hoffnung bestehen? Dass Jehlen womöglich noch lebte, als wir ihn zurückgelassen haben? Verletzt und mit dem Tode ringend der scheußlichen Horde ausgeliefert? Soll ich mich jetzt besser fühlen?« Rastlos lief ihr Bruder hin und her. »Meinst du, ich könnte mit dem Gedanken besser leben?«

»Atharu.« Sie stand auf und hob beschwichtigend die Hände. »Es tut mir leid. Ich war gedankenlos. Bitte lass es uns vergessen.« Sie schaffte es, ihn am Arm festzuhalten, und tatsächlich blieb er stehen. »Du warst da und weißt es besser. Ich versuche einfach nur, in allem Hoffnung zu finden. Aber das war unüberlegt. Vergiss es einfach, bitte!« Die Worte sprudelten aus ihr heraus, und sie hoffte, dass er sein mühsam errungenes Gleichgewicht wiederfinden würde.

»Ich war da, du hast recht. Aber ich würde nicht darauf wetten, dass ich alles richtig eingeschätzt habe!«

Pitu

9

Nichts! Er spürte nichts als Schwäche. Gerade hatte er angefangen, die Magie anzunehmen. Das konnte doch nicht wahr sein. Hastig begann Pitu, seine Lederrüstung aufzuknöpfen, doch ihm rutschte das glatte Melboleder immer wieder aus der Hand. Wütend riss er sich den Verband herunter und vergaß für einen Moment den magischen Stein, nach dem er suchen wollte. Fassungslos starrte er auf die Stümpfe seiner Finger. Sie waren verheilt, doch die Hand blieb verstümmelt. Pitu machte eine Faust, spürte die Bewegung von fünf Fingern, wo es nur drei gab. Er holte Luft, konzentrierte sich auf die Knöpfe. Nur zwei verfluchte Finger fehlten ihm, doch es war, als funktionierte die ganze Hand nicht mehr.

»Eberdreck, vergammelter!«

»Sachte, sachte. Ich kann dir doch helfen!« Semje stemmte sich aus seinem Stuhl.

»Ich schaff das schon!«, keifte Pitu und mühte sich mit den Knöpfen und Schnüren. Der Zwerg meinte es gut, natürlich, aber was half das, wenn in ihm die Gefühle tobten. Wenn die Angst größer war als die Vernunft. Seine Finger fehlten, die Magie war weg und er spürte auch den Talisman nicht mehr auf der Haut. Was war nur los? Endlich riss er sich den Harnisch vom Leib und zog sich das Hemd über den Kopf. Erleichtert griff er nach dem Stein, der immer noch an dem Lederband auf seiner Brust hing. Er schloss ihn fest in die Hand und versuchte sich zu beruhigen. Die Wärme war noch da! Oder fühlte sich sein Talisman nur warm an, weil er unter Hemd und Rüstung gesteckt hatte? *Atmen und konzentrieren.*

Langsam beruhigte sich sein Herzschlag, und dann spürte er plötzlich das Pulsieren. Scheltar hin oder her, sein Talisman war immer noch bei ihm. Früher nur ein gehüteter Schatz, ein steinerner Begleiter und Trost an kalten Tagen. Doch seit der Begegnung mit Magister Lieburus das Symbol für Familie und Liebe. Das Einzige, was ihm von seinen Eltern geblieben war. Nichts würde ihm jemals so viel Halt geben wie diese Verbindung zur Vergangenheit. Pitu spürte die Erleichterung und sank seufzend gegen die Stuhllehne.

Die Schwäche war noch da, doch er war sein Leben lang ohne Magie ausgekommen. Das musste doch immer noch funktionieren, oder? Es hatte allerdings auch keine Kämpfe gegen Gellwicks, dunkle Runen oder Schwarzmagier in seinem Leben gegeben, drängte sich ein mahnender Gedanke hervor. »Ist ja gut!«, schimpfte er mit sich selbst. »Ich weiß es ja. Aber was soll ich denn machen?«

»Ich habe keine Ahnung, mit wem du sprichst, aber ein Schluck Wasser wäre nach all den Strapazen eine gute Idee!«

Erschrocken starrte er den Zwerg an, der ihm seinen Trinkschlauch vor die Nase hielt. Semjes Blick wirkte irritiert. Oder misstrauisch, so, als erwartete er, dass sein Begleiter jeden Moment in Panik verfallen könnte. Warum hatte er Semje so angefahren, der ihm doch das Leben gerettet hatte, dort, vor der schwarzen Feste, als dieser riesige Gellwick auf ihn zugestürmt war. »Es tut mir leid, dass ich ... ich meine, ich wollte nicht ...« Er griff nach dem Trinkschlauch.

»Blablablabb. Werd bloß nicht rührselig. Ist kein leichter Weg für uns. Und in die Sache mit deiner Magie, kann ich mich nicht reindenken. Will ich auch gar nicht. Fullbor wartet auf uns, ob nun mit oder ohne Magie. Zumindest auf mich!«

Pitu nahm einen kräftigen Schluck aus dem Schlauch. Als das Wasser seine Kehle so wunderbar erfrischend hinabrann, merkte er, wie lange er schon nichts getrunken hatte. Sein Körper lechzte nach dem Elixier des Lebens. Wieder und wieder hob er den Schlauch und trank mit gierigen Zügen.

»Sachte, sachte. Luft holen muss auch sein. Nicht, dass du mir noch an meinem Trinkschlauch ersäufst!«

»Es ist so erfrischend, das kannst du dir gar nicht vorstellen!« Pitus Erschöpfung ließ nach, sein Körper gewann an Kraft.

»Es heißt nicht umsonst, dass Wasser die Seele erfrischt.« Semje drückte den Stopfen auf den Trinkschlauch und verstaute ihn wieder. »Aber nur, wenn man genug davon hat.«

»Aber ja, du hast recht!« Pitu sprang auf und klopfte dem Zwerg auf die Schultern. »Das hat Magister Lieburus auch gesagt. Wie konnte ich nur so tumb sein.« Er schritt zur Felswand und legte die Hand darauf. Atmen, konzentrieren und strömen lassen. Das Pulsieren der Magie war wieder da, die Quelle in seinem Inneren regte sich. Er ließ die Kraft in die Hand strömen, stellte eine Verbindung her und spürte, wie die steinerne Oberfläche knirschend nachgab. Als er zurücktrat, prangte ein Abdruck seiner eigenen Hand in der Felswand. Drei Finger und zwei Stümpfe.

»Selbst in meinen besten Zeiten hätte ich dafür mit Hammer und Meißel eine ganze Stumpenlänge gebraucht«, raunte Semje.

»Stumpenlänge?«

»Ihr Menschen lasst Sand durch Gläser rieseln, wir Zwerge lassen Kerzen brennen.«

»Ich bin kein Mensch, schon vergessen?« Und die Zeiten, da er es sich gewünscht hatte, waren vorbei. »Aber Stundengläser gibt es bei den Urda auch. In Wullutu habe ich jedenfalls welche gesehen.«

»Wie auch immer. Eine Stunde ist eine Stunde und Stumpen sind mir lieber. Machen sich im Dunkeln auch irgendwie besser.« Der Rotbart lachte und Pitu genoss das kratzendscheppernde Geräusch.

»Hier jedenfalls braucht es keine Stumpen, um Licht zu machen.« Pitu blickte sich in dem Felsenraum um, während er seinen Harnisch wieder zuknöpfte. Die magisch geladenen Kristalle in den Körben unter der Decke spendeten reichlich Helligkeit, strahlten aber keine Wärme aus. Ein flackerndes Feuer wäre ihm fast lieber gewesen.

Semje nickte. »Das ist etwas, was uns so schnell kein Elb nachmacht. Sind nicht helle genug, die Langohren.« Erneut dröhnte sein Lachen durch den Raum. Er schnaufte. »Genug der Scherze. Es ist Zeit für ein Nachtlager, damit ich wieder Kraft tanken kann. Hat ja nicht jeder Elementemagie in den Eingeweiden.«

Pitu streckte sich. Ja, ein wenig Schlaf könnte er auch gebrauchen. Tatsächlich hatte er inzwischen jegliches Zeitgefühl verloren. Er wusste nicht, ob sie nur einen oder vielleicht schon mehrere Tage unterwegs waren. Ihre Erlebnisse reichten in jedem Fall für Monde. Eine Atempause täte ihnen gut. Zumal sie hier, in einer der typischen Zwischenstationen des Fernzahns, wie Semje sagte, vor Angriffen sicher wären.

Es brauchte einen Moment, bis Pitu begriffen hatte, was die Aussage bedeutete. »Angriffe? Die Gellwicks können uns doch gar nicht weiter folgen? Oder gibt es da noch was, was ich wissen sollte?«

Semje grunzte. »Ja, was denkst du denn? Die Welt unter den Bergen ist mindestens so umfassend wie über den Bergen. Weniger Bäume und mehr Pilze vielleicht, und eher Motten als Schmetterlinge. Aber reichlich Leben, das kann ich dir versprechen.«

Pitu seufzte. »Da ich nicht glaube, dass wir uns gegen Pilze und Motten in den Kampf stürzen müssen – könntest du etwas deutlicher werden?« Ständig musste man diesem Zwerg alles aus der Nase ziehen. »Trugschuppler werden uns wohl kaum heimsuchen.«

Semje schüttelte den Kopf. »Dann schon eher Felsenkriecher oder Steinwandler.«

»Felsenkriecher und Steinwandler?«

»Was mir aber mehr Sorgen macht, sind die Prillbys!«

»Prill... was?« Der Rotbart schaffte es erneut, ihn zu beunruhigen.

»Prillbys! Angriffslustige Wesen, deren Stämme über das ganze Gebirgsschild verteilt sind.«

»Stämme?« Das hörte sich beinahe so an, als handelte es sich um eine Art Volk. Aber dann hätte Pitu doch irgendwo mal etwas darüber hören müssen, oder? Kaum einer hatte so vielen Geschichtenerzählern gelauscht wie er.

»Ja, Stämme – natürlich! Sie sind schließlich Menschenartige. Der erste Versuch Atharpazhs, Unmagische zu erschaffen, so heißt es. Kleine, hässliche Wichte! Es wundert mich nicht, dass oben keiner über sie spricht. Wer möchte schon Nachgeborener solcher widerlichen Kreaturen sein. Oh, sie sind drahtig, durchaus, und sie haben eisenharte Klauen, mit denen sie sich durch das Gebirgsschild kratzen, fürchterliche Waffen im Zweikampf. Stark sind sie, kein Zweifel. Doch sie sind auch einfältig und stumpfsinnig, wenn du mich fragst. Eklige Biester! Wenn sie sich nicht in ihre Felle wickeln, hinterlassen sie meist eine Spur von Hautfetzen, die von ihren kahlen Körpern fallen, als würden sie sich ständig häuten.«

Pitu lief ein Schauer über den Rücken. »Aber sie gebieten nicht über Magie?« Das war doch schon mal ein Trost.

»Keine Magie! Aber Schleudern und Steindolche. Und – das sollte man wissen – wo ein Prillby ist, sind meist Hunderte in der Nähe.«

»Und ich hatte gehofft, wenn dieser Kreh in die Knie gezwungen und seine Gellwicks besiegt sind, kann sich jeder wieder dem Alltag zuwenden und muss nicht ständig um sein Leben kämpfen.« *Zumindest nicht mit Waffen und gegen andere.*

Um sein Leben hatte Pitu auch früher schon kämpfen müssen. Aber damals ging es um Obst oder Brot. Und seine Gegner waren Marktbeschicker oder reiche Leute, die er um ein paar Münzen erleichterte. Diese abenteuerliche Reise aber, in die er unversehens geraten war, ließ ihn ständig auf neue Gefahren stoßen. Es schien, als wäre Jukahbajahn eine Welt, in der man überhaupt nur mit sehr viel Glück überleben konnte.

»Nichts wird so heiß geschluckt, wie es gegrillt wird. Man muss nur wissen, wo die Gefahren lauern, und ihnen aus dem Weg gehen. Dann kann man überall ein friedliches und heiteres Leben führen. Sogar bei den Menschen! Vorausgesetzt natürlich, es gibt ordentlich was zu essen und anständig was zu trinken!«

Trugschupplerkäse mit Gammelgeschmack zum Beispiel. Pitu schüttelte sich. Glücklicherweise gehörte der Hartkäse, den Semje aus seiner Tasche geholt hatte, nicht dazu. Trotzdem aß Pitu den nächsten Kanten Brot ohne Käse und nahm sich stattdessen ein paar getrocknete Früchte.

»Un wie vorhicht-ich üssen wir hein?« Pitu schluckte herunter. »Ich meine, werden wir auf Prillbys treffen?«

»Das will ich nicht hoffen«, grollte Semje in seinen Bart. »Wenn wir an den niederen Wegkreuzen hübsch leise sind, sollten wir gut durchkommen.« Er kniff die Augen zusammen und furchte die Stirn. »Die größte Gefahr lauert eh in den Tunneln, durch die wir fahren. Die kahlköpfigen Wichte nutzen gern alles, wofür sie selbst nichts tun müssen. Ein Witz, dass sie uns trotzdem bekämpfen. Vielleicht ist es Neid, weil sie selbst nichts auf die Reihe kriegen. Aber wie auch immer, sollten uns welche in die Quere kommen, haben wir mit den Loren sicher genug Tempo, um sie hinwegzufegen.«

Pitu erinnerte sich noch lebhaft an die Fahrt, die sie hinter sich hatten. Er zumindest wollte nicht auf den Gleisen stehen, wenn eine dieser Eisenkutschen angerauscht käme.

Nach dem Essen ging Semje zu einer Felsnische hinüber, die Pitu vorher gar nicht aufgefallen war. Der Zwerg verschwand darin, und man hörte ein Plätschern. Das Geräusch des Strahls wirkte sich direkt auf Pitus Blase aus, er wartete ungeduldig, bis der Rotbart fertig war. Wie gut, dass die Baumeister hier überhaupt an einen Abort gedacht hatten.

Es plätscherte noch immer. Wie viel passte bloß in so einen Zwerg hinein? Pitu kreuzte die Beine und verzog das Gesicht.

Endlich kam Semje zufrieden zurück, legte sich hin und wickelte sich in eine Decke. Pitu eilte zur Nische hinüber, schaffte es gerade noch rechtzeitig, die Hosen zu öffnen, und ließ es erleichtert laufen. Eine Röhre verlief von dem Eimer zur Wand und beförderte seinen Urin wohin auch immer. Egal, Hauptsache, es gab diesen Goldeimer!

Der Begriff war ihm völlig unerwartet durch den Kopf geschossen und ließ ihn einen schmerzlichen Moment lang an Velbert denken. Seinen ersten wirklichen Freund, den er viel zu früh verloren hatte. Zu jung, um schon den Tod zu finden. So wie auch Magister Eldarh. *Eigentlich ist das Leben traurig.* Pitu knöpfte die Hosen zu und ging zurück. Man wollte nicht, dass es so früh enden musste. Doch wenn man länger lebte, bedeutete das, mit anzusehen, wie andere starben. Er kramte in seiner Tasche nach der Reisedecke, förderte aber zunächst nur die Tunika zutage. *Lebenswege treffen sich nur, um sich wieder zu trennen.* Er fühlte etwas Hölzernes. Fludos Pfeife! Manche Wege hatten zumindest die Aussicht auf ein Wiedersehen. Er steckte sie zurück und zog endlich die Decke hervor. Vielleicht war das Leben doch nicht so traurig. Denn auch wenn etwas vorbei war oder jemand sterben musste, blieben Erfahrungen und Erinnerungen. Die Zeit füllte sich mit neuen Verbindungen. Nach Velbert kam Fludo, nach Fludo Wanda und Lysa. Dann die Scheltar, Magister Eldarh und Kessja. Vor allem Kessja. Er legte sich hin, deckte sich zu und schloss die Augen. Manche Lebenswege haben Aussicht auf ein Wiedersehen. Mit diesem Gedanken konnte er gut einschlafen – egal, wie viele Gellwicks, Prillbys oder sonst noch was kämen.

Der nächste Tag wartete mit einer unliebsamen Überraschung auf. Semje führte Pitu durch einen Gang zu einer riesigen Halle, in deren Mitte erneut ein eisernes Ungetüm stand. So weit noch nichts Ungewöhnliches, denn der Rotbart hatte ja gesagt, dass sie noch weiter im Fernzahn reisen würden. Auch die Mechanik war Pitu jetzt schon vertrauter. Er musste diesmal zwar selbst noch Steine auf die eiserne Plattform schaffen, aber zumindest war er beschäftigt und löste keine Katastrophen aus, während der Zwerg mit seiner Ölkanne die Lager der gezähnten Räder versorgte.

»Laufende Konstrukte brauchen Pflege«, hatte Semje ihm von den Sprossen der Leiter aus zugerufen. »Nicht anders als bei uns Zwergen – oder den Urda und Menschen. Immer gut füttern.«

»Und die Elben, nicht zu vergessen«, hatte Pitu gerufen und sich sogleich auf die Lippen gebissen.

»Pah! Langohren können ruhig verschiefern und zerbröseln.«

Erstaunlich, wie rasch Begeisterung in Unwillen umschlagen konnte. Aber auch das war für Pitu inzwischen nichts Neues mehr. Semje war zwar redseliger geworden und hatte sogar fröhliche Momente, doch die meiste Zeit grummelte er bärbeißig vor sich hin oder sah murrköpfig drein.

Nein, die eigentliche Überraschung des Morgens war die Lore, die aus den Tiefen des Berges aufstieg, als sein Zwergenfreund die eisernen Hebel betätigte. Wider Erwarten war es nicht dieselbe, sondern eine andere. Und erst als Semje es erklärte, verstand Pitu, dass sie hier an einer Art Kreuzung standen und es mehrere Ebenen gab, von denen der Fernzahn in verschiedene Himmelsrichtungen führte. Was für eine Leistung! Über Dekaden hinweg hatten die Zwerge an ihrem Gleisnetz gearbeitet. Diese Lore jedenfalls, die jetzt vor ihm stand, unterschied sich in zwei Dingen von der ersten. Zum einen war sie beleuchtet, was Pitu staunend, aber vor allem erfreut zur Kenntnis nahm. Strahlende Kristalle füllten einen Korb, der in einem großen Trichter am Bug des eisernen Gefährtes steckte und nach vorn ausgerichtet war. Das Licht war so hell, dass man kaum hineinschauen konnte.

Weniger erfreulich fand Pitu die Tatsache, dass es in dieser Lore keine Haltestange zwischen den Sitzplätzen gab. Als er sich hineinsetzte, dachte er voller Unbehagen an die letzte

Fahrt zurück. An das Rucken in den Kurven, die Unebenheiten der Gleisstrecke, bei denen er vom Sitz hoch- und beinahe hinausgeflogen war. Bei den Seelen, wie sollte er so etwas ohne Haltegriff überleben?

Ehe er fragen konnte, tönte Semjes Ruf zu ihm hinüber. »Obacht, es geht gleich los!«

Dann hörte er, wie sein zwergischer Begleiter den Hebel betätigte, der die Schienen unter der Lore anhob. Hastig griff Pitu nach der Stange für das Bremseisen und zog es fest. Immerhin gab es davon welche.

»Ich komme!«, rief Semje. »Halt gut fest!«

Langsam, aber stetig hob sich das Heck der Lore, Pitus Blick kippte nach vorn, fixierte unweigerlich das schwarze Loch, in dem die Gleise verschwanden. Ein Quietschen unter ihm, Metall auf Metall. Pitu zog fester und die Bremseisen griffen. Das Drehen der riesigen gezähnten Räder, die Bewegung der mächtigen Ketten und das Ächzen der metallenen Streben dröhnten bedrohlich in seinen Ohren. Lautes Klacken, Rucken, immer weiter wurde die eiserne Kutsche nach vorn gekippt. Endlich war Semje da, wuchtete sich über die Lorenwand und kletterte auf den Platz neben Pitu. Kaum saß er, machte er sich an der Seitenwand zu schaffen, öffnete ein unscheinbares Fach und zog einen Gurt hervor, den er sich um die Arme schlang und dann unter der Bank einhakte.

»Was ist ... woher hast du ...?«

Der Bremshebel ächzte, das Quietschen wurde greller und wollte nicht mehr verstummen. Die Lore bewegte sich abwärts.

»Hast du dich etwa noch nicht angegurtet?« Semje griff nach der Bremsstange an seiner Seite. »Dann aber schnell!«

»Mir sagt ja keiner was!« Hastig packte Pitu seine Bremsstange mit der Linken und fischte mit der Rechten nach dem Haltegurt. »Du grummeliger Mistzwerg. Wenn dein Gedächtnis ein Berg wäre, könnte man drüberhüpfen!«

Die Lore machte einen Ruck, Pitu rutschte nach vorn. Der Gurt fiel aus dem Fach und blieb auf der eisernen Kante vor ihm hängen. Er streckte seine Hand danach aus. Wieder ein

Ruck, doch Pitu bekam die Halteschlaufe gerade noch zu fassen, ehe sie aus der Gondel fallen konnte.

»Erst unten einhaken!«, schrie Semje ihm zu.

Fahrig fingerte Pitu mit dem Haken herum, kriegte ihn aber nicht richtig zu fassen. »Diese Scheißhand!« Das Fehlen der Finger war ein Problem, auch wenn er es die meiste Zeit des Tages nicht merkte. Immer, wenn er Daumen und Zeigefinger nutzen wollte, blieb ihm nur der Mittelfinger, um etwas festzuhalten. Er konzentrierte sich und versuchte es noch einmal. Wieder ruckte die Lore, Pitu presste die Beine fest an die Bank.

»Mach schon! Wir schmieren ab!«, brüllte der Rotbart.

Als ob er es nicht selbst merkte. Mit ohrenbetäubendem Quietschen bewegte sich die Lore unaufhaltsam vorwärts, Funken stoben in die Luft. Endlich rastete sein Haken ein und Pitu schlang erleichtert das Ende des Gurts ums Handgelenk.

»Na endlich!«

»Na endlich?« Das war doch nicht zu glauben. »Du steinerne Missgeburt ...«

Semje ließ die Metallstange fahren und Pitu riss es den Bremshebel aus der Hand.

»Lass uns flieeeeee-gen!«

Wie im freien Fall stürzten sie dem gähnenden Schlund entgegen. Pitu kniff die Augen zu und schrie, bis ihm die Luft wegblieb. Sein Magen wollte sich nach außen stülpen, seine Beine krampften sich an den Sitz. Jede Unebenheit der Gleise übertrug sich ungebremst auf seinen Rücken.

»Genieee-ßen! Das ist der Trick!«, brüllte Semje neben ihm.

Atmen wäre ein Anfang. Pitu öffnete den Mund. Doch der Fahrtwind presste ihm die Luft aus den Lungen. Begierig versuchte er es wieder und wieder, keuchte, japste wie ein Fisch auf dem Trockenen, bis seine Lunge sich endlich füllte und er ruhiger wurde. Erleichtert schluckte er, sofort ließ auch der Druck auf den Ohren nach.

Und überhaupt – nichts tat ihm weh, auch sein Magen machte keine Schwierigkeiten. Da war nur ein Kitzeln, das ihm kleine Schauer durch den Körper jagte. Eigentlich ganz angenehm. Pitu öffnete die Augen und jauchzte vor Begeisterung. Diese Fahrt war kein Flug in die Dunkelheit. Die magischen Kristalle warfen einen breiten Lichtkegel voraus, der alles in helles Licht tauchte. Endlich sah er, wohin die Gleise sich wanden, erkannte rechtzeitig die Kurven und konnte gegenhalten. Die Felswände des Tunnels flogen an ihnen vorbei. Es ging jetzt weniger bergab, ihre Fahrt verlangsamte sich. Wäre nicht das Rattern der Lore, das Brausen des Fahrtwinds in seinen Ohren, es käme dem Flug eines Vogels gleich. Plötzlich genoss Pitu den Rausch der Geschwindigkeit und hoffte, es ginge immer weiter.

»Gar nicht mehr grün im Gesicht?«

Pitu warf seinem Zwergenfreund einen Blick zu und schüttelte den Kopf. »Es ist fantastisch!«

»Am Ende ist doch noch ein Zwerg an dir verloren gegangen!« Semje lachte. »Aber warte ab, bis wir in die Halle der Stimmen kommen. Dann werden wir sehen, wie viel Zwerg in dir steckt!«

Halle der Stimmen? Was auch immer. Solange sie nur weiterfuhren, konnte es nicht so schlimm sein. Die Schienen wanden sich nach rechts, Pitu lehnte sich wie von selbst dagegen, die Halteschlaufe fest in einer Hand. Die andere streckte er in die Luft, dem Fahrtwind entgegen. »So schlimm können Stimmen nicht sein!«, rief er.

»Es geht auch mehr um die Halle!« Der Rotbart hieb ihm auf die Schulter. »Ah! Es ist nicht mehr weit.« Aufgeregt wies er auf die Felswände.

Der Tunnel wurde größer, der Lichtkegel ihrer Lore reichte kaum noch aus, ihn vollständig auszuleuchten. Grün schimmernde Ornamente flogen vorbei, zeigten Strukturen oder Pflanzen. Und plötzlich änderte sich die Farbe dieser seltsamen Rankenmuster.

»Rubine«, schmachtete der Zwerg. Sein grollendes Seufzen schwang sich über das Rattern der Lore empor. »Das Blut der Berge! Passender könnte man die Halle der Stimmen nicht ankündigen.«

Das Tempo der Lore hatte sich weiter verlangsamt. Ihr Rattern und Schleifen auf den Schienen erschien Pitu hier beinahe wie das Rauschen des Windes in den Blättern großer Bäume.

»Dann sind wir also gleich am Ort meiner Prüfung?« Wenn es nach Pitu ging, hatte er eigentlich schon genug Prüfungen hinter sich. Doch diesmal wäre es etwas anderes. Er sah das Funkeln in den Augen des Zwergs und spürte die Begeisterung. Vor ihnen musste wahrlich etwas Besonderes oder Erhabenes auf sie warten. Seine Neugier brodelte wie ein Kessel Wasser über einem Feuer. Die Rubine schimmerten in strahlendem Rot und zeigten gerüstete Zwerge, die ihnen ihre freie Hand entgegenstreckten. Zum Gruß oder zur Warnung? Ehe Pitu fragen konnte, nahm ihre eiserne Kutsche wieder Fahrt auf. Dann weitete sich der Tunnel und es wurde hell.

»Willkommen unter den Zackenbergen!«

Der Lichtkegel ihrer Lore verlor sich in den Weiten einer gewaltigen Halle. Pitu stockte der Atem, als er in einen Felsenhimmel blickte, aus dem riesige Kristalle ragten, die funkelndes Licht in das Gewölbe warfen. Überall strahlten Edelsteine, blitzten Gold- und Silberadern aus den Felsen. Schatzkammer wäre der bessere Name gewesen, schoss es ihm durch den Kopf. Verstehe einer die Zwerge.

»Die Halle der Stimmen?«

Halle der Stimmen

Halle der Stimmen

Der Stimmen

Der Stimmen

Stimmen

immen

immen ...

Pitu lachte auf und lauschte fassungslos dem Echo. Es klang fast, als freuten sich alle Steine und Kristalle dieser riesigen Grotte mit ihm.

»Schon verstanden!«

Verstanden

Verstanden

Standen
Standen
anden ...
Und was war nun die Prüfung?
»Still jetzt!«
Still jetzt
Ill jetzt
Jetzt
etzt
etzt ...
Semje zeigte nach vorn, und Pitu erschrak. Nur noch ein kurzes Stück weit konnte er Gleise sehen, dann schwanden sie aus seinem Blick und der felsige Grund fiel zu beiden Seiten steil ab. Pitu streckte den Kopf und linste über die Lorenwand. Ruckartig zuckte er zurück und presste die Beine an die Bank. Da war nichts mehr! Kein Boden, auf dem man Schienen verlegen könnte. Aber wie konnte das sein? Dann kippte die Lore nach vorn.

Pitu brüllte auf in Panik! Viel zu laut und viel zu lange. Semjes Pranke schnellte heran, klatschte auf seinen Mund und erstickte das Geräusch. Doch es war zu spät! Sein Schrei gellte durch die Felsenhalle, mischte sich mit dem Rattern der Lore auf den Gleisen, dem Ächzen von Holz und Eisen und hallte tausendfach von den steinernen Wänden. Der Lärm war so ohrenbetäubend, dass Pitu sich hätte verkriechen wollen, um dem Schmerz zu entgehen, der wie ein Gewitter in seinem Kopf donnerte. Aber es gab kein Entkommen. Er musste sich festhalten, gefangen in einer Lore, die jeden Moment von den Schienen stürzen konnte. Vor ihnen flog der felsige Abgrund auf sie zu. Doch sie rollten immer noch auf Gleisen, die hier steil hinuntergingen und sich im nächsten Augenblick wieder aufwärts wanden, ihren vermeintlichen Sturz abfedernd. Pitu sah eine Kurve kommen und stemmte sich dagegen, presste die Lippen aufeinander und konzentrierte sich. Er würde keinen Laut mehr von sich geben, schwor er sich. Immer noch hörte er Fetzen seines eigenen Schreis von den Wänden hallen.

Dann übertönte ein mächtiges Grollen das lärmende Echo. Pitus Blick ruckte zum Zwerg, der mit aufgerissenen Augen zur Felsendecke starrte. Ein Riss brach durch den steinernen Himmel, direkt auf einen der riesigen Kristalle zu. Und die Gleise ihrer Lore lagen direkt darunter. Steine schlugen von oben herab, Pitu zog den Kopf ein. Dann, mit einem dröhnenden Krachen, brach der mächtige Kristall aus dem Felsen und fiel. Ihnen entgegen.

Bitte nicht! Pitus Hand zuckte zu seinem Talisman, er dachte an Kessja und betete, sie möge ihn nicht vergessen. Im selben Moment schoss die Lore unter dem fallenden Riesen hindurch. Pitu ruckte herum, als der strahlende Koloss in die Gleise krachte. Die Lore machte einen Satz nach vorn, landete aber wieder auf den Schienen. Alles um sie herum erzitterte. Der ohrenbetäubende Aufprall, das Bersten von Holz und Metall brüllte durch die Felsenhalle. Pitus Augen flogen panisch umher. Erst jetzt sah er die hölzerne Konstruktion des Fernzahns, die die Gleise durch die riesige Grotte trug. Sein Blick folgte den Schienen, die sich anmutig, beinahe schwebend durch diesen unglaublichen Raum wanden. Doch schon im nächsten Moment stürzten noch mehr Felsen von der Decke, zersplitterten Holz, barsten Gleise und brachten die ganze Konstruktion ins Wanken. Die Trasse des Fernzahns fiel in sich zusammen wie ein Kartenhaus.

Der brüllende Lärm war unerträglich. Pitu hätte am liebsten geschrien, um dem Schmerz in seinem Kopf Luft zu machen. Um es besser ertragen zu können. Doch er presste die Lippen aufeinander und konzentrierte sich einzig auf die Hoffnung, durchzukommen. Ein Stein traf seine Schulter, der Schmerz durchzuckte ihn wie ein Blitz. Seine Hand erschlaffte, ließ die Halteschlaufe fahren.

Grimmig biss Pitu die Zähne zusammen. Er hatte noch die rechte Hand, auch wenn sie verstümmelt war. Atmen, Konzentrieren und die Magie strömen lassen. Der Schmerz ließ nach, die Kraft kam zurück, doch das Tosen um ihn her wollte kein Ende nehmen. Noch waren die Gleise vor ihnen intakt, aber wie lange würde es dauern, bis auch dort Felsbrocken einschlugen? Ein rot glühender Stein stürzte neben ihm in die Tiefe, verfehlte die Lore haarscharf.

Dann sah Pitu einen Tunnel. Die Ausfahrt! Sie würden hier herauskommen. Sie mussten! Noch einmal blickte er sich um, sah einen weiteren Streckenabschnitt zusammenbrechen. Sand und Staub von Jahrhunderten stoben in die Luft, tauchten das Bild der Verwüstung in dunstigen Nebel, in dem sich die Strahlen der magischen Kristalle brachen. Ein gnädiger Schleier, von magischen Lichtern durchzogen, deckte sich über die Trümmer. Der Lärm würde verklingen, doch die Halle der Stimmen und der Fernzahn, das Erbe unzähliger Zwergengenerationen, waren zerstört. Hinweggefegt durch den Schrei eines dummen Urda!

Atharu

10

Atharu stand am Brunnen und sah durch die Tür hinüber zum Eingangsbereich. Eine kleine Elbin, die wie ein Kind wirkte, brachte ihnen Frühstück. Selana half ihr beim Aufdecken. Er war froh, dass er über Nacht geblieben war. Seit Brandan fort war, fühlte es sich in ihrem großen Gästepalast einsam an. Deshalb hatte er bereitwillig zugestimmt, als seine Schwester ihn gefragt hatte, ob er nicht hier übernachten wollte. Sie hatten noch eine Zeit lang über Jehlen gesprochen, ohne ein weiteres Wort über Tondaborgen zu verlieren, wofür er sehr dankbar gewesen war. Sein Mentor war tot, daran konnte auch seine Schwester nichts ändern.

Selana hatte nach der Arena der Macht gefragt. Er hatte geduldig geantwortet, obgleich ihm ein ganz anderes Thema unter den Nägeln brannte. Dann, als er endlich davon hatte anfangen wollen, war Ihlinn mit einem Korb Speisen gekommen.

Es war nicht der richtige Moment gewesen, hatte er beschlossen und sich wieder auf das Thema Benn und Teehl eingelassen. Sie waren verschiedene Möglichkeiten durchgegangen, um zu ergründen, was es mit den beiden auf sich haben konnte. Zum Schluss, eigentlich ohne wesentliche Erkenntnis, hatten sie Stillschweigen gegenüber Mehlen-Ellanjah vereinbart. Gleichwohl hatte Ihlinn dafür sorgen wollen, dass der Nebelmacher und der Älteste der Tangora unter Beobachtung blieben. Als Ausbilderin in der Streitmacht der Fürstin hatte sie einige Vertraute, die ihr dabei helfen würden. Es war spät geworden, deshalb hatte er von den anderen Neuigkeiten nicht mehr angefangen. Aber er musste mit seiner Schwester dringend darüber sprechen. Sie hatte ein Anrecht darauf, es zu erfahren.

Selana winkte ihn heran, als die kleine Elbin sich verabschiedete. Er trat vom Garten in den Eingangsbereich des Gästepalastes und reichte seiner Schwester die Hände.

»Ich bin froh, dass du hiergeblieben bist und wir diese Zeit miteinander verbringen können.«

Sie lächelte ihm zu, und Atharu versuchte sich auf ihre Augen zu konzentrieren. Denn ihre vernarbte Gesichtshälfte folgte ihrem Lächeln nicht, sondern blieb starr, sodass sich das Gesicht seltsam verzog. Würde er sich irgendwann an den Anblick gewöhnen können und nicht mehr darüber nachdenken, wenn er sie ansah? Er ließ den Blick über den reich gedeckten Tisch gleiten, suchte einen Punkt, um sich auf etwas anderes zu konzentrieren. Auf den Duft des Kräutertees, den Selana ihm einschenkte, das Flohsamenbrot, das mit allerlei gehaltvollen Körnern und Nüssen gebacken war, von deren Existenz Atharu bisher nichts gewusst hatte.

So, wie er auch von dem Geheimnis ihrer Abstammung nichts gewusst hatte. Bis gestern! Er holte Luft. »Ich muss dir noch etwas erzählen. Etwas, für das ich gestern nicht den passenden Moment gefunden habe.«

Selana hatte sich gerade den kleinen Tonkrug mit der Jothos-Creme genommen und verharrte einen Augenblick, bevor sie ihn absetzte. »Wenn es noch ein weiteres Problem ist, warte bis nach dem Frühstück.« Sie lächelte ein wenig, doch er spürte ihre Anspannung.

»Nein, nein«, beeilte er sich. »Es ist eher eine Überraschung, zumindest war es das für mich.«

»Na, dann mal raus damit. Eine positive Überraschung könnte ich zur Abwechslung mal gut gebrauchen.« Sie biss in ihr Brot und schaute ihn auffordernd an.

»Positiv ist vielleicht zu viel gesagt ...« Er zögerte.

Seine Schwester spülte den Bissen Brot mit einem Schluck Tee hinunter. »Bei Atharpazh, nun sag schon!«

»Wir sind Halbelben!« Jetzt war es heraus.

Selana hob ihren Teebecher und stellte ihn gleich wieder ab. »Bitte? Wie kommst du denn jetzt darauf? Warte mal – du meinst das ernst, richtig?«

»Linuzh hat es mir erzählt. Es ist allerdings ein gut gehütetes Geheimnis, weil es unter Elben nicht eben gut angesehen ist, sich mit Menschen *zu paaren*, wie er es nannte.«

»Paaren?« Selana lachte auf. »Das klingt wie ein Eintrag aus den Aufzeichnungen des Farim Peggelbohn. Fortpflanzung in der Gattung Zweibeiner. Mal ehrlich ...«

»Du kennst die Aufzeichnungen des Farim Peggelbohn? »

»Ich habe es in der Burg ... ach was, lenk nicht ab. *Paaren* – wie das klingt.«

»Den Begriff finde ich auch befremdlich. Aber darauf kommt es nicht an. Linuzh weiß, dass unsere Urmutter die Tochter einer Elbin war.«

Selana trank von ihrem Tee und ließ ihn dabei nicht aus den Augen. In ihrem Kopf arbeitete es, das konnte er sehen. Doch als sie den Becher wieder absetzte, wirkte sie weder bestürzt noch unzufrieden. »Demnach liegen einige Generationen dazwischen. Da würde ich nicht von *Halb*-Elben sprechen.«

»Nun ...«

»Aber es erklärt endlich, warum wir beide Scheltar sein können. Auch wenn es kaum vorstellbar ist. Wie viel Elbenblut kann schon noch in uns fließen?«

»Das ist vielleicht die größere Überraschung. Zumindest, wenn es wahr ist.« Sollte er ihr wirklich von den Vermutungen des Meisters der Berührungen erzählen? Vielleicht irrte er sich doch. Andererseits hing das irgendwie alles zusammen.

»Was denn noch? Nun sag schon. Keine Geheimnisse, hatten wir vereinbart. Und schon gar nicht, wenn die Andeutungen ohnehin ausgesprochen sind. Oder steckt doch so viel Elb in dir?« Sie lächelte. Doch als er nickte, versiegte ihr Lächeln wie Regentropfen im Wüstensand.

»Er glaubt zu wissen, wer unser Vater war!«

Selanas Mund öffnete sich, doch sie blieb stumm. Ihre Augen fixierten ihn, wachsam für alles, was er ihr sagen würde.

»Zhinlohr-Bennzhardizh.«

Ihr Blick erstarrte und glitt plötzlich ins Leere. Atharu gab Selana Zeit, die Nachricht zu verdauen. Er selbst war hin- und hergerissen gewesen, als Linuzh es ihm anvertraut hatte. Ein Teil in ihm freute sich, endlich etwas über seinen Vater zu erfahren. Dinge zu ergründen, über die seine Mutter nie hatte sprechen wollen. Nicht hatte sprechen können! Das einzige Geheimnis, das je zwischen ihnen gestanden hatte, war gelüftet. Doch ihm war auch bewusst, was es noch bedeuten mochte.

»Dann wäre unsere Geschichte viel enger mit Erellgorh verknüpft, als wir dachten.« Sie sprach leise – langsam. Als müsste sie sich alles noch zurechtlegen. »Und mit dem Ältesten.« Mit einem Mal sah sie Atharu ernst an. Er ahnte sofort, welcher Gedanke in ihrem Kopf Gestalt annahm.

»Was, wenn Teehl und die Bennzhardizh-Brüder seit jeher in Freundschaft verbunden sind? Und wenn Teehl schon damals ein Häscher des Kreh war? Womöglich trifft das dann auch auf unseren Vater und seinen Bruder zu ...«

»Lass uns bitte nicht zu voreilig sein«, mahnte Atharu. »Wir können nur Vermutungen anstellen. Und Linuzh hat darüber nichts erzählt.«

»Aber irgendwer wird es wissen, oder? Ich meine, außer Benn und Teehl.«

»Die Einzige, die etwas darüber wissen könnte ...« Atharu zögerte, denn die Tatsache gefiel ihm selber nicht.

»... ist Mehlen-Ellanjah«, beendete Selana den Satz.

Er nickte und schwieg. Vielleicht hatte seine Schwester eine Idee, wie man von der kühlen und distanzierten Herrscherin etwas herausbekommen könnte. In jedem Fall hätte *sie* in einem Gespräch mit der Fürstin die besseren Karten. Mehlen-Ellanjah schätzte sie, das war offensichtlich.

»Es könnte aber auch sein ...«, nahm Selana den Faden wieder auf, »... dass unser Vater Teehl entlarven wollte und deshalb sterben musste.« Ihre Augen weiteten sich. »So muss es gewesen sein! Sonst hätte es keinen Grund für seinen Tod gegeben. Im Gegenteil. Unser Ältester hätte einen Verbündeten in Erellgorh gehütet wie seinen Augapfel.«

Atharu seufzte. »Das wiederum kann keiner außer Teehl wissen. Denn wenn es hier im Palast bekannt wäre, würde auch die gutmütigste Fürstin ihn nicht frei rumlaufen lassen.«

»Stimmt. Aber bewahren wir uns diesen Gedanken. Er verhilft uns vielleicht zur notwendigen Gelassenheit, damit wir uns vorerst den wirklichen Aufgaben zuwenden können. Denn eigentlich ist es der Kreh, um den wir uns Sorgen machen müssen.«

Atharu nickte. Natürlich hatte Selana recht. Sie durften sich nicht allein um den Ältesten kümmern, sondern mussten das eigentliche Ziel im Auge behalten. Die Entschlüsselung der Prophezeiung, die Fertigstellung des Medaillons, den Sieg über den Kreh. Trotzdem konnte er nicht umhin, sich vorzustellen, was er mit Teehl anstellen würde, wenn sich herausstellen sollte, dass er ihren Vater auf dem Gewissen hatte.

»Spätestens in Tangris, wenn alles vorbei ist, wird unsere Mutter uns davon erzählen können.« Selana zwinkerte ihm zu und bestrich sich eine weitere Scheibe Flohsamenbrot. »Denn dann gibt es keine Prophezeiung und keine Hüter mehr, die sie davon abhalten könnten.«

Atharu lächelte. Er spürte die Vorfreude in ihren Worten. Sie würde ihre leibliche Mutter kennenlernen. Wie unglaublich musste das für Selana sein? Nach einem Leben ohne Eltern. Auch ihn beflügelte dieser Gedanke, und er blickte plötzlich mit neuem Appetit auf das Essen. Er sollte sich stärken, ehe wieder etwas dazwischenkam.

Tatsächlich blieben sie ungestört. Nur Jiga bettelte ein wenig. Natürlich bei Selana, was Atharu allerdings nichts ausmachte. Er war schon froh, wenn das Frettchen ihn nicht anfauchte.

Gerade als sie alle drei satt und zufrieden die Tafel aufgehoben hatten und Atharu nochmal kurz im Abort verschwunden war, pochte es forsch an der Tür. Hastig schnürte er die Hosen zu und lief zum Eingang. Kellbruhn-Palizhturh, der Heerführer der Elben, stand vor Selana. Er schaute flüchtig zu ihm, dann wieder zu seiner Schwester.

»Die Fürstin ruft zu den Schmieden. Das Medaillon ist bereit, seinem Träger übergeben zu werden!«

Atharu tauschte mit Selana einen Blick. Dann nickte er dem Heerführer zu. »Habt Dank, dass Ihr persönlich kommt. Wir sind bereit, Euch zu folgen.« *Endlich.*

Während sie Kellbruhn hinterhereilten, zogen die Herausforderungen ihrer langen und gefährlichen Reise noch einmal vor seinem inneren Auge vorbei. Nach all dem Kummer, den Kämpfen, den Schmerzen und Verlusten würden sie heute endlich das Artefakt besitzen, das den Sieg über den Kreh möglich machte. Gemeinsam mit Selana könnte er dem Morden und Schlachten der Gellwicks ein Ende bereiten. Sie würden das grausame Wirken des Kreh mit ihrer eigenen Magie ersticken. Niemand müsste mehr der Entgeistung anheimfallen, und die dunklen Schatten würden aus der Welt verschwinden. Er schwor sich, alles dafür zu tun. Selbst dann, wenn es seine Kräfte für immer verzehrte.

Den Weg durch den Park und die langen Gänge des Palastes nahm Atharu nicht wahr. Er spürte das Blut heiß durch seine Adern strömen. Die Aufregung darüber, diesen wichtigen Meilenstein erreicht zu haben, ließ alles andere in den Hintergrund treten. Ein paarmal tauschte er mit Selana einen Blick und glaubte, bei ihr die gleiche Erregung zu erkennen.

Die gewendelte Treppe, die Gänge unter den Hallen von Erellgorh, das Tor der Elemente mit seinen goldgerüsteten

Wachen – das alles war heute nicht wichtig. Er musste diesem Weg keine erneute Aufmerksamkeit schenken. Dass etwas anders war, merkte er erst, als ihm die Hitze der Esse entgegenschlug und der Heerführer langsamer wurde. Atharu hatte damit gerechnet, dass die Fürstin nicht allein auf sie wartete. Hatte überlegt, welche Elben wohl die fünf Elemente repräsentierten, und war gespannt, wer die Schmiedemeister waren, die sicher ebenfalls warteten. Doch die Leibgarde der Fürstin hatte er nicht erwartet. Nicht in dieser Präsenz! Eine Doppelreihe von gut zwei Dutzend ihrer goldenen Garde versperrte ihnen den Weg in die gewaltige Felsengrotte.

Und nicht nur das. Im hellen Licht des Gewölbehimmels konnte er weitere Soldaten erkennen, die vor jedem der vier Portale Stellung bezogen hatten. Wem galt dieses Aufgebot? Selana berührte seine Hand, er schaute zu ihr hinüber. Ruhig bleiben, mahnte ihr Blick. Natürlich hatte sie recht. Es war offensichtlich, dass er sich in dieser Situation zurücknehmen musste. Die Fürstin ließ Vorsicht walten. Und das war durchaus angemessen. Atharu wischte sich Schweißtropfen von der Stirn. Der Schlüssel zur Rettung der Völker ruhte in ihren Händen. Gleich hier!

Plötzlich hallte das Klacken Dutzender Stiefel von den Gewölbewänden, als die Reihen der Garde sich in einem synchronen Akt geschmeidiger Bewegung öffneten. Unweigerlich zuckte er zusammen, auch Selana machte einen Schritt rückwärts. Er spürte, wie die Magie sich regte und durch seinen Körper strömte.

»Du hast nichts zu befürchten, Atharu-Scheltar!« Mehlen-Ellanjah trat zwischen die Reihen. Das würdevoll erhobene Haupt wurde gekrönt von ihrem goldblonden Haar, das kunstvoll aufgesteckt und von silbrigen Strähnen durchzogen war. Anmutig legte sie ihre Hand aufs Herz. Als sie ihn anblickte, glaubte er, dass es mehr war als eine Begrüßung. Er verstand es als Geste des Friedens zwischen ihnen.

»Seid gegrüßt und willkommen in den magischen Schmieden von Erellgorh. Denn es ist vollbracht.« Ihre Stimme, dunkel und geheimnisvoll, durchdrang den ganzen Raum. Mit einer weiten Geste bedeutete sie ihnen, ihr durch die Reihen der Garde zu folgen. Atharu konnte nicht anders, als sie immer wieder zu bewundern. Sie verkörperte gleichzeitig Macht und anmutige Schönheit. Ihr tiefgrünes Kleid umschmeichelte ihren Körper wie der seidene Kokon einer Dulltuhra.

Er rügte sich innerlich für diesen Vergleich. Die geflügelten Greifer, die in ihren Hüllen Unschuld und Schönheit vorgaukelten, waren arglistig und grausam. Das wollte er Mehlen-Ellanjah nicht unterstellen. Es ging schließlich um nichts weniger als das neu geschmiedete Medaillon. Dieser Schlüssel zum Sieg war den Elben zu verdanken. Der Fürstin selbst!

Anmutig blieb sie vor einem der ziselierten Ambosse stehen. In dem riesigen Becken dahinter schlug eine lodernde Masse feurige Blasen. Bei Atharus ersten Besuchen nur grau und dampfend, brannte hier jetzt das magische Feuer Jukahbajahns. Nichts hätte in seinen Augen wahrhaftiger sein können. Mehr denn je spürte er die Anziehungskraft und Verbundenheit mit der Hitze dieser Magie.

Als die Fürstin sich zu ihnen umwandte, rannen selbst ihr, der Unnahbaren, kleine Schweißperlen von den Schläfen. Ein Elb in silberner Gewandung trat neben sie, ein schwarzes Kissen in den Händen, auf dem das neu geschmiedete Schmuckstück ruhte. Atharu hielt den Atem an.

»Dies ist das neue Medaillon. Das eine Artefakt der Stärke, versehen mit den mächtigsten Schutzzaubern der fünf Elemente. Schlüssel zum Grohum, zum Sieg der verbundenen Elemente über den Abtrünnigen und damit zur Rettung der Völker.« Sie machte eine kunstvolle Pause, in der sie langsam über die Reihen ihrer Untergebenen blickte.

Zum Sieg der verbundenen Elemente. Das war die Stelle der Prophezeiung, in der Ondara ihn und seine Schwester erkannt hatte. Und auch für die Elbenfürstin gab es keinen Zweifel daran, dass es ihre Aufgabe war, die Bestimmung der Scheltar-Zwillinge. Er sah zu Selana hinüber, die bewundernd auf das Schmuckstück blickte. Erst jetzt wurde ihm klar, dass nur einer von ihnen den Schlüssel tragen konnte.

»Es wird euer gemeinsamer Kampf sein«, fuhr die Fürstin fort, fixierte erst ihn, dann seine Schwester. »Jetzt steht es an, zu klären, wer von euch Träger dieses Schlüssels sein muss.«

Sollte das bedeuten, dass Mehlen-Ellanjah dazu nichts sagen würde? Mussten sie das am Ende etwa selbst entscheiden? Atharu wurde klar, dass er das nicht konnte. Seine Schwester war mächtiger als er, keine Frage. Der Sieg über die Schatten hatte ihr zusätzliche Magie verschafft.

Aber war das für das Durchschreiten der magischen Kuppel wichtig? Vielleicht halfen bloße Kraft und Körpergröße besser, um an die Säulen der Macht zu gelangen, die die Kuppel aus ihrem Inneren heraus speisten. Sollte er Selana nicht die Bürde dieser Verantwortung abnehmen, um sie vor den möglichen Gefahren des Grehum zu schützen?

Wenn er doch nur wüsste, was dort auf sie wartete. Am liebsten wäre er sofort losgelaufen, um endlich Klarheit zu bekommen. Atharu kämpfte die Unruhe nieder, die ihn überkam. Der Weg bis zum Grehum war weit. Vielleicht war das die eigentliche Herausforderung, den Schlüssel überhaupt erst einmal unversehrt bis dorthin zu bringen. Ihn vor den Häschern des Kreh und den Angriffen grausamer Schatten zu verteidigen. Was das anbelangte, hatte er wenig Erfahrungen vorzuweisen.

Nein, das Medaillon war bei seiner Schwester doch besser aufgehoben. Ob sie damit einverstanden wäre? Er schaute sich zu ihr um, suchte in ihren Augen nach einer Antwort, doch plötzlich durchbrach ein greller Laut jeden seiner Gedanken. Ein kurzes, ohrenbetäubendes Zischen, dann jagten taghelle Blitze über eines der Portale. Aus dem Inneren stoben Funken, die alle Blicke auf sich zogen.

Selana

11

»Ein Angriff!« Die Stimme kam von rechts. Einer der Schmiede. Selana hob die Arme, bereit, ihre Magie einzusetzen. Wie von selbst strömte mächtige Energie in ihre Hände.

»Yl porthama, jozhat! Fen, fen!« Die Stimme der Fürstin erhob sich über alle Geräusche hinweg. Sofort reagierte ihre Garde und bezog Stellung. Glänzende Klingen, die in geschmeidigen Bewegungen aus den Scheiden glitten. Das reichte Selana als Warnung. Geschwind wob sie zwischen ihren Händen ein dichtes Netz luftiger Magie, bereit, es jederzeit von sich zu schleudern. Dann sah sie Atharu, der neben ihr auf den Mauerrand der brodelnden Esse gesprungen war. Zwei Feuerkugeln kreisten über ihm. Auch er war entschlossen, das Medaillon zu verteidigen. Wo war es überhaupt? Selana sah sich zu dem Amboss um, vor dem der Fürstin das schwarze Kissen gereicht worden war. Der Elb war nicht mehr da!

Ihr Blick hetzte weiter und fand jenseits des Beckens einen Kreis von gezückten Waffen, in deren Mitte der Schmied mit dem Medaillon in Sicherheit war. Atharpazh sei Dank! Der Schlüssel musste um jeden Preis geschützt werden. Sie fuhr herum, als erneut Blitze über das Portal zuckten. Welches war es? Plötzlich schob sich die Fürstin durch ihre Krieger darauf zu. Selana sah ihren hochgestreckten Arm. Der Ring an ihrem Finger loderte hell auf und blendete. Selana wendete den Blick ab, sah zu Atharu.

In diesem Moment reckte er die Arme nach den Feuerkugeln, streckte die Finger und ließ die Kugeln zurück in seine Handfläche sickern. Wieso machte er das? Was hatte er gesehen? »Es ist das Portal aus Gelder!« Er warf ihr einen Blick zu und bedeutete mit einer Geste, dass alles in Ordnung wäre. Doch woher konnte er das wissen?

»*Fekehr! Falta trojun bührk!*« Befehlsgewohnt tönte die Stimme Mehlen-Ellanjahs durch die Felsgrotte. Sofort bewegte sich ihre Garde. Selana verstand die Elbenworte nicht, doch die Krieger zogen sich zurück und bildeten einen Halbkreis um das Portal. In einer geschmeidigen Bewegung, beinahe anmutig, brachten sie ihre Klingen erneut in Stellung. Zwischen ihnen eine Lücke, durch die die Fürstin jederzeit zurückweichen könnte.

Selana schaute zu ihrem Bruder, der jetzt vollkommen ruhig war. Das allein verschaffte ihr Zuversicht, sie vertraute seiner Intuition. Selana öffnete ihre Hände, auf einen Gedankenimpuls schmolz ihr magisches Netz zusammen, legte sich auf ihre Finger und sickerte in ihre Handflächen zurück. Sie wusste nicht, was ihr Bruder erwartete oder erhoffte. Das Portal hatte sich jedenfalls noch immer nicht geöffnet. Es waren lediglich Lichtreflexe, die daraus hervorstoben.

Atharu sprang vom Beckenrand und trat mit festen Schritten in den Halbkreis. Selana folgte ihm. Der Ring der Fürstin leuchtete nurmehr schwach, doch Mehlen-Ellanjah hielt ihren Arm noch immer erhoben, bereit, möglichen Angreifern entgegenzutreten.

Mit einem Seitenblick nickte sie ihnen zu. »Jemand macht sich am Portal in Gelder zu schaffen. Es ist gut, euch an unserer Seite zu wissen!«

»Darf ich sprechen?« Atharus Stimme war leise und ruhig.

Selana schaute ihn bewundernd an. Er strahlte eine Ruhe aus, die sie gestern noch nicht für möglich gehalten hätte, hatte die Unsicherheit gegenüber der Fürstin überwunden.

Mehlen-Ellanjah sah ihn an. »Du darfst, Atharu-Scheltar. Denn ich freue mich, auch dich an meiner Seite zu wissen.«

Er nickte. »Mit Eurer Erlaubnis möchte ich das Portal öffnen.«

Selana sog unwillkürlich die Luft ein. Sie sah, wie das Leuchten im Ring der Fürstin zu pulsieren begann. Doch eine Antwort Mehlen-Ellanjahs blieb aus. Ihr Schweigen senkte sich wie ein Tuch über sie. Eine angespannte Stille, die nur durch das Brodeln der Esse und das zeitweilige Zischen des Portals unterbrochen wurde. Alle Blicke hefteten sich auf die Felsnische.

Unvermittelt senkte die Fürstin den Arm, das Leuchten des Rings erlosch. »Wer immer auf der anderen Seite ist, scheint nur über geringe Magie zu gebieten. Denn der Spiegel wird nicht entfacht. Womöglich droht keine Gefahr der Öffnung von der Gegenseite aus. Noch nicht!« Mehlen-Ellanjah sah Atharu an. »Doch es ist beunruhigend, dass jemand von den geheimen Elbenwegen weiß und sie magisch berühren kann! Das allein mahnt zur Vorsicht.«

»Und doch mag sich dahinter auch ein Hilferuf oder gar eine Hoffnung verbergen. Was, wenn Magister Licburus uns eine Nachricht senden möchte? Inzwischen müsste er zurück in Gelder sein.«

Atharu hatte recht. Der Magister war schon aus Tyklahr abgereist, bevor Selana ins Gesundhaus zurückgekehrt war. Er könnte es bereits bis in seine Heimatstadt geschafft haben.

Die Fürstin nickte, doch ihr Blick wirkte verschlossen. »Bedenke, dass wir keine Kenntnis darüber haben, über welches Wissen der Kreh inzwischen verfügt. Durch die dunklen Runen konnte er schon einmal seinen Geist nach Erellgorh ausstrecken. Was ist, wenn er von den Portalen weiß?«

Selana erstarrte. Hatte der Kreh es doch durch sie erfahren? Durch ihre Schwäche, die ihm den Zugang in ihren Kopf ermöglicht hatte? Sie wollte das nicht glauben. Das durfte nicht sein!

»Dann würde er ein anderes Portal wählen.«

Dankbar schaute sie zu ihrem Bruder, der der Fürstin fest in die Augen blickte.

»Gelder ergibt keinen Sinn. Der Kreh würde alles daran setzten, mit einem Schlag in die Elbenstadt vorzudringen, oder? So viel wir wissen, sind seine grausamen Gellwicks zu Hunderten in Nehrbor und Tonda. Und seine dritte Armee von Gellwicks und Entgeisteten schiebt sich auf Crem zu.«

Selana ergriff das Wort. »Das stimmt. Warum sollte er sich die Mühe machen, Streitkräfte so weit in den Süden zu entsenden, wenn er das Portal in Crem direkt vor der Nase hat?« Ja, ihr Bruder hatte das richtige Gespür. Es musste Lieburus sein.

Wieder zischte es im Portal und die Fürstin starrte hinüber. Es schien, als dachte sie über Selanas Worte nach.

»Du sprichst weise, Selana-Scheltar. Das Portal zu Gelder ist für den Abtrünnigen kaum die erste Wahl. Zumal es bedeuten würde, dass er Gelder vorher zu Fall bringen müsste.«

Allein der Gedanke an so eine Möglichkeit jagte Selana einen Schauer über den Rücken.

»Verzeiht, Fürstin, wenn ich frage, aber habt Ihr jüngst die Sterne befragt? Konntet Ihr sehen, wie sich die Macht des Kreh ausgebreitet hat? Ist die Dunkelheit womöglich auch im Süden erstarkt?« Die Fragen ihres Bruders waren gut. Allerdings auch sehr direkt im Angesicht der Elbenfürstin.

Mehlen-Ellanjah starrte ihn an, ohne zu antworten, und Selana sprang ihm bei. Die Fürstin sollte wissen, dass es Zeit war, ihnen mehr als bloße Andeutungen zu geben. »Das wäre auch für mich hilfreich zu wissen. Hat Euch dazu vielleicht auch eine Nachricht von den Waldelben erreicht?«, setzte sie noch hinzu und machte unmissverständlich deutlich, dass Mehlen-Ellanjah ihnen nicht davonkommen würde. »Wenn ich es richtig erinnere, hatte die ehrwürdige Mijah-Glajurdah Euch gestern um eine Unterredung gebeten.«

Jetzt fixierte die Fürstin Selana mit einem durchdringenden Blick. Als suchte sie nach einer Antwort auf die Frage, was sie den Scheltar offenbaren musste. Ihr Kopf hob sich, als sie endlich antwortete. »Ich weiß, dass euch nach Wissen dürstet. Vergebt mir, wenn ich alles abwäge, was ich euch weitergebe. Zu vage sind manche Erkenntnisse, zu undurchsichtig die Geschehnisse in den Gebieten, die seiner Macht unterliegen. Nur so viel: Die Dunkelheit hat die Stadt Crem erreicht. Und auch der Schleier über Tonda ist dunkler geworden. Ich allein vermag nicht hindurchzuschauen.« Sie sah zu Atharu und machte eine einladende Geste zum Portal. »Deine Frage war weise, denn ich habe im Süden keine dunklen Schleier gesehen. Aktiviere das Portal. Eine einseitige Öffnung sollte möglich sein. Aber sei bereit, es bei Gefahr sofort wieder zu schließen!«

Atharu erstarrte. Selana wusste, es hatte nichts mit dem Portal nach Gelder zu tun. Die Worte der Fürstin befeuerten eine andere Furcht in ihm. Eine Angst, die auch sie selbst umtrieb. Wenn die Dunkelheit Crem erreicht hatte, war die Stadt gefallen. Was bedeutete das für Brandan und Gehlen?

Erneut zischten Blitze durch das Innere des Portals, lenkten ihre Aufmerksamkeit zurück. Wie schwer es doch war, sich immer wieder zusammenzureißen, nicht in den Sorgen um ihre Freunde zu versinken, sondern weiterzumachen. Sie sah Atharus Kiefermuskeln arbeiten, er reckte das Kinn. Sicher gingen ihm ähnliche Dinge durch den Kopf. Und genauso wie Selana hoffte er wahrscheinlich darauf, dass sie sich später noch um Crem kümmern könnten.

Entschlossen schritt ihr Bruder auf das Portal zu. Sie seufzte und sah sich noch einmal um, doch der Blick war versperrt. Irgendwo hinter den goldgerüsteten Elbenkriegern lag das Medaillon. Wie viel mochte noch passieren, das sie davon abhielt, in den Kampf zu ziehen, um es endlich hinter sich zu bringen. Um den Kreh in die Knie zu zwingen.

»*Mahjyl perk brian e ezhanjo perk yt kärenn. Hiesfruhr aracham e perk zheazhkahn yn turuhn.*« (Die

Magie für die Kraft – und die Seele für den Weg. Eine Verbindung zur Erfüllung – und dem Sehenden ein Bild.) Sie hatten diese Worte erst vor Kurzem gelernt, doch wenn Atharu sie aussprach, klangen sie wie ein Lied, das ihn schon ewig begleitete. Selana sah zu ihm hinüber. Der glimmende Faden seiner Magie strebte dem Anknüpfungspunkt entgegen. Eine schmale, feurige Spur, die sich zu dem unscheinbaren Fellblättchen hinaufschlängelte. Als sie das steinerne Bild des Krauts erreichte, teilte sie sich, züngelte über weitere Ornamente, teilte sich wieder und wieder, bis schließlich der gesamte Bogen umschlossen war. Die Luft im Tor verdichtete sich und die dunkle Spiegelfläche erschien. Auf ihr das Bild der anderen Seite.

Ein kleiner, karger Raum mit dicken Teppichen verschiedener Farben, darauf ein hagerer Mann, der mit geschlossenen Augen etwas in der alten Sprache daherbetete, das nur entfernt an den Öffnungszauber erinnerte. Seine dürren Arme hoben sich in die Luft, die Ärmel der Robe fielen zurück. *»Mahjylperk ylhiesfruhr. Mahjylperk ylhiesfruhr ...«*

Die Fürstin trat vor den Spiegel. »Müht Euch nicht weiter, ehrenwerter Lieburus.« Sie kannte ihn? Selana erhaschte ein Zucken ihres Mundwinkels. Beinahe, als würde sie lächeln.

»Es muss doch funktionieren, irgend... Wie?« Der Alte riss die Augen auf und starrte zu ihnen herüber. »Aber das ... das ist ...«

Er fuhr sich aufgeregt durch die Haare und machte wahrlich nicht den Eindruck, den Selana von einem Magister des Hofes zu Gelder erwartet hatte.

»Es ist vollbracht! Wie wunderbar.« Lieburus wieselte um einen Tisch herum, auf dem Stapel von Büchern lagen, griff nach einem davon und küsste die vergilbten Seiten. »Kelenkus Briebens sei Dank!« Er schlug es zu und hustete, als ihm Staub ins Gesicht stob. Hastig wedelte er mit den Händen, um ihn zu vertreiben. »Dummes, altes Buch!« Er räusperte sich. Dann erst entdeckte er Mehlen-Ellanjah. »Oh, Fürstin! Vergebt mir.« Mit flinken Schritten kam er ans Portal gelaufen. »Wo sind denn meine Manieren.« Er verbeugte sich. *»Jys bellzhahn tuhl e tuhr ezhanjo!«* (Ich grüße dich und deine Seele.)

»Jyhr adorh jaln tuhr adorh - e yl brian i Atharpazh jaln zhar!« (Mein Herz ist dein Herz und die Kraft in Atharpazh ist Friede.)

»Ich freue mich außerordentlich, dass ich zu Euch durchgedrungen bin, außerordentlich, ja. Eigentlich ist es ja nur bescheidene Magie, über die ich verfüge. Aber ich habe in meiner ärmlichen Bibliothek doch das eine oder andere hilfreiche Buch gefunden, ja hilfreich, möchte ich sagen.«

»Wie das von Magister Kelenkus aus dem Orden zu Crem. Ein seltenes Werk, das unter Verschluss gehört. Weshalb wir es nach Erellgorh holten. Das einzige Exemplar, wie ich bisher annahm.« Die Stimme der Fürstin klang streng; Selana bekam eine Ahnung, wie mächtig die Geheimnisse in diesem Buch sein mussten.

»Nun, äh, es ist nicht so, dass ... eigentlich gibt es auch kein zweites. Also ... äh, nur eine gekürzte Abschrift. Ihr müsst wissen, dass ich während meiner Lehrjahre von Orden zu Orden gepilgert bin. Außerordentliche Bibliotheken gibt es dort, außerordentlich. Jedenfalls habe ich schon immer gern aufgeschrieben, was mir gefällt. Ihr solltet einmal meine Sammlung edler Speisen lesen. Dort gibt es auch ein Rezept aus Erellgorh, das mir wirklich sehr gut ...«

Mehlen-Ellanjah hob die Hand, der Magister verstummte sofort. »Ich erinnere mich an Euren Besuch, werter Lieburus. Ihr begleitetet Magister Tian aus Tyklahr. Einen der Hüter, den meine Mutter erwählte. Doch das liegt lange zurück. Wie auch immer – Eure Abschrift gehört in unsere Obhut!« Die Stimme der Fürstin duldete keinen Widerspruch und Selana war erstaunt, dass der Magister aus Gelder die Forderung mit einem schlichten Kopfnicken hinnahm.

»Und jetzt sagt mir, werter Lieburus, was ist Euer Begehr? Warum habt ihr das Portal der Elben angerufen?«

»Aber ja, wo bin ich nur mit den Gedanken. Mein König wollte Euch eine Nachricht übermitteln.« Lieburus verbeugte sich und trat zurück. Als nichts geschah, sah er sich irritiert um. »Ach du meiner Treu, ich habe ja noch gar nicht ...« Er wieselte wieder um den Tisch herum und trat auf die seitliche

Wand zu. »Ich bat die beiden nur ganz kurz ... musste mich konzentrieren, ja, konzentrieren ...«

Er öffnete eine schlichte Holztür und verschwand dahinter. Selana hörte es poltern. Der Magister rief etwas Unverständliches und tauchte schließlich wieder auf. Er hielt die Tür geöffnet und verbeugte sich erneut. »Seine Majestät, Seron von Gelder, und unser Vertrauter, Pelldor von Tergrys, Hauptmann der Stadtgarde.«

Selana erkannte den König sofort. Sie hatten ihn schon einmal in diesem Portal gesehen, als sie das erste Mal die Öffnungszauber geübt hatten. Er hielt sich nicht mit langen Begrüßungszeremonien auf, sondern trat direkt auf Mehlen-Ellanjah zu.

»Fürstin von Erellgorh, ich wollte Euch in Kenntnis setzen, dass ich Waffenhilfe nach Tyklahr entsende. Überdies habe ich Botschafter nach Myxa und nach Tangris entsandt. Die Geldermark ist zwar gesichert; die Horden, die unser Land geschändet haben, sind östlich und westlich des Nebelsees abgezogen. Doch die Nachrichten, die mein Magister aus Tyklahr mitgebracht hat, sind mehr als besorgniserregend. Ich fürchte um unser aller Sicherheit, wenn die Söldner des Kreh nicht aufgehalten werden. Mit Nehrbor haben sie eine fast uneinnehmbare Festung, von der sie agieren können. Und überdies erreichten uns Gerüchte, dass auch Tonda gefallen sei.«

»Die Lage könnte in der Tat nicht ernster sein, Seron. Nehrbor ist endgültig der Schwärze anheimgefallen.« Die Fürstin reckte ihr Haupt. »Was Tonda anbelangt, wissen wir nichts Genaues. Ich wage die Vermutung, dass zumindest der Friedenstempel noch nicht gefallen ist. Auch wenn das nur eine Frage der Zeit ist. Tulipa von Tykalden wird Eure Hilfe willkommen heißen und sie dankbar annehmen. Zumal eure Länder bereits im Großen Krieg vereint gekämpft haben.« Ihre Stimme klang lauernd, als ahnte sie, dass noch etwas käme.

»Ein Kampf, bei dem Eure Mutter uns allein ließ. Die Waffenhilfe der Elamarh bestand nur aus hohlen Worten.« Die Stimme des Königs grollte angriffslustig durch das Portal und Selana hielt den Atem an. »Wird es diesmal wieder so sein? Oder gedenkt Ihr selbst, etwas gegen den Kreh zu unternehmen?« Hinter Seron senkte Lieburus verlegen den Kopf, die Lippen des Hauptmanns wurden schmal. Hatte er einen anderen Verlauf dieses Gesprächs erwartet? Oder war er der gleichen Meinung?

»Wer seid Ihr, dass Ihr so mit einer Fürstin des ersten Elbenhauses sprecht?« Der Ring Mehlen-Ellanjahs leuchtete bedrohlich auf, ihre Stimme hallte laut von den Wänden der Grotte wider. »Wart Ihr dabei, als unsere Völker den Tod von Brüdern und Schwestern litten? Trugt Ihr Verantwortung für das Erbe von Jukahbajahn? Was habt Ihr getan, um den Frieden wiederherzustellen? Nichts! Denn Euer Leben währt nur einen Lidschlag im Angesicht der Elben!«

Erschrocken blickte Selana von der Fürstin zum König.

Doch Seron stand da wie ein Fels in der Brandung. »Immerhin sehen wir nicht tatenlos zu, und mag unsere Lebensspanne noch so kurz sein. Was also gedenkt Ihr zu tun? Welche Botschaft darf ich von den Elben überbringen?«

Selana konnte nicht anders, als ihn zu bewundern. Er ließ sich nicht aus dem Gleichgewicht bringen. Sie wusste nicht, ob er im Recht war, noch kannte sie die Geschichte der Völker im Großen Krieg, doch er vertrat seine Ansichten mit absoluter Klarheit. Mindestens dafür müsste auch Mehlen-Ellanjah ihm Respekt zollen. Selana sah zurück zu ihr.

Für einen Moment schwieg die Fürstin. Doch als sie antwortete, lag in ihrer Stimme die gewohnte Ruhe und Erhabenheit. »Ihr dürft folgende Botschaft überbringen: Die Prophezeiung wird sich erfüllen. Und die Elamarh werden das Ihre dazu tun, es zum Wohle der Völker zu wenden.«

Seron gab ein Grunzen von sich. »Was für ausweichende Worte. Daraus ist keine Hoffnung zu schöpfen.«

»Die Gründe für Hoffnung müssen manchmal verborgen bleiben. Denn welcher Plan kann Hoffnung tragen, wenn der Feind ihn schon kennt?«

»Meine Hoffnung«, Seron von Gelder machte eine bedeutungsvolle Pause und blickte erst zu Atharu und dann zu Selana, »ruht nicht auf den Taten der Elben.« Er schenkte der

Fürstin noch einen letzten Blick, bevor er sich ohne ein weiteres Wort umdrehte und durch die Seitentür verschwand.

Eine Pause entstand, die keiner zu durchbrechen wagte. Selana versuchte zu verstehen, was gerade geschehen war. Immerhin wussten sie jetzt, dass Tyklahr auf weitere Hilfe hoffen durfte. Eine beruhigende Vorstellung, wenn sie an Wanda, Aria und Lysa dachte.

»Selana-Scheltar?« Mehlen-Ellanjah riss sie aus ihren Gedanken. »Wärst du so gut, deinem Bruder zu helfen?« Selana sah zu Atharu, aus dessen rechter Hand immer noch der seichte, flammende Faden floss, der das Portal geöffnet hielt. Es kostete ihn nur wenig seiner Kraft. Wobei sollte sie ihm helfen? Ihr Bruder warf der Fürstin einen fragenden Blick zu.

»Magister Lieburus möchte uns die Abschrift des Werkes von Kelenkus Briebens in unsere Obhut geben, nicht wahr?« Sie blickte zu ihm hinüber.

»Oh, aber ja, natürlich.« Der schmächtige Alte lief sofort zum Tisch, nahm den ledernen Einband und trat dicht ans Portal. Ehrerbietig streckte er das Buch vor. Funken stoben auf ihn zu, hastig zog er es zurück. Sofort war Pelldor an seiner Seite und hielt schützend einen Arm vor den Magister. Kritisch beäugte er die Portalfläche. Es musste verwirrend sein, wenn man diese Art der Magie das erste Mal vor sich hatte.

»Selana! Öffne das Portal!«

Sie nickte der Fürstin zu und ergriff die Linke ihres Bruders, um die Verbindung herzustellen. Sofort war das vertraute Kribbeln wieder da, nur einen Lidschlag später strömte ein Teil seiner Energie in ihren Körper. Sie hob ihre freie Hand und sandte einen luftigen Faden ihrer Magie zum Portal. Schon bald traf er auf die grazile Federfliegerin, die ihr Anknüpfungspunkt war. Unmittelbar darauf breiteten sich die magischen Luftwirbel über das Portal aus, verbanden sich mit der Feuermagie ihres Bruders und hüllten die Felsnische in ein Meer glimmender Staubfunken. Das Bild von Lieburus und Pelldor zog sich mit einem dumpfen Geräusch blitzartig zurück und war nur einen Moment später wieder da. Der

Magister hatte sich geduckt, auch der Hauptmann hielt sich schützend einen Arm vors Gesicht. Das Portal war offen, Lieburus kam näher und streckte die Hand aus.

»Vorsichtig!«, warnte Pelldor.

»Aber nein. Nein, nein.« Der Magister machte einen Schritt nach vorn. Dann noch einen. »Sieh nur, Pelldor!« Er zog den großen Mann mit sich. »Das Portal ist offen.«

Sofort trat die Fürstin vor und streckte ihre Hand aus. »Ihr solltet mir nur das Buch geben.«

»Aber ja.« Der Magister hielt ihr das Buch entgegen, drehte sich jedoch im selben Moment tänzelnd um die eigene Achse. »Schau doch nur, Pelldor, schau doch nur. Was für eine Pracht!« Lieburus schritt an der Fürstin vorbei, fasziniert von den Eindrücken.

Pelldor folgte ihm. »Vor allem eine heiße Pracht.« Er öffnete den Umhang, sodass sein Schwert zum Vorschein kam.

»Ihr wagt es!« Die Stimme der Fürstin klang zornig.

Dann geschahen mehrere Dinge gleichzeitig. Pelldor ließ seinen Umhang zu Boden fallen und die Garde der Fürstin erwachte aus ihrer Starre. Wie ein Mann traten zwei Dutzend Elbenkrieger vor und hoben in einer schnellen Bewegung ihre Waffen. Laut hallte das Klirren von den Wänden, und Magister Lieburus wirbelte erschrocken herum. Sein Gesicht war plötzlich blass geworden und er wankte. Ehe Selana reagieren konnte, sprang Atharu vor und fing ihn auf. Dabei löste sich ihre Verbindung, das Bild vor ihr verschwamm und die Magie des Portals fiel mit einem dumpfen Knall in sich zusammen.

Pitu

12

Die Lore raste weiter, hinein in den nächsten Tunnel, weg von dem Bild der Verwüstung hinter ihnen. Eine steinerne Röhre, die nurmehr das Rattern und Rauschen ihrer eigenen Fahrgeräusche von den Wänden zurückwarf und die Kakophonie der Zerstörung zurückließ. Voraus nur der Lichtkegel ihrer eisernen Kutsche auf dem Gleis. Ein kristallener Blick nach vorn auf das, was kommen würde. Doch Pitus Gedanken verharrten noch immer in der Halle der Stimmen, drehten sich im Kreis und suchten nach einer Erklärung. All das wäre nicht passiert, wenn er sich im Griff gehabt hätte. *Durchgefallen!* An ihm war kein Zwerg verloren gegangen.

Er schaute zu Semje, der verbissen nach vorne sah. Eine Träne lief über seine Wange in den Bart. Warum schrie er nicht, schlug ihn oder fluchte zumindest? Doch der Rotbart starrte einfach nur still und grimmig in den Lichtkegel. Was sollte Pitu sagen? Im Angesicht der Zerstörung musste jedes Wort hohl klingen. Ob Semje ihm das je verzeihen würde? Könnte irgendein Zwerg ihm das vergeben? Und er sollte einer der Fünf sein? Was für ein Witz. Pitu dachte an Atharu und Selana. Sie waren wahre Scheltar – aufrecht, edel und anmutig! Ihnen würde so etwas nicht passieren. Sie wären in jeder Situation Herr der Lage, träfen die richtigen Entscheidungen und hätten ihre Emotionen unter Kontrolle. Im Grunde war er froh, dass der Zwerg ihm diese Reise auferlegt hatte. Pitu gehörte nicht in den magischen Kreis der Hüter, Element Erde hin oder her.

Die Lore legte sich in eine Kurve, Pitu fasste die Halteschlaufe fester. Dann ging es wieder geradeaus und er entspannte sich etwas. Das Tempo hatte nachgelassen.

Nein, er gehörte nicht dazu. Aber die Verantwortung, die seine Magie mit sich brachte, würde er trotzdem tragen. Er war schon zu oft weggelaufen. Kessja vertraute darauf, dass er wiederkam, und die alte Wanda ebenso. Was hatte sie gesagt? »Es gibt noch eine Hoffnung.« *Und das soll ich sein?* Pitu seufzte. Wenn er doch nur selbst daran glauben könnte.

»Es ist nicht deine Schuld«, brummte de Zwerg rau.

»Oh doch.« Pitu spürte die Bitterkeit sauer in seiner Kehle aufsteigen. »Ich hab die Prüfung nicht bestanden! An mir ist ganz bestimmt kein Zwerg verloren gegangen. Ich hab geschrien wie ein Waschweib, dem ein Korb sauberer Wäsche in den Dreck gefallen ist.« Er schüttelte den Kopf. »Ich hätte mich besser unter Kontrolle haben müssen.«

»Das stimmt allerdings! Aber, nun – du ... äh ... hast eben andere Stärken.«

»Stärken? Meinst du etwa meine Unentschlossenheit? Oder meine Ängstlichkeit? Ich kann auch noch mit Übermut und tumber Unwissenheit dienen. Such dir was aus.«

»Auf den Mund gefallen bist du jedenfalls nicht!«, grollte Semje. »Und wenn es Gold fürs Um-Kopf-und-Kragen-Reden gäbe, wärst du ein gemachter Mann.« Der Rotbart schüttelte den Kopf. »Vorsicht.« Er wies nach vorn, beide lehnten sich in die nächste Kurve. »Wie auch immer. Ich will für den Rest des Weges keinen trübsinnigen Sumpfmenschen an meiner Seite haben. Also, du bist nicht schuld an dem Chaos, das du angerichtet hast.«

»Das ich angerichtet habe?« Pitu starrte Semje an. »Was denn nun, bin ich schuld oder nicht?« Führen sie nicht gerade in einer Lore durch einen Tunnel im Nirgendwo von Abrinor, wäre er aufgesprungen und gegangen. *Zwergengerede, ts!*

»Sagte ich doch: Du hast keine Schuld, zumindest nicht allein.«

»Dann habe ich also nur ein bisschen Schuld. Wie toll. Das erleichtert mich richtig.« Doch je länger Pitu darüber nachdachte, umso klarer wurde ihm, dass den Zwerg mindestens genauso viel Schuld traf. Hätte der ihm vorher gesagt, was ihn erwartete, hätte Pitu nicht geschrien. Und dann hätte der Lärm nicht ... *Unfug! Hätte, hätte* ... Die Halle der Stimmen war hinüber, das stand nun einmal fest.

»Früher oder später wäre das sowieso wieder passiert.«

Früher oder später? Wieder? »Was meinst du denn damit?«

»Vorsicht!«

Pitu sah nach vorn, zog an der Halteschlaufe und lehnte sich in die nächste Kurve. Viel Tempo hatte die Lore nicht mehr, fiel ihm auf. Eigentlich müssten sie jeden Moment stehen bleiben. Auch gut, dann wäre Zeit, um das sonderbare Gerede des Zwergs zu klären. »Nun sag schon?«, drängte er Semje zu einer Antwort.

Der stöhnte. »Es passiert etwa alle zehn Dekaden wieder. Und das letzte Mal liegt sogar schon mehr als vierzehn Dekaden zurück.«

»Dann hatte es am Ende nichts mit meinem Schrei zu tun?«

»Blitzmerker. Die Vibrationen durch den Fernzahn sind das Problem. Das ist zumindest meine Meinung.«

Pitu schaute zum Rotbart hinüber. Die graublauen Augen unter den roten Brauen stierten in den Lichtkegel der Lore. Er hätte das nicht erzählen müssen, aber er hatte es getan. Er war vielleicht manchmal etwas grummelig, aber auch gutmütig und auf eigentümliche Art sogar weise. Ein Freund, dachte Pitu und fühlte sich auf einmal viel besser.

»Genug damit. Konzentrieren wir uns auf unseren Weg. Wir sind nämlich zu langsam.« Semje kratzte sich seine große, knubbelige Nase. »Das gefällt mir gar nicht!«

Pitu sah sich um und lauschte. Außer dem Fahrgeräusch ihrer Lore, nurmehr ein leises Rattern, konnte er nichts hören.

»Eigentlich müsste es gleich noch mal ein Stück abwärts gehen. Aber dann sollte es nicht mehr weit sein.«

»Wir sind bald da? In Fullbor?«

Semje blies geräuschvoll Luft durch die Lippen. »Wo denkst du hin. Wir sind gerade mal unter den Zackenbergen angekommen. Mindestens die gleiche Strecke müssen wir noch bis Abrinor zurücklegen. Und erst von dort geht es weiter nach Fullbor.«

Abrinor! Der Name der Hochebene, wusste Pitu. Doch hier in der Zwergenwelt erinnerte er sich noch in einem anderen Zusammenhang an diesen Namen. Als er sich einmal im Kneipenviertel von Gelder rumgetrieben hatte, hatte er nämlich Zwerge von ihrer Hauptstadt sprechen hören. Die mächtigste der Zwergenstädte. »Wir werden ... Ich werde Abrinor zu sehen bekommen? Die größte Stadt unter der Hochebene?«

Semjes Blick hellte sich auf. »Du hast von ihr gehört?«

»Zumindest so viel, dass ich wirklich gespannt darauf bin. Sie soll riesig sein und von unvergleichlicher Schönheit. Wobei ich nicht weiß, was Zwerge schön finden«, setzte er hinzu.

»Sie ist schön, o ja. Nicht nur für Zwergenaugen!«

Pitu hätte einiges zu erzählen, wenn er wieder zurück in Tyklahr war. Er malte sich das Wiedersehen mit Kessja aus. Sah sie im Torbogen des Gesundhauses nach ihm Ausschau halten. Die Überraschung in ihren Augen, die Freude, wenn sie ihn entdeckte. Sie würde ihm entgegenlaufen und um den Hals fallen. Er könnte ihr von den Abenteuern mit Semje erzählen, während sie gebannt an seinen Lippen hing und seine Hand hielt. Er blickte zweifelnd auf die Fingerstümpfe seiner Rechten. Ob es sie störte? Er sollte vielleicht einen Handschuh darüberziehen und die leeren Enden ausstopfen. Ja, das müsste gehen. Dann fiele es nicht so auf.

»Das wird nichts!«

»Wieso nicht? Ich kann es doch probieren. Mit trockenem Moos vielleicht.«

Der Zwerg starrte ihn verständnislos an. »Trockenes Moos? Wovon redest du?«

Pitu wurde rot. »Du zuerst.« Himmel und Wolken, er musste besser aufpassen. Sonst wäre seine Hand noch das kleinste Problem und er würde am Ende gar nicht zurückkehren.

Eisen schabte auf Eisen, dann war es plötzlich still.

»Das meinte ich. Unser Schwung hat nicht gereicht. Wahrscheinlich haben die Umstände in der Halle der Stimmen uns gebremst.« Semje stand auf und lehnte sich über die Seitenwand. Dann starrte er nach vorn in den Lichtkegel.

»Und jetzt?« Pitu erhob sich ebenfalls und sah sich um. Der Tunnel war hier eng. Er tastete nach der schimmernden Felswand. Bisher war ihm gar nicht aufgefallen, wie feucht sie war. Irgendwo hinter ihnen fielen Tropfen in eine Pfütze.

»Schieben«, raunte sein Freund. »Und möglichst still sein. Vorsichtshalber.«

Pitu wurde mulmig. Der Gedanke, aus der Lore zu klettern, behagte ihm ganz und gar nicht. »Und wer schiebt? Du oder ich?« Er schaute sich um. Hinter der Lore war nichts als Dunkelheit. Alles Mögliche konnte darin lauern. Er dachte an die Prillbys, von denen Semje erzählt hatte, und schluckte.

»Der Schnellere von uns natürlich. Bis ich mich über die Lorenwand gestemmt habe, bist du schon zweimal hin- und hergeklettert. Ich bleibe lieber an der Bremsstange. Es dürfte auch nicht mehr weit sein, bis es wieder bergab geht.«

Na toll. Seufzend ging Pitu nach hinten und schwang sich auf die Lorenwand. Er versuchte, den Boden zu erkennen, um den Sprung abschätzen zu können. Doch unter ihm war nichts als Finsternis.

»Bist du sicher, dass es hier festen Boden gibt?«

»Hangel dich halt langsam runter.«

Also nein. Pitu drehte sich umständlich auf der Lorenwand, hielt sich fest und glitt Stück für Stück hinab. Er streckte einen Fuß aus und fand Halt. Beherzt ließ er sich das letzte Stück fallen und landete in einer Pfütze. Nur einen Moment später spürte er Wasser in seine Schuhe ziehen. »Du hättest mich zumindest vor dem eiskalten Wasser warnen können.«

»Normalerweise gibt es hier keine Pfützen.«

Was war in diesen Tagen schon normal? Pitu stemmte sich gegen die Lore. Er wollte nicht länger als nötig außerhalb der Gondel sein. Glücklicherweise ließ sich ihr eisernes Gefährt leichter bewegen als gedacht. Erst einmal in Bewegung, hätte beinahe eine Hand dafür gereicht. Zügig ging er voran, jeder Schritt ein platschendes Geräusch.

»Dafür, dass es hier normalerweise keine Pfützen gibt, ist es aber recht nass«, schimpfte er still vor sich hin.

»Das gefällt mir gar nicht«, raunte Semje. »Ich fürchte, die Macht des Abtrünnigen hat die Hochebene schon erreicht. Bei den Göttern der Himmelsschmiede, das gleiche Wetter wie in Akralahr könnte für Abrinor viel schlimmere Folgen haben.«

»Nasse Füße?« Pitu ließ Magie durch seinen Körper strömen, um die Kälte aufzuhalten, die in ihm hochkroch.

»Zu viel Wasser bringt das Gefüge von Erde, Steinen und Felsen in Gefahr. Behausungen und Tunnel könnten einstürzen. Nasse Füße wären sicher das kleinste Problem.«

Obwohl Semjes raue Stimme nicht erzürnt oder belehrend klang, biss Pitu sich auf die Lippen. Wie konnte er nur so gedankenlos sein. Die Welt geriet aus den Fugen, die Macht des Kreh hatte weitreichende Folgen, das sollte er inzwischen wissen. Doch er dachte nur an seine Füße. *Atmen und konzentrieren. Du hast jetzt eine größere Verantwortung!* Auf die Probleme fokussieren, oder nein, besser auf die Lösungen.

Aber was wäre die Lösung? Außer den Kreh umzubringen und damit der unseligen schwarzen Magie ein Ende zu bereiten. Pitu schüttelte den Kopf. Die Macht des Kreh war so gewaltig, so umfassend und grausam, dass allein der Gedanke daran ihn hoffnungslos machte. Nein, er stemmte sich entschlossen gegen die Lore und beschleunigte seine Schritte, es gab Hoffnung. Die gab es immer!

»Wir werden Fullbor befreien«, sagte er und spürte plötzlich, dass er genau das tun wollte. Nicht mehr nur, weil Semje es wollte und ihm den Auftrag mehr oder weniger aufgezwungen hatte. Nein, er wollte Fullbor wirklich befreien, weil er in diesem Moment verstand, wie alles zusammenhing. Wie sich alles auswirkte – nicht nur die schändlichen Gräueltaten des Kreh, sondern auch ihre Taten. Wenn die Sklaven des Kreh keine seiner schwarzen Armreife mehr schmieden könnten, würde seine dunkle Horde nicht weiter wachsen. Alles, was die Pläne des Kreh schwächte oder ihn womöglich ablenkte, wäre ein Lösungsschritt.

»Schön, dass du das begriffen hast«, raunzte Semje.

»Und es ist nur unser erster Schritt.« Pitu spürte, wie alle Puzzleteile in seinem Kopf an den richtigen Platz fielen. Er war einer der Scheltar und konnte einen Beitrag leisten. Auch, wenn er nicht an der Seite von Atharu und Selana stand.

»Und was soll der nächste Schritt sein? Was könnte die Heimat der Abrindarh retten? Die Wolken des Kreh können wir wohl kaum wegblasen.«

Pitu konnte nicht fassen, dass Semjes Gedanken sich so sehr auf die Hochebene beschränkten. Gestern noch hatte er davon gesprochen, dass es gut wäre, wenn der Kreh keine schwarzmagischen Armreife mehr schmieden würde. Nein, korrigierte sich Pitu. Semje hatte von der Befreiung Fullbors gesprochen, und dass der Kreh es dann nicht mehr könnte. Ein feiner Unterschied, wie er jetzt verstand. Dem Zwerg ging es offenbar nur darum, das Reich der Abrindarh vor Angriffen zu schützen. Weniger Armreife, weniger Feinde. Dabei musste ihm doch klar sein, wie umfassend die Gefahr war. Wie das Schicksal aller Völker zusammenhing.

»Wir müssen zum Grehum!«, antwortete er entschlossen und erinnerte sich, was Lieburus ihm darüber erzählt hatte. Oder war es Wanda gewesen? Der Kreh sog Macht aus der magischen Kuppel, die es dort gab.

»Dort haben wir nichts verloren. Das ist der Spielplatz der Elben und Menschen.«

Pitu traute seinen Ohren nicht. Unwillkürlich blieb er stehen. »Verstehst du nicht, dass dort die Lösung für alle Probleme liegt? Auch für eure.« Er sah die Lore weiterrollen und lief eilig hinterher. Es ging bergab. Wenig zwar, aber stetig.

»Du verstehst nicht! Nichts wird mich je wieder auf diesen Weg führen. Das Grehum liegt am Fuße des Eskringebirges, oder dem, was davon übrig ist.« Semjes Antwort klang endgültig, als hätte sie alles erklärt und keine Fragen offengelassen.

Doch Pitu verstand jetzt gar nichts mehr. Er packte den Rand der Lorenwand und schwang sich behände hinein. Hastig nahm er neben seinem Freund Platz und fischte nach der Halteschlaufe, um sich festzuhalten. »Es sind Berge. Ich denke doch, das sollte für Zwerge kein Problem sein, oder?« Pitu sah zu Semje hinüber, der starr nach vorne blickte. Er wurde einfach nicht schlau aus ihm.

»Es ist das Grab eines ganzen Volkes! Das Ergebnis eines unseligen Kriegs zwischen Menschen, Elben und Zwergen. Wir leben besser, wenn wir uns um unsere Dinge kümmern. In unserem Land!«

»Aber es ist der Kreh! Das betrifft doch jeden. Überall auf der Welt leiden die Völker. Das musst du doch einsehen.«

»Ich konzentriere mich auf das, was uns betrifft. Meine Stammesbrüder und -schwestern leiden, weil sie im Krieg mit den Horden sind, weil das Erbe der Ahnen überrannt und entehrt wurde. Fullbor muss befreit werden, da sind wir uns einig. Und nun halt dich fest. Es geht gleich wieder bergab.«

Erst jetzt nahm Pitu das Quietschen von Semjes Bremseisen wahr. Mit einem Ruck beschleunigte die Lore, als der Zwerg die Stange fahren ließ. Immer schneller ratterten sie über die Gleise. Der Lichtkegel spiegelte sich an den feuchten Tunnelwänden, die wie dunstige Schlieren an ihnen vorbeiflogen. Den Druck auf seinen Ohren schluckte Pitu weg. So wie er auch Semjes Antworten wegschlucken musste. Aber das letzte Wort darüber war noch nicht gesprochen.

Pitu atmete die kühle Luft und genoss den Fahrtwind im Haar. Er spürte keine Panik oder Angst wie bei der ersten

Fahrt mit dem Fernzahn. Und das Kribbeln im Bauch empfand er sogar als angenehm. Pitu hatte die Halle der Stimmen überstanden. Was sollte schon kommen, das schlimmer wäre?

»Bremsen!«, schrie Semje und Pitu zuckte zusammen. »Schnell doch!«

Er griff nach der Bremsstange und zog mit aller Kraft. Rattern, Quietschen, Funken – doch die Lore hielt nicht. Pitu starrte nach vorn und traute seinen Augen nicht. Der Lichtkegel wurde immer kürzer, endete auf einer spiegelnden Fläche, die auf sie zuschoss. Wasser!

Semje fluchte, Pitu zog mit aller Kraft, doch es reichte nicht. Beinahe ungebremst rauschten sie in den überschwemmten Tunnel. Das Wasser bremste ihre Fahrt so heftig, als führen sie gegen eine Wand. Der Aufprall schleuderte sie nach vorn, die eiserne Kante der Lorenwand prallte wie ein Vorschlaghammer in Pitus Magen und presste die Luft aus seinen Lungen. Der Schmerz trieb ihm Tränen in die Augen, er wollte schreien, doch der Schrei wurde von den Wassermassen erstickt, die auf ihn einstürzten. Die Bugwelle riss ihren Lichtkorb samt Trichter von der Lore, alles versank in Dunkelheit. Wasser spritzte, schwappte gegen die Tunneldecke und fiel klatschend auf sie nieder. Pitu rang nach Atem.

Endlich beruhigte sich die nasse, dunkle Welt um sie herum. Sie steckten mitten darin, aber zumindest nicht darunter. Er hielt sich den Magen, atmete und spürte, wie die Magie alles erträglicher machte. Wie sie den Schmerz betäubte und Wärme durch seinen Körper pumpte.

»Schrundenschwert und Knorzenknüppel! Bleibt uns denn nichts erspart?«

»Geht es dir gut? Kann ich dir helfen?« Pitu starrte ins Dunkel. Er konnte nichts erkennen, tastete nach seinem Begleiter und bekam den Bart zu fassen.

»Nimm gefälligst die Hand aus meinem Gesicht. Natürlich geht es mir gut. Sonst könnte ich wohl kaum schimpfen.« Der Zwerg ächzte, das Wasser geriet wieder in Bewegung. »Verdammte Eissuppe!«

Ihre eiserne Kutsche war vollgelaufen und sie standen mittendrin. Pitu hievte sich auf die Lorenwand. Ein Stück voraus sah er etwas schimmern. Weiter rechts auch.

»Wir sollten erst mal die Kristalle wieder einsammeln«, meinte Semje. »Zumindest so viele, wie wir finden können.«

»Und dann?« Pitu hatte nicht die geringste Ahnung, wie sie sich aus dieser misslichen Lage befreien sollten. Wenn der Tunnel bis hierhin unter Wasser stand, mussten die tieferen Abschnitte vor ihnen auch überschwemmt sein.

»Ich suche nach Markierungen an den Tunnelwänden. Wenn ich mich nicht irre, müssten wir kurz vor dem nächsten Aufwärtsgrad sein.«

»In Ordnung. Dann kümmere ich mich ums Licht.« Pitu sprang ins Wasser und sammelte die leuchtenden Kristalle ein. Immerhin müsste er nicht völlig blind sein Leben aushauchen. »Was hilft uns der nächste Aufwärtsgrad?« Er bückte sich nach einem weiteren Stein und legte ihn zu den anderen auf die Lorenwand.

»Vielleicht können wir hinübertauchen. Von dort müssten wir zu Fuß weiterkommen. So weit kann es nicht mehr sein.«

»Tauchen?« Pitu starrte ins dunkle Wasser und schüttelte den Kopf. »Ich kann nicht mal richtig schwimmen.«

»Das kann man lernen«, brummte Semje.

»Hier?« Pitu konnte es nicht fassen.

»Hast du was Besseres vor? Ein Kneipenspaziergang vielleicht? Ein Treffen mit deiner Holden oder ein gutes Buch?«

»Sehr witzig.«

»Eben nicht. Es ist gar nicht witzig und wir haben nicht viele Möglichkeiten. Im Prinzip nur drei. Zurückgehen und einen Weg durch die Halle der Stimmen suchen oder tauchen, um weiter vorwärtszukommen.«

»Und was soll die dritte sein? Sitzen bleiben, erfrieren und uns in Wasser auflösen?«

»Hierbleiben und warten, was kommt. Ja, diese Möglichkeit gäbe es auch. Aber ich habe den Verdacht, dass wir nicht lange allein bleiben würden. Das Kreischen der Bremsen könnte wer weiß was aufgeschreckt haben.«

»Prillbys?« Pitu beugte sich ins kalte Wasser und legte kurz darauf zwei weitere Kristalle zu den anderen. Immerhin wurde es mit jedem Stein heller, er sah Semje wieder deutlicher vor sich. Der Zwerg stand auf einer der Bänke und wrang Wasser aus seinem Bart.

»Prillbys. Seit jeher leben die meisten von ihnen zwischen der Halle der Stimmen und Abrinor. Hier unterhalb der Zackenberge ist der Fels nicht so hart und sie haben es mit ihren Klauen leichter.«

Pitu rieb sich die Schläfen und starrte ins dunkle Wasser. Er wollte nicht an Klauen denken, die sich durch Gestein kratzen konnten. »Dann such halt deine Markierung. Ich mach uns inzwischen mehr Licht!«

Unzählige Kristalle später, Semje war inzwischen auf beiden Seiten an den Wänden entlanggekrochen und -getaucht, gab Pitu die Suche erst mal auf. Die letzten dreißig Steine hatte er nur tauchend erreichen können und sich dabei schwergetan. Er hatte keine Übung im Anhalten der Luft. Immerhin hatte er auch den Korb und den Trichter gefunden und war gerade dabei, alles wieder zusammenzusetzen, als er Semje fluchen hörte.

»Krüppelschwert und Messerrost!«

Er richtete den Lichtkegel der Kristalle nach vorn und sah den Zwerg bis zum Hals im Wasser stehen.

»Was ist?«

»Verdammte Eissuppe. Baden muss ich für den Rest meines Lebens nicht mehr, so viel steht fest.« Mühsam kämpfte Semje sich durchs Wasser zurück, kleine Wellen vor sich hertreibend. »Aber vielleicht dauert es auch nicht mehr lange.«

»Du verstehst es, einem Mut zu machen. Was ist denn nun mit deinen Markierungen?«

»Die erste von dreien. Tauchen können wir vergessen. Es ist noch zu weit. Das schaffen wir nicht!«

Pitu reichte dem Zwerg die Hand und half ihm auf die Lore. »Dann müssen wir uns eben was anderes einfallen lassen.« Nur was? Er hatte keinen Schimmer, wusste nur, dass er nicht zurück in die Halle der Stimmen wollte.

Still saßen sie auf der Bugwand ihrer gestrandeten Eisenkutsche und ließen die Füße ins Wasser baumeln. Was konnten sie tun? Und wie viel Zeit blieb ihnen noch, bis sie entdeckt würden? Pitu starrte auf die Wasserfläche.

Luftblasen zerplatzen im Schein des Lichtkegels. Sie erinnerten ihn an eine köchelnde Suppe über einem Feuer. Nur, dass es hier kein Feuer gab und deshalb ... Moment – Luftblasen? Er sah genauer hin und entdeckte eine Bewegung unter der Oberfläche. Ihm stockte der Atem. Da schob sich etwas auf sie zu, mindestens so groß wie ein Melborücken. Immer näher kam es heran.

»Semje, Vorsicht!«

Dann brach es durch die Wasserfläche.

Atharu

13

Pelldor war sofort an Atharus Seite und stützte Magister Lieburus, der noch immer mit dem Gleichgewicht kämpfte, während Atharu sich zu dem Buch hinunterbeugte, das dem alten Magister aus den Händen geglitten war. Das metallische Klirren der Elbenklingen warnte ihn, noch ehe er sich aufgerichtet hatte.

»Vorsicht!« Die Stimme seiner Schwester drang kaum zu ihm durch, als sich weitere Stiefel in Bewegung setzten, um die Fürstin abzuschotten.

»Aber was ... meiner Treu, ihr glaubt doch nicht etwa ...« Die Stimme des Magisters klang seltsam schrill.

Atharu richtete sich langsam auf, das Buch fest in den Händen. Ein dichter Ring scharfer Klingen umgab sie. Es war dem Zufall geschuldet, dass er zusammen mit Pelldor und dem Magister in diesem tödlichen Stahlkranz steckte, doch er wusste, wie ernst die Situation war. Er sah in die unbewegten

Gesichter der Garde. Gedrillte Elbenkrieger, die aus den goldenen Visieren ihrer Helme starrten und auf den kleinsten Wink ihrer Fürstin reagieren würden. Bedingungslos.

Lieburus befreite sich ungestüm von Pelldor, sofort richteten sich die kalten Augen der Krieger auf ihn, fixierten ihn wie ein beliebiges Ziel, das es auf ein Zeichen der Fürstin unverzüglich auszulöschen galt.

»Hoppla, aber nein, ich mache doch gar nichts.« Lieburus hob die Hände. »Ehrwürdige Fürstin«, seine Stimme klang heiser, »ich denke doch, wir können uns ohne diese einengende Maßnahme unterhalten?« Er reckte den Hals, wahrscheinlich um auszumachen, in welcher Richtung Mehlen-Ellanjah überhaupt zu finden war. »Ihr kennt mich doch – also ein wenig zumindest.« Er wandte sich nach links, dann nach rechts. Schließlich schüttelte er den Kopf. »Würde es sich nicht so bedrohlich anfühlen, gelüstete es mich, zu triumphieren ob des Umstands, dass ich auf meine alten Tage tatsächlich noch mal als Gefahr wahrgenommen werde.« Er gluckste kurz und räusperte sich dann. »Nein, nein, natürlich nicht. Vergebt uns unser Eindringen oder für was Ihr es halten mögt. Ich bin selbst noch ganz überrascht, dass wir jetzt hier in Erellgorh sind und nicht mehr in Gelder. Ja, ganz überrascht, fürwahr.«

Offenbar hatte der Alte sich endgültig wieder gefangen, denn er wippte aufgeweckt auf den Zehenspitzen. Pelldors Miene entspannte sich ebenfalls ein wenig, er ließ die Arme sinken. Das jedoch bewirkte eine erneute Waffenausrichtung der Garde. Die Klingen zuckten noch näher heran und Atharu musste mit Lieburus und Pelldor enger zusammenrücken, um keinen Kratzer abzubekommen.

Er spürte, wie sich die Feuermagie in ihm bemerkbar machte. Doch er wollte seine Kräfte nicht gegen die Elben erheben. Außerdem hoffte er noch immer, dass Mehlen-Ellanjah es nicht zum Äußersten kommen lassen würde. Er war sich fast sicher, dass sie nur ihre Macht demonstrieren wollte, um die Eindringlinge in die Schranken zu weisen. Trotzdem hatte er das Gefühl, einschreiten zu müssen.

»Ehrwürdige Fürstin, ich habe das Buch des Magisters aufgehoben und möchte es Euch übergeben. Außerdem bürge ich für Magister Lieburus und Hauptmann Pelldor.« Er hob das Buch und hatte sofort eine Schwertklinge unter dem Kinn. »Ich bitte Euch. Ich bin beiden zu großem Dank verpflichtet. Wir alle sind das. Ohne sie wäre das Bruchstück Ondaras nicht nach Erellgorh gekommen.« Ja, dachte Atharu. Genauso war es. »Es war Pelldor, der mich damals aus dem Kerker in Gelder befreite und mir half, Brandan zu finden. Und der Magister hat mir zur Heilung verholfen, als mir nach einem Angriff von Gellwicks das Reich der Seelen näher war als das Leben. Sie beide haben Brandan und mich zu Magister Eldarh gebracht, damit wir das Bruchstück übergeben konnten. Sie verdienen unser aller Vertrauen!«

»Fekehr! Trojun bührk!« Die Stimme der Fürstin erhob sich mit eisiger Strenge über ihre Garde hinweg. Sofort öffnete sich der stählerne Ring, die messerscharfen Klingen entfernten sich. Mit einem weiteren Kommando machten die Elbenkrieger Platz und Mehlen-Ellanjah trat vor. Ihre Miene wirkte beherrscht, doch der Ring an ihrer Hand loderte in weißem Licht. »Nie hat es jemand gewagt, die geheimen Wege der Elben ohne Einladung zu durchschreiten. Und schon gar nicht bewaffnet!«

Sie warf Pelldor einen vernichtenden Blick zu, ehe sie sich wieder dem Magister zuwandte. Gleichzeitig streckte sie Atharu eine Hand entgegen, er händigte ihr geistesgegenwärtig Lieburus Abschrift von diesem Kelenkus aus.

»Was habt Ihr Euch dabei gedacht? Von einem Gelehrten, der mit unseren Gebräuchen vertraut sein sollte, hätte ich mehr Umsicht erwartet. Ich verlange, dass Euer Begleiter unverzüglich seine Waffen niederlegt und an uns übergibt. Ihr solltet nicht den Frieden zwischen unseren Völkern gefährden. Gibt es dieser Tage nicht genug Unglück in dieser Welt?«

Pelldor knurrte leise. Atharu konnte sich denken, dass ein Soldat nur ungern seine Waffe in fremde Hände gab. Doch auf ein Zeichen von Lieburus legte er das Schwert samt

Scheide auf den Boden. Auf ein weiteres Zeichen des Magisters zog er widerwillig noch zwei Dolche aus den Stiefeln und platzierte sie daneben.

»Pelldor! Wir sind hier bei Freunden. Auch wenn dieser Tage die Vorsicht und der Argwohn der Elben ihrer Umsicht und Friedfertigkeit im Wege zu stehen scheinen. Nun komm schon. So, wie ich dich kenne, fehlt da noch etwas, nicht wahr?« Der Magister schnalzte mit der Zunge, und Pelldor zog ein kleines Messer aus dem Ärmel, das seinen Platz neben den anderen Klingen fand.

»Entschuldigt, das hatte ich vergessen.« Pelldors tiefe Stimme schnurrte wie ein Kater. Atharu konnte es ihm ob der Begrüßung hier nicht verdenken.

»Das wäre dann geklärt, denke ich. Womöglich könnten wir uns jetzt an einen Tisch setzen und die Lage besprechen, in der sich Jukahbajahn befindet? Ja, ja, an einen Tisch setzen und vielleicht etwas Tee trinken? Du musst wissen, Pelldor, dass es hier ganz köstlichen Tee gibt, ganz köstlich. Oder sollen wir lieber wieder zurück nach Gelder? Wir könnten auch bei mir ... ich habe noch einige Hafer-Dinkel-Taler ...«

»Behaltet Eure Vorschläge für Euch! Hier in Erellgorh ist es an mir, zu entscheiden, was wann und von wem zu besprechen ist.« Die Stimme der Fürstin duldete keinen Widerspruch. Die heitere Gelassenheit, mit der Magister Lieburus das Eis brechen wollte, perlte an ihr ab, wie Morgentau an einem Jothosblatt. Sie sah sich nach ihrem Heerführer um. »Kellbruhn-Palizhturh, verbinde ihnen die Augen und führ sie ab. Für heute haben unsere Gäste genug gesehen und gehört.«

Atharu runzelte die Stirn. Es wäre ein Leichtes gewesen, die beiden nach Gelder zurückzubringen. Warum sie hierbehalten? Doch was konnte er dagegen tun? Wohl oder übel musste er mit ansehen, wie man seinen Freunden Fesseln und Augenbinden anlegte.

»Ich erinnere mich an andere Tage in Erellgorh, an friedliche Tage, ja, daran erinnere ich mich. Wunderbare Tage, erfüllt mit wunderlichen Wundern.« Der Magister brabbelte während der Prozedur munter vor sich hin. »Das Leben und Wirken der Elamarh, ein Beispiel an Friedfertigkeit und Tugend. Tugend und Friedfertigkeit, so habe ich es erlebt. Wie fühlte ich mich willkommen! Das kann nicht nur der Vergangenheit gehören – kann unmöglich vergangen sein. Denn nichts ist wirklich vergänglich oder vergangen. Kaum spricht man darüber, ist alles wieder da, oder nicht? Erst im Kopf und dann in der Welt – getragen von unseren Schriften oder Stimmen. Alles wieder da, so oft wir nur mögen. Wo, wenn nicht hier? Ihr seid doch noch dieselben, die hier leben. Ist es nicht so? Ja doch, bestimmt. Friedfertigkeit und Tugend, ja, ja ...«

Atharu schien es, als wäre der Alte bei seiner Brabbelei guter Dinge. Als die beiden hinausgeführt wurden, schnappte er noch weitere Sätze des Magisters auf. »Sorge dich nicht, Pelldor. Das Leben hält zuweilen Überraschungen bereit, auf die niemand kommen würde. Und das macht Überraschungen ja letztlich aus, oder nicht?«

Dann kehrte Ruhe ein. Keine Worte, nicht einmal ein Flüstern, das das Geschehene hinterfragte. Alle waren verstummt. Kein Seufzen oder Stöhnen offenbarte die Gefühle, die im Raum herrschten. Außer dem Brodeln der Esse war nichts zu hören. Alle Blicke richteten sich auf die Fürstin, die mit hocherhobenem Haupt inmitten ihrer Garde stand und sehr langsam, als würde ihr die Zeit nichts bedeuten, von einem zum nächsten blickte. Wie konnte eine Frau gleichzeitig so erhaben und weise wie kalt und abweisend sein?

»Es ist an der Zeit.« Mit Leichtigkeit füllte ihre Stimme die Felshalle. Auf ihren Wink trat der Elb im silbernen Gewand vor und bot seiner Fürstin erneut das schwarze Kissen dar.

Atharu betrachtete das Medaillon, dessen Bruchstücke ihnen so viel abverlangt hatten. Von den einzelnen Teilen war nichts mehr zu erkennen. Die Schmiede der Elben hatten wahrlich etwas Wunderbares geschaffen. Verschlungene Muster überzogen das Medaillon in edlem Silberglanz, verwoben sich zu geheimnisvollen Strukturen und umschlossen fünf goldgeprägte Inseln, deren Bedeutung ihm Rätsel aufgab. Waren sie es, die die Energie der Kuppel aufnehmen konnten, um den Trägern des Schlüssels den unbeschadeten Zutritt zum Grehum zu gewähren? Erst jetzt, da das Medaillon in seiner unversehrten Schönheit vor ihm lag, dachte Atharu darüber nach, wie es funktionieren mochte. Sorgten die verschlungenen Muster dafür, dass der Medaillonschlüssel die ungeheure Kraft der Kuppel aufnehmen konnte, ohne zu zerbersten? Aber wo wurde all die Magie gespeichert? Einen Stein oder Kristall konnte er nicht sehen. Vielleicht auf der Rückseite des Schmuckstücks?

Atharu war so in Gedanken, dass er den Worten Mehlen-Ellanjahs kaum Aufmerksamkeit schenkte. Als Selana ihm vorsichtig die Hand auf den Arm legte, erschrak er. Ihm war gar nicht aufgefallen, dass sie so dicht neben ihm stand.

»... Schlüssel zum Grehum ...«, hörte er die Fürstin sagen, »... gestärkt durch den Schutz der Elemente. Lasst uns die Seele des Schlüssels erwecken!«

Mehlen-Ellanjah machte eine einladende Geste, und nacheinander traten die Elben vor, die die Magie der Elemente repräsentierten. Ihre langen Gewänder standen im Kontrast zu den Kriegern der Elbengarde. Nacheinander traten sie aus dem Schatten am Rand der Felshalle hervor. Eine Elbin kam für das Element Erde, einer für das Holz und dann ein weiterer für die Luft. Jeder von ihnen trat voller Ehrfurcht heran und ließ seine Magie in das Medaillon gleiten. Atharu kannte keinen von ihnen, doch ihre Zauber verrieten, welches Element ihnen innewohnte.

Als Nächstes trat eine Elbin vor, die zierlicher war als jene, die er bisher getroffen hatte. Die betörende Schönheit ihres Gesichts wurde durch rotgoldenes Haar unterstrichen, das ihr bis weit über die Schultern reichte. Ihre edle Gestalt allein hätte ausgereicht, Atharus Herzschlag zu beschleunigen. Doch ihre Augen waren es, die ihn sofort gefangen nahmen und das Gefühl verstärkten, dass sie etwas Besonderes war. Grün, von goldenen Strahlen durchzogen, strahlten sie eine Energie und Lebensfreude aus, die ihrem anmutigen Gesicht unvergleichliche Schönheit bescherten. Als sie begann, ihre Magie zu wirken, flogen Hunderte kleiner Feuerblüten herbei, deren flammende Blätter sich schützend auf das Medaillon legten. Atharus Herz schlug schneller, er spürte, wie seine eigene Magie sich regte. Fasziniert schaute er der Elbin zu, unwillkürlich heftete sich sein Blick auf ihre grüngoldenen Augen. Doch sie wandte sich ab, ohne ihn zu erwidern. Sofort rief die Fürstin das letzte noch fehlende Element aus und der kostbare Moment verging.

Ein großer Elb trat vor – Atharu stockte der Atem. Er hörte, wie Selana die Luft einsog. Nannlohr-Bennzhardizh warf ihnen einen durchdringenden Blick zu. Dann wendete er sich dem neu geschmiedeten Schmuckstück zu. Nur dieser eine Elementezauber fehlte noch, um die Magie des Medaillons zu erwecken.

Atharu dachte an die vielen Opfer, die über Dekaden hinweg erbracht worden waren, um die Bruchstücke zu schützen. An die Gefahren, die seine Schwester und er selbst hatten überstehen müssen, um diese Artefakte sicher hierherzubringen. Und jetzt war es ausgerechnet die Aufgabe des Nebelmachers, den Zauber zu vollenden. Des Elbs, der mit Teehl gemeinsame Sache machte. Einem Häscher des Kreh!

Bennzhardizh zögerte, betrachtete den Medaillonschlüssel, als überlegte er, was genau zu tun sei. Atharu spürte eine unbestimmte Angst, fürchtete, dass der Bruder ihres Vaters alles zerstören könnte, was sie bis hierhin erreicht hatten.

Plötzlich riss der Nebelmacher die Arme hoch und klatschte in die Hände. Atharu zuckte zusammen. Was sollte das? Bennzhardizh fixierte das Schmuckstück und begann, seine Handflächen aneinanderzureiben. Langsam kreisende Bewegungen, direkt über dem magischen Artefakt. Atharu machte einen Schritt nach vorn, wollte eingreifen, doch Selana hielt ihn zurück. Von einem Moment auf den anderen regnete es Perlen klaren Wassers aus den Händen des Nebelmachers. Sie rieselten auf das Medaillon hinab, benetzten es und vergingen.

Atharu atmete auf, als Nannlohr-Bennzhardizh fertig war und hinter der Garde in den Schatten verschwand. Was er auch vorhatte, er genoss noch immer das Vertrauen der Fürstin. Obwohl, oder vielleicht gerade weil er mit Teehl gemeinsame Sache machte. Atharu blickte sich um, als er an den Ältesten dachte. Aber nein, so weit würde Mehlen-Ellanjah nicht gehen.

Plötzlich unterbrach ein seltsames Klingen Atharus Gedanken. Es erinnerte ihn an die Klangschalen, die Ondara zur Heilung eingesetzt hatte. Unvermittelt schwoll der Ton an, das Medaillon erhob sich von dem samtenen Kissen. Kaum mehr als einen Fingerbreit schwebte es über dem schwarzen Stoff und zog alle Blicke auf sich. Beinahe im selben Moment spürte Atharu das vertraute Pulsieren, das allen magischen Artefakten innewohnte. Nur stärker, als er es jemals zuvor erlebt hatte. Er sah zu seiner Schwester, die das Medaillon mit glänzenden Augen betrachtete. Ein Lächeln umspielte ihre Lippen. Sie hatte diesen Augenblick ebenso herbeigesehnt wie er, und es erschien unbegreiflich, es wirklich zu erleben. Von fesselnder Schönheit und mit magischem Klang hing der Medaillonschlüssel vor ihnen, als würde er von unsichtbaren Fäden getragen.

»Tretet näher, Scheltar des Windes und Scheltar des Feuers.« Die Fürstin hielt beschwörend ihre Hand über das Medaillon und bedeutete dem Silbergewandeten, sich zu entfernen. Mit einer Verbeugung zog er langsam das Kissen zurück und ging. Das Schmuckstück jedoch blieb, drehte sich schwebend unter der Hand Mehlen-Ellanjahs. »Öffnet eure Hände und führt sie unter den Schlüssel des Grehum.«

Atharu streckte vorsichtig den Arm aus. Wie grob seine Hand neben der seiner Schwester wirkte. Kurz schaute er in ihr Gesicht, sah die Narben, das weiße Haar und wusste, dass er ihr diese Aufgabe nicht streitig machen konnte. Sie hatte es mehr als er verdient, das Medaillon zu tragen.

»Die Magie des Schlüssels wird jetzt nach einer Verbindung suchen. Denn nur wenn das Medaillon seinen Träger oder seine Trägerin akzeptiert, kann der Zauber seine schützende Macht entfalten.« Die Elbenfürstin hob den Arm, für einen Augenblick strahlte der Kristall an ihrem Ring in hellem Weiß. »*Zheasko tuhr hiesfruhr!* (Finde deine Verbindung!)«

Im selben Moment senkte sich das Medaillon auf Atharus Hand. Überrascht sog er die Luft ein, als er das warme Metall auf seiner Haut spürte. Seine Brauen hoben sich, fragend sah er zu seiner Schwester. Er konnte doch unmöglich derjenige sein, den sich der Schlüssel aussuchte. Das durfte nicht ... Doch nur einen Lidschlag später bewegte sich das Medaillon erneut. Es glitt über seine Hand, verließ sie und wechselte hinüber zu Selana. Ein neuer Ton erklang, heller diesmal. Dann passierte nichts mehr. Atharu stierte auf das Schmuckstück, doch es rührte sich nicht mehr. Mehlen-Ellanjah ergriff Selanas Hand und schloss ihre Finger um das Medaillon. »Du wirst eine würdige Trägerin sein, Scheltar des Windes.«

Ja, das wird sie. Und doch spürte Atharu einen Hauch von Enttäuschung. Immerhin hatte der Schlüssel ihnen die Entscheidung abgenommen. Doch das warme Pulsieren auf seiner Haut hatte sich richtig angefühlt. Er verdrängte den Gedanken und sah zu seiner Schwester hinüber, die der Fürstin fest in die Augen blickte. »Ich denke, wir wurden beide durch die Berührung des Medaillons als würdig erachtet. Denn wir sind die verbundenen Elemente.«

Nein, sag das nicht. Sie sollte die Wahl des Medaillonschlüssels akzeptieren. Er wollte endlich wissen, woran er war, und dann alles hinter sich bringen.

»Wann werden wir aufbrechen?«

Gute Frage, Schwester. Atharu sah zu Mehlen-Ellanjah.

»Wenn die Sterne uns den Weg weisen.«

»Die Sterne?« Er glaubte, sich verhört zu haben. »Entschuldigt, ehrwürdige Fürstin.« Ruhig bleiben! Doch die Fragen, die ihm auf der Zunge lagen, suchten ihren Weg und ließen sich nicht aufhalten. »Ist nicht schon viel zu viel Zeit verstrichen? Sollten wir uns nicht eilen? Es ist eine weite Reise bis zum Grehum und niemand weiß, was der Kreh noch vorhat.«

»Schweig, Atharu-Scheltar!« Mehlen-Ellanjahs Stimme fegte über ihn hinweg wie ein Gewitter. »Wage es nicht noch einmal, diesen Namen in meinem Reich auszusprechen.«

»Dann eben der Abtrünnige oder der Verräter. Was ändert das? Er ist uns immer einen Schritt voraus. Womöglich zieht schon eine weitere Armee gen Tyklahr.«

»Womöglich, Atharu-Schel-tar!« Die Fürstin betonte jede Silbe seines Titels und atmete tief, bevor sie fortfuhr. »Heute Nacht werde ich ein letztes Mal die Sterne befragen. Bis dahin spüre dem Widerspruch nach, der zwischen deinem Wissen und deinen Forderungen besteht!«

Auf ihr Zeichen teilte sich die Garde und geleitete die Fürstin zurück in den Palast. Sie wandte sich nicht noch einmal um, keiner der Schmiedemeister oder der Elben, die das Medaillon mit ihrer Magie getränkt hatten, blieb zurück. Niemand würdigte Atharu eines Blickes. Was hatte er sich nur dabei gedacht, so mit der Fürstin zu sprechen?

Bennzhardizh war der Einzige, der wartete und ihn schweigend anschaute. Er schüttelte den Kopf. »Unsere Fürstin hat vieles zu bedenken. Doch bei allem ist sie auf Eurer Seite. Das solltet Ihr nicht vergessen.«

»Und auf wessen Seite seid ...«

»Atharu!«, warnte Selana.

»Ja?«, fragte der Nebelmacher.

Atharu sah zu seiner Schwester hinüber, auf das Medaillon in ihrer Hand. Er schluckte bei der Erkenntnis, dass er im Begriff war, erneut unter Beweis zu stellen, wie unwürdig er im Vergleich zu ihr war. »Nichts«, entgegnete er knapp.

Der stechende Blick des Nebelmachers ruhte noch für einen Moment auf ihm. Doch Atharu hielt stand. Schließlich wandte Bennzhardizh sich ab und ging.

»Gut gemacht.« Selana lächelte, ihre Narben schoben sich unangenehm zusammen.

»Was habe ich gut gemacht? Dass ich die Fürstin ein weiteres Mal gegen mich aufgebracht habe? Oder dass ich Freund Benn, wenn ich ihn überhaupt so nennen soll, beinahe unseren Verdacht offenbart hätte?« Atharu sah eine Schweißperle von ihrer Stirn rinnen und schaute zur Esse hinüber. Er hatte noch gar nicht darüber nachgedacht, was die Hitze für jemanden bedeuten musste, dessen Element nicht das Feuer war.

»Du solltest nicht zu streng mit dir sein. Auch ein Scheltar darf fordern, denke ich. Und letztlich hast du weder Bennzhardizh etwas offenbart noch die Fürstin zur Weißglut getrieben. Vor allem aber hast du Ruhe bewiesen, als du mit dem Magister und Pelldor im Klingenkranz der Garde standest.«

Aus Selanas Sicht war er wohl doch kein hoffnungsloser Fall. Er erlaubte sich ein schwaches Lächeln. »Trotzdem konnte ich die Fürstin nicht überzeugen, ihre Garde früher zurückzurufen.«

»Oh, ich denke schon.«

»Wie meinst du das?«

»Ich konnte sie sehen. Mehlen-Ellanjah hat dich die ganze Zeit beobachtet. Es ging ihr nicht um das Vergehen der beiden. Zumindest nicht nur. Sie wollte sehen, wie du dich verhältst.«

»Es war ein Test, meinst du? Na prima.«

Selana wischte sich einen Schweißtropfen von der Nase. »Jetzt müssen wir nur noch herausfinden, warum sie dich testen wollte.« Sie klopfte ihm auf die Schulter. »Wollen wir gehen?«

Atharu schaute zu den Elbenkriegern, die weiterhin vor den Portalen postiert waren. Dann sah er zum Ausgang und seufzte. Kellbruhn-Palizhturh war noch da und ließ sie nicht aus den Augen. »Ja. Es ist Zeit für eine Dusche.«

Auf ihrem Weg durch die Gänge und das Tor der Elemente, vorbei an weiteren Wachen, hinauf in den Palast, sprachen sie kein Wort, hingen beide ihren Gedanken nach. Atharu entschied, dass er die kommende Nacht allein bleiben musste, um sich zu sammeln und die vielen Dinge zu ordnen, die seine Gedanken ins Wirbeln brachten. Zu lange hatte er die Lehren Ondaras vernachlässigt.

»Durch die Macht deiner Gedanken wirst du sehen und hören. Übe dich in Meditation.« Ob seine Urmutter auch der Ansicht wäre, dass er es gut gemacht hatte? Was würde sie ihm raten? Fast im selben Moment glaubte er, die Antwort zu kennen. *»Beizeiten ist es gut, seine eigenen Bedürfnisse hintanzustellen und mit den Augen der Menschen zu schauen, die dich umgeben.«* Ondara hatte ihm zu erklären versucht, dass man den Antrieb

und die Emotionen der anderen verstehen und akzeptieren musste, um sie wertschätzen zu können. Alles hatte einen Grund! Und es gab immer etwas, das in der Betrachtung des Handelnden sein Tun rechtfertigte. Das galt für jeden. Auch für eine Elbenfürstin, die einen Magister abführen ließ wie einen gemeinen Strolch. Sie konnte nicht gewusst haben, dass Lieburus sich am Portal zu schaffen machen würde, dass es letztlich geöffnet werden und der Alte hindurchstolpern könnte. Innerhalb weniger Augenblicke hatte sie einen Grund finden müssen, der ihr Tun begründete. Aber welchen? Atharu hoffte, dass die beiden zumindest gut behandelt wurden. Doch das sollte kein Problem sein, wenn sogar ein Verräter wie Teehl frei herumlaufen durfte.

Im Ratssaal Mehlen-Ellanjahs wartete Ihlinn auf sie. »Die Fürstin möchte, dass ich dir diese Kette gebe.« Sie trat auf Selana zu. »So kannst du das Medaillon stets bei dir tragen.« Die Elbenkriegerin half ihr, den Schlüssel umzubinden.

»Dann hast du mit ihr gesprochen?« Seine Schwester hielt die Kriegerin am Arm fest.

»Nur kurz. Und es ging nicht um den Ältesten.«

Der Blick der Elbin war undurchschaubar. Atharu glaubte zwar, dass sie sie nicht belügen würde, doch er war sich nicht sicher, ob sie wirklich alles sagte, was sie wusste. Deshalb hakte er nach. »Hat sie Euch zumindest erzählt, wo Magister Lieburus und Pelldor untergekommen sind? Geht es ihnen gut? Ich nehme doch an, Ihr wisst von den beiden Besuchern?«

War da die Andeutung eines Lächelns in Ihlinns Gesicht?

»Sie sind gut untergebracht. Ihr braucht Euch nicht zu sorgen, Atharu-Scheltar.«

Selana

14

Bei jedem Schritt spürte Selana die Wärme des Schlüssels auf der Brust. Ein sonderbares Gefühl, das ihr fremd vorkam. Beinahe, als wäre sie doch nicht die Richtige für diese Aufgabe. Das Pulsieren des Schlüsselmedaillons passte nicht zu ihrer eigenen Magie. Sie griff danach.

Ihlinn, die sie zum Gästepalast begleitete, schien ihr Unwohlsein zu bemerken. »Magische Artefakte können sich ungewohnt anfühlen. Und diesem wohnt besonders große Macht inne. Vielleicht solltest du es abnehmen, solange du in Erellgorh bist.«

»Vielleicht sollte ich das«, antwortete Selana. Doch sie interessierte viel mehr, warum sie dieses sonderbare Gefühl überhaupt hatte. War sie womöglich doch nicht die Richtige?

Vor der Tür zu ihren Gemächern wollte Ihlinn sich schon verabschieden, als Selana noch eine andere Frage in den Sinn kam. »Hast du gewusst, dass die Fürstin für das Element Wasser den Nebelmacher auswählen würde?«

»Er war einer von dreien, die infrage kamen. Aber er ist hoch angesehen im Palast, was die Wahrscheinlichkeit erhöht hat. Gewusst habe ich es jedoch nicht. Meine besonderen Freunde,« Ihlinn betonte das letzte Wort und Selana wusste, dass sie ihre Schüler meinte, die Teehl und Bennzhardizh im Auge behalten sollten. »... hatten mir allerdings berichtet, dass er in den Palast gerufen worden war.«

»Und Teehl?«

»Er ist scheinbar ziellos umhergewandert.«

Selana erinnerte sich, dass Aria und Brandan schon einmal etwas Ähnliches beobachtet hatten. Kurz bevor er den Kontakt zum Kreh aufgenommen hatte. Ein Schauder überlief sie, als sie an den Abtrünnigen dachte. Sofort war die Erinnerung an seine Einflüsterungen da: »Sie verfolgen ihre eigenen Pläne!« *Nein, ich lasse nicht zu, dass du in meinem Kopf bleibst.* Selana versuchte, sich auf das zu konzentrieren, was Ihlinn gesagt hatte. »Ich denke, er sucht etwas.« Sie drängte die Erinnerung an die Kälte des Kreh zurück. »So war es schon beim letzten Mal.«

»Das glauben wir auch. Er hat sich auffällig lange an den nördlichen Bootsanlegern aufgehalten. Allerdings immer darauf geachtet, dass er nicht allein war. Er hat die Nähe meiner Elbenschwestern und -brüder förmlich gesucht.«

»Dann will er keinen Verdacht erregen«, schlussfolgerte Selana. »Wo ist er jetzt?«

»In einem Ruhehaus unweit der Anleger. Womöglich gefällt ihm sein Gästequartier in der Nähe der Kasernen nicht.« Ein Lächeln umspielte die Lippen der Elbin. »Ich werde gleich selbst nach ihm sehen. Hab keine Sorge, Selana-Scheltar.«

Sie deutete eine Verbeugung an und Selana blickte ihr nach, ehe sie ihren Gästepalast betrat. Der Geruch von frischem Essen drang ihr in die Nase, sofort meldete sich ihr Bauch. Man konnte nicht sagen, dass sie schlecht bewirtet wurden, der Tisch vor dem Durchgang zum Garten war reich gedeckt. Dankbar nahm sie Platz, schenkte sich ein, trank einen Schluck und wollte gerade zum Gemüseteller greifen, als ihr auffiel, dass er zur Hälfte geleert war.

Sie blickte über den Tisch. Am Rand des Suppentellers hing ein schmieriger Tropfen und um den Brotkorb lagen Krümel auf dem Tisch. Für einen Moment dachte sie an Jiga, doch dann schrillten Alarmglocken in ihrem Kopf. Das Frettchen würde kein Brot anrühren, wenn es Suppe oder süße Früchte gab. Sofort strömte Magie durch ihren Körper. Sie öffnete ihre Sinne, versuchte zu ergründen, ob sie allein war, und vernahm plötzlich ein reibendes Atemgeräusch. Im selben Moment wusste sie, wer bei ihr eingedrungen war.

»Vergebt mir meinen Besuch.«

Diese schnarrende Stimme würde sie überall wiedererkennen. Sofort sprang sie auf und drehte sich um. Der Älteste kam mit erhobener Hand aus ihrem Schlafgemach.

»Wie könnt Ihr es wagen?« Sie hob ihre Arme, bereit, ihn mit einem Zauber hinwegzufegen.

»Bitte, tut mir nichts! Ich bin nur ein Krüppel, der Hilfe sucht.«

»Welche Hilfe soll das sein? Und mit welchem Recht?« Selana war fassungslos über die Dreistigkeit des Ältesten. Ihre Magie staute sich in den Händen. Ein Wimpernschlag nur, und der Älteste wäre Geschichte. Erschrocken über diesen Gedanken stolperte sie ein paar Schritte zurück und versuchte, ihre Kräfte zurückzudrängen. Wie schmal doch der Grat zur dunklen Seite war.

»Nein, bitte – hört mich an.« Seine engstehenden Augen wirkten verängstigt. »Ich weiß, dass ich Strafe verdiene für meinen Verrat an den Elben. Doch Ihr wisst nicht, wie das ist. Könnt nicht ahnen, welche Macht die dunklen Runen des Herrschers haben. Ein fortwährender Schmerz, der sich tief in meinen Kopf gefressen hatte.« Der Älteste griff sich an die Schläfe, als wäre er immer noch da. Dann senkte er den Arm wieder und stierte an ihr vorbei. »Böse Gedanken umfingen mich, finstere Pläne wurden mir eingeflüstert.« Plötzlich fixierte er sie. »Und jede noch so kleine Weigerung verursachte unmenschliche Schmerzen. Wer würde da nicht tun, was der Herrscher einem aufträgt? Könntet Ihr widerstehen? Habt Ihr nicht seine Macht gespürt, als Ihr meinen Kontakt zu ihm unterbrochen habt?« Er schwankte und ließ sich auf einen Stuhl sinken. Ein hageres Häufchen Elend, das mit röchelndem Atem vor ihr saß.

Doch es waren gute Fragen, die er gestellt hatte. Könnte sie widerstehen? Bei dem damaligen Versuch, den Kontakt von Teehl zum Kreh zu unterbrechen, hatte ein ungeheurer Schmerz sie durchzuckt und sie war ohnmächtig zusammengebrochen. Später dann, nach dem Kampf gegen die Schatten, hatte sie den Abtrünnigen nur mit Ihlinns Hilfe aus ihrem Kopf aussperren können. Wie sollte es erst jemandem ergehen, der nicht über die Macht einer Scheltar verfügte? Musste sie nicht Verständnis haben?

Selana zügelte ihre Kräfte und ließ die Magie zurück in ihr Inneres fließen. Wer war sie, dass sie über diesen Alten richten sollte? »Was möchtet Ihr also? Und warum klopft Ihr nicht erst an und wartet, dass Ihr hereingebeten werdet? Glaubt Ihr, das verlorene Vertrauen wiederzuerlangen, indem Ihr Euch wie ein Dieb in meine Gemächer schleicht?« Immer noch mahnte alles in ihr zur Vorsicht. Selbst wenn er von den Runen befreit war und offensichtlich über keine gefährlichen Kräfte oder Waffen verfügte, könnte er Probleme verursachen.

»Ich wollte ja warten. Aber als das Essen gebracht wurde, konnte ich nicht widerstehen. Während der Tage im Kerker gab es nicht viel und auch jetzt wird mir nur wenig zugeteilt.« Der leidende Klang seiner Stimme wirkte auf Selana übertrieben.

»Ihr dürft Euch frei bewegen. Das allein sollte Euch dankbar machen.« Sie taxierte ihn. Bisher hatte er noch nichts von sich gegeben, was ihre Hilfe notwendig machte.

»Aber natürlich, natürlich. Dafür bin ich sehr dankbar. Überaus dankbar sogar. Aber letztlich möchte ich doch nur eins: nach Hause.«

Das überraschte Selana doch. Sie setzte sich und blickte in sein hageres Gesicht. Dieser Wunsch war wahrscheinlich der einzige, den sie ihm wirklich zugestand. Ein Tropfen hing an der Spitze seiner Hakennase, er wischte ihn mit dem Ärmel weg.

»Das kann ich verstehen. Aber wie könnte ich Euch dabei helfen? Soll ich mich bei der Fürstin für Euch einsetzen, damit sie Euch gehen lässt?« Sie könnte tatsächlich mit ihr sprechen. Eigentlich müsste Mehlen-Ellanjah froh sein, wenn Teehl fort wäre. Er hatte hier genug Unheil angerichtet.

»Das wäre gut.« Er neigte seinen Kopf auf eine unterwürfige Art. »Und vielleicht könntet Ihr – mit Eurem Bruder natürlich – das Portal nach Tangris öffnen?« Ein sonderbarer Klang mischte sich in seine Stimme und machte Selana hellhörig.

»Was wisst Ihr über die Portale?«

»Aber ich bitte Euch, ich war doch dabei, als die Fürstin uns in die Schmieden führte. Wir haben zusammen gelauscht, als sie erzählt hat, wie sie funktionieren. So etwas Wunderbares vergisst man doch nicht.«

Selana wurde blass. Dass er damals dabei war, hatte sie tatsächlich vergessen. Der Älteste Teehl, noch bis vor Kurzem durch die schwarzen Runen an den grausamen Kreh gebunden, wusste um das größte Geheimnis der Elben! Dürfte man ihn überhaupt jemals gehen lassen?

»Fragen zu den Portalen solltet Ihr mit der Fürstin besprechen. Sie allein entscheidet über die geheimen Wege.«

»Aber sie kann sie nicht öffnen, nicht wahr? Ihr versteht sicher, warum ich deshalb zu Euch komme.«

»Ich verstehe nur zu gut, warum Ihr zu mir kommt. Aber ich kann Euch nicht helfen.« Selana erhob sich, ging zur Tür und warf ihm einen auffordernden Blick zu. »Besser, Ihr geht jetzt.«

Seine Brauen zogen sich zusammen und seine Oberlippe zitterte. »Ich bitte Euch«, bettelte er. »Wir stammen doch vom selben Volk und haben dieselbe Heimatstadt. Bedeutet Euch das nichts? Euch sollte doch selbst daran liegen, das Portal zu öffnen. Schließlich lebt Eure Mutter in Tangris. Sicher möchtet Ihr sie kennenlernen, nach all den Jahren.« Seine Stimme klang mit jedem Satz kälter, vielleicht sogar verächtlicher. Wie konnte er es wagen, ihre Mutter ins Spiel zu bringen? Selana war drauf und dran, etwas zu erwidern.

Doch dann erkannte sie, was er ihr ungewollt preisgegeben hatte. Er wusste nicht, dass sie mit dem Umgang der Portale längst vertraut war. Dass sie zusammen mit ihrem Bruder inzwischen schon mehrmals die geheimen Wege geöffnet hatte und sie gerade heute erst erneut durchschritten worden waren. Das musste unbedingt so bleiben! Womöglich würde er doch noch einen Weg finden, wieder mit dem Kreh in Kontakt zu treten. Entschlossen öffnete sie die Tür.

Teehl erhob sich widerwillig. Mit spöttisch gekräuselten Lippen kam er auf sie zu und blieb viel zu dicht vor ihr stehen. Ein unangenehmer Geruch von Pelstarblüten ging von ihm aus und mischte sich mit seinem sauren Atem. »Also habt Ihr kein Interesse an dieser Frau, die Euch einfach weggeben hat?« Er kicherte schrill, Selana musste sich beherrschen, um ihm nicht ins Gesicht zu schlagen.

»Raus jetzt!«

Er rührte sich nicht. »Ihr beherrscht die Öffnung der Portale gar nicht, ist es das? Eure Kräfte sind wohl nicht so großartig, wie die Elben allen weismachen wollen.«

Selana spürte ihre Magie aufbegehren. Doch sie wollte sich der aufsteigenden Wut nicht hingeben. »Raus, habe ich gesagt!«

Teehl wich zurück, doch schweigen wollte er noch immer nicht. »Wisset, dass Ihr versagen werdet! Die Macht meines Herrn ist unvorstellbar!« Von seiner Unterwürfigkeit war nichts mehr zu spüren. »Ein oder zwei Scheltar, dass ich nicht lache. Der Geist des Kreh reicht schon jetzt von seiner Feste bei Belldes-To bis zum Eiland von Erellgorh. Welche Kräfte glaubt Ihr aufbieten zu können, um ihm zu widerstehen? Verkriechen solltet Ihr Euch! Wir alle sollten uns verkriechen und ihm nicht im Weg stehen, denn sein Ziel sind die Elben vom Nebelsee. Sie haben schon vor Dekaden seinen Triumph vereitelt. Sie haben seinen Erfolg auf dem Gewissen, weil ihr eigenes Streben nach Macht keine Führer neben sich duldete.«

Was redete er da? Wollte er ihr etwa einreden, der Kreh selbst wäre ein Opfer? »Und in wessen Namen schänden die Gellwicks die Menschen und ziehen ihre blutige Spur über das Land?«, konterte sie. »Sagt mir, Ältester: Wem dienen die Schatten, die Unschuldigen auf grausamste Weise das Leben aus dem Leib saugen? Wer unterjocht ganze Länder, indem er den Bewohnern die Menschlichkeit nimmt?«

Teehl starrte sie aus blutunterlaufenen Augen an. »Mein Herr natürlich! Und er wird auch weiter jeden hinwegfegen, der sich ihm in den Weg stellt.« Geifer troff von seinen Lippen und in seiner Stimme lag kein Hauch des Bedauerns. Selana wurde klar, wie eng Teehl noch immer mit dem Kreh verbunden war. »Merkt Ihr denn nicht, dass alles nach Tyklahr strebt? Ihr hättet sein Ziel doch längst erkennen müssen. Jeder hätte sich in Sicherheit bringen können, wenn die ach so noblen Elamarh Farbe bekannt und sich gestellt hätten. Doch so ... Wo finden sich denn die meisten Boote und Schiffe, um mit einer Armee nach Erellgorh überzusetzen? Glaubt mir, er wird die Elben vernichten, egal, wie viele Menschen sich ihm in den Weg stellen. Und wenn seine Armee Tyklahr erst einmal erreicht hat, bleibt dort kein Stein auf dem anderen!«

Plötzlich lachte er und stolperte aus der Tür. Ein grelles, irres Lachen. »Sicher dauert es nicht mehr lange. Ihr solltet lieber schleunigst lernen, die Portale zu nutzen. In Eurem eigenen Interesse. Wir sehen uns wieder!«, rief er ihr zu, während er rückwärts in die Nacht ging. »Zumindest, wenn Ihr Eure Freundschaft mit den Elben überlebt.« Dann verschlang ihn die Dunkelheit und sein Lachen verhallte.

Erschüttert sah Selana ihm nach, starrte in die Schwärze und spürte ihre Zuversicht schwinden. Die Zuversicht, die Atharu und das Medaillon ihr gerade erst zurückgegeben hatten, entglitt ihr, wie feiner Sand, der durch die Finger rinnt und nichts zurücklässt als trockene, leere Hände. Sie schlug die Tür zu und ließ sich auf den nächstbesten Stuhl fallen. In diesem Moment merkte sie, wie sehr sie Aria vermisste. Ihre Freundin hätte ihre Verunsicherung mit nur wenigen deftigen Worten verscheucht. Aria! Was gäbe sie darum, ihre Freundin wieder an der Seite zu haben. Auch ihre Momm und Lysa fehlten ihr. Sogar die Schwestern im Gesundhaus. Wenn es stimmte, was der Älteste gesagt hatte, waren sie alle in großer Gefahr.

Selana stand wieder auf und ging unschlüssig auf und ab. Sie müsste etwas unternehmen. Wenn doch nur jemand da wäre, mit dem sie sich austauschen könnte. Gehlen hätte gewusst, was zu tun wäre. Er war so weise und tatkräftig und hätte ihr zu einer guten Entscheidung verholfen, ohne etwas vorzuschreiben. Ein warmes Gefühl durchströmte sie bei dem Gedanken. Er hätte alles getan, damit es ihr besser ginge. Aber was half das? Gehlen war nicht da.

Und zu Atharu konnte sie nicht gehen. Nicht, nachdem er ihr zu verstehen gegeben hatte, dass er heute allein sein wollte. Sie atmete tief durch. Nein, das musste Zeit bis morgen haben. Ihr Bruder war noch dabei, sich von eigenen Dämonen zu befreien. Vielleicht wäre es besser, alles in Ruhe zu überdenken. Teehl hatte so viel gesagt oder angedeutet. Das konnten nicht alles Hirngespinste sein. Sie war sicher, dass er glaubte, was er von sich gab. Wenn sie sich nur nicht so seltsam allein fühlen würde. Ganz anders als gestern. Aber was war heute anders? Plötzlich schoss die Erkenntnis wie ein Blitz durch ihren Kopf und sie wusste, was fehlte: Jiga!

»Jiga?« Selana lief durch alle Räume, in ihr Schlafgemach und in den Innenhof. Sie schaute unter die Bänke, hinter die Pflanzkübel, unter jedes Kissen und jede Decke. Immer wieder rief sie nach dem Frettchen, bis plötzlich Ihlinn vor ihr stand und sie vor Schreck erstarrte.

»Was um der Seelen willen ist denn passiert?«

Selana seufzte und schaute sich um. Kissen und Decken lagen auf dem Boden, sogar ein Stuhl war umgefallen und versperrte den Durchgang zum Garten. Sie schüttelte traurig den Kopf. »Ich weiß nicht, wie ihr Elben mit Ärger, Sorgen oder Verzweiflung umgeht, aber ich bräuchte gerade dringend eine Umarmung. Scheltar hin oder her.«

Ihlinn-Saldanah schenkte ihr eines ihrer seltenen Lächeln und trat näher. »Wir Elben haben mit Nähe kein Problem. Wir lassen Berührungen zu, weil sie gut für unsere Seelen sind. Unabhängig davon, welches Geschlecht sich trifft. Frau und Mann oder Mann mit Mann oder Frau mit ...«

»Ich habe verstanden.« Selana fiel ihr in die Arme. »Erklär mir nichts, sondern halt mich einfach einen Moment fest.« Es fühlte sich gut an.

Ihlinn drückte sie an sich und strich ihr tröstend über das Haar. Als Selana sich von ihr lösen wollte, hielt Ihlinn sie noch einen Moment fest. Zärtlich glitten die Finger der Elbenkriegerin über Selanas Stirn und strichen über die Narben, die ihre Schädelseite bedeckten.

Verstört schob sie die Elbin von sich. »Nein, bitte ...«

»Verzeih, wenn ich dich mit meinen Berührungen gekränkt habe.« Ihre Elbenfreundin trat einen Schritt zurück.

»Aber nein, es ist nur – du musst dich doch ekeln, so entstellt wie ich bin.« Selana begann, die Kissen und Decken aufzuheben. Sie musste wieder Ordnung herstellen.

»Du bist eine starke und anmutige Frau. Alle Zeichen, die das Leben an dir hinterlässt, werden dich schöner machen. Denn sie erzählen von reichen Erfahrungen. Narben und Falten sind für uns Elben wie Bilder, die wir gern betrachten und die wir hoch schätzen.«

Selana hielt inne. »Du meinst, ihr findet mich nicht hässlich? Elben finden mich nicht hässlich? Also auch eure Männer nicht?«

Unvermittelt lachte Ihlinn. Das erste Mal, seit Selana sie kannte. Es wirkte so erfrischend wie eine kühle Brise nach einem heißen Sommertag. »Darüber machst du dir Gedanken? Die Welt wird aus den Angeln gehoben und die Scheltar des Windes denkt an Männer? Dann ist noch Hoffnung. Wo im Kopf noch Raum für Liebe ist, kann das Böse nicht obsiegen.«

Selana spürte ihre Wangen heiß werden. Wurde sie etwa rot? Plötzlich musste sie in das Lachen der Elbin einstimmen. Wo Raum für Liebe ist, kann das Böse nicht obsiegen. Der Gedanke war befreiend.

»Nein«, setzte Ihlinn nach. »Auch unsere Männer finden dich nicht hässlich. Sie nehmen dich erst jetzt richtig wahr.«

Selana konnte es kaum glauben. Dabei klang es so einleuchtend. Narben waren Erfahrungsbilder. Endlich konnte sie aufhören, mit ihrem Äußeren zu hadern, und doch noch auf ein Wiedersehen hoffen, bei dem Gehlen sich nicht angewidert abwendete. Sie blickte erleichtert zu Ihlinn, deren

Lippen nur mehr ein leises Lächeln umspielte. Einen Moment später war er wieder da, der undefinierbare Elbenblick.

»Was ist passiert? Ich hoffe, es hat nichts mit Teehl zu tun.«

»Woher weißt du?«

»Ich war beim Gästehaus nahe der Bootsstege, um nach ihm Ausschau zu halten, aber er war nicht da. Zuerst prüfte ich, ob eines der Boote fehlte. Doch sie waren alle an ihrem Platz. Als ich den Ältesten an keinem Steg finden konnte, hatte ich plötzlich ein ungutes Gefühl. Und als Jiga zu mir kam, bin ich so schnell wie möglich hierhergeeilt.«

»Jiga? Wo ist sie?«

Ihlinn blickte sich um.

»Vielleicht draußen.« Kaum öffnete sie die Tür, flitzte ein kleines Wollknäuel durch den Spalt, sprang an Selana hoch und holte sich fiepend ein paar Kraueleinheiten. Nur einen Moment später hatte das Frettchen genug und sauste zu dem Tisch, auf dem immer noch das Essen wartete.

»Wir sollten auf sie hören«, meinte Ihlinn. »Zu Tisch also!«

Einige Zeit später hatten sie gegessen und Selana hatte ausführlich vom Besuch des Ältesten erzählt.

»Und seine Worte waren ›mein Herr‹?« Die Brauen der Elbin zogen sich zusammen. »Dann ist er ihm immer noch hörig.«

»Das glaube ich auch. Und wenn ich richtig zwischen den Zeilen gelesen habe, weiß der Kreh von den Portalen unter dem Fürstenpalast. Was wiederum bedeutet, dass wir Teehl nicht bei seinem ersten Kontaktversuch überrascht haben.«

»Dann weiß der Abtrünnige mehr, als wir bisher dachten. Das wird der Fürstin nicht gefallen.« Ihlinn schüttelte den Kopf.

»Ich denke, dass er sogar über das Medaillon Bescheid weiß«, ergänzte Selana, obgleich sie inständig hoffte, dass es nicht so wäre.

»Bist du dir sicher?« Ihlinn rückte näher an den Tisch.

»Es ist mehr so ein Gefühl. Teehl schien sich sicher zu sein, dass wir Scheltar unterliegen werden. Und das wäre vor allem dann der Fall ...«

»... wenn die Säulen der Macht *nicht* fallen!«, vollendete die Elbenkriegerin Selanas Gedanken. Sie nickte.

Einer wird wiederkehren, Düsternis zu verbreiten. Leid und Tod sind seine Späher, Frost und Eis seine Begleiter. Wenn das Land erkaltet und die Vögel ziehen, wenn die Seelen rufen und die Mächte erstarken, müssen die Säulen der Macht fallen und die letzte Schlacht wird geschlagen – ein Kampf der Elemente, der Verbundenen und des Einsamen!

Selana war die Prophezeiung inzwischen so oft durchgegangen, dass sie sie auswendig kannte. Und immer noch rätselte sie über das letzte Wort. Vielleicht ging es um ein einsames Element oder aber um einen einsamen Kampf. Konnte sich am Ende nur einer von ihnen dem Kreh Angesicht zu Angesicht stellen? Vielleicht war auch der Kreh selbst gemeint. Oder war hier von einer ganz anderen Kraft die Rede? Eine Art sechstes Element?

»Du denkst über die Prophezeiung nach, nicht wahr?«

Selana nickte. »Ich suche nach einer Hoffnung. Etwas, das uns helfen kann, wenn wir die Säulen nicht zu Fall bringen.«

»Die Säulen werden fallen! Die Möglichkeit ist prophezeit. Das allein sollte Antrieb genug sein. Denn Prophezeiungen sprechen stets von dem, was wahrscheinlich ist.«

Ihlinn hatte recht. Noch war nichts verloren. Vieles konnte passieren, bis sie am Grehum standen. Selana tastete nach dem Schlüssel, der auf ihrer Brust pulsierte. War er nicht der Beweis, das beinahe Unmögliches doch geschehen konnte? Die Rettung war noch möglich. Auch für ihre Freundin und ihre alte Momm. »Was immer passiert, versprich mir, dass wir Wanda, Lysa und Aria in Sicherheit bringen, hörst du?«

Ihlinn schaute sie aufmerksam an. »Das Erste, was wir morgen tun, ist, um eine Audienz bei der Fürstin zu bitten.«

»Und wenn sie einer Unterredung nicht zustimmt?«

»Sie wird. Vertrau mir«, gab die Elbin entschlossen zurück.

»Ich bin nicht sicher, ob ich die richtigen Worte finde, um sie zu überzeugen. Aber ich muss nach Tyklahr und meine Momm und Aria in Sicherheit wissen. Vorher kann ich den Schlüssel nicht zum Grehum bringen.« Sie spürte das Pulsieren unter ihrer Robe, die Magie der fünf Elemente. Sie wusste, was Mehlen-Ellanjah wichtig war. Wichtig sein musste.

»In dieser Nacht liest unsere Fürstin in den Sternen. Sie wird erkennen, dass deine Erlebnisse ihre Interpretationen stützen oder leiten können. Morgen werden wir erfahren, wie es weitergeht. Es müsste schon etwas Außergewöhnliches passieren, um das zu verhindern.«

Selana wollte ihr gerne glauben. Doch sie konnte nicht umhin, gerade jetzt an Magister Lieburus und Pelldor zu denken, die plötzlich in Erellgorh festsaßen. Als gewöhnlich war dieser Tag jedenfalls nicht zu bezeichnen.

Pitu

15

»Götter der Himmelsschmiede!« Semje schwang sich erstaunlich schnell über den Rand der Gondel, stellte sich auf seine Bank und zog die Äxte. »Was für eine Narretei ist das?«

Pitu war von der Lore geglitten und hatte sich zwischen ihr und der Wand postiert. Was immer das war, es war zu groß, als dass er einen Kampf riskieren wollte. Langsam glitt das Ungetüm auf sie zu. Inzwischen mannshoch und beinahe so groß wie eine Kutsche. Der Schein des Lichtkegels spiegelte sich auf dem Monstrum, als würde die Haut einen polierten Panzer tragen. Was konnten sie dagegen ausrichten? Pitu tastete nach der Felswand neben sich. Das Einzige, was ihm einfiel, war, die Tunneldecke über dem Ungetüm einstürzen zu lassen. Was sollte er auch sonst tun? Er konzentrierte sich, um seine Erdmagie in den Felsen zu jagen. Doch der Zugang fiel ihm schwer, der Fels war zu hart und seine Hand begann zu zittern.

»Eisen!«, brüllte Semje. »Dieses Monstrum ist aus Eisen!«

Pitu verstärkte seine Anstrengung. Gegen eine eiserne Rüstung konnten sie nichts ausrichten. Endlich spürte er einen Spalt. Einen feinen Riss, der sich durch die Wand zog. Konzentriert folgte Pitu ihm mit seiner Magie, suchte einen Weg zur Tunneldecke, tastete sich stoßweise vor, bis schließlich erste Steine aus dem Spalt brachen und platschend ins Wasser fielen. Immer weiter fraß sich sein Zauber durch den Felsen, dem Ungetüm entgegen.

»Was machst du denn da? Halt ein!«

Pitus Kopf ruckte herum. Was wollte Semje?

»Eisen habe ich gesagt. Bei den Pickeln meines Hinterns. Das müssen Zwerge sein! Unsere Rettung!«

Erst jetzt sah Pitu die Nieten, die einzelnen polierten Platten, die zu einem großen Ganzen gefügt waren. Irritiert schaute er genauer hin, versuchte, zu verstehen, was dort aus dem Wasser aufstieg. Es erinnerte ihn an etwas – aber an was? Er unterbrach den Zauber, doch der Spalt, den die Magie in den Fels getrieben hatte, war immer noch da! Und der Riss fraß sich weiter durch die steinerne Wand, ganz ohne sein Zutun.

Jetzt erhob sich das Gefährt zur Gänze aus der dunklen Kälte und endlich verstand Pitu. Das riesige Etwas war nichts anderes als eine umgedrehte Lore auf Beinen. Ein eiserner Baldachin, der langsam auf sie zuglitt, während immer mehr Steine aus der Tunnelwand brachen.

»Bring endlich deinen Zauber unter Kontrolle!« Semje sprang über den Lorenrand und kämpfte sich durch das kniehohe Wasser. »Ich versuche, sie aufzuhalten, bevor der Berg über uns zusammenbricht.«

»Ich mach nichts!« Pitu eilte ihm nach, so schnell er konnte.

Mit jedem fallenden Stein schwappten ihnen Wasserwellen entgegen, über ihm knirschte die Tunneldecke. Panisch versuchte Pitu, mithilfe seiner Hände vorwärtszurudern. Die Erdmagie hatte etwas in Gang gesetzt, das jetzt den eigenen Gesetzen folgte und nicht mehr aufzuhalten war. Vor ihnen sah Pitu, wie die Lore sich weiter hob, eine eiserne Kuppel, unter der im Schein des Lichtkegels erst Bäuche, dann Beine zum Vorschein kamen. Pitu war dicht hinter Semje, gleichauf mit dem klaffenden Spalt der Tunnelwand, aus dem kopfgroße Brocken fielen.

Dann endlich erreichte sein Zwergenfreund die Lore und warf sich mit aller Kraft dagegen, drückte und schob, um sie aufzuhalten. Pitu verstand sofort und tat das Gleiche, um die Lore aus der Gefahrenzone zu schieben. Mit Macht presste er seine Schulter gegen das Ungetüm und stemmte die Beine in den Boden, spürte die Schwellen unter den Gleisen, die ihm Halt gaben. Tatsächlich stoppte die Lore.

Hastig warf Pitu einen Blick zur Tunnelwand, folgte dem Riss zur Decke und erkannte entsetzt, dass sie immer noch nicht aus der Gefahrenzone waren. Er ließ Magie in seine Beine und Arme strömen, war im Begriff, sich mit neuer Kraft ins Zeug zu legen, als plötzlich ein graugesichtiger Zwerg neben ihnen auftauchte.

»Wer wagt es ...?«

»Zurück! Der Tunnel stürzt ein!«, brüllte Semje.

Einen Lidschlag lang stand ihrem Retter der Schreck in den Augen, dann tauchte das Graugesicht hastig unter die Lore. Plötzlich schwand der Widerstand, sie verloren den Halt und stürzten ins dunkle Wasser. Als Pitu wieder auftauchte, sah er die Lorenkuppel zurückgleiten. Eine Hand packte ihn und zerrte ihn mit.

»Komm schon!«, schrie Semje.

Neben ihnen brach mit tosendem Grollen die Tunnelwand ein. Wasser spritzte, Steine streiften Pitus Schulter. Er warf einen panischen Blick zur Tunneldecke. Sie würde jeden Moment einstürzen!

»Hierher! Kopf einziehen!« Das Graugesicht zog sie unter die eiserne Kuppel, als das brüllende Geräusch stürzenden Gerölls durch den Tunnel hallte und mächtige Wellen ihnen die Beine wegzogen.

Pitu stürzte ins eisige Wasser, bekam aber noch eines der Lorenbeine zu fassen, als auch schon der Lichtkegel schwand.

Um ihn her ruderten schattenhafte Körper, die mit ihm und der Lore fortgespült wurden. Neue Wellen schlugen über ihm zusammen. Eisiges Wasser umschloss ihn und erstickte jedes Geräusch. Er hielt die Luft an, ließ die Lore los und versuchte aufzutauchen. Schon stieß er durch die Oberfläche, als sein Kopf auf Stein traf. Der Schmerz traf ihn wie ein Hammerschlag. Er wollte schreien, riss den Mund auf und schluckte Wasser. Seine Lunge drohte zu bersten. Zu tief waren sie in den Tunnel gespült worden, zu wenig Platz zum Atmen, kein Licht – Pitu spürte Todesangst!

Panisch riss er die Arme nach oben, tastete nach der Tunneldecke, strampelte mit den Beinen, um sein Gesicht über die Oberfläche zu bringen. Seine Füße trafen auf etwas Hartes. Die Lore! Für einen kurzen Moment bot sie Halt, und er brachte den Kopf aus dem Wasser, hustete, keuchte und sog Luft ein. Dann rutschte er ab, erneut rann es eisig in seine Kehle. Seine Lunge brannte, seine Sinne trübten sich. Einen Versuch noch – vielleicht – aber wofür eigentlich? Er strampelte mit den Beinen, doch seine Kräfte schwanden und er fand keinen Atem, um seine Magie anzurufen und zu lenken. Sie waberte in ihm herum, eine ziellose Energie, deren Pulsieren schwächer wurde. Das Brennen in den Lungen, das Rauschen in den Ohren – Pitu konnte nicht mehr, musste jeden Moment dem Drang nachgeben, einzuatmen. Hatte er nicht lange genug gekämpft? Wie schön wäre es, das alles hinter sich zu lassen. Nein, er durfte nicht, er wollte doch zurück ...

Die nasse Kälte, die vollkommene Dunkelheit – sah so das Ende aus? Oder käme danach noch etwas anderes? Ein Ort, an dem auch seine Eltern wären ... Noch einmal spürte er die Lorenkuppel unter sich, stemmte sich hoch, traf auf Felsen und biss sich auf die Lippen. Luft! Er kämpfte gegen den Schmerz und schlürfte sie in seine gepeinigten Lungen, wissend, dass ihm keine Magie der Welt helfen könnte, wenn er keinen Atem hätte, sie zu führen.

Er dachte an Kessja und spürte Tränen in den Augen. Tränen, die fortgespült wurden, als das eisige Wasser über ihn hinwegschwappte und er atemlos schluckte. Sein Fuß rutschte von der Lore.

Dann packte etwas zu und zog ihn in die Tiefe. Ein Impuls drängte zu einem letzten Aufbegehren. Er zappelte und zuckte in diesem hilflosen Kampf zu überleben. Doch die Schwäche war schon zu tief in seine Glieder gekrochen. Wie ein Stück Treibholz, das sich den Strömungen und Gezeiten des Meeres hingab, gab er auf und ließ sich in die Dunkelheit ziehen. Ihm war so kalt. Nur die Berührung des Steins auf seiner Brust spendete einen Funken Wärme. Das beruhigende Pulsieren nahm ihm die Angst vor dem Unvermeidbaren. Er war weit gekommen, oder nicht? Weiter, als er es je für möglich gehalten hätte. Das musste reichen, dachte er, als er endlich den Mund auftat und das Wasser in ihn strömte.

Für einen Moment wurde die Schwärze vollkommen und seine Gedanken schwanden. Aller Schmerz verging, Frieden stellte sich ein. Pitu sah ein Licht, das ihm entgegenstrahlte. Erinnerungen trieben durch seinen Geist und malten Bilder, die neu und unbekannt waren. Setzten Vertrautes in neue Szenen, die er nicht verstand. Wassermassen stürzten in den aufgerissenen Schlund eines riesigen Kraters und ein feuriger Sturm tobte auf der anderen Seite. Hände hoben sich vor ihm – acht Finger, die eine Aufgabe hatten.

Dann wurden die Bilder hinweggefegt, jäh kehrte der Schmerz zurück. Ein eiserner Ring schloss sich ruckartig um seinen Leib und Pitu spie Wasser. Was passierte? Nein, er wollte zurück. Zurück in den Frieden, den geheimnisvollen Bildern folgen. Acht Finger und eine Aufgabe. Doch der Ring hielt fest und presste mit einem gewaltigen Ruck erneut zu, zwang Luft und Wasser aus seiner Lunge und ließ nicht locker. Pitu riss die Augen auf und keuchte. Als der Griff sich lockerte, sog er kühle Luft in die Lungen, hustete, atmete und spürte, wie die Schwäche wich. Er konnte atmen! Aber wie war das möglich? Seine Lunge brannte und sein Hals schmerzte, doch mit jedem Atemzug spürte er die Lebensgeister zurückkehren.

Pitu fühlte Boden unter den Füßen, das Wasser reichte ihm nur noch bis zur Brust. Grün schimmerndes Licht – aber ja, er konnte etwas sehen. Vor ihm war eine eiserne Wand, an der grüne Kristalle klebten, die hell schimmerten.

»Da ist er ja wieder. Scheint, als müsstest du auf deinen Sumpfhänfling doch nicht verzichten.«

Hänfling? Pitu versuchte, sich umzudrehen, doch etwas, oder besser gesagt: Jemand hatte ihn immer noch fest im Griff und drückte mit aller Gewalt zu. Pitu keuchte und hustete feuchte Tropfen in die Luft. Dann ließ der Druck wieder nach.

»Loslassen. Oder willst du mich auspressen wie eine Sauerfrucht?« Seine Stimme klang heiser, aber er konnte sprechen.

»Eher wie einen Schwamm!« Das war Semjes Stimme. »Passt ganz schön viel Wasser in so einen Sumpfwicht wie dich.«

»Sumpfwicht? Werd bloß nicht frech, du rotbärtiges Fossil.« Pitu versuchte freizukommen, schaffte es aber nicht. »Man sollte dich mal ausquetschen wie eine Trollfrucht. Aus einem steinernen Fass wie dir könnte man einen ganzen See speisen!«

Schepperndes Lachen erklang und Pitu erinnerte sich plötzlich daran, dass noch weitere Zwerge da sein mussten.

Semje ließ von ihm ab. »Für jemanden, der gerade abkratzen wollte, bist du erstaunlich vorlaut.« Er machte einen Schritt zur Seite und gab den Blick auf das Graugesicht frei, das Pitu schon im Lichtkegel ihrer Lore gesehen hatte. Wasser tropfte aus den silbergrauen Bartzöpfen, die ihm bis auf die Brust reichten.

»Lass nur Semjon. Das Bürschchen hat starke Lebensgeister. Das gefällt mir.«

»Und du einen starken Appetit, wie mir scheint.« Pitu starrte auf den Bauch des Zwergs, der noch um einiges dicker war als Semje.

Der Graubart lachte und sein wackelnder Leib brachte das Wasser um ihn herum in Bewegung. »Schmal, aber schlagfertig. Das gefällt mir.« Er streckte Pitu eine schwielige Hand entgegen. »Man nennt mich Fillgur, Fillgur Eisenfaust.«

»Ich bin Pitu.« Er ergriff die Pranke des Zwergs. Die Hand des Graugesichts schloss sich wie ein Schraubstock um seine

Rechte. Er biss die Zähne zusammen, bemüht, gelassen dreinzuschauen. »Freut mich«, stöhnte er und war erleichtert, als Eisenfaust losließ. Den Namen hatte er zumindest verdient.

»Lass mich dir rasch meine Freunde vorstellen, bevor wir uns in diesem eisigen Wasser womöglich noch in Höhlenfische verwandeln.«

Er lachte wieder und Pitu konnte nicht anders, als ihn sympathisch zu finden. Haare und Bart hatten zwar das halbe Gesicht überwuchert, doch die Lachfalten um die Augen verliehen ihm den Ausdruck einer reinen Frohnatur.

»Das ist Orthos Blutrausch.« Er trat zur Seite, Pitu starrte auf unglaublich breite Schultern und einen mächtigen Brustkorb. Der Schrank von einem Zwerg warf ihm einen abschätzigen Blick zu. Unwillkürlich trat Pitu einen Schritt zurück.

Diesmal war es Semje, der lachte. »Keine Sorge, der tut nichts, der will nur spielen!« Er kam näher und tat, als würde er flüstern, sprach aber laut genug, dass alle ihn hörten. »Schlimm wird es erst, wenn ihm langweilig ist. Oder wenn man ihm frech kommt!«

»Hör nicht auf den alten Zauderer.« Die Stimme des Riesen war tief, aber außergewöhnlich wohlklingend. Er trat vor und streckte Pitu seine Rechte entgegen. »Er ist nur neidisch, weil er selbst den Hammer nicht mehr hochkriegt!«

Pitu verschluckte sich und sein Blick flog zu Semje hinüber, dem die Röte ins Gesicht schoss.

»Was hast du gesagt?«

Hastig schüttelte Pitu Orthos Hand und ging aus dem Weg.

»Hammer nicht hochkriegt?« Semje baute sich vor dem Riesen auf und rammte ihn mit seinem Bauch. »Nur weil ich auf Streitäxte gewechselt bin, die zu scharf für deinen Verstand sind? Wenn ich wollte, würde ich dich noch heute in Grund und Boden schmieden!«

»Deine stumpfen Äxte sollen doch nur darüber hinwegtäuschen, dass es eigentlich Krückstöcke sind, die du zum Laufen brauchst.« Ein Lächeln spielte um die Lippen des Riesen und Pitu sah wieder zu Semje hinüber.

»Krückstöcke? Ich brauche keine Stöcke. Und mit dir nehme ich es jederzeit auf. Einzig mein Gewissen hält mich davon ab. Wer möchte schon einen Schrank zum Weinen bringen.«

»Weinen? Ich? Wovon träumst du sonst?«, grollte Orthos.

Plötzlich schob sich ein weiterer Zwerg an dem Riesen vorbei und stellte sich zwischen die beiden.

»Machen wir dem doch ein Ende. Ich schlage einen Zwillingshammerstreit vor. Einverstanden?«

Orthos starrte ihn mit zusammengezogenen Brauen an, nickte dann aber. »Einverstanden. In Abrinor.«

»In Abrinor«, bestätigte Semje und grunzte. »Wirst schon sehen, bei wem der Hammer hängt!« Plötzlich runzelte er die Stirn und schaute den anderen an. »Wer bist du überhaupt? Sollten wir uns kennen? Wart mal, sag nichts. Irgendwie kommst du mir bekannt vor ...«

Der vierte Zwerg seufzte, schob den Rotbart zur Seite und wandte sich Pitu zu. Er hatte Semjes Größe, aber im Vergleich zu ihm wirkte er beinahe hager. Blondes Haar und ein kurzer Bart ließen ihn ausgesprochen jung wirken. Aus freundlichen blauen Augen blickte er Pitu entgegen. »Gestatten, mein Name ist Schimmron Hagelwurf. Aber alle nennen mich Schimmi.«

Pitu gab ihm die Hand. »Pitu.«

»Schimmi? Schimmi Glanzstein?« Semje drängte sich dazwischen und ergriff die Hände des blonden Zwergs. »Ich hab doch gewusst, dass ich dich kenn. Beim Dreck meiner Zehennägel – hast also endlich den Hintern aus der Werkstatt deines Vaters bekommen. Gratuliere!«

Schimmron lächelte. »Hab mir gedacht, dass die Muskelprotze mal etwas Hirn als Begleitung brauchen könnten.«

»Immer schön vorsichtig, Kleiner«, raunte Orthos' tiefer Bass.

Plötzlich rollten Steine unter ihnen durchs Wasser, es dröhnte um sie herum. Die Felsen der eingestürzten Tunneldecke mussten ins Rutschen gekommen sein. Es grollte bedrohlich, beruhigte sich aber noch einmal.

»Zeit zu gehen!«, mahnte Eisenfaust und stellte sich an eines der Beine, die die Gondel trugen. »Wer weiß, ob die

Götter uns noch einmal gewogen sind. Und die Luft könnte auch knapp werden.«

Sofort verteilten sie sich an fünf der sechs Streben und schoben die eiserne Kuppel in die Richtung zurück, aus der sie gekommen war.

»Die Luft könnte knapp werden?« Pitu hatte sich direkt neben Eisenfaust platziert.

»Sicher doch! Wir stecken schließlich in einer eisernen Glocke unter Wasser. Wenn wir die Luft hier drinnen verbraucht haben, ersticken wir genauso, als würden wir untergehen und ertrinken.«

Pitu schluckte. »Und wie weit ist es? Wird die Luft reichen?«

»Zu dritt hat sie gereicht«, gab der Zwerg zurück. »Atme einfach nicht so viel.«

Pitu starrte den Graubart entsetzt an. Wie bitte schaffte man es, nicht so viel zu atmen? Und was war eigentlich viel? Dann sah er die Lachfalten des Zwergs und seufzte. Würde er es jemals lernen?

»Ein Scherz«, gluckste Fillgur. »Wird schon werden. Mit mehr Kraft sind wir schließlich auch schneller.«

Es war ein weiter Weg und das Laufen im Wasser war anstrengend. Trotzdem hatte Pitu das Gefühl, sie kämen recht gut voran. Doch wie er feststellen musste, lag das nur daran, dass es bergab gegangen war. Erst, als sie die Lore bergan schoben, wurde ihm klar, wie hoch der Wasserwiderstand war. Das eiserne Ungetüm schien mit jedem Schritt schwerer zu werden. Ächzend sah er sich zu den anderen um, darauf gefasst, dass er die Arbeit inzwischen alleine machte. Aber seine Gefährten legten sich ebenso ins Zeug wie er.

»Es ... liegt ...« Schimmi nickte zur Lorenkuppel hinauf. »... Luft ... wird knapp.«

Pitu konzentrierte sich wieder darauf, einen Fuß vor den anderen zu setzen. Noch konnte er sich mit Magie versorgen, sie durch seinen Körper dirigieren und die Muskeln mit Kraft und Wärme versorgen. Weniger atmen würde er bei dieser Anstrengung jedenfalls nicht schaffen. Schritt für Schritt zog er die Beine durch das dunkle Nass, dankbar, dass ihm die Kälte nicht so zusetzte. Fillgur stolperte neben ihm, fing sich aber. Es wurde Zeit! Lange konnten sie nicht mehr durchhalten.

Dann sah er ein helles Schimmern und endlich hob sich die eiserne Kante vor ihm aus dem Wasser. Sofort spürte er die kühle, erfrischende Luft und alles wurde wieder einfacher. Als sie auf dem Trockenen standen und Pitu sich unter der Lore herausbeugte, riss er ungläubig die Augen auf. Er war inzwischen so daran gewöhnt, mit Semje allein zu sein, dass ihm schon ihre drei Retter wie ein ganzes Dutzend vorgekommen waren. Ihm war nie in den Sinn gekommen, dass sie noch mehr Zwerge treffen könnten. Zumindest nicht, bis sie Abrinor erreichen würden.

Doch vor ihm tat sich eine unglaubliche Szenerie von werkelnden Abrindarh auf. Am ehesten erinnerte dieser Ort an einen Hafen. Nur dass die Schiffe kleiner waren und auf Schienen fuhren. Loren wurden be- und entladen. Zwergenmänner hämmerten und schnitzten, Zwergenfrauen wuschen und kochten. Oder nein, auf den zweiten Blick sah er, dass auch Frauen an den Werkbänken standen. Er schaute genauer hin. So also sahen Zwergenfrauen aus. Gar nicht mal schlecht.

»Mach den Mund zu, dein Herz wird kalt«, raunte Semje und gab Pitus Kinn einen Stups. Sein Unterkiefer klappte hoch.

»Was machen die alle hier?«

»Hier ist das Wegekreuz unter den Zackenbergen«, antwortete Schimmi. »Ein Umschlagplatz für Waren, der eigentlich ruhiger ist als dieser Tage. In den letzten Wochen hat der Betrieb allerdings zugenommen.« Er wies auf eine der Loren, in der sich Rüstungen und Schwerter befanden. Dann zeigte er auf eine andere, in der unzählige Köcher voller Armbrustbolzen lagen. »Von allen Zwergen unter der Hochebene werden Waffen gefertigt, hier gesammelt und dann über Abrinor nach Norden befördert.«

Waffen! Immer und überall ging es um Waffen. Allerorten rüstete man sich für Krieg und Zerstörung. Ihre eigene Reise, die unmittelbaren Probleme und Gefahren, ließen Pitu manchmal das Große und Ganze aus dem Blick verlieren. Doch mit einem Mal brandeten die Erlebnisse vor der Feste Nehrbor zurück in seinen Kopf. Er schluckte. Jede Rüstung, jedes Schwert, jeder Köcher stand für Schmerz und Tod. Ob er je verstehen würde, warum das außer ihm scheinbar niemandem etwas ausmachte? Waffen wurden gefertigt, verkauft und in Krisengebiete verschickt, und die Welt sprach darüber, als wären es Brote, die den Hunger der Völker stillen sollten. Pitu sah Schimmi an, der ihm zunickte.

»Unterschätze nie die Zwerge. Wir sind gut aufgestellt!« Warum ging das Schimmi so leicht über die Lippen? Er wirkte gar nicht bedrohlich. Eher sanftmütig mit diesen großen, blauen Augen.

»Komm, kleiner Felsflüsterer.« Semjes Hand landete schwer auf Pitus Schulter, sodass er in die Knie sackte. »Zeit für eine heiße Suppe.«

Pitu ließ sich von seinem Zwergenfreund fortschieben.

»Ich kann mir vorstellen, was gerade in dir vorgeht«, raunte der ihm zu. »Waffen sind nicht deine Welt, das habe ich schon gemerkt. Obwohl dich die Lederrüstung und dein kleines Schwert gut kleiden.« Er klopfte ihm erneut auf die Schulter, Pitu stolperte einen Schritt nach vorn. »Dir muss aber klar sein, dass wir etwas tun müssen.«

Ja, doch, natürlich war es Pitu klar. Die Erzählungen im Gesundhaus, die Gellwicks in Tyklahr, die Horden des Kreh, die sich wie schwarzes Pech aus der Feste Nehrbor ergossen hatten! Der Abtrünnige würde die ganze Welt in den Abgrund stürzen und mit Grausamkeit überschwemmen. Überall wären Angst und Schrecken sein Streben, Folter und Tod seine Begleiter. Pitu nickte. Man musste ihm Einhalt gebieten. Aber ihm selbst, nicht nur den Horden. Das Übel bei der Wurzel greifen, sagte man nicht so? Solange sich alle nur um die Häscher des Kreh kümmerten, würde der unselige Schwarzmagier für jeden gefallenen Gellwick zwei neue auferstehen lassen. Mit Schaudern erinnerte sich Pitu an die Massen, die aus Nehrbor über die Brücke gedrängt waren.

Er sah im Geiste noch einmal den Sockelstein in die Schlucht stürzen, das wilde Wasser des Arro-Ezhanjotäe.

Und dann schossen ihm wieder die Bilder in den Kopf, die ihn heimgesucht hatten, als er zu ertrinken drohte. Wassermassen, die in einen riesigen Schlund stürzten. Der Fluss der Seelen. Vielleicht hatte er in einen Spalt der Zeit geblickt und eine mögliche Zukunft gesehen. Wenn dem so war, konnte nur das Grehum gemeint sein, oder? Dann wäre das Feuer auf der anderen Seite womöglich ein Hinweis auf Atharu gewesen. Die Scheltar waren vielleicht schon auf dem Weg dorthin.

Er blickte auf seine Hände. Acht Finger und eine Aufgabe. Irgendwo im Norden der Hochebene, am Fuß des Eskringebirges, dort, wo der heilige Fluss die Seelen in den Schoß der Welt geleitete, wartete diese Aufgabe auf ihn. Pitu warf einen Blick zurück, sah Semjes drei Freunde, die hinter ihm liefen, dachte an die Waffen in den Loren. Allein würde er es kaum bis dahin schaffen. Es war wohl Zeit zu akzeptieren, was nötig war.

Semje lotste sie in einen Felsgang, der auf Pitu wie eine zu Stein gewordene Gasse wirkte. Unterschiedliche Häuser, die sich dicht an dicht zu beiden Seiten drängten und mit ihren Türen, Fenstern, Simsen und kantigen Säulen beinahe wie echte Gebäude aussahen. Doch nur einige der Eingänge hatten richtige Türen. Das meiste war Fassade, wie Semje stolz erklärte, Steinmetzkunst der Zwerge, um ihre Welt zu verschönern. Es war ihnen gelungen, das stand fest.

»Hab ich es mir doch gedacht.« Fillgur lachte und schloss zu Semje auf. »Du willst zu Brynnbett.«

Der Rotbart gab einen mürrischen Laut von sich, als sein graugesichtiger Freund ihm einen Arm um die Schultern legte. »Glaubst wohl, sie könnte dich doch noch erhören, was?«

»Blödsinn.« Semje schüttelte ihn ab. »Essen will ich. Und bei ihr schmeckt es nun mal am besten.«

»Hat es damals schon«, schaltete Schimmi sich ein. »Als sie noch ihre Taverne in Crem hatte.«

»Als wenn du Jungspund dich daran erinnerst«, tönte Orthos' tiefe Stimme von hinten. Er schien gute Ohren zu haben.

Pitu stutzte. »Crem? Die weiße Stadt am Berg? Das ist doch gar keine Zwergenstadt, oder?«

»Vor allem ist es nicht mehr die weiße Stadt am Berg«, grollte Fillgur.

Plötzlich blieb Semje stehen. »Blablablabb. Hört mir auf mit der Vergangenheit. Ihr klingt wie alte Waschweiber, die sich in Erinnerungen flüchten, weil keiner sie mehr besteigen will.« Mürrisch trat er an eine hölzerne Tür, deren Relief aus Besteck, Töpfen und Pfannen sofort Pitus Blick gefangen hielt. »Wir sind da und wollen essen – nicht mehr und nicht weniger. Brynnbett möchte sicher auch nicht an die alten Zeiten erinnert werden. Ich will also nichts davon hören!«

Seine Stimme klang herrisch, fast bedrohlich, und Pitu ahnte, dass er von ihm keine Einzelheiten über die Vergangenheit in Crem erfahren würde. Vielleicht müsste Pitu beizeiten mit Schimmi darüber sprechen, wenn Semje nicht in der Nähe war. Doch als sein rotbärtiger Freund die Tür öffnete, vergaß er es sofort. Der köstliche Duft, der ihm entgegenschlug, ließ ihm das Wasser im Munde zusammenlaufen. Zwergengerichte hin oder her. Hier verstand jemand etwas vom Kochen, das stand fest.

Brynnbett war eine dralle Zwergenschönheit, deren Weiblichkeit nicht zu übersehen war. Ihre üppigen Rundungen lagen alle genau an den richtigen Stellen und wogten bei jedem Schritt wie ein verheißungsvoller Pudding. Pitu konnte verstehen, warum die Zwerge ihr lüstern hinterherstarrten, wenn sie etwas an die Tische brachte.

Besonders an das Wiedersehen von Semje und Brynnbett würde er sich noch lange erinnern. Die stammelnden Worte des Rotbarts, die Sprachlosigkeit der Zwergin, das Glänzen in ihren Augen, das Lächeln und schließlich die schüchterne Umarmung. Sie mochten sich, das konnte selbst ein Blinder ohne Ohren merken. Pitu hätte ihnen gewünscht, dass sie bei ihrem Wiedersehen allein gewesen wären. Doch Semjes Zwergenfreunde hatten im Halbkreis um sie herum gestanden und sie neugierig angestarrt. Beinahe wie die Zaungäste einer Dokazucht, bei der man darauf wettete, wie lange der Bulle auf der Kuh blieb.

Pitu hatte einen freien Tisch ausgemacht und sie mehr oder weniger mit sich geschleift, um die Situation zu retten. Zumindest einen Augenblick lang hatte Semje auf diese Weise allein mit Brynnbett sprechen können. Später dann hatten sie bestellt und gegessen.

»Brynnbett die Köstliche!« Orthos rülpste. »Ich sollte hier öfter essen.«

»Herdfeuer! Brynnbett Herdfeuer«, grollte Semje.

»Schon recht«, antwortete der Lauscher, kratzte sich in den Ohren und pulte sich Fleischreste aus den Zähnen.

Pitu schaute in die Runde. Schimmi hatte sich mit einem seligen Lächeln zufrieden in seinem Stuhl zurückgelehnt. Er konnte es ihm nicht verdenken. Selten hatte er etwas Köstlicheres gegessen. Insofern war Orthos' Namensidee ganz passend. Kräuterpfanne mit Erdknollen – ganz einfach zu machen, hatte Brynnbett gesagt, aber von unvergleichlicher Wirkung. O ja! Ob Kessja auch solche Speisen zaubern konnte? Nein, besser wäre es, er würde es selbst lernen und für sie kochen.

»So, mein lieber Semjon. Nun erzähl, wie es dir ergangen ist.« Fillgur verschränkte die Hände auf seinem mächtigen Bauch. Der Stuhl unter ihm knarrte bei jeder Bewegung.

Inzwischen hatte Pitu begriffen, dass Semje hier von allen Semjon genannt wurde. Wahrscheinlich auch eine Geschichte, über die sein rotbärtiger Freund nicht sprechen würde.

»Erzähl du erst mal, warum ihr überhaupt diesen todesmutigen Tauchgang gewagt habt. Eine kluge Konstruktion übrigens. Erinnert mich an frühere Zeiten, in denen du beinahe täglich mit krausen Ideen rumgelaufen bist und ständig neue Sachen ausprobiert hast.«

Fillgur lachte. »Das ist lange her. Mit meinen Ideen ist es wie mit meinem Wasser. Früher ein kräftiger Strahl, heute ein gemächliches Tröpfeln. Je grauer ich werde, desto weniger Ideen habe ich.«

»Und wessen Idee war es dann?«

»Meine«, schaltete Schimmi sich ein. »Und zur rechten Zeit, wie mir schien. Wär doch schade gewesen, wenn euch die Tunneldecke auf den Kopf gefallen wäre.«

Pitu schaute zu Semje und hoffte, er würde über den Grund des Einsturzes kein Wort verlieren. Ihm war es lieber, wenn die Zwerge nicht erfuhren, dass es seine Magie war, die das verschuldet hatte. Womöglich könnte das auch ein falsches Licht auf die Zerstörung der Halle der Stimmen werfen. Er spürte, wie sein Gesicht warm wurde, und rückte mit dem Stuhl ein Stück zurück.

»Unser Schimmi also.« Semje lachte. »Danke, dass du unsere Dickschädel gerettet hast. Aber woher wusstet ihr überhaupt, dass wir da waren?«

Pitu nickte dankbar, als er einen Blick von Semje auffing.

»Woher hätten wir das wissen sollen?«, fragte Fillgur zurück. »Wir wollten nur herausfinden, bis wohin der Tunnel unter Wasser steht und ob das als Schutzwall ausreicht.«

»Dann wisst ihr von den Horden in Nehrbor?« Pitu rückte mit seinem Stuhl wieder vor. »Ihr glaubt, sie könnten durch die Tunnel kommen?«

Fillgur nickte. »Auszuschließen ist das nicht. Unsere Späher haben schon seit Längerem beobachtet, wie immer mehr dieser Stinker in die Feste gezogen sind. Und von dort gibt es einen Zugang. Außerdem ist Semjon deshalb schließlich bei Königin Tulipa gewesen. Das hat er dir sicher erzählt, denke ich mir.«

Pitus Kopf fuhr zu Semje herum. »Was soll das heißen?«

Der Rotbart lehnte sich stöhnend zurück und blickte kopfschüttelnd zu Fillgur. »Nein, hat er nicht.«

Atharu

16

Ein wenig mehr hätte Ihlinn ihm schon über Magister Lieburus und Pelldor sagen können. »Sie sind gut untergebracht. Ihr braucht euch nicht zu sorgen.« Und dann dieses Lächeln. *Werd einer aus den Elben schlau*. Er seufzte, als ihm einfiel, dass er beinahe selbst ein Elb war. Wie verrückt war das? Seine Mutter hätte ihm einiges zu erzählen, wenn er wieder daheim wäre. *Wenn*. Er fing an zu grübeln. Sein Kopf versuchte ständig, Fragmente der Prophezeiung mit den Andeutungen der Fürstin, den Einflüsterungen des Kreh und den Vorkommnissen mit Teehl und Benn zusammenzubringen.

Nein, Atharu verbot sich jeden weiteren Gedanken. Erst würde er meditieren, in sich selbst einkehren, eins werden mit dem Pulsieren der Magie und auf seine innere Stimme hören. Er brauchte Ruhe. Angekommen bei seiner Unterkunft öffnete er dankbar die Tür zu dem Sandsteinjuwel, wie Brandan es getauft hatte. Doch statt der herbeigesehnten Stille empfingen ihn Stimmen. Alarmiert lauschend verharrte er, weckte mühelos seine Kräfte und ließ Energie in die Finger strömen. Ein Atemimpuls genügte ihm, flammende Bälle stiegen aus seinen Händen. Wie gut sich das anfühlte.

»Mich deucht, ich hätte etwas gehört. Oder nein, gespürt, denke ich. Aber ja, Magie. Pelldor, sei so gut und begrüße unseren Hausherrn.«

Magister Lieburus und Pelldor! Atharu schüttelte ungläubig den Kopf und ließ die Flammenkugel vergehen. *Gut untergebracht?* Ihlinn hätte ihn ruhig vorwarnen dürfen.

»Atharu, ich hoffe, wir sind für dich keine allzu schlimme Überraschung.« Pelldor trat ihm aus dem Garten entgegen. »Es ist schön, dich wohlauf zu sehen.«

»Und so ist es für mich.« Atharu schloss den Hünen in die Arme. Sie kannten einander noch nicht lange, doch die gemeinsamen Erlebnisse verbanden mehr, als ein ganzes Leben es vermocht hätte. »Vor allem, wenn nicht gerade zwei Dutzend Elbenklingen auf unsere Herzen gerichtet sind.«

Pelldor lachte sein tiefes Lachen und klopfte ihm auf die Schulter. »Immerhin schien es nicht das Ansinnen der Fürstin gewesen zu sein, uns wirklich filetiert am Boden zu sehen.«

Der Magister erschien im Rundbogen zum Garten. »Atharu-Scheltar.« Er deutete eine Verbeugung an. »Wir haben die Ehre, Eurem kleinen Palast zugeordnet zu sein. Ich hoffe doch, es macht Euch keine Umstände, nein?«

»Aber nein.« Atharu seufzte innerlich, als er daran dachte, dass aus seiner Meditation nichts würde. Aber er freute sich mehr darüber, dass der Groll der Fürstin nicht so groß war, wie es in den Schmieden gewirkt hatte. »Auch ich bin nur ein Gast auf Zeit. Und seit Brandan fort ist, erscheint mir das alles sowieso viel zu groß.« Er schaute sich nachdenklich um.

»Brandan ist fort?« Pelldor stutzte. »Schon wieder?«

Der Hüne schien alarmiert, doch ehe Atharu antworten konnte, klatschte der Magister in die Hände.

»Wie fein, wie fein«, begann er und hielt dann inne. Seine freudige Mimik fiel in sich zusammen. »Äh, natürlich nicht, dass Brandan fort ist. Davon müsst Ihr uns unbedingt berichten. In jedem Fall berichten, ja. Vielleicht bei einem genüsslichen Mahl?« Sein verstörter Blick klärte sich von einem Moment auf den Nächsten. »Beim Essen lässt sich immer am besten reden, was meint Ihr? Wir haben im Garten anrichten lassen. Das Plätschern des Brunnens und das Zirpen der Grillen ergeben einen wunderbaren Hintergrund, einen wunderbaren Hintergrund, ja, ja.«

Lieburus tippelte voran, Atharu folgte ihm und Pelldor. Ihm fehlten die Worte, doch er fügte sich in sein Schicksal. Brandan hätte den Auftritt des Magisters sicher sehr amüsant gefunden.

»Wir saßen die ganze Zeit vor dem gedeckten Tisch und ich durfte nichts anrühren, ehe du da bist«, raunte Pelldor ihm zu und rollte mit den Augen. »Um die Zeit zu überbrücken, hat er mir mindestens von der Hälfte der Speisen die Rezeptur vorgebetet.« Atharu hatte eine Ahnung, wie ermüdend das gewesen sein musste.

Als sie in den Innenhof traten, staunte er. An edle Speisen war er inzwischen gewöhnt, aber was sich hier auftat, war unglaublich. Kleine Lampions tauchten den Garten in ein warmes Lichtermeer. Die Speisen waren noch reichhaltiger als sonst, Töpfe und Teller unterschiedlichster Größe mit Variationen von Gemüse und Obst. Neben Brot und Aufstrichen gab es heute sogar Kuchen und eine Schale mit Keksen. Doch die absolute Krönung waren meisterhaft geschnitzte Früchte, die die Tafel dekorierten.

»Man sollte euch öfter zu Gast haben«, stammelte er. »Gibt es etwas zu feiern? Es scheint fast, als wäret ihr keine Eindringlinge, sondern geladene Gäste.«

»Könnte man meinen, aber tatsächlich hat der Magister die Dekoration übernommen.«

Atharu sah aus dem Augenwinkel, wie Lieburus sich mühte, mit einem Fuß unauffällig den Abfall seiner Schnitzkunst unter eine Steinbank zu schieben. Er wirkte etwas verlegen. »Nun ja, wann habe ich schon mal die Gelegenheit? Wir mussten ja die Wartezeit überbrücken ...«

»Überbrücken«, stöhnte Pelldor. »Während der Magister gemütlich am Brunnen saß und eine Figur nach der nächsten schnitzte, durfte ich im Garten herumklettern und Kerzen in Lampions entzünden.« Der Hauptmann seufzte. »Eine Schulung in Kochkunst obendrauf. Jede Schlacht ist mir lieber.«

»Immerhin ohne Schürze«, zwinkerte Atharu und spielte damit auf ihr Kennenlernen an, bei dem Pelldor Tee servieren musste. »Sieh es mal so: Kaum ein anderer Soldat verfügt über deine Fertigkeiten.«

Zur Strafe boxte Pelldor ihm in die Rippen.

»Au! Ein freundschaftlicher Klaps ist aber was anderes.« Atharu rieb sich die Seite.

»Zum Streicheln musst du dir auch wen anders suchen«, knurrte Pelldor, seine Lippen umspielte ein zufriedenes Lächeln.

»Genug der Freundschaftsbekundungen.« Lieburus wedelte hektisch mit den Händen. »Setzen wir uns. Und dann erzähl, was mit Brandan ist. Ich hoffe doch, wir müssen ihn nicht schon wieder suchen, nein?«

Das Zirpen der Grillen, das Plätschern des Brunnens und das Essen im Kreise von Freunden. Atharu genoss jeden Augenblick. Sie tauschten sich über alle wichtigen Ereignisse aus, die ihnen widerfahren waren. Er berichtete von der Ausbildung in den Arenen, von Teehl und dem mit schwarzer Magie getränkten Armreif. Er erzählte von Brandan, Gehlen, Selanas Kampf gegen die Schatten und seinen Erlebnissen in Tonda. Auch über Jehlen sprach er und die Einflüsterungen des Kreh. Der Magister hinterfragte vieles und Atharu erkannte einmal mehr, welch wacher Geist in diesem zerstreut wirkenden Alten steckte.

Bevor Atharu schließlich von Bennzhardizh und dem jetzt einarmigen Teehl berichtete, erfuhr er von Lieburus und Pelldor mehr über Pitus Magie. Bei den Schilderungen von dessen Übungen im Schlosspark der Königin musste er lachen. Der Hauptmann hatte eine wunderbar trockene Art, von den Missgeschicken des Magisters oder denen Pitus zu erzählen. Doch viel zu schnell wurden ihre Themen wieder ernst. Pelldor berichtete von ihrer Reise nach Gelder und dass sie auf ihrem Weg nur knapp den Schatten entkommen waren, die gen Tyklahr zogen.

»Es ist dem Fährmann zu verdanken, dass wir uns über den Arro-Yrdazh retten konnten. Hätte der nicht Ruhe bewahrt ...«

Atharu schluckte.

»Leider habe ich bei meinen Unterredungen mit Königin Tulipa nicht geahnt, was aus dem Süden kommt. Vielleicht hätte sie weniger zögerlich reagiert.« Der Magister berichtete von den schwierigen Gesprächen und den Neuigkeiten, die ein Zwerg namens Semje überbracht hatte, kurz bevor sie zurück nach Gelder gereist waren. Ernst sprach er von den Armreifen, die er für die Königin untersucht hatte. »Schwarze Runen! Eine Verbindung des Kreh zu jedem Gellwick, der einen dieser dunklen Reife trägt. Und derer sind viele! In den Kerkern von Tyklahr lagen schon Dutzende, ehe wir abreisten!«

Fassungslos erkannte Atharu, wie viel größer die Bedrohung für Tykaldens Hauptstadt war. Die Schatten aus dem Süden und die Gellwicks, die von der Hochebene drängten, könnte Tyklahr ohne Waffenhilfe auf Dauer nicht zurückschlagen. Denn auch wenn Pitu es geschafft haben sollte, die Brücke zum Einsturz zu bringen, fänden die Feinde irgendwann einen anderen Weg über die Schlucht. Dazu noch die Horden, die Tondaborgen belagerten. Sollte das Interesse des Kreh für den Friedenstempel erlahmen, weil er erkannte, dass dort kein Medaillonfragment mehr zu holen war, wäre Tyklahr das nächstliegende Ziel. Und durch die schwarzmagischen Armreife konnte er seine Söldner und Horden ohne Verzug befehligen. Überall auf der Welt! Wie ein Spieler, der seine Figuren nur noch über das Brett schieben musste.

Der Abend war zügig vorangeschritten, längst standen die Sterne über ihnen am Himmel. Eine große Stumpenkerze brannte noch, doch die Lampions waren inzwischen verloschen. Gerade hatte Atharu über Mehlen-Ellanjah gesprochen. Er schaute versonnen in die flackernde Flamme der Kerze.

»Heute Nacht will sie die Sterne befragen. Aber ob sie uns dann mehr erzählt, weiß ich nicht. Sie umgibt sich mit

Geheimnissen. Manchmal wirft sie uns kleine wohlgewählte Häppchen an Wissen zu, dann wieder ist sie verschlossen wie die Truhe der Mydrah!« *Ein passender Vergleich.*

»Die Truhe der Mydrah?«, fragte Pelldor.

»Eine sehr, sehr alte Geschichte«, antwortete Lieburus an Atharus Stelle. »Es geht um das Erbe der ersten Elbenfürstin. Ihr voller Name war Mydrahsola-Ellmahturh, wenn ich nicht irre. Nur wenige kennen diese Sage. Die einzige Gelehrte, die es nach meinem Wissen in ihren Schriften dargelegt hat, dürfte Ondara sein.« Der Magister schenkte Atharu ein wissendes Lächeln. »Mydrah soll die Auserwählte Atharpazhs gewesen sein. Ihr allein enthüllte der Eine die Geheimnisse der Schöpfung, damit die Elben unsere Welt zu jeder Zeit erneuern könnten. Der Sage nach hat Mydrah das Wissen hierzu in einer goldgeschmiedeten Truhe verschlossen, die niemand außer ihr zu öffnen vermochte.«

»Gäbe es diese Truhe wirklich, verspräche sie ihrem Besitzer demnach viel Macht«, stellte Pelldor fest.

»Außerordentliche Macht! Man könnte nach Herzenslust zerstören und immer wieder neu erschaffen, ja, erschaffen.«

»Aber hilft uns das?« Der Hauptmann runzelte die Stirn. »Außer natürlich, dass es eine schöne Geschichte ist?«

»Es war eigentlich nur ein Vergleich, um meinen Ärger über die Fürstin zu umschreiben.« Atharu hatte keine Idee, wie er auf diesen Vergleich gekommen war. Aber plötzlich kam ihm der Gedanke, es könnte von Bedeutung sein.

»Als Mutter aller Elben beherrschte Mydrah die Magie aller fünf Elemente«, sinnierte Lieburus weiter. »Selbst wenn es die Truhe gäbe, könnte nur der etwas damit anfangen, der alle Arten der Magie beherrscht.«

»Der Kreh!« Atharu schlug sich vor die Stirn. »Aber natürlich. Wir wissen, dass er nach der Macht aller Elemente giert. Womöglich ist es die Truhe der Mydrah, die ihn antreibt.«

»Obwohl es sie vielleicht gar nicht gibt?«, warf Pelldor ein.

»Manchmal reicht bloße Gier aus, um etwas Unwahrscheinliches in der eigenen Gedankenwelt zu manifestieren. Und plötzlich wird es wahr. Ja, so ist das«, bestätigte Lieburus.

Atharu nickte. »Wenn wir glauben dürfen, das wir über den Kreh gehört haben, ist Gier neben Rache eines seiner stärksten Motive, oder? Demnach würde er alle Orte heimsuchen, an denen er die Truhe vermutet. Angefangen mit Erellgorh!«

»Mir scheint, dass sich durch diese Annahme nichts ändert«, entgegnete Pelldor. »Wir sind schon vorher davon ausgegangen, dass er es auf Erellgorh abgesehen hat. Deshalb sendet König Seron ja Waffenhilfe nach Tyklahr. Nichts Neues also.«

»Im Prinzip hast du recht.« Atharu lächelte. »Aber mit einem Unterschied: Wenn wir wissen, wonach ihn gelüstet, können wir uns mehr Zeit verschaffen. Ich weiß noch nicht wie, aber vielleicht gelingt es uns, den Kreh zu verwirren.«

Plötzlich sprang Magister Lieburus auf und tippelte aufgeregt hin und her. »Aber ja, das könnte funktionieren. Wir brauchen Zeit, natürlich. Der Medaillon-Schlüssel muss zum Einsatz kommen. Die Reise zum Grehum wird lange dauern, sehr lange! Bis dahin könnte der Kreh längst hier sein.«

»Und wir dürfen nicht vergessen, dass er womöglich von den Portalen weiß.« Atharu seufzte.

»Ach, du meiner Treu!« Lieburus ließ sich auf eine Bank fallen. »Er weiß von den Portalen?«

»Nun ja, Teehl weiß von ihnen. Und wenn er Kontakt mit dem Kreh hatte ...« Atharu ließ den Satz unvollendet.

»Nun gut, nun gut. Bleibt zu hoffen, dass der Kreh zumindest noch nicht weiß, *wo* sie sind. Lasst uns überlegen ...«, der Magister knetete seine Unterlippe, »... wie könnten wir dem Kreh Botschaften zukommen lassen? Falsche wohlgemerkt, ja falsche Botschaften, die er trotzdem für bare Münze hält ...«

»Und die dann auch noch seine Pläne über den Haufen werfen«, ergänzte Pelldor. »Ich muss das erst mal verstehen: Der Kreh will die Elben vernichten und braucht dazu die Macht des Grehum. Er muss sich also auf diese zwei Dinge gleichzeitig konzentrieren: die Säulen der Macht schützen und Erellgorh erreichen, um es zu vernichten.«

Lieburus nickte seinem Hauptmann zu und setzte sich. »Genauso muss es sein, ja, genauso stelle ich es mir vor.«

»Wenn er weiß, dass der Medaillonschlüssel unterwegs ist, würde er unter Umständen ein drittes Ziel hinzunehmen.« Jetzt war es Pelldor, der aufsprang. »Aber ja, wir geben ihm neue Ziele. Falls er nach der Truhe sucht, nützt ihm die Zerstörung Erellgorhs nichts, ohne sie zu haben. Würde der Kreh die Truhe woanders vermuten, müsste er seine Strategie ändern.«

»Wenn wir ihn davon überzeugen können, müsste er sich womöglich auf vier Ziele konzentrieren, was seine Kräfte an jedem Schauplatz im günstigsten Fall halbiert!« Atharu spürte die wachsende Euphorie.

Sie hätten ihr Schicksal wieder selbst in der Hand. Es wurde Zeit, dass sie nicht mehr Beobachter waren, die immer nur auf neue Tragödien reagierten. Sie mussten den Weg vorgeben, damit der Kreh in die Defensive gezwungen wurde. »Wir haben also die Geschichte um die Truhe der Mydrah und den Schlüssel zum Grehum. Mächtige Artefakte der fünf Elemente.« Zufrieden schaute er von Pelldor zu Lieburus. »Also zeigen wir ihm, wo er diese Schätze heben kann.«

Vorerst war es nur eine Idee, das war ihm klar. Es brauchte mehr, um daraus einen funktionierenden Plan zu machen. Und letztlich gelänge es nur in Zusammenarbeit mit den Elben, wie Magister Lieburus nicht müde wurde zu betonen. Sie müssten Fürstin Mehlen-Ellanjah überzeugen. Und dafür bedurfte es der richtigen Argumente oder zumindest eines schlüssigen Vorgehens. Also beratschlagten sie, wie man es anstellen könnte, den Kreh auf die falsche Fährte zu locken.

Um mit dem Medaillon bis zum Grehum zu gelangen, müssten Atharu und Selana sich aufteilen, empfahl Pelldor. Und Lieburus meinte, es sei gut, wenn der Scheltar ohne Medaillon möglichst viel Magie anwendete, um dem Kreh damit den vermeintlichen Weg des Schlüssels vorzugaukeln. Der andere sollte eher auf die Anwendung von Magie verzichten und still und heimlich voranschreiten.

»Selana hat das Medaillon. Sie wird also einen geheimen Weg nehmen müssen, während ich ordentlich Lärm mache.« Atharu war bereit, die Gefahr auf sich zu nehmen, um von seiner Schwester abzulenken.

»Das wird sehr gefährlich. Denn so der Kreh sich nicht durch die Truhe ablenken lässt, wird er alles aufbieten, was er hat. Er wird um jeden Preis den Fall des Grehum zu verhindern suchen.« Vom brabbelnden Singsang, den Atharu sonst von dem Magister kannte, war nichts mehr zu hören. Lieburus' Stimme war ruhig, sein Blick fixierte ihn. Keine Worte hätten deutlicher ausdrücken können, wie ernst es ihm war. »Du weißt, was das bedeutet?«

Atharu schaute den Magister an. Wenn es schlecht lief, bezahlte er mit seinem Leben. Er würde nie wieder die Sonne über der Ebene von Cambal aufgehen sehen. Seine Schwester nicht in ihre Heimatstadt bringen können und niemals mehr seine Mutter in die Arme schließen. Atharu schluckte, als er an sie dachte. Wie sehr wünschte er sich, von ihr etwas über seinen Vater zu erfahren, heute mehr denn je. Auch das wäre vorbei. Aber diese Dinge betrafen nur ihn persönlich, im Kampf gegen den Kreh ging es um viel mehr. Es ging um nichts Geringeres als die Zukunft der Völker. Allein mit der Bereitschaft, den Tod in Kauf zu nehmen, schenkte Atharu der Welt Hoffnung. Auch seiner Mutter, Selana und Brandan. Aria, Pitu, Gehlen, Ihlinn und all den anderen wunderbaren Menschen, Urda, Elben und Zwergen. Er nickte. »Ja, ich weiß, was das bedeutet. Eigentlich wissen wir es schon lange. Es kommt nur näher.«

Lieburus seufzte. »Ja, die Gefahren für euch Scheltar werden greifbarer und eure Bewährungsprobe steht bevor. Wichtig ist, dass ihr euch über eure Rollen einig seid. Du musst morgen mit deiner Schwester darüber sprechen. Wer von euch die größere Macht besitzt, muss zum Ziel für den Kreh werden!«

Selana

17

Das Pochen an der Tür war laut und fordernd. Als glaubte der Besucher, die Scheltar des Windes schliefe noch. Doch Selana war schon beim ersten Vogelgesang wach geworden und wartete ungeduldig darauf, abgeholt zu werden. Sie fieberte der Audienz mit der Fürstin entgegen. Mehlen-Ellanjah musste heute Farbe bekennen. Spätestens nach Teehls Auftritt hatte Selana ein Anrecht zu erfahren, warum er sich in Erellgorh frei bewegen durfte. Als sie die Tür öffnete, stand jedoch keiner der Elben vor ihr.

»Atharu! Ist etwas geschehen?« Sie ließ ihn ein.

»Das kann man so sagen. Wir haben einen Plan. Und du solltest davon erfahren, ehe wir zur Fürstin geleitet werden.«

»Was für einen Plan?« Selana war verwirrt, doch die Augen ihres Bruders strahlten vor Begeisterung. »Und wer ist *wir*?«

»Magister Lieburus, Pelldor von Tergrys und ich. Die beiden sind nämlich bei mir untergebracht.«

»Bei dir? Wie wunderbar. Und das, nachdem die Fürstin gestern so verärgert war.« War das nun ein Zeichen für Mehlen-Ellanjahs Gutmütigkeit? Oder grollte sie den beiden gar nicht so sehr und hatte die Strenge nur im Beisein ihrer Gefolgschaft zur Schau getragen. »Aber von was für einem Plan sprichst du? Spann mich nicht auf die Folter.«

»Du wirst nicht glauben, was uns eingefallen ist.« Atharu überschlug sich fast, um sie möglichst schnell auf den neuesten Stand zu bringen.

Selana war beeindruckt. »Das könnte tatsächlich klappen. Vorausgesetzt, es gibt diese Truhe und der Kreh lässt sich in die Irre führen. Oder zimmern wir selbst eine zusammen?«

Atharu lächelte. »Das werden wir sehen. Aber wenn ihn nach absoluter Macht gelüstet, kann er die Möglichkeit nicht außer Acht lassen.«

Selana nickte. »Ich bin gespannt, ob sich die Fürstin darauf einlässt. Sicher hat sie ihre eigenen Pläne.«

»Sie muss. Ohne ihre Hilfe lässt sich das Unterfangen nicht umsetzen. Nur sie kann die nötigen Entscheidungen treffen.«

Selana wollte gerade fragen, an welche Entscheidungen er dabei dachte, als es an der Tür klopfte. Obgleich sie eben noch ungeduldig gewartet hatte, abgeholt zu werden, wäre ihr jetzt ein wenig mehr Zeit mit Atharu lieb gewesen. Nun erführe sie keine Details mehr, ehe sie die Fürstin trafen, dennoch schien die Idee mit der Truhe der Mydrah schlüssig zu sein. Ihr Bruder würde Mehlen-Ellanjah schon alles erklären.

Sie öffnete die Tür und war überrascht. »Kellbruhn-Palizhturh, wie kommen wir zu dieser Ehre?« Gemeinsam mit ihrem Bruder trat sie zum Heerführer hinaus.

Der Elbenkrieger blickte zu Atharu, dann wieder zu ihr. »Der Fürstin ist daran gelegen, dass die Scheltar der verbundenen Elemente direkt und ohne Störung zu ihr gebracht werden. Ihr dürft den Rang Eurer Begleitung als Zeichen ihrer Wertschätzung verstehen.«

Selana machte einen Schritt, blieb dann aber stehen. Sie hatte erwartet, dass der Heerführer unverzüglich voranging, doch Kellbruhn rührte sich nicht. »Gestattet mir eine Frage, Selana-Scheltar. Tragt Ihr das Medaillon bei Euch?«

Das ist es also, was hier wertgeschätzt wird. Sie zog die Kette unter ihrer Tunika hervor. »Allein in meinen Gemächern wäre der Schlüssel kaum gut aufgehoben, nicht wahr?«

Er deutete eine knappe Verbeugung an. »Ich danke Euch. Dann wollen wir die Fürstin nicht länger warten lassen.«

»Wer hier wohl wen warten lässt«, raunte Atharu, als Kellbruhn bereits einige Schritte voraus war. Er hielt Selana am Ärmel, damit sie langsamer ging. »Eine Sache wäre da noch. Nach unserem Plan müssen wir getrennt zum Grehum reisen.«

Sie stutzte. »Nacheinander?«

»Nein, gleichzeitig auf unterschiedlichen Wegen.«

Selana nickte ihm zu, ohne zu verstehen, wie sie das anstellen sollten. Wäre die Gefahr nicht zu groß, dass sie sich nicht rechtzeitig trafen? Womöglich lägen Tage zwischen ihrer Ankunft und der ihres Bruders. Ein Schauder überlief sie, als sie daran dachte, dass sie dem Kreh möglicherweise allein gegenüberstehen müsste. Wenn der Abtrünnige auch nur den Hauch eines Verdachts hätte, würde er seine magische Quelle schützen. Einem so ungleichen Kampf könnte ihre Magie nicht standhalten. Der Kreh schöpfte seine Macht aus unfassbaren Reserven. Er würde keinen Lidschlag zögern, jeden, der ihm in den Weg trat, zu zerstören. Plötzlich stockte ihr der Atem, als sie daran dachte, dass er womöglich nicht einmal allein wäre, sondern die grausamen Schatten um sich scharen könnte. Selana schluckte. Nein, sie mussten zur gleichen Zeit ankommen!

Doch ehe sie Atharu dazu befragen konnte, hörte sie den Heerführer rufen. Kellbruhn hatte bemerkt, dass sie nur langsam hinterherkamen. Er stand bereits vor dem Eingang zum Park und wartete ungeduldig. Selana warf ihrem Bruder einen Blick zu. Sein Gesicht spiegelte eine zufriedene Gelassenheit. Warum gelang ihr das nicht? Es blieb ihr ohnehin nichts anderes übrig, als abzuwarten, welche Herausforderungen der Plan noch mit sich brächte.

Schweigend durchquerten sie den Park, der seltsam verlassen schien. Ein Schwarm Aras flog über sie hinweg, kreiste einmal und entfernte sich mit kreischenden Rufen. Selana fröstelte. Bildete sie es sich ein, oder hatte sich etwas verändert? So früh am Morgen war es nicht mehr – längst müssten Elben unterwegs sein. Und noch etwas fiel ihr auf: Anders als sonst war das Portal des Palastes heute bewacht.

Als sie eintraten, begegneten ihnen auch auf den Gängen gerüstete Elben. Mehlen-Ellanjah schien besorgt zu sein, wenn sie die Vorsichtsmaßnahmen innerhalb der Stadt so offensichtlich erhöhte. Was hatte sie in den Sternen gesehen, das diese Maßnahmen nötig machte? Oder hatte der Älteste Teehl nach seinem Besuch bei Selana auch den Palast heimgesucht?

Endlich erreichten sie die Tür zum Ratssaal der Fürstin. Ihlinn war mit dem Magister und Hauptmann Pelldor bereits da. Also durften die beiden tatsächlich an der Audienz teilnehmen. Selana verstand gar nichts mehr.

Als sie eingelassen wurden, erwartete Mehlen-Ellanjah sie bereits. Ganz und gar Herrscherin, füllte die Fürstin den Raum mit einer unglaublichen Präsenz. Ihr hoher, perlenbesetzter Kragen unterstrich die aufrechte Erhabenheit und der silbergewirkte Stoff des Kleids spiegelte ihre Undurchschaubarkeit. Selana kam nicht umhin, sie auch dafür zu bewundern.

Mit einer anmutigen Geste lud Mehlen-Ellanjah sie ein, Platz zu nehmen. »Ich grüße Euch, Scheltar des Windes und Scheltar des Feuers, Hoffnung der Völker, Erfüller der Prophezeiung.« Sie machte eine kurze Pause, ehe sie weitersprach. »Und ich heiße auch Euch willkommen, Magister Lieburus, und dich, Pelldor von Tergrys, Hauptmann König Serons.«

Lieburus und Pelldor beugten ihr Haupt und die Fürstin schien zufrieden. Selana sah sich um. Sie waren allein im Saal. Ihlinn und der Heerführer waren nicht mit hineingekommen.

»Viele Elben haben viele Ohren, und viele Ohren nähren viele Münder. Ich hoffe, Ihr verzeiht meine gestrige Strenge. Habt Verständnis, wenn manches verborgen bleiben muss. So kurz vor der letzten Reise der Scheltar darf kein Schritt fehlgehen.«

Magister Lieburus hob zaghaft eine Hand und Mehlen-Ellanjah nickte ihm wohlwollend zu.

»Ehrwürdige Fürstin, vergebt meine Frage und am besten auch gleich alle anderen, die noch kommen. Ich bin der Wissbegierigsten einer, wie Ihr vielleicht erinnert. Also vergebt mir meine vielen, vielen Fragen und was ich sonst noch so von mir geben mag. Das Alter, müsst Ihr wissen, rührt manches Mal Dinge sonderbar zusammen. Ach ja, ich wollte etwas fragen: Warum dürfen Pelldor und ich der Audienz beiwohnen? Wir sind sehr dankbar dafür, gewiss. Aber überraschend ist es dennoch, nicht wahr?«

Die Fürstin zeigte ihr seltenes Lächeln. »Ich dachte mir, wer so viel unternimmt, um hierherzukommen, wird einen guten Grund haben. Und den bin ich gespannt zu hören.«

Was meinte Mehlen-Ellanjah damit? Selana sah zu Lieburus hinüber, der vergnügt lächelte.

»Ihr habt mich erwischt. Ich gebe es zu. Einige Erinnerungen veranlassten mich zu der Annahme, dass es auf diese Weise vielleicht am ehesten klappen könnte.« Er gluckste.

Pelldor runzelte die Stirn. »Magister, mögt Ihr mir sagen, was hier wie geklappt hat?«

»Der Magister war in jungen Jahren schon einmal bei uns zu Gast«, antwortete die Fürstin bereitwillig. »Und wir teilten eine Leidenschaft: alte Bücher und Schriften.«

Selana staunte. Ihr mildes Lächeln war echt. Die Fürstin hatte tatsächlich etwas für den Magister übrig.

»Oh, Ihr erinnert Euch. Wie wunderbar. Vergebt mir, dass ich genau darauf hoffte. Nur glaubte ich nicht, dass Ihr das Portal allein um der Erinnerung willen öffnen würdet. Deshalb habe ich dafür gerne mein wertvollstes Buch geopfert. Oh ja, das wertvollste, möchte ich sagen.«

»Bei den Gebeinen der Mark, wie abgebrüht Ihr seid. Euretwegen wären wir beinahe von Elbenklingen zerhackt worden!« Pelldors Stimme grollte tief wie ein dunkles Gewitter.

»Aber nein«, gluckste Lieburus. »Die Fürstin hat es sofort durchschaut. Ehrenwerte Herrscherin, Eure Vorstellung war wunderbar. Man hätte wahrlich Angst bekommen können, ja – wahrlich Angst.«

Die Elbenfürstin schwieg einen Moment. Dann sagte sie mit gewohnt schwermütiger Stimme: »Ich muss Euch enttäuschen. Etwas anderes fesselte meine Konzentration. Auch eine Fürstin braucht zuweilen Zeit, um zur Erkenntnis zu gelangen. Meine Garde hätte Euch durchaus Schaden zufügen können.«

Lieburus wurde blass.

»Ihr habt es allein der Gelassenheit des Feuer-Scheltars zu verdanken, dass Euch nichts geschehen ist.«

Selana warf einen kurzen Blick zu ihrem Bruder. Wie gut musste ihm das Lob der Fürstin tun.

Mehlen-Ellanjah hielt derweil Blickkontakt zu Lieburus, der in seinem Stuhl zu versinken schien. »Ach du meiner Treu«, stammelte er.

»Doch wisset, dass ich mich freue, die Abschrift des Kelenkus Briebens in unserer Obhut zu wissen. Und Eure Handschrift macht sie zu einem unvergleichlichen Kunstwerk.«

Lieburus schien in seinem Stuhl wieder größer zu werden. »Habt Dank, ehrwürdige Fürstin. Euer Kompliment freut und beschämt mich gleichermaßen.«

Mehlen-Ellanjah blickte in die Runde, als wollte sie sich vergewissern, dass alle noch zuhörten. Dann richtete sie erneut das Wort an den Magister. »Was also war der Grund für Euer dreistes Eindringen?«

»Nun, das ist schnell erklärt, schnell erklärt, denke ich. Zum einen hielt König Seron es für geboten, einen Botschafter zu Königin Tulipa zu schicken. Und dies ist schließlich der schnellste Weg, nicht wahr? Zumindest, wenn ihr so gütig seid, mich nach Tyklahr überzusetzen.« Er lächelte, doch seine klimpernden Augenlider zeigten, wie nervös er war.

»Und des Weiteren?«, bohrte Mehlen-Ellanjah nach.

Selana fing einen Blick Pelldors auf, der anscheinend von diesem Vorhaben nichts gewusst hatte. Wie sonderbar. Pelldor gehörte als Hauptmann doch sicher zum Rat des Königs.

»Des Weiteren ...« Der Magister stockte und eine sanfte Röte stieg ihm ins Gesicht.

Selana kam plötzlich der Gedanke, dass Lieburus am Ende ganz allein hinter allem steckte und selbst Seron nichts über seine Pläne gewusst hatte. Womöglich ließ der inzwischen sein Schloss nach ihnen absuchen.

»Nun, äh, es ist mir fast ein wenig peinlich ...«, fuhr der Alte fort, »... aber ich selbst wollte gerne näher am Geschehen sein. Natürlich bin ich nicht mehr der Jüngsten einer und meine magischen Fähigkeiten sind nur gering – ja, viel zu gering. Doch es will mir nicht aus dem Sinn, dass auch ich noch etwas beitragen könnte in dieser Sache. Wenn Ihr versteht, was ich meine.«

Die Fürstin schaute nachdenklich in die Runde. Ihr Schweigen lastete wie schwerer Damast auf ihnen, niemand wagte, etwas dazu zu sagen. Schließlich nickte sie. »Es soll so sein. Wir werden Euch nach Tyklahr bringen.«

Tyklahr war das Stichwort, auf das Selana gewartet hatte. »Und ich gehe mit!« Sie konnte nicht länger an sich halten. Es war endlich an der Zeit, Klarheit zu schaffen. »Die Stadt ist in großer Gefahr. Und mit ihr meine Momm, Aria und Lysa. Ich muss sie in Sicherheit wissen, ehe ich zum Grehum aufbrechen kann!« Sie hatte diese Sätze mit aller Entschiedenheit vorgebracht, die sie aufbringen konnte. Ihr Entschluss war nicht verhandelbar. Schon einmal hatte Wanda ohne ihre Hilfe zurechtkommen müssen und war dabei um ein Haar gestorben.

»Niemals darf das Medaillon den Weg über Tyklahr gehen!« Laut hallten die Worte der Fürstin durch den Raum. Selana erschrak, überrollt von der Heftigkeit des Ausbruchs. »Der Schlüssel ist dort nicht sicher.«

»Warum nicht?«, schaltete Atharu sich ein. »Haben Euch die Sterne in der vergangenen Nacht Neues offenbart? So sprecht doch endlich mit uns.«

Die Elbenfürstin blitzte ihn an, der Kristall in ihrem Ring leuchtete grell auf. Plötzlich verklärte sich ihr Blick und sie schien in andere Sphären zu schauen, bevor ihre Stimme wieder den gewohnt melancholischen Klang annahm, unbestimmt und rätselhaft. »Die Nacht über unserem Eiland war klar, denn die Schleier des Abtrünnigen sind noch nicht durch unseren Nebel gedrungen. Mein Blick richtete sich nach Nordosten. Das Tal zwischen dem Eskringebirge und der Hochebene liegt weiterhin in tiefer Dunkelheit. Und die Schwärze nagt auch an den Klippen von Abrinor. Das Zwergenreich scheint nicht mehr sicher. Etwas hat die Aufmerksamkeit des Gefallenen auf sich gezogen.«

Pitu! Die Brücke vor Nehrbor musste er schon längst zu Fall gebracht haben. Sicher war er inzwischen zurück in Tyklahr bei Wanda und Lysa. Zumindest hoffte Selana das.

»Auch das Grehum liegt in Schwärze«, fuhr die Fürstin fort. »Kein Weg ohne Kampf führt dorthin.«

»Und was ist mit Crem?« Atharu sprach die Frage aus, die jetzt auch Selana auf den Lippen brannte. Was war mit Gehlen und Brandan?

»Crem ist gefallen. Aus den dunklen Schleiern ist tiefe Schwärze geworden. Jede Erkenntnis über das Reich des Abtrünnigen bleibt mir dort verborgen. Atharpazh allein kann wissen, wo der ... Gefallene ist.«

Dass selbst die Fürstin den Namen des abtrünnigen Schwarzmagiers nicht aussprach, ließ Selana die Bedrohung noch stärker empfinden.

»Doch solange er nicht um das Portal in Crem weiß, dürfen wir hoffen, dass uns Zeit bleibt, die geheimen Wege zu sichern.«

»Diese Hoffnung ist zunichtegemacht!« Der Satz war Selana schärfer über die Lippen gekommen als beabsichtigt. Es wurde Zeit, dass die Fürsten von Teehls Machenschaften erfuhr. »Der Kreh weiß von den Portalen.«

Der Ring der Fürstin flackerte erneut und Selana wusste, dass sie ihre ungeteilte Aufmerksamkeit hatte. Sie berichtete, wie der Älteste ihr im Gästepalast aufgelauert hatte, schilderte seine Bitten und Drohungen. Mehlen-Ellanjah legte ihre linke Hand über die rechte und verdeckte den magischen Ring. Ihre Miene verriet keine Regung, doch Selana wusste diese kleine Geste zu deuten. Die Fürstin war mindestens überrascht, wenn nicht gar erschrocken darüber, wie sehr der

Verräter noch an seinem Peiniger hing. Wenn man bedachte, wie sich der grob geschmiedete Armreif ins Fleisch des Ältesten gegraben und seinen Geist vergiftet hatte, war es unbegreiflich. Doch Atharu und Lieburus bekräftigten ihre Erzählungen und steuerten eigene Schlussfolgerungen bei.

Schließlich war es Pelldor, der alles auf einen Punkt brachte: »Für mich klingt es, als seien die Geheimnisse der Elben für den Kreh wie ein offenes Buch. Er weiß von der Prophezeiung, er weiß von den Scheltar, davon, dass die Bruchstücke in Erellgorh sind, und sogar, welche Portale es gibt. Selbst wenn er ihren genauen Standort noch nicht herausgefunden hat, ist er also nicht nur als Schwarzmagier ein übermächtiger Gegner, sondern auch, weil er Wissen besitzt, mit dem er seine Pläne gezielt gegen uns ausrichten kann. Es ist mir unverständlich, warum dieser einarmige Verräter, von dem hier alle sprechen, in Erellgorh frei herumlaufen kann. Ich kann mir nur zwei Gründe vorstellen ...«

Lieburus packte Pelldor am Arm. »Vergib, junger Freund, wenn ich ab hier übernehme.«

Selana ahnte, warum der Magister eingriff. Mindestens eine der beiden Möglichkeiten würde die Fürstin als Angriff werten. Von Lieburus, der sich aufs Reden besser verstand als jeder andere an dieser Tafel, könnte Mehlen-Ellanjah es vielleicht annehmen, ohne zornig zu werden.

»Was mein Freund meint, könnt Ihr sicher erahnen, ehrwürdige Fürstin. Für einfältige Beobachter, wie wir es sind, drängen sich Sichtweisen auf, die ein wenig schwarz und weiß sein könnten, fürchte ich.«

Die Fürstin hob beinahe unmerklich ihr Kinn.

»Entweder ist jemand mit dem Ältesten im Bunde und ermöglicht ihm seine Freiheiten oder – und darauf hoffen wir alle – Ihr habt einen Plan, in dem Teehl noch eine Rolle spielen soll. Womöglich eine Rolle, von der er selbst nichts weiß.« Entgegen seiner sonstigen Art, sich in Wortwiederholungen und Abschweifungen zu verlieren, brachte Lieburus es auf den Punkt und hielt konzentriert Augenkontakt mit der

Mehlen-Ellanjah. Selana war einmal mehr vom Magister begeistert. Er hatte bestimmt ins Schwarze getroffen. Die Fürstin machte keine gemeinsame Sache mit dem Ältesten, sie wollte ihn benutzen.

»Ich merke, es ist ein Gewinn, Euch an unserer Seite zu haben«, begann die Elbin. »Zumindest diese Hoffnung scheint sich zu bestätigen.« Sie blickte mit erhobenem Haupt in die Runde. »Es stimmt. Der Älteste darf sich mit meiner Erlaubnis in Erellgorh bewegen. Er glaubt, wir sähen keine Gefahr in ihm, weil er den schwarzen Armreif nicht mehr trägt. Und ich glaube, ein freier Mann ist eher bereit zu sprechen als ein Gefangener. Überdies könnte er hilfreich sein, um falsche Nachrichten zu streuen. Er könnte uns Zeit verschaffen, während die Scheltar zum Grehum ziehen.«

Selana war bestürzt, wie weit die Pläne der Fürstin gingen. Und erstaunt, wie offen sie diese Gedanken plötzlich preisgab.

»Ihr versteht, dass ich alles, was ihn anbelangt, geheim halten muss. Wenn er Erellgorh verlässt, von unserem Eiland flüchtet, um weiter seinem *Herrn* zu dienen ...«, in der Betonung der Fürstin lag Verachtung und Abscheu, »... dann muss es für ihn auch eine echte Flucht sein. Eine, die sich echt anfühlt.«

»Das allein reicht noch nicht!«

Selanas Kopf ruckte zu ihrem Bruder herum, der sich einmal mehr von seinem Temperament hinreißen ließ, nur um sich gleich darauf zu entschuldigen, der Fürstin ins Wort gefallen zu sein. »Was ich sagen wollte: Allein aus den Nebeln von Erellgorh zu entkommen, verschafft ihm kein Gehör beim Kreh.«

Selana sah, wie die Kiefermuskeln Mehlen-Ellanjahs sich spannten, als Atharu den verbotenen Namen aussprach, als handelte es sich um irgendeinen Menschen. Ihr Bruder scherte sich nicht darum, dass dieser Name für tausende Tote, fortwährendes Leid und Elend stand.

»Teehl besitzt keine Magie, oder zumindest nur wenig. Ohne den Armreif kann er weder richtige noch falsche Botschaften austauschen.« Damit hatte ihr Bruder den Nagel auf den Kopf getroffen.

Doch die Fürstin hob eine Braue, ohne etwas zu entgegnen.

Im selben Moment verstand Selana. »Er soll den Armreif wiederbekommen.« Mehlen-Ellanjah fixierte sie, und in Selanas Kopf arbeitete es. Wenn der Kreh zu weit entfernt war, müssten sie Teehl näher heranbringen. »Ihr wollt, dass wir Teehl nach Crem schleusen.«

Für einen Moment senkte sich erneut Stille über sie. Eine Stille, die schwer wie Blei wog.

Atharu war der Erste, der sie durchbrach. »Der Älteste Teehl verbunden mit den dunklen Runen? Das führt doch den Kreh zum Portal! Wenn seine schwarze Magie stark genug ist, kann er es womöglich ganz allein öffnen und gelangt dann auf direktem Weg nach Erellgorh. Ist das der Plan? Ich verstehe nicht, warum Ihr dieses Risiko eingehen wollt. Zumal Selana und ich dann noch lange nicht beim Grehum sind. Selbst wenn Eure Garde mit durch das Portal ginge und sich in Crem eine Schlacht lieferte, wäre es aussichtslos, durchzuhalten, bis wir ihm die Quelle seiner Macht nehmen können.« Er erhob sich. »Bitte erklärt es uns. Sonst, sonst weiß ich nicht ...«

»Alles hat seine Zeit. Dinge werden geschaffen und Dinge vergehen. Der Gefallene wird nicht nach Erellgorh gelangen.«

Jetzt verstand Selana. »Ihr wollt das Portal in Crem zerstören! Das dürft Ihr nicht tun. Abgesehen davon, dass dann keine schnelle Hilfe mehr in den Norden gelangen kann, ist es das Erbe aller Elbenhäuser. Wissen Eure Elbenschwestern und -brüder überhaupt davon?«

»Was ich darf und was nicht, obliegt mir, der Fürstin der Elamarh! Erdreistet Euch nicht, einer Elbenherrscherin Vorschriften zu machen!«

Selana rauschte das Blut durch den Kopf. Als Scheltar sollte sie durchaus mitentscheiden dürfen. Doch ehe sie etwas erwidern konnte, sprang der Magister auf.

»Haltet ein!« Lieburus hob mahnend die Hände. »So weit darf es nicht kommen. Die Saat des Kreh darf nicht aufgehen, nicht hier, im Herzen Jukahbajahns. Wir müssen besonnen sein und einander zuhören. Wir wollen doch dasselbe und haben uns alle viele Gedanken gemacht, wie wir unser Ziel erreichen können. Die Zeit muss da sein, um alle Möglichkeiten zu erörtern.« Er setzte sich wieder. »Vergebt mir, ehrenwerte Fürstin. Es ist natürlich an Euch, zu beschließen, was Ihr und Eure Untergebenen tun werdet. Das steht außer Zweifel. Und gleichzeitig ist es die Verantwortung der Scheltar, über ihr eigenes Handeln zu entscheiden. Doch bei Atharpazh, womöglich gibt es etwas, das beides verbindet. Vielleicht können wir gemeinsam etwas ersinnen, das den Abtrünnigen ablenkt. Denn die Scheltar müssen wohlbehalten zum Grehum gelangen, nicht wahr? Und wenn ich es richtig sehe, habt Ihr, werte Fürstin, dafür bereits die entscheidenden Voraussetzungen geschaffen.«

Selana atmete durch. Von Lieburus konnte sie noch einiges lernen. Ein Blick zur Fürstin zeigte ihr, dass auch Mehlen-Ellanjah ihren Groll hinunterschluckte und sich der Vermittlung des Magisters öffnete.

»Ihr sprecht in Rätseln, geschätzter Magister. Was meint Ihr, könnte den Blick des Abtrünnigen von Crem oder gar vom Grehum ablenken?«

Ein Lächeln schlich sich auf Lieburus' Gesicht.

18

»Wie lange?«, fragte Pitu und spürte, wie sein Herz schneller schlug. Er hoffte, die Antwort würde ihn nicht wütend machen. »Wie lange wusstest du schon von den Gellwicks in Nehrbor?«

Semje schnaufte unwillig. »Ein Weilchen vielleicht«, antwortete er, starrte dabei allerdings Fillgur an.

»Zwei bis drei Monde, würde ich sagen«, gab der zu und blickte zu Pitu herüber. »Ändert das etwas?«

»Ob das etwas ändert? Es *hätte* etwas ändern können.« Pitu sprang auf. »Die Verteidigung von Tyklahr hätte viel früher anlaufen müssen, der Angriff hätte vielleicht abgewehrt werden können, Menschen hätten überlebt, viele Menschen, und ich hätte nicht die Brücke ...«

Pitu stockte, als er an die Opfer dachte, die mit den Trümmern des Bauwerks in die Tiefe gestürzt waren.

»Dafür kann ich nichts, bei den Göttern der Himmelsschmiede!« Jetzt war auch Semje aufgesprungen, seine Stimme dröhnte durch den Raum, alle um sie her verstummten. »Königin Tulipa wollte nicht auf mich hören. Selbst als dieser Magister aus Gelder hinzukam, beharrte sie darauf, dass das alles nur ein Problem der Elben wäre. ›Tykalden steht im Frieden mit allen Völkern‹«, äffte er die Worte der Königin mit künstlicher Stimme nach. »›Tyklahr braucht keine Mauern. Tyklahr hat nichts zu fürchten. Wir haben ja unsere Türme‹.« Er spie auf den Boden. »Scheiß auf ihre Türme. Als ob der Abtrünnige sich davon abhalten ließe.«

»Dann wird Tyklahr also fallen?«, fragte Orthos.

Pitu erschrak ob dieser Gefahr. Seine Knie gaben nach, er sackte zurück auf den Stuhl. Das durfte nicht sein. »Aber es sind große Türme«, flüsterte er. »Sie werden hilfreich sein, nicht?« Er dachte an Kessja, an Wanda und Lysa. »Wir haben doch die Brücken zerstört.«

»Ihr habt die Brücken zerstört?«, schaltete Fillgur sich ein. »Das immerhin verschafft Tulipa Zeit, denke ich.«

»Und uns ein Problem!«

Pitu schaute von Fillgur zu Semje. Was für ein Problem?

»Alles schon in Arbeit«, entgegnete Eisenfaust, und Pitus Kopf ruckte zurück. Ein bitteres Lächeln umspielte Fillgurs Züge. Was meinte er damit?

»Dann hat unser Stammesvater also doch die Zackenberge besetzen lassen? Das ist mal eine gute Nachricht.« Semje atmete erleichtert auf, doch Fillgur schüttelte den Kopf.

»Du hast mich falsch verstanden. Willgert besetzt die Zackenberge nicht. Er lässt die Furt sprengen!«

Mit einem lauten Knall schlug Semjes Faust auf den Tisch und brachte Geschirr und Humpen zum Wackeln. »Das kann doch nicht wahr sein. Das wird die Gellwicks nicht abhalten. Jetzt, wo die Horden des Kreh nicht mehr nach Tyklahr kommen, müssen sie sich nicht einmal aufteilen. Und sie wissen von unserem Felsenflüsterer hier!«

»Pst«, warnte Schimmi und zog Semje zurück auf den Stuhl. »So gespannt ich auf Einzelheiten bin, du solltest sie leiser verkünden.«

Orthos stand auf und wandte sich in den Raum. »Hier gibt es nichts zu sehen!«, donnerte seine tiefe Bassstimme. »Oder hat etwa jemand eine Frage an mich?« Er stemmte die Fäuste in die Seiten, und sein Blick ließ keinen Zweifel darüber, was mit denen geschähe, die sich zu Wort meldeten.

Pitu sah, wie sich an den anderen Tischen alle schleunigst ihren eigenen Gesprächspartnern zuwandten. Als das Stimmengewirr an den Nachbartischen wieder lauter wurde, begann Semje zu erzählen.

Er berichtete von seinen Unterredungen mit der Königin, von den runenbesetzten Armreifen und den Scheltar. Pitu hörte schweigend zu, ignorierte Fillgurs und Orthos' ungläubige Blicke ob der Tatsache, dass er einer der Elementemagier sein sollte. Immerhin nickte Schimmi ihm anerkennend zu.

Fillgur bestellte weitere Humpen Zwergenbier, die Brynnbett an den Tisch brachte. Inzwischen waren die vier Zwergenfreunde so in ihre Gespräche vertieft, dass sie der Wirtin nicht einmal mehr nachblickten. Neue Nachrichten mischten sich mit Erinnerungen, und in ihren Betrachtungen über Nehrbor, die Zackenberge und Fullbor stolperten sie immer wieder über dasselbe Thema: die Elben – oder Langohren, wie sie sie nannten. Sie waren es, deretwegen der Kreh überhaupt zum Kreh geworden war, meinte Fillgur. Sie waren es, die alle anderen immer nur benutzten, um ihre eigenen unseligen Ziele zu erreichen, klagte Semje. Sie waren es, denen die Zerstörung von Nehrbor zu verdanken war, schimpfte Orthos.

Pitu hielt es nicht mehr aus und schlug mit den Fäusten auf den Tisch. »Ihr solltet euch mal hören. Man könnte meinen, die Elben wären für alles Unglück dieser Welt verantwortlich.«

»Sind sie doch auch!«, grollte Semje.

»Ach so? Haben sie denn die Gellwicks erschaffen und die Horden zum Morden und Plündern losgelassen?« Am liebsten hätte Pitu dem Rotbart eins über seinen Dickschädel gegeben.

»Ohne sie wäre Nehrbor damals ...«, begann Semje.

»Ach, hör doch auf«, schnitt Pitu ihm das Wort ab. »Wie viele Dekaden ist das her? Ihr solltet euch lieber um das Hier und Jetzt kümmern. Wer hat denn Fullbor besetzt und missbraucht eure tiefen Schmieden für diese unseligen schwarzen Runen? Wessen Horde hält Nehrbor besetzt? Wer ist es denn, der nicht einmal davor zurückschreckt, die Magie der Seelen als Quelle seiner Macht zu benutzen?« Pitu starrte in die Zwergengesichter, die ihm eine Antwort schuldig blieben. »Dieser verdammte Kreh ist es. Und das wisst ihr auch. Wenn er nicht aufgehalten wird, könnt ihr schon einmal anfangen, euch einzumauern. Oder glaubt ihr ernsthaft, er wird aufhören, wenn er die Elben vernichtet hat?« Er schluckte. »Ich habe seine Opfer gesehen. Verstümmelt, verbrannt und wie Unrat zu Haufen aufgetürmt. Ich sah, was seine schwarze Magie aus Menschen macht. Wie sie sogar Magister in die Knie zwingt.«

Erinnerungen stürmten auf ihn ein und trieben ihm eisige Schauer über den Rücken. Der Gedanke, wie die Welt schon bald aussehen könnte, jagte ihm Angst ein. »Er strebt nach absoluter Macht. Und ich glaube nicht, dass er vor der Welt der Zwerge haltmachen wird.«

Pitu lehnte sich in seinem Stuhl zurück. Er fühlte sich plötzlich ausgelaugt und matt. Beinahe sehnte er sich nach Gelder zurück, wo er einfach nur ein Straßendieb gewesen war. Wo es nur darum gegangen war, zu essen, zu trinken und seine eigene Haut zu retten. Es war kein reiches Leben gewesen, aber er hatte sich auch um nichts kümmern müssen außer um sich selbst.

Und jetzt? Die Verantwortung, die auf ihm lastete, wurde von Tag zu Tag größer. Vom Dieb zum Freund, zum Beschützer, zum Hüter und zum Scheltar! Konnte überhaupt jemand dem gewachsen sein? Plötzlich gab es so viele Menschen, Urda, Zwerge, die auf ihn vertrauten, die seine Hilfe brauchten. Menschen, die ihn womöglich schätzten oder sogar gern hatten. Er holte tief Luft, als er an diejenigen dachte, die ihm etwas bedeuteten. An Fludo, Malin, Wanda und Lysa. An die beiden Scheltar und vor allem an Kessja. Für sie alle würde er weitermachen, sich nicht unterkriegen lassen, denn – das erkannte er in diesem Moment auch – sein Leben war durch sie reicher geworden. Es hatte einen Sinn bekommen, der über Essen, Trinken und Schlafen hinausging. Eine Ahnung von Glück bahnte sich zaghaft einen Weg zu seinem Herzen und ließ die Angst und das Unbehagen weichen. Wie einfach es doch sein konnte: Fühl dich angenommen, blicke auf die, die du liebst, und alles wird möglich!

Er schaute in die Runde seiner Begleiter, die nur stumm auf ihre Humpen starrten. Ob sie verstanden hatten? Er erhob sich. »Ich verstehe, dass die Rückeroberung von Fullbor für euch wichtig ist, und ich werde euch helfen, so gut ich kann. Aber es ist sicher nicht das Letzte, was getan werden muss. Zumindest nicht für mich!« Ohne Antworten abzuwarten, verließ er den Gastraum. Vielleicht würden die vier ja alleine zur Besinnung kommen. Und wenn nicht, musste es eben ohne sie gehen.

Als er die Tür nach draußen öffnete, hielt Brynnbett ihn auf. »Ist es wirklich so schlimm?« Ihre kupferbraunen Augen blickten ihn sorgenvoll an. »Entschuldige, ich konnte nicht anders als zuzuhören.«

Er seufzte. »Ich fürchte, es ist noch viel schlimmer.«

Eine Träne lief über ihre Wange, doch sie wischte sie hastig ab. Was für Bilder hatte sie im Kopf, die sie so bewegten? Pitu hob tröstend eine Hand, zog sie aber zurück, als Brynnbett gefasst den Kopf schüttelte. »Ich weiß nicht, ob Semje und die anderen auf dich hören können. Erst die zwei Kriege und dann noch der Große Krieg – sie haben viel verloren, musst du wissen. Wir alle haben viel verloren.«

Pitu wusste nicht viel über die Kriege. Natürlich gab es Geschichten und Lieder, die von Geschichtenerzählern und Barden auf Marktplätzen dargeboten wurden. Aber wer wusste schon, wie viel davon Wahrheit oder Dichtung war? Schließlich erhofften sie sich Kupfer- oder sogar Silberlinge für ihren Vortrag. Außerdem hatte Pitu nie das Gefühl gehabt, dass es für ihn wichtig wäre. Das alles lag so weit zurück. Der Gedanke, dass Semje und die anderen dort gewesen waren, dass sie das wirklich erlebt hatten, flößte ihm

Respekt ein. Natürlich hatte er davon gehört, dass Zwerge viel länger lebten als Menschen. Doch erst jetzt wurde ihm klar, was das bedeutete. Unzählige Erlebnisse – gute wie schreckliche. Aus beiden erwuchsen erkenntnisreiche Erfahrungen, das wusste er. *Unschätzbare Erinnerungen verbergen sich in den Dekaden des Alters. Man sollte sie mehr schätzen.*

»Ich mag mir kaum vorstellen, was es bedeutet, die Kriege miterlebt zu haben – aber ...«, er überlegte sich sorgfältig seine Worte, ehe er weitersprach, »schon bald werden alle Völker es wieder zu spüren bekommen. Und diesmal wird es schlimmer und endgültiger! Wenn wir das aufhalten wollen – wenn wir den Kreh aufhalten wollen, müssen alle zusammenstehen. Alle Völker, Seite an Seite.«

»Das hat schon einmal nicht geklappt«, gab Brynnbett zurück. Es war kein Widerwille von ihr, das verstand Pitu. Es war einfach nur eine nüchterne Feststellung.

»Und wenn es hundertmal nicht geklappt hat. Wir müssen es zumindest versuchen.«

»Du willst, dass wir Seite an Seite mit den Elben kämpfen?«

Pitu hörte den Abscheu in ihrer Stimme. »Mit den Elben und den Menschen, ja!«

Sie schüttelte den Kopf. »Ich kann mir das kaum vorstellen.«

»Kaum bedeutet aber, dass du versuchst, es dir vorzustellen, nicht? Das ist doch schon mal eine Hoffnung wert.«

»Zusammen ist man stärker als allein, das ist nichts Neues«, antwortete sie, doch ihre Stimme klang rau und ihr Blick blieb skeptisch. »Aber der Dorn der Erinnerung steckt tief in unserem Fleisch. Wenn du die Zwerge an deiner Seite haben willst, musst du mit dem Stammesvater sprechen, Willgert dem Bedachten in Abrinor. Er ist es, den du überzeugen musst.«

Pitu nickte. Die Aufgaben wuchsen mit den Herausforderungen. Aber er war jetzt schließlich einer der Scheltar! Das musste reichen.

»Und noch eins ...«, setzte Brynnbett hinzu. »Lass deinen Begleitern etwas Zeit. Deine Rede war gut, aber kein Zwergenmann ändert gern seine Meinung. Die Worte werden in ihren

Köpfen arbeiten, da kannst du gewiss sein. Besser aber, du dringst nicht weiter in sie ein.«

Sie nickte ihm noch einmal zu und ließ ihn dann stehen. Pitu blickte ihr nach, sah sie mit ausladendem Hüftschwung zwischen den Tischen hindurchgleiten. Hier und dort gab sie Besuchern einen Klaps oder räumte leere Humpen ab. Eine kluge Frau. Er konnte verstehen, warum Semje sie mochte.

Eine Zeit lang hatte er dem Be- und Entladen der unterschiedlichen Loren zugesehen, hatte Handwerkern über die Schulter geschaut und darauf gewartet, dass Semje und seine Freunde endlich aus dem Gasthaus kämen. Als er gerade wieder zurückgehen wollte, weil ihm die Zeit des Wartens lang wurde, kam Schimmi auf ihn zu.

»Wie gut, dass ich dich finde.«

»Wo sind die anderen? Immer noch im Gasthaus?«

»Ich habe sie mit Brynnbett in ihre Kammern verfrachtet. Orthos und Fillgur konnten kaum noch stehen. Die letzten zehn Humpen müssen schlecht gewesen sein.« Er zwinkerte.

»Und Semje?«

»Ach was, du sagst Semje zu ihm? Das darf sonst nur Brynnbett.« Schimmi nickte anerkennend.

Pitu würde ihm nicht erzählen, dass der Rotbart sich ihm von Anfang an so vorgestellt hatte. In diesem Moment interessierte ihn auch nicht, warum der Zwerg überhaupt diesen Spitznamen trug. »Und wo ist er nun? Hat er auch zu viel getrunken?«

Schimmi schüttelte den Kopf. »Nicht ganz so viel wie die anderen. Aber Brynnbett macht gleich zu und hat ihn noch auf einen Schlaftrunk eingeladen.« Er machte eine vielsagende Miene und kniff dabei ein Auge zu. »Sie haben sich wahrscheinlich viel zu erzählen. Na ja, du weißt schon. Was Zwergenmann mit Zwergenfrau eben so machen, wenn sie sich lange nicht gesehen haben.« Er grinste.

Wenn Pitu an seinen Zwergenfreund dachte, wollte er lieber nicht wissen, was die beiden machten. »Woher kennen sie sich eigentlich?«, wechselte Pitu das Thema.

Das Grinsen verschwand aus Schimmis Gesicht. »Aus Eskrinor. Aber das solltest du ihn lieber selbst fragen.« Der blonde Zwerg hieb ihm auf die Schulter. »Komm jetzt. Wir zwei teilen uns eine Kammer. Morgen in aller Frühe geht es weiter.«

Heute, morgen – Pitu hatte hier unter der Erde keine Vorstellung von den Tages- oder Nachtzeiten. Immerhin hatte Schimmi ihm erklärt, dass er nur auf das Licht zu achten brauchte. Die Kristalle leuchteten am Abend nämlich weniger hell und verwandelten sich von einem strahlenden Weiß in ein warmes Orange. Beinahe wie ein beginnender Sonnenuntergang, dachte Pitu, als er es jetzt bemerkte. Mehr passierte allerdings nicht. Wie schon in den letzten Hallen, in denen sie genächtigt hatten, blieb es hell. Nicht, dass er es stockfinster gebraucht hätte, aber ihm fehlten der kühle Mondschein und das Glitzern der Sterne bei klarem Himmel. Für ein Leben unter dem Berg war er wahrlich nicht geschaffen.

Nach einer ruhigen Nacht – Schimmron hatte nicht einmal halb so laut geschnarcht wie Semje – fühlte Pitu sich ausgeschlafen und erholt. Das Frühstück war üppig. Gerührte Eier, gebratener Speck, Wurst, Käse und einige Früchte und Knollen, die Pitu nicht kannte, die ihm aber überraschend gut schmeckten. Es wurde gescherzt und gelacht. Keiner der Zwerge kam auf das Thema vom Abend zu sprechen. Es schien, als wäre es einfach aus ihrem Gedächtnis gestrichen, als hätte Pitu seine Worte nur geträumt und nicht ausgesprochen. Ihm war es egal, er würde sich an den Rat von Brynnbett halten und es von sich aus nicht ansprechen. Während ihrer Reise würde es sowieso keine Rolle spielen. Immerhin wollten Fillgur, Orthos und Schimmron mit nach Abrinor kommen. Die Befreiung Fullbors dürften sie um keinen Preis der Welt verpassen und ihre Waffen hätten schon viel zu lange kein Blut mehr gekostet.

Wenig später erklomm Pitu erneut eines dieser Fernzahnkonstrukte. Doch diesmal brauchten sie sich nicht selbst um Öl und Hebel zu kümmern. Es gab Arbeiter, die das machten.

Sie hatten also ausreichend Zeit, die Sprossen hochzusteigen und in die Lore zu klettern. Das allerdings erwies sich als schwieriger als erwartet. Denn das eiserne Gefährt, das hier auf sie wartete, war um einiges schmaler als die bisherigen. Sie mussten hintereinander sitzen.

»Der Gebirgsschild besteht hier aus härtestem Granit. Es kostete Jahrhunderte, überhaupt einen Tunnel hindurchzutreiben«, erklärte Semje, der sich bestens gelaunt hinten in die Gondel zwängte. Pitu war als Nächster an der Reihe und sprang beherzt über die Lorenwand. Nach ihm stieg Orthos ein, dann Schimmi.

Der vordere Platz wartete auf Fillgur, der sich mühsam über die Kante stemmte. »Macht doch Platz«, schimpfte der Graubart, »wie soll ein ausgewachsener Zwerg da reinpassen?«

Orthos rutschte zurück, Pitu tat es ihm gleich. Hinter sich spürte er Semjes dicken Bauch.

»Ich hab es befürchtet«, raunte der.

Pitu hörte Fillgur keuchen.

»Weiter geht nicht«, mahnte Schimmron.

»Vorsicht«, ächzte Fillgur. Im selben Moment schnellte Orthos' Rücken nach hinten, sein Schulterblatt prallte Pitu ins Gesicht und schob ihn ruckartig in Semjes Bauch.

»Uff!«

»Ah!«

»Nein!«

Fillgur hatte sich fallen lassen, kein Zweifel. Pitus Nase schmerzte, er wollte hinfassen, prüfen, ob sie gebrochen war, bekam aber die Arme nicht hoch. Zu fest verkeilt saß er zwischen Semje und Orthos. Na wunderbar. Das konnte ja eine tolle Fahrt werden. Und durch das breite Kreuz vor sich könnte er nicht mal sehen, wo es hinging.

»Was habe ich gesagt.« Fillgurs raue Stimme. »Passt.«

»Nur, dass wir nie wieder hier rauskommen«, grollte Orthos.

»Warum so skeptisch?« Pitu konnte sich einen Kommentar nicht verkneifen. »Wenn wir nur lange genug hungern, sollte das klappen.«

Semje lachte, sodass sich die Tasche auf Pitus Rücken mit dem Bauch des Rotbarts auf- und abbewegte. »Ich muss jedenfalls nicht hungern. Mir hängt eine Tasche im Gesicht, aus der es appetitlich nach Obst und Käse duftet.«

»Mach dir keine Hoffnung, das ist nur noch der Geruch. Das Einzige, was du da drin findest, sind zwei Wasserschläuche.«

»Sumpfvolk, verwässertes. Keine Ahnung davon, was wirklich wichtig ist«, grummelte Semje.

»Vorsicht!«, rief Fillgur dazwischen und hinderte Pitu an einer Antwort. »Es geht los.«

Ein lautes Klacken, ein Quietschen, dann rasten sie auch schon in die Tiefe.

»Jaaaaaaaaa!«

»Schneller!«

Fillgur und Schimmi hatten offensichtlich Spaß an dem irrwitzigen Tempo, mit dem die Lore über die Schienen flog. Pitus Herz raste vor Aufregung und ließ ihn den Schmerz in der Nase vergessen. Den Druck in seinen Ohren schluckte er wieder weg. Wie leicht das doch war. Er genoss das Kitzeln im Bauch, den Fahrtwind in den Haaren und die kalte Luft. Pitu sah die Tunnelwände wie flackernde Schemen vorbeifliegen. Atharpazh sei Dank für die Leuchtkristalle der Berge. Eine Kurve ließ seinen Kopf herumrucken, noch eine Kurve, aufwärts und dann wieder abwärts. Fast wie im freien Fall.

»Jaaaaaaaaaaaaa!« Jetzt schrie Pitu auch.

Zwischen den Zwergen festzustecken, war doch nicht so übel. Er brauchte sich nicht verkrampft festzuhalten und der Bauch seines Freundes federte jeden Stoß der Gleisverbindungen ab. Beinahe tat der Rotbart ihm leid, denn immer, wenn Orthos Gewicht Pitu nach hinten drückte, stöhnte er laut auf.

Wie lange ihre Fahrt dauerte, konnte Pitu nicht sagen. Ehe es ihm zu lang wurde, ließ das Tempo auch schon nach. Sie erreichten die nächste Schwungstation, wie Semje es nannte.

Als es ans Aussteigen ging, wartete Pitu einfach ab. Fillgur mühte sich, stöhnte, ächzte und schaffte es doch nicht, sich aus der Lore zu zwängen. Semje probierte es etwas halbherzig, wie Pitu fand, und gab dann auf. Schließlich war es Orthos, der sich mit seiner ungeheuren Kraft auf die Beine stemmte und es sogar schaffte, Schimmi aus der Lore zu heben. Was für eine unglaubliche Energie dieser Zwerg hatte. Wie war noch Orthos' Zweitname? Blutrausch? Pitu wollte sich lieber nicht ausmalen, was das bedeutete.

Das Schwungrad war wieder so eine erstaunliche Zwergenkonstruktion. Es glich dem Schaufelrad einer Wassermühle, nur dass es an einer Seite steinerne Gewichte trug und statt der Schaufeln eiserne Zähne hatte. Sie griffen in ein passendes Gegenstück, mit dem fassähnliche Trommeln verbunden waren, über die sich schwere Ketten spannten. Vier Zwerge konnten gleichzeitig in das Innere des Schwungrads steigen, auf Sprossen klettern und das Rad durch ihr eigenes Gewicht antreiben. Der Lärm, den das Knarzen und Rasseln verursachte, war gewaltig. Doch Pitu beobachtete fasziniert, wie ihre Lore durch diese Konstruktion in einem Schacht nach oben gezogen wurde. Gleichzeitig glitt in einem weiteren Schacht ein großer Felsquader hinauf.

»Es mag anstrengend aussehen«, rief Schimmron ihm zu, »aber wenn es einmal in Gang gesetzt ist, bringt es sogar Spaß!«

Pitu war froh, dass er nur zuzuschauen brauchte.

»Du bist zu leicht. Für Schwungräder braucht es ganze Männer«, hatte Semje gemeint und war mit leuchtenden Augen in das Rad geklettert.

Sollten sie sich nur abmühen. Pitu hatte derweil Zeit, die Kunst der Zwerge zu begreifen. Er hatte noch nicht verstanden, wozu der Felsquader gut war. Doch als aus demselben Schacht einige Zeit später ein eiserner Korb hinabglitt, ahnte er, was es damit auf sich haben könnte. Er besah sich das Kettenwerk noch einmal und entdeckte eine lange Stange, die in einer Hebelkonstruktion endete – unmittelbar neben dem Korb.

Pitu trat näher heran. Was würde passieren, wenn er ihn nach unten drückte?

Atharu

19

Atharu hielt den Atem an. Er wusste, was der Magister sagen würde. Lieburus lehnte sich im Stuhl zurück und legte seine Fingerspitzen aneinander. »Die Truhe der Mydrah, ehrenwerte Fürstin. Die Truhe der Mydrah.«

Die Zeit schien stillzustehen, während die Reaktion der Fürstin sich ähnlich langsam aus der Schale ihrer Fassade schälte wie das Harz blutender Bäume. Das Leuchten ihres Rings drang durch die Finger der linken Hand, die noch immer auf der rechten ruhte. Mehlen-Ellanjah sah den Magister an. »Ich kann Euch nichts über die Lade der Mydrah sagen. Doch ich kenne die Überlieferung, die in der Welt der Menschen erzählt wird, oder sollte ich besser sagen: wurde?«

Atharu fiel auf, dass die Fürstin den Begriff »Lade« benutzte, nicht die Bezeichnung von Lieburus übernahm. Zufall?

»Schon seit langer Zeit wurde nicht mehr über das mögliche oder unmögliche Erbe unserer Urmutter Mydrahsola-Ellmahturh gesprochen. Beinahe hielt ich es für möglich, dass die Sage in eurer Welt verklungen ist.« Sie seufzte und wandte sich dem Magister zu. »Ich nehme an, es steht in einem Eurer Bücher?«

»Die Schriften von Ondara, ehrwürdige Fürstin«, entgegnete Lieburus. »Magister Quendus hat mir eines ihrer seltenen Exemplare hinterlassen. Er hatte die Ehre, sie selbst zu kennen.«

Atharu staunte immer wieder, welchen Einfluss seine Urmutter hatte und wie bekannt sie jenseits von Tangris war.

Ein Lächeln umspielte die Lippen der Fürstin. »Nun, wenn die Geschichte über das Erbe der Ellmahturh noch in den Köpfen der Menschen ist, könnte sie wahrlich eine neue Gier in dem Abtrünnigen entfachen. Eine Gier, die ihn womöglich straucheln lässt.«

»Zumindest, wenn sie wirklich in ihm entfacht wird«, meldete Pelldor sich zu Wort. »Vergebt mir, Fürstin, aber dazu reicht kaum das Aufflackern einer vergessen geglaubten Sage. Es bräuchte mehr als das. Etwas, das wir Teehl zeigen könnten, damit sein finsterer Herr es in seinen Gedanken lesen kann.«

Die Lade der Mydrah, dachte Atharu. Selbst wenn es sie geben sollte, dürfte man das niemandem offenbaren. »Allerdings haben wir keine goldene Truhe zur Hand. Oder Lade, wie Ihr es nennt.« Er warf Mehlen-Ellanjah einen kurzen Blick zu, doch sie reagierte nicht auf seine Anspielung. »Und was wir nicht haben, können wir dem Ältesten nicht zeigen.«

»Dann bauen wir eben eine. Das sollte doch möglich sein.« Pelldor blickte in die Runde.

»Selbst wenn, können wir das nicht machen. Dem Ältesten den wertvollsten Schatz der Welt einfach so vor die Nase halten?« Selana schüttelte den Kopf. »Teehl ist widerlich, aber nicht dumm. Und selbst wenn *er* die Truhe für echt hielte, würde es sicher den Argwohn des Abtrünnigen wecken.«

»Das ist wahr gesprochen!« Die Fürstin nickte wohlwollend. »Nur was gut verborgen ist, könnte ihm wertvoll genug erscheinen, um danach zu suchen!«

»Aber irgendetwas müssen wir diesem Teehl doch zeigen?« Pelldors Hände hieben ungeduldig auf den Tisch. »Er braucht etwas, damit er wirklich daran glaubt.«

»Aber ja, aber ja, mein Freund«, schaltete Lieburus sich ein. »Das stimmt. Etwas sehen, ohne etwas zu erkennen. Ein altes Zeugnis der Elbenwelt vielleicht. Eine wunderbare Idee!«

Pelldor schaute den Magister mit großen Augen an und nickte zögerlich.

Atharu war sich sicher, dass der Hauptmann keinen Schimmer hatte, für welch grandiose Idee er gerade gelobt wurde, und spann den Gedanken für ihn weiter. »Aber ja, Pelldor hat recht. Ein altes Bild oder eine alte Schrift könnte helfen.« Er lächelte seinem Freund zu, der leise stöhnte.

»Pergamente und Kunst, was wäre besser geeignet?« Lieburus rutschte aufgeregt auf dem Stuhl hin und her. »Ein Bild, oder besser noch eine Keramik, nicht wahr? Ja, eine Keramik! Wer würde daran zweifeln? Dazu noch ein Schriftstück und ein paar geflüsterte Worte, die der Älteste wie zufällig aufschnappt. Er muss von selbst darauf kommen, ja das muss er. Was für wunderbar geheime Pläne, die wir hier spinnen. Ich bin überzeugt, dass wir Teehl damit in die Falle locken, ja, das bin ich.« Lieburus rieb sich die Hände.

»Du bist genial!« Atharu klopfte Pelldor auf die Schulter.

»So, bin ich das?« Etwas lauter fragte er: »Und woher bekommen wir eine Keramik, die echt genug aussieht?«

»Das, werter Hauptmann, überlass getrost meinen Brüdern und Schwestern«, schaltete sich die Fürstin ein. »Die Magie der Künste in Erellgorh ist unvergleichlich.«

»Dann ist das abgemacht«, zurrte Lieburus das Ergebnis fest. »Eine Keramik, eine kleine Schrift, und der alte Teehl wird uns dienen, ohne es zu ahnen. Darauf einen Tee und ein paar Kekse, meint ihr nicht auch?«

Nach der Unterredung mit der Fürstin machten Atharu und Selana sich auf den Weg, um in einer Arena der Mächte die Verbindung ihrer Magie zu üben. Die Fertigstellung der Keramik konnte bis in die Abendstunden dauern, trotz der magischen Möglichkeiten der Elbenkünstler. Und die beiden waren entschlossen, die Zeit bis dahin gut zu nutzen.

Auf den Straßen von Erellgorh herrschte eine erwartungsvolle Ruhe. Außer leisem Vogelgesang war es nahezu still.

Nur hin und wieder trafen sie auf Elben, die zu zweit oder dritt zusammenstanden und sofort verstummten, wenn sie die Scheltar kommen sahen. Mit dem blutigen Banner, das seine drohenden Klauen immer weiter ausstreckte, wurden sicher quälende Erlebnisse wach. Die Leben der Elben währten so unvorstellbar lang, dass bestimmt jeder in den letzten Kriegen Verluste zu beklagen hatte. Wahrscheinlich weckte der Anblick von Menschen mehr Erinnerungen, als ihnen lieb war. Insbesondere, nachdem der Zwischenfall mit Teehl geschehen war und die Fürstin sich jüngst hinter ihrer Garde abschottete. Er seufzte. Es war kaum zu ermessen, wie heikel die Situation für Mehlen-Ellanjah war.

Atharu sah zu seiner Schwester hinüber. Sie hatte sich bei der Audienz wieder so stark und selbstbewusst gezeigt. Er hätte sich niemals so gut unter Kontrolle wie sie. Doch zumindest hatte er das Gefühl, die Fürstin hätte ihm heute mehr Wertschätzung entgegengebracht als sonst. Immerhin waren sich am Schluss alle darüber einig, dass die Keramik mit dem Abbild der Truhe so platziert werden sollte, dass der Älteste sie sehen musste. Und auf dem Pergament, das sie ihm unabhängig davon in die Hände spielen würden, sollte ein zusätzlicher Hinweis auf den Hort der sagenumwobenen Lade stehen. Die Täuschung hatte Aussicht auf Erfolg, da war Atharu sicher. Auch wenn sie jetzt noch länger warten mussten, um den nächsten Schritt zu tun.

Nur noch eines bereitete Atharu Kopfzerbrechen: die Rolle, die Nannlohr-Bennzhardizh bei all dem spielen würde. Ehe sie auseinandergegangen waren, hatte Selana der Fürstin von ihren Beobachtungen berichtet und dargelegt, welche Beweggründe der Nebelmacher aus ihrer Sicht haben mochte, Teehl womöglich in seinen Bestrebungen zu unterstützen.

Erstaunlicherweise hatte Mehlen-Ellanjah ihr zugehört, ohne ihren Verdacht zu zerstreuen. Sie wollte zwar nicht mit Bestimmtheit bestätigen, dass der Bruder des Nebelmachers der Vater von Selana und Atharu sei, doch sie erinnerte sich daran, dass Nannlohr-Bennzhardizh den Leichnam an den

Ufern des Nebelsees von Teehl empfangen hatte. Hierauf begründete sich das Vertrauen, das dem Ältesten der Tangora entgegengebracht wurde. Was hatte die Fürstin gesagt? »Dankbarkeit ist ein tiefgreifendes Gefühl, das sowohl leiten als auch verleiten kann.« Doch gleich im nächsten Atemzug hatte sie ihnen abverlangt, nichts gegen Freund Benn zu unternehmen. Nun denn – sie müssten auf die Intuition der Elbenfürstin vertrauen.

»Meinst du, es war eine gute Idee?« Selana riss ihn aus seinen Gedanken.

»Bitte? Dass wir der Fürstin von Bennzhardizh erzählt haben?«

Seine Schwester gab ihm einen Klaps. »Nein, das meinte ich nicht. Aber gut zu wissen, wo du gerade bist.«

»Was meinst du dann?«

»Dass Ihlinn uns geraten hat, die Zeit für Magieübungen zu nutzen. In wenigen Augenblicken stehen wir in einer Arena der Mächte. Und dann?«

»Dann versuchen wir uns an den Übungen, die wir kennen.«

Selana atmete geräuschvoll aus. »Das überzeugt mich nicht. Ohne Gehlen ist es nicht dasselbe. Ich glaube nicht, dass ich ohne ihn etwas dazulernen kann.«

»Das ist es also.« Atharu verstand sie nur zu gut. Der Gedanke, ohne Jehlen in einer Arena der Mächte zu stehen, gefiel ihm auch nicht. Doch sie mussten sich dem stellen. Er wusste, *sein* Mentor hätte es für gut befunden. Und Gehlen schätzte er ähnlich ein. »Du solltest dir keine Vorwürfe machen, dass du ihn nicht zurückhalten konntest. Er weiß, was er tut. Und mich beruhigt der Gedanke, dass Brandan nicht allein auf sich gestellt ist. Wenn ich es richtig verstanden habe, kennt Gehlen sich in Crem aus. Das wird ihnen sicher helfen.« Zumindest hoffte Atharu das. »Oder meinst du deine Ausbildung? Ich denke, du brauchst keinen Lehrer mehr.«

Selana schluckte. »Wenn es nur das wäre.«

»Was denn sonst? Der Kampf gegen den Kreh rückt immer näher. Du trägst bereits den Schlüssel zum Grehum, und wir sollten uns so gut wie möglich vorbereiten. Die verbundenen

Elemente, wie es in der Prophezeiung geweissagt ist. Darauf kommt es an.« Er wusste nicht, was ihr im Kopf herumspukte, doch sie musste sich auf ihre Aufgabe konzentrieren. »Wir haben noch nie zusammen gekämpft und wir wissen zu wenig über das Element des jeweils anderen. Wenn wir dem Kreh gegenüberstehen, braucht es das Zusammenwirken unserer Magie, denkst du nicht? Vielleicht so wie damals auf der Elbenbarke.« Atharu erinnerte sich daran, wie Selanas Zauber einen Tunnel in den Nebel gebahnt hatte, in dem sein Feuerball bis über die Wolken hinaufgeflogen war. Zumindest, bis der Nebeltunnel unvermittelt eingestürzt war.

Plötzlich lenkte ein Klirren von Metall seine Aufmerksamkeit auf die hölzernen Bauten, an denen sie vorbeigingen. Das Geräusch hallte von den Wänden wider. Doch es war nicht der Klang, den Atharu von den letzten Besuchen mit Jehlen in Erinnerung hatte. Damals hatte er die goldgerüsteten Elbenkrieger nur wenige Schritte weiter bei ihren Kampfübungen beobachtet. Ihre Klingen waren so spielerisch durch die Luft gewirbelt und aufeinandergeprallt. Diesen Anblick, das Geräusch des Metalls, das laut und kalt durch seine Ohren gerauscht war, würde er so bald nicht vergessen.

Doch was er jetzt hörte, klang anders. Dieses Klirren war leiser, ein stetes Dröhnen lag darunter. Als marschierten unzählige Stiefel auf sie zu. Beherzt zog Atharu seine Schwester beiseite. Sie kamen näher!

Im nächsten Moment traten goldgerüstete Elbenkrieger auf die Straße. Ihre tiefblauen Umhänge schillerten im Licht der Sonne. Reihe um Reihe marschierten sie an ihnen vorbei, die Augen auf die Kameraden vor sich gerichtet. Geschmeidige Krieger im trommelnden Gleichtakt ihrer Schritte.

»Die Fürstin lässt aufmarschieren?«, hörte er Selana sagen. »Heute schon?«

Ja, Mehlen-Ellanjah hatte eingewilligt, das Portal in Crem vorerst nicht zu zerstören. Sie hatte sich aber nicht davon abbringen lassen, es vor Ort zu sichern. Wenn seine Annahme richtig war, hatten sie gerade die Männer und Frauen gesehen, die diese Aufgabe übernehmen sollten.

»Ich nehme an, unsere Dienste werden doch noch heute gebraucht.« Er sah den letzten Kriegern nach. Seine Stimme klang ruhig, doch innerlich spürte er, wie eine prickelnde Aufregung von ihm Besitz ergriff. Eine Mischung aus Ungeduld, Stolz, Angst und vielleicht Übermut. Ihre Tage in Erellgorh wären bald vorbei, das stand fest.

»Komm!« Er legte seinen Arm um Selana und drängte sie weiter. »Dieser Nachmittag gehört noch uns beiden.«

Die Arena der Mächte lag mit ihren mannshohen Mauern still und schlicht vor ihnen. Eine Zeit lang überlegten sie, wie sie vorgehen sollten. Bis Selana begann, den ersten Leitsatz der Magie zu zitieren. Atharu antwortete spontan mit dem zweiten.

»Mein Atem ist der Anfang und das Ende meiner Kraft.«

»Hände und Füße, Finger und Zehen sind die Dirigenten meiner Macht.«

Abwechselnd benannten sie die Regeln, die sie gelernt hatten, und fanden schließlich in die konzentrierte Ruhe ihrer Ausbildung zurück.

»Hass oder Liebe können Antrieb meiner Magie sein.«

»Doch Hass, Wut oder Zorn können meine dunkle Seite wecken und ...« Atharu stockte, er musste an Tonda zurückdenken. »Und sie können das Gute in meinem Geist löschen.«

Selana strich sich das weiße Haar aus dem Gesicht, zeigte ihre Narben und schaute ihm fest in die Augen.

»Wasser erfrischt unsere Seele und füllt die Speicher unserer Magie.« Durch die Änderung der Formulierung von »meine« zu »unsere« zeigte sie ihm, dass alles für sie beide zutraf. Atharu war einmal mehr dankbar, nicht allein zu sein.

Als sie alle Regeln zusammengebracht hatten, war es wieder Selana, die wusste, wie sie weitermachen konnten. »Lass uns überlegen, welche Zauber wir beherrschen. In Ordnung?«

Atharu nickte. Ehe sie sich beim Probieren unzähliger Magiekombinationen verausgabten, war es sinnvoll, nachzudenken, was gut zusammenpassen könnte.

»Es sind gar nicht so viele unterschiedliche Dinge, die ich beherrsche«, begann Selana. »Luftwirbel waren das erste, was mir gelungen ist. Aber das sind nur kleine Zauber, die uns gegen den Kreh kaum helfen können. Eine Druckwelle vielleicht. Damit habe ich schon in Nehrbor einige Gellwicks durch die Luft katapultiert.«

Atharu war verblüfft, wie locker seine Schwester ihre Fähigkeiten aufzählte und gleichzeitig analysierte.

»Der Zauber auf der Barke war eine Art Druckwelle. Mit dem Unterschied, dass ich den Magiestrom aufrechterhalten habe. Das kostete mich aber zu viel Kraft, deswegen ...«, sie machte eine wegwerfende Geste, »... lassen wir das lieber. Dann eher eine Windhose. Wenn ich Gehlen richtig verstanden habe, einer der mächtigsten Zerstörungszauber. Ja, ich denke, den sollten wir uns merken.« Sie überlegte. »Und dann ist da noch mein magisches Netz.« Sie senkte den Blick. »Der Zauber, mit dem ich die Schatten besiegt habe.«

Atharu spürte, wie Selana gegen die Erinnerungen ankämpfte. Ihre Hand tastete nach den Narben. Der Verlust ihrer Unversehrtheit würde sie für immer daran erinnern.

»Vor allem hast du damit unzähligen Bewohnern Tyklahrs das Leben gerettet. Also ist das definitiv ein Zauber, den wir uns merken sollten!«

Sie müsste ihre Dämonen besiegen. Wenn jemand dazu in der Lage war, dann Selana. Um ihren schmerzenden Erinnerungen keinen Raum zu geben, begann er sofort mit der Aufzählung seiner eigenen Zauber: Feuerbälle, Signalschweife und Feuerlanzen. Mit Letzteren war sein persönlicher Dämon verknüpft. Die Gedanken an Jehlens Tod drängten an die Oberfläche, doch er ließ sie nicht zu, sondern verbannte sie in einen stillen Winkel seines Geistes. Er durfte auf all das nur von außen schauen, wenn er sich nicht blockieren wollte. Ganz nüchtern, mit dem Abstand eines Beobachters auf die Dinge blicken, die seine Magie zu tun imstande war.

»Feuerlanzen sind wie ein scharfes Schwert, das in jeden Leib fahren kann. Ein mächtiger und grausamer Zauber. Ich habe Dutzende davon aus meinen Händen geschleudert und Hunderte von Gellwicks damit niedergemäht.« Seine Stimme war rauer geworden, doch wenn Selana es bemerkt haben sollte, ließ sie sich nichts anmerken.

»Feuerlanzen merken wir uns also«, sagte sie nüchtern.

»Und meine Feuerwelle auch, denke ich. Es ist ein flächiger Zauber, der wie eine Flutwelle über die Gegner hinwegbrandet und sie in nur wenigen Augenblicken auslöscht. Es kostete mich sehr viel Kraft, sie zu wirken. Nur meine Wut hat es überhaupt möglich gemacht, denke ich ...« Er verstummte, als er an den vierten Lehrsatz der Magie dachte. Wut löscht das Gute in meinem Geist. Wie viel hatte er davon in Tonda schon verloren?

»Diesen Zauber brauchen wir nicht«, sagte Selana entschlossen. »Feuerbälle und Feuerlanzen sollten ausreichen. Oder fällt dir noch etwas anderes ein?«

Atharu schüttelte die düsteren Gedanken ab und konzentrierte sich auf die Lehrstunden bei Jehlen. Plötzlich fiel ihm tatsächlich noch was ein. »Gestaltmagie! Als meine Macht als Scheltar sich manifestierte, habe ich einen feurigen Drachtarh durch die Arena gleiten lassen.« Er spürte, wie ihn ein neues Gefühl durchströmte: Stolz. Der Zauber war ausgesprochen befriedigend, schön und erhaben gewesen. Er erinnerte sich noch genau, wie ergriffen sein Mentor ihn angesehen hatte. Jehlen hatte ihm erklärt, dass Gestaltmagie erschrecken, vertreiben und verletzen konnte, aber nicht töten.

»Einen Drachtarh?« Selana sah ihn erstaunt an. »Du hast einen Seelenwächter zum feurigen Leben erweckt? Weißt du denn, wie die aussehen? Ich dachte immer, dass es sie nur in Geschichten gibt. Für kalte Winterabende am Ofen.« Seine Schwester streckte ihre Arme zum Himmel und lachte. »Mein Bruder kann Seelenwächter zum Leben erwecken. Danke!« Sie schaute ihn an und grinste.

Machte sie sich darüber lustig?

Anscheinend erkannte Selana seine Verwirrung, sie fasste ihn bei den Schultern und sah ihm in die Augen. »Ich habe keine Ahnung, ob es Drachtarh wirklich gegeben hat. Aber wenn, dann war das Grehum ihre Heimat. Sie wären also definitiv auf unserer Seite. Ein gutes Omen, oder nicht?« Sie lächelte. »Und es gibt noch eine Fähigkeit, die du nicht aufgezählt hast und die für mich ebenfalls ein gutes Omen ist.«

»Und die wäre?«

»Du bist ein Heiler.«

»Wenn man so will«, gab er zögernd zu. »Fragt sich nur, wie erfolgreich.« Er dachte an Ondara und an Vater Prynn. Seine Fähigkeiten waren äußerst begrenzt, wie er fand.

»Stell dein Licht nicht unter den Scheffel. Lass uns lieber überlegen, welche Kombination sinnvoll sein könnte. Windhose und Feuerbälle? Oder magisches Netz und Feuerlanzen? Oder vielleicht Windhose und Gestaltmagie?«

Atharu dachte darüber nach. »Ich denke, dass dein Netz und meine Lanzen sich nicht verbinden lassen. Sie sind zu unterschiedlich und außerdem mächtig genug, um schon allein verheerende Auswirkungen zu haben.« Er versuchte, sich die Zauber bildlich vorzustellen. »Windhose und Feuerbälle könnten funktionieren. Womöglich erhöht deine Magie die Reichweite meiner Zauber. Die Feuerbälle könnten dann Ziele schon auf weite Entfernung erreichen.«

»Zumindest, wenn wir sie von dort aus erkennen.«

»Lehrsatz sieben«, gab Atharu zu. »Du hast recht. Das wäre schwierig umzusetzen.«

»Vielleicht füttert meine Windhose aber auch die Feuerbälle und sie werden zu riesigen Feuerkugeln.« Selanas Augen leuchteten. »Riesige Feuerkugeln, die auf den Kreh zurollen. Das könnte Eindruck machen.«

»Dann lass es uns versuchen.« Atharu gefiel der Gedanke. »Der Nachmittag ist bald vorbei. Es wird Zeit, etwas zu probieren.« Voller Elan sprang er in die Mitte der Arena und drehte sich mit ausgebreiteten Armen. »Komm schon! Du fängst an. Wenn sich deine Windhose aus dem Staub erhebt, feuere ich meine Feuerbälle hinein.«

Selana war mit wenigen Schritten bei ihm. Ihre Augen leuchteten. Er sah ihr an, dass auch sie begierig darauf war, ihre Magie einzusetzen.

»Aber nur, weil du es bist.« Sie zwinkerte ihm zu.

Ein paarmal holte sie tief Luft, bevor sie ruckartig ihre Arme zu Boden streckte und ihre Finger spreizte. Ein leichtes Flimmern, mehr sah Atharu anfangs nicht. Doch plötzlich wirbelten Sandkörner über den Boden. Selana stampfte auf, die Wirbel verbanden sich zu rotierenden Säulen aus Sand und Staub. Ein Strahlen glitt über ihr Gesicht, und im selben Moment begann sie, sich in einem tänzerischen Rhythmus zu wiegen. Die kleinen Sandspiralen stoben aufeinander zu, verschlangen sich und wuchsen stetig an. Erst knie-, dann hüft- und schließlich mannshoch. Selana riss ruckartig die Arme hoch und ließ sie über dem Kopf kreisen. Die Wucht, mit der der Boden um sie her emporgesogen wurde, stellte alles in den Schatten, was Atharu bisher gesehen hatte. In atemberaubender Geschwindigkeit rotierte eine Windhose vor ihr und wuchs in den Himmel.

»Jetzt!«, rief sie ihm zu und strahlte.

Selana

20

Ihr Inneres jauchzte vor Glück. Das Gefühl von Kontrolle und Macht war absolut berauschend. Mit einem Fingerzeig lenkte sie den Turm aus Sand und Wind zur hinteren Wand der Arena.

»Nein!«, hörte sie eine Stimme rufen. Doch ihr Geist ignorierte das. Dieser Zauber war so erfüllend, sie wollte endlich spüren, wie er sich mit den Feuerbällen ihres Bruders ergänzte. Wie die Verbindung ihrer Elemente sich im Kampf gegen den Kreh auswirken könnte.

»Jetzt!«, rief sie erneut und suchte Atharus Blick. Doch der hatte sich abgewendet.

»Nein!«, schrie eine Stimme. »Atharu, nicht!«

Ihre Euphorie knickte ein. Wer störte sie so kurz, bevor sie ihre Verbindung spüren würden? Ihr Glücksgefühl schlug um in Ärger. Ihre Hände zitterten, mit einem Mal begann die Windhose, sich unregelmäßig auszudehnen. Die rasende Wand aus

Staub und Sand schob sich plötzlich hinter Atharu her, der in Richtung Arenaeingang ging. Warum? Immer noch wütend über die Unterbrechung kniff Selana die Augen zusammen und suchte nach der Quelle der Rufe.

»Um der Seelen willen, haltet ein!«

Durch die wogenden Schleier konnte sie nichts erkennen. Mit einem Fingerschnippen der Hand feuerte sie einen Luftstoß durch die Schwaden aus Sand und verschaffte sich Sicht. Ein kurzer Blick nur, ehe alles wieder im Staub verschwand. Aber es reichte, um Kellbruhn-Palizhturh zu erkennen. Goldgerüstet mit dunkelblau schillerndem Umhang, stand er im Eingang der Arena und starrte fassungslos auf die tosende Sturmwand. Selana erkannte das Entsetzen in seinen Augen.

In diesem Moment drehte Atharu sich um. Sein Mund öffnete sich, als wollte er etwas sagen, doch das mächtige Rauschen von Selanas Sturmzauber verschluckte alle Geräusche. Starr vor Schreck sah sie zu, wie die Windhose sich immer näher auf die beiden zuschob. Was für eine entsetzliche Macht! Dann erst begriff sie, dass es *ihre* Macht war. Ihr eigener Ärger, der diesen Zauber lenkte.

Entschlossen versuchte sie, ihren sturmgewobenen Turm zurückzuziehen, zerrte an ihm mit aller Kraft, als müsste sie den Körper eines Schiffes ans Ufer schleifen. Endlich stockte er, drehte ab und ließ sich widerstrebend zurück in die Arena lenken. Mit all dem Staub, dem Sand und Getöse. Noch einmal bäumte sich ihr Zauber im hinteren Bereich der Arena auf, bevor Selana dem Spuk mit einer energischen Abwärtsbewegung der Arme ein Ende bereitete und die Windhose in sich zusammenfiel.

Als der Staub sich gelegt hatte, traten Kellbruhn-Palizhturh und Atharu neben sie, vor ihnen ein Hügel aus Sand, der mühelos einen Karren unter sich begraben hätte.

»Ihr seid wahrlich eine mächtige Scheltar«, stellte der Heerführer fest.

Ja, aber um welchen Preis? Selana tastete nach den Narben an ihrem Arm. Was für eine Macht war das, die sie durch den

Sieg über die Schatten hinzugewonnen hatte? Sie hob den Kopf und sah dem Heerführer in die Augen. »Und doch habt Ihr es gewagt, mich zu unterbrechen.« Es hatte nicht so angriffslustig klingen sollen, doch nun war es gesagt. Immer noch spürte sie den Ärger über die Störung. *Beruhige dich! Es wird einen Grund dafür geben.*

Der Heerführer deutete eine Verbeugung an, die sie als Entschuldigung durchgehen ließ. »Der ursprüngliche Grund meines Erscheinens ist der Wunsch der Fürstin, Euch im Palast zu empfangen. Doch der wichtigere Grund, Euch zu unterbrechen, war die Rettung unserer Stadt.«

»Die Rettung Erellgorhs?« Selana verstand nicht.

»Zwar war es nur eine Vermutung, oder besser Befürchtung, dass ein Verbindungszauber Eurer Elemente kurz bevorstand, als ich die Arena erreichte. Nachvollziehbar, wenn wir bedenken, dass das blutige Banner näherrückt und der Kampf gegen den Unaussprechlichen bevorsteht.«

Atharu stöhnte. »Warum will ihn niemand beim Namen nennen? Es würde kaum seine Macht noch weiter erhöhen.«

Selana fasste ihn beim Arm und sah Kellbruhn unverwandt an. »Warum fürchtetet ihr unseren Verbindungszauber?«

»Eure Macht ist zu groß für eine Arena wie diese. Verbunden mit der Macht des Feuers, womöglich durch die Zugabe von Feuerbällen oder, schlimmer noch, Feuerlanzen, hättet Ihr halb Erellgorh in Schutt und Asche gelegt.«

Selana spürte, wie ihr das Blut aus den Wangen wich. Sie brauchte einen Moment, dann war sie es, die sich entschuldigend verbeugte. »Wir sind Euch zu Dank verpflichtet!«

»Dem kann ich mich nur anschließen«, gab ihr Bruder zu.

Im Gesicht des Heerführers war keine Emotion zu lesen, weder Wohlwollen, noch Überheblichkeit. Ein kurzes Nicken war alles, dann machte er eine einladende Geste. »Darf ich Euch zum Palast geleiten? Die Fürstin erwartet Euch.«

Sie legten den Weg schweigend zurück. Selanas Gedanken kreisten um die Verbindung der Elemente. Der Heerführer hatte mit seiner Warnung letztlich bestätigt, dass ihre Annahme richtig war. Wind- und Feuerzauber entfalteten zusammen unglaubliche zerstörerische Kräfte. Die Prophezeiung hatte recht! Die Zwillings-Scheltar geboten über machtvolle Gewalten, die den Kreh in die Knie zwingen konnten. Der Ausflug in die Arena der Mächte war nicht umsonst gewesen.

Als sie den Palast erreichten, sahen sie die Elbenkrieger wieder, die an ihnen vorbeimarschiert waren. Dicht an dicht standen sie und flankierten ihren Weg durch den Park, die Gänge des Palastes, bis hin zum Ratssaal der Fürstin. Starren Blicks wandten sie ihre Häupter. Mechanisch, mit einem eigentümlichen Klang zwischen Klirren und Scharren, begleitete sie die Welle einstudierter Disziplin. Emotionslose Augen, auf ein imaginäres Banner gerichtet, das blutige Gedanken in ihre Köpfe pflanzte. Niemals würde sie diese Krieger zum Feind haben wollen.

Im Ratssaal der Fürstin warteten, neben Mehlen-Ellanjah, auch Ihlinn, Magister Lieburus und Hauptmann Pelldor auf sie. Irgendwie beruhigte es Selana, dass Bennzhardizh nicht in der Runde war.

Die Begrüßung fiel kurz aus. Mehlen-Ellanjah erhob sich und wies auf zwei große Schalen, die auf der Tafel standen. In einer erkannte Selana ein silbriges Pulver, in der anderen Kristalle oder Steine in unterschiedlichen Farben. Vor allem schwarze, weiße und blaue. Aber auch ockerfarbene, gelbe und grüne waren darunter. Was mochte es damit auf sich haben?

»Lasst uns einen Blick in die Möglichkeiten der Zukunft werfen, ehe wir uns zu den Portalen begeben. Denn es mag gut sein, zu wissen, was unser Plan bewirken könnte.«

Die Fürstin griff in die Schale mit dem silbernen Pulver, nahm eine Handvoll und streute es in einer fließenden Bewegung über den Ratstisch.

»Yl pazh ezhanjo porron jyhr shuglurr-turuhn zhyn nelles!«

»Die Macht der Seelen bringe mein Gedankenbild ans Licht«, sagte Atharu und klang erstaunt. »Traumpulver aus den Schuppen von Miem-Fenuren?«

»Miem was?«, fragte Selana.

Es war Mehlen-Ellanjah, die antwortete. »Schreitechsen. Kleine aufrecht laufende Echsen, aus deren Schuppen dieses magische Pulver gewonnen werden kann. Höchst nützlich, wenn man seine Gedankenbilder teilen möchte. Aber selten und daher sparsam anzuwenden.«

»Auch die Miem-Fenure gibt es also wirklich.« Atharu schüttelte verblüfft den Kopf. »All das gibt es wirklich«, raunte er. »Und dabei habe ich so oft gedacht, sie hätte uns einfach nur Geschichten erzählt. Bildliche Symbole, aus denen wir etwas lernen sollten.«

Selana war nicht sicher, ob Atharu von Ondara sprach, doch bevor sie ihn fragen konnte, wurde ihre ganze Aufmerksamkeit schlagartig auf die Tafel der Fürstin gelenkt. Hunderte winziger Blitze tanzten über die mächtige Tischplatte, vor ihren Augen zerschmolz das glänzende Pulver zu einer silbern schimmernden Schicht. Gleich darauf schwand der Glanz, alles färbte sich braun. Als würde die Tafel von einem riesigen Pergament bedeckt. Dann traten schemenhafte Konturen hervor, deutliche Linien und Umrisse.

Selana sah vor ihren Augen eine Karte von ganz Jukahbajahn entstehen. Nicht, dass sie jemals eine gesehen hätte. Aber sie erkannte sofort die Westküste und die Hochebene Abrinor. Mit offenem Mund folgte sie dem Weg, den sie mit Aria gegangen war. Dort war Nehrbor, die schwarze Festung, und dort Tyklahr am Nebelsee. Wälder, Berge, Flüsse, Seen, sogar Dörfer und Städte wurden sichtbar. Was für eine reiche Welt. Voller Staunen begriff sie, wie groß das alles war und welche Entfernungen sie selbst in dieser Welt schon zurückgelegt hatte – und noch zurücklegen musste.

Atemlos suchte sie die Karte oberhalb des Nebelsees ab, fand Tonda, die Steppe Ilidor und Crem. Und da, dem Arro-Ezhanjotäe folgend, erblickte sie ihren Bestimmungsort: das Grehum! Geräuschvoll atmete sie aus.

Atharu ergriff ihre Hand und drückte sie. Selana spürte, dass er das Gleiche dachte. Dort also wäre ihr Ziel. Dort würden sie dem Kreh die Quelle seiner Macht rauben, so wie die Prophezeiung es forderte. *Die Säulen der Macht müssen fallen und die letzte Schlacht wird geschlagen.* Schlichte Worte, die nicht annähernd ausdrückten, was es sie kostete.

»Jukahbajahn, das Erbe des Schöpfers. Die Welt der Völker, wie wir sie heute kennen.« Die Stimme der Fürstin unterbrach Selanas Gedanken, und sie richtete ihre Aufmerksamkeit wieder auf die Elbenherrscherin. »Wir wollen einen Blick auf das Jetzt und einen Blick auf das Mögliche wagen.« Mehlen-Ellanjah nahm die schwarzen Kristalle aus der Schale und legte sie auf die Karte. Als sie mit ihrer Linken darüberfuhr, loderte ihr Ring auf, die Steine erwachten zum Leben. Wie von Geisterhand rückten sie über die Karte und teilten sich in vier Gruppen. Die meisten postierten sich nördlich der Hochebene, einige auf der Stadt Crem, weitere auf der Festung Nehrbor und die verbliebenen auf Tonda.

Als Nächstes griff sie nach den gelben Steinen und ließ sie zu den schwarzen Kristallen der Feste Nehrbor gleiten. Selana dachte sofort an Pitus Auftrag und die Brücke über der Schlucht. Besorgt warf sie der Fürstin einen Blick zu. Wusste sie von ihm? Ahnte sie, dass es einen weiteren Scheltar gab?

»Die Armee der Tykalden«, stellte Pelldor fest. »Es ist allein Magister Lieburus zu verdanken, dass Königin Tulipa ihre Soldaten in diesen Kampf geschickt und Tyklahr damit womöglich vor dem Untergang bewahrt hat.«

»Aber nein, mein lieber Pelldor, was redest du da? Viele Dinge sind es, die etwas in Bewegung bringen, ja, viele Dinge. Man kann immer nur seinen eigenen, kleinen Beitrag leisten. Ob Magister oder Küchenmagd, ob Heiler, Dieb oder Scheltar.« Lieburus lächelte und warf Selana einen wissenden Blick zu. »Nur alles zusammen, das, was wir sehen und was ungesehen bleibt, führt zum Ziel! Ist es nicht so?« Er schaute die Fürstin an.

Selana erlaubte sich einen tiefen Atemzug. Für einen Moment hatte sie befürchtet, er würde das Geheimnis um Pitu preisgeben. Jetzt aber, nachdem der Magister nichts über den Erd-Scheltar gesagt hatte, nahm sie es als Bestätigung dafür, dass ihre Entscheidung richtig gewesen war, den Erd-Scheltar vor der Fürstin geheimzuhalten.

Mehlen-Ellanjah blickte Lieburus lächelnd an und nickte. Dann reichte sie die Schale an Pelldor weiter, der sie verwirrt entgegennahm.

»Was soll ich ...«

»Nur zu, Hauptmann. In dir sehe ich den stellvertretenden Heerführer der Geldermark. Nimm die weißen Steine und lege sie dorthin, wo du dein Heer vermutest.«

Pelldor nickte und legte mehr als die Hälfte der Kristalle westlich der Stadt Gelder auf die Karte. Er seufzte. »Es wird Tage dauern, bis der Großteil unserer Armee in Tyklahr ist.« Einige wenige Steine setzte er unterhalb des Nebelsees, etwas östlich einer Straße, die die Hauptstadt der Geldermark mit Tyklahr verband. *Wahrscheinlich die Handelsroute.* Die Verbliebenen positionierte er nach längerem Überlegen direkt unterhalb des Arro-Yrdazh. »Das ist die Hundertschaft, die König Seron bereits ausgesendet hatte, als Magister Lieburus und ich noch auf dem Rückweg waren. Wir trafen diese Einheit auf halbem Weg, ich denke, sie könnte inzwischen bis zu den Ufern des Yrdazh gekommen sein.«

»Also noch zwei oder drei Tage, bis sie Tyklahr erreichen?«

Pelldor nickte und Atharu atmete geräuschvoll aus.

»Und doch werden sie eintreffen«, beschied die Fürstin. »Sorge dich nicht. Die Zeit ist noch nicht zur Gänze verronnen.«

Dann wendete sie sich an Kellbruhn-Palizhturh und überließ ihm die blauen und grünen Steine. Die blauen zentrierte er auf das Eiland von Erellgorh. Die grünen positionierte er nördlich der Stadt Clutt, wo das Eskrin- und das Ophringebirge aufeinandertrafen. Selana hatte eine Ahnung, was es mit diesen Kristallen auf sich hatte. Im nächsten Moment fuhr Mehlen-Ellanjah mit ihrer Hand über die grünen Steine, erneut glomm der magische Ring an ihrem Finger auf. Die Kristalle verschoben sich nach Osten. »Noch haben unsere Brüder und Schwestern die Furt zwischen den Kesseln nicht hinter sich gelassen.«

Die Waldelben. Selana sah Mehlen-Ellanjah erstaunt an. »Das war es, was die Fürstin der Mütter der Wälder wollte?«

Sie nickte. »Mijah-Glajurdah fürchtet um das Portal in Crem. So wie wir.«

»Aber sie will es bewahren, oder nicht?« Selana konnte sich nicht vorstellen, dass Mijah-Glajurdah das Portal zerstören wollte. Sie war die Scheltar des Holzes und die Portale waren die Augen der Elementemagier. Wer beraubte sich freiwillig des Sehens? Überdies dienten die Tore den magischen Schmieden Erellgorhs, dem wichtigsten Erbe der Elbenvölker.

»Tatsächlich waren unsere Ansichten nicht dieselben. Und doch wäre auch sie bereit, das Tor nach Crem zu opfern. Aber sei's drum, wir wollen jetzt schauen, wie es zu bewahren ist.«

Mehlen-Ellanjah hob die Schale und wies auf die ockerfarbenen Steine. »Diese Kristalle stehen stellvertretend für das Heer der Abrindarh. Das letzte der Zwergenvölker. Doch die Sterne haben mir nicht gezeigt, ob sie eingreifen werden. Zu tief könnte die Trauer sein um den Verlust ihrer Sippen im Großen Krieg. Zu tief der Groll gegen uns Elben, die wir den Untergang der Eskrindarh nicht verhindern konnten.«

Sie schwieg für einen Moment, und Selana schaute auf die Bucht von Eskrin. Nur der Name erinnerte noch an das Zwergenreich, das im Großen Krieg in die Tiefen des Meeres hinabgerissen worden war. Eine magische Entladung ungeheurer Magie, die ein ganzes Gebirge vom Angesicht der Welt getilgt hatte. Erst jetzt verstand sie, welche Macht im Schoß Jukahbajahns verborgen war, welches Ausmaß jene Explosion damals gehabt haben musste.

Sie blickte auf die verbliebenen Steine und erinnerte sich plötzlich an ockerfarbene Bänder, die sie mit Aria an den Schultern hunderter Zwergenkrieger gesehen hatte. »Darf ich?«, fragte sie und griff nach den Kristallen. »Hier haben Aria und ich die schwer gerüsteten Krieger der Abrindarh vorbeiziehen sehen. Es hatte den Anschein, als zögen sie in Richtung Westen.« Sie stellte die Steine westlich der Felskette in die Mitte der Hochebene.

»Den Anschein, sagt Ihr, Scheltar der Winde?« Mehlen-Ellanjah schaute sie aufmerksam an.

Selana nickte. »Ich erinnere mich daran, dass das Gelände vor dieser Felsenkette durch Sträucher und Felsen sehr unwegsam war. Womöglich sind sie nur deshalb der Handelsstraße weiter gefolgt, um sich an einer anderen Stelle gen Norden zu wenden.« Selana lächelte, als die Fürstin ihr wohlwollend zunickte, und wies mit dem Finger auf einen Ort weiter nördlich. »Das würde zumindest erklären, was Ihr uns heute Morgen berichtet habt, oder nicht?« *Das Tal zwischen dem Eskringebirge und der Hochebene liegt in tiefer Dunkelheit und die Schwärze nagt auch an den Klippen von Abrinor.* »Womöglich sind es die Zwergenkrieger, die die Aufmerksamkeit des Abtrünnigen auf sich gezogen haben.«

Ihr Bruder beugte sich vor. »Was für ein Ort liegt dort?«

»Ein Ort tief unter der Erde, wenn ich es richtig erinnere.« Der Magister wieselte um den Tisch herum, um besser sehen zu können.

Mehlen-Ellanjah nickte. »Eure Erinnerung trügt Euch nicht, Freund Lieburus.«

»Dann handelt es sich um die Schmieden von Fullbor.«

»Zwergenschmieden!«, rief Atharu. »Natürlich – die unzähligen Armreife mit den dunklen Runen müssen ja von irgendwoher kommen.« Er stützte sich auf den Tisch und nickte. »Sollten die Zwerge dem Kreh dort ernsthafte Probleme bereiten, müsste er etwas unternehmen. Es sei denn, er hat genug von diesen runenverseuchten Armreifen.«

»Seine Gier nach Macht wird wohl kaum Grenzen kennen«, raunte Pelldor.

»Sicher kommen nicht viele Schmieden in Betracht, die seinen Zwecken dienlich sind, oder?« Selana blickte in die Runde. Sie konnte sich vorstellen, dass besondere Voraussetzungen nötig waren, um solch eine dunkle Macht in die Reife zu zaubern. »Dann sollten wir davon ausgehen, dass dies die einzigen Schmieden sind. Und die Zwerge haben sich des Problems anscheinend schon angenommen. Mich interessiert nun aber, wie der Blick in die Zukunft aussieht.« Sie sah die Fürstin aufmerksam an. Was könnte sie ihnen zeigen?

»So wollen wir denn schauen, was sich ereignen könnte, wenn wir den Dingen ihren Lauf ließen.« Mehlen-Ellanjah glitt mit ihren Händen in anmutigen Bewegungen über die Tafel. Ihr Ring strahlte in hellem Weiß, als sie begann, einen Zauber in Iljaitt zu sprechen. Selana verstand nur wenig davon. Ihr Wissen um die Elbensprache war zu gering. Einzelne Worte schnappte sie immerhin auf, wie *brian*, das für Kraft stand. Und *ezhanjotäe*, das elbische Wort für Seelen. Bei dem Wort *muhrtäe* überlegte Selana. Die Bezeichnung für Sterne, oder nicht? War es am Ende das, was Mehlen-Ellanjah tat? Rief sie die seherische Kraft der Sterne an? Auch wenn der Tag zur Neige ging, war die Nacht längst noch nicht angebrochen. Wie viel Magie mochte sie dieser Zauber kosten? Selana blickte ins Antlitz der Fürstin, doch sie sah keine Anzeichen von Anstrengung. Die Augen der Herrscherin konzentrierten sich ganz auf die Karte vor ihr.

Doch nichts passierte. Erst als die Elbenherrscherin verstummte und ihre Hände sinken ließ, begannen die farbigen Kristalle sich zu regen. Wie an unsichtbaren Fäden gezogen, bewegten sich die Armeen der Geldermark in Richtung Tyklahr. Gleichzeitig zog das übermächtige Heer des Kreh aus dem Norden am Grehum vorbei und wandte sich dann auch zur Hauptstadt der Tykalden. Unterdessen teilte sich die dunkle Horde um Nehrbor. Eine kleine Gruppe überquerte die Schlucht des Arro-Ezhanjotäe. *War die Brücke doch nicht gefallen?* Doch der größere Teil drehte nach Westen ab. Im Norden zog das Waldelbenheer aus der Furt zwischen den Kesseln in Richtung Crem. Wie von Geisterhand teilte sich die Horde um Tonda. Weit mehr als die Hälfte der Einheiten zog jetzt gen Clutt, den Waldelben entgegen. Nur ein kleinerer Teil blieb zurück und befestigte die Fischerstadt.

Als schließlich die blauen Steine nach Crem übersetzten und die ockerfarbenen bis Fullbor vordrangen, löste das keine weiteren Veränderungen bei den Bewegungen der schwarzen Steine aus. Die Horden in Crem und an den Klippen der Hochebene blieben einfach an Ort und Stelle. Doch es waren andere Kristalle, die Selanas Aufmerksamkeit fesselten. Unerbittlich rückte das dunkle Nord-Heer des Kreh auf Tyklahr zu. Als es dort auf die wenigen gelben und weißen Einheiten traf, endete die Bewegung.

Neben sich hörte Selana jemanden Luft holen und geräuschvoll wieder ausatmen. Es mochte Erleichterung oder Furcht sein. Für sie selbst überwog Letzteres. Auch wenn der mögliche Ausgang dieser Kämpfe ihnen einstweilen erspart blieb. Sie riss sich los von dem Gedanken und warf einen Blick nach Clutt. Nordwestlich der kleinen Stadt standen schwarze und grüne Steine sich gegenüber, still und stumm, als warteten sie nur noch auf den Befehl zum Angriff. Doch auf der ganzen Karte rührte sich nichts mehr. Warum auch? Das Ausmaß der Bedrohung war deutlich genug. Fassungslos blickte Selana zurück auf die Hauptstadt der Tykalden, den Ort, an dem ihre Momm, Aria und Lysa sich aufhielten. Jetzt, in diesem Moment, ohne eine Ahnung, was auf sie zukommen würde. Die einzige Rettung für sie wäre eine Reise über den Nebelsee. Dorthin, wo Gellwicks oder Schatten noch keine Macht hatten.

Niemand an der Ratstafel der Fürstin sagte ein Wort. Als Selana in die Gesichter ihrer Gefährten schaute, erkannte sie die gleiche Fassungslosigkeit, die sie selbst spürte. Es war etwas gänzlich anderes, nur darüber zu sprechen, als es in seiner ganzen Tragweite vor sich zu sehen. Sie war dankbar, dass die Steine nicht auch noch das mögliche Ergebnis der Kämpfe gezeigt hatten. Die bloße Anzahl der schwarzen Kristalle war erschütternd genug.

Mehlen-Ellanjah war die Einzige, die gefasst in die Runde blickte. Mit einem Wort beendete sie die trüben Gedanken. »*Jekehr!*« *(Zurück!)* Ein Wort nur und ein Fingerzeig genügten ihr, um alle Steine in ihre Ausgangsposition zu rücken. »Seid ihr bereit, einen weiteren Blick in das Mögliche zu riskieren? In das, was sein könnte, wenn der Abtrünnige sich mit der Lade von Mydrah täuschen ließe?«

Alle nickten, doch niemand sprach ein Wort. Fast, als hätte der Zauber der Fürstin ihre Stimmen gekostet.

Wieder kreisten die Hände Mehlen-Ellanjahs über der Tafel, erneut erklang die alte Elbensprache. Länger diesmal – und es kam Selana vor, als klängen die Worte rauer. Oder schwächer, als erschöpfte sich die Kraft der Fürstin. Ihr weiß leuchtender Ring begann zu flackern und ihre Hände zitterten. *Bitte nicht abbrechen!*

Doch nur einen Moment später schien der Zauber vollendet, die Fürstin verstummte und ihre Arme sanken herab. Konzentriert fixierten ihre Augen die Karte. Und dann bewegten die Steine sich erneut.

21

Mit metallenem Scheppern landete der eiserne Käfig neben Pitu auf dem Boden. Aus dem Nebenschacht dröhnte ein ähnliches Geräusch bis zu ihnen hinunter. Ketten strafften sich und das Schwungrad blieb mit ächzendem Ton stehen. Die Lore musste oben angekommen sein, denn die Zwerge kletterten aus dem Rad und fixierten es mit schweren Bolzen. Pitu schaute wieder auf den eisernen Hebel.

»Untersteh dich, noch einmal irgendwas anzufassen«, brüllte Semje und stiefelte mit großen Schritten auf ihn zu.

»Als ob ich jemals ...«

»Hör bloß auf!« Sein rotbärtiger Freund schob ihn unsanft in den Korb. »Es ist der einzige Weg hinauf.« Er wandte sich ihren Begleitern zu. »Orthos, möchtest du?«

Erst als alle im Korb waren, stieg der Muskelprotz als Letzter ein, umfasste den Hebel und drückte ihn nach unten. Pitu sah noch, wie eine der Kettentrommeln von den anderen entkoppelt wurde, als der eiserne Käfig auch schon ratternd nach oben sauste. Er wollte sich noch festhalten, verlor allerdings das Gleichgewicht und landete unsanft auf dem Gitterrost zwischen den Beinen seiner Begleiter. Ihm lag ein derber Fluch auf der Zunge, als er sich in dem engen Korb aufrappelte. Doch als er in die heiteren Gesichter der Zwerge schaute, konnte er nicht anders, als in ihr Lachen einzustimmen. Es musste wirklich tumb ausgesehen haben.

Zweimal noch zwängten sie sich an diesem Tag in Gondeln, rauschten durch Felsenhallen, Tunnel und Grotten. Am nächsten Tag spürte Pitu, wie die Laune seiner Begleiter zusehends euphorischer wurde. Sie waren durch nichts mehr zu verstimmen, sondern schwelgten in der Vorfreude auf Abrinor. Selbst, als Pitu Schimmi bei einer Rast seine Erdmagie demonstrieren wollte und dabei etwas Pech hatte, schimpfte niemand mit ihm. Sein Zauber hatte eine Steinlawine ausgelöst, die so laut war, dass wirklich jedes Geschöpf im Berg sie gehört haben musste. Hals über Kopf mussten sie aufbrechen, um einem Kampf mit den Prillbys zu entgehen. Nur Orthos war eingeschnappt gewesen, weil er lieber geblieben wäre und gekämpft hätte. Doch Fillgur und Semje trösteten ihn damit, dass er in Fullbor noch genügend Gelegenheit für seinen Blutrausch hätte.

Pitu war dieser Kampfdurst fremd, obgleich er den Zorn und den Hass auf den Kreh gut nachempfinden konnte. Und natürlich wusste er auch, wie wichtig es war, die Schmieden zurückzuerobern. Im Stillen bewunderte er den Tatendrang der Zwerge, die immer genau im Blick hatten, was sie wollten. Die nicht mit sich haderten, sondern einfach ihren Zielen folgten. Wahrscheinlich war es besser, sich mit ganzer Kraft und voller Zuversicht in einen Kampf zu stürzen, als jeden Schritt und jeden Schlag wieder und wieder zu überdenken und darüber nicht vorwärtszukommen. Trotzdem versuchte Pitu, die bevorstehende Schlacht auszublenden. Er wollte sich nur auf das konzentrieren, was als Nächstes wichtig war. Und das war für ihn die Ankunft in Abrinor.

Dort wartete nämlich seine nächste Herausforderung – der Stammesvater. Brynnbett hatte recht, davon war er inzwischen überzeugt. Wenn er wollte, dass die Zwerge sich auch nach der Befreiung von Fullbor am Kampf gegen den Kreh beteiligten, müsste er vor allem ihn überzeugen. Er hoffte nur, dass Semje und die anderen sich bis dahin noch besinnen und ihn unterstützen würden.

Als sie aus ihrer letzten Lore stiegen, sie war glücklicherweise geräumiger gewesen als die engen Gondeln davor und hatte sogar eine Art Tür, durch die selbst Fillgur mühelos hindurchpasste, sah Pitu sich enttäuscht um. Diese Ankunftshalle ähnelte den anderen, die er schon kannte. Waren sie denn immer noch nicht in der ach so mächtigen Zwergenstadt angekommen? Nach den Schwärmereien seiner Begleiter musste es dort einzigartig sein. Hier war nur das Licht heller als in den vorherigen Stationen.

Allerdings sehr viel heller. Die Kristalle unter der Gewölbedecke strahlten so grell, dass Pitus Augen sich erst einmal an die Helligkeit gewöhnen mussten. Dann sah er sich genauer um und entdeckte Wachen, die an jeder Ecke des Fernzahns standen. Weitere gerüstete Zwerge bewachten die Aus- und Zugänge zur Halle. Das allerdings unterschied sich doch von den anderen Ankunftshallen. Ein gutes Zeichen, hoffte Pitu inbrünstig und dachte daran, dass Semje ihm nicht nur Gesellschaft und ein reichhaltiges Essen, sondern auch eine eigene Schlafkammer versprochen hatte.

»Sind wir endlich da?«, fragte er begierig. »Sind wir tatsächlich in Abrinor?« Eilig lief er den Zwergen hinterher. »Oder ist das wieder so ein Handels-Dingens-Punkt?«

»Nur nicht ungeduldig werden.« Semje und die anderen steuerten auf einen glänzenden Raum zu, der allem Anschein nach aus einem einzigen Block Marmor geschlagen war. Die weißgrau melierten Wände waren so glatt poliert, dass man sich darin spiegeln konnte. Bänke standen in dem kleinen

Raum, Pitu musste an eine Art Badhaus denken. Eine flüchtige Erinnerung überkam ihn. Er war ein Kind gewesen und durch ein Fenster eingestiegen, weil er sich Mädchen mal näher anschauen wollte. Man hatte ihn aber entdeckt und fortgejagt. Später dann ergaben sich weitaus trefflichere Gelegenheiten für so ein Unterfangen. Was es mit dieser dreiwandigen Version auf sich haben konnte, blieb ihm allerdings ein Rätsel. Badezuber sah er jedenfalls keine.

Semje öffnete einladend seine Arme, als er den Marmorraum betrat. »Spätestens, wenn man mit diesem edlen Höhenwechsler hinaufgezogen wird, weiß man, welche Stadt man betritt.« Er strich über ein aufwendiges Wappen, in dem sich Hammer, Axt und Morgenstern über einem Haufen von Edelsteinen kreuzten. Links und rechts waren die Silhouetten zweier Zwerge zu sehen. Wahrscheinlich die Gründer dieser Stadt.

Orthos beugte sich zu Semje. »Er hat keine Ahnung, oder?«

»Woher? Für ihn gab es unsere Welt bisher nur aus Erzählungen. Der kleine Sumpfling staunt bei jedem Konstrukt, das er zu sehen bekommt«, antwortete Semje.

Pitu stieß ihm seinen Ellenbogen in die Seite. »Ich steh neben dir, du grummeliger Rotbart. Und meine Ohren funktionieren tadellos.«

»Lass dich nicht ärgern.« Schimmron legte ihm eine Hand auf die Schulter. »Selbst für die meisten Zwerge ist dieser Raum etwas Besonderes. Zumindest, wenn sie das erste Mal hier ankommen.«

»Jedes Mal!«, warf Fillgur ein.

Pitu schaute sich noch einmal um. Wände, Bänke, Marmor – alles recht schön, aber mehr auch nicht. Semjes Hand ruhte sonderbarerweise noch immer auf dem Wappen der Abrindarh. Sollte das etwas zu bedeuten haben?

»Hinsetzen«, rief Semje, ballte die Faust und schlug auf die Mitte des Wappens. Ein hohles Klacken, und der Mittelpunkt sackte in die Wand. Mit einem kleinen Ruck begann der Raum sich aufwärts zu bewegen. Pitu setzte sich und hielt sich an seiner Bank fest. »Ich fasse es nicht. Der ganze Raum ist so ein Hochheber-Teil?«

Der marmorne Raum hob sich vom Boden, glitt sanft in die Luft, der Hallendecke entgegen. Scheinbar konnten Zwerge keine Treppen steigen oder waren zu faul dazu.

»Höhenwechsler«, korrigierte Schimmron.

»Aber eben nicht irgendeiner«, ergänzte Fillgur. »Lehn dich zurück und genieße die Fahrt. Es wird dir gefallen!«

Im selben Moment ließen sie die Ankunftshalle unter sich und tauchten in einen Deckenschacht, der alles in den Schatten stellte, was Pitu bisher gesehen hatte. Vor ihm zog keine einfache Felswand vorbei, sondern meisterhafte Reliefs, mit außergewöhnlich ausgearbeiteten Details und von leuchtenden Kristallen unterschiedlicher Farben lebensecht ausgeleuchtet. Ganze Szenerien entfalteten sich vor ihm. Berge, Täler und Schluchten, in denen gerüstete Zwerge unterwegs waren, kletterten oder sich abseilten. Dann ein Grottenschacht, in dem sich welche mit Hammer und Meißel ihren Weg bahnten. Als Nächstes kam ein riesiger Felsendom in Sicht, in dessen Mitte ein turmhoher Spalt klaffte, beleuchtet einzig von einem großen, blutrot strahlendem Rubin, der an seinem Fuße lag. Fasziniert folgten Pitus Augen dem ebenmäßigen Spalt, bis er im Boden des Höhenwechslers zu verschwinden schien. Von oben schwebte bereits die nächste Szene herein. Dutzende Zwerge, die mit ihren Werkzeugen die Wände des gleichen Felsendoms bearbeiteten. Reliefs im Relief, dachte Pitu begeistert. Wie fantastisch das war!

»Das ist die Geschichte Abrinors, der mächtigsten Zwergenstadt aller Zeiten. Hier werden gerade unsere Urväter Kirrgorn Steinbrecher und Dornfried der Denker zur rechten und linken Seite des Felsspalts verewigt. Ihnen allein ist zu verdanken, dass die Abrindarh diese Heimat gefunden haben. Unablässig jagten Kirrgorn und Dornfried dem Mythos vom Blutherz der Berge hinterher, kletterten in Höhlen und Grotten, gruben sich durch Kalk, Schiefer und Granit, immer auf der Suche nach dem magischen Stein. Hier endlich fanden sie ihn.«

Wieder schwebte ein neues Bild herein, so tief in den Fels gemeißelt, dass Pitu es beinahe für einen eigenen Raum gehalten hätte. Der Felsendom im Hintergrund, diesmal mit den vollendeten Abbildern der Stammesväter. Die hölzernen Gerüste der arbeitenden Zwerge waren zur Mitte des Spalts gerückt, der gerade mit silbernen Platten ausgekleidet wurde.

»Das Tor der Wahrheit«, raunte Fillgur. »Die Runen mahnen jeden, der es durchschreiten will, auf seine Gedanken zu achten. Wer einmal hindurchgeht, ist auf immer verändert.«

Pitu warf Eisenfaust einen Blick zu. Dachte er sich das aus? Nein, der ehrfürchtige Glanz in den Augen des Graubarts zeugte von aufrichtiger Bewunderung. »Für immer verändert?«, hakte er nach, während auch dieses Bild im Boden verschwand. Er konnte sich nicht vorstellen, dass ein Durchgang, und mochte er noch so hoch sein, jemanden wirklich veränderte. »Wie soll das gehen?«

»Es ist vielleicht im übertragenen Sinn zu verstehen«, meinte Schimmron. »Aber für jeden ist der Moment des Durchschreitens ein unvergesslicher Augenblick, der fortan einen Platz in seinem Herzen beansprucht.«

»Nicht nur das«, schaltete Orthos sich ein. »Ich habe es am eigenen Leib erfahren. Nie hätte ich gedacht, meinen Blutrausch kontrollieren zu können. Erst als ich nach Abrinor kam und durch das Tor der Wahrheit gegangen bin, ist das gelungen.«

»Das kann ich bezeugen«,sagte Fillgur. »Seither hat Orthos sich wahrlich besser unter Kontrolle. Nie hätte ich mich sonst mit ihm in eine Lore gesetzt.«

Pitu sah wieder nach vorn, wo gerade das nächste Bild heranschwebte. Dieses übertraf alle vorangegangenen. Es reichte über die gesamte Raumöffnung und hatte eine unvergleichliche Tiefe. Vor ihnen kam das vollendete Tor in Sicht, bestrahlt aus riesigen Kristallkörben, die unter dem Gewölbe des Felsendoms hingen. Fenster und Rundbögen, ganze Gebäude und Türme ragten aus den Wänden zu beiden Seiten der Urväter. Fast schon bedauerte Pitu, dass auch dieses Bild vorbeiziehen würde. Doch dann kam ihr schwebender Raum unerwartet zum Stehen. Direkt vor einer weiten Brücke, die in das Bild zu führen schien, geradewegs auf das Tor der Wahrheit zu.

»Spätestens jetzt habt ihr mich von der Kunstfertigkeit eures Volkes überzeugt.« Pitu seufzte. »Es sieht unglaublich echt aus. Ich würde am liebsten hineinspringen.«

Semje erhob sich und ging gemessenen Schritts bis zur Raumkante. »Tu dir keinen Zwang an.«

Pitu schüttelte den Kopf. »Ich habe nicht vor, in einem Felsenbild hängen zu bleiben und darauf zu warten, dass vielleicht mal wieder so ein Treppen-Ersatz-Teil vorbeikommt.«

Semje drehte sich zu ihm um. »Ich schon.« Er trat einen Schritt nach hinten, direkt in das Bild.

»Nein!«, schrien alle wie aus einem Munde. »Tu's nicht!«

Doch Semje ging noch einen Schritt weiter und noch einen.

»Bei den Göttern der Himmelsschmiede«, grollte Orthos. »Jemand muss ihn aufhalten.«

Er klang eher grimmig als besorgt. Pitu erinnerte sich an den Streit, den die beiden hatten. Das Muskelpaket blieb genauso auf der Bank sitzen wie Fillgur und Schimmron, der Pitu auffordernd ansah. Wieso sollte ausgerechnet er den Rotbart aufhalten? Die anderen kannten ihn doch viel länger. Doch als sie keine Anstalten machten, sprang er auf.

»Semje, komm zurück!« Er trat an den Rand des Höhenwechslers und streckte die Hand ins Bild. »Los jetzt!«

Sein rotbärtiger Freund starrte in die Luft, das Gesicht zu einem seltsam entrückten Blick verzogen. »Es ist so schön.«

Pitu wurde nervös. Ein Ruck ging durch den Höhenwechsler. Er machte einen Schritt auf Semje zu. »Du alter Höhlenwandler, das Ding hier kann jeden Moment weiterfahren. Nun komm endlich!« Er spürte einen kalten Luftzug und blickte hinab, direkt in den Spalt zwischen Höhenwechsler und Felsen, in die schwindelerregende Tiefe. In diesem Augenblick ergriff Semje seine Hand und zog ihn mit einem Ruck in das Bild.

»Nein! Was machst du denn? Wir müssen zurück in das Höhenteil. Schnell, wer weiß, wie lange es anhält.« Er sah sich um und erfasste das Ausmaß ihrer Situation im Bruchteil eines Lidschlags. Sein Mund öffnete sich, er erstarrte in fassungslosem Staunen. Alles war echt! Kein Bild, keine Szene in Miniatur. Sie waren wahrhaftig in Abrinor angekommen. Schepperndes Gelächter hallte über ihn hinweg, als seine Begleiter nicht länger an sich halten konnten. Fillgur hielt sich den Bauch, der wie ein übergroßer Pudding bebte.

»Sehr witzig«, brachte Pitu mühsam hervor. »Ich kann mich vor Lachen gar nicht halten.«

»Du musst zugeben, dieser Scherz bietet sich einfach an.« Semje hieb ihm auf die Schulter. »Und er funktioniert immer wieder. Nicht nur bei kleinen Sumpfdottergewächsen.«

»Ich bevorzuge dann doch den Titel Felsenflüsterer.« Pitu lief staunend an ihm vorbei, das beeindruckende Tor der Wahrheit fest im Blick. Dann drehte er sich mit ausgestreckten Armen um die eigene Achse und lachte. »Wir sind wirklich da. Abrinor – wie genial ist das denn?«

Während sie die Brücke entlangschritten, versuchte er, die Eindrücke dieser unermesslichen Felsenhalle zu verarbeiten. Hochgestreckte Bauten wechselten mit kuppelförmigen Erkern, kantige Säulen mit geschwungenen Simsen, aus hohen Fensterbögen fiel warmes Licht. In den letzten Tagen hatte Pitu ja schon einiges gesehen, was er für unmöglich gehalten hätte, aber das hier war der absolute Augenöffner. Immer wieder schüttelte er ungläubig den Kopf. Eine Schar gerüsteter Zwerge mit ockerfarbenen Wimpeln marschierte ihnen entgegen. Ihre gedrungenen Körper in kupferfarbene Rüstungen gekleidet, wirkten sie wie gepanzerte Kampfmaschinen auf zwei Beinen. Pitu trat mit den anderen zur Seite, um sie passieren zu lassen. Seine Zwergenfreunde grüßten die Kämpfer, ernteten aber kaum eine Reaktion.

»Die kennen euch wohl noch nicht«, stellte Pitu fest.

»Das, mein kleiner Freund, war die Garde von Abrinor!« Semje schaute den Kriegern mit leuchtenden Augen nach. Seine Hände senkten sich auf die Zwillingsäxte. »Es ist nicht ihre Aufgabe, freundlich zu sein. Trotzdem werden sie von allen geschätzt. Denn sie würden ihr Leben für unseren Stammesvater hergeben, ohne mit der Wimper zu zucken. Außerdem sind sie begnadete Kämpfer.«

Einmal mehr spürte Pitu die Faszination seines Zwergenfreunds, wenn es um Kampfkunst ging. Er schüttelte unwillig den Kopf. »Mich interessieren eher die Leistungen eurer Baumeister. Das alles hier ist einfach ...«, er suchte nach einem passenden Wort, »einfach unglaublich. Ihr Zwerge seid wahre ...«

»Meister der Baukunst? Ja, hahaha.« Semjes Lachen dröhnte in die Ferne. »Was hast du gedacht? Abrinor ist beinahe das Wunderbarste, was je gebaut wurde. Nur eine andere Stadt hat sie je übertroffen.«

Pitu sah ihn verwundert an. »Erellgorh?«

»Erellgorh? Erellgorh???« Die Stimme des Rotbarts grollte wütend über ihn hinweg. »Bei den Falten von Rosallas Arschbacken – natürlich nicht. Fitzeliger Elbentand! Wir sprechen hier von Baukunst. Ich meine natürlich Eskrinor! Die erste der Zwergenstädte. Ehrwürdig und mächtig. Riesig und unvergleichlich. Ein Wunder der Baukunst, das seinesgleichen sucht und unerreicht bleiben wird.« Semjes Gesicht hatte eine ungesund rote Farbe angenommen und er schnaufte. »Erellgorh ist nichts als ein Pickel auf meinem Hintern im Vergleich zu Eskrinor. Das goldene Juwel der Eskrindarh nannte man sie. Schon damals ein Mythos und die einzige Stadt der Welt, mit der Abrinor vergleichbar ist.«

Pitu schaute auf die leuchtenden Fenster, die Simse und Säulen, die teils mit Runen, teils mit Figuren oder gar mit Edelsteinen besetzt waren. Er nickte, vollkommen überzeugt von Semjes Ausführungen. Tatsächlich konnte er sich keine Stadt vorstellen, die das, was vor ihm lag, übertreffen könnte. Allein der gewaltige Felsspalt, das Tor der Wahrheit, sprengte seine Vorstellungskraft. Staunend folgte er den Zwergen, die mit festen Schritten darauf zu gingen und schließlich, ohne innezuhalten, aber doch mit einer leichten Verbeugung hindurchschritten. Er blieb unwillkürlich stehen und legte den Kopf in den Nacken. Wäre ein Himmel über ihm, müsste der Spalt bis in die Wolken ragen. Die silberne Einfassung glänzte im Schein der Kristallkörbe und warf das Licht schillernd aus den Runen zurück, die aus der Nähe beinahe so groß wie er selbst waren.

Er trat näher, schaute auf das polierte Metall und blickte in sein Spiegelbild. Es war, als sähe er sich zum ersten Mal. Ein gutes Gesicht, nicht? Klare Augen, eine gerade Nase und ein recht markantes Kinn. Er fuhr sich durchs dunkle Haar, das ihm inzwischen weit über die Ohren reichte. Was sahen die anderen, wenn sie ihn anschauten? Einen Straßendieb? Einen Scheltar? Oder einfach nur einen Urda? Worauf blickten sie, wenn sie sich ihm zuwandten? Mochten sie sein Gesicht, oder war es ihnen gar nicht wichtig, weil es um das ging, was seine Augen ausstrahlten? Oder um die Gedanken, denen seine Zunge Worte verlieh. Allerdings waren Worte nicht gerade sein Spezialgebiet. Zu oft ließ er sie unbedacht über die Lippen purzeln.

Pitu schüttelte den Kopf und straffte die Schultern. Die Zwerge hatten ihn mit ihren Geschichten über das Tor der Wahrheit ganz durcheinandergebracht. Er sollte lieber weitergehen, statt zu viel nachzudenken. Seine Begleiter waren hinter dem Spalt stehengeblieben und blickten ihm erwartungsvoll entgegen. Er sah zu den Abbildern der Urväter hinauf, die das Tor der Wahrheit zu beiden Seiten flankierten. »Jeder der einmal hindurchgegangen ist, wird auf immer verändert sein.«

Er hatte eigentlich keine Lust gehabt, sich zu verändern, war bisher der Meinung gewesen, dass er alles wusste, was er wissen musste, um sich durchzuschlagen. Aber hatte er sich nicht längst verändert? Mit jedem Schritt, den er tat, erlebte er Neues, das ihn mehr oder weniger bewusst durch sein weiteres Leben begleitete. So wie heute. Entschlossen setzte er den ersten Fuß ins Tor der Wahrheit und durchschritt es voller Zuversicht auf das, was kommen würde. Dinge passierten – manchmal kamen sie wie ein Geschenk daher, manchmal wie ein Fluch – doch immer waren sie ein Baustein des Lebens. Ein Stück, das das eigene Ich formte und reicher machte. Stets würde sich etwas verändern, und er nahm sich vor, dafür offen zu sein.

Semje empfing ihn mit einem anerkennenden Nicken. »Es ehrt dich, dass du innegehalten hast.« Er klopfte ihm auf die Schulter. »Es wird schon nicht so arg werden. Immerhin bist du jetzt in Abrinor.« Sein Arm beschrieb einen einladenden Kreis. »Was könnte man sich mehr wünschen?«

Steinerne Häuserzeilen in unzähligen Stockwerken; Brücken, Bögen und Säulen. Mit grünen Stoffen überdachte Stände, an denen Waren feilgeboten wurden. Fasziniert und überwältigt versuchte Pitu, das bunte Leben zu erfassen, das sich vor ihm auftat. Einige Zwerginnen schlenderten an ihnen vorbei, blieben an einem Stand mit Lederwaren stehen und begannen unverzüglich ein munteres Feilschen. Ein Stück weiter wurden Töpferwaren angeboten, wie Pitu sie noch nie gesehen hatte. Achteckige Teller und Krüge. Und dort gab es Stoffe, die in erdigen Rottönen kariert waren. Nur einen Moment später fielen Pitu Zwergenmänner ins Auge, die Röcke aus diesen Stoffen trugen. Männer in kleiderförmigen Roben hatte er schon oft gesehen – aber Männerröcke, so kurz, dass man darunter haarige Beine zu Gesicht bekam, waren ihm neu.

Schimmi musste seinem Blick gefolgt sein, denn er wies auf einen Rockträger, der gerade an ihnen vorbei ging. »Diese Röcke nennen wir Karocks. Die Stoffe dafür sind aus dem Fell von Puntus gewebt. Sie sind sehr teuer, wer sie trägt, zeigt damit seinen gesellschaftlichen Rang.«

»Man muss sie allerdings etliche Male waschen, bevor sie angenehm zu tragen sind«, ergänzte Fillgur.

»Aber dann sind sie wunderbar.« Orthos' tiefe Stimme gurrte fast. »Was ein richtiger Zwerg ist, der braucht Freiraum für sein Gemächt. Du solltest es auch probieren.«

Pitu starrte den Muskelprotz fassungslos an. »Du willst mir jetzt nicht sagen, dass ihr nichts drunter tragt, oder?«

»Aber doch, wieso denn nicht.« Er winkte einen Zwerg mit Karock heran. »Mein Bester. Wir haben hier einen Sumpfling, der wissen möchte, was wir unter den Karocks tragen.«

»Will ich nicht!«, protestierte Pitu.

Doch der fremde Zwerg hob lachend den karierten Stoff. »Ein echter Zwergenmann hat nichts zu verbergen.«

Pitu erstarrte. Sie trugen wirklich nichts darunter. Und Platz brauchten sie auch, zumindest der hier. Er schüttelte den Kopf, um das Bild wieder aus seinem Kopf zu verbannen.

»Ich fürchte, unsere Kultur unterscheidet sich ein wenig von der deinen«, raunte Schimmi ihm zu. »Richte deinen

Blick einfach auf die Dinge, die dir gefallen. Das mache ich auch immer, wenn ich in der Welt unterwegs bin.«

»Ihr habt schöne Häuser«, antwortete Pitu trocken.

Schimmi lachte und klopfte ihm auf die Schulter. »Genau so hab ich es gemeint.«

Mit stolzgeschwellter Brust führte Semje sie durch die Straßen und Gassen. Immer wieder querten sie Häuserschluchten über verschiedenste Brücken und Stege. In einer großen Taverne kehrten sie ein und stärkten sich. Fillgur erzählte, wie es ihm selbst ergangen war, als er das erste Mal nach Abrinor gekommen war.

»Du kommst nicht von hier?«, fragte Pitu interessiert.

»Keiner von uns. Wir gehören zu den letzten Eskrindarh.«

Pitu stutzte. »Das Zwergenvolk aus dem Norden?« Das hatte Semje ihm noch gar nicht erzählt.

»Alte Geschichten«, raunte sein rotbärtiger Freund. »Alles lange her. Wen interessiert das noch?«

Fillgur legte eine Pranke auf Semjes Schulter. »Uns alle. Und dich auch, wenn du ehrlich bist. Wir sollten nie unsere Herkunft verleugnen!«

»Schon recht«, kam es grummelnd aus dem Bart zurück.

»Deshalb wisst ihr so viel über Eskrinor.« Pitu hoffte insgeheim, mehr darüber zu erfahren.

Doch Semje machte ihm einen Strich durch die Rechnung. »Kümmern wir uns erst mal um das, was dieser Tage wichtig ist.«

»Du hast recht, alter Freund.« Der Graubart stand auf. »Fullbor braucht unsere ganze Aufmerksamkeit.«

»Fullbor und der Kreh!«, ergänzte Schimmi. Pitu glaubte, sich verhört zu haben. Sollte das etwa heißen ...

»Ja doch, Rost und Eisenbruch«, grollte Semje. »Aber immer hübsch eins nach dem anderen.« Er streifte Pitu mit einem mürrischen Blick und stemmte sich hoch. »Macht dem Kleinen keine Hoffnung. Nur weil er uns überzeugt hat, oder sagen wir besser mal: nachdenklich gestimmt hat, haben wir noch nichts gewonnen.«

Während sie gemeinsam vor die Taverne traten, versuchte Pitu vergeblich, seine Freude zu verbergen. Am Ende konnte man sich doch auf diese streitbaren, grummeligen Zwerge verlassen. Ein zufriedenes, dankbares Lächeln machte sich auf seinem Gesicht breit, und er versuchte, es wegzuhusten.

»Nun schau nicht so selbstgefällig drein. Vor dir liegt noch eine ganz andere Überzeugungsarbeit.«

»Willgert der Bedachte.« Pitu war überrascht, dass ihm der Name des Stammesvaters so prompt einfiel. Das Gespräch mit Brynnbett war nur kurz gewesen, doch es hatte sich ihm eingeprägt. Und sie hatte recht behalten.

Semje kniff misstrauisch die Augen zusammen. »So, du kennst also den Namen unseres Stammesvaters schon auswendig. Für einen vergesslichen Sumpffrosch wie dich ganz schön außergewöhnlich.«

»Das ist dann wohl weniger der Frosch in mir als der Scheltar«, entgegnete Pitu mit fester Stimme. Er würde nicht als kleiner Urda vor den Stammesvater treten, das mussten seine Zwergenfreunde als Erstes begreifen.

»Gut gesprochen«, sagte Schimmi begeistert.

»Stimmt«, ergänzte Fillgur. »Einem der Elemente-Magier wird Willgert zumindest zuhören.«

Orthos fuhr Pitu mit einer seiner riesigen Pranken durchs Haar. »Dann lasst uns aber auch dafür sorgen, dass er aussieht wie ein Scheltar.«

So lernte Pitu gleich noch eines der Badhäuser kennen und bekam von einem Barbier einen neuen Haarschnitt verpasst, bevor ihm seine Melborüstung frisch gereinigt und poliert zurückgebracht wurde. Schimmi hatte derweil einen Umhang erstanden, der in irdenen Farben schillerte und von Pitus Schultern bis zum Boden reichte.

Orthos pfiff durch die Zähne, als Pitu vor sie trat. »Ab jetzt müsste ich wohl ›Ihr‹ zu dir sagen.«

»Wir sollten es nicht übertreiben«, gab Pitu zurück, freute sich aber, dass seine Freunde ihn so gut unterstützten.

»Meine Meinung.« Semje erlaubte sich ein Lächeln. »Und jetzt auf zum Stammesvater. Mir nach.«

Er führte sie zurück auf den Hauptweg, dem sie bereits durch das Tor der Wahrheit gefolgt waren. Der Weg verlief in gerader Linie durch die gesamte Stadt und endete am Portal des Zwergenpalastes. Einmal mehr war Pitu überwältigt. Eine ganze Felswand, geschmückt mit prächtigen Säulen und beeindruckenden Figuren.

Doch als sie den Palast betraten und einem steinernen Teppich aus rotem Marmor folgten, fiel Pitu gänzlich die Kinnlade herunter. Riesige Statuen sahen ihnen entgegen. Zwerge mit unterschiedlichen Waffen und Werkzeugen in den Händen.

»Willkommen auf dem Pfad unserer Stammesväter.« Unverhohlener Stolz schwang in der Stimme seines Zwergenfreundes. »Die beiden kennst du ja schon vom Tor der Weisheit.« Er führte Pitu zwischen den Urvätern hindurch.

»Der Steinbrecher und der Denker, nicht?«

»Richtig.« Semje lächelte und ging zur nächsten Statue. »Nach ihnen führte Purrdall der Schöne die Abrindarh.« Er zeigte auf einen auffallend hässlichen Zwerg, der Hammer und Meißel in den Händen hielt.

»Was man so schön nennt …«

Fillgur lachte. »Er war mit Abstand der hässlichste Zwerg, den Kristalle je beleuchtet haben. Aber seine Arbeiten als Bildhauer sind bis heute unübertroffen.«

»Vielleicht gefällt dir der Nächste besser.« Fillgur wies auf eine kräftige Zwergenstatue mit kurzgeflochtenem Bart und einem schmalen Langschwert. »Das ist Kressfuhr der Schnitter! In den Stammesfehden der Altzeit hat er die Abrindarh zum Sieg geführt. Es gibt keinen Stammesvater, der mehr Köpfe von Rümpfen getrennt hat als er.«

Pitu nickte tapfer und spähte unauffällig nach vorn. Wie viele blutige Geschichten versteckten sich hier noch? Der Weg war ziemlich weit. Natürlich verstand er, dass es für seine Begleiter wichtig war, ihm die Geschichte ihres Volkes zu erzählen. Also ging es weiter: Gallbatur der Schweigsame, mit einem Buch in der Hand, Settelmuhr der Vergnügte, mit einer Armbrust. Pitu entdeckte erst auf den zweiten Blick den Flachmann, der aus seiner Tasche lugte. Ob der Stammesvater gewusst hatte, wie sein marmornes Abbild mal aussehen würde?

Viele weitere Statuen passierten sie noch, von denen Pitu sich aber nur noch Brallbohr den Reichen merken konnte, der einen prallen Beutel in den Händen wog. Eine Truhe zu seinen Füßen war es, die sich von den anderen Skulpturen unterschied und die Pitus Aufmerksamkeit auf sich zog. Denn ihr Inhalt war echt und kündete vom Reichtum der Abrindarh. Doch es war weniger der Inhalt als vielmehr die Geschichte, die seine Freunde dazu erzählten. Solange in Brallbohrs Truhe echtes Gold läge, wäre das Leben der Abrindarh gesichert. Keine einzige Münze war seit dieser Weissagung abhandengekommen, versicherte Fillgur. Im Gegenteil. Man warf weitere Goldmünzen dazu, um die Götter des Schicksals gnädig zu stimmen.

»Das ist doch mal eine schöne Geschichte«, sagte Pitu.

»Nicht wahr? Mir gefällt Brallbohr auch von allen am besten«, meinte Schimmi.

»Das kann ich gut verstehen.« Pitu sah den Zwerg aufmerksam an. Wenn er mit einem seiner Begleiter etwas gemeinsam haben sollte, dann am ehesten mit Schimmron. Vielleicht lag es daran, dass er jünger war. Sie waren sich auf Anhieb sympathisch gewesen.

Die blonden Brauen des Zwergs hoben sich. »Aber ja. Brallbohr und seine Goldtruhe. Eine Geschichte, die man sich merken sollte.«

Atharu

22

Atemlos verfolgte Atharu, wie die Steine sich erneut in Bewegung setzten. Der Weg der gelben, weißen und grünen war derselbe. Auch die ockerfarbenen Kristalle, die die Armee der Zwerge repräsentierten, zogen wieder nach Fullbor. Gebannt verfolgte er, wie die schwarzen Steine sich auf den Weg machten. Es war wichtig, dass sich etwas änderte. Und wenn es nur einige wenige Kristalle wären, die eine andere Richtung einnähmen, wüssten sie, dass der Kreh beeinflussbar war. In welchem Ausmaß auch immer.

Erneut zog das übermächtige Nord-Heer des Kreh am Grehum vorbei und wendete sich gen Tyklahr. Das konnte doch nicht wahr sein! Auch in Tonda wiederholte sich die Teilung der Horde. Atharu seufzte. Sollte ihr Plan wirklich zum Scheitern verurteilt sein, noch ehe sie es probiert hatten? Die Gier des Kreh musste sich doch auswirken. Sie konnten ihn doch nicht völlig falsch eingeschätzt haben. Dann sah er es!

Im selben Moment packte Selana seinen Arm. »Sieh nur!«

Der große Teil der Horde um Tonda, der in Richtung Clutt gezogen war, wurde langsamer, blieb stehen und zog zurück! Sie verstärkten den Ring um Tondaborgen. Das Waldelbenheer zog unbehelligt weiter gen Westen. Und noch etwas passierte: Die schwarzen Steine in Crem spalteten sich auf, ein Teil zog den grünen Kristallsteinen entgegen. Das wiederum hatte zur Folge, dass sich dem schwarzen Heer in Crem ein beinahe ebenbürtiges blaues Heer entgegenstellen konnte.

»Ja!«, entfuhr es Atharu. Erleichtert sah er seine Schwester an, die nickend auf die Karte starrte.

Pelldor klopfte ihm auf die Schulter. »Die Truhe der Mydrah«, brummte er. »Wie gut, dass du deiner Urmutter immer so aufmerksam zugehört hast.«

Atharu grinste ihn an und blickte sich um. Der Magister spazierte um die Karte herum und inspizierte die Stellungen von allen Seiten. Er schien höchst zufrieden zu sein. Gegenüber hatte sich die Fürstin in ihren hohen Lehnstuhl gesetzt. Ihre Miene war unergründlich, doch ihr Gesicht wirkte blass. Der Zauber musste sie einiges an Kraft gekostet haben. Trotzdem brannte Atharu darauf, ihre Gedanken zu dem zu hören, was ihnen soeben als Möglichkeit der Zukunft offenbart worden war. Er überlegte, wie er es anfangen sollte, doch es war der Magister, der Mehlen-Ellanjah ansprach.

»Ehrwürdige Fürstin, wir sind Euch zu großem Dank verpflichtet, zu übergroßem Dank, möchte ich sagen.« Lieburus verbeugte sich. »Was wir hier erleben durften, war so erschreckend wie hoffnungsvoll. Ja, das war es. Fürwahr! Wir sollten nunmehr über unsere nächsten Schritte nachdenken, nicht wahr?« Er verschränkte die Hände vor der Brust, streckte dann aber die Zeigefinger und kratzte sich am Kinn. »Es dünkt mich, dass unser ungewöhnlicher Plan also Erfolg versprechend ist. Meint Ihr nicht? Wie wollen wir nun weiter vorgehen?« Er ließ die Arme sinken und schaute Mehlen-Ellanjah offen an.

Auch Pelldor und Selana sahen zur Fürstin. In stillem Einverständnis warteten sie auf ein Zeichen der Herrscherin.

Einen Moment schwieg sie noch, dann hob sie den Kopf und schloss kurz die Augen, ehe sie ihnen mit wachem Blick entgegensah. »Wisset, dass dies nur Möglichkeiten des Kommenden sind. Selbst ein Sternenbild kann trügen und Seelen können verführen, um ihren eigenen Plänen zu folgen. Schon ein Federflieger mag das Schicksal wenden.« Ihre Augen funkelten und richteten sich plötzlich auf einen Punkt hinter ihnen. »Doch unser Plan soll seine Möglichkeit bekommen. Und wenn ich nicht irre, sind die ersten Schritte getan.«

Kellbruhn-Palizhturh kam herein. Auf ein Zeichen Mehlen-Ellanjahs trat er an die Tafel und berichtete von den aktuellen Geschehnissen. »Die Keramik mit dem Abbild einer möglichen Lade von Mydrah ist fertig.« Er verbeugte sich vor der Fürstin.

»So schnell? Aber das ist ja fantastisch!« Lieburus klatschte in die Hände.

»Es ist kaum zu glauben«, raunte Pelldor.

»Elbenzauber.« Selana schüttelte den Kopf. »Irgendwann würde ich gerne mehr darüber erfahren.«

Atharu sah zu Mehlen-Ellanjah, die immer noch angeschlagen wirkte. Trotzdem umspielte ein leises Lächeln ihre Lippen. *Sie weiß wieder mehr, als sie uns sagt.* Unumwunden stellte er ihr die nächste Frage. »Was wird nun weiter geschehen?«

Auf einen Wink der Fürstin antwortete der Heerführer der Elben: »Die Keramik wird in diesem Moment in das Haus der Berührung unter die Obhut des Linuzh-Kellzhardizh gestellt. Er soll dafür Sorge tragen, dass der Älteste Teehl sie bei seinem nächsten Besuch zu Gesicht bekommt.«

Das wird Linuzh sicher nicht gefallen. Aber dem Meister der Berührung würde bestimmt etwas einfallen.

»Das Pergamentfragment über den geheimen Aufenthaltsort der Lade ist ebenfalls im Begriff, in die Hände des Ältesten zu fallen«, fuhr Kellbruhn-Palizhturh fort. »Wir wissen überdies auch schon recht sicher, von welchem Anleger Teehl seine Flucht versuchen wird.«

Die Fürstin räusperte sich. »Und meine persönliche Garde weiß um ihre Aufgabe?«

»Sie werden mit aller Entschiedenheit eingreifen, um ihn die Bedrohung einer erneuten Gefangennahme spüren zu lassen«, antwortete er. »Und gleichzeitig werden sie zurückhaltend genug auftreten, um die Flucht nicht zu vereiteln.«

Fast tat Atharu der Älteste leid. Wenn die Elben erst mal einem Plan folgten, dann mit allen Konsequenzen. Ein Schauder lief ihm über den Rücken, als er daran dachte, was das für ihn selbst noch bedeuten mochte.

»Und Bennzhardizh?« Die Stimme der Fürstin war kaum mehr als ein Raunen. Atharu hielt die Luft an. Er hatte nicht erwartet, dass Mehlen-Ellanjah etwas über ihren Nebelmacher verlauten lassen würde.

Ihr Heerführer anscheinend auch nicht. Er zögerte kurz, ehe er antwortete. »Er verhält sich entsprechend und wird ebenfalls von Eurer Garde überwacht. Alle Wege wurden bereitet.«

»Danke, Freund Kellbruhn.« Die Herrscherin erhob sich. »Dann geleitet uns jetzt zu den Portalen!«

Atharu fing den überraschten Blick seiner Schwester auf. Er konnte es ihr nicht verdenken. Nach all den Unterredungen hatte die Fürstin es endlich eilig. Im Grunde sollte es sie freuen. Andere würden sich jetzt um Teehl und Bennzhardizh kümmern. Ein kurzer Anflug von Erleichterung durchflutete Atharu und er lächelte Selana zu. Der erste Schritt war getan. Nun ging es darum, der Fürstin das Tor nach Crem zu öffnen, um Teilen ihrer Garde den Weg dorthin zu ermöglichen. Wenn das Portal noch sicher war, könnten ihre Elbenkrieger vor Ort dafür sorgen, dass es so blieb.

Sein Lächeln erstarb. Morgen schon mussten sie sich selbst auf den Weg machen. Eine letzte Konfrontation vielleicht, wenn die Fürstin gewahr wurde, dass die Scheltar-Zwillinge sich trennen wollten. Würde sie versuchen, ihnen Einhalt zu gebieten? Ihnen den Weg aufdrängen, der ihr selbst vorschwebte? Und welchen Weg musste der Medaillon-Schlüssel nehmen, wenn sie sich womöglich mit Mehlen-Ellanjah überwarfen? Wenn das Portal noch sicher war! Ja, wenn! Eine Menge »Wenns«. Und wenn nicht?

Atharu mochte nicht daran denken, was sie gleich in dem Kellerraum erwartete, wenn sie das Portal öffneten. Keine weiteren Leichen, hoffte er. Und hoffentlich auch keine bis an die Zähne bewaffnete Horde Gellwicks, die darauf wartete, dass der Kreh selbst eintraf, um ihnen das Tor nach Erellgorh zu öffnen. Atharus Herzschlag beschleunigte sich. Schon ihre bisherigen Wege waren nicht ohne Risiko gewesen. Jeder weitere Schritt konnte tödlich sein. Trotzdem mussten sie es wagen.

Metallenes Klirren holte ihn aus seinen Gedanken. Vor ihnen lag das Tor der Elemente. Doch anders als sonst war nur eine schmale Gasse frei, um darauf zuzugehen. Reihen von Elbenkriegern drängten sich dicht an dicht. Der Anblick ihrer glänzenden Rüstungen und Waffen war gleichermaßen faszinierend und beängstigend. Im Vorbeigehen sah Atharu auf die Klingen ihrer Schwerter, die die Schemen ihrer selbst spiegelten und das Licht der leuchtenden Kristalle unter der Decke über ihnen reflektierten.

Als sie das Tor passiert hatten, flankierten weitere Goldgerüstete ihren Weg. Sie drängten sich so dicht aneinander, dass ihnen kaum Bewegungsraum blieb, um für ihre Fürstin Haltung anzunehmen. Ein Straffen der Schultern, ein Senken des Kopfes, mehr war nicht möglich. Doch selbst das verursachte ein metallenes Kratzen und Klirren, das Atharu durch und durch ging. Es geleitete sie bis hinab zu den Schmieden und wurde hundertfach von den Felswänden der riesigen Gewölbehalle zurückgeworfen.

Was für eine Streitmacht. Die Fürstin meinte es wirklich ernst. Wenn sie nicht die Zerstörung des Portals in Crem beföhle, dann müssten ihre Krieger es eben halten. Um jeden Preis! Er hoffte inständig, dass dieser Kellerraum in Crem an einem Ort verborgen war, den noch niemand gefunden hatte. Ein Ort, den sie unentdeckt befestigen konnten, ohne sofort in Kämpfe zu geraten. Doch wie lange mochte so ein Ort dieser Tage sicher bleiben? Bestimmt suchten die Häscher des Kreh längst danach. Auch wenn das nicht hieß, dass sie ihn gefunden hatten. Möglicherweise drohte keine Gefahr, wenn er mit Selana das Portal öffnete. Gleich, in nur wenigen Momenten. Und wenn doch, lag es vielleicht in einem Bereich der Stadt, der »nur« von Entgeisteten dominiert wurde, die im Zweifel leichtere Gegner für die Elbenkrieger wären als die besser bewaffneten Gellwicks.

Atharu sah sich um. Genügend Krieger hatte Mehlen-Ellanjah jedenfalls aufmarschieren lassen. Er seufzte. Gegen die geistlosen Opfer des Kreh kämpfen zu müssen, war das Letzte, das er sich wünschte. Seine Brust wurde eng, als er an Brandan dachte, der genau das zu verhindern gesucht hatte, als er durchs Portal gesprungen war. Es ging ihm darum, diese Menschen vor der schwarzen Magie des Kreh zu retten. Was für ein hoffnungsloses Unterfangen.

Er mochte sich nicht vorstellen, was mit Brandan inzwischen passiert war. Womöglich zählte er jetzt selbst zu den Entgeisteten, streifte ungehemmt und irr durch die Straßen, schändete und tötete. Dem Wahnsinn preisgegeben, wäre der Tangora-Jäger allein durch seine schiere Körperkraft ein wahres Tötungsmonster. Atharu holte tief Luft und versuchte, diese furchtbaren Gedanken abzuschütteln. Das brachte sie nicht weiter.

Unauffällig schaute er zu Selana. Dachte sie auch gerade an Crem – und ihren Mentor? Hatte Freund Gehlen Brandan helfen können? Die Nachricht zumindest, die Jiga ihnen in Form einer hastig geschriebenen Botschaft überbracht hatte, hatte Anlass zur Hoffnung gegeben. Und die sollte er ob der waffenstarrenden Elbenkrieger nicht fahren lassen. Wie sagte die Fürstin noch? *Sorgt Euch nicht. Die Zeit ist noch nicht zur Gänze verronnen.* An diesem Gedanken wollte Atharu festhalten.

Die Fürstin schritt auf direktem Weg zum Portal nach Crem, blieb stehen und hob die Arme, als könnte sie selbst es öffnen. Doch Atharu begriff, dass es eine Art Meditation war, mit der sie sich auf das einstellte, was geschehen könnte. Sie raunte Worte in der alten Sprache, zu leise, um sie zu verstehen. In der eben noch hell erleuchteten Gewölbehalle wurde es dunkler. Alles Licht richtete sich plötzlich auf dieses eine Portal. Als würde es die Helligkeit ansaugen und verschlingen.

Mehlen-Ellanjah wandte sich um, ein glimmender Schatten vor einer Aura aus Licht. »Es ist an Euch, Scheltar. Wisset, dass das Portal geöffnet bleiben muss, bis ich Euch anrufe, es zu schließen!« Ihr Blick fixierte sie. Erst als sie nickten, wandte sie sich ihrem Heerführer zu. »Auf mein Zeichen wirst du unsere Brüder und Schwestern hinüberführen. Vermeidet Kämpfe, so gut es euch möglich ist, und haltet das Portal, solange es geht.«

Kellbruhn-Palizhturh verbeugte sich. Hinter ihnen wurden Geräusche laut. Atharu blickte sich um. Zwei große, vollbeladene Karren rollten herbei.

»Nehmt diese Vorräte und haltet aus, denn das Portal wird verschlossen bleiben, bis die Säulen der Macht gefallen sind!« Mehlen-Ellanjah wandte sich von Kellbruhn-Palizhturh ab und wies Atharu und Selana einen Platz seitlich des Portals zu. Dann begab sie sich hinter die Linien ihrer Garde.

Sofort kümmerte der Heerführer sich um die Aufstellung seiner Leute. Wenn Atharu es richtig verstand, würde Kellbruhn die Vorhut, ein Dutzend Elbenkrieger, selbst anführen. Danach kämen die Versorgungskarren, und erst dann sollte der Rest des Heeres folgen.

Atharu spürte sein Herz schneller schlagen. Es war so weit. Sie würden den Schutz des Portals ermöglichen oder aber dem Feind das Tor nach Erellgorh öffnen. Er schaute Selana an und griff nach ihrer Hand. Sofort fühlte er die Energie, die prickelnd und pulsierend durch ihren Körper strömte. *So viel Macht.* Ihre Magie gebot über eine Stärke, die er selbst nicht einmal annähernd erreichen konnte. Es gab keinen Zweifel, welche Rolle ihr zukommen musste. *Konzentriere dich auf das Hier und Jetzt.* Ihre Kräfte strömten in ihn, er sendete seine eigene Magie zurück. Ihre Verbindung stand, die Aufmerksamkeit aller Anwesenden richtete sich auf das Portal.

»*Yl Hiesfruhr yl pazh perk fellurh perk droijahn gluhn - urlon yn portham!*« (Die Verbindung der Macht, des Segens der Ahnen gewiss, öffne den Weg!) Sie sprachen die Worte gemeinsam, ohne dass es eines Zeichens bedurft hätte.

Jetzt galt es zu bestehen. Atharu schloss die freie Hand für einen kurzen Moment und öffnete sie mit einem Ruck. Ein feuriger Faden schnellte aus seinen Fingern und flog zum magischen Tor hinüber. Angespannt verfolgte er, wie das glimmende Fädchen über das Portal glitt und auf die unscheinbare Pflanze zustrebte, die sein Anknüpfungspunkt war. Auch Selanas Magie, nur als leichte Brechung des Lichts sichtbar, hatte das Tor gefunden und wirbelte der Federfliegerin entgegen. Im nächsten Moment hatten beide Zauber ihre Ziele erreicht, breiteten sich über den gesamten Bogen, verbanden sich zu feurigen Wirbeln, die jede Figur, jede Pflanze bedeckten und schließlich in Gänze verhüllten. Sofort verdichtete sich die Luft im Inneren des Portals. Schon wurde der Spiegel sichtbar, dunkel und glänzend.

Kellbruhns Männer nahmen Haltung an und zogen ihre Klingen. Atharu starrte unverwandt auf die schemenhaften Konturen, die immer deutlicher wurden und dann eine Szenerie offenbarten, die er nicht erwartet hatte. Mit einem dumpfen Geräusch zog sich das Bild blitzartig in den Bogen zurück und das Portal war offen. Selana gab einen überraschten Laut von sich. Er konnte es ihr nicht verdenken.

Im Kellerraum vor ihnen türmten sich keine Leichen, und es warteten auch keine Gellwicks auf sie. Leer war der Raum dennoch nicht. Irgendwer hatte ihn in eine notdürftige Unterkunft verwandelt. Ein Tisch, ein Stuhl und ein grob gezimmertes Holzbett mit fleckigen Kissen und Decken fanden ihren Platz. Überall im Raum standen und lagen Krüge und Becher. Auf dem Tisch thronte ein kleines Holzfass, aus einer Lache darunter tropfte es auf den Boden. Es musste noch vor Kurzem jemand hier gewesen sein. Ein übler Gestank von Wein und Erbrochenem zog durchs Portal zu ihnen herüber. Atharu versuchte, die Szene zu verstehen.

Scharfer Geruch von Urin mischte sich dazu, als die Decken im Bett sich plötzlich bewegten. Auf ein Zeichen des Heerführers sperrten die Elbenkrieger das Portal mit ihren gezogenen Klingen. Aus dem Augenwinkel sah Atharu, wie die Fürstin zögernd nähertrat. Ihren Blick auf das Bett im Keller gerichtet, neigte sie den Kopf zur Seite, als wüchse vor ihr eine sonderbare Pflanze, die sich zu nichts in dieser Welt zuordnen ließ.

Doch was sich da vor ihnen aus den Decken schälte, war nur eine hagere, ältere Frau. Sie rieb sich das Gesicht und stierte ungläubig herüber. Dann blinzelte sie und rieb sich die Augen, als könnte sie die Krieger vor ihrer Schlafstatt einfach wegwischen. Kellbruhn und seine Elbenkrieger indes rührten sich nicht von der Stelle.

Etwas unbeholfen schob die Alte ihre dünnen Beine aus dem Bett und setzte die nackten Füße auf den Boden. Sie schwankte, als sie sich aufsetzte. Dann kniff sie die Augen zusammen und öffnete sie wieder. Die Elben mit ihren gezogenen Klingen hatten sich nicht bewegt. Sie schüttelte den Kopf, hickste und grinste dümmlich vor sich hin. Sie war sternhagelvoll, begriff Atharu und schaute zu seiner Schwester hinüber. Doch die zuckte nur mit den Schultern und blickte ihn fragend an. Am liebsten wäre er zu der Betrunkenen gegangen, um ihr ein Kleid oder einen wärmenden Umhang zu geben. Sie sah wirklich elend aus. Aber er musste zusammen mit Selana das Portal offen halten, bis die Fürstin andere Befehle für sie hatte.

In diesem Moment trat Mehlen-Ellanjah vor und sprach die Alte an. »Ich grüße dich, werte Frau. Vergib unser Eindringen, doch wir wähnten diesen Raum leer und ungenutzt.«

Die Betrunkene erhob sich schwankend von der Bettkante und torkelte ein paar Schritte auf die Fürstin zu. Sofort kam Bewegung in die Elbenkrieger, die Hälfte der Männer trat vor. Innerhalb eines Lidschlags entstanden zwei Reihen, deren vordere der Frau ihre Klingen spitz entgegenstreckte.

Erschrocken stolperte die Betrunkene zurück, fiel hin und riss den Stuhl mit sich, der polternd zu Boden fiel. »Was w-wollt iah von m-mia?«

»Mein Name ist Hilja-Mehlen-Ellanjah, ich bin die Fürstin der Elamarh und hoffe, dass du uns mit Neuigkeiten dienen kannst.

Du musst meine Garde nicht fürchten.« Sie gab dem Heerführer ein Zeichen und sofort rief er die Elbenkrieger zurück.

»Fekehr! Falta trojun bührk.« (Rückzug – aber Stellung halten!).

Wieder kniff die Frau die Augen zusammen und schüttelte ungläubig den Kopf. *Ob sie in diesem Moment den Wein verflucht?* Atharu würde nie verstehen, warum Menschen Getränke zu sich nahmen, die den Geist vernebelten. Fassungslos beobachtete er, wie sie mit den Händen unter ihr Hemd griff und sich ungelenk kratzte. Ihre Brüste hüpften hin und her, Selana stöhnte. Es gab Bilder, die brauchte niemand. Aber immerhin schien die anfängliche Panik der Betrunkenen verschwunden zu sein.

»Hiehja-mäh-lannah.« Ein Rülpsen. »Dann gippt es das hia würklich.« Sie krabbelte unbeholfen zurück aufs Bett. »Un ich daachte schohn, das Langoar hadde mich üba das selbige gehaun, hicks.«

Langohr! So machte sich die Kellerfrau in Erellgorh keine Freunde. Dann erst verstand Atharu, was sie damit gesagt hatte.

Die Fürstin hakte direkt nach. »Du trafst einen der unsrigen? Weißt du seinen Namen?«

»Namen?« Ein blubberndes Geräusch entstand, als die Frau Luft durch ihre Lippen blies.

»Wie hieß der Elb, der dir hiervon erzählt hat?«

Sie zuckte mit den Schultern. »Keiiine Ahnung. Aba er hat mia schöööncn was ssu trinken gebracht.« Sie verzog ihren Mund wieder zu einem dümmlichen Grinsen.

»Gehlen?« Die Stimme von Atharus Schwester klang unsicher. Instinktiv hielt er ihre Hand fester.

»Hieß er Gehlen? Nun sag schon!« Selana wurde lauter, Atharu warf ihr einen besorgten Blick zu. Doch sie konzentrierte sich ganz und gar auf die Betrunkene.

Die rotunterlaufenen Augen der Alten weiteten sich und ihre Stirn legte sich in Falten. Plötzlich lächelte sie. »Ja, so nannde dea sich. Geeeeh-len.«

»Ist er hier? Oder in der Nähe?« Selana machte einen Schritt auf das Portal zu, doch Atharu hielt sie zurück. Seine

Schwester blickte ihn vorwurfsvoll an, verstand dann aber. Die Verbindung durfte nicht abreißen.

»Nö. Hia iss niemand außer mia. Ssumindest keinah, dea noch denken kann. Un die Tüa iss verrammeld un verriegeld.«

Was hatte das nun wieder zu bedeuten? Obwohl – eigentlich musste das alles gar nichts heißen. Die Frau war offensichtlich nicht bei klarem Verstand. Oder lag das am Ende nicht nur am Wein? Atharu versuchte, unter dem dünnen Leinen, das sie trug, einen Armreif zu entdecken. Aber nein, da war nichts.

»Wenn du gestattest, werte Frau«, nahm die Fürstin das Gespräch wieder auf, »würden wir gern prüfen, was es mit der Tür deiner ...«, Mehlen-Ellanjah stockte kurz, als müsste sie nach einem passenden Wort suchen, »... deiner Unterkunft auf sich hat. Du brauchst auch keine Angst zu haben.«

Die Betrunkene wedelte mit der Hand in Richtung Treppe. »Tut, wass iah nich lassen könnd.« Dann fiel sie wie ein Stein zurück ins Bett und begann zu schnarchen.

Selana

23

In ihrem Kopf schwirrten die Gedanken. Gehlen lebte!

Am liebsten wäre sie sofort durchs Portal gestürmt, doch Atharus starke Hand umfasste ihre wie ein Schraubstock. Natürlich wusste sie, dass es nicht funktionieren würde. Dass das Portal sich im selben Moment verschließen würde, in dem sie die Verbindung zu Atharu löste. Doch sie spürte die Sehnsucht in ihrer Brust und konnte in diesem Augenblick an nichts anderes denken als an ein Wiedersehen mit Zhanjor-Gehlen. Im Geiste sah sie ihn auf sich zukommen. Sah sein Lächeln, mit diesen winzigen Grübchen. Die goldenen Sprenkel in seinen Augen, die so irritierend zu pulsieren schienen. Die Sehnsucht schnürte ihr die Brust zusammen, so sehr verlangte es sie nach seiner Nähe. Ihr Herz gehörte ihm, wurde ihr klar. Sollte sie ihn jemals wiedersehen, musste sie es ihm sagen, schwor sie sich. Wie auch immer er sich entscheiden würde – die Scheltar des Windes wäre die seine.

»Selana!« Atharus Stimme klang warnend. »Das Portal!«

Erschrocken schaute sie auf. Sie hatte den Arm sinken lassen, der Faden ihrer Magie war dünner geworden. An einigen Stellen des Portals trennte sich Feuer von Wind und gab kleine Fragmente der magischen Pforte frei. Sofort fokussierte sie ihre Kräfte und ließ mehr Energie in das Tor nach Crem strömen. Die Geräusche um sie herum holten Selana vollends zurück, die Flucht ihrer Gedanken in eine mögliche Zukunft oder eine unmögliche Hoffnung fand ein jähes Ende. Vor ihr folgte Elbenkrieger auf Elbenkrieger dem Heerführer durchs Portal.

Nachdem sie die Schlafende samt Bett in die Halle der magischen Schmieden herübergeholt hatten und die Vorräte im Kellerraum verstaut waren, begab sich der Heerführer die Treppe hinauf, um nach der Tür zu sehen. »Verrammelt und verriegelt«, hatte die Betrunkene gesagt. Und wie Kellbruhn-Palizhturh berichtete, war es tatsächlich so. Ein schwerer Schrank blockierte die Tür und hatte sich überdies in einem schadhaften Dielenbrett verkantet.

Mit der Kraft von vier Elbenkriegern kamen sie schließlich hindurch und konnten sich einen Eindruck von der Lage machen. Den Raum oberhalb des Kellers beschrieb Kellbruhn als unauffällig, aber geeignet, um das Portal zu verteidigen. Kleine Fenster zur Straße, durch die niemand eindringen konnte, ein weiteres Stockwerk und ein Ausstieg auf ein flaches Dach. Seine Krieger fänden genug Platz. Also überließ die Fürstin ihm das Kommando.

Der Arm wurde Selana schwer, sie musste ihre Schultermuskeln mit stärkender Magie versorgen. Wie viel Zeit vergangen war, wusste sie nicht. Vielleicht war über Erellgorh schon der Mond aufgegangen.

Als sich endlich die Felshalle leerte, richtete die Fürstin letzte Worte an ihren Heerführer: *»Porozh jaln yt kärenn - zorr fisto frakforh ellk. Yt Zhar ezh tuhn!«* (Dunkel ist der Weg, doch der Geist brennt hell. Friede sei mit dir!)

»E Jigu i jylnuhn!« (Und Leben in uns!) Der Heerführer verbeugte sich.

Die Fürstin gab das Zeichen, die Verbindung zu lösen. Sofort ließ Atharu ihre Hand los, und der Kellerraum begann zu flirren. Ein kurzer Moment nur, dann fiel das Bild mit einem dumpfen Geräusch in sich zusammen, die magische Pforte war verschlossen. Selana und Atharu traten zurück.

Mehlen-Ellanjah wies die verbliebenen Krieger ihrer Garde an, Stellung vor den Portalen zu beziehen. Die geheimen Wege der Elben würden verschlossen bleiben, bis der Kreh besiegt war. Oder er ... Nein, diesen Gedanken wollte Selana nicht weiterführen.

»Und jetzt, ehrwürdige Fürstin?«, durchbrach eine leise Stimme das Schweigen.

Selana blickte sich um. Ein Stück entfernt saß der Magister auf dem Boden der Halle und lehnte an einer der mächtigen, steinernen Baumsäulen. Pelldor stand neben ihm. Sie hatte beinahe vergessen, dass die beiden mitgekommen waren.

»Mich dünkt, wir könnten alle etwas frische Luft vertragen, nicht wahr? Klare Luft für klare Gedanken, ist es nicht so?« Er schaute Pelldor an und streckte ihm einen Arm entgegen. »Guter Freund, wärst du so nett, einem alternden Magister ...«

Der Hauptmann bückte sich, griff Lieburus unter die Arme und hob ihn hoch, als wöge er nicht mehr als ein Federkissen.

Der Alte keuchte und riss die Augen auf. »Hoppla, ja, äh ... so ungefähr hatte ich gedacht, genau.« Für einen kurzen Moment baumelten seine Beine in der Luft, dann stellte Pelldor ihn vor sich ab. Lieburus legte den Kopf in den Nacken und stierte dem Hauptmann kopfschüttelnd in die Augen. »Womit mag deine Mutter dich gesäugt haben. Melbo-Milch?« Er klopfte seine Robe ab, drückte den Rücken durch und reckte das Kinn. Neben Pelldor wirkte er wie ein geschrumpftes Männchen.

Als die Fürstin vor ihn trat, wurde es nicht besser, denn auch sie überragte ihn. Sie lächelte. »Ihr seid ein weiser Mann, Magister Lieburus.«

Sofort färbten sich die Wangen des Alten rot. »Äh, wie?« Er sah zu Pelldor und wieder zur Fürstin. »Das war nun wirklich nur so dahingesagt. Ich, äh ... habe keine Ahnung von Melbo-Milch und ihrer möglichen Wirkung auf Säuglinge. Ganz bestimmt nicht.«

Ein glockenklarer Klang füllte den Raum, als Mehlen-Ellanjah lachte. Selana konnte es nicht glauben. Die Fürstin amüsierte oder freute sich tatsächlich.

»Klare Luft und klare Gedanken, Magister Lieburus. Das war der Satz, der mir gefiel.« Sie schmunzelte. »Denn vielleicht ist auch der Himmel klar und schenkt uns einen weiteren Blick in die Sterne.« Ihr Schmunzeln verging, wie die Sonnenstrahlen hinter dunklen Wolken. »Ein letzter Blick, ehe die Scheltar Erellgorh verlassen.« Selana konnte förmlich sehen, wie die melancholische Schwermütigkeit wieder von der Fürstin Besitz ergriff.

»Erellgorh?« Schläfrig richtete sich die Betrunkene in ihrem Bett auf und sah sich um. »Wo bin ich?«

»In Sicherheit.« Mehlen-Ellanjah nickte ihr wohlwollend zu.

Die Frau aus Crem schien erleichtert und legte sich wieder hin, drehte sich aber auf die Seite und schielte aus neugierigen Augen zu ihnen herüber.

In Sicherheit. Wenn das doch nur für alle gelten würde. Sie schaute zu ihrem Bruder. »Ich wünschte, auch Wanda, Aria und Lysa wären in Sicherheit!« *Und Gehlen.*

»Das wünschte ich auch«, antwortete Atharu. »Und ebenso Zhanjor-Gehlen und mein Freund Brandan!«

»Ja.« Sie sah ihn dankbar an. »Auch Gehlen und Brandan!«

»Brandan?« Die lallende Cremerin stützte sich auf. »Das wah doch der andere. So'n grooßer ...« Sie versuchte, mit ihrem freien Arm zu verdeutlichen, wie groß Brandan war, und fiel dabei auf den Rücken. Dann kicherte sie. »Ein schöööner Mann. So dunkle Haare.« Sie strich sich eine Strähne aus dem Gesicht und begann, sie um den Finger zu wickeln.

Atharu trat an ihr Bett. »Du hast also auch meinen Freund Brandan kennengelernt? Kannst du uns sagen, wo er ist?«

»Oh, was für ein blonder Jüngling. Bist auch ganz hübsch, hicks. Aber dunkle Haare sind einfach schöner. Und diese

Muskeln. Rrrrr«, gurrte sie. Selana konnte nicht glauben, wie anzüglich die Alte wurde. »Schaaade drumm.«

»Was willst du damit sagen? Ist ihm was passiert? Wo ist er?« Atharu trat vor, und die Betrunkene robbte in ihrem Bett zurück.

»Über alle Berge iss er.« Der Cremerin troff Speichel aus dem Mundwinkel, den sie mit ihrem Ärmel abwischte. »Der andere war der Letzte, der noch da war. Zhan-dings-Gehlen.«

Jetzt war es Selana, die vortrat. Doch ehe sie eine Frage stellen konnte, redete die Alte schon weiter. Ihre Stimme wurde fester. Entweder ließ die Wirkung des Weins nach, oder die Aufregung ernüchterte sie.

»Dieses Langohr had mich hier wech gesperrt. Sollte eine Nachricht überbringen. Ts, dass ich nicht lache. Schon seit Tagen lieg ich hia rum, ohne dass ich auch nur ürgendwas nach ürgendwo hädde bringen können.«

»Und doch bist du jetzt in Erellgorh«, gab die Fürstin zu bedenken. »Was auch immer es für eine Nachricht ist, sie war für uns gedacht.«

»Davon kann ich mia auch nix kaufen.« Sie zog die Beine vor die Brust und umschlang sie. Tränen rannen ihr aus den Augen. »Ich – ich war die Letzte«, stammelte sie. »Sie sind alle tot. Tot! Mein Mann, meine Söhne ...« Sie schluchzte plötzlich, diese Trauer und Verzweiflung war nicht gespielt. Womöglich hatte sie deshalb so viel getrunken. »Sie wollten, dass ich mitkomme. Aber wohin denn? Crem ist doch mein Zuhause. Nein, ich wollte dableiben, lieber meinem Mann und unseren Söhnen nachfolgen.«

»Dann hast du dich freiwillig einsperren lassen?« Selana setzte sich vorsichtig zur Alten auf das rohgezimmerte Bett.

Die wischte sich die Augen. »Ja.«

»Wie ist eigentlich dein Name?«, fragte sie weiter.

»Vena.« Die Stimme der Cremerin war jetzt so leise, dass Selana sie kaum verstand.

»Mein Name ist Selana.« Sie stellte auch die anderen vor. »Ich weiß nicht, was Freund Gehlen dir erzählt hat, aber auch wir wollen helfen. So wie Brandan und Gehlen es hoffentlich konnten.« Sie wartete ab, ob Vena eine Antwort gäbe oder vielleicht eine Frage stellte, doch die Cremerin blieb still.

»Es ist wichtig, dass wir so viel über die Lage in Crem erfahren wie möglich!« Noch während Selana die Worte aussprach, dachte sie darüber nach, ob das wirklich etwas nützte. Sie sollten das Portal schließlich nicht mehr öffnen, daher war Kellbruhn-Palizhturh mit seinen Kriegern ohnehin auf sich allein gestellt. Sie schaute zur Fürstin hinüber, die ihr wohlwollend zunickte. Wäre es nicht an der Elbenherrscherin, Befragungen wie diese durchzuführen?

Fast schon war Selana drauf und dran, sich zu erheben, um Mehlen-Ellanjah alles Weitere zu überlassen, als Vena den Blick hob und ihr unverwandt in die Augen sah. Und dann begann sie zu erzählen. Von Brandan und Gehlen, die sich darum bemüht hatten, die Menschen von Crem zu retten.

»Sie haben tagelang nach Überlebenden gesucht. Nach denen, die noch nich zu Tieren geworden waren. Der Muskelmann sollde sie aus der Stadt führen, und der Elb wollde unbedingt diesen Keller verschließen. Für eine Botschaft, die keina finden würde. Pah! Was denn das für einen Sinn macht, habe ich gefragt. Eine Botschaft, die keina findet. Und dass ich mia das auch ma wünschen würde, nicht gefunden zu werden. Weil ich doch Crem nicht verlassen wollte, un so. Un dann iss dieses Langohr ... Oh!« Sie schlug sich eine Hand vor den Mund und blickte zur Fürstin hinüber. »Iss nur, weil ich schlecht bin mit Namen. Jedenfalls hadde er die Idee, ich könne hier warten, bis Hilfe kommd.«

Als er sie eingeschlossen hatte, berichtete sie weiter, war der Osten der Stadt bereits leergefegt gewesen. Das waren Nachrichten, die für Kellbruhn wichtig gewesen wären, dachte Selana. Im Westen, glaubte die Alte zu wissen, trieben sich noch zu Hunderten Entgeistete herum. Unter Tränen erzählte sie, wie ihr Mann den lebenden Toten anheimgefallen war. Wie er sich immer weiter verändert hatte, sie zu schlagen begonnen, gepöbelt und gegeifert hatte. Auf den Wein war Vena gekommen, als sie ihren Mann rohes Fleisch und Exkremente essen gesehen hatte. Da hatte sie endgültig gewusst, dass er nicht mehr zu retten war.

Als die Cremerin hustete und eine Pause entstand, ließ die Fürstin ihr einen Krug Wasser bringen. Begierig trank die Alte. Ihre Augen waren glasig, doch jetzt war es nicht mehr der Alkohol, der ihr zusetzte, sondern die Erinnerungen, spürte Selana. Fast schon hoffte sie, die Alte möge nicht weiter erzählen. Sie ahnte, wie schlimm ihre Erlebnisse sein mussten.

»Mein Mann hat – nein, nicht er, das was von ihm übrig war – die Nachbarin ... auf der Straße ... fast vor unserer Tür ...« Tränen rannen aus ihren Augen. »Er riss ihr die Kleider vom Leib, und sie ... sie hat so geschrien. Ich wollte etwas tun – helfen.« Plötzlich packte sie Selana. »Aber da kamen immer mehr von ihnen, machten mit und johlten. Ich höre noch immer die Schreie meiner Nachbarin. Und sie haben auch an meiner Tür gerissen, wollten auch mich holen. Ich wusste nicht, was ich tun sollte. Diese Schreie ...«

Selana nahm sie vorsichtig in den Arm. »Du konntest nichts tun. Niemand konnte das!«

Es dauerte einen Moment, bis Vena sich etwas beruhigt hatte und weitersprach. »Meine Tür hat standgehalten, und irgendwann hat das Rütteln aufgehört und die Schreie verstummten. Aber die Stille danach war fast noch schlimmer. Jeden Augenblick fürchtete ich, alles ginge von vorne los. Als ich mich endlich getraut habe, aufzustehen, bin ich zum Fenster gegangen. Es war vernagelt, doch ich habe sie gesehen – durch den Spalt zwischen den Brettern.« Wieder wurde die Cremerin von einem Weinkrampf geschüttelt.

»Du musst nicht weiter erzählen«, sagte die Fürstin mit sanfter Stimme.

Doch Vena schien sie nicht zu hören. »Sie waren noch da, vor unserem Haus. Standen um den zerschundenen Körper dieser armen Frau herum und traten immer wieder dagegen. Wie törichte Kinder, die nicht verstehen, warum ihr Spielzeug kaputt ist. Doch ihr nackter, blutender Leib rührte sich nicht mehr. Und dann begannen sie zu knurren, wie Tiere brüllten sie sich plötzlich an und fielen von einem Moment auf den anderen übereinander her. Am Ende musste einer dran glauben.« Sie schluchzte.

Selana ahnte, wer das Opfer gewesen war. Wie grausam das Schicksal war. Am liebsten wäre sie gegangen, um nicht noch mehr hören zu müssen. Doch diese Frau brauchte jemanden, der ihr Halt gab. Sie konnte ihr nicht verwehren, sich das alles von der Seele zu reden. So furchtbar es anzuhören war, Vena war es, die es erlebt, nein, durchlitten hatte und davon begleitet würde, ihr Leben lang.

Mit stockenden Worten erzählte sie weiter. »Sie haben meinem Mann die Kleider vom Leib gerissen, so wie er es vorher mit der Frau gemacht hatte. Dann zwangen sie ihn auf die Knie und – und nahmen ihn. Er ist nur Abschaum, habe ich mir eingeredet, genau so ein grausames Tier wie die anderen. Und doch wäre ich am liebsten hinausgestürzt, um ihm beizustehen. Es war doch der Vater meiner Kinder.« Sie schluckte. »Er konnte sich losreißen. Voller Panik floh er vor diesen Bestien, die ihm durch die Straßen hinterherhetzten. Ich habe ihn nicht wiedergesehen.«

Selana rang um Fassung, während sie tröstend die Hände der Alten hielt. Es war so unvorstellbar, was Vena durchgemacht hatte. Trotzdem versuchte sie, auch noch über ihre Söhne zu sprechen. Deren Schicksal schien ihr noch mehr zuzusetzen, denn nach wenigen Worten brach sie zusammen. Tränen schüttelten sie, nurmehr klagende, schluchzende Töne entrangen sich ihrer Kehle. Es schien, als wollte der Schmerz kein Ende nehmen.

Alle blickten wie erstarrt auf die arme Frau, niemand rührte sich. Was konnte man auch tun? Vorsichtig fasste Selana nach ihren Händen. Sie musste etwas versuchen. Vena durfte an den Erinnerungen nicht zugrunde gehen. Behutsam ließ sie ihre Magie strömen, tastete sich vor zu der Trauernden, fand Einlass in ihren Körper und schenkte ihr von der kostbaren Energie. Es konnte nichts ungeschehen machen, doch es würde sie beruhigen und ihr Kraft geben.

Irgendwann fand die Cremerin den Mut, weiter zu erzählen. Nur über ihre Söhne sprach sie nicht mehr. Und Selana hoffte, dass niemand nach ihnen fragen würde.

Selanas Magie hatte Vena offenbar sehr geholfen, ihre Stimme war plötzlich klar und deutlich, als sie weitersprach. Sie erzählte, wie sie die Horde hatte kommen hören, um neue Opfer für ihre Armee zu holen. Einmal, als sie sich wie eine unsichtbare durch die Straßen geschleppt hatte, mit schweren Gliedern vom Wein und Met, hatte sie gesehen, wie sie die lebenden Toten auf einem Platz zusammengetrieben hatten. Ein Feuer brannte, das Klingen von Schmiedehämmern war zu hören gewesen. Sie hatte ein wenig gebraucht, um zu verstehen, was es damit auf sich hatte. Verletzte oder Schwächere wurden ohne Vorwarnung enthauptet, die Stärkeren zu Ambossen gezwungen. Vena hatte an Folter gedacht. Und irgendwie sei es das auch gewesen, erzählte sie. Denn ihnen waren glühende Reife um die Arme geschmiedet worden. »Schreie und Gestank nach verbrannter Haut und verbrannten Haaren hing in der Luft. Doch dann wurde es immer stiller.« Vena schüttelte den Kopf. »Aus den Tieren wurden plötzlich gefügige Männer. Als hätten sie nur darauf gewartet, von der Horde aufgenommen zu werden.«

»Dunkle Runen.« Endlich meldete die Fürstin sich wieder zu Wort. »Das Werk des Urhebers all dieser Gräueltaten.«

Vena nickte wissend. »Ich erinnere mich.« Sie schenkte Selana einen dankbaren Blick. »Eure Freunde haben mir davon erzählt. Von der schwarzen Magie, den Gellwicks und den Schatten.«

»Der Abtrünnige hat also einen Weg gefunden, sein Heer stetig zu vergrößern.« Die Fürstin sah in die Runde. »Warnung und Hoffnung können wir aus dieser Nachricht schöpfen!«

»Hoffnung?« Atharu schüttelte den Kopf. »Bei all den Gräueltaten fällt es mir schwer, das zu glauben.«

»Und doch liegt sie auf der Hand, ja, auf der Hand«, sagte Lieburus. »Der Gefallene strebt danach, jeder Streitmacht gegenüber gewappnet zu sein.«

Mehlen-Ellanjah nickte. »Und darin liegt unsere Hoffnung.«

Selana verstand noch nicht, worauf die beiden hinauswollten. Es war doch klar, dass der Kreh nach Macht strebte – nach einer Übermacht.

»Aber ja«, hörte sie dann ihren Bruder sagen. »Wenn er sein Heer immer weiter zu vergrößern sucht, verschafft uns das vielleicht noch ein wenig mehr Zeit.«

»Nicht nur das.« Der Magister trat näher. »Es bedeutet, dass er sich seiner nicht sicher ist.« Er gluckste. »Wenn das keine guten Nachrichten sind, dann weiß ich es auch nicht.«

»Wo ihr gerade von dem Heer sprecht ...«, meldete Vena sich zu Wort. »Darüber kann ich vielleicht noch etwas sagen. Auch wenn ich nicht weiß, ob es wichtig ist. Wir hörten in Crem, dass das Heerlager des Kreh sich von Hecco-Tia bis ganz nach Belldes-To zöge.«

»Hecco-Tia? So dicht bei Akralahr?« Selana konnte es kaum glauben. Der Ort lag weit im Westen, von dort war es nur noch ein Sprung bis an die Küste. »Dann müssten doch die Truppen von König Rerrik eingreifen, oder nicht?«

»Ein Kampf um Hecco-Tia könnte das Heer des Kreh zumindest schwächen«, ergänzte Pelldor.

»König Rerrik ist tot! Wusstet ihr das nicht?« Vena schaute in die Runde. »Das Letzte, was wir hörten, war, dass aus Akralahr keine Hilfe mehr zu erwarten ist.«

»Bist du sicher?« Selana starrte die Cremerin an, hoffte, dass es vielleicht nur ein Gerücht wäre.

Doch Vena nickte. »Es ist schon einige Wochen her, dass noch einmal ein Händler aus Akralahr bis zu uns durchgekommen ist. Er brachte die Botschaft mit. Erzählte auch von der Kälte, von Eis und Schnee im Tal von Belldes-To. Von der Küste bis zum Grehum lag alles unter einer weißen Schicht. Das Schlimmste aber war sein Bericht über die Entgeisteten. Durch ihn erfuhren wir schon von der dunklen Magie, bevor sie uns erreichte. Anfänglich wollte ihm keiner glauben. Dann fiel der erste Schnee in Crem, und die Stimmung schlug um. Die einstige Stadtmauer wurde notdürftig geflickt und Crem wurde abgeschottet. Als trotzdem die ersten irre wurden, haben sie den Händler aufgehängt. Dachten wohl, er hätte es mitgebracht.«

»Möge er in Frieden ruhen«, raunte Atharu.

»Möge der König in Frieden ruhen«, sagte Pelldor. »Wenn ich es richtig in Erinnerung habe, hat König Rerrik einen Sohn gehabt. Womöglich ist doch Hilfe aus Akra zu erwarten. Sicher braucht er nur etwas Zeit, um seine Angelegenheiten zu regeln.«

»Davon hat der Händler nichts berichtet – oder ich weiß es einfach nicht«, stammelte Vena.

Er hatte einen Sohn, o ja. Sofort hatte Selana den Prinzen wieder vor Augen. Ihre Arbeit als Küchenmagd auf der Königsburg in Akralahr schien so lange her zu sein, und doch brachte der Gedanke an Randor alles mit Macht zurück. Prinz Randor! Die Erinnerung an die mondhelle Nacht in dem kleinen Hof hinterm Küchentrakt der Burg raubte ihr die Zuversicht, die Pelldor erfüllte. Es war Prinz Randor gewesen, den sie damals mit einem Hordenführer der Gellwicks beobachtet hatte. Und es war das Wort eben dieses Prinzen gewesen, dass das Schicksal von Hekota besiegelt hatte, und damit den Tod von Arias Mutter und vielen weiteren unschuldigen Menschen. Nein, von ihm wäre sicher keine Hilfe zu erwarten. Aber spielte das eine Rolle, wenn das Heerlager des Kreh jetzt schon so riesig war?

»Hab Dank, Vena aus Crem.« Mehlen-Ellanjah hatte anscheinend genug gehört und beendete jeden weiteren Gedanken. »Wir wollen in den Palast hinaufgehen. Speisen, Getränke und eine Schlafstatt sollten uns allen zum Wohl gereichen. Morgen wartet ein neuer Tag.« Sie sah Selana und Atharu in die Augen und nickte ihnen wissend zu. »Euer Weg ist noch weit und es ist an der Zeit, Eurem Schicksal entgegenzutreten.« Dann schaute sie den Magister an. »Lasst uns vorangehen, Freund Lieburus. Klare Luft für klare Gedanken, ist es nicht so?«

Im Ratssaal der Fürstin war die Karte vom großen Tisch verschwunden, stattdessen erwartete sie ein üppiges Mahl. Vena blickte sich mit großen Augen um. Allein der Raum musste ihr schon wunderschön vorkommen, mit seinen Wandteppichen und Schnitzereien. Doch die meiste Zeit starrte sie auf das Essen. Sie strahlte, als die Fürstin die Tafel eröffnete und sie sich von der Vielfalt aussuchen durfte, was sie wollte.

Selana dachte darüber nach, wie selbstverständlich die guten Speisen für sie selbst inzwischen waren, und rief sich die kargen Mahlzeiten in Erinnerung, die sie als Küchenmagd bekommen hatte. Wie oft hatte sie mit Merla, ihrer einzigen Freundin auf der Burg, fassungslos beobachtet, welche Unmengen an kostbaren Speisen für die Herrschaften aufgetragen wurden. Sie selbst durften nicht einmal von den Resten probieren. Die waren den obersten Beratern und Verwaltern Rerriks vorbehalten und wurden im Küchentrakt mit viel Mühe neu angerichtet. Sie konnte sich daher gut vorstellen, wie überwältigend es für Vena sein musste, an solch einer Tafel zu sitzen.

Was ging in den Köpfen der anderen vor sich? Niemand sprach ein Wort. Zu viel war geschehen, zu viel galt es zu bedenken. Erst als Vena hinausgeleitet worden war, um Quartier zu nehmen, tauschten sie sich über alles aus, was passiert war und noch passieren würde. Dann endlich kamen sie auf den Tag zu sprechen, der vor ihnen lag. Den Tag des Aufbruchs!

Mehlen-Ellanjah zeigte sich offen für den Plan der getrennten Wege, ließ sich aber von Selana noch einmal den Medaillon-Schlüssel zeigen. »Die Magie in diesem Artefakt ist sehr mächtig und wird Euch genügend Schutz vor der Kuppel über dem Grehum bieten. Doch Eure hinzugewonnene Macht aus den Kämpfen gegen die Schatten wird Euch zusätzliche Sicherheit verschaffen. Eine willkommene Hilfe bei Eurer Aufgabe, die Säulen der Macht zu Fall zu bringen.«

Selana schaute unauffällig zu Atharu hinüber. Was mochte ihm bei den Worten der Fürstin durch den Kopf gehen?

»Wisset aber ...«, fuhr Mehlen-Ellanjah fort und holte ihren Bruder zumindest wieder mit ins Boot. »... dass es die Verbundenheit Eurer beider Elemente für den letzten Kampf braucht. So wurde es prophezeit!«

Ja doch! Selana stöhnte innerlich. Wenn diese Weissagung und alles drumherum nur endlich Geschichte wären. *Die*

Säulen der Macht müssen fallen und die letzte Schlacht wird geschlagen! Ein Kampf der Elemente, der Verbundenen und des Einsamen! Des Einsamen! Hoffentlich bargen gerade diese Worte keine unliebsame Überraschung. Wenn sie doch nur wüssten, ob damit wirklich der Kreh gemeint war.

Später am Abend, als die Fürstin die Tafel längst aufgehoben und sich zurückgezogen hatte, saßen sie noch zu viert im Garten vor dem Palast. Selana, Atharu, Lieburus und Pelldor. Über ihnen leuchteten die Sterne. Der Himmel war von einer solchen Klarheit und Schönheit, dass Selana für einen kurzen Moment die vielen grausamen Dinge vergessen konnte, die sie erlebt und von denen sie gehört hatte.

Eine seltsame Stille lag über dem Park. Als wüsste jedes Leben und jeder Windhauch, dass der Abschied kurz bevorstand. Morgen mussten sie Erellgorh erneut verlassen. Ob sie jemals zurückkehren würden? Ein einsamer Ara saß auf einem der Obelisken, spreizte die Flügel und flog davon. Getragen einzig von seinem Flügelschlag und der Luft unter seinem Federkleid. Selana wollte es als gutes Omen nehmen und schaute ihm versonnen nach. Als Scheltar des Windes konnte sie sich vom selben Element leiten lassen. Ein Schatten glitt über sie hinweg, sie schaute erneut hinauf. Leiser Flügelschlag, der in ihren Ohren wisperte und sogleich wieder verschwand. Wie eine flüchtige Erinnerung, deren Wert man zu erkennen glaubte, aber nicht greifen konnte.

Plötzlich musste sie an die große Eule denken, die sie im Garten des Gesundhauses gesehen hatte. Wie es wohl Lysa und Wanda ging? Ob Aria schon wieder genesen war? Selana mochte sich nicht vorstellen, den Weg zum Grehum allein zu gehen. Im Stillen hoffte sie noch immer darauf, dass Aria mitkommen konnte. Zusammen waren sie unschlagbar. Und überdies war Arias Wissen über Jukahbajahn durch die Karten ihres Vaters eine unschätzbare Bereicherung. Aber durfte sie das von ihrer Freundin verlangen? Ihr Weg barg unzählige Gefahren.

Sie tastete nach dem magischen Schlüssel an ihrem Hals. Dann dachte sie an die Worte der Fürstin: »Niemals darf das

Medaillon den Weg über Tyklahr gehen!« Entschlossen zog sie ihn über den Kopf und reichte ihn Atharu.

Der schaute sie mit großen Augen an. »Was soll das?«

»Ich breche morgen nach Tyklahr auf und denke, die Fürstin hat recht. Der Schlüssel sollte diesen Weg nicht gehen.«

Atharu starrte auf das Medaillon und schüttelte langsam den Kopf. »Aber wird mein Weg sicherer sein? Ich kann dem Schlüssel nicht den Schutz gewähren, den er bei dir hätte.« Er sah ihr in die Augen. »Deine Macht ist so viel größer!«

Ja, das war sie vielleicht. Aber was bedeutete das schon? Sie hatte Siege über die grausamen Schatten errungen, doch ihr Bruder hatte mehr Erfahrung im Kampf gegen die Horden des Kreh. Unter Umständen machte gerade das den Unterschied.

Lieburus räusperte sich. »Vergebt mir, wenn ich mich einmische. Nur, um es deutlicher zu machen, natürlich. Wenn Selana über die größere Macht verfügt, ist es die richtige Entscheidung, Atharu. Erinnere dich an unseren Plan! Es braucht die größere Macht, um dem Kreh den vermeintlichen Weg der Scheltar weiszumachen. Die weitaus größere Macht, ja ja. Der Schlüssel selbst muss im Verborgenen reisen. Begleitet von so wenig Magie wie möglich!«

Atharu holte geräuschvoll Luft. Immer noch wand er den Kopf, schien dagegen zu sein. Schließlich nahm er ihr doch das Medaillon aus den Händen. »Keine Magie?« Er blickte den Magister an, ein Stirnrunzeln über den Brauen. »Wie soll das gehen? Ich bin kein Schwertkämpfer oder Bogenschütze. Das Einzige, was ich beherrsche, ist das Feuer.« Er band sich den Schlüssel um und ließ ihn unter die Tunika gleiten.

»Dann musst du wohl erfinderisch sein, denke ich. Wenn du deine Magie beherrschst, können vielleicht auch kleine Portionen davon eine große Wirkung haben, meinst du nicht? Ist es nicht nur ein Funke, der einen ganzen Wald zum Brennen bringen kann? Und sind es nicht sogar die kleinsten Funken, die am höchsten in den Himmel streben?« Der alte Magister lächelte. »Du wirst es schon richten, ja, das denke ich. Ganz gewiss, gewiss.«

»Und du musst nicht allein gehen.« Pelldors tiefe Stimme ließ Selanas Blick zu ihm hinüberzucken. »Ich werde dich begleiten, Atharu-Scheltar. Wo Magie nicht helfen darf, soll mein Schwert uns eine Bresche schlagen.«

Selana erkannte die Entschlossenheit in seiner Stimme und sah zu ihrem Bruder hinüber, der ihm dankbar zunickte.

»Du weißt, worauf du dich einlässt.«

Pelldor nickte. »O ja. Die Erinnerung an die Opfer, deren Überreste wir in dem Weiler auf der Ebene von Cambal sahen, haben sich in meinen Kopf eingebrannt. Ich tue es nicht für dich oder mich. Ich werde den Medaillonschlüssel für alle, die Euren und die Meinen, zum Grehum geleiten.«

Atharu presste die Lippen aufeinander und nickte. Dann schaute er Selana an. »So ist es denn entschieden.«

Pelldor klopfte ihrem Bruder auf die Schulter und warf Magister Lieburus einen Blick zu. »Ist es für Euch in Ordnung, dass ich Atharu und nicht Euch begleite?«

»Aber ja, natürlich.« Der alte Magister sah zu Selana. »Ich bin ja in allerbester Begleitung, nicht wahr?« Er lächelte und rieb sich freudig glucksend die Hände. »Tyklahr, wir kommen! Es wird mir eine Freude sein, wieder am Hofe von Königin Tulipa einzukehren. Die Unterredungen sind zwar meist eher mühsam, aber der Tee im Schloss ist vorzüglich, vorzüglich. Ich kann es kaum erwarten.«

Selana schmunzelte. Im Stillen bewunderte sie den Magister für seine Fähigkeit, sich immer wieder auf die Dinge des Lebens zu konzentrieren, die ihn heiter stimmten. Mochte auch die Welt vor dem Abgrund stehen, Lieburus würde etwas finden, über das es sich zu freuen lohnte.

»Wenn ich es richtig verstanden habe, wird uns deine Elbenkriegerin schon am frühen Morgen zu unserer Elbenbarke geleiten?« Der Alte sah sie fragend an.

»Ihlinn-Saldanah, ja. Und meine Hoffnung ist, dass sie uns nach Tyklahr begleiten wird. Mehlen-Ellanjah wird ohne sie auskommen, denke ich. Denn so weit ich verstanden habe, weben die Elementemagier, die auch den Schlüssel mit ihren

Zaubern belegt haben, einen zusätzlichen Schutz um das Eiland von Erellgorh. Und die Garde der Fürstin ist schließlich auch noch da.« Selana sah zum Eingang des Palastes hinüber. Doch da standen keine Wachen mehr! Selana sah sich um. Außer den magischen Lichtern an den Zugängen zum Park, gab es nichts, was die Wege erhellte. Der Mond war hinter dem Palast verschwunden und die Sterne spendeten kaum Helligkeit. Angestrengt versuchte sie, im Dunkel der Nacht etwas zu erkennen. Aus einem unerfindlichen Grund standen offenbar nirgendwo mehr Wachen. Wo waren sie?

»Was ist mit dir?« Atharus Stimme klang alarmiert. »Hast du etwas gehört?«

»Nein.« Wie sonderbar. Selana stand beunruhigt auf. In der Stille der Nacht hätte man doch irgendetwas hören müssen. Sie blickte sich noch einmal um. Dann sah sie ihrem Bruder in die Augen. »Die Wachen sind verschwunden. Alle!«

Sofort sprangen Atharu und Pelldor auf und suchten besorgt die Umgebung ab.

»Wie sonderbar ...«, wisperte Lieburus und erhob sich langsam. Doch der Blick des Alten wanderte nicht durch den Park, sondern war starr auf das Eingangsportal gerichtet. »Ist das Nebel, der da aus dem Tor quillt?«

Pitu

24

Nach den vielen Statuen vergangener Stammesväter wünschte Pitu sich voller Ungeduld, Willgert den Bedachten kennenzulernen. Es hing so viel davon ab und er wollte es endlich hinter sich haben. Mehr als sonst achtete er darauf, mit erhobenem Haupt und aufrechter Haltung in den Thronsaal zu treten. Er war der Erd-Scheltar und sollte auch als solcher wahrgenommen werden. Leider verlief der Einzug in den Saal ganz anders, als er es sich vorgestellt hatte. Im ersten Moment konnte er nämlich gar nicht erkennen, ob Willgert überhaupt da war, geschweige denn, auf ihn achtete. Semje stöhnte. »Er ist noch nicht fertig. Ich hätte es mir denken können.«

Vor dem Thron drängelten sich mehrere Zwerge, anscheinend mit etwas Wichtigem beschäftigt.

»Komm nur heran, Eisenfaust«, hörte Pitu eine Stimme aus der Menge. Für seinen Geschmack passte sie aber so gar nicht zu einem Stammesvater. Sie klang zu jung und zu hoch. Fast so, als wäre Willgert noch ein Knabe. Aber dann könnte er doch sicher nicht ein ganzes Volk regieren?

»Was soll denn das?«, drang es etwas leiser aus der Menge. Dann wurde die Stimme wieder lauter. »Ich hörte, du hast Neuigkeiten zu berichten? Au, was macht ihr denn!« Der zweite Satz klang ungehalten und mürrisch. Na prima, die besten Voraussetzungen. »Nun seht doch mal zu. Nicht so fest, ich bin doch keine Presswurst.«

Pitu versuchte, zwischen den Bediensteten hindurchzusehen, um einen Blick auf den Herrscher von Abrinor zu erhaschen. Doch das Einzige, was er sehen konnte, war sehr viel blaugemusterter Stoff.

»Felsengruft und Fledernager, lasst mir doch Luft zum Atmen. Das kann auch offen bleiben.«

Fillgur räusperte sich. »Stammesvater, ich bin übrigens nicht allein.«

»So? Ist Orthos Blutrausch bei dir? Das freut mich sehr. Wenn meine talentfreien Helfer hier endlich einmal fertig werden, kann ich euch gebührend begrüßen. Au! Jetzt ist aber Schluss. Schert euch fort!«

Die Zwergendiener stoben auseinander und trabten gehorsam aus dem Raum. Endlich sah Pitu den leibhaftigen Stammesvater der Abrindarh. Kein Knabe zwar, aber auch nicht so, wie seine Vorgänger. Pitu rief sich die steinernen Abbilder in Erinnerung, die, so unterschiedlich sie auch waren, immerhin eines gemeinsam hatten: Sie wirkten aufrecht, stark und eindrucksvoll. Zumindest als Statue. Willgert sah einfach nur wie ein aufgequollener Hefekloß aus. Er hing wie ein nasser Sack auf dem Thron, sein Wams war nur über der Brust geschlossen, darunter quollen seine Massen aus dem aufgeplatzten Stoff, der den Blick auf einen haarigen Bauch freigab.

»Kann ich euch etwas ...?« Als der Stammesvater Pitu gewahr wurde, kam von einem Moment auf den anderen Bewegung in ihn. Mühsam raffte er den üppigen Stoff zusammen, der sich wie ein Meer blauer Tinte zu beiden Seiten ergoss und bis auf den

Boden reichte. Man hätte eine ganze Familie damit einkleiden können. Aber immerhin half er jetzt, Willgerts Bauch zu bedecken. »Ein Urda in Abrinor?« Seine weiche Stimme klang plötzlich misstrauisch. »Was soll das bedeuten? Ich bin dieser Tage nicht für Überraschungen zu haben.«

»Entschuldigt, wenn wir Euch so überfallen«, versuchte Fillgur es noch einmal. »Aber es ist von äußerster Wichtigkeit, dass wir uns mit Euch über die Befreiung Fullbors verständigen. Der Urda ist unter der Führung von Semjon Zweiaxt nach Abrinor gekommen.«

»Semjon, aber ja, ich erkenne ihn. Tritt vor.«

Pitu sah zu seinem rotbärtigen Freund, der bisher in Orthos' Schatten gestanden hatte und nur widerwillig vortrat. »Stammesvater.« Er deutete eine Verbeugung an. »Es freut mich, Euch wohlauf zu sehen.« Semjes kräftige Stimme klang etwas schnippisch. Pitu linste zum Herrscher der Abrindarh hinüber.

»Soso«, antwortete dieser und neigte den Kopf. Sein Doppelkinn quoll nach vorn und zu den Seiten. »Ich glaubte dich schon verloren. Deine Reise hat lange gedauert. Welche Neuigkeiten bringst du aus Tykalden?«

»Königin Tulipa lässt Euch grüßen.«

»Sparen wir uns das doch. Wird sie etwas gegen diese unseligen Gellwicks unternehmen? Das ist doch die wichtigere Frage. Hast du sie überzeugen können?«

Pitu wandte den Kopf wieder Semje zu. Wovon genau hatte er sie überzeugen sollen? Bisher war der Rotbart immer vage geblieben, wenn es um seinen Auftrag ging.

»Sie ist genauso störrisch und selbstverliebt wie ihr Vater. Aber immerhin hat sie begriffen, dass Tyklahr in Gefahr ist, wenn sie gar nichts tut.«

»Das heißt also, sie wird Nehrbor einnehmen?«

Nehrbor einnehmen? Das war es, was Semje erreichen sollte?

»Selbst, wenn sie es gewollt hätte, wäre es dafür zu spät. Die Brücken über die Schlucht sind zerstört.«

Der blaue Stoff kam in Bewegung, als Willgert sich vorbeugte. »Sie sind was?«

»Nehrbor ist gespickt mit bewaffneten Gellwicks und Söldnern des Kreh. Hunderte, ach, was sag ich, Tausende drängten aus der Festung. Es war die einzige Möglichkeit, Tyklahr vor dem Untergang zu bewahren.«

»Was interessiert mich Tyklahr!« Der Stammesvater zeigte mit dem Finger auf Semje. »Das hättest du verhindern müssen! Ich könnte dich dafür an die Höllenhunde verfüttern.«

Semje wurde blass und wich zurück.

»Stammesvater«, mischte Schimmi sich ein, »bedenkt doch die Situation!«

Pitu konnte es nicht fassen. Selbst in Tyklahr war es den Zwergen nur um ihresgleichen gegangen. Tulipa hätte die tykaldische Armee opfern sollen, damit die Zwerge keine Probleme aus Nehrbor erwarten mussten. Unzählige wären dabei zu Tode gekommen, so viel war sicher.

»Die Situation? Die Situation?« Willgerts Stimme überschlug sich fast, Speichel sprühte in Schimmis Richtung. »Wenn sich die Horden von Nehrbor mangels anderer Gegner uns Zwergen zuwenden, stehen wir zwischen zwei Fronten, das ist die Situation. Und dieser rotbärtige Eskrindarh ist schuld daran.«

Wenn das so weiterginge, würde sich der Streit immer weiter zuspitzen. Pitu kannte zwar keine Höllenhunde, begriff aber, dass das eine ernst gemeinte Drohung war. »Ich bin es, der den Einsturz der Brücken zu verantworten hat.« Er trat vor Semje und blickte dem Stammesvater direkt in die Augen. *Oje, was mache ich hier eigentlich? Ich wollte ihn doch für mich einnehmen.*

»Ein Sumpfling? Mal ehrlich, wer soll dir das glauben?« Er schaute zu den anderen. »Warum habt ihr diesen Winzling überhaupt mitgebracht?«

Das wiederum spornte Pitu an. Er würde sich von solchen Beleidigungen nicht irritieren lassen. »Vielleicht sollten wir noch mal von vorn anfangen.« Geschmeidig kniete er sich zu Boden, als wollte er sich in tiefer Ehrerbietung zu Füßen des Stammesvaters werfen. »Ich grüße Euch, Willgert, den man den Bedachten nennt.« Wie auch immer dieser Titel entstanden sein mochte. Er blickte den schwammigen Zwerg mit einem schmalen Lächeln an. »Ich bin Pitu, Sohn des Kendolff und Nachkomme des Schamanen Urloff.« Die Namen waren ihm wie aus dem Nichts in den Sinn gekommen, und sie auszusprechen, ließ sein Herz höher schlagen. Er hatte eine Geschichte, Eltern und Großeltern. Diese Gewissheit schenkte ihm Kraft und Selbstbewusstsein. Sie durchströmte ihn wie wärmende Magie. »Einen Urda braucht Ihr nicht anzuhören, wenn das unter Eurer Würde ist, Vater der Abrindarh.« Er setzte seine verstümmelte Hand mit Bedacht auf den Steinboden. »Wohl aber dem Erd-Scheltar.« Eine kurze Konzentration, ein Impuls purer Magie, und der Boden bebte.

Willgert raffte den blauen Stoff hoch und hob die Füße, als würde das Vibrieren enden, wenn er es nicht mehr fühlen musste. Silberne Stiefel mit goldenen Mustern. »Was passiert hier? Was soll das denn?«, schrie er, doch es half nichts, sein ganzer Thron vibrierte. »Hört sofort auf damit.«

Pitu erhob sich. »Ich bin einer der Fünf! Ihr solltet mir glauben, denn ich bin gekommen, um zu helfen.«

Die Augen des Stammesvaters weiteten sich, die Silberstiefel landeten wieder auf dem Boden. »Ein Scheltar? Aber Ihr seid ein Urda.«

Immerhin benutzte er schon mal die höfliche Anrede. »Das bin ich, und? Bei welchem Volk würdet Ihr die Erdmagie vermuten?« Pitu wunderte sich, wie selbstbewusst ihm die Frage über die Lippen kam. »Bei Eurem eigenen etwa? Erdverbundenheit ist doch wohl mehr, als sich darin zu vergraben.«

Willgert schüttelte den Kopf, nickte und schüttelte ihn erneut. Als könnte er noch immer nicht begreifen, wer vor ihm stand. »Es gibt sie also wieder?« Er stemmte sich in eine aufrechte Position. Der blaue Stoff geriet in Bewegung, glitt lautlos zu Boden, bedeckte die goldgeschmückten Stiefel und mit ihnen die gerade noch zur Schau gestellte Ängstlichkeit des Herrschers. »Ich nehme an, Ihr meint Fullbor?«

»Es wäre in unser aller Sinne, wenn die tiefen Schmieden von Fullbor nicht mehr missbraucht würden«, entgegnete Pitu.

Willgert lächelte plötzlich, seine Augen begannen zu funkeln, als hätte man ihm gerade ein unbezahlbares Geschenk gemacht. »Ich nehme Eure Hilfe an.« Er richtete den Blick auf Pitus Begleiter. »So bringt den Scheltar zum Dach der Mienen. Es wird Zeit, die Horden dieser Krähe aus unserem Reich zu vertreiben!«

Pitu sah, wie seine Zwergenfreunde sich knapp verbeugten und Anstalten machten, den Thronsaal zu verlassen. Hatten sie vergessen, dass auch er ein Anliegen hatte?

Nein, Schimmi verharrte und griff nach Semje, um ihn zurückzuhalten. »Semjon.« Er sprach nur leise, doch der Rotbart blieb sofort stehen.

Er schaute zu Pitu und wandte sich noch einmal dem Stammesvater zu. »Ehrwürdiger Willgert, da wäre noch etwas. Der Erd-Scheltar hat ein – nun, ein Anliegen.« Er wählte seine Worte sorgsam und Pitu verstand, dass er darum fürchtete, wie der Bedachte reagieren könnte.

»Ein Anliegen?« Willgert griff nach dem blauen Stoff, zog ihn über den Bauch und sah Pitu an. »Was ist Euer Begehr?«

Jetzt galt es. Wenn Pitu die Hilfe der Zwerge haben wollte, um zusammen mit den anderen Völkern gegen den Kreh zu ziehen, musste er ihn jetzt überzeugen. »Nun, es ist eigentlich nicht nur mein Anliegen«, begann er, um Zeit zu gewinnen. Hätte er doch Gelegenheit gehabt, sich auf diese Rolle vorzubereiten. Er spürte einen Schweißtropfen von der Stirn über die Schläfe rinnen und hoffte, dass niemand es bemerkte. Bisher war es aber recht gut gelaufen, er reckte das Kinn. »Es sollte das Anliegen aller Völker sein.«

»Aller Völker also, hört, hört!«, antwortete der Bedachte. »Sollte, sagtet Ihr?«

Pitu ärgerte sich, dass er ausgerechnet dieses Wort gewählt hatte. Es machte seinen Satz weich. Wie viele Versuche hätte er, den Herrscher der Abrindarh zu überzeugen? Und was könnte er tun, wenn er nicht die richtigen Worte fände? Die Erdmagie erneut einzusetzen, wäre ein endliches Unterfangen. Er wollte weder den Palast zerstören noch einen von Willgerts Untergebenen töten. Und das würde der Stammesvater sehr schnell merken. Überdies wollte Pitu seine neu gewonnenen Freunde nicht verärgern oder gar verlieren.

»Ihr wisst um die Machenschaften des Kreh und von dem Frevel, den er begeht. Sein ungezügelter Machthunger, das Streben, sich alle Völker untertan zu machen, lässt ihn die heiligste Stätte der Welt entweihen. Er entzieht dem Grehum seine Magie und zwingt Männer und Frauen mit dunkler Magie unter seine Herrschaft!« Pitu bewegte sich auf dünnem Eis, denn er hatte keine konkreten Kenntnisse über den Kreh. Er wusste nicht, wie weit der Abtrünnige inzwischen vorgedrungen war. Und doch musste er etwas liefern, um Willgert zu überzeugen. »Längst sind es nicht mehr nur die Gellwicks, die unter seiner Macht mordend und plündernd durch die Lande ziehen. Die schwarzen Runen der Armreife, die in Euren Mienen geschmiedet werden, binden Tausende an seinen Geist!«

In dem Moment, da Pitu es aussprach, lief ihm ein Schauer über den Rücken. Er war sich sicher, dass es genau so war. Nach allem, was er erlebt hatte, konnte es nur so sein. »Sie zwingen jeden unter sein Joch. Egal ob Elb, Mensch oder Zwerg.«

»Deshalb müssen wir Fullbor zurückerobern«, sagte Willgert ohne eine Spur der Besorgnis. »Ich dachte bisher, wir tun das für uns, aber jetzt ist mir klar geworden, dass wir das für alle Völker tun. Durch unser Handeln wird der Kreh an keine weiteren Runenreife gelangen.«

Das Gespräch entwickelte sich in eine ungünstige Richtung. Pitu blickte sich um, hoffte auf Argumente seiner Begleiter, doch Semje war der Einzige, der noch im Raum stand. Und er schien sich nicht beteiligen zu wollen.

»Es wird der erste Schritt sein, mit dem Ihr die Aufmerksamkeit der Völker erhaltet«, suchte Pitu einen neuen Ansatz und fand in seine selbstsichere Rede zurück. Womöglich hatte das Tor der Wahrheit doch eine Wirkung gehabt. »Mit dem nächsten Schritt aber werdet Ihr unsterblich werden!«

Die Augen des Stammesvaters weiteten sich. Das war also das Ohr, auf dem er hörte.

»Und was soll dieser Schritt sein?«

»Dem Kreh die Quelle seiner Macht zu entziehen!«

Willgert starrte ihn an, seine Augen kaum mehr als Schlitze. »Wir gebieten nur über die Magie der Berge. Wie sollten wir das bewerkstelligen? Mir scheint, einzig die Scheltar sind mächtig genug, um sich dem Schwarzmagier in den Weg zu stellen.«

»Aber es braucht die Hilfe Eurer Stärke, um seine Armeen in Schach zu halten, bis die Scheltar dort sind. Wer, wenn nicht die Zwerge, könnte dafür entscheidend sein? Nur durch euch kann der Kampf gegen den Kreh gelingen.« Das klang doch überzeugend. Jedem Herrscher mussten solche Worte gefallen. Aber Pitu wusste auch, dass er sich wieder auf sehr dünnem Eis bewegte.

Hoffentlich stellte Willgert nicht zu viele Fragen, denn Pitu hatte keine Ahnung, wie man dem Abtrünnigen die Macht des Grehum entziehen könnte. Und die Prophezeiung hatte er nie verstanden. Sicherheitshalber setzte er noch eins drauf, bevor der Stammesvater antwortete. »Ihr würdet in die Geschichtsbücher aller Völker eingehen. Nicht mehr als Willgert der Bedachte, sondern als Willgert der Entschlossene.«

Der Stammesvater hob den Kopf. Gleich habe ich ihn, dachte Pitu. »Noch treffender wäre natürlich Willgert, der Retter der Völker!« Er hatte den Satz noch nicht ganz ausgesprochen, da wusste er schon, dass es ein Satz zu viel war.

Die Augen des Stammesvaters verengten sich zu Schlitzen. *Mist!* Wie oft hatte er sich über Marktbeschicker amüsiert, die ihre Kunden durch zu viel Gerede verschreckten. Kurz bevor jemand kaufte, musste man Geduld haben und sich erst dann wieder zu Wort melden, wenn der Käufer womöglich einen Schritt zurück machte.

»Schöne Titel, die Ihr mir geben wollt. Aber teuer erkauft, wenn ich meine Krieger dafür in den Kampf schicken muss. Gegen einen übermächtigen Gegner.«

»Der seine Macht verliert, wenn wir ihm die Quelle nehmen.«

Pitu schluckte. *Bitte Atharpazh, ich habe selten einen Wunsch, aber lass diesen schwammigen Zwerg einwilligen.*

»Nun gut. Wenn Fullbor wieder unser ist, werden wir helfen.«

Pitu hätte am liebsten lauthals jubiliert.

»Allerdings erst dann ...«, fuhr der Stammesvater fort, und Pitu glaubte, seine Ohren spielten ihm einen Streich. »Erst dann, wenn Ihr ihm die Quelle seiner Macht genommen habt.«

Das konnte er nicht ernst meinen. Gerade dafür brauchte Pitu die Hilfe. Er wollte schreien, ihn am Kragen packen und so lange schütteln, bis er sich besann. Doch er kämpfte seine Enttäuschung und den Zorn mühsam nieder. Er war jetzt der Erd-Scheltar. Verflixt, war diese Rolle schwer auszufüllen. »Ohne Eure Hilfe wird dies sehr viel länger dauern, das wisst ihr. Und darin liegt eine große Gefahr – auch für Euch.«

»Sei es drum.« Willgert lächelte. »Mein Volk ist hier sicher. In all den Jahrhunderten, seit unsere Urväter das Blut des Berges gefunden haben, ist Abrinor niemals angegriffen worden. Das wird auch jetzt nicht geschehen.«

Pitu schüttelte betroffen den Kopf. »Ihr seht mich enttäuscht.« Er konnte sich nicht verkneifen, mit dem Finger auf ihn zu zeigen. »Wisset: Die Zeit spielt nicht nur gegen uns, Stammesvater. Sie spielt auch gegen Euch!«

»Sollte ich meine Meinung ändern, werde ich es Euch wissen lassen. Hinfort nun.« Er wedelte mit der Hand.

Doch Pitu blieb stehen und starrte ihn fassungslos an. Enttäuscht und fassungslos.

Etwas zog an seinem Arm, als er sich umblickte, sah er Semje, der ihm bedeutete, mitzukommen. Warum hatte er nichts gesagt? Vielleicht hätten sie Willgert gemeinsam doch noch umstimmen können.

»Semjon hätte es höchstens schlimmer gemacht«, grunzte Orthos, als sie später vor einer dampfenden Suppe saßen. Fillgur hatte dies Gasthaus empfohlen, weil das Essen gut und die Schlafkammern günstig waren.

»Was soll das denn heißen?« Semje streckte dem Hünen wütend seinen tropfenden Löffel entgegen. »Als wenn du es hättest richten können.«

»Quatsch mit Soße«, murrte Orthos. »Aber wir wissen alle, dass Willgert und du euch nicht leiden könnt.«

»Ich habe ihm stets treu gedient.«

»Hört auf«, grollte Fillgur. »Man kann das ja nicht mit anhören. Mit hätte, hätte ist keinem geholfen. Es ist, wie es ist. Niemand kann etwas dafür, außer Willgert, dieser Zauderer.«

»Wahr gesprochen«, antwortete Schimmi. »Womöglich bekommt er diesen Titel später einmal zugesprochen. Willgert der Zauderer. Mich würde es nicht wundern.«

»Jedenfalls ...« Semjes Blick streifte Pitu und richtete sich dann auf seine Finger, die an einem Astloch auf der Tischplatte herumkratzten. »Wenn unser blaustoffiger Zauderer nicht helfen will, werde ich Pitu helfen.« Er schaute ihn an. »Ich kann zwar keine schwarze Armee in Schach halten, aber dich zum Grehum bringen, das bekomme ich wohl hin.«

Pitu traute seinen Ohren nicht. »Würdest du das wirklich tun? Auch wenn Fullbor gerettet ist und die Sorgen der Abrindarh sich zerstreut haben? Du wolltest doch nicht ...«

»Sei schon still, sonst überlege ich es mir noch anders«, raunzte der Rotbart. »Ich bin nicht so begriffsstutzig, wie du denkst. Du musst zum Grehum, das ist mir inzwischen klar. Außerdem kommt so ein Nachwuchsfelsflüsterer wie du ohne einen Zwerg wie mich gar nicht zurecht.«

Pitu war sprachlos. Plötzlich fühlte er sich viel leichter. Zu zweit wäre alles einfacher. Wahrlich, er hatte einen echten Freund gefunden.

»Wollen hoffen, dass Willgert seine Meinung noch ändert«, warf Orthos ein. »Sonst musst du tatsächlich mit diesem alten Grummelpott zum Grehum.«

»Sag das noch mal! Sag noch einmal ›alt‹ zu mir!«

»Orthos, das ist nicht hilfreich«, warf Fillgur ein, »Ich glaube auch nicht an einen Sinneswandel unseres Stammesvaters.«

Pitu ebenso wenig. Aber das war ihm egal. Er freute sich über Semjes Hilfsbereitschaft. Das wog hundert Willgerts auf.

Schimmi grinste. »Man kann nie wissen. Ich habe da so eine Ahnung, dass unser Stammesvater seine Meinung noch ändern wird. Geben wir doch ihm einfach ein wenig Zeit.«

Pitu wusste nicht, woher der junge Zwerg solche Zuversicht nahm, aber es war immer gut, den Tag mit einem hoffnungsvollen Gedanken zu beschließen. Zwei hoffnungsvollen Gedanken, korrigierte er sich.

Als er sich verabschieden und in die Schlafkammer hinaufgehen wollte, hielt Fillgur ihn grinsend zurück. »Nun mal hübsch langsam, kleiner Erd-Scheltar. Eine kleine Aufheiterung darf es wohl noch geben, oder?«

»Genau«, setzte Schimmi hinzu. »Sorgen erst wieder ab morgen. Jetzt können Orthos und Semjon erst mal ihre Kräfte im Zwillingshammerstreit unter Beweis stellen.«

»Ich hatte es befürchtet«, murmelte Semje.

»Willst du etwa einen Rückzieher machen?«, dröhnte Orthos' Bass. »An deiner Stelle täte ich es.«

Semje sprang auf. »Das Einzige, was sich hier zurückziehen wird, ist dein aufmüpfiges Gehabe, wenn ich dich erst in Grund und Boden gehämmert habe.«

Pitu seufzte. An den Zwillingshammerstreit hatte er gar nicht mehr gedacht. Aber bitte, wenn es ihnen Spaß machte. Morgen schon wären sie auf dem Weg nach Fullbor. Dann wäre es vorbei mit solchen Spielereien. Vielleicht für immer.

Als er sich wenig später in einer Runde neugieriger Gaffer wiederfand, die sich wie aus dem Nichts heraus im Kellergewölbe der Taverne versammelt hatten, war er einigermaßen sprachlos. Zwillingshammerstreit, so etwas konnten sich nur Zwerge einfallen lassen.

Mit freiem Oberkörper standen die beiden sich gegenüber und verhöhnten einander. Einer lauter als der andere. Pitu fielen als Erstes die Tätowierungen auf, die sie auf der Brust trugen. Blaue Runen, nahezu identisch. Was mochte es damit auf sich haben? Doch er vergaß die Frage, als die beiden sich mit grimmigen Blicken zwischen hohe Balken stellten, die wie dicke Baumstämme bis zur Decke hinaufragten. Die eisernen Ungetüme, die sie mit ihren Händen griffen, waren nichts anderes als schwere Vorschlaghammer mit doppelter Bahn. Daher also der Name Zwilling. Doppelt waren auch die baumstarken Pfähle, zwischen denen sie standen, zwei für jeden. Nägel ragten in Abständen von etwa vier Fingern vom Boden bis weit hinauf aus dem Holz. Pitu hatte keine Idee, wozu das gut sein sollte.

Doch glücklicherweise erklärte Fillgur für alle, die da waren, die Regeln. Es galt, so viele Nägel wie möglich ins Holz zu treiben. Allerdings beim Vor- und beim Rückschlag, also zu beiden Seiten gleichzeitig, ohne abzusetzen. Wer die meisten Nägel zur Gänze ins Holz schlug, ehe er seinen Hammer hängen ließ, war Sieger.

Wer weniger schaffte, aber länger aushielt, wäre zumindest der Sieger der Herzen, meinte Schimmi.

Pitu nickte ihm zu. Für ihn war jeder ein Gewinner, dem es überhaupt gelang, so einen Monsterhammer anzuheben. Die Dinger mussten wirklich schwer sein, so massig wie das Eisen aussah. Eigentlich hatte Pitu sich zu müde gefühlt, um mitzukommen, doch als Fillgur jetzt von zehn herunterzählte, war er plötzlich wieder hellwach und begierig darauf, zu sehen, wie sein rotbärtiger Freund sich schlagen würde.

Man sah Semjes wulstigem Körper an, dass er in die Jahre gekommen war. Dennoch trugen seine Arme ein beachtliches Muskelspiel zur Schau, als er den Zwilling ergriff. Orthos hingegen war schlichtweg ein Athlet. An diesem Muskelberg war keine Unze Fett auszumachen, die sehnigen Unterarme wirkten kräftiger als Pitus beide Oberschenkel zusammen. Armer Semje.

»...drei, zwei und los!«

Fast gleichzeitig begannen die Widersacher ihren Hammer zu schwingen. Rechts, links, rechts, links.

»Dann – pass - mal – gut – auf – alter – Mann!«, rief Orthos im Takt seiner Schläge. Er hatte mit den Nägeln auf Hüfthöhe angefangen und bereits beim sechsten Schlag zwei links und zwei rechts versenkt.

»Lie-ber – alt – als – schlicht!« Semje hatte zu seinen Füßen begonnen. Anfangs etwas langsamer, hatte er sich jetzt Orthos' Tempo angepasst.

»Lie-ber – schlicht – als - schlecht!«

So ging es eine Zeit lang hin und her. Orthos nannte Semje einen müden Knurrhahn, Semje ihn einen tumben Prelkbock. Als sich der athletische Hüne auf Schulterhöhe hochgearbeitet hatte, acht Nägel links, acht Nägel rechts, war der Rotbart gerade auf Bauchhöhe angekommen. Sieben Nägel links, sieben rechts. Inzwischen grölte die Menge, die in einem Halbkreis um die Hammerstreiter stand und mal den einen, mal den anderen anfeuerte. Pitus Müdigkeit war wie weggeblasen. Das Muskelspiel der beiden, ihre verbissenen Mienen und der rhythmische Klang der Hammerschläge zogen ihn vollkommen in den Bann.

Bei vierzehn Nägeln links und vierzehn rechts hatten die beiden aufgehört, sich Beleidigungen zuzuwerfen. Orthos musste den Hammer inzwischen schon über dem Kopf hin- und herschwingen. Der Schweiß flog ihm nur so von den Schläfen, während er verbissen kämpfte. Auch Semje schwang den Zwilling bereits über dem Kopf, musste sich aber längst noch nicht strecken. Drei seiner Nägel waren nicht zur Gänze im Holz versenkt. Pitu machte sich inzwischen ernsthaft Sorgen um Orthos. Die Adern auf seiner Stirn sahen aus wie kleine Schlangen, die unter der Haut pulsierten, immer öfter gingen die Schläge des Hünen daneben. Gerade schlug er einen weiteren Nagel krumm aufs Holz. Er ächzte, ließ den Hammer am Balken ruhen und keuchte.

»Schon – müde?« Semje krächzte die Worte mehr, als er sie rief. Sein Kopf leuchtete wie ein Blutrubin, seine Schläge pausierten immer länger am Holz, bevor er den Zwilling mit ächzenden Begleitschreien wieder auf die andere Seite wuchtete. Pitu hatte zu zählen aufgehört. Er hoffte nur noch darauf, dass seine Freunde sich nicht zu viel zumuteten. Was, wenn Semjes Herz schlappmachte? Oder die Hammer ihnen auf die Köpfe fielen, weil sie sie nicht länger halten konnten?

Klong! Noch einmal hatte Orthos den Zwilling auf die andere Seite gewuchtet. Doch er schaffte es nicht mehr, seine Arme weiter auszustrecken, der Hammer traf nur auf Nägel, die längst versenkt waren.

Klong! Semje hat noch einmal getroffen. Inzwischen schrie er bei jedem Schlag vor Schmerzen.

Plötzlich brüllte Orthos. Pitus Kopf ruckte herum. Der Hammer war ihm aus den Händen geglitten und zwischen seine Füße gefallen. Atharpazh sei Dank, er war unverletzt. Doch die Enttäuschung, den Zwilling vor dem Alten fallen zu lassen, ließ ihn vor Wut brüllen.

Klong! Semje hatte es tatsächlich noch einmal geschafft, einen Nagel zu treffen. Er keuchte. »Einen – noch.«

Pitu traute seinen Augen nicht, als seinem Zwergenfreund mit einem letzten Schlag das Unglaubliche gelang. Er trieb einen weiteren Nagel bis zur Gänze ins Holz. Dann ließ er den Zwilling fallen. Die Menge um sie herum jubelte und tobte. Pitu sah gerade noch, wie Semje nach einem Humpen griff, den ihm jemand reichte. Dann verschwand er hinter der johlenden Meute.

»Ich denke, wir können morgen etwas länger schlafen.« Schimmi rieb sich die Hände. »Bis die beiden sich wieder halbwegs normal bewegen können, dürfte es Mittag werden.«

Atharu

25

Silbergraue Nebelschwaden wanden sich aus dem Palasttor, lautlos wie Schlangen auf der Suche nach Beute. Atharu machte einen Schritt darauf zu, doch Pelldor hielt ihn zurück.

»Warte! Wir sollten erst überlegen, was es damit auf sich hat.«

»Magie«, entgegnete Atharu. »Es ist Wassermagie.«

»Nannlohr-Bennzhardizh, der Nebelmacher«, raunte Selana.

»Dort!« Magister Lieburus wies auf den gegenüberliegenden Parkausgang.

Man konnte gerade noch erkennen, wie eine Gestalt in wehendem Umhang davonhuschte. Dann geschah alles sehr schnell. Das Tor wurde von einem grellen Lichtblitz erhellt und ein hochgewachsener Elb rannte heraus. Kleine Feuerkugeln schossen an ihm vorbei. Hastig eilte der Beschossene zum selben Ausgang wie die verhüllte Gestalt. Unter den magischen Lichtern wandte er sich um, hob die Arme, vollführte gekonnte Drehungen und beschwor weitere Magie. Die Ärmel rutschten zurück und offenbarten grazile Blütenmuster. Bennzhardizh – er war es wirklich! Der Nebel hüllte ihn schon bis zur Taille ein.

Atharu hob die Arme. Er könnte die Flucht des Nebelmachers vereiteln, das wusste er. Sollte Teehl doch sehen, wie er durchkommen würde. Dann packte eine Hand seine Schulter.

Diesmal war es Selana, die ihn zurückhielt. »Nein«, zischte sie. »Du musst sie entkommen lassen. Erinnere dich an den Plan!«

Der Plan, der Plan. Immer ging es um irgendwelche Pläne, um Prophezeiungen und angeblich vorbestimmte Wege. Wann endlich dürfte er seinem eigenen Weg folgen? Widerwillig drängte er seine Magie zurück und starrte fassungslos zu Bennzhardizh hinüber. Im selben Moment stürzten Elben der Garde aus dem Palasttor. Eine sinnlose Verfolgung, die den Helfer des Verräters, der Schuld am Tod ihres Vaters trug, nicht aufhalten würde. Sollte er nur wegen eines Plans ungeschoren davonkommen? Das konnte Atharu nicht zulassen. Er öffnete die Arme und spreizte entschlossen die Finger. Ein Lidschlag nur, und feurige Kugeln zischten hervor.

»Was machst du denn?«, rief Selana schrill.

»Es soll doch echt aussehen, oder?« Atharu spürte Wut aufsteigen. *Freund* Benn! Mit einer energischen Bewegung feuerte er die Bälle in den wachsenden Nebel. Sah zu, wie seine brennende Magie unheilvoll auf das Ziel zuschoss. Dann, nur für einen winzigen Augenblick, kreuzten sich ihre Blicke. Ein seltsamer Ausdruck lag in Bennzhardizhs Augen.

Doch schon einen Lidschlag später verschwand er im Nebel. Atharus Feuerbälle rissen zwar noch kleine Lücken in den silbergrauen Kokon – und fanden doch kein Ziel. Zu seiner eigenen Überraschung fühlte er Erleichterung.

Pelldor holte Luft, während die Krieger der Garde durch den Parkausgang verschwanden, den Verrätern dicht auf den Versen. »Wut ist in den seltensten Fällen eine gute Ratgeberin.«

»Nicht jetzt«, presste Atharu hervor. Es war eine Sache, zu erkennen, dass Pelldor recht hatte. Aber eine ganz andere, Einsicht zu zeigen, wenn die Emotionen in einem tobten.

Sein Freund klopfte ihm beschwichtigend auf den Rücken. »Immerhin ... das sah jetzt wirklich echt aus. Verdammt echt!«

Atharu schaute zu Selana hinüber, doch sie nickte nur. Sie verstand ihn. Auch wenn ihr solche heftigen Emotionen offenbar fremd waren. Sie war so viel weiser und kontrollierter als er selbst. Und gerade er sollte dafür sorgen, dass der Schlüssel sicher zum Grehum gelangte? Was für eine Ironie.

Eine Zeit lang hatten sie überlegt, ob sie nach der Fürstin schauen sollten. Doch dann war eine der Wachen gekommen und hatte ihnen eine Botschaft überbracht. Alles verliefe nach Plan, sie würde sie erst bei Sonnenaufgang zurückerwarten.

Nachdem sie Selana in ihre Gemächer begleitet hatten, erreichten sie den eigenen Gastpalast. Pelldor wünschte eine gute Nacht und zog sich sofort zurück. Es sei wichtig, ein letztes Mal Kraft zu schöpfen, meinte er. Wer wusste schon, wie viel Schlaf sie während ihrer Reise bekämen? Lieburus verschwand direkt in den Innenhof; Atharu entschied sich, ihm nachzugehen.

»Unser Plan ist aufgegangen. Das ist vor allem Euer Verdienst, werter Magister.« Er trat zu dem Alten an den Brunnen.

»Wie?« Lieburus sah auf. »Ach ja, die Keramik mit dem Bildnis der Lade und das Pergament mit dem Hinweis. Ich hätte es gern selbst gesehen, gern selbst gesehen.« Er seufzte. »Nun, ich denke, die Elben haben den beträchtlicheren Teil dazu beigetragen. Es muss alles erstaunlich echt gewirkt haben, und das in dieser kurzen Zeit, wahrlich erstaunlich.« Er schwieg für einen Moment. Dann sah er Atharu direkt in die Augen. »Seid Ihr denn auch zufrieden, Scheltar des Feuers?«

Atharu hatte das Gefühl, es wäre mehr als eine Frage. Doch er nickte nur. Der Alte seufzte erneut und legte den Kopf in den Nacken, den Blick zum Himmel gerichtet.

»Beherrscht Ihr den Sternenblick?«

»Ob ich ein Seher bin, meint Ihr?« Lieburus wandte sich ihm zu. »Nein, nein. Das würde ich nicht meinen. Oh, ich habe helle Momente, so ist es nicht. Dem Weg der Bruchstücke konnte ich folgen. Zumindest in klaren Nächten. Aber zu mehr reicht es wohl nicht. Schon in der Ordensschule fand ich keine rechte Freude daran, mir die Nächte um die Ohren zu schlagen. Ein weiches Lager ist so viel angenehmer als ein steifes Genick. Findet Ihr nicht?«

Atharu merkte, dass er nur mit halbem Ohr zugehört hatte, nickte aber pflichtschuldig.

»Was möchtet Ihr mich wirklich fragen, Atharu-Scheltar? Mich dünkt, es lauert noch etwas anderes auf der Zunge hinter deinen Zähnen. Ist es nicht so?«

»Ihr habt mich wohl durchschaut, Magister. Es ist nur so, dass ich ...« Er suchte seufzend nach den richtigen Worten.

»Dass Ihr nicht wisst, ob ich Euch weiterhelfen kann?« Lieburus wandte sich zum Brunnen. Atharu blickte unvermittelt in das Wasser, dessen Oberfläche durch die vielen fallenden Tropfen in unzähligen Kreisen aufgewirbelt wurde. »Gedanken sind wie Wassertropfen, die ins Gefäß unserer Seele fallen. Je klarer sie sind, desto besser sind sie für uns. Weil wir sie verstehen, mit ihnen arbeiten und an ihnen wachsen können.« Der Magister hob eine Hand und ließ sie durch die Tropfen gleiten. »Doch wenn unsere Gedanken verzerrt sind, dunkel und schwarz durch schlechte Empfindungen wie Wut oder Hass ...« – unvermittelt raunte Lieburus einige elbische Worte, und die Tropfen, die aus dem Brunnen sprudelten, färbten sich schwarz – »... dann schaden sie unserer Seele. Und nisten sich ein, nicht nur als vereinzelte Tropfen, die sich kontrollieren oder in geheimen Ecken separieren lassen.« Er wies auf das Brunnenbecken, in dem das Wasser immer dunkler wurde. »Sie färben unsere Seele als Ganzes!«

Erschrocken und gebannt verfolgte Atharu, wie schnell das klare Wasser sich schwarz färbte. Dann strich der Magister noch einmal durch die fallenden Tropfen und raunte weitere elbische Worte. Sie strömten von Neuem klar aus dem Brunnen. Viel langsamer, so kam es Atharu vor, wurde das Wasser in der großen Schale wieder hell.

»Es ist eine Frage der Zeit«, ergänzte der Alte, »aber eine Seele kann heilen. Vorausgesetzt, ihr Träger lässt es zu.«

Atharu ahnte, was Lieburus meinte. Es sollte stets eine Hoffnung auf Heilung geben, die Kraft spendet, mit positiven Gedanken weiterzumachen.

»Der Weg, der vor dir liegt, wird deine persönliche Prüfung sein. Womit immer du haderst – sei es, dass du glaubst, die Erwartungen anderer erfüllen zu müssen, oder dass du denkst, nicht gut genug zu sein –, du hast es in der Hand, dein Schicksal zu bestimmen. Niemand sonst!«

Der Magister war für diesen Moment zum Du gewechselt, und Atharu merkte, wie viel intensiver der Ratschlag auf ihn wirkte. Nicht mehr nur Worte eines weisen Mannes, sondern Fingerzeig eines Freundes.

»Dann meint Ihr, der Schlüssel zum Grehum ist bei mir richtig aufgehoben?«

»Nun ja! Er verlangt Euch ab, Eure Magie – oder besser gesagt: Eure Emotionen zu zügeln. Eine Übung, die Ihr bisher wohl ein wenig vernachlässigt habt, möchte ich meinen.« Lieburus schenkte ihm ein mildes Lächeln. »Wichtig ist aber vor allem, dass Ihr daran glaubt, nicht wahr?«

»Aber was mache ich bei Gefahr? Wie kann ich uns helfen, ohne Magie zu wirken und ohne Dunkelheit in meine Gedanken zu bringen, weil ich mich ständig hilflos hinter Pelldor zurückducken muss? Was kann ich überhaupt tun?« Atharu musste an die Worte des Magisters denken. »Wenn Ihr Eure Magie beherrscht, können auch kleine Portionen davon eine große Wirkung haben.« Nur wie? Er hatte keine Ahnung, was Lieburus damit gemeint hatte.

»*Yl mahjyl jaln yn brehnon ellmahturh!* Die Magie ist ein ewiges Rätsel. Aber nicht nur das. Sie ist beeindruckend! Insbesondere dann, wenn sie sichtbar, spürbar und doch unklar bleibt. Je findiger sie ist, desto ablenkender, oder vielleicht sogar erschreckender kann sie wahrgenommen werden. Ja, ja.« Der Magister grinste. »Denkt einfach immer daran, dass die Häscher des Kreh nicht wissen können, was Ihr vorhabt, wenn Ihr Magie wirkt. Sie sind ja so ahnungslos, so ahnungslos, das dürft Ihr nicht vergessen!«

Lieburus zwinkerte ihm zu. »Und jetzt, mein Lieber, sollten wir uns noch für eine Zeit aufs Ohr legen. Euer Geist wird sich gewiss auch im Schlaf auf das Kommende einstellen. Vertraut Euch einfach, ja – vertraut Euch. Das ist der beste Weg, um seine Ziele zu erreichen.«

Atharu sah dem Magister dankbar nach, als der hineinging. Dann blickte er zurück in den Brunnen. Das Wasser war wieder vollkommen klar. Er lächelte. So wollte er es mit seinen Gedanken von nun an auch halten.

Am kommenden Morgen, die Sonne begann gerade erst, über die Dächer zu kriechen, wurden sie von Ihlinn und Selana abgeholt. Es war das erste Mal, das niemand Speisen und Getränke gebracht hatte. Doch die Elbenkriegerin erklärte, es sei der Wunsch der Fürstin, mit ihnen gemeinsam das morgendliche Mahl einzunehmen.

Während sie von Ihlinn zum Ratssaal geleitet wurden, sprach Selana über ihre Gedanken zur Reisestrecke von Tyklahr zum Grehum. Sie wollte nördlich der Stadt die grüne Buschlandschaft zwischen Hochebene und Nebelsee durchqueren. Das sei der direkte Weg zur Steppe Ilidor. Sie würde stur Richtung Norden wandern, um schließlich auf den Arro-Ezhanjotäe zu treffen. »Der Fluss der Seelen mündet ins Grehum. Ich kann es also nicht verfehlen.« Sie lächelte. »Und welchen Weg wollt ihr gehen? Habt ihr schon darüber gesprochen?«

Sie sah erst Atharu, dann Pelldor an. Beide schüttelten den Kopf. Dafür war noch keine Zeit gewesen. Atharu versuchte, sich die Karte in Erinnerung zu holen. »Ich meine, wir sollten wohl am besten dem Arro-Duado nach Norden folgen und später auf die Handelsstraße von Clutt nach Crem wechseln. Wenn ich mich richtig erinnere, ist das der einfachste Weg.«

Pelldor stimmte ihm zu. »Über die Steppe Ilidor wäre die Strecke kürzer, aber auch unwegsamer und letztlich länger. Außerdem sollten die Wege der Scheltar sich nicht kreuzen.« Er nickte noch einmal. »Ja, wir sollten die Handelsroute von Clutt nehmen. Vorausgesetzt, wir machen einen Bogen um Crem!«

»Keine Sorge, das vergessen wir bestimmt nicht.« Venas Schilderungen hatte Atharu noch gut in Erinnerung. Er mochte nicht an die Schrecken denken, die dort vor sich gingen, und versuchte, die Frage zu verdrängen, was das alles für Brandan und Gehlen bedeutete.

In den langen Fluren des Palastes hatten erneut Elben Stellung bezogen. Nach dem gestrigen Aufgebot, das durch das Portal nach Crem gezogen war, hatte Atharu sich nicht vorstellen können, dass die Fürstin über so viele weitere Einheiten gebot. Andererseits war Erellgorh eine sehr weitläufige Stadt, verfügte über mehrere Kampfarenen und eine beträchtliche Flotte, die ohne Probleme ein ganzes Heer zum Festland übersetzen konnte.

Die Türen zum Ratssaal erwarteten sie weit geöffnet, die Tafel der Fürstin reich gedeckt. Beim Anblick der edlen Speisen regte sich Atharus Appetit. *Unser letztes Mahl*. Womöglich das letzte, das sie jemals gemeinsam mit Mehlen-Ellanjah einnehmen würden. Er sah zum hohen Stuhl der Elbenherrscherin, doch ihr Platz war leer.

Allerdings erwartete sie an ihrer Statt eine andere Elbin. Atharus Herz machte einen Satz. Feuerblüten tanzten vor seinem inneren Auge, flammende Blätter, die sich sanft um den Medaillon-Schlüssel legten. Er hatte nicht erwartet, die Feuermagierin noch einmal zu sehen.

Ihlinn trat vor, verbeugte sich und wandte sich dann ihnen zu. »Pillja-Fjennjellgurh, Tochter des Fürsten von Innelles!«

Atharu konnte den Blick nicht von ihr wenden. Sie war in ein hautenges Kleid gewandet, dessen grüne und bronzene Farbtöne ihrem Teint und ihrem Haar schmeichelten und die Farbe ihrer Augen betonten. Seltsame Gefühle regten sich in ihm, sofort dachte er an das Haus der Berührung. Wäre sie dort gewesen ... Aber nein, Elben dürfen sich nicht mit Menschen einlassen. Nicht auf die Art, die ihm durch den Kopf ging, als er ihren perfekten Körper betrachtete.

»Starr nicht so!«, zischte Selana und schüttelte unauffällig den Kopf. »Sie ist die Tochter des Fürsten!« *Und ich bin nur ein*

Mensch, ich weiß. Atharu bemühte sich um Haltung und atmete tief durch. Das Blut schoss ihm in den Kopf. *Sieh auf ihre Ohren! Es ist nicht die Zeit für romantische Gefühle. Außerdem ist sie unerreichbar. Pillja-Fjennjellgurh – ein schöner Name.*

Nein, er schüttelte den Kopf. Essen, Beraten und Aufbrechen, das waren die Dinge, um die es jetzt ging. Zum Grehum, in den Kampf – und überdies in eine Zukunft, von der niemand wusste, wie lange sie noch währen würde.

»Fürstin Mehlen-Ellanjah lässt Euch grüßen, Scheltar des Windes und Scheltar des Feuers. Und natürlich auch Euch, Hofmagister von Gelder und Hauptmann der Geldermark.« Ihre Stimme umschmeichelte Atharus Herz wie wärmende Flammen in einer kühlen Frühlingsnacht. »Ich darf Euch zweierlei verkünden: Nannlohr-Bennzhardizh und der Älteste Teehl sind geflohen und wahrscheinlich auf dem Weg nach Tondaborgen. Denn sie haben das erschaffene Pergament im fürstlichen Raum der Schriften gestohlen, nachdem sie im Haus der Berührung die Keramik mit dem Bildnis der Lade gesehen haben. Der erste Schritt ist also getan.« Sie machte eine kunstvolle Pause, ehe sie fortfuhr. »Und noch etwas darf ich berichten: Die vergangene Nacht bescherte uns einen letzten Blick auf das, was ist, und das, was sein kann. Hilja-Mehlen-Ellanjah und meine Wenigkeit bündelten unsere Kräfte, um auch dort sehen zu können, wo die Schleier des Gefallenen die Lichter des Himmels bereits verbergen.«

Pillja-Fjennjellgurh schaute in die Runde. Atharus Herzschlag beschleunigte sich, als ihr Blick für einen kurzen Moment auf ihm verharrte. War da ein leichtes Zucken ihres Mundwinkels? Ein Zeichen von Freude? Was für ein Unsinn, schalt er sich. *Konzentrier dich lieber auf das, was sie sagt.* Immerhin sprach sie in ähnlich mystischer Art, wie auch Mehlen-Ellanjah es zu tun pflegte.

»Wenig war uns beschieden, und doch könnte es neue Hoffnung geben. Das ist der Grund, weshalb die Fürstin zu dieser Stunde noch in Meditation versunken ist. Denn die Entscheidung, den Weg von einer Hoffnung bestimmen zu lassen, wiegt schwer. Und diese Hoffnung mag geringer sein als das Säuseln des Windes an einer unscheinbaren Knospe inmitten der unzähligen Blätter, Pflanzen und Bäume unserer Welt.«

Wieder ein Blick, Herzklopfen und das Gefühl, er wollte ihr für immer zuhören. *Die Ohren, schau auf ihre Ohren.* Er versuchte, einen klaren Kopf zu bewahren. Doch ihre Ohren lugten kaum aus dem rotgoldenen Haar hervor. Sie schienen weniger lang zu sein, als er es von den Elben aus Erellgorh kannte.

In diesem Moment strich Pillja sich das Haar zurück. Er schluckte: Ihre Ohren waren perfekt. »Ihr dürft beginnen.«

Atharu wusste nicht, was sie meinte. Doch dann wies sie einladend auf die gedeckte Tafel. »Ich selbst werde die Fürstin aufsuchen und ihr in der Meditation Stütze und Stärkung sein.« Sie senkte den Kopf, schenkte ihm noch einen Blick, bevor sie entschwand. Oder hatte er sich das eingebildet?

Ihlinn schloss die Türen hinter der Fürstentochter, und sie waren unter sich. Erst als Selana Atharu in die Seite stieß, wurde ihm bewusst, dass er noch immer auf den Ausgang starrte. Als wollte er Pillja mit bloßer Gedankenkraft zurückholen.

»Ich will dir keine unnötige Hoffnung machen, aber das Interesse schien gegenseitig«, raunte Selana ihm zu, als sie sich setzten.

»Ehrlich?« Sein Herz machte einen Sprung.

Seine Schwester schenkte ihm ein Lächeln. »Vielleicht war es auch nur das Säuseln an einer Knospe meiner Einbildungskraft.« Sie zwinkerte. »Aber wer weiß das schon?«

Atharu freute sich über den Gedanken. Reichte nicht manchmal ein einziger Windhauch, um aus einem kleinen Funken ein großes Feuer zu entfachen? Und immerhin floss in seinen Adern das Blut eines Elamarh. Zumindest zum Teil.

»Wie fein, wie fein. Dann wollen wir es uns schmecken lassen. Es sieht einfach köstlich aus, wahrlich köstlich, findet ihr nicht auch?« Die Stimme des Magisters half Atharu, sich wieder auf das Hier und Jetzt zu besinnen.

Pelldor nahm eine Karaffe, schenkte allen von dem prickelnden Honigwein ein, und Ihlinn öffnete für sie die harten

Schalen der Bilkfrüchte, die Atharu auch aus Tangris kannte. Man brauchte dafür ein scharfes Messer, das sehr robust war, damit es nicht abbrach, wenn man die holzigen Früchte aufhebelte. Die Kriegerin nahm kurzerhand ihre Elbenklinge – ihre Tischnachbarn rutschten sicherheitshalber zur Seite.

Sie aßen, tranken und stießen darauf an, dass ihre Reisen erfolgreich sein mochten. Pillja-Fjennjellgurh und Mehlen-Ellanjah ließen auf sich warten, doch Atharu war dankbar, dass sie frei von allen Förmlichkeiten zusammensitzen konnten. Schon bald entspann sich ein Gespräch über die Zeit, die vor ihnen lag.

»Magister Lieburus, mögt Ihr uns sagen, wie es nach Eurer Ansicht weitergeht, wenn die Säulen der Macht gefallen sind und damit die Kuppel über dem Grehum erloschen ist?«

Atharu bewunderte seine Schwester. Für sie schien die Vorstellung, dass es gelingen könnte, viel selbstverständlicher als für ihn.

»Nun, die Prophezeiung ist nicht eindeutig. Aber ich vermute, dass der Kreh auch dann noch sehr viel Macht hat. O ja!«

»Bitte nennt den Gefallenen nicht bei diesem Namen«, bat Ihlinn den Magister. »Der Abtrünnige hat sich diesen Titel nicht verdient. Und die Fürstin schätzt es nicht, wenn man ihm mit diesem Namen auch noch Respekt zollt.«

»Titel?« Pelldor blickte Lieburus fragend an.

Der Magister runzelte die Stirn. »Kreh? Ach so, ja. Ihr meint, es könnte sich von ›Kerehzh‹ ableiten?«

Ihlinn nickte.

»Nun, das heilige Wort aus dem Iljaitt, das der Anbetung des Einen vorbehalten ist, sollte wahrlich nicht für den Abtrünnigen herhalten. Nein, das sollte es nicht. Persönlich glaube ich aber, dass Neuschöpfungen oder Verfremdungen von Wörtern nicht wirklich das Gleiche bedeuten und bewirken können. Für mich ist es eher Ausdruck von etwas vollkommen Unvollkommenem. Und das wäre ja wiederum passend. Aber sei es drum. Ich denke, ich verstehe, warum die Fürstin es dem Feind nicht zugestehen will.« Lieburus schwieg für einen Moment und kam dann auf Selanas Frage zurück. »Wenn die Säulen des

Grehum fallen, werden nach meiner Vermutung auch Teile seiner Armee erwachen, will sagen, ihren eigenen Willen wieder entdecken. Ja, das könnte ich mir vorstellen. Fenkorh, um ihn bei diesem Namen zu nennen, wird seine Macht sicher bündeln wollen, und damit könnte die Verbindung zu den schwarzen Runen unter Umständen durchbrochen werden. Womöglich erlangen sogar einige Entgeistete ihr Bewusstsein zurück. Wir können nur spekulieren, was das Ausmaß anbelangt. Alles in allem wird der Kampf für die Unseren, die Kämpfer der Menschen, Zwerge und Elben, dann sicher einfacher werden. Ja, einfacher, das denke ich mir.«

Lieburus hob die Arme und ließ sie gleich wieder in den Schoß fallen. Es unterstrich die Ungewissheit, mit der sie alle leben mussten. Doch dann hob er die Hände erneut und legte die Finger aneinander. Seine Miene verdüsterte sich. »Die Macht des Abtrünnigen wird dennoch überaus beträchtlich sein! Gerade dann, wenn er seine Magie auf sich selbst konzentriert, um sich gegen Euch, die Scheltar, zu behaupten. Wir wissen nicht, ob er Kristalle, Diamanten oder andere magische Speicher bei sich trägt, aus denen er schöpfen kann. Doch mit seiner schwarzen Magie könnte er auch Kraft aus seinen Häschern saugen oder sich womöglich der Schatten bedienen. Wenn er diese Kräfte an sich zieht, dann braucht es sogar ein kleines Wunder, um ihn zu stürzen.«

»Trefflich beschrieben, werter Magister.«

Atharus Kopf ruckte zum Eingang. Mehlen-Ellanjah trat mit hoch erhobenem Haupt durch die Tür. Niemand hatte sie kommen hören, doch alle standen sofort auf und verneigten sich vor der Herrscherin.

»Bis dahin jedoch gilt es, gefahrvolle Wege zu beschreiten.« Ihre Stimme hallte durch den Raum, als sie energisch auf ihren Platz zuschritt. *Sie ist aufgewühlt. Aber warum?*

»Wege, die den Tod nach sich ziehen. Auf welcher Seite auch immer.« Bei ihrem Stuhl angekommen, ergriff sie die Lehne und visierte Atharu mit starrem, durchdringendem Blick. »Doch zunächst gilt es einer Hoffnung nachzugehen, die die Sterne mir offenbarten.«

Aus ihrem Mund klang das fast wie eine Drohung. Unangenehm wurde Atharu bewusst, dass alle ihn fragend anschauten. Als könnte er wissen, wovon die Fürstin sprach. Doch er hatte keinen Schimmer, was sie meinte. Was wollte Mehlen-Ellanjah erkannt haben, das ihn in diesen unangenehmen Mittelpunkt rückte?

Endlich hob sie den Blick und begann zu sprechen. Worte, die aus einer anderen Welt zu kommen schienen und nur langsam in seinen Verstand krochen. Dann stürzten Empfindungen auf ihn ein, denen er kaum standhalten konnte.

»Jehlen lebt.«

Selana

26

Die Wirbel, die an den Seiten der Barke entlangglitten, eine glatte Spur reflektierenden Wassers hinter sich lassend, waren das Einzige, was zurückblieb. Das und die Gedanken, mit denen Selana noch immer im Ratssaal der Fürstin weilte.

»Jehlen lebt.«

Zwei Worte nur, die für ihren Bruder eine ganze Welt bedeuteten. Sein Mentor war noch am Leben. Atharus Sprachlosigkeit hatte ihr mehr gesagt, als Worte es vermochten. Und die Gefühle, die nach dieser Nachricht in ihm tobten, hatten in den Tränen zu lesen gestanden, die seine Wange genetzt hatten. Es war der Verstärkungszauber der Fürstentochter Pillja-Fjennjellguhr gewesen, der die Schleierwolken über den Sternen oder dem Sinn dahinter vertrieben und Mehlen-Ellanjah einen Blick auf das Schicksal ihres Beraters geschenkt hatte.

Dann war alles ganz schnell gegangen. Die Fürstin hatte Elbenkrieger bei den Barken an der Nordküste des Eilands antreten lassen. Ursprünglich, um Bennzhardizh und Teehl zu verfolgen. Die Geschichte um die Lade der Mydrah sollte echt wirken und die Ablenkung wäre perfekt gewesen, sodass Pelldor und Atharu ungehindert nach Norden hätten gelangen können. Sie hätten einen Bogen um Tonda und die Einheiten des Kreh machen können, während die Elbenkrieger den Verrätern nachsetzen sollten.

Doch jetzt geleiteten sie ihren Bruder und Pelldor direkt in das Herz von Tonda. Atharus Reise zum Grehum hatte eine gefahrvolle Zwischenstation bekommen, weil Jehlen, der wichtigste Berater der Fürstin und Atharus Mentor, gerettet werden sollte. Denn jetzt, da Bennzhardizh mit Teehl im Bunde war, war ihr Bruder der Einzige, der sich mit den Gegebenheiten vor Ort auskannte. Er hatte es schon einmal geschafft, trotz der Belagerung in den Tempel zu gelangen.

Selana hatte ihm angeboten, mitzukommen. Doch davon hatte er nichts wissen wollen. »Sorge dich nicht«, hatte er gesagt. »Im Bannkreis des Friedenstempels darf ich sowieso keine Magie einsetzen. Der Medaillon-Schlüssel wird unbemerkt bleiben.«

Sie strich versonnen über die geschnitzte Reling der Barke, folgte mit ihren Fingern den Konturen der Arbenzweige, fand die Form einer Zirbelmaus und seufzte. Die Begeisterung ihres Bruders für die Natur, Pflanzen und Tiere stand im Gegensatz zu seiner Unbeherrschtheit, die sie schon einige Male hatte miterleben müssen. Sie machte sich ernsthaft Sorgen um ihn. Natürlich war Atharu der Feuer-Scheltar und womöglich auch einer der besten Heiler, den Jehlen bekommen könnte – falls er noch der Hilfe bedurfte. Aber wie stand es um Geduld und Achtsamkeit? Würde ihr Bruder sich zu unbedachten Schritten verleiten lassen, um schneller zu seinem Mentor zu gelangen? Was, wenn er alle Vorsicht fahren ließ und Jehlens Rettung über den Schutz des Medaillons stellte?

Selanas Handrücken wurde feucht, als Jiga mit rauer Zunge darüberleckte. Sie war froh, dass das Frettchen bei ihr war. Das quirlige Fellbündel war hartnäckig gewesen und hatte sein ganzes Temperament aufgeboten, um nicht bei den Elben zurückbleiben zu müssen. Und irgendwie hatte Selana das Gefühl gehabt, Brandans schlaue Begleiterin könnte hilfreich sein, und hatte sie mitgenommen. Warum auch immer, Jiga schaffte es stets, im richtigen Moment das Richtige zu tun. Man sollte auf den Instinkt des Tiers vertrauen, oder nicht? Trotzdem müsste Jiga zurück nach Erellgorh, um Wanda und Lysa zu begleiten. Selana kraulte dem Frettchen den Nacken und seufzte. Es wäre gut, sie alle in Sicherheit zu wissen.

»Das Tier kann Euch gut leiden.« Magister Lieburus nickte ihr zu. Er hatte sich in die Mitte der Barke gesetzt und mühte sich, einen entspannten Gesichtsausdruck aufzusetzen.

Eine Portion Überwindung hatte es ihn gekostet, in das große Boot zu steigen. »Es wird schon nicht untergehen, hoffe ich. Oder doch? Womöglich kann Hoffnung gar nicht schwimmen. Oh, du meiner Treu. Atharpazh hilf!« Stammelnd hatte er Stoßgebete gen Himmel gesendet, während er auf dem Anleger hin- und hergetippelt war. »Andere steigen ja auch ständig in solche Dinger, nicht wahr? Hätte ich Schwimmhäute zwischen meinen Fingern und Zehen, würde ich mich wohler fühlen. Das wäre doch eigentlich die Voraussetzung, um sich sorgenfrei dem Wasser auszusetzen, meint Ihr nicht auch?«

»Dann, werter Magister, könntet Ihr schwimmen. Wir nehmen die Barke, damit wir eben das nicht müssen«, hatte Ihlinn geantwortet und schließlich einen Elbenzauber gewirkt, der dem Alten ein wenig von seiner Angst nahm.

Inzwischen waren sie bereits den ganzen Vormittag lang auf dem Weg nach Tyklahr. Fünf Elben kümmerten sich darum, dass die Barke zügig durch den Nebel glitt. Bald schon müsste der magische Dunst sich lichten und die Sicht frei geben.

Selana wollte als Erstes Wanda und Lysa zum Bootssteg holen und sie zusammen mit Jiga zurückbringen lassen. Vielleicht auch Aria. Doch noch hoffte sie darauf, dass ihre Freundin sie und Ihlinn begleiten würde. Zumindest, wenn sie inzwischen wieder ganz genesen war.

»Ja«, antwortete sie dem Magister und zwang ihre Gedanken ins Hier und Jetzt zurück. »Jiga und ich können uns gut leiden.«

Doch Lieburus hörte ihr nicht zu. Seine Augen starrten an ihr vorbei. »Oh nein, das sieht gar nicht gut aus«, hauchte er.

Alarmiert drehte Selana sich zum Bug und schaute voraus. Vor ihnen lag die Küstenlinie Tyklahrs. Über der Stadt hing ein seltsam dunkler Nebel. Im nächsten Moment erkannte sie, was es wirklich war, und hielt erschrocken den Atem an. Riesige Rauchschwaden zogen über die Häuser und Türme.

»Bitte nicht!« Das war der einzige Gedanke, der ihr durch den Kopf ging, während sie viel zu langsam auf die Stadt zuglitten. Obgleich Ihlinn sofort reagiert hatte und ihre Männer die Barke beschleunigten, kam es Selana vor, als wären sie im Schneckentempo unterwegs. Dabei konnte jeder Augenblick den Unterschied zwischen Leben und Tod ausmachen.

»Erst, wenn wir dort sind, werden wir wissen, was die Rauchschwaden bedeuten«, versuchte Ihlinn sie zu beruhigen. Doch was half es, wenn sie womöglich nur einen Lidschlag zu spät kämen? Wenn gerade in diesem Augenblick Gellwicks ins Gesundhaus eindrangen.

Selana schüttelte den Kopf. »Bitte nicht!«

»Du könntest helfen«, ergänzte die Kriegerin und schaute sie eindringlich an. »Scheltar *des Windes*.«

Aber natürlich, ich kann uns schneller nach Tyklahr bringen. Warum war sie nicht eher darauf gekommen? Ständig grübelte sie über ihre Magie und die Zauber, die sie im Kampf einsetzen wollte und die sich mit dem Element ihres Bruders ergänzen mussten. Doch was ihre Fähigkeiten noch bewirken könnten, daran dachte sie nicht. Selana konzentrierte sich, betrachtete das Heck der Barke und entschied sich für einen Punkt, der standhalten würde. Ein Wink ihrer Hand reichte und aus ihrem Inneren strömte pure Energie. Sie sandte einen kontinuierlichen Strom ihrer Magie, lenkte ihn behutsam hinter das Boot und schickte ihn mit einem kraftvollen Stoß gegen das Heck.

Das Boot machte einen Satz nach vorn. Sofort hielten die anderen sich fest, Lieburus stöhnte ängstlich auf. Selana hätte sie vorwarnen sollen, doch dafür war es jetzt zu spät. Immer weiter trieb sie die Barke an, kontrollierte den Energiestrom, bündelte ihn, schloss und öffnete die Hand und gab stetig mehr Druck aufs Heck. Das Boot beschleunigte, der Bug hob sich aus dem Wasser und sie schossen förmlich auf Tyklahr zu. *Ich komme!* Inbrünstig dachte Selana an Aria, Lysa und Wanda. Sie würde sie retten, schwor sie sich. Und wer sich ihr dabei in den Weg stellte, wäre verloren!

Immer näher kamen sie der Stadt. Vor ihnen lag die Mündung des Arro-Ezhanjotäe. Selana erkannte die Mauer des heiligen Flusses, konnte sehen, dass die Rauchwolken von einzelnen Gebäuden in den Himmel stiegen. Einige Brände loderten im Süden, dem myzehrischen Teil der Stadt. Doch die meisten Flammen tobten im Norden. Dort, wo das Gesundhaus stand!

»Selana!« Die warnende Stimme der Elbin, dann ein Kratzen an ihrer Hand. Jiga fauchte, und Selana unterbrach erschrocken den Strom ihrer Magie. Sie waren bereits im Fluss und schnellten auf den Steg zu. Die Elben mühten sich, mit ihren Rudern den Lauf des Bootes zu bremsen.

Die Barke wurde langsamer, der Bug senkte sich zurück ins Wasser. Doch sie glitten immer noch sehr schnell auf den Fischersteg zu. Davor lag die Grotte, in der die Barke anlegen musste, doch es war zu spät, um hineinzulenken.

»Vorsicht! Festhalten!«, warnte Selana den Magister.

Mit einem dumpfen Geräusch prallte das Boot gegen den Steg, Lieburus fiel auf den Rücken. Die Barke schrammte am Steg entlang, doch die Elben schafften es, sie zum Halten zu bekommen und zu stabilisieren. Ungeduldig wartete Selana. Sie wollte so schnell wie möglich zum Gesundhaus. Fast wäre sie schon auf den Steg gesprungen und vorausgelaufen, doch Jiga kratzte an ihrem Bein und sie hielt inne.

»Aber ja, du kommst natürlich mit mir, keine Angst.« Sie hatte schließlich extra eine Tasche mitgenommen, die sie sich auf den Rücken binden konnte und in der das Frettchen Platz fand. »Komm, kleine Heldin. Ich passe auf dich auf!« Kaum war Jiga verstaut, sprang Selana auch schon auf den Steg. »Es tut mir leid, Magister. Ich kann nicht warten. Ich muss zu Wanda und Aria!« Sie warf Lieburus, der sich gerade mühsam wieder aufrappelte, einen entschuldigenden Blick zu. Er blieb eine Antwort schuldig, so sehr war er damit beschäftigt, sein Gleichgewicht zu finden. »Ihlinn bleibt bei mir, doch unsere anderen Begleiter werden Euch zum Schloss bringen, nicht wahr?« Selana warf ihrer Elbenfreundin einen Blick zu und erntete ein zustimmendes Nicken. »Lebt wohl, Magister!«

Dann eilte sie los. Sie hörte noch, wie Ihlinn den anderen einige elbische Worte zurief, dann die Schritte, die ihr über den Steg folgten. Kurz vor den Stufen zum Mauerdurchlass hatte die Kriegerin sie eingeholt und sprang an ihr vorbei.

»Halt!« Ihlinn versperrte ihr den Durchgang.

Keuchend blieb Selana stehen. »Was ist? Lass mich durch!« Jeder Moment zählte. Sie durften keine Zeit mehr vergeuden. »Was soll das? Wanda, Aria und Lysa brauchen meine Hilfe!«

»Wir können nur dann helfen, wenn wir sicher ankommen! Möchtest du es riskieren, Gellwicks direkt in die Arme zu laufen?« Die Stimme der Kriegerin duldete keinen Widerspruch. Langsam schob sie sich durch den Mauerdurchgang, blieb aber auf der anderen Seite gleich wieder stehen und verstellte ihr erneut den Weg.

Selana versuchte, ihre Aufregung niederzukämpfen. Natürlich hatte Ihlinn recht. Es war unsinnig, blindlings durch die Straßen und Gassen zu laufen. »Keine Sorge«, brachte sie mühsam beherrscht hervor. »Ich habe meine Gefühle unter Kontrolle. Wir werden uns langsam vorwärts bewegen. Du voran und ich hinterher. In Ordnung?«

»Eine weise Entscheidung.« Ihlinn verzog den Mund, was wohl Befriedigung ausdrücken sollte. Doch Mimik war nicht ihre beste Disziplin, es wirkte eher zweifelnd.

Langsam tastete die Kriegerin sich vor. In einer fließenden Bewegung zog sie ihre Elbenklinge und war mit wenigen Schritten am Ende der Gasse. Selana schloss auf, während

Ihlinn in die Straße spähte. Die Elbin winkte ihr und sie kam näher, um ebenfalls einen Blick zu riskieren. Schutt und Trümmer bedeckten das Pflaster, doch es war niemand zu sehen. Nirgendwo rührte sich etwas.

Sie schlichen leise an der Häuserzeile entlang. Zersplitterte Türen lagen vor den Hauseingängen, Scherben von Tonkrügen, dazwischen Blut. Ein Stück weiter loderte Feuer aus einem Dach. Doch es war kein Mensch da, um es zu löschen. Ohne Hilfe würde das Haus bis auf die Grundmauern niederbrennen. Wenn es schlimm kam, müssten sogar die Nachbarhäuser dran glauben. Für einen Moment dachte Selana darüber nach, ob sie nicht etwas tun sollten. Doch ihre Magie würde das Feuer eher anfachen, als es löschen. Und außerdem mussten sie zum Gesundhaus. Hoffentlich stand es nicht auch in Flammen.

Die Kriegerin hielt inne, Selana horchte. War da etwas? Zischende Funken stoben aus dem brennenden Haus, das Knarzen überlasteter Balken, eine einstürzende Wand. Plötzlich ein Kreischen, eine Katze schnellte an ihnen vorbei. Überall krachte, zischte und rauschte es. Alles war so laut. Zu laut, um die Rufe von Menschen zu hören? Ihlinn tastete sich weiter vor, umrundete zertrümmerte Möbelstücke, die jemand aus einem der Häuser geworfen haben musste.

Dann näherten sie sich der Straße, an der das Gesundhaus lag. Selana konnte sich kaum zurückhalten. Sie waren jetzt auf Höhe eines großen Gebäudes, aus dem ebenfalls Flammen schlugen. Die Hitze trieb sie auf die andere Straßenseite. Geistesgegenwärtig wichen sie einem qualmenden Balken aus, der von dem brennenden Dach des Hauses stürzte und bis zu ihnen hinüberfiel. Das Rauschen des Feuers dröhnte in ihren Ohren. So viele Geräusche – doch keine Stimmen, nicht einmal Schreie. Das machte Selana Angst. Beunruhigt schlich sie Ihlinn hinterher, folgte ihr bis zur Straßenecke. Und dann, ganz plötzlich, als hätte jemand das Tor zu einer anderen Welt geöffnet, hörte sie Rufe. Das Getrappel von Füßen und das Geräusch von Rädern auf Pflastersteinen. Gerade als Ihlinn in die Straße zum Gesundhaus spähte, kam ein Pulk von Menschen in die Gasse gestürmt. Sie hatten Eimer, zogen Karren mit Fässern und schleppten Leitern.

»Die Leitern anlegen.«

»Richtet die Schleuder aus!«

»Holt mehr Fässer und Wasserschläuche!«

Laut drangen die Stimmen durch die aufgeregten Rufe der Menschen, die fassungslos auf das brennende Dach starrten. Keiner könnte mehr in das Haus hineingehen. Wie sollten sie das Feuer löschen? Fieberhaft dachte Selana darüber nach, wie sie helfen konnten, aber Ihlinn schüttelte den Kopf.

»Wir können hier nichts tun. Und deine Luftmagie wäre bei einem Feuer dieser Größe verheerend!«

Selana sah noch, wie die ersten Männer über die Leitern nach oben stiegen. Frauen reichten ihnen Wassereimer hinauf und sie gossen sie in die Fenster. Solange die Dachbalken hielten, konnten sie vielleicht verhindern, dass das Haus einstürzte und sich das Feuer durch die ganze Straße fräße.

Sie eilte Ihlinn hinterher, die bereits weiter in Richtung Gesundhaus lief. Beinahe wäre sie gegen ein hölzernes Ungetüm gerannt. Das hatten die Männer also mit Schleuder gemeint. Es glich den Katapulten, die Selana von den Wehrtürmen in Akra kannte. Der Wurfbalken mündete in einem tellerartigen Korb, auf dem Wasserschläuche gestapelt wurden.

»Weg von der Schleuder!«, rief einer der Männer und zog im nächsten Moment an einem Strick.

Sofort sprangen seine Helfer zur Seite. Ein Haken löste sich, Seile knarzten, der Wurfbalken schnellte empor und landete mit einem dumpfen Knall an einem lederumwundenen Querbalken. Selana blickte den Wasserschläuchen hinterher. Sie flogen durch die Luft, wie Spielbälle, schossen auf das Haus zu und trafen mittig auf das brennende Dach.

»Ja!«, jauchzte sie und hörte, wie die Menschen klatschten.

»Komm!«, drängte Ihlinn, und Selana setzte ihr nach.

Die Bewohner von Tyklahr wussten sich zu helfen. Das machte ihr Hoffnung, denn wenn sich die Menschen mit dem

Löschen der Feuer befassten, mussten die Angriffe vorüber sein. Beherzt lief Selana hinter der Kriegerin her. Neben ihr die ersten Fenster des Gesundhauses, sie warf einen Blick nach oben. Das Dach war intakt, Atharpazh sei Dank. Weiter vorn sah sie das Tor. Ihlinn war schon da und verschwand in diesem Moment aus ihrem Blickfeld. Also stand es offen. Selana verlangsamte erleichtert ihre Schritte und versuchte, zu Atem zu kommen. Sie würde Wanda wiedersehen – gleich.

Dann kam sie zum Eingangstor. Nur einer der Torflügel war einen Spalt breit geöffnet. Kaum groß genug, um hindurchzukommen. Aber ihre Elbenfreundin hatte es auch geschafft. Kraftvoll drückte Selana dagegen, doch nichts passierte. Das Tor hing fest.

»Ihlinn?« Sie stemmte sich noch einmal mit ihrem ganzen Gewicht gegen den Holzflügel.

»Du musst dich hindurchzwängen«, hörte sie die Stimme der Elbin von drinnen.

Selana nahm die Tasche vom Rücken und ließ Jiga raus. Sofort wieselte das Tier durch den Türspalt. Noch einmal versuchte Selana, den Torflügel weiter aufzudrücken. Was blockierte ihn? Mit einem unguten Gefühl zwängte sie sich durch den Spalt und erstarrte. Fassungslos blickte sie über rauchende Trümmer. Der rückwärtige Teil der Diele war mitsamt dem Dach eingestürzt. Beißender Qualm vernebelte die Sicht. Verschwommen sah sie üppiges Grün vor sich. Durch den freien Blick in den Garten wirkte die Zerstörung wie ein seltsamer Traum. Die Pflanzen in unmittelbarer Nähe des Hauses waren schwarz verkohlt, doch dahinter zog sich der heckengesäumte Weg über den Hof, als wäre nichts geschehen.

Jiga sprang über die Trümmer und lief schnurstracks darauf zu. Wenn der Garten nicht verbrannt war, gab es Hoffnung, oder nicht? Selana versuchte, den Brunnen zu entdecken, an dem ihre Momm so gern gesessen hatte. Sie stieg über einen verkohlten Balken und reckte den Kopf. Nein, es war niemand zu sehen. Sie machte noch einen Schritt, rutschte in einer Pfütze aus und konnte sich gerade noch auf den Beinen halten. Dann sah sie Eimer und zerplatzte Wasserschläuche in den Trümmern. Natürlich, ohne Hilfe wäre das Gesundhaus zur Gänze abgebrannt.

Sie schaute nach Ihlinn, die Kriegerin arbeitete sich über dampfende Balken und zersplitterte Dachschindeln auf die Tür zum Krankenflügel zu. Selana kletterte ihr hinterher. Sie wollte zu ihrer Momm! Hoffentlich sah es in den hinteren Räumen besser aus. Sie mochte gar nicht daran denken, welche Ängste Lysa ausgestanden haben musste.

»Aria?« Aus einem Impuls heraus begann sie, nach ihrer Freundin und ihrer Ziehmutter zu rufen. »Wanda?«

Ihlinn machte sich daran, einen Balken fortzuräumen, der die Tür blockierte. Doch das war aussichtslos. Der Holzträger der eingestürzten Decke hatte sich mit anderen Trägern ineinander verkeilt.

»Aria! Wanda!« Selana schrie jetzt, Tränen liefen ihr über die Wange.

»Hier kommen wir nicht durch.« Ihlinn schüttelte den Kopf und sah sich suchend um.

Aber sie mussten doch in den Krankentrakt! Selana spürte einen Knoten im Bauch. Sie fühlte, wie ihre Magie zu pulsieren begann. Aber wie sollte sie ihre Kraft anwenden? Es gab keinen Punkt, an dem sie ansetzen konnte. *Ich muss mich konzentrieren, dann wird sich auch ein Weg finden*. Doch als sie hinauf in den Dachfirst sah, schwand ihre Hoffnung. Nur noch wenige intakte Balken trugen die Dachseite zur Straße. Zu fragil, um ihrer Magie standzuhalten. Sie wischte sich Tränen aus dem Gesicht. Sie kamen zu spät.

»Noch ist keine Zeit, zu trauern!« Ihlinn packte sie bei den Schultern. »Wir wissen nicht, was geschehen ist. Lass uns durch den Garten gehen. Vielleicht finden wir dort jemanden, der uns etwas sagen kann.«

Selana nickte, dankbar, eine Freundin an der Seite zu haben. All ihre Macht und Weisheit nützten nichts, wenn sie sich von ihren Emotionen überwältigen ließ. Gemeinsam stiegen sie durch die Trümmer zum Garten. Gegenüber erkannte Selana noch die Überreste der Treppe zu der Kammer, die sie sich mit Aria geteilt hatte. Auch die Tür zu den Räumen der Schwestern war nurmehr ein Haufen Asche. An ihrer Stelle klaffte ein großes Loch in der Wand, durch das Selana weitere eingestürzte Wände und verkohlte Dachbalken sah. Sie konnte nur hoffen, dass Aria und die Schwestern sich hatten retten können.

Als sie über die letzten Trümmer gestiegen waren und den schwarzen Streifen verbrannter Erde hinter sich ließen, richtete Selana den Blick auf den Brunnen und den Gebäudeteil dahinter. Hier war alles unversehrt. Wenn man an den Eingangsbereich und den Schwesterntrakt dachte, war das kaum vorstellbar. Hinge nicht der beißende Geruch nach verbranntem Holz und verkohlten Stoffen in der Luft, würde man das Unglück nicht für möglich halten, das hier geschehen war. *Nein, du weißt doch gar nicht, ob jemand zu Schaden gekommen ist. Vielleicht war es einfach nur ein Feuer.* Es mussten nicht zwangsläufig auch Gellwicks im Haus gewesen sein. Sie blickte über den Hof. Aber wo waren dann die Menschen geblieben? »Wandaaa? Ariaaa? Lysaaa?«

Ihlinn trat neben sie und wies hinüber zu den Rimpurbäumen. »Sieh nur. Wir sind nicht allein.«

Selana sah Bewegungen im Schatten des orangenen Blätterdachs. Waren das die Schwestern mit den Kranken? Neuer Mut durchströmte sie, ihr Herz begann schneller zu schlagen. Ein kleiner Mann trippelte auf sie zu. Einer der Urda. Aber ja, eine Truppe des Sumpfvolks war nach Tyklahr gekommen, um gegen die Schatten zu kämpfen, erinnerte sie sich.

Eilig lief sie dem Mann entgegen und sah dann, dass es die Urda waren, die sich unter den Bäumen versammelt hatten. Dicht an dicht saßen sie auf der Erde. Ihre Lippen bewegten sich unablässig und ihre Hände wanderten von ihren Stirnen zu ihren Herzen und zurück. Selana konnte nichts von ihrem Gemurmel verstehen, doch sie begriff, dass das Sumpfvolk betete. Im nächsten Moment hatte sie den Urda erreicht und er verbeugte sich vor ihr.

»*Yt Zhar ezh tuhn!*« Er legte seine Hand aufs Herz.

»E jigu i jylnuhn!«, erwiderte Selana. Die alte Elbensprache ging ihr immer leichter über die Lippen.

»Es freut mein Herz, Euch wiederzusehen, Schattentöterin.«

Der Titel versetzte ihr einen Stich, und sie versuchte, nicht an die Kämpfe zu denken, die sie so viel gekostet hatten. Mühsam unterdrückte sie den Impuls, nach ihren Narben zu tasten. »Bitte nennt mich nicht so. Es ist nicht das Töten des Feindes, was mich ausmachen soll.« Und doch war es genau das, was man von ihr erwartete. Ein schreckliches Handwerk, auf das sie sich nicht reduzieren lassen wollte.

»Vergebt mir. Doch es war eben dieser Moment, in dem ich Euch das erste Mal sah. Sicher seid Ihr weit mehr als das. Doch Eure Narben bezeugen Euren ungeheuren Mut, und Euer weißes Haar ehrt Eure Taten. Nie werde ich die Scheltar des Windes vergessen, die Tyklahr vor den Schatten gerettet hat!«

»Ich danke Euch, verehrter ...« Sie brach ab und suchte in ihrem Kopf nach seinem Namen. Das Gesicht kam ihr bekannt vor, doch sie konnte sich nicht erinnern.

»Man nennt mich Killdu, Selana-Scheltar. Ich bin der Diener des Malin.«

»Killdu also, Diener des Ältesten, ich werde mir Euren Namen merken.« *Aber ich habe keine Zeit für eine Unterhaltung.* Sie blickte über Killdu hinweg. Außer den Urda war niemand zu sehen. »Verzeiht mir«, sagte sie, als ihr bewusst wurde, dass sie ihm zu wenig Beachtung schenkte. »Ich bin in Sorge um meine Ziehmutter Wanda und das kleine Mädchen, das sie in ihrer Obhut hat, Lysa. Auch meine Freundin Aria müsste im Gesundhaus sein. Berichtet mir rasch, was geschehen ist, wenn ihr mögt. Dann muss ich nach den dreien suchen.«

»Für diese Antworten bin ich vielleicht nicht der Richtige. Doch wir werden Euch bei der Suche helfen.« Er rief zwei Urda-Frauen heran und gab ihnen die Namen. Sofort tippelten sie zu einer Tür und verschwanden dahinter. Selana wollte ihnen gerade nachgehen, als Killdu sie zurückhielt. »Wenn die Euren im Haus sind, geht es ihnen gut. Bei meinem letzten Rundgang war niemand in Lebensgefahr.«

»Dann sind noch mehr Menschen im Haus?«

Der Urda nickte. »Die meisten Krankenzimmer sind intakt, und einige der Schwestern sind da und kümmern sich. Könntet Ihr deshalb zunächst unserem Ältesten Eure Zeit widmen?« Sein Blick wirkte angespannt.

Selana wusste nicht, ob sie ihm die Bitte ausschlagen durfte. »Könnte ich nicht erst einmal nach Wanda schauen, bevor ich ...«

»Dann könnte es schon zu spät sein.«

»Zu spät?«

Killdu seufzte schwer. »Der Älteste der Urda liegt im Sterben.«

Selana schluckte und warf Ihlinn einen hilfesuchenden Blick zu. Ihre Elbenfreundin verstand sofort. »Ich schaue gern nach Wanda, Aria und der kleinen Lysa.« Ohne ein weiteres Wort abzuwarten, eilte die Elbin den Urdafrauen nach.

»Meint Ihr denn, dass Malin Besuch empfangen möchte? Wenn es ihm nicht gut geht?«

»Wie immer es ihm auch geht, er erwartet Euch.«

Killdu machte eine einladende Geste und führte sie zu den Rimpurbäumen, vorbei an den Männern und Frauen des Sumpfvolks, bis zur Tür von Eldarhs Arbeitsraum. Hier also hatten sie den Ältesten untergebracht. Selana musste unweigerlich an das Ende des jungen Magisters denken, der dort an seinem eigenen Gift zugrunde gegangen war. Als Killdu den Türknauf ergriff, sah sie sich noch einmal zu den Urda um. Das unablässige Murmeln der Sumpfmenschen war plötzlich lauter geworden.

»Sie erheben ihre Stimmen, damit unser Ehrwürdigster die Gebete hören kann, während die Tür offensteht. Das ist das Einzige, was ihnen zu tun bleibt.«

Er zog die Tür auf und bedeutete Selana einzutreten.

Pitu

27

Bis zum Mittag hatte es nicht gedauert, dass die Hammerstreiter wieder auftauchten. Doch als Orthos und kurz darauf auch Semje in den Gastraum der Taverne staksten, wirkten sie alles andere als glücklich.

»Da kommen ja unsere Helden«, rief Fillgur. »Siebzehn Nägelpaare, das soll euch erst mal jemand nachmachen.« Er ergriff Orthos' Hand und wollte sie schütteln, doch der Hüne entzog sie ihm ächzend. Der Muskelkater musste gewaltig sein.

»Wer immer mir heute die Hand schüttelt, wird in ein paar Tagen von *mir* geschüttelt«, drohte der Hüne. Schimmron zog seine rasch zurück.

»Ein Muskelberg mit Katerfreuden?« Semje lachte schadenfroh. Allerdings nur, bis Fillgur ihm beherzt auf die Schulter klopfte.

»Au! Mach das noch mal und ich nehme beim nächsten Mal deinen Schädel statt eines Zwillings.«

Pitu grinste. »Das ist der Semje, den ich kenne.« Er deutete ein Schulterklopfen an, hob aber im letzten Moment die Arme. Semje zuckte trotzdem und stöhnte.

»Ich hab nichts gemacht«, sagte Pitu grinsend, ging aber trotzdem sicherheitshalber auf Abstand.

»Wart nur, bis ich dich herausfordere. Von den Schulterschlägen am Folgetag wirst du dich dein Lebtag nicht erholen.«

Jetzt musste Pitu lachen. »Ich und ein Zwillingshammerstreit? Diese Ungetüme bringen mehr Gewicht auf die Waage als ich selbst.«

»Alles eine Sache des Trainings«, meinte Orthos.

»Ein bisschen mehr essen könnte auch schon helfen«, ergänzte Semje und klopfte sich auf den Bauch.

Orthos lachte sein dunkles Lachen. »Mit der richtigen Vorbereitung kann man jedenfalls alles schaffen.«

»Aber ja, ich könnte gewinnen.« Pitu grinste über beide Ohren. »Weil mein Gegner sich totlacht.«

Es war ein guter Start in den Tag gewesen, dachte Pitu, als sie endlich eine Lore bestiegen, die sie bis an den Rand der Hochebene bringen sollte. Leicht und unbeschwert hatten sie über den Kampf des Vorabends geflachst und Anekdoten früherer Streitereien zum Besten gegeben. Heitere Momente, in denen die Bedrohung, die vor ihnen lag, in den Hintergrund getreten war. Verblasst hinter der Kameradschaft, den leuchtenden Erinnerungen und dem Wissen darum, dass Semje ihn zum Grehum begleiten würde.

Pitu hoffte, dass auch der Kontakt zu seinen anderen Zwergenfreunden den Kampf gegen den Kreh überdauern würde. Zumindest, wenn sie obsiegen sollten. Was das betraf, wollte er die Hoffnung nicht aufgeben. Auch wenn der Stammesvater zu kurzsichtig war, um die Folgen für die Welt richtig einzuschätzen. Es war eben nur wenigen Herrschern gegeben, über den Tellerrand zu blicken und auch für diejenigen Sorge zu tragen, die nach ihnen kamen. Pitu würde jedenfalls alles tun, was in seiner Macht stand. So viele hatten ihm geholfen, ihm gar das Leben gerettet. Zeit, etwas zurückzugeben.

Die Fahrt durch die Tunnel der Hochebene verlief ohne Probleme. In hohem Tempo rauschten sie dahin, querten Grotten und Felshallen. Fledermäuse stoben davon, einmal netzte der wirbelnde Dunst eines Wasserfalls ihre Gesichter.

Als es ein längeres Stück aufwärtsging und sie merklich langsamer wurden, meldete Fillgur sich zu Wort. »Vorsicht gleich! Bedeckt eure Augen. Selbst wenn der Himmel über dem Tal verhangen ist, kann das Licht unangenehm blenden.«

»Der Himmel über dem Tal? Wir sind doch im Berg.« Wie sollte das Tageslicht sie hier drinnen stören?

»Ein Teilstück unserer Strecke liegt an den nördlichen Klippen der Hochebene«, erklärte Fillgur.

»Vor den Klippen, wolltest du wohl sagen«, schaltete Schimmi sich ein. »Die Tunnelbauer haben falsch gerechnet.«

Semje brummte: »Das wär den Eskrindarh nicht passiert.«

»Ich finde es herrlich«, gab Schimmi zurück. »Man hat einen wunderbaren Blick über das Tal.«

»Vorsicht jetzt«, rief Fillgur. »Wir sind gleich da.«

Die Lore nahm wieder Fahrt auf. Pitu lehnte sich zur Seite, um besser sehen zu können. Weiter vorn wurde es tatsächlich hell und kalte Luft wehte ihnen entgegen. Wahrhaftig – eine Öffnung! Pitu hätte auch ohne Vorwarnung die Hand vors Gesicht gehalten. Nicht nur, weil das Tageslicht blendete, sondern auch, weil er nicht mit ansehen konnte, wie sie quasi ins Nichts fuhren. Je heller es wurde, umso stärker kniff er die Augen zusammen. *Bitte Atharpazh, lass uns nicht abstürzen!* Plötzlich wehte ihm eisiger Wind ins Gesicht – sie hatten den Berg verlassen.

»Seht ihr schon was?«, kam es von Schimmi. »Meine Augen sind einfach zu empfindlich. Aber ich erinnere mich, dass der Blick unglaublich ist.«

»Keine Sorge. Die Strecke am Fels ist lang genug, um sich an die Helligkeit zu gewöhnen. Wir werden schon noch etwas zu sehen bekommen«, rief Fillgur.

Der Wind zauste in Pitus Haaren, die Kälte biss in seine Finger, doch sonst passierte nichts. Das Rumpeln und Rattern der Lore war leiser, aber noch da. Lediglich der Widerhall von den Tunnelwänden fehlte. Endlich traute Pitu sich, einen Blick zu riskieren.

»Bei den Seelen.« Er hoffte, dass seine Augen ihm einen Streich spielten.

»Siehst du schon was?«, fragte Semje sofort. »Es ist hoch hier, guck lieber nicht nach unten. Das ist nichts für dich.«

»Vor allem hell«, setzte Fillgur hinzu. »Der viele Schnee reflektiert das Licht. Eisig kalt, aber wunderschön anzusehen, so ein weißes Tal, was?«

»Bei allen Göttern der Berge!« Semje schirmte seine Augen noch immer ab, doch ohne Zweifel hatte er gesehen, was auch Pitu das Blut in den Adern gefrieren ließ. Das eisige Tal war von schwarzen Flecken übersät. Lebendige Flecken, die sich wie Geschwüre über das gesamte Tal ausgebreitet hatten. Die Heerlager des Kreh waren so gewaltig, dass Pitu glaubte, ihre Ausdünstungen bis hier herauf zu riechen. Wären der Fahrtwind und das Rattern der Lore nicht so laut, könnten sie die Stimmen dieser unzähligen Gellwicks und Söldner wahrscheinlich noch hier oben hören.

»Bei den Gebeinen der Urväter ...« Selbst Fillgur Eisenfaust, der stets so optimistische Zwerg, klang erschüttert.

Orthos und Schimmi schwiegen. Doch was sollten sie auch sagen? Die Masse gerüsteter Schergen bewies, wie groß die Macht des Kreh inzwischen war.

»Hoffentlich schaut keiner nach oben«, raunte Semje.

»Sie könnten uns nicht erreichen.« Pitu hoffte inbrünstig, dass er recht behielt.

»Das nicht. Aber sie wüssten, wo ein weiterer Zugang ins Zwergenreich zu finden ist.«

Pitu mochte nicht daran denken, was für fatale Folgen das für Abrinor haben könnte. Bestürzt sah er nach vorn. Wie weit noch, ehe sie wieder im Schutz des Berges verschwanden? Die Strecke war länger, als er gedacht hatte. Er blickte nach unten. *Es sind so unglaublich viele.* Musste nicht allein ihre schiere Anzahl die Wahrscheinlichkeit erhöhen, gesehen zu werden? *Nein, wir sind auf die Entfernung nur ein winziges bewegtes Etwas, das man kaum im Auge behalten kann.* Noch einmal ließ er den Blick übers Tal gleiten und versuchte, sich so viel wie möglich einzuprägen.

Er sah kleinere und größere Lager, erkannte ausgetretene Pfade, die sie verbanden. Dazwischen schneebedeckte Flächen, die sich wie Ströme ruhigen Wassers durch die schwarzen Inseln wanden. Sie ergaben ein Muster, ein Bild, das er sich einprägen konnte. Wie Fludo es in den Sümpfen tat. Er konzentrierte sich darauf und glaubte endlich, etwas gefunden zu haben, das ihm helfen würde, sich zu erinnern. Er atmete durch. Gleich gelangten sie zurück in den Berg, doch er hatte die Zeit genutzt.

Rasch warf er noch einen Blick zum Horizont. Dort lag das Eskringebirge, kalt und grau, wie der Himmel über ihnen. Nur an einer einzigen Stelle schimmerte blaues Licht. Das konnte doch nicht ... Aufgeregt reckte er den Hals, sein Herzschlag beschleunigte sich. Wahrlich, dort drüben pulsierte die magische Kuppel des Grehum. Was sonst sollte auf diese Entfernung zu sehen sein? Dort war der Ort, an dem sich alles entscheiden würde. Sein Ziel! Welchen Weg müsste er nehmen?

Jäh tauchten sie zurück in die Dunkelheit des Berges. Er hätte noch Zeit gebraucht, sich alles einzuprägen. In was für einem Winkel stand das Grehum zum Muster der Heere? Wie konnte er dorthin gelangen? Allein der Gedanke an die schwarzen Flecken ließ ihn erschaudern. Doch er durfte nicht zweifeln, wenn er siegen wollte. *Du bist ein Scheltar.* Er schloss die Augen und versuchte, das Bild des Tals zurückzuholen. Atmen, konzentrieren und die Magie strömen lassen. Nicht in die Hände, um Fels, Stein oder Erde zu erwecken, sondern in den Kopf. *In meinen Geist.* Es kostete ihn kaum Kraft. Das wärmende Pulsieren setzte sofort ein und beruhigte ihn.

Während die Lore weiter durch den Tunnel rauschte, stahl sich ein Lächeln auf sein Gesicht. Ihm gefiel das Bild, mit dem er die Muster der schwarzen Lager im Gedächtnis behalten konnte. *Danke, Fludo.* Ein Bild aus seiner Erinnerung, deutlich und klar, das Pitu mit dem Gesehenen in Einklang brachte, um sich die Stellungen besser merken zu können. Es brauchte nur kleine Veränderungen, aber dann sollte es funktionieren.

Doch mit dem nächsten Gedanken schwand sein Lächeln. Wie lange würde es dauern, bis er diesen Weg antreten konnte? Würden die Heerscharen so lange ausharren? Oder beföhle der Kreh sie bald schon in die Schlacht? Wenn die schwarzen Massen erst einmal in Bewegung waren, wäre es aussichtslos, allein das Tal zu durchqueren. Inmitten der Feinde konnte es kein Überleben geben. Sie würden ihn finden.

Er fasste sich auf die Brust, spürte die verräterische Wärme seines Talismans. Womöglich wäre ausgerechnet dieser schwarze Stein, das Letzte, was ihm von seinen Eltern geblieben war, sein Verderben. Die unseligen Runen des Kreh hatten aus den Gellwicks Jäger gemacht, die jeder Art von Magie hinterherhetzten. Sie hatten auch seinen Stein schon einmal gespürt. Pitu schluckte. Mit dem Talisman gäbe es kein Hindurchkommen. Sein Leben würde hinfortgerissen von einer grausigen Flut unbarmherziger Kämpfer, die über die Völker der Welt herfielen. Verraten durch das Erbe der Eltern. Dieser Gedanke nagte an ihm und begleitete ihn noch, als sie in der Ankunftshalle eines weiteren Umschlagplatzes ankamen.

»So, meine Freunde.« Fillgur winkte sie zu einem Höhenwechsler. »Unsere Reise mit dem Fernzahn ist hier zu Ende. Von hier müssen wir über Tage weiter. Die Tunnel nach Fullbor wurden geschlossen.« Er schnaufte vor Missfallen. Den Weg der Loren abzuschneiden, musste ihm wie eine Amputation vorgekommen sein. »Willgert wollte sogar, dass wir den Tunnel sprengen. Aber das haben wir nicht gemacht. Stattdessen haben wir Felsen über Felsen in den Tunnel geschleppt, gespickt mit scharfen Scherben und Klingen. Da gibt es kein Hindurchkommen für Gellwicks, so viel ist sicher.«

»Und was hat unser Zauderer dazu gesagt?«, fragte Semje.

»Nichts.«

»Weil er nichts davon weiß, hab ich recht?« Semje schlug dem Freund auf die Schulter. »Eisenfaust, Eisenfaust – du spielst ja mit deiner Freiheit.« Er lachte. »Das gefällt mir.«

Nacheinander bestiegen sie den schlichten Höhenwechsler, der kaum mehr als eine Plattform war, und zogen sich an einer Kette von Ebene zu Ebene. Zweimal mussten sie auf einen anderen Wechsler umsteigen, weil es, wie Fillgur erklärte, in keinem Zwergenreich der Welt Schächte gab, die von der Oberfläche bis zum tiefsten Grund reichten. Zum einen wüchse die Gefahr eines Kettenrisses, zum anderen wäre alles durch Wetter oder Angriffe leichter verwundbar.

Für das letzte Stück mussten sie sogar Treppen steigen. Nach den ersten hundert Stufen wusste Pitu, warum die Zwerge Höhenwechsler erfunden hatten. Nach zweihundert brannten ihm die Oberschenkel. Er konnte sich nicht erinnern, jemals so viele Stufen gestiegen zu sein. Oder doch, in Wullutu vielleicht. Ihm schoss das Bild von Fludo in den Kopf, dem er seine Kammer überlassen hatte, weil er oben im Tempelbaum völlig erschöpft auf den Boden gesackt war.

Plötzlich schoss Pitu ein Gedanke durch den Kopf. Er tastete nach seinem Rucksack. Da, er konnte sie durch den Stoff fühlen: Fludos Pfeife. Sie wartete immer noch darauf, geraucht zu werden. Pitu lächelte. Längst kam es ihm nicht mehr darauf an, sie wirklich zu entzünden. Ihm war es viel wichtiger, sie bei sich zu tragen, um sich stets an seinen gutmütigen Freund zu erinnern. Ihre gemeinsame Zeit war nur kurz gewesen, doch sie hatte ihn viel gelehrt. Hoffentlich war Fludo in Sicherheit.

»Wer sagt es denn.« Semje blieb schnaufend stehen. »Die Tür zur Ebene.« Er schnappte sich seine Tasche und kramte einen Reiseumhang heraus.

»Nicht dein Ernst.« Pitu war vom vielen Treppensteigen heiß geworden. Doch dann sah er, dass auch die anderen sich wärmer anzogen. Schimmi zog sogar eine Fellmütze über den seinen Kopf.

»Du musst wissen, was du tust. Oder besser, was du nicht tust. Aber Schnee hat insbesondere eine Eigenschaft: Er ist kalt.«

Natürlich, wie hatte er das schon wieder vergessen können. Sofort kramte Pitu seinen Umhang heraus. Die Kälte über dem Tal würde kaum vor der Hochebene haltmachen.

Als Fillgur sich an der eisernen Tür zu schaffen machte, um sie zu öffnen, begann es zu sirren. »Luft anhalten«, rief er und stemmte sich mit seinem ganzen Körpergewicht gegen die Tür.

Es pfiff lauter durch den Spalt – erst jetzt erkannte Pitu, dass die Tür nach innen aufging. Fillgur schob nicht, sondern versuchte zu verhindern, dass sie aus den Angeln gerissen wurde. Mit einem schnellen Schritt trat er beiseite, die Tür schlug krachend gegen die Felswand.

Eisiger Wind fegte ihnen entgegen und brachte eine beträchtliche Ladung Schnee mit herein. Die kleinen Kristalle bissen Pitu in die Augen, der Wind presste ihm die Luft aus den Lungen. Doch ehe er etwas dagegen tun konnte, zerrte Orthos ihn mit sich nach draußen. Sofort ließ der Druck des Windes nach. Erleichtert stellte Pitu fest, dass es nicht schneite. Der Schnee wurde nur von den Verwehungen aufgewirbelt.

Er blickte über eine weite, weiß bedeckte Ebene. Nur an einigen Stellen hatte der Wind grasige oder erdige Flecken freigelegt. Pitu konnte sich nicht erinnern, jemals so viel Schnee gesehen zu haben. Hinter sich hörte er Fillgur und Orthos stöhnen. Sie hatten eine Kette gepackt, mit der sie die schwere Eisentür gegen die Kraft des Windes schlossen.

»Abrindarh«, grummelte Semje. »Möchte wissen, welcher Stümper diese Tür eingebaut hat.«

»Lass mich raten«, sagte Pitu. »So was wäre den Eskrindarh nicht passiert.«

»Worauf du einen lassen kannst.« Wie zur Bestätigung spie Semje in den Schnee.

Zwerge, ein Segen und ein Übel.

Fillgur übernahm erneute die Führung und stapfte voran. Eine Zeit lang mussten sie sich durch kniehohen Schnee kämpfen, doch dann kreuzten sie einen ausgetretenen Weg, dem sie folgen konnten.

»Sieht aus, als würden hier nicht viele mit dem Fernzahn ankommen«, stellte Pitu fest.

Orthos brummte: »Zu wenig Loren, um eine vernünftige Menge an Waffen oder Männern zu transportieren. Unsere

Nachhut – Männer, Proviant und Waffen – kommt mit Karren über die große Bergstraße.« Er wies auf eine graumatschige Schneise, die sich über die weiße Ebene zog und der sie jetzt in Richtung Westen folgten.

Nach geraumer Zeit kamen erste Zelte in Sicht. Ockerfarbene Wimpel flatterten an ihren Dächern. Das Heerlager der Zwerge wirkte sauber und aufgeräumt.

Als Pitu Schreie hörte, fuhr sein Kopf nach links.

»Eines unserer Lazarett-Zelte«, erklärte Orthos.

Zwerge rannten herbei, verschwanden darin, und weitere Schreie erklangen, die in flehende Rufe übergingen. »Nicht meinen Arm, nicht meinen Arm!«

Pitu überlief es eiskalt, als er daran dachte, was das bedeutete. So viel Leid! Je weiter sie gingen, desto mehr Schreie und Wehklagen hörten sie. Überall rannten Zwerge umher, schleppten Krüge, brachten Schalen oder Stapel von Tüchern. Aus dem hinteren Teil eines Zelts wurde in hohem Bogen ein Eimer geleert. Der Schnee zerschmolz zu einer roten Lache.

»Es ist schlimmer, als ich befürchtet habe«, raunte Semje. »Wann wart ihr das letzte Mal hier, Orthos?«

»Vor dem Vollmond sind wir aufgebrochen, um Willgert von der Lage zu berichten und weitere Einheiten anzufordern.«

»Und dann hat er euch zum Handelskreuz unter den Zackenbergen geschickt? Hat er überhaupt verstanden, was hier vorgeht?«

»Er hat immerhin eine weitere Hundertschaft gesandt.«

»Wenigstens etwas. Und weiter?«

»Er sagte, wenn wir mehr Krieger wollten, sollten wir uns gefälligst darum kümmern, dass ausreichend Waffen da sind.«

Semje schüttelte den Kopf. »Zu meiner Zeit kämpften die Stammesväter selbst an vorderster Front. Doch unser lieber Willgert hockt in seinem Palast und kriegt vor lauter Bedachtsamkeit den Arsch nicht mehr aus dem Thron.« Er spie aus. »Man sollte ihm wirklich einen anderen Namen verpassen.«

»Wieso denn?«, warf Orthos ein. »Er ist doch bedächtig. Kaum einer bewegt sich so wenig wie er.«

Schimmi lachte. »O ja. Und er ist bedacht darauf, so viel zu futtern, dass er irgendwann in seinem Thron stecken bleibt.«

»Dann hat er zumindest einen triftigen Grund, nicht bei seinen Männern an der Front zu sein«, ätzte Semje.

»Womöglich wächst der Druck auf ihn, und er muss sich doch noch etwas einfallen lassen. Wer kann das wissen.« Schimmi lächelte verschmitzt. Pitu hatte den Eindruck, der junge Zwerg wüsste mehr, als er zugeben wollte.

»Dein Wort in Kirrgorns Ohr«, brummte Orthos.

»Und in Dornfrieds«, schaltete Fillgur sich ein. »Die Urväter würden sich im Grab umdrehen.«

Damit schien alles gesagt, sie gingen schweigend weiter.

Einfache Feuerstellen wechselten mit Koten und Jurten. Sie kamen an Küchenzelten vorbei, aus denen es einigermaßen appetitlich roch, und passierten Essenszelte, durch deren offene Seiten Pitu schlichte Tische und Bänke sah. Als Fillgur mit ihnen auf ein großes Rundzelt zusteuerte, über dem das Wappen Abrinors wehte, öffnete sich eine der Zeltklappen, und ein stattlicher Zwerg in bronzener Rüstung trat heraus.

»Gramdil Stahlzahn!« Sichtlich erfreut schritt Fillgur ihm mit ausgebreiteten Armen entgegen.

»Eisenfaust. Du kommst gerade recht.«

Sie umarmten sich kameradschaftlich. Stahlzahn war erfreut, zu sehen, wen Fillgur im Schlepptau hatte. Der Gerüstete begrüßte erst Orthos und den jungen Schimmron, ehe er mit strahlendem Gesicht auf Semje zuging. »Semjon Zweiaxt! Was für eine Freude. Scheint, dass sie ohne uns Alte an der Front nicht zurechtkommen, was?« Er schlug ihm auf die Schulter, und Pitus rotbärtiger Freund zuckte. »Oh – so alt schon? Was ist passiert mit dir?«

»Der Muskelsack hier wollte Staub schlucken«, antwortete Semje. »Nicht der Rede wert. Verpass ihm mal einen Schlag, dann weißt du, wer hier alt ist.«

Orthos verdrehte die Augen. »Schon verstanden, alter Mann. Du hast gewonnen.«

»Alter Mann? Hast du ›alter Mann‹ gesagt?«

Fillgur drängte sie mit seiner beträchtlichen Leibesfülle beiseite und schob Pitu nach vorn. »Darf ich vorstellen, das ist Pitu. Der Felsflüsterer, wie Semjon zu ihm sagt.«

»Willkommen am Rande der Hölle.« Der Gerüstete streckte ihm die behandschuhte Rechte entgegen. »Ich bin Gramdil Stahlzahn, der Heerführer hier.«

Pitu ergriff die Hand und war froh, dass Gramdil sie nur kurz drückte. Seine Finger waren in der Kälte steif gefroren. Ein Händedruck von Orthos und sie wären in tausend Scherben zerbrochen. Er bräuchte dringend Handschuhe.

»Ich weiß zwar nicht, was ein Urda hier an der Front zu suchen hat, aber ich denke, das werdet ihr mir erklären.« Er schaute wieder zu Fillgur. »Wie lange seid ihr unterwegs gewesen? Wart ihr schon in einem der Küchenzelte?«

»Nein. Wir wollten uns erst einen Überblick verschaffen, damit Pitu eine Idee von dem bekommt, was vor uns liegt.«

Gramdil runzelte die Stirn. »Er soll sich mit uns in den Kampf stürzen? Bist du sicher?« Sein Blick fixierte Pitu. Selbst in dem dicken Reiseumhang musste er neben den Zwergen wie ein Hänfling aussehen. Doch es kam nicht auf die Größe an, das hatte er längst verstanden.

»Ich bin kein Kämpfer wie ihr. Aber ich gebiete über eines der Elemente.«

Gramdils Augen weiteten sich, er suchte die Blicke der anderen. »Ist das wahr?«

»O ja«, sagte Fillgur. »Wir durften schon eine kurze Kostprobe miterleben.«

Gramdil starrte Pitu ungläubig an. »Du bist einer der Fünf?«

»Der Erd-Scheltar«, schaltete Semje sich ein. »Und ich habe schon mehr als eine Kostprobe erlebt. Ich weiß, zu was unser kleiner Felsflüsterer fähig ist.«

»Bei der Halle der Stimmen«, raunte Gramdil.

Oje, bei der vielleicht nicht gerade.

»Und den Göttern der Himmelsschmiede«, setzte Semje hastig hinzu. »Aber jetzt sollte Fillgur uns weiterführen, bevor meine alten Knochen doch noch festfrieren.«

»Also doch alt«, zischte Orthos hinter ihnen; Pitu hoffte, dass sein rotbärtiger Freund es nicht gehört hatte.

»Gestattet, dass ich euch führe. Ich habe denselben Weg.« Gramdil stiefelte voran, und sie folgten ihm durchs Heerlager in Richtung Front.

Moddriger Schneematsch machte den Weg beschwerlich, Pitu musste Obacht geben, dass er nicht in eine der Karrenspuren trat, die sich mit eisigem Wasser gefüllt hatten. Als sie aus dem Schutz der letzten Zelte traten, nahm der Wind spürbar zu und wirbelte gehörig viel Schnee auf, der ihnen kalt ins Gesicht flog. Pitu hauchte in seine Hände, rieb sie aneinander und hielt sich die Ohren. Bei Gelegenheit müsste er sich so eine Fellmütze besorgen, wie Schimmi sie trug. Pitu schüttelte die Flocken aus den Haaren und schaute sich um, während er tapfer hinter den anderen herstapfte.

Anfangs war weit und breit nichts zu sehen. Doch dann tauchten zu seiner Linken unzählige Steine auf, die wie ein seltsam geordnetes Muster aus dem Schnee ragten. »Was haben die zu bedeuten?«

»Das ist der Todesacker«, war Gramdils knappe Antwort.

»So viel größer als vor einem Mond«, raunte Schimmron.

»Der Kampf zieht sich schon zu lange hin. Unsere Verluste sind schwer und wir haben keine Zeit, die Gefallenen in den Berg zu bringen.« In der Stimme des Heerführers schwang Bitterkeit. »Deshalb liegen sie hier. Es jammert mich, doch ihre Seelen müssen warten, bis wir sie angemessen zur Ruhe betten können. Doch wir haben ein schlimmeres Problem!«

Schlimmer als das? Pitu dachte an die Berggeister, von denen Semje erzählt hatte. *Wo immer ein Zwerg sein Leben aushaucht, kommen Kennluren und küssen seine Seele.* Doch die Geister der Berge kamen nicht auf die Oberfläche. Wenn es stimmte, dass Zwerge ohne sie nicht vollständig starben, wenn ihre Seelen in den leblosen Körpern gefangen blieben, musste dieser Todesacker für ihre Kameraden das Schlimmste sein, was er sich vorstellen konnte. Zu sehen, wie die eigenen Freunde im Zustand des Nichtseins verharrten, ihre gepeinigten Seelen eingesperrt in zerfallende Körper, musste furchtbar sein.

»Könnt ihr sie nicht nach und nach ... also zumindest einige von ihnen mit einem Karren ...?«

Gramdil schüttelte den Kopf. »Wir können keinen entbehren. Die Lage ist zu ernst. Ich denke, gleich wirst du es verstehen. Es ist nicht mehr weit.«

»Es ist noch ernster, als ich erwartet habe«, flüsterte Semje Pitu zu, während sie weitergingen. »Wird Zeit, dass wir eingreifen, kleiner Felsenflüsterer.«

Wenig später kam etwas Neues in Sicht. Ein dunkler Hügel, der zu ihrer Rechten weit aus dem Schnee ragte. Vielleicht ein Felsen. Doch die Form weckte eine andere Erinnerung – eine, der er lieber nicht nachgeben wollte. Sein Weg nach Tyklahr – ein Flüchtlingstreck ... Als sie näherkamen, ahnte Pitu, was dort aufgeschichtet vor ihnen lag. Doch dieser Leichenberg unterschied sich von dem in seiner Erinnerung. Leiber über Leiber, doch mit Rüstungen bekleidet, aus grobem Leder oder kantig geschmiedeten Platten. Rostige Kettenhemden und ölige Halfter, in denen teilweise noch Waffen und Wurfmesser steckten. Gellwicks und Söldner des Kreh!

»Wahrlich, ihr wart nicht untätig!« Orthos trat einen Schritt auf den Leichenberg zu.

»Nein!« Gramdil hielt ihn zurück. »Es darf keiner in die Nähe!« Der Heerführer wies nach vorn. Erst jetzt sah Pitu das gespannte Seil, das den Leichenberg weitläufig abgrenzte. Schwarze Fetzen, deren Bedeutung Pitu nur ahnen konnte, hingen in unregelmäßigen Abständen daran.

»Eine Seuche?«

»Schlimmer«, antwortete Gramdil, »schwarze Magie!«

Schimmron trat an Orthos vorbei und spähte zu den Gellwick-Kadavern hinüber. »Da liegen doch auch einige unserer Kameraden. Dort, ich sehe es genau.« Er starrte den Heerführer an, seine Stimme bekam einen scharfen Ton. »Du hast sie bei diesen unseligen Stinkern liegen lassen? Wir müssen sie dort wegholen. Sofort!« Er machte sich los, doch Gramdil packte ihn erneut.

»Glaubst du nicht, wir hätten es getan, wenn es möglich wäre? Du hast ja keine Ahnung!« Die Reaktion des Heerführers war so harsch, dass Fillgur zwischen die beiden trat.

»Wir haben alle keine Ahnung, Gramdil. Denn als wir das letzte Mal hier waren, gab es diesen Leichenberg noch nicht.«

Pitu verstand nicht, worin die Gefahr bestehen sollte. Es war ein grausiger Anblick, ja. Aber es waren Leichen. Sie würden kaum aufstehen und von Neuem angreifen. Er kniff die Augen zusammen, sah genauer hin und versuchte, Einzelheiten zu erkennen. Zerfetzte Rüstungen, abgetrennte Hände, Arme ...

Plötzlich hatte er eine Ahnung. »Sie tragen Armreife mit schwarzmagischen Runen, nicht?« Pitu ließ die Leichen nicht aus dem Blick, sog Magie aus seinem Inneren. Er wollte wissen, welche Macht hier wirkte, und schärfte seine Sinne.

Sofort spürte er ein unangenehmes Pulsieren, das ihn jäh an das Gesundhaus zurückdenken ließ. Magister Eldarhs Ende, das unrhythmische Trommeln der dunklen Magie, das ein unseliges Versprechen in sich trug. Unwillkürlich wich er einen Schritt zurück. Hier war es viel mächtiger, als er es aus Tyklahr in Erinnerung hatte.

Pitu keuchte, als ihm klar wurde, was das bedeuten musste. »Die Macht der Runen verbindet sich?« Es war ein erschreckender Gedanke, bestürzt sah er den Heerführer an. »Ist es das, was dort geschieht?«

Gramdil schüttelte hilflos den Kopf. »Wir wissen es nicht genau. Aber alle, die in die Nähe gingen, fielen dem Wahn anheim. Und im Sturm der vergangenen Tage glaubten manche von uns, eine Stimme zu hören, die sich kalt und eisig über dem Leichenberg erhob.« Er warf einen letzten Blick zu den Kadavern und wandte sich dann ab. »Die Leichen mussten aus dem Weg geräumt werden, weil sie uns bei unseren Kämpfen behinderten und ihr Gestank unerträglich wurde. Wir können von Glück sagen, dass wir sie hierhergebracht haben. Weit genug von allem anderen entfernt. Doch ehe wir sie verbrennen konnten, war es schon zu spät.« Seine Stimme war immer leiser geworden. »Am Ende blieb uns nichts übrig, als hilflos zuzusehen, wie unsere Stammesbrüder sich selbst die Kehlen aufschlitzten, um ihren Qualen ein Ende zu machen.«

Pitu starrte zurück und schüttelte den Kopf. »Diese dunklen Armreife tragen die unselige Macht des Kreh immer weiter in die Welt. Ich fürchte, wir haben nicht einmal annähernd verstanden, was das bedeutet.« Er schaute Gramdil an. »Für uns alle«, bestärkte er den Satz. »Und zwar überall!« Wenn er schon Willgert nicht überzeugen konnte, dann vielleicht seinen Heerführer.

»Am Ende wird kein einziges Volk mehr sicher sein!«, ergänzte Schimmron.

»Umso wichtiger, dass wir Fullbor befreien!« Orthos' tiefe Stimme tönte entschlossener denn je. »Zeig uns die Front!«

Atharu

28

Jehlen lebt! Immer wieder ging ihm dieser Satz durch den Kopf. Es klang so fantastisch und trieb ihm tausend Fragen durch den Kopf. Schwebte sein Mentor vielleicht noch in Lebensgefahr? Dann zählte jeder Augenblick. Oder war er schon wieder auf den Beinen? Und überhaupt – wer hatte ihn gerettet? Eigentlich kamen dafür nur die Tempelbrüder infrage. Ayian musste Atharus Klopfen doch noch gehört und Jehlen in den Tempel geholt haben. Etwas anderes konnte er sich nicht vorstellen. Es sei denn ... nein, das wollte er nicht denken.

Aber was, wenn das alles gar nicht stimmte? Vielleicht hatte die Fürstin sich geirrt und die Sterne falsch gedeutet. Womöglich war sein Mentor doch nicht mehr am Leben. *Nein! Was redest du dir da nur wieder ein? Das Glück ist auf unserer Seite.* Schließlich war auch ihr Plan mit der Lade der Mydrah aufgegangen. Atharu hatte darauf gehofft, aber kaum glauben können, dass es so schnell geschehen würde.

Und inzwischen war er tatsächlich auf dem Weg. Erst nach Tonda, um Jehlen zu retten, und dann zum Grehum, um die Welt vor der schwarzen Magie des Kreh zu bewahren. Atharu tastete nach dem Medaillon-Schlüssel, den er verborgen unter seiner Kleidung trug. Sie würden die Säulen der Macht stürzen und den Abtrünnigen besiegen. Er musste es nur bis dorthin schaffen, das war schon alles. *Keine Magie. Ich darf die Aufmerksamkeit des Kreh nicht auf mich lenken!*

Das allerdings könnte eine Herausforderung werden. Zumindest in Tonda wäre das kein Problem. Die zweite Streitmacht, die Mehlen-Ellanjah eigens dafür aufgeboten hatte, Teehl nachzujagen, war beeindruckend. Der Abtrünnige musste an die Existenz der Lade glauben, wenn er dessen gewahr wurde. Barke um Barke hatte die nördlichen Anleger verlassen. Jede um einiges größer als jene, mit der Atharu und seine Freunde damals auf das Eiland gekommen waren. Ihre langen Masten mit den weiten Segeln ermöglichten ein hohes Tempo.

Wenn es Wind gab. Ungeduldig starrte Atharu in das weiße Leinen, das schlaff über ihnen hing. Dann sah er wieder nach vorne in den Nebel, der die anderen Elbenschiffe längst verschluckt hatte. Wie lange waren sie jetzt unterwegs? Die Sonne müsste ihren höchsten Punkt schon überschritten haben. Doch sicher konnte man in dieser grauen Suppe nicht sein. Das langsame Vorwärtskommen und die Ungewissheit kratzten an Atharus Geduldsfaden.

Jehlen lebt! Er wollte voller Inbrunst daran glauben. Eine unglaubliche Last fiele von seinen Schultern. Denn das Gefühl der Schuld war er seither nicht losgeworden. Mochte Ihlinns Erklärung auch Trost gespendet haben – in der Welt, in der er groß geworden war, gab es dieses Wort. Und die passenden Emotionen gab es auch.

Doch heute wollte er sich der schieren Freude hingeben. Jehlen lebte, das war Grund genug, das Grehum einen weiteren Tag warten zu lassen. Wenn ihr Plan aufging und Teehl Kontakt zum Kreh herstellen konnte, sollte die Zeit trotzdem ausreichen. Denn dann müsste der Kreh seine Strategie überdenken, um der Lade der Mydrah nachzujagen. Zumindest war Lieburus davon überzeugt.

Plötzlich bewegte das Segel sich über Atharus Kopf und die Taue knarzten vernehmlich, als es sich aufblähte. Endlich, der Wind frischte auf. Wenn er anhielte, könnten die Krieger die Ruder einholen und ihre Kräfte für den Kampf gegen die Gellwicks sparen. Denn um Teehl und Bennzhardizh aufzuhalten, galt es die Horden des Kreh zu überwinden. Nur so würden sie nach Tondaborgen gelangen.

Atharu dachte an Ayian. Wenn Jehlen lebte, bedeutete das auch, dass der Friedenstempel der Belagerung standgehalten hatte. Er hoffte, dass seine jungen Freunde unversehrt waren. Er hatte sie nur kurz kennengelernt und doch beide ins Herz geschlossen. Insbesondere Ayian, der so aufgeweckt und voller Tatendrang war. Tatsächlich hatte Atharu damals nicht gedacht, ihn noch einmal wiederzusehen.

Ungeduldig umrundete er den Mast, stellte sich von der linken auf die rechte Seite und starrte weiter ins trübe Grau. War es nur ein Gefühl oder lichtete sich der Nebel?

»Geduld ist deine Sache nicht.« Pelldors Pranke landete schwer auf Atharus Schulter. »Wahrscheinlich ist es gut, dass wir auf dem letzten Schiff sind.«

Atharu sah sich zum Hauptmann um. »Was meinst du?«

»Ich fürchte, du hast es so eilig, dass du etwas voreilig handeln könntest. Es wäre schade, wenn du gezwungen wärst, deine Magie einzusetzen, um zwei oder drei Dutzend Gellwicks abzuwehren. Meinst du nicht?«

Womöglich hatte Pelldor recht. Doch Atharu wollte sich auf diese Gedanken nicht einlassen. »Ich habe den besten Schwertkämpfer aus Gelder dabei. Wofür sollte ich Magie benötigen?«

Pelldor lächelte. »Danke für die Blumen. Ich bin dennoch froh, dass unser Weg womöglich schon frei gekämpft ist, wenn wir in Tonda ankommen.«

»Das hoffe ich auch.« Atharu ließ die Finger über die Schwertscheide gleiten, die an seine Taille gegürtet war. Einige

Male hatte er die zierliche Elbenklinge schon in den Händen gewogen, seit sie an Bord gegangen waren. *Keine Magie in Tondaborgen.* Immerhin hatte er jetzt eine Waffe, auch wenn ihm die Übung damit fehlte. Müsste er sie einsetzen? Je eher sie im Friedenstempel wären, umso schneller könnten sie Jehlen zurück zur Mündung des Arro-Duado geleiten und sich von dort endlich auf den Weg zum Grehum machen. Vielleicht wäre dann auch Zeit, von Pelldor unterwiesen zu werden.

»Sag mal ...«, sein Freund senkte die Stimme zu einem Flüstern, »meinst du, es gibt diese Truhe von Mydrah wirklich nicht? Oder haben wir mit unserem Plan womöglich einen Treffer ins Schwarze gelandet?«

Atharu dachte daran, dass Mehlen-Ellanjah nicht von einer Truhe, sondern von einer Lade gesprochen hatte. Allein dieser Umstand hatte in ihm denselben Verdacht genährt. Vielleicht war doch etwas dran an der Sage um die erste Elbenfürstin Mydrahsola-Ellmahturh. Doch wenn es so war, dürfte es niemals bekannt werden. Schon geringere Schätze hatten ganze Kriege ausgelöst.

»Nein«, sagte er mit einer Bestimmtheit, die ihn selbst überraschte. »Ich denke, es ist tatsächlich nur eine Geschichte. So etwas wie eine Truhe von Mydrah kann es nicht geben.« Er hoffte, dass sein Freund nicht noch einmal darauf zu sprechen käme. »Mich treibt eine ganz andere Frage um«, raunte er Pelldor zu und wechselte damit das Thema.

»Die da wäre?«

»Ist der Großteil der Horde um Tonda wirklich auf dem Weg nach Clutt, um dem Waldelbenheer entgegenzuziehen? Und wenn ja, wie weit sind sie von Tonda entfernt?«

»Ich hoffe, weit genug.« Pelldors tiefe Stimme klang nachdenklich. »Du fürchtest nicht etwa, dass sie bereits auf dem Rückweg sind?«

»Ich habe keine Ahnung, ob Teehl schon in der letzten Nacht Verbindung zu seinem Herrn aufnehmen konnte. Hatte er dazu vielleicht die Möglichkeit? Oder findet er womöglich erst jetzt die Ruhe dazu?«

»Die Frage ist doch, ob der Kreh dieser Geschichte überhaupt Glauben schenkt. Und das wird vor allem dann der Fall sein, wenn er von dem Elbenheer erfährt, das seine Horden in Tonda angreift.«

»Das würde bedeuten, dass der Kreh sein Heer erst im Laufe dieses Tages zurückbeordert.« Atharu seufzte. »Dann hoffen wir, dass seine Horde einen weiten Weg vor sich hat!«

»Stuhn!« Fallam-Kierondorh, der Elbenanführer auf ihrem Boot, drehte sich mahnend zu ihnen um.

»Still jetzt«, übersetzte Atharu in Flüsterton. »Anscheinend sind wir bei der Flussmündung angelangt.«

»Wenn sich doch der Nebel verziehen würde«, raunte Pelldor.

Atharu starrte in den grauen Dunst und erkannte, dass die Schwaden begannen sich aufzulösen. Endlich. Es war ihm unbegreiflich, wie der Nebel sie so lange begleiten konnte. Die Magie vom Eiland der Elben sollte nicht bis hierher reichen und der Zauber von Bennzhardizh hätte keine so anhaltende Wirkung. Es war fast einen halben Tag her, dass die Verräter hier vorbeigekommen sein mussten. Atharu vermutete eher, dass es mehr als nur einen Nebelmacher in Erellgorh gab und einige davon auf den Barken vor ihnen mitfuhren. Durch so einen magischen Nebel schafften die Einheiten der Fürstin es vielleicht ungehindert bis an die Stadtgrenzen.

Blieb die Frage, wo Teehl und Bennzhardizh inzwischen waren. Sicher hatten sie es längst bis in die Fischerstadt geschafft. Und wenn es dem Ältesten gelungen war, Kontakt mit dem Kreh aufzunehmen, wüsste der Abtrünnige jetzt vom Elbenschatz. Das Nächste, was er durch Teehl sehen sollte, war die Streitmacht der Elben, die in Tonda über seine Horde herfiel.

Atharu lauschte. Wenn die Elbenkrieger bereits kämpften, müsste man den Lärm hören, oder?

Pelldor beugte sich über den Bug des Bootes und hielt eine Hand hinters Ohr. Ihm ging wohl dasselbe durch den Kopf. Doch er schüttelte den Kopf. »Außer unseren eigenen Geräuschen und dem Wind in den Blättern kann ich nichts hören.«

Atharu blickte sich um. Der magische Nebel schwand dahin, als hätte jemand die Magie von einem Moment auf den anderen ausgeschaltet. Alarmiert schaute er sich zu dem Anführer ihrer Elbeneinheit um, der direkt hinter ihm stand.

»Rozhtahn! Brehndurh!« (Vorsicht! Langsam!) Fallam-Kierondorhs Stimme zischte zu seinen Männern, die die Warnung sofort aufnahmen. Die Besatzung holte das Segel ein, zusätzliche Ruder wurden ins Wasser gebracht. Dann kamen sechs Elben mit Langbögen zum Bug gelaufen und legten an.

Atharu spürte die Anspannung, die in der Luft lag. Alle wussten, dass ihnen ein grausamer Kampf bevorstand. Doch wie viele Leben das blutige Banner heute aus ihren Reihen fordern würde, war ungewiss. Ohne Verluste kämen sie sicher nicht davon.

Langsam glitt die Barke durchs dunkle Wasser. *Zu sauer und salzig, als dass etwas darin wachsen würde.* So, wie alles Gute aus der Welt zu schwinden drohte, das den Völkern ein gedeihliches Leben ermöglichen könnte, hatte es jeglichen Bewuchs vom Ufer gefressen. Kahler Boden zog sich wie ein schwarzer Lidstrich am Ufer entlang, einem schlechten Omen gleich.

Das Boot glitt in den Seitenarm des Arro-Duado. Ein namenloser Fluss, der aus den Bergen im Westen entsprang. Hier war das Wasser immer noch dunkel, doch die Reusen an den Ufern deuteten auf den Fischreichtum hin, von dem die Menschen lebten. Tonda war nicht mehr weit.

Pelldor packte Atharu am Arm und zeigte nach vorn. Rote Schlieren trieben auf sie zu. Dann drängte sich der Oberste an die Reling und deutete zum Ufer. Dunkelblauer Stoff hatte sich im Geäst eines gestürzten Baums verfangen. Als sie näherkamen, sah Atharu, dass es nicht nur ein Umhang war. In den Zweigen hing der leblose Körper eines Elbs. Ein Wurfmesser steckte in seiner Kehle.

»Porr-fuzhurh« (Nebelmacher), raunte Kieron.

Die Stimme des Elbenanführers klang seltsam gefasst. Doch als sie unmittelbar an dem Leichnam vorbeiruderten, war es Fassungslosigkeit, die Atharu zu hören glaubte.

»Zhor yl ezhanjotäe!« (Bei den Seelen!)

Atharu schaute noch einmal zum Toten hinüber. Und dann erkannte er die dunklen Runen auf dem Wurfmesser. Deshalb hatten sie den Nebelmacher so zielsicher getroffen.

»Schwarze Magie«, flüsterte Kieron. »Wirkt keine Magie, Scheltar des Feuers. Sonst seid Ihr womöglich das nächste Ziel!«

Atharu schluckte. Er spürte die Wärme des Medaillon-Schlüssels auf seiner Brust und hoffte darauf, dass die schützende Magie der fünf Elemente ihn vor den Runen verbergen konnte. Ansonsten wäre dieser Tag schneller vorbei als gedacht. Welche dunklen Zauber würde der Kreh sich noch ausdenken, um ihnen den Sieg unmöglich zu machen?

Der Oberste ballte die Faust. *»Wridork xierpakk!«* Kierons Augen funkelten. Und auch wenn Atharu die Worte nicht kannte, hörte er, dass sie voller Hass waren. *»Nill zhorokk! Jys blizhur yl prawkuhr, perk!«*

Ein Racheschwur, so viel verstand Atharu immerhin.

»Barann!« (Vorwärts!) Von einem Moment auf den anderen, feuerte Kieron die Ruderer an.

Pelldor zog sein Kurzschwert. »Komm!«

Während die Kriegsbarke Fahrt aufnahm, liefen sie zur Mitte des Boots. Hier war die Reling niedriger, das Deck dichter am Wasser. Sie kämen besser herunter. Außerdem wären sie vorne auf dem Bug leichte Ziele. Atharu sah sich um. Aus den Bodenluken förderten die Elben lange Schilde zutage, die sie schützend vor sich stellten. Weiter voraus konnte Atharu die Dächer der Fischerhäuser erkennen, die so unverwechselbar wie die Ähren von Mehlgräsern in den Himmel ragten. Und er sah noch etwas: Die Kriegsbarken der Elben hatten es nicht bis nach Tonda hinein geschafft, sondern versperrten das Flussbett vor dem Stadtrand.

»Unser Weg ist blockiert durch die eigenen Boote«, raunte Pelldor. »So war das sicher nicht geplant.«

»Jamm Brehndurh! Zhoryn trazh.« (Langsam jetzt! Ans Ufer.)

Die Ruderer bremsten die Fahrt und steuerten aufs Ufer zu, obgleich die anderen Kriegsbarken noch ein Stück voraus lagen.

»Gut! Das hätte ich auch gemacht«, meinte Pelldor. »Da vorn lässt sich die Lage nicht überschauen. Womöglich warten die Gellwicks im Schutz der Boote.«

Einer der Elben reichte Atharu einen Schild. Es überraschte ihn, wie leicht er war. Etwa zwei Fuß breit und fünf Fuß hoch – eigentlich müsste er mehr wiegen. Doch ehe Atharu sich darüber Gedanken machen konnte, fuhr ein Ruck durch das Boot, der ihn stolpern ließ. Ihre Barke hatte zu viel Tiefgang und schaffte es nicht bis an das steinerne Ufer. Auf einen knappen Befehl Fallam-Kierondorhs sprangen die Elben von Bord und wateten durch das hüfthohe Wasser zum Ufer.

»Was immer ihr seht oder hört, folgt uns einfach! Wir versuchen, den direkten Weg zum Friedenstempel zu nehmen«, rief Kieron ihnen zu und glitt dann selbst ins Wasser.

Atharu warf noch einen Blick zu den Barken weiter vorn. Von einem Kampf oder irgendwelchen Einheiten, ob Elben oder Gellwicks, war nichts zu sehen. Entschlossen sprang er hinter Pelldor von Bord.

Das kalte Wasser jagte ihm einen Schauer durch den Körper, er sog scharf die Luft ein. Selbst wenn ihre Vorhut es bis in die Straßen von Tonda geschafft hatte, mussten zumindest die Nebelmacher tot sein. Und ebenso alle anderen, die versucht hatten, Magie gegen die Gellwicks anzuwenden. Wurfmesser, die wie von selbst ihre Ziele trafen. Er konnte es noch immer nicht fassen.

Als er hinter Pelldor die steinernen Stufen der Böschung hinauflief, fiel ihm auf, dass sein Freund keinen Schild bei sich trug. »Wo ist dein Schild?« Er schloss zu ihm auf, und sie folgten den Elben in schnellem Tempo.

»Zu unhandlich. Ich brauche Bewegungsfreiheit!« Pelldor reckte sein Schwert.

Plötzlich gellten Schreie durch die Straßen. Sein Freund packte ihn beim Arm, bremste ihn aus und zog ihn abrupt in den Schatten eines Hauses. Atharu spürte, wie sich seine Magie regte, und atmete tief durch. *Ruhig bleiben.* Er griff nach der Elbenklinge, um sich zu beruhigen. *Ich bin nicht wehrlos.*

»Du solltest sie ziehen«, flüsterte Pelldor. »Wenn die Gellwicks erst mal vor dir stehen, ist keine Zeit dafür!«

Er nickte und zog die Klinge. Das Heft fasste sich gut an, wie für ihn gemacht. Fasziniert blickte er auf das glänzende Metall.

»Keine Zeit für Bewunderung. Komm!« Sein Freund lief leicht gebückt voran. Atharu drehte seinen Schild, damit er nirgendwo hängenblieb. Das Klirren von Waffen mischte sich in die Schreie vor ihnen. Er warf einen Blick über Pelldors Schulter. Die Elbenkrieger waren zwischen den Häusern in Kämpfe verstrickt. Einige lagen schon blutend auf der Straße.

»Unter die Dächer!«, brüllte sein Freund und lief direkt auf die Kämpfenden zu. »Unter die Dächer!«

Ein weiterer Elbenkrieger ging auf die Knie, ein Gellwick schlug ihm mit einem Seitwärtshieb den Kopf ab. Dann zischte etwas vor Atharu durch die Luft. Er sah nach oben: Die Elben wurden von den Balkonen aus mit Wurfmessern attackiert.

»Rozhtahn! Y yl lajotäe!« (Vorsicht! Unter die Häuser!), schrie er, so laut er konnte.

Endlich spalteten die Elben sich auf und wichen zu den Seiten aus. Hinter ihren Schilden legten die Langbogenschützen an, zielten und schossen die Gellwicks von den Dächern. Ohne die Wurfmesser von oben waren die Kämpfer der Horde den Elbenkriegern restlos unterlegen. Innerhalb weniger Augenblicke hatte sich das Blatt gewendet und Gellwickblut tränkte die Straßen von Tonda.

Die Elben rannten weiter. Einige Zeit kamen sie gut voran, schon konnte Atharu den Friedenstempel zwischen den Dächern ausmachen. Zweimal trafen sie auf einen Elbenkrieger der Vorhut, der ihnen zurief, welchen Weg sie nehmen sollten. Der Kampflärm war jetzt allgegenwärtig. Befehlsrufe, klirrende Waffen und Todesschreie. Es gab keine Front. Die Horde lieferte sich überall in Tonda Gefechte, es war aussichtslos, eine Einschätzung über ihren Ausgang zu wagen.

Doch durch das achtsame Vorgehen Fallam-Kierondorhs kamen sie beinahe ungeschoren voran. Fast wollte Atharu glauben, dass sie es ohne einen weiteren Hinterhalt nach Tondaborgen hinauf schaffen konnten. Er sah schon die Treppen, die sich über mehrere Terrassen bis zum Tempel hinaufwanden. Entschlossen schob er sich an die Spitze ihrer Gruppe. Er erinnerte sich, welchen Weg Jehlen damals genommen hatte. Etwa im selben Moment sah er die dunkle Wasserfläche, die man den Spiegel nannte, und hob warnend sein Schwert.

»*Pruhzh!* Halt!«

»Was habt Ihr?« Der Anführer der Elbenkrieger atmete schwer.

»Hier haben sie uns beim letzten Mal überrascht.« Atharu ließ den Blick übers Wasser gleiten.

»Du meinst, sie könnten wiederholen, was einmal funktioniert hat?«, fragte Pelldor. »Hm, könnte sein. Aber wie ...?«

»Still!« Atharu wies auf die gegenüberliegende Seite. Kleine, unscheinbare Stäbe ragten aus der unbewegten Wasserfläche.

»Ihr habt ein scharfes Auge, Scheltar des Feuers. Unsere Feinde liegen also im Wasser? Das ist eine Strategie, die ich der Horde gar nicht zugetraut hätte.« In der Stimme des Elbs schwang Anerkennung mit.

»Ebenso wenig wie die Wurfmesser, die magische Ziele mit tödlicher Sicherheit wie von selbst treffen«, grollte Pelldor. »Es muss Anführer unter ihnen geben, die tatsächlich so was wie Hirn im Kopf haben!«

Atharu schaute genauer über die Spiegelfläche. »Fünf bis sechs Dutzend, würde ich denken.«

»Dann sind sie uns zwei zu eins überlegen«, schloss Pelldor.

Kieron lächelte. »Aber wir haben unsere Langbögen.«

Mit einem Wink ließ er die Bogenschützen antreten. Geschmeidig gingen sie in Stellung, zogen Pfeile aus ihren geflochtenen Köchern und legten an, jede Bewegung in präzisem Gleichklang. Auf ein Zeichen ließen sie die Sehnen los, Dutzende Pfeile schnellten in die Luft. In hohem Bogen flogen sie dahin, wirkten fast anmutig und schwerelos, bevor sie auf die von Stäben gespickte Wasserfläche hinabschossen. Mit leisem Platschen glitten sie in den Spiegel.

Doch nur einen Lidschlag später brodelte das dunkle Nass und die Gellwicks sprangen schreiend hervor. Nicht alle Pfeile trafen tödlich, aber kaum einer verfehlte sein Ziel. Die

Schreie der Horde gellten über den See, ob vor Wut oder Schmerz, konnte Atharu nicht sagen. Einige der Kämpfer versuchten, sich hinkend ans Ufer zu retten, andere rissen sich die Pfeile einfach aus den Armen oder Beinen und gingen zum Angriff über. Wurfmesser flogen. Atharu hob den Schild, seine Hand erzitterte, als zwei der Klingen trafen.

Pelldor duckte sich hinter ihn. »Feiglinge sind sie auf jeden Fall nicht.«

Atharu wagte einen Blick über den Rand. Ein Teil der Horde lief mit erhobenen Schwertern oder Dolchen auf sie zu. Doch im hüfthohen Wasser kamen sie nicht gut voran. Neben ihm bellte der Elbenanführer einen Befehl, die Langbogenschützen legten erneut an. Wieder surrten Pfeile durch die Luft und diesmal traf jeder sein Ziel. Atharu sah die wutverzerrten Gesichter der Gellwicks, die Augen verloren selbst im Augenblick des Todes nichts von ihrem Hass.

Noch einmal flogen Wurfmesser und er duckte sich. Neben ihm stürzte einer der Elbenkrieger schreiend zu Boden. Das Messer hatte sich unterhalb der Helmkante in sein Auge gebohrt. Pelldor kroch rasch zu ihm hinüber, um zu helfen. Eine weitere Salve todbringender Pfeile. Der letzte ihrer Angreifer fiel nur wenige Schritte vor ihnen.

»Hilf mir.« Pelldor versuchte, den Helm des Verletzten abzunehmen. Doch der Krieger hielt sich den Kopf und wand sich vor Schmerzen. Atharu war starr vor Entsetzen. Das viele Blut, das Wurfmesser. »Atharu!«

Der Schrei seines Freundes holte ihn zurück. Mit einem Schritt war er bei ihm. »Halt ihn fest, damit ich mir die Verletzung ansehen kann.«

Pelldor hockte sich auf den Elb und drückte dessen Arme zu Boden. Atharu nahm den Helm des Verletzten ab, riss Stoff von dem blauen Umhang des Gepeinigten und wischte das Blut weg, um die Verletzung besser sehen zu können. Das Wurfmesser, handtellergroß, hatte das Auge und die Stirnknochen durchstoßen.

»Kannst du es rausziehen?«, fragte Pelldor.

Atharu riss weitere Streifen aus dem Umhang. Wenn er das Messer entfernte, müsste er einen Druckverband anlegen. Ob dem Mann damit geholfen war, stand auf einem ganz anderen Blatt.

Der Anführer der Elben hockte sich neben ihn und schüttelte den Kopf. »Das wird unserem Bruder nicht mehr helfen.« Er legte eine Hand auf die Stirn des Verletzten, der vor Schmerzen wimmerte. Dann, für einen kurzen Moment nur, richtete sich das verbliebene Auge des Gepeinigten auf seinen Feldherrn, er nickte. Was passierte hier?

Plötzlich sah Atharu ein Messer aufblitzen. Mit einem schnellen Schnitt hatte Fallam-Kierondorh dem Verletzten die Kehle durchtrennt. In großen Stößen pulsierte das Blut aus dem Körper des Elbs, dann sackte der Kopf zur Seite; der Leidende war nicht mehr.

»Warum habt Ihr das getan?« Entsetzt starrte Atharu Kieron an. Wie konnte er nur so kaltblütig sein?

Der Elbenanführer erhob sich. »Weil er es auch für mich getan hätte.«

»Aber wir hätten ihn vielleicht retten können! Was für ein Unmensch seid Ihr? Reicht es nicht, wenn die Gellwicks Eure Leute töten? Müsste Ihr es auch selbst noch tun?«

»Ich bin kein Mensch, ich bin ein Elamarh!« Fallam-Kierondorh wandte sich ab. Atharu sprang auf. Er setzte ihm nach, wollte ihn zur Rede stellen. Eine Ohnmacht stieg in ihm auf, die nur durch Zorn in Schach gehalten werden konnte.

Doch dann packte Pelldor ihn am Arm und hielt ihn zurück. »Sieh dich um, Atharu! Wo sind wir hier?« Sein Freund wies auf die Leichen, die im Wasser trieben. Dann zeigte er auf die andere Seite des Spiegels, wo Gellwicks zwischen den Häusern verschwanden. Feinde, die sich gerettet hatten.

»Welche Möglichkeit hätte er gehabt? Welche hätten *wir* gehabt, ihn durchzubringen?«

»Aber der Weg ist jetzt frei!«, beharrte Atharu.

»Und wie lange?« Pelldor wies auf den Friedenstempel.

Atharu schaute zu den Treppen, die sich über mehrere Ebenen hinaufwanden und schließlich am Säulengang von

Tondaborgen endeten. Zu beiden Seiten grenzten Fischerhäuser an die Treppenanlagen des Tempels. Hinter jedem Gebäude, jeder Säule, könnte der nächste Hinterhalt lauern. Pelldor hatte recht. Dennoch kam es Atharu wie Mord vor. Kaltblütig, barbarisch, unentschuldbar.

»Wir müssen weiter.« Die Stimme des Elbenanführers biss wie Säure in Atharus Ohren. Kieron hatte einen seiner eigenen Männer umgebracht. Das könnte er nicht vergessen.

»Barann! Fen, fen!« (Vorwärts! Schnell, schnell!) Der Elbenanführer preschte voran. Seine Krieger folgten ihm durchs dunkle Wasser des Spiegels.

Pelldor hob die Brauen und sah Atharu fragend an. Der nickte und sie sprangen den Elbenkriegern hinterher, die wie ein Sturm durchs Wasser pflügten. Als sie fast drüben waren, Kieron hatte bereits die erste Treppe erreicht, blickte Atharu erneut zum Tempel hinauf. Was er dort oben sah, ließ sein Herz für einen Schlag aussetzen.

Eine Gestalt stand vor dem Säulengang, die Arme kreisend über sich erhoben. Grauer Dunst waberte um ihn her, wallte auf und kroch ihnen über die Treppen entgegen.

Selana

29

Eine seltsame Stille empfing Selana, als sie den Raum betrat. Wenige dünne Decken lagen auf dem Boden, eine Urdafrau kniete neben dem Lager Malins. Sie küsste den Handrücken des Ältesten der Urda und führte ihn an ihre Stirn, ehe sie aufstand und leise den Raum verließ.

»Ich lasse Euch allein«, sagte Killdu. Selana hörte wie sich die Tür hinter ihr schloss.

Vorsichtig trat sie näher, als könnte jeder Schritt den Lebensfaden des Alten durchtrennen. Sie hatte ihn nur einmal gesehen, doch die Erinnerung an diese lebendigen, grünen Augen war sofort wieder da. Er hatte trotz seines Alters so viel Kraft und Würde ausgestrahlt. Es tat ihr in der Seele weh, ihn jetzt so kraftlos zu sehen, die Lider geschlossen, als schliefe er. Der kahle Schädel glänzte vor Schweiß, die weißen buschigen Brauen wirkten seltsam groß in dem eingefallenen Gesicht.

»Ehrwürdiger Malin?« Selana kniete sich neben ihn. »Hört Ihr mich?« Behutsam nahm sie seine Hand, hauchte einen Kuss darauf und führte sie an ihre Stirn. *»Yt Zhar ezh tuhn!«* (Friede sei mit dir!)

Ein schwaches Seufzen entrang sich seiner Kehle, er holte geräuschvoll Luft, als müsste er darum kämpfen, noch einmal zu erwachen. Und er schaffte es, war immer noch hier. Grüne Augen öffneten sich, die ihren Blick suchten, fanden und fixierten.

»E jigu i jylnuhn.« Eine leise Stimme, kaum mehr als eine vage Erinnerung. Verblassend, wie der Flügelschlag eines Vogelschwarmes, der vorübergezogen war. Doch der Blick des Alten war wach. »Willkommen zurück, Selana-Scheltar. Wanda hat recht behalten.« Sein Mundwinkel zuckte. Wieder holte er mühevoll Luft, als kostete es ihn alles – und als bedeutete es ihm alles. Weitere wertvolle Momente des Seins vielleicht, ehe Malins Seele sich auf ihren ganz eigenen Weg machen würde, um dem Lauf des Arro-Ezhanjotäe zu folgen.

Am liebsten hätte Selana ihn mit Fragen nach ihrer Ziehmutter überschüttet. Doch im Angesicht des nahenden Todes entschied sie sich, zu schweigen und Malin nur zu lauschen. Sie nickte ihm zu, hoffte auf weitere Worte. Letzte weise Ratschläge oder gar Ahnungen und Voraussagen für den Weg, der vor ihr lag. Er war der Älteste der Urda. Ein Seher!

»Eure Liebe würde Euch hierherführen, das wusste sie«, fuhr er schließlich fort. »Sie lässt Euch Grüße bestellen.«

»Grüße?« Selana verstand nicht, was er meinte. Sie könnte ihre Momm doch gleich selbst sehen.

»Wanda hat Tyklahr verlassen.«

»Nein.« Sie traute ihren Ohren nicht. »Das kann nicht sein. Wohin sollte sie gehen? Sie würde Lysa nie zurücklassen.«

»Ihr dürft Euch nicht grämen, Scheltar des Windes. Eure Freundin ist bei ihnen. Eine tapfere junge Frau.« Der Älteste seufzte und schloss für einen Moment die Augen.

Alles in Selana zog sich schmerzhaft zusammen, als legte sich ein eiserner Ring um ihre Brust. War sie zu spät gekommen?

»Es musste so sein und es war gut.« Malin schluckte und giemte nach Luft. Die Kraft verließ ihn, Selana ergriff seine

Hand. Wenn sie doch nur die Heilzauber ihres Bruders beherrschte. »Wer weiß, ob sie ... den Angriff der Gellwicks ... überstanden hätten.« Malins Augen schlossen sich erneut, doch seine Stimme versagte noch nicht, sie schwang in der Luft wie ein dünner Faden, der kaum zu sehen war und schon im nächsten Moment reißen konnte. »Die vielen Opfer ... die kleine Lysa ... besser so.« Die schwachen Finger umschlossen ihre Hand. »Seelenflüsterin ... folgen den Eulen ... Hoffnung.«

Ein letztes Seufzen, die Kraft aus seinen Händen entwich.

»Nein, geht noch nicht!« Selanas Herz schlug schneller, ihre Brust wurde eng. Sie beugte sich über ihn, hoffte auf ein Zeichen, doch der Älteste der Urda war nicht mehr. Sie blieb allein zurück, mit ihren rastlosen Gedanken, die versuchten, zu begreifen, was hier geschehen war. Die sich mühten, zu verstehen, was die letzten Worte des Ältesten bedeutet hatten und ob sie einen Weg zu ihrer Momm aufzeigen könnten.

Sie wischte sich eine Träne von der Wange und sah zu Malin hinab. Bei allem Elend, das hier geherrscht haben musste, war er doch in Würde gegangen. *»Yt raell ezhanjotäe jaln ezh tuhn.«* (Der Segen der Seelen sei mit dir!)

Selana erhob sich. Die Trauer, die sie spürte, rührte nicht von seinem Tod. Es war die Machtlosigkeit vor dem Schicksal, die ihr die Tränen in die Augen trieb. Und der drohende Verlust ihrer Momm. Sie vergrub das Gesicht in den Händen, spürte die Narben darauf und fuhr sich traurig durchs verbliebene Haar. Dann holte sie tief Luft.

Der Atem ist der Anfang und das Ende meiner Kraft. Sie war die Scheltar des Windes. Wanda, Aria und Lysa in Sicherheit zu bringen, war ein guter Gedanke gewesen – doch sie konnte dem nicht länger folgen. Sie hatte eine andere Aufgabe. Und von der hingen mehr Leben ab als diese drei. Entschlossen trat sie zur Tür und öffnete sie.

Als sie hinaustrat, erwartete Killdu sie. Sie schüttelte sanft den Kopf und legte ihm tröstend eine Hand auf die Schultern. Sofort verstummten die Urda. Alle Blicke richteten sich auf Selana. War es an ihr, den Tod Malins zu verkünden? Fragend sah sie Killdu an, und im selben Moment war ihr klar, dass *er* jetzt keine Worte finden könnte. Dicke Tränen rannen ihm aus den Augen. Wortlos nahm er ihre Hand, küsste sie und führte sie zur Stirn. Dann ging er durch die Tür, hinein zu seinem Ältesten, und ließ Selana mit dieser Aufgabe zurück.

Sie schaute über die Schar der Urda und überlegte, welche Worte Trost versprechen mochten. Konnten Worte das überhaupt? Gewissheit war das Einzige, was sie ihnen geben konnte. Das und einen letzten Gruß in der Sprache der Elben. »Euer Ältester ist nicht mehr«, hob sie an. »Möge seine Seele den Weg in den Schoß Jukahbajahns finden, um dereinst erfüllt und kraftvoll wiederzukehren. *Yt Zhar ezh turuhn!*« (Friede sei mit euch!)

»*E Jigu i Jylnuhn!*« (Und Leben in uns!) Das Raunen ihrer Stimmen trieb Selana einen Schauer über den Rücken. Eine einzelne von ihnen hob sich aus der Schar der Urda und stimmte eine Weise an, die von einer so ergreifenden Melancholie geprägt war, wie Selana sie niemals zuvor gehört hatte. Alte, elbische Worte, die sie nicht verstand und die ihr doch die Brust eng werden ließen. Nach und nach fielen immer mehr Urda in den Gesang ein. Frauen- und Männerstimmen verwoben sich zu einem wunderbaren Chor, der Selanas Herz vor Gefühlen überschäumen ließ.

Als sie sich abwandte und auf den hinteren Krankenflügel zuging, liefen ihr die Tränen haltlos über das Gesicht. Beinahe hätte sie Ihlinn übersehen, die vor einer der Türen saß und auf sie wartete. Jiga hockte auf ihrem Schoß und ließ sich kraulen, während sie an einem Stängel kaute, den die Elbin ihr hinhielt.

»Es waren die richtigen Worte, Selana-Scheltar. Schlicht und wahrhaftig. So, wie das Leben des Malin es war.«

»Du hast es gehört?« Sie wischte sich mit dem Ärmel übers Gesicht. »Ich bin mir nicht sicher, ob es genug war.«

»Es war mehr, als sie erwarten konnten. Allein dich noch einmal gesehen zu haben, wird ihnen Hoffnung geben.«

Selana fiel es schwer, den Worten ihrer Elbenfreundin zu glauben. Doch es war keine Zeit, länger mit sich zu hadern.

Der Moment war vergangen, und jeder musste dort weitermachen, wo er stand. »Der ehrwürdige Malin ist nicht mehr. Doch er konnte mir noch sagen, dass Wanda, Aria und Lysa fortgegangen sind. Wir sind zu spät gekommen.« Sie seufzte. Etwas Zeit würde sie noch brauchen, bis sie ihre Emotionen wieder unter Kontrolle hätte. Doch immerhin waren die Tränen versiegt.

Die Elbenkriegerin nickte. »Ich habe mit einer der Schwestern gesprochen, die ihren Aufbruch mitbekommen hat. Aria ging es demnach so gut, dass sie es sich nicht hat nehmen lassen, Wanda und Lysa zu begleiten. Leider konnte mir keine der Schwestern sagen, was ihr Ziel gewesen ist.«

Selana dachte an die Worte Malins. »Seelenflüsterinnen folgen den Eulen«, wiederholte sie. »Das waren seine letzten Worte.« Sie hatte keine Idee, was es bedeuten könnte. Ihr fiel nur ein, dass Lysa eine Seelenflüsterin war.

»Dann liegt ihr Schicksal in den Händen des Mädchens?« Ihlinn ließ den Pflanzenstängel fallen, und Jiga sprang von ihrem Schoß.

»Eher in den Flügeln der Eulen.« Selana hoffte inständig, dass ihre alte Momm wusste, was sie tat. »Möge Atharpazh ihre Wege in den Süden führen. Eine junge Kämpferin, eine Alte und ein Kind. Sie wären leichte Beute für die Häscher des Kreh!« Diesen Gedanken hätte sie am liebsten wieder zurückgenommen. Ausgesprochen schien er das Unglück beinahe heraufzubeschwören.

»Wenn die Silbereulen ziehen, folgen sie den Seelen. Der Weg der Deinen wird also nach Norden gehen.«

»Nein, das darf nicht sein. Das kann nicht sein. Wanda weiß doch vom Kreh!« Selana begann auf- und abzulaufen. Wenn das wahr wäre, liefen die drei direkt ins Verderben.

Ihlinn erhob sich. »Es tut mir leid.« Sie streckte tröstend den Arm aus, doch Selana trat einen Schritt zurück.

»Welchen Sinn soll das haben? Meine Momm weiß um die Gefahren, die im Norden lauern.«

»Ich kann es nicht sagen. Die Gabe, mit den Seelen zu sprechen, ist sehr selten. Vielleicht gibt es eine Verbindung zu einer bestimmten Seele, die Lysa antreibt. Die Silbereulen spüren solche Verbindungen und führen sie womöglich.«

Plötzlich blieb Selana stehen. »Ein Gutes hat es. Es gibt mir vielleicht doch noch die Möglichkeit, ihnen zu helfen. Wir haben schließlich den gleichen Weg, oder nicht?«

»Der Fluss der Seelen ist lang und die Steppe Ilidor weit. Du kannst nicht darauf hoffen, sie zu finden. Erinnere dich an die Aufgabe, die nach deiner Magie verlangt.«

»Sei unbesorgt, ich bin mir meiner Aufgabe durchaus bewusst.« Sie schob den Ärmel hoch und zeigte ihr die Narben des Schattenkampfes. »Wie könnte ich das jemals vergessen?«

Ihlinn schwieg. Hatte Selana vielleicht zu heftig reagiert?

»Ich möchte doch nur hoffen dürfen. Kannst du mir das verdenken?«, lenkte sie ein. »Am Ende des Tages bin ich nicht die Scheltar des Windes, sondern immer noch das Mündel meiner Ziehmutter und die Freundin von Aria und Lysa.«

Die Kriegerin nickte. »Etwas kann ich dir noch sagen, das ebenfalls ein wenig Hoffnung schenken mag. Denn auch wenn unsere Wege sich nicht mit denen deiner Ziehmutter kreuzen sollten, sind sie nicht allein.«

Selana horchte auf. »Sie sind in Begleitung? Hat die Königin ihnen Beschützer zur Seite gestellt? Wer ist es?«

Ihlinn schüttelte den Kopf. »Nein, es sind keine Krieger oder Soldaten der Königin. Und es sind auch nur zwei Begleiter, die deine Momm nicht alleine ziehen lassen wollten. Doch am Ende mögen genau diese zwei das Zünglein an der Waage sein.«

»Wer bei den Seelen ist es? Spann mich nicht auf die Folter!«

»Zwei Urda. Kessja und ein Fischer namens Fludo!«

Selana wusste nicht, ob sie lachen oder weinen sollte. Natürlich konnten diese zwei an der Seite ihrer Momm einen Unterschied machen. Doch jetzt? In Zeiten des Kreh? Nein, es bedeutete eher, dass sie sich auch noch um zwei Urda sorgen musste. Fludo? War das nicht der dickliche Urda, der so sonderbar sprach? Ein Fischer? Selana konnte sich nicht einmal vorstellen, dass er ausdauernder wäre als ihre alte Momm. Mochte er auch noch so liebenswürdig sein. Doch sie würde mit Ihlinn nicht diskutieren. Elben waren einfach anders.

Plötzlich fiel ihr ein, dass auch in ihren Adern Elbenblut floss. Was für verworrene Wege Atharpazh doch für sie erdacht hatte. Ein Kratzen am Bein ließ ihren Blick nach unten gleiten. Jiga schaute sie aus ihren schwarzen, schlauen Äuglein an. Aber ja. Auch sie waren nicht auf sich allein gestellt. Sie hatten eine erfahrene Jägerin mit einer sehr guten Nase bei sich. »Was meinst du, Jiga? Wollen wir los? Das Grehum wartet auf uns.«

Das Frettchen wieselte einmal um sie herum und sprang ihr dann mit einem Satz auf den Arm. Aufmerksam schaute das kleine Fellbündel sie an und legte sein Köpfchen auf die Seite, als wartete es auf eine Entscheidung. »Noch ein Weilchen Geduld, kleine Jiga.« Selana nahm den Rucksack von den Schultern. »Deine große Stunde kommt noch. Da bin ich sicher.«

Wenig später ließen sie das Gesundhaus hinter sich. Selana versuchte, sich an die Karte zu erinnern, die sie auf dem Ratstisch der Fürstin gesehen hatte. Währenddessen schritt Ihlinn zügig voran, und Selana war ihr dankbar dafür. Sie hätte sich in den Straßen von Tyklahr nicht zurechtgefunden. Und jetzt schon gar nicht mehr. Überall lagen Trümmer und schwelten Brände. Vielerorts waren die Menschen damit beschäftigt, Feuer zu löschen oder ihr Hab und Gut vor den Flammen zu retten. Es gab Gebäude, die den Angriff der Horde einigermaßen überstanden hatten. Doch schon eine Straße weiter kamen sie an ganzen Häuserzügen vorbei, die bis auf die Grundmauern niedergebrannt waren. Menschen lagen sich weinend in den Armen. Andere irrten durch die Trümmer und riefen immerzu nach den Namen ihrer Liebsten.

Selana eilte still hinter Ihlinn her und konnte doch nicht verhindern, dass diese furchtbaren Bilder sich in ihr Herz brannten. Was oder wer immer sich ihr entgegenstellen würde, dieses Elend wäre Antrieb genug, um durchzuhalten und zu siegen.

Zwei ältere Frauen mühten sich mit einem Karren, auf dem viele tote Leiber lagen. Selana und Ihlinn packten mit an, um ihn durch die Trümmer bis zur nächsten Kreuzung zu schieben. Die Frauen dankten ihnen mit schmalen Lippen. Ihre Blicke huschten über Selanas Gesicht und wandten sich sofort wieder ab. Es versetzte ihr kleine Stiche, unwillkürlich tastete sie nach den Narben an ihrer Stirn. *Wir Elben schätzen Narben!* Wer hatte das noch gesagt? Selana war langsamer geworden und beeilte sich, zu Ihlinn aufzuschließen.

Eine weitere Gasse, weitere Feuer und weitere Trümmer. Dann kamen sie an einen großen Platz. Soldaten schirmten einen Bereich ab, auf dem ein Haufen aufgetürmt war. Noch bevor Selana Einzelheiten erkennen konnte, roch sie den widerlichen Gestank, der allen Menschen die Furcht ins Mark treiben sollte. Hier hatte man also die toten Feinde zusammengetragen. Ihlinn verlangsamte ihre Schritte, hielt Abstand zu den Soldaten, während sie den Platz überquerte. Dann zögerte sie und blieb stehen.

Fast im selben Moment spürte Selana eine magische Präsenz. Dunkel und unheilvoll. Trotz ihres Ekels und ihrer Abneigung spähte sie zwischen den Wachen hindurch und heftete den Blick auf die Kadaver der Gellwicks. Zu Dutzenden lagen sie dort. Dreckige, blutverkrustete Körper, in deren blicklosen Augen kaum etwas Menschliches zu erkennen war. Ein kleiner Sieg der Tykalden über die abscheuliche Horde des Kreh.

Doch das ungute Gefühl verstärkte sich, Zweifel nagten an ihr, nisteten sich in ihre Gedanken und ließen ihr Herz bis zum Hals schlagen. Unruhig suchte sie nach dem Ursprung der dunklen Präsenz. Ein seltsames Pulsieren, unrhythmisch und krank. Warum merkten die Soldaten nichts? Ungerührt standen sie da und bewachten die Kadaver ihrer Feinde.

»Spürst du es?« Ihlinn war neben sie getreten. »Dunkle Magie!« Sie starrte auf die Häscher des Kreh und Selana folgte ihrem Blick. Widerwillig stierte sie auf die fetzenartigen Lederrüstungen, auf eiserne Armschienen oder Halfter für Wurfmesser. Und dann erinnerte sie sich. Erkannte dieses Pulsieren, das unregelmäßig auf- und abwallte. Aber es sollte nicht so stark sein. Bestürzt trat sie näher an die Wachen.

»Abstand halten!« Ein Soldat streckte ihr seine Pike entgegen. Selana beachtete ihn nicht, sondern starrte alarmiert auf den eisernen Armreif eines Gellwickkadavers. Grob geschmiedete Runen, die ihre giftige Magie wie schartige Messer in die Seelen ihrer Opfer trieben und jeden guten Gedanken auslöschten. Selanas Blick flog über die Leichen und entdeckte immer mehr Quellen dieser bösartigen Kraft.

Ihlinn packte Selana beim Arm. »Die schwarze Magie des Kreh überdauert in den Armreifen! Darum spüren wir sie hier so deutlich. Wir sollten gehen!«

Selana merkte, wie Jiga unruhig wurde. Das Frettchen fauchte und kratzte in der Tasche auf ihrem Rücken. Gerade wollte sie nach dem Rucksack greifen, als das Toben des Tiers aufhörte. Hatte es sich beruhigt? Oder war es womöglich ...?

»Zu viel dunkle Magie wurde hier zusammengetragen.«

Die warnende Stimme der Elbenkriegerin lenkte Selanas Gedanken zurück auf die grausige Szene vor ihnen. Zu viel dunkle Magie! Das war offensichtlich, sie konnte es spüren. Aber was bedeutete das? Plötzlich vibrierte das Pflaster unter ihnen und das Pulsieren hob an. Schmerz schoss ihr durch die Schläfen, doch sie reagierte sofort. Ein Atemzug genügte, eine kurze Konzentration auf die Macht, die ihr innewohnte und ihr Schutzwall war intakt. Seit den Kämpfen mit den Schatten hatte sie ihn aufrechterhalten, um alle dunklen Kräfte auszusperren. Der Gedanke, dass er hier, allein durch die Präsenz dieser schwarzen Runen durchbrochen wurde, ließ sie schaudern.

»Selana-Scheltar, wir müssen fort!« Ihlinn zerrte sie am Arm.

Doch Selana stemmte sich gegen sie. Die Macht, die hier wirkte, war zu groß für die Menschen von Tyklahr. Sie blickte sich um: Die Soldaten wanden sich, ihre Waffen unsichtbaren Gegnern entgegengestreckt, die Augen weit aufgerissen.

»Wir können hier nicht weg!« Wieder schossen Schmerzen durch ihren Kopf. Sie hielt sich die Schläfen und ließ noch mehr Energie durch ihren Körper strömen. Wie stark würde die dunkle Magie denn noch? Vor ihnen begannen die Leichen der Gellwicks plötzlich zu schwelen. Dampf stieg aus ihren Körpern, die dunklen Runen glühten unheilvoll auf.

»Holt die Leichen vom Platz! Reißt den Haufen auseinander!«, schrie Selana und sprang vor. Sie musste zu den Kadavern. Doch sofort stellten die Soldaten sich ihr in den Weg.

»Ihlinn! Wir müssen die Armreife voneinander trennen. Es sind zu viele!«

»Zurück!«, schrie einer der Soldaten.

Dann bebte der Boden und sie stürzte. Die Wachen fielen auf die Knie, ihre Piken krachten scheppernd auf das Pflaster. Schmerzen und dunkles Pulsieren trieben ihr Tränen ins Gesicht. Aus den Augenwinkeln sah sie, dass Ihlinn noch auf den Beinen stand, sich vorkämpfte und nach einem der Kadaver griff, um ihn fortzuziehen.

Selana rappelte sich auf, spürte die Quelle ihrer Macht aufbegehren. Ihre Magie wollte ausbrechen und der Dunkelheit Einhalt gebieten. Es war keine Lösung, sich in ihrem Inneren abzuschotten und ihren Schutzwall immer weiter hochzufahren. Sie müsste die Leichen mit einer gewaltigen Druckwelle auseinanderschießen, um dem Spuk ein Ende zu bereiten. Konnte sie es riskieren, ihre Magie direkt auf die Gellwicks zu richten?

Ihr schoss die Erinnerung an Teehls Armreif durch den Kopf. Schon einmal war ihr Zauber auf dunkle Runen getroffen. Sie konzentrierte sich, hielt ihre Energie zurück, ohne sie gänzlich in ihr Inneres zu verbannen. Vielleicht war es damals anders, weil Teehl die Verbindung zum Kreh bereits hergestellt hatte? Nein, sie konnte es nicht riskieren. Zu viel stand auf dem Spiel. Trotzdem ließ sie die Magie durch ihren Körper strömen, gewappnet, sich jeden Moment gegen Angreifer zu verteidigen. Und seien es die Soldaten aus Tyklahr. Doch die Wachen hatten Mühe, wieder auf die Beine zu kommen. Einige versuchten es gar nicht mehr. Sie hockten auf dem Boden, hielten sich die Köpfe und wimmerten.

»Zerrt die Leichen auseinander, wenn ihr überleben wollt!«, brüllte Selana und stürmte an den Tykalden vorbei.

Ihlinn hatte einen weiteren Kadaver von dem grausigen Haufen gezogen. Jetzt packte sie selbst eine der blutverkrusteten Leichen, versuchte, den unerträglichen Gestank auszublenden, und kämpfte ihren Ekel nieder. Das Leder klebte, die Haut fühlte sich kalt und schmierig an. Der tote Körper war viel schwerer, als Selana erwartet hatte. Doch die Panik vor dem, was passieren könnte, wenn sie nichts unternahm, trieb sie an. Stück für Stück zog sie den Kadaver bis an den Rand des Marktplatzes.

Als sie zurückblickte, wusste sie, dass es so nicht zu schaffen war. Keine der Wachen war imstande zu helfen. Die meisten kauerten auf dem Boden und wanden ihre schmerzverzerrten Gesichter. Andere krochen zu den Häusern, jede Bewegung ein grausamer Kampf gegen eine unsichtbare Macht, die sie niederdrücken und zurückzwingen wollte. Welche Qualen mussten sie ausstehen ohne die heilsame Magie, die schützende Barriere, die sie selbst für sich erschaffen konnte?

Immer mehr Dampf entstieg dem Leichenberg. Dunkler Dunst, der alles einzuhüllen suchte. Die unheilvolle Macht zerrte an Selanas Schutzwall. Und plötzlich schoss ein unvorstellbarer Schmerz durch ihren Kopf. Er raubte ihr den Atem und zwang sie auf die Knie. *Atme. Atme!* Noch immer hielt sie ihre Magie fest, aus Angst, dem Kreh eine Verbindung zu ermöglichen. Ihr Bestreben galt einzig ihrem Schutzwall, während sie fieberhaft nach einer Möglichkeit suchte, den Leichenberg zu zerstören.

Was blieb ihr, wenn sie keine Druckwelle wirken konnte? Gestaltliche Zauber beherrschte sie nicht, und ihr magisches Netz wurde sie womöglich mit jeder einzelnen Rune verbinden. Sie musste doch etwas tun?

Ihlinn zerrte einen weiteren Kadaver an den Rand des Platzes. Die Elbenkriegerin ließ den entstellten Körper liegen, zeigte auf Selana und wies dann auf den Leichenberg.

Also hob Selana die Arme und wollte sich wieder umdrehen. Als aber plötzlich ein irres Lachen über den Platz hallte, erstarrte sie. Ihre Eingeweide zogen sich schmerzhaft zusammen. Diese Stimme würde sie in ihrem Leben nicht vergessen.

»Kniet nieder und huldigt eurem neuen Herrn!«

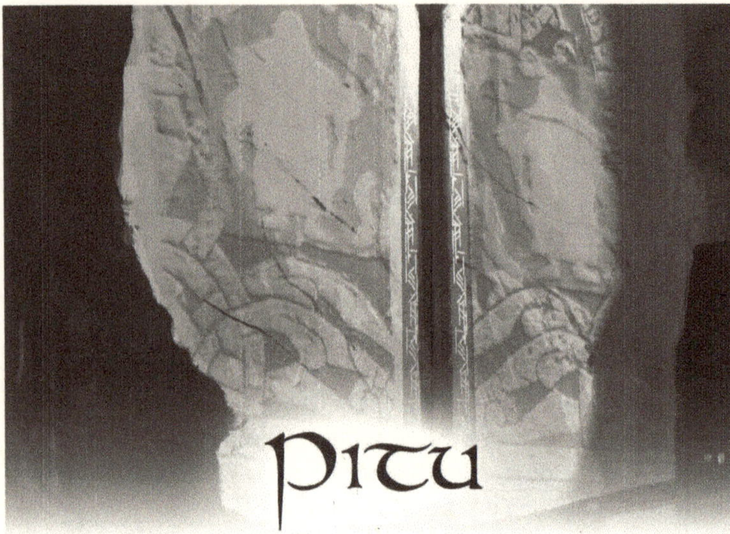

Pitu

30

Die Situation in Fullbor war ganz anders, als Pitu erwartet hatte. Gedanken und Möglichkeiten jagten durch seinen Kopf, er versuchte, das Gesehene, die Schilderungen des Heerführers und Erfahrungen aus seinem eigenen Leben auf den Straßen von Tyklahr und Gelder zusammenzubringen.

Sie saßen in einem der Küchenzelte, aßen sauren Kohl mit trockenem Brot und verdauten die Dinge, die Gramdil ihnen gezeigt hatte. Bis an die vorderste Linie waren sie gegangen, und es war vollkommen anders, als Pitu es von Nehrbor kannte. Eigentlich hätte er es wissen müssen. Die tiefen Mienen von Fullbor lagen weit unten im Gebirgsschild der Hochebene. Auf der verschneiten Oberfläche, um den Einstieg war natürlich nichts von den Kämpfen zu sehen gewesen. Dort gab es nur weiße Ödnis, das Spiel des Windes, sein Rauschen und die trügerische Stille dazwischen. Erst eine Ebene tiefer drangen erste Geräusche zu ihnen herauf. Das entfernte Klirren von Waffen. Einige Dutzend Zwergenkrieger lagerten dort und warteten auf ihren Einsatz. Die letzten Kämpfer, die ihnen als Nachhut zur Verfügung standen, wie Gramdil erzählt hatte. Sie sollten im Zweifel dafür sorgen, dass der Zugang zu den Minen zerstört würde. Als Pitu einen Blick von Semje aufgefangen hatte, war ihm klar gewesen, dass sie das nicht zulassen durften. Sie mussten Fullbor zurückerobern, koste es, was es wolle.

In der zweiten Ebene hatten sich weitaus mehr Zwerge aufgehalten. Es mussten über hundert gewesen sein. Einige hatten direkt bei den Schächten der Höhenwechsler gelagert, andere waren gerade bereit gewesen, damit hinab in den Kampf zu fahren. Eine einzige Plattform hielten sie dafür noch in Betrieb, wie Gramdil erklärt hatte. Bei allen anderen hatte man die Ketten gekappt, um den Feinden den Weg zur Hochebene so schwer wie möglich zu machen. Trotzdem behielt man die Schächte im Auge. Pitu erinnerte sich, wie der Heerführer sie von dort aus in einen längeren Tunnel geführt hatte. Das Ziel war ein größerer Luftschacht gewesen, der ihnen einen weiten Blick hinab ermöglicht hatte. Doch es waren kaum mehr als flackernde Lichter und flüchtige Schatten zu sehen gewesen, so tief ging es hinab. Die Geräusche und Schreie aber, die zu ihnen heraufgedrungen waren, hatten sich in Pitus Kopf geheftet, wie lästige Zecken, die versuchten, alle Zuversicht auf einen Sieg aus ihm herauszusaugen.

»Der Kampf erstreckt sich inzwischen über vier Ebenen«, wiederholte der Heerführer gerade.

Fillgur ächzte. »Vier ganze Ebenen. Dann haben wir reichlich an Boden verloren.«

»Oder gehalten, wie immer man es sehen will«, sagte Schimmron. »Immerhin waren die Stinker zu Beginn der Kämpfe bis zur obersten durchgebrochen.«

»Andererseits hatten wir sie schon einmal bis in die unterste Ebene zurückgedrängt.« Fillgur seufzte. »Es kommen einfach zu viele nach. Und, so viel wissen wir inzwischen, es ist kein Ende abzusehen.« Er erzählte Gramdil von den schwarzen Armeen, die sie aus dem Fernzahn heraus gesehen hatten.

Der Heerführer wurde blass. »Dann können wir die Schmieden nicht zurückgewinnen. Selbst wenn Willgert sich plötzlich besinnen sollte, würde es Tage dauern, bis das Heer hier wäre.«

»Ich hab das Gefühl, er wird sich besinnen«, sagte Schimmi.

Pitu horchte auf. »Wieso glaubst du das?«

Doch der junge Zwerg ging nicht darauf ein. »Die Zeit spielt natürlich trotzdem gegen uns. Das ist wahr.«

»Was also können wir tun, Erd-Scheltar?« Der Heerführer fixierte Pitu, als wäre ausgerechnet er ihm die Antwort schuldig.

Pitu löste den Blick von Schimmi. Was immer der zu wissen glaubte, er wollte anscheinend nicht darüber sprechen. »Wie lange können deine Männer noch durchhalten?« Er musste Zeit gewinnen, um mit seinen Gedankenkreisen endlich zu einem halbwegs nachvollziehbaren Ergebnis zu kommen. Ja, er war der Scheltar. Aber was hatte er mit der Erdmagie bisher schon erreichen können, das in dieser verfahrenen Situation hilfreich wäre?

»Zurzeit kommen zwei, manchmal sogar drei Gegner auf einen der unseren. Nur die Ausbildung und Zähigkeit meiner Männer hilft ihnen, standzuhalten. Wenn nicht ständig weitere Gellwicks und Söldner nachdrängen würden, könnten wir die Stellungen noch zwei, drei Tage halten. Und wenn uns die Götter der Himmelsschmiede gewogen sind, können wir die Minen sogar zurückerobern.«

»Und wenn weitere Feinde nachdrängen?« Fieberhaft dachte Pitu an seine Zauber. Die Fontäne von Steinen aus dem Asphalt, den verschobenen Sockelstein der Brücke und die Säulen aus dem Boden. Aber was davon könnte einen Stellungskampf in den verschachtelten Tunneln der weitläufigen Minen bis hinab zu den tiefen Schmieden entscheiden?

Vor lauter Grübelei hätte er Gramdils Antwort kaum mitbekommen. »... schon morgen wieder auf der Hochebene sein.«

»Bitte?«

»Die Horden des Kreh«, wiederholte der Heerführer. »Ich fürchte, sie schaffen schon morgen erneut den Durchbruch.«

»Dann kann nur das Versperren des Zugangs die Lösung sein«, wagte Pitu eine Einschätzung. »Auch wenn es uns nur wenig Zeit verschafft.« Denn gegen die Feinde, die sich bereits innerhalb der Ebenen befanden, würden sie womöglich trotzdem unterliegen. »Wenn die Hundertschaft aus Abrinor rechtzeitig eintrifft, sollte Fullbor binnen drei Tagen wieder den Zwergen gehören«, schob er nach, ohne zu wissen, ob das wirklich klappen konnte. Er kannte sich in Kriegsdingen nicht aus, wusste nicht, wie man kämpfen musste oder welche Strategien es gab. Das Einzige, wovon er etwas verstand, war weglaufen und verstecken. Das hatte er in seinem Leben bis zur Meisterschaft gebracht. In einem Labyrinth, wie dem über den Schmieden, hätte er der Stadtgarde ewig Streiche spielen können.

Aber ja. Plötzlich kam ihm ein aberwitziger Gedanke: Wenn das Tor zum Tal von Belldes-To erst einmal versperrt wäre, bestünde vielleicht doch noch eine Möglichkeit, die Minen zurückzuerobern. Sie mussten nur schnell genug sein und im richtigen Moment zuschlagen. In Pitus Kopf reifte eine Lösung heran, die unter Umständen vielen der Zwerge das Leben retten würde.

»Schön und gut«, meinte Gramdil. »Aber wie willst du das Tor zum Tal schließen? Ich nehme an, du müsstest an einen geeigneten Ort gelangen, um das zu vollbringen, oder?«

Da hatte der Heerführer recht. Ehe Pitu über den zweiten Teil seines Plans nachdenken konnte, sollte er den ersten Teil zu Ende denken.

»Ich führe ihn dorthin!«, meldete sich Semje zu Wort.

»Hört, hört. Der alte Semjon will dich ganz allein an Hunderten von Gellwicks vorbeischmuggeln«, höhnte der Heerführer, lenkte aber gleich darauf wieder ein. »Vergib mir, Semjon. Aber wie willst du es mit deinem kleinen Urdafreund durch die Kämpfe schaffen, ohne niedergemetzelt zu werden?«

»Gar nicht.« Semje grinste. »Wir nehmen die Luftschächte.«

Die Luftschächte? Die runden Löcher, aus denen ihnen die Hitze der Schmieden entgegengeschlagen war? Pitu erinnerte sich an den unfassbaren Abgrund, die winzigen Lichter und Schatten, die kaum zu erkennen gewesen waren. Nein, das konnte Semje nicht ernst meinen.

Doch das Schweigen der Runde belehrte ihn eines Besseren. Sie überdachten den Gedanken des Rotbarts, wägten tatsächlich das Für und Wider ab. Pitu sah Schimmis gedankenverlorenes Gesicht und Orthos' grüblerische Miene. Selbst Fillgur zupfte sich nachdenklich den Bart.

»Das meint ihr nicht ernst, oder?« Er würde sich doch nicht in den Kaminen der tiefen Schmiede grillen lassen. Mal abgesehen davon, dass es keine Treppenstufen oder Ähnliches gab. So hatte er sich das nicht vorgestellt.

Gramdil kratzte sich versonnen am Ohr und nickte schließlich. »Es ist gewagt. Aber mit etwas Glück könnte es klappen.«

»Mit etwas Glück? Könnte? In der stickigen Luft dieser Röhren würden wir schon auf halbem Weg schlappmachen. Keine Luft zum Atmen ist keine gute Voraussetzung, nicht?« Stimmt. »Ohne Atemluft kann ich meine Magie nicht einsetzen. Und wenn ich meine Kräfte nicht nutzen kann, können wir auch das Tor nicht versperren!« Was hatte er da nur für einen Plan ins Spiel gebracht? Er hätte sich ohrfeigen können.

»Wenn wir es gar nicht erst versuchen, schließt sich das Tor auch nicht«, gab Semje zurück. »Nun beruhig dich mal. Du kennst die Seitenschächte nicht, durch die die Frischluft kommt. In denen können wir immer wieder zu Kräften kommen.«

»Alter Gibbo«, meinte Fillgur. »Du hast recht. An die Seitenschächte habe ich gar nicht mehr gedacht. Eine Anpassung auf Empfehlung aus Eskrinor.«

»So ist es. Und so werden die Abrindarh erneut in der Schuld der Eskrindarh stehen. Willgert wird toben, wenn er das hört.«

Fillgur jubelte: »Ein Hoch auf Eskrinor!«

»Ein Hoch auf Eskrinor!«, wetterten alle im Chor.

Bis auf Pitu, der immer noch an den Blick in die Tiefen des Lüftungsschachtes dachte. Bevor der Stammesvater sich über irgendetwas ärgern konnte, müssten sie erst einmal erfolgreich sein. Die Sache mit den Seitenschächten klang halbwegs beruhigend. Und solange ihm selbst keine bessere Idee kam, blieb ihm auch nichts anderes übrig, als Semje zu vertrauen. Der Rotbart würde das schon regeln, auf seine spezielle Art und Weise.

Pitu starrte auf seine verstümmelte Hand und seufzte. Zumindest bisher waren sie immer mit dem Leben davon gekommen. Erneut grübelte er über seine Idee nach. Denn auch wenn sie die Horden aus dem Tal aussperren würden – ein paar Felsen zu verschieben oder einstürzen zu lassen, sollte kein Problem sein –, mussten sie ja noch die Gellwicks und Söldner innerhalb des Berges besiegen. Pitu dachte angestrengt nach. In den Straßen von Gelder hatte er sich ausgekannt, aber hier im Berg? Wenn sein Plan gelingen sollte, brauchte es eine Karte von den Minen und der Schmiede.

»Natürlich haben wir so was«, antwortete Gramdil, als er ihn darauf ansprach. »Wie sonst hätten wir so lange durchhalten können?« Der Heerführer wischte sich ein paar Krümel aus dem Bart und erhob sich. »Komm mit in mein Zelt, dort ist alles, was du brauchst.«

Mit kräftigen Schritten stapfte er los. Pitu beeilte sich, ihm zu folgen.

»Werd einer aus diesen Sumpflingen schlau«, hörte er Semje brummen. »Aber geht nur, wir bereiten unseren Abstieg vor. Es braucht gute Seile, Haken und Hammer.«

Oje, nur nicht dran denken.

Schimmi rief ihnen nach: »Wartet, ich komme mit!« Anscheinend war der junge Zwerg neugierig auf seine Idee.

Kaum hatten sie das Küchenzelt verlassen, ergriff Pitu die Gelegenheit beim Schopf. »Schimmi, sag mir doch mal, was dich so sicher macht, von wegen Willgert und so?«

Schimmron sah ihn von der Seite an wie ein Unschuldslamm. »Wie kommst du darauf, ich könnte sicher sein?«

Pitu gab ihm einen Stoß. »Mal ehrlich, du weißt doch was.«

»Soll ich lieber weghören?«, fragte Gramdil von vorn.

Schimmi gluckste. »Nein. Ich hätte es sowieso nicht mehr lange für mich behalten können. Aber es ist wichtig, dass sonst niemand davon erfährt.«

»Dann warte, in meinem Zelt sind wir unter uns.«

»Ich hab doch gewusst, dass du was weißt.« Pitu lächelte zufrieden. Auch wenn er immer noch keine Ahnung hatte, was es sein konnte.

Im Zelt des Heerführers hätte man Schimmrons Geschichte fast wieder vergessen können, so faszinierend war die Ausstattung. Pitu hatte beinahe das Gefühl, in ein festes Haus zu kommen. Es gab Teppiche auf dem Boden, Regale, Schränke, Stühle und einen großen Tisch in der Mitte, auf dem diverse Pergamente und Karten lagen. Wie von einer unsichtbaren Kraft angezogen, ging Pitu schnurstracks darauf zu.

»Wolltest du nun hören, woher ich die Gewissheit nehme?«, rief Schimmi ihm nach.

»Auf jeden Fall will ich es hören«, sagte Gramdil. »Wenn Willgert der Bedachte Abrinor verlassen und ernsthaft gegen den Kreh ziehen sollte, wäre das für meine Männer Ansporn, sich noch mal richtig ins Zeug zu legen.«

Pitu wandte sich zu Schimmi um, der offenbar nur darauf gewartet hatte, seine ungeteilte Aufmerksamkeit zu haben.

»Ihr müsst wissen, dass ich inzwischen sehr gute Freunde in Abrinor habe, besonders unter den Künstlern. Einige von ihnen stehen auch in den Diensten unseres Stammesvaters.«

Dass Schimmron viele Freunde hatte, glaubte Pitu sofort. Er war klug, humorvoll und sympathisch. So jemand fand überall Anschluss. Aber Willgert? »Du willst mir nicht weismachen, dass er auf seine Bediensteten hört, nur weil es Künstler sind.«

Schimmi schüttelte den Kopf. »Nein, natürlich nicht. Aber einige meiner Freunde kümmern sich unter anderem auch um die Pflege der Kunstwerke und Statuen.«

»Wie lang wird diese Geschichte noch?«, stöhnte Gramdil. »Würdest du zur Sache kommen? Es gibt Wichtigeres.«

»Die Statuen«, setzte Schimmi nach.

»Die Statuen«, wiederholte Pitu und hatte das Gefühl, etwas kratzte in seinem Kopf an der Tür und wollte heraus. »Den Pfad der Stammesväter meinst du?«

»Schimmron Hagelwurf, bitte!« Gramdil ging um den Kartentisch herum und stützte sich schwer auf die Tischplatte.

»Brallbohr der Reiche!«

Der einzige Name, den Pitu sich gemerkt hatte. Sofort stand ihm das Bild der Goldmünzen vor Augen. »Solange die

Truhe des Brallbohr gefüllt ist, ist Abrindarh sicher.« Pitu kicherte. »Wenn du das meinst, was ich glaube, wird unser Bedachter sich ordentlich ärgern.«

Schimmi nickte. »Seit der Weissagung ist nie eine Münze abhandengekommen. Bis jetzt!«

Gramdil klatschte in die Hände. »Ha! Dann muss er handeln!«

»Das wäre zu hoffen.« Pitu mochte noch nicht daran glauben. »Aber wie ich ihn kennengelernt hab, bin ich da nicht so sicher. Nur wegen der fehlenden Münzen?«

»Dann kennst du aber die Zwerge schlecht. Die Nachricht von Brallbohrs leerer Truhe wird sich wie ein Lauffeuer in Abrinor verbreiten. Und vergiss nicht die schlechten Nachrichten, die schon in Umlauf sind. Sie werden Willgert die Tür einrennen«, erklärte Schimmi.

»Wenn er den Thron nicht verlieren will, muss er jetzt aktiv werden. Ihm bleibt gar nichts anderes mehr übrig, als gegen den Kreh zu ziehen«, freute sich Gramdil.

»Und sein bester Heerführer ist hier! Mindestens die Hälfte seiner Streitmacht wird er deshalb nach Fullbor entsenden.«

»Schimmron, du bist einfach genial.« Pitu boxte ihm in den Bauch. »Durchtrieben, aber genial.«

Im Stillen jedoch erkannte Pitu ein neues Problem. Wie hilfreich wäre die Streitmacht der Abrindarh, wenn der Weg zum Tal von Belldes-To versperrt wäre? *Eins nach dem anderen.* Er lächelte Schimmron zu. Der junge Zwerg hatte im Alleingang etwas ins Rollen gebracht, das die ganze Geschichte änderte. Gewagt und gewitzt, genau so, wie Pitu es mochte. Den Rest könnten sie vielleicht auch noch hinbekommen.

Er klopfte Schimmi auf die Schulter. »Eine grandiose Idee!«

Der junge Zwerg strahlte. »Womit wir jetzt zu deiner kommen sollten.«

Sie traten an den Tisch, und Gramdil zeigte ihnen die Karten. Im ersten Moment sah Pitu nichts als viele Striche und Linien. Wie konnte man sich damit zurechtfinden? Doch der Heerführer erklärte geduldig, welche Symbole für die unterschiedlichen Tunnel, Gänge und Schächte standen. Pitu brauchte einen Augenblick, um zu begreifen, dass auf der Karte zu einer Ebene weitere Ebenen versteckt waren. Denn die Luftschächte und ihre seitlichen Belüftungstunnel kreuzten die eingezeichneten Wege. Es war schwer zu verstehen, dass dazwischen natürlich massiver Fels lag.

»Hier.« Gramdil zeigte auf einen Schacht, der in unmittelbarer Nähe zu den unteren Toren verlief. »Das ist der Weg, von dem Semjon gesprochen hat. Diese seitliche Röhre zieht sich über die Tore hinweg.«

»Und wie sind die Tore beschaffen?«, fragte Pitu. »Gibt es Mauerwerk oder eine abgestützte Felsdecke, die ich zum Einsturz bringen könnte?«

Gramdil dachte darüber nach und schüttelte den Kopf. »Die Felsdecke besteht an der Stelle aus massivem Granit. Selbst wenn die Torstürze von einem auf den nächsten Moment verschwinden würden, würde der Berg standhalten. Und das Material der Tore würde keine Barriere ergeben, die den Durchgang verschließt.«

»Dann könnten sie also einfach drüberklettern«, überlegte Pitu. »Damit wär nichts gewonnen.« Er betrachtete die Karte genauer. »Wo wäre der nächste Engpass?«

»Direkt am Zugang zur Vorhalle des Treppensaals, über den man zu den tiefen Schmieden gelangt. Hier!« Schimmron zeigte auf eine Stelle, die etwas weiter im Inneren des Berges lag.

»Wenn ich hier die Decke zum Einsturz bringe, verliert ihr den gesamten Eingangsbereich«, gab Pitu zu bedenken und wies auf diverse Räume, die dort eingezeichnet waren.

»Das nehme ich auf meine Kappe«, sagte Gramdil. »Eine Waffenkammer, einige Unterkünfte und ein größerer Lagerraum. Nichts, was nicht zu ersetzen wäre.«

»Ist das hier auch ein Belüftungsgang, über den wir dorthin gelangen können?«

Gramdil schaute genauer hin. »Ja, das sieht so aus. Und er endet sogar direkt an dieser Stelle.« Er tippte auf den Durchgang, den es zu verschütten galt.

Pitu merkte, wie die Aufregung der bevorstehenden Aufgabe seine Befürchtungen und Ängste ablöste. Wie das Verlangen, endlich einschreiten und helfen zu können, immer weiter wuchs. Voller Tatendrang studierte er mit Gramdil und Schimmi die Karte, bis sie schließlich den gesamten Weg vom Schacht bis zu diesem Belüftungsgang gefunden hatten, der für seinen Plan wie geschaffen war. Vorausgesetzt, er würde sich mit Semje nicht in den Gängen verlaufen oder vorher in den Tod stürzen, sollte es funktionieren.

Doch ein Problem blieb noch, mahnte er sich, um nicht zu euphorisch zu werden. Denn die Übermacht, die bereits innerhalb der Minen und Schmieden stand, galt es auch noch zu besiegen. Weglaufen und Verstecken, das hatte er als Straßendieb bis zur Meisterschaft gebracht. Nachdem er verstanden hatte, wie man die Karten lesen musste, konnte er Gramdil immer gezieltere Fragen stellen. Er hatte sich überlegt, dass die Zwergenkrieger einen Rückzug vortäuschen sollten, wenn der Durchgang einstürzte.

Das sei grundsätzlich kein Problem, meinte der Heerführer. »Meine Männer sind es gewohnt, auf Hornsignale zu reagieren. Die Frage ist eher, durch welche Gänge sie sich zurückziehen sollen und wie man vermeiden kann, dass sie von den Feinden in die falschen Tunnel abgedrängt werden.« Gramdil schaute ihn fragend an.

Das war genau der springende Punkt. Die Zwergenkrieger in die richtigen Gänge zu lotsen, um die Feinde in einen Hinterhalt zu locken, war ein nahezu unlösbares Problem. Es gab nicht genug Hornbläser, um sie an allen geeigneten Stellen zu postieren. Und Pitu konnte nicht überall gleichzeitig sein, um Tunnel einstürzen zu lassen. Im Grunde sollte außer dem Zugang vom Tal gar nichts weiter zerstört werden. Deshalb würde sein Plan nur mit der Hilfe von Gramdils Männern klappen. Wieder nahmen sie sich das Netz der Luftschächte und Belüftungsgänge vor.

»Es müsste etwas geben, was die Kämpfer aufhält. Etwas, wo sie nicht so schnell durchkommen.«

»Feuer vielleicht«, schlug Schimmi vor.

»Feuer wäre sicher ein gutes Hindernis. Aber wie sollen wir das mitten durch die tobenden Kämpfe an die Stellen tragen, wo wir es brauchen?« Gramdil schüttelte den Kopf. »Unsere Fackeln wären zu klein und Holz würde nicht lange genug brennen.«

»Nutzt ihr Holz für das Feuer der Schmieden?«, fragte Pitu erstaunt. »Ich hatte gehofft, dass es hier etwas gibt, was besser oder länger brennt.«

»Steinkohle natürlich. Die hält die Glut länger«, antwortete Gramdil. »In den Schmieden kommt es aber auf die Hitze an. Da braucht es keine unlöschbare Flammenwand. Wenn wir das wollten ...« Der Heerführer riss die Augen auf. »Aber ja! Dass ich da nicht längst drauf gekommen bin. Asparied! Ein Abbauprodukt aus den oberen Minen.« Er kramte plötzlich aufgeregt in den Pergamenten. »Wegen der leuchtend gelben Farbe haben wir es lange Zeit in den oberen Ebenen eingelagert, weil wir dachten, wir könnten ein Färbemittel daraus gewinnen.« Endlich hatte er die richtige Karte gefunden. »Hier, hier ist es! Bei unseren letzten Versuchen ist es immer entflammt und ließ sich dann nicht löschen. Wir mussten ewig warten, bis es von selbst ausbrannte.«

Atharpazh sei Dank. Die Experimentierfreude der Zwerge war ihre Rettung. Eifrig beratschlagten sie, wie sie weiter vorgehen wollten und welche Lüftungsöffnungen mit Asparied bestückt werden mussten, um es an die richtigen Orte zu bringen.

Gramdil bestellte umgehend seine Hauptleute ein, um mit ihnen die notwendigen Schritte zu besprechen. Und Schimmi zog los, um nach Semje, Orthos und Fillgur zu suchen. Er sollte sie ins Zelt des Heerführers bringen, damit sie noch vor Sonnenuntergang die verschiedenen Details klären konnten. Endlich hatte sich alles zu einem aussichtsreichen Plan zusammengefügt. Pitu war gespannt, wie sie es aufnähmen.

Noch wichtiger war allerdings, dass Gramdils Männer mitzogen. Nicht dass sie eine Wahl gehabt hätten, wenn ihr Heerführer es beföhle, doch der Erfolg des Plans hing davon ab, dass auch wirklich jeder vom Gelingen überzeugt war. Deshalb beschleunigte sich sein Puls, als der Führungsstab von Gramdil Stahlzahn eintraf.

Zu Pitus Überraschung war eine Frau dabei. Marjenn Kugelwurf, eine zierliche Zwergin, deren Rüstung nicht weniger zerkratzt und blutbefleckt war als die ihrer Mitstreiter. Man sah auf einen Blick, dass sie von den anderen respektiert und geschätzt wurde. Von ihr kamen die kritischsten Fragen und gleichzeitig die besten Vorschläge für Problemlösungen.

»Ein guter Plan«, stellte sie zum Ende ihrer Beratung fest. »Ich denke, es sollte funktionieren. Heikel wird es allerdings, das Feuer durch die Schächte zu bringen. Wenn die Fackeln an das Asparied kommen, bevor es in die Gänge geworfen wird, verbrennen unsere Krieger bei lebendigem Leib.«

»Wir sollten besonders achtsame Männer und Frauen für diese Aufgabe auswählen«, stimmte einer der Hauptmänner zu.

»Diesen Punkt ...«, Marjenn zeigte auf eine Schlüsselposition des Plans, »... übernehme ich selbst!«

»Das wird nicht nötig sein«, warf Gramdil ein. »Wir brauchen dich an anderer Stelle.«

»Das denke ich nicht, Heerführer. Ich bin mir sogar sehr sicher, dass ihr mich genau dort braucht.« Die Bestimmtheit, mit der die Kriegerin das vorbrachte, war beeindruckend. Immerhin widersprach sie ihrem Befehlshabenden.

Gramdil schien für einen Moment zu überlegen, ob er sie mit einem Machtwort zurechtweisen müsste, doch dann nickte er. »Ich wünsche dir gutes Gelingen, Marjenn Kugelwurf. Das wünsche ich uns allen!«

Mit diesen Worten entließ der Heerführer seinen Führungsstab. Sie sollten unverzüglich Bescheid geben, wenn alles vorbereitet und die Schächte und Gänge mit Asparied bestückt wären. Ein Problem aber blieb: Die Kämpfe würden bis dahin keine Pause machen. Und sie hatten nur begrenzte Möglichkeiten, die kämpfenden Zwerge in ihren Plan einzuweihen. Es war zu hoffen, dass einer der ihren nicht aus Unkenntnis den eigenen Plan durchkreuzte.

Als Schimmi mit den anderen zurückkam, hatten sie etwas Essen aus den Küchenzelten dabei. Fillgur hatte darauf bestanden, weil es sich mit leerem Magen schlecht denken ließ, wie er sagte. Pitu war froh darüber, denn es nahm ihm etwas von der Anspannung, die ihn den ganzen Nachmittag umgetrieben hatte. Unterdessen verstand Gramdil es aufs Beste, ihre Pläne noch einmal zusammenzufassen. Er wies auf Besonderheiten und Gefahren ebenso hin wie auf die Vorteile, die sich boten.

Am Ende fühlten sich alle ausreichend informiert. Neben Semje, der Pitu in den Schacht führen würde, hatten auch ihre drei Begleiter Aufgaben gefunden. Schimmi wollte eine der Fackeln übernehmen, um an einer der Schlüsselpositionen das Asparied zu entflammen. Orthos und Fillgur hingegen wollten sich durch die Ebenen kämpfen, um so viele Kameraden wie möglich zu informieren. Der Heerführer war insbesondere über Fillgurs Vorhaben alles andere als erfreut, doch er musste einsehen, dass er gegen den Dickschädel eines alten Haudegens nichts ausrichten konnte.

Als Gramdil schließlich die Tafel aufhob und ihnen Schlafplätze zuweisen ließ, hätte Pitu am liebsten protestiert, so aufgewühlt war er.

Doch Semje fasste die Lage treffend zusammen: »Wir können jetzt nichts helfen und sollten schlafen. Die Kameraden, die ihre Arbeit tun, können dafür morgen nicht die unsere tun und dann ihren fehlenden Schlaf nachholen.«

Pitu bezweifelte, dass am nächsten Tag auch nur einer der Kämpfer dazu käme, sich auszuruhen, aber er fügte sich. Er würde seinen Auftritt bekommen. So viel war sicher!

Der kommende Tag brachte reichlich Schnee mit sich, aber auch gute Nachrichten von Marjenn. »Es hat funktioniert. An allen Lüftungsausgängen stehen Eimer bereit. Irgendwann nachts mussten wir auf Säcke umsteigen, weil uns die Eimer ausgegangen sind. Aber das Gewebe sollte dicht genug sein. Zur Sicherheit habe ich meine Leute noch einmal in die Schächte und Gänge geschickt, um mit Leuchtkristallen nach Aspariedspuren zu suchen. Es wäre unschön, wenn die Fackeln ihre Träger in Brand setzen, bevor sie am Ziel sind.«

Diese Frau dachte an alles. Mehr solcher Kämpferinnen, und der Kreh müsste sich warm anziehen. Das mussten sie allerdings auch, denn auf dem Weg zum Einlass in die obere Ebene trieb ihnen der Wind den Schnee so heftig ins Gesicht, dass Pitu Schwierigkeiten hatte, die anderen im Blick zu behalten. Er zitterte vor Kälte und schwor sich, demnächst dickere Kleidung zu besorgen.

»Kann deine Magie dich nicht wärmen? Das Geklappere ist ja nicht mit anzuhören«, raunzte Semje.

»Wenn du meinst, wir haben sie später nicht nötig, verbrauche ich sie gerne schon jetzt«, motzte Pitu zurück, nahm es dem Rotbart aber nicht krumm. Er war angespannt, das konnte Pitu verstehen. Wenn er ehrlich war, war ihm derselbe Gedanke gekommen. Aber er wollte lieber jedes Quäntchen Magie für den Ernstfall sparen. Es gäbe keinen zweiten Versuch.

Als sie den Zugang erreichten und die Tür sich hinter ihnen schloss, war ihm wohler. So sehr er es liebte, draußen zu sein, bei Kälte und Schnee zog er sogar das Innere eines Berges vor. Besser im Kampf für eine gute Sache sterben, als im eisigen Schnee tatenlos zu erfrieren.

Bei Atharpazh, was denke ich denn da? Besser im Kampf sterben? Es war Zeit, dass das alles hier vorbei wäre. Womöglich bekam ihm die Zeit mit den Zwergen nicht.

»Hier sind die Sachen, die wir brauchen.« Semje war vor einem Schacht stehengeblieben und wies auf allerlei Gerätschaften, die fein säuberlich sortiert auf sie warteten. »Seile, Piken und Haken. Das dort sind Steigeisen, die du um deine Stiefel schnallen musst.«

Während Pitu sich aus dem dicken Umhang schälte, erklärte sein rotbärtiger Freund, wie die Dinge zu verwenden waren. Sie standen unmittelbar neben dem breiten Luftschacht, aus dem die Hitze der Schmieden aufstieg. Pitu wurde mulmig. Er traute sich kaum, über den Rand zu sehen.

»Dann wollen wir mal.« Semje spuckte in die Hände und ergriff das Seil. Schritt für Schritt ging er rückwärts bis zum Schacht. »Die Wand ist hart. Du brauchst gar nicht zu versuchen, mit den Steigeisen in den Stein zu kommen. Halt erreichst du einzig durchs Seil und deine Körperspannung. Die Eisen helfen nur dabei, nicht so leicht abzurutschen.«

Die Muskeln an Semjes Armen spannten sich an, als er sich nach hinten in das Seil lehnte und langsam im Schacht verschwand. Das sah eigentlich ganz einfach aus, aber Pitu wollte sich lieber einprägen, wie Semje es genau machte. Er ließ sich auf alle viere hinunter, kroch vorsichtig bis an den Rand und lugte dem mutigen Rotbart hinterher. Sein alter Freund kletterte mit geübtem Griff am Seil abwärts. Hand für Hand, die Beine nachziehend.

Durch das Abstützen an der Schachtwand reduzierte sich das Gewicht, das die Hände zu tragen hatten. Zumindest hatte Semje ihm das erklärt. Trotzdem war die Leistung seines Freundes bewundernswert. Der Zwerg war nicht nur sehr viel älter als Pitu, sondern schleppte auch viel mehr Gewicht mit sich herum. In diesem Punkt zumindest hatte Pitu es leichter. Er rutschte zurück und ging zur anderen Seite hinüber, wo Schimmron ihm das zweite Seil entgegenstreckte.

»Sieht gar nicht so schwer aus«, log er und blickte auf seine rechte Hand. Drei von fünf! Würde die Kraft darin ausreichen? Wie wild begann sein Herz zu pochen, als er das Seil packte und sich nach hinten über den Schacht lehnte. Wenn er jetzt losließe, stürzte er ungebremst in die Tiefe. Unwillkürlich klammerte er sich fester an das Seil. Keine Magie der Welt könnte helfen, einen solchen Sturz zu überleben – Scheltar hin oder her. *Dumme Gedanken!* Pitu setzte den ersten Fuß an die Wand. *Das ging schon mal ganz gut.* Doch als er den anderen Fuß nachzog, rutschte er weg, schlug mit der Schulter gegen die Schachtwand und fiel ins Seil.

Atharu

31

Ein dumpfer, grauer Kokon! Er erinnerte sich jäh an seine Flucht aus Tonda. Als Bennzhardizh ihn sicher durch den grauen Dunst geleitet hatte. Jener Bennzhardizh, der jetzt dort oben stand und die Treppen zum Friedenstempel erneut in diesen undurchschaubaren grauen Dunst hüllte. Atharu hatte die Muster auf seinen Armen auch aus der Entfernung sofort erkannt.

»*Yn porr-fuzhurh!*«, warnte Atharu die Elben vor ihm. »Bleib dicht bei mir!«, rief er Pelldor zu und hetzte weiter. Fallam-Kierondorh war stehen geblieben und wartete mit seinen Männern, dass Atharu und Pelldor aufschlossen.

Als sie die Einheit erreichten, sprach Kieron den Elbenzauber, der Atharu schon vertraut war: »*Labre e horrezh jahn yn atharu!*« (Sprechen und Hören sei ein Geheimnis!)

»Muss ich das verstehen?«, raunte Pelldor.

»Ein Verhüllungszauber für unsere Stimmen«, erklärte Atharu. »Jetzt kann uns niemand mehr sprechen hören.«

»Sehr gut! Und sehen kann uns auch keiner mehr.«

»Das ist so nicht ganz richtig«, gab Kieron zu bedenken.

Pelldor zog die Brauen zusammen. »Was meint Ihr damit?«

»Einer zumindest kann uns sehen. Der Nebelmacher selbst!« Atharu seufzte. »Bennzhardizh!«

»Aber dann kann er der Horde Anweisungen geben, um uns zu fassen!« Pelldors Stimme klang entsetzt. »Während wir blind wie die Höhlenfische von Eskrin über die elendigen Stufen stolpern.«

»Deshalb müssen wir weiter«, drängte der Elbenanführer. »Hier stehen wir ungeschützt!«

»Ich laufe nicht planlos weiter«, grollte Pelldor. »Vielleicht sollten wir uns besser in Gruppen aufteilen. Dieser Nebelmacher kann ja mit seinen Augen nicht überall gleichzeitig sein.«

»Stimmt!« Atharu wandte sich an Kieron. »Teilt Eure Leute in zwei Gruppen und lasst die eine Gruppe zur Nordseite des Tempels laufen. Wir folgen der anderen Gruppe. Wenn Eure Männer es bis in den Säulengang schaffen, können sie gegen die Horde kämpfen.« Er wies nach oben, doch der Nebel war inzwischen so dicht, dass er Pelldor nicht zeigen konnte, wo er aufhörte. »Der Zauber des Nebelmachers reicht nicht bis an die Mauern des Friedenstempels. Im Bannbereich sind die Aussichten im Kampf gegen die Gellwicks wesentlich besser.« *Keine Magie in Tondaborgen!* Er fühlte nach seinem Schwert.

»So wollen wir es tun, Atharu-Scheltar!« Kieron teilte seine Elbenkrieger auf. »Meine Brüder und Schwestern werden im Säulengang kämpfen. Und was habt Ihr uns zugedacht?«

»Wir umrunden Tondaborgen unterhalb des Säulengangs. Wenn wir Glück haben, finden wir noch einmal Einlass über die geheimen Zugänge des Tempels.«

Vorsichtig traten sie in den Nebel. Stufe für Stufe tasteten sie sich hinauf. Schon auf dem nächsten Absatz teilten sie sich auf. Eine Gruppe lief zur westlich gelegenen Treppe hinüber, um von dort zur Nordseite des Tempels zu gelangen. Sie selbst folgten der Gruppe zu den östlichen Stufen.

Immer wieder blieben sie stehen, lauschten auf Geräusche. Einmal glaubte Atharu, einen Befehl Bennzhardizhs gehört zu haben, doch es war zu kurz gewesen, um es mit Sicherheit sagen zu können. Waren die Gellwicks schon in der Nähe?

Er fasste nach dem Medaillon-Schlüssel unter seinem Hemd. Das bisher kaum spürbare Pulsieren hatte zugenommen. Als würde die Magie der fünf Elemente auf den Nebel reagieren. Oder war es nur der Anteil, den der Nebelmacher darauf gewirkt hatte? Wenn er wüsste, wie die Schutzzauber funktionierten, wäre ihm wohler. Das Einzige, was er verstanden hatte, war, dass der schwarze Stein darin dazu diente, sehr viel Magie in sich aufzunehmen.

Pitu besaß einen solchen Kristall. Ob er wusste, dass es ein so mächtiger Speicher sein konnte? Je öfter ein Schlüssel die Kuppel durchschritt, umso mehr Energie sammelte sich im Stein an. Demnach machten erst diese schwarzen Kristalle das Durchschreiten der magischen Kuppel möglich. Und das Medaillon war wie ein Schwamm, der die zerstörerische Energie aufnehmen und in den Kristall abgeben konnte.

»Atharu. Wie weit noch?«

Pelldors Stimme riss ihn aus den Gedanken. *Konzentriere dich. Du darfst nicht unaufmerksam werden.* »Noch drei Treppenabsätze, wenn ich mich nicht irre.«

Mit festem Griff umfasste er das Heft seiner Elbenklinge. Er hielt sie dicht am Körper, damit er bei einer plötzlichen Drehung keinen der eigenen Leute verletzen konnte.

Der graue Dunst umschloss sie wie ein trübes Geflecht, dämpfte jedes Geräusch und beraubte sie der Orientierung. Atharu achtete sorgsam auf jeden Schritt, den er machte und prägte sich alle Wege ein, die sie gingen. Wer in diesem Nebel unachtsam wäre, fände kein Ziel.

Gerade hatten sie einen weiteren Absatz erreicht. Den vorletzten, ehe die Stufen zum Säulengang kämen. Kieron gab seinen Männern letzte Anweisungen. Ein paar Schritte nach rechts, der letzte Treppenabsatz, dann etwa dreißig Schritte nach links und die Stufen zum Tempel hinauf. »Bedenkt, dass der Verhüllungszauber endet, wenn ihr den Säulengang betretet! Umrundet Tondaborgen in Richtung Osten, um euch mit unseren Elbenbrüdern wieder zu vereinen. Mögen die Seelen mit euch sein und Atharpazh eure Schritte lenken!«

Atharu, Pelldor und Kieron würden sich auf dem letzten Absatz allein nach Osten wenden. Zu dritt war die Chance, unentdeckt zu bleiben, wesentlich besser. Ob einer der Tempelbrüder ihnen erneut Einlass verschaffen konnte? Oder war der Gedanke zu blauäugig? Atharu hoffte trotzdem darauf.

Doch von einem Moment auf den anderen schienen alle diese Überlegungen umsonst zu sein. Als sie am Treppenaufgang anlangten, gellte ein Schrei von oben über sie hinweg. Etwas flog ihm direkt vor die Füße: eine Hand, die in einem goldgemusterten Handschuh steckte. Blut spritzte.

»Zurück!«, rief Pelldor. Über ihnen klirrten Waffen. »Gibt es noch einen weiteren Treppenaufgang?«

Schemenhaft sah Atharu seinen Freund vor sich stehen. »Ja, ich denke schon.«

Eine Gestalt fiel durch den Nebel und blieb reglos vor ihnen liegen. Sofort umnebelte ihn der Gestank von Schweiß und Urin. Diesmal hatte es einen der Gellwicks erwischt.

»Nill xierpakk!«, tönte die Stimme des Elbenanführers von vorn. *»Rozhtahn!«* (Vorsicht!)

Das Klirren der Schwerter kam näher. Atharu starrte in den Nebel. Dunkle Schemen bewegten sich darin.

»Atharu! Wir müssen weiter. Denk an Jehlen!« Pelldors Stimme entfernte sich.

Wenn er ihn nicht im Nebel verlieren wollte, musste er ihm jetzt folgen. Entschlossen wandte er sich von der Treppe ab. Doch dann packte ihn eine Hand am Kragen. Atharu stolperte zurück, konnte sich gerade noch auf den Beinen halten. Ein Arm schlang sich um seine Kehle, jemand zerrte am Lederband des Medaillons.

»Nei...«

Der feste Griff schnürte ihm den Atem ab. Sofort spürte Atharu, wie seine Magie in ihn aufbegehrte. Die Quelle seiner Macht, noch vor wenigen Monden nur ein störender Knoten, versprach eine schnelle Lösung. Auch das Medaillon pulsierte heiß auf seiner Brust, als wollte es ihn anstacheln, dem Angreifer ein Ende zu bereiten. Keine Magie. Keine Magie!

Längst hatte er den Arm gepackt, der ihm die Luft abschnitt. In seiner Rechten die Elbenklinge, mit der er im ersten Moment nichts anzufangen wusste. Dann, aus einem Reflex heraus, hob er die Klinge über den Kopf und stieß mit Wucht über seine Schulter. Ein dumpfer Schrei, ein gurgelndes Geräusch, der Arm ließ von ihm ab, auch das Lederband des Schlüssels war wieder frei. Leblos sank ein Gellwick neben ihm zu Boden.

Erneut Schritte hinter ihm, Atharu wirbelte herum, seine Klinge traf etwas und ein Stofffetzen sank vor seine Füße.

»Haltet ein!« Kierons Stimme. Erst jetzt erkannte Atharu den Elbenanführer, der sich mit der Hand über die Flanke strich. »Ich bin froh, dass ich mehr als eine Schicht am Leib trage. Unsere Elbenklingen sind äußerst scharf!«

»Dieser verdammte Nebel! Vergebt mir«, keuchte Atharu.

Doch Fallam-Kierondorh ging nicht weiter darauf ein. »Wo ist Pelldor?«

»Atharu?« Die Stimme seines Freundes klang noch nah.

»Dort. Wir wollen einen anderen Weg hinauf nehmen!«

»Dann los!«

Atharu und Kieron rannten Pelldor hinterher. Nach wenigen Schritten hatten sie ihn erreicht.

»Wirkt der Verhüllungszauber noch?« Pelldors Stimme klang besorgt.

»Solange ich Atem habe«, entgegnete Kieron.

»Gut. Ein paar Schritte weiter liegt ein schmaler Steig, soweit ich das sehen konnte. Weitere Treppen scheint es nicht zu geben. Dahinter kommt schon eines der Fischerhäuser.« In wenigen Augenblicken hatte Pelldor die Lage sondiert.

Atharu war beeindruckt. »Dann übernehme ich ab hier. Wenn wir es bis zur letzten Ebene schaffen, kann ich mich orientieren, denke ich.« Atharu sah sich zu Kieron um, der Elb schien einverstanden.

Vorsichtig setzte er einen Fuß vor den anderen. Der Steig, von dem Pelldor gesprochen hatte, war eher ein Trampelpfad, womöglich nur von irgendwelchen Tieren ausgetreten. Er war steil, uneben und immer wieder von lockeren Steinen bedeckt. Achtsam suchte Atharu immer erst einen guten Stand, ehe er den nächsten Fuß nach vorne setzte.

Die Kampfgeräusche zu ihrer Linken waren verklungen. Alles war still. Nur ihre Schritte und ihr Atem tönten in ihren Ohren. Was würde sie oben erwarten? Bei seinem letzten Besuch hatten ganze Horden der Stinker die unmittelbare Umgebung des Friedenstempels bevölkert. Doch viele davon waren seiner Magie zum Opfer gefallen. Außerdem gab es jetzt etliche Scharmützel zwischen den Elben und der Horde, die sich auf das ganze Stadtgebiet verteilten. Ihre Feinde konnten unmöglich überall gleichzeitig angreifen.

Als sie oben angekommen waren, verharrte Atharu, um seinen Atem zu beruhigen. Von weiter weg drang erneut Kampfgeschrei herüber. Doch über ihnen war alles ruhig. Er hob den Blick. Der Friedenstempel war nicht mehr als eine dunkle Kontur hinter dem dunstigen Grau.

»Kommt!« Entschlossen trat er vor.

Drei Schritte nur, doch es war, als ob er durch eine Tür in eine andere Welt trat. Von einem Moment auf den anderen war der Nebel verschwunden. Der Schutzzauber von Tondaborgen. Ihn so zu erleben, war unglaublich. Vor sich sah Atharu den Friedenstempel aufragen; als er sich umdrehte, zog sich eine graue Wand in den Himmel. Die Barriere des Bannkreises, durch magischen Dunst sichtbar gemacht.

Plötzlich glitten Kieron und Pelldor aus dem Nebel. Wenn er nicht selbst durch den trüben Dunst gekommen wäre, hätte er an seinem Verstand zweifeln mögen. Menschen, die durch Wände gingen. Pelldor pfiff anerkennend durch die Lippen, als er sich umschaute. Atharu legte ihm sofort eine Hand auf den Mund. Die Augen des Hauptmanns weiteten sich. Dann nickte er. Auch Kieron legte einen Finger auf die Lippen. Der Verhüllungszauber wirkte nicht länger.

Atharu gab seinen Begleitern einen Wink und ging voraus. Sie hielten sich dicht an der Wand, über ihnen wölbte sich der

Säulengang nach außen, darunter konnten sie ungesehen weiterkommen. Dann kamen sie zu einem Vorbau. Treppen führten an beiden Seiten nach oben. Keine Deckung, bis sie ihn umrundet hatten und wieder im Schatten des Vorsprungs verschwinden konnten. Atharu tastete sich vor, stieg einige Stufen hinauf und blinzelte in den Säulengang. Es war niemand zu sehen. Vorsichtig umrundete er den Vorbau, spähte um die Ecke und winkte seinen Begleitern. Die Luft war rein.

Allerdings hatte er das Gefühl, die Kampfgeräusche kämen nicht mehr von hinten, sondern von vorn. Aus der Richtung, in die sie gingen. Doch das mochte eine Täuschung sein. Der Säulengang jedenfalls war frei. Rasch schlüpften sie in den Schatten darunter und tasteten sich vorsichtig am Sockel des Bauwerks entlang. Wieder ein Vorsprung, dann wieder die schützenden Nischen unter dem Säulengang. Musste nicht bald die Tür kommen? Atharu erinnerte sich nicht mehr an die Entfernung, die sie damals zurückgelegt hatten.

Plötzlich gellte ein Schrei durch die Luft. Sie hielten inne, Atharu spürte sein Herz schneller schlagen. Die Rufe und Kampfgeräusche wurden lauter. Pelldor hielt ihn fest und gestikulierte stumm in die Richtung. Sollten sie weitergehen?

Endlich sah Atharu die Tür und rannte hoffnungsvoll darauf zu. Jeden Moment musste der Lichtkegel herausfallen, wie es beim letzten Mal gewesen war. Doch es blieb dunkel – der Zugang war verwehrt.

»Können wir die Tür irgendwie öffnen?«, fragte Pelldor.

Atharu schüttelte den Kopf. »Das geht nur von innen.«

Kieron hockte sich unvermittelt auf den Boden. »Wenn ich Euch ein Zeichen gebe, klopft, so laut Ihr könnt. Ich schaue, ob Gellwicks in der Nähe sind.« Er schob sich aus der schützenden Deckung, blickte zum Säulengang hinauf, schaute sich ausgiebig um und lauschte. Dann gab er ihnen das Zeichen.

Atharu und Pelldor droschen mit Wucht auf das Türblatt ein. Wenn irgendjemand da drinnen war, müsste er sie hören. Jede normale Tür wäre zersplittert, so viel Kraft legten sie in ihre Schläge.

Dann gab Kieron einen warnenden Pfiff von sich und presste sich flach auf den Boden. Sofort verharrten Atharu und Pelldor. Sie brauchten nicht weiterzumachen. Wenn sie bis jetzt niemand gehört hatte, war niemand da, der sie hören konnte.

»Und jetzt?« Pelldors Stimme war nur ein raues Flüstern.

»Jetzt warten wir.« Atharu lehnte sich mit dem Rücken gegen die steinerne Wand und ließ sich hinuntergleiten, bis er saß.

Er blickte zu Kieron hinüber. Warum kam er nicht zurück? Immer noch flach auf dem Bauch liegend, nahm der Elb den Helm ab und ließ auch den Umhang von den Schultern gleiten.

»Was hat er vor?«

Atharu zuckte mit den Achseln. Im selben Moment begann Kieron in Richtung Nebelwand zu robben. Pelldor winkte ihm zu, damit er zurückkäme. Doch der Elbenanführer kroch unbeirrt weiter. Erst jetzt sah Atharu, dass der Rücken der Elbenrüstung in mattem Braun gehalten war und aus der Entfernung kaum auffallen konnte. Kein glänzendes Gold, das unnötige Aufmerksamkeit auf sich zog. Der Elb verschwand in der Nebelwand.

Wieder gellte ein Schrei zu ihnen herüber. Seltsam hoch, als hätte es eine Frau oder ein Kind erwischt. Atharus Herzschlag beschleunigte sich. Ayian! Waren die Gellwicks doch schon in den Friedenstempel eingedrungen? Hatte der Kreh seinen Getreuen dafür neue Pläne oder gar magische Waffen verschafft? Mit Bennzhardizhs und Teehls Hilfe waren die Karten für die Feinde in jedem Fall neu gemischt. Ayian kannte den Nebelmacher und würde nicht wissen, dass er übergelaufen war. Atharu sprang auf, wollte loslaufen, irgendetwas tun, doch Pelldor hielt ihn fest.

»Lass los. Wir müssen die Menschen im Tempel warnen.«

»Nein, wir müssen auf den Elb warten!«

»Hast du nicht die Schreie gehört? Das waren keine sterbenden Gellwicks. Das waren Kinder!«

»Die Kinder aus dem Tempel, meinst du?«

Atharu nickte. »Das muss bedeuten, dass es einen offenen Zugang gibt. Wir müssen ihn nur finden!«

»Trotzdem sollten wir warten. Kieron wird einen Grund gehabt haben, zu verschwinden.«

»So wie er Grund hatte, einem der seinen die Kehle aufzuschlitzen? Womöglich würde er auch uns opfern, um den Auftrag seiner Fürstin zu erfüllen.« *Die Elben verfolgen ihre eigenen finsteren Pläne.* Die Worte des Kreh. Aber hatte seine Schwester es nicht sogar selbst gemutmaßt, nachdem der Abtrünnige in ihre Gedanken eingedrungen war?

»Was redest du? Du bist Scheltar des Feuers und Träger des Schlüssels. Was hätten die Elben durch deinen Tod gewonnen?«

Atharu atmete tief durch. Pelldor hatte recht, auch wenn es gerade deshalb verrückt war, hier zu sein. Oder hatte die Fürstin es womöglich darauf angelegt, dass der Schlüssel es gar nicht bis zum Grehum schaffte? Aber warum ihn dann überhaupt neu schmieden? Nein, sie wusste, dass er genau dort am sichersten war, wo der Kreh ihn nicht vermuten würde. Mitten im Getümmel seiner mordenden Gellwicks und Söldner. Außerdem sollte Atharu Jehlen retten. Der Elb war ihr wichtigster Berater, ihr Vertrauter. Die Möglichkeit, ihn zurückzubekommen, würde sie nicht gefährden. Deshalb auch die vielen Elbenkrieger. Ihr ging es nicht allein darum, die Sache mit der Lade der Mydrah echt aussehen zu lassen. Sie wollte kein Risiko eingehen. Er seufzte.

Die Situation war dennoch bedrohlicher, als er sich hatte vorstellen können. Vor allem für die Menschen im Tempel, die um ihr Leben bangten, während er mit Pelldor tatenlos im Bannkreis des Friedenstempels auf diesen Elbenanführer wartete, der ihnen nicht einmal gesagt hatte, was er vorhatte.

»Mein Freund, du hast ein Problem damit, die Kontrolle anderen zu überlassen.« Pelldors Stimme war kaum mehr als ein Raunen. Doch Atharu verstand jedes Wort und fühlte sich seltsam ertappt. »Vertrauen wird manchmal erschüttert. Manchmal auch das Vertrauen in uns selbst. Dennoch müssen wir alle Kraft aufbringen, stets aufs Neue zu vertrauen. Ohne das können wir keinen Sieg erringen!«

Atharu schüttelte müde den Kopf und seufzte.

»Was? Bist du etwa anderer Meinung?« In Pelldors Stimme schwang Verwunderung mit.

»Aber nein, ich schüttele über mich selbst den Kopf.« Ob er jemals die Klarheit seines Freundes oder gar die Weisheit Ondaras erlangen würde?

Pelldor klopfte ihm auf die Schulter. »Du bist einfach zu heißblütig, mein Lieber. Wenn du es lernst, Ruhe zu bewahren, wirst du einmal derjenige sein, der du sein möchtest. Ein paar Winter mehr auf dem Buckel und das wird schon.«

Beinahe hätte Atharu lachen mögen. Wenn es doch so einfach wäre. Wenn er nur darauf warten müsste, mit den Jahren die Weisheit und Ruhe zu erwerben, die er von sich selbst erwartete. Die er brauchte, um in die Fußstapfen einer Ondara treten zu können. Er tastete nach dem Medaillon. Unter Umständen käme es nie dazu. Denn ein anderer Kampf lag vor ihm. Entschlossen stand er auf. »Trotz allem sollten wir überlegen, was wir tun, wenn ...«

Den Rest des Satzes schluckte er hinunter, als Kieron plötzlich wieder auftauchte.

»Entschuldigt, dass ich ohne ein weiteres Wort verschwunden bin«, flüsterte der Elb. »Doch mein Verdacht duldete keinen Aufschub.«

»Welcher Verdacht?«, fragte Pelldor.

»Und hat er sich bestätigt?«, fragte Atharu.

»Die Gellwicks greifen die Nordseite an. Sie kommen mit großen Leitern.«

»Und die Schreie?« Atharu glaubte, die Antwort zu kennen, doch es war etwas anderes, Gewissheit zu haben.

»Die Menschen von Tondaborgen sind auf den Dächern des Tempels, werfen mit Steinen und allem, was sie finden können. Sie machen das gut, doch einige Gellwicks haben Armbrüste.«

»Bei den Seelen! Was können wir tun?«

»Versuchen, die Leitern zu zerstören, bevor die Gellwicks auf die Dächer gelangen!«

Ohne ein weiteres Wort lief Kieron geduckt in die Nebelwand. Atharu und Pelldor folgten ihm, so schnell sie konnten ohne Rücksicht darauf zu nehmen, entdeckt zu werden. Ihre

Spur würde sich im Nebel verlieren. Der Elbenanführer sprach erneut den Verhüllungszauber, damit sie gefahrlos sprechen konnten.

»Was eben noch unser Nachteil war, ist jetzt unser Vorteil. Die Gellwicks werden uns nicht kommen sehen. Und wir können uns gut an der Grenze zum Bannkreis orientieren.«

Fallam-Kierondorh hatte recht. Auf der Seite des Friedenstempels war der Nebel heller als auf der anderen. Sie kamen schnell voran. Doch mit jedem Schritt nahm die Gefahr zu, direkt auf Gellwicks zu stoßen. Immer lauter wurden das Gebrüll und Waffenklirren. Erst jetzt schoss es Atharu durch den Kopf: Wo Schwerter klirrten, steckten Bewaffnete im Kampf gegen die Gellwicks. Die Elbenkrieger waren da! *Haltet aus, Jehlen, Ayian und junger Brandan! Wir kommen und haben Hilfe mitgebracht.*

Dann, von einem Moment auf den anderen, lichtete sich der Nebel. Der feuchtgraue Kokon zerfiel in einzelne dunstige Schwaden, legte sich auf ihre Haut wie ein eisiger Schauer, der sie erstarren ließ. Die Zeit dehnte sich wie die Sehne eines Bogens, den ein erfahrener Schütze in Händen hielt, den Moment abwartend, der seinem Ziel den Tod bringen würde. Sie spannte sich immer weiter, bis zum Zerreißen, um letztlich hinfortzuschnellen, ihre gesamte Energie todbringend auf ein einziges Ziel gerichtet.

Um sie herum standen Gellwicks, verharrten, blickten sich um, erschrocken oder erstaunt. Eben noch blind durch den Nebel tastend, ohne Ziele für ihre Armbrüste und Wurfmesser, ohne Orientierung, wohin sie ihre Schwerter wenden sollten, wirkten sie wie eingefroren. Doch dieser Moment währte nur einen Lidschlag. Dann schnellte die Zeit wieder voran, die Gellwicks erkannten mit tödlicher Sicherheit ihr Ziel.

Selana

32

Der Boden bebte und von den Häusern fielen Schindeln krachend auf das Pflaster. Die Stimme des Kreh erhob sich wie ein eisiger Sturm über den Marktplatz, hüllte alles und jeden ein. »Kniet nieder oder spürt meinen Zorn!«

»Selana!« Ihlinn kam auf sie zugerannt. »Du musst deine Magie einsetzen. Jetzt!«

Eine dunstige Wolke wölbte sich über dem Leichenberg, als wollte der Kreh selbst Gestalt annehmen.

»Wagt es, mir zu trotzen, und sterbt tausend Tode!« Seine Stimme schoss wie eisiger Hagel auf sie hinab. Im selben Moment streckte der schwarze Nebel seine dunstige Hand nach Ihlinn. Wie ein Stein fiel sie zu Boden.

»Nein!«, schrie Selana.

Sofort wölbte die Wolke sich in ihre Richtung. Doch sie wich nicht zurück, sondern starrte entsetzt auf den Körper der Elbenkriegerin, der reglos vor ihr lag.

Ihre Reaktion kam schnell und impulsiv. Zu lange hatte sie sich zurückgehalten. Nun öffnete sie die Fäuste und ließ die Magie aus ihrer Hand schießen. Eine mächtige Druckwelle fegte auf die dunkle Wolke zu, zerriss sie und ließ düstere Schwaden emporwirbeln. Doch gleich darauf verdichtete sich der schwarze Dunst wieder, das irre Lachen des Kreh dröhnte erneut in ihren Ohren.

»Die Schattentöterin und ihre Elbenfreunde!« Verachtung perlte aus jeder Silbe. »Armselige Gestalten seid ihr, die mir nichts entgegensetzen können.« Dunkel und drohend waberte der Dunst seiner schwarzen Magie auf sie zu.

»Armselig ist hier nur einer!« Wie ein trotziger Sturm wüteten Selanas Gedanken, wirbelten umher und ließen sie alle Vorsicht vergessen. »Du hast ja keine Ahnung!« Ein Ruck ihrer Arme, das Aufstampfen der Füße. Die Energie ihrer Macht schoss so heftig auf das Pflaster des Platzes, dass die Fugen zwischen den Steinen aufbrachen.

Wieder das Lachen des Kreh – als wäre er vollkommen unbeeindruckt. »Ich spüre deinen Trotz und den unbändigen Zorn, der dahinter lodert. Gib dich ihm hin, wenn du mir ebenbürtig sein willst. Hass ist das einzige Gefühl, mit dem du wahre Macht entfachen kannst!«

Noch einmal hallte das eisige Lachen des Kreh über den Platz. Doch seine Worte trafen Selana nicht. Sie würde sich diesen dunklen Einflüsterungen nicht ergeben. Anmutig reckte sie die Arme, hob sie in kreisenden Bewegungen und begann ihren mächtigsten Zauber zu weben. Das war es, was Ihlinn ihr hatte zeigen wollen. Sofort tanzten Dutzende Wirbel aus Luft und Staub um sie herum, strebten immer weiter empor und hielten den dunklen Nebel des Kreh auf Abstand.

»Was glaubst du, könntest du ausrichten mit deinem dürftigen Luftzauber? Fällt dir nichts Besseres ein, als deine Magie zu verschwenden? Keiner deiner Zauber kann mich erreichen. Aber ich bin überall. Und meine neuen Söldner werden Tyklahr zu Fall bringen. Es ist nur eine Frage der Zeit!«

Neue Söldner? Selana sah sich um und versuchte, etwas zu erkennen. Doch der Staub und Dreck ihrer tanzenden Wirbel verschleierten die Sicht. Dann entdeckte sie die Wachen, die eben noch auf dem Boden gekauert hatten. Sie erhoben sich, griffen mit seltsam ungelenken Bewegungen nach ihren Waffen und schauten sie mit irrem Blick an.

Selanas Herz begann zu rasen, als sie zu Ihlinn hinübersah. Einer der Soldaten stand nur wenige Schritte von ihr entfernt. Auf einen Fingerzeig Selanas schoss einer ihrer Luftwirbel zu ihm hinüber. Der Söldner flog gegen die nächste Hauswand und sackte reglos zu Boden.

Wieder das irre Lachen des Kreh. »Siehst du? Am Ende brauche ich nichts zu tun, als die Magie meiner Runen zu bündeln. Das Töten übernehmen die Scheltar für mich. Gib acht, kleine Schattentöterin. Womöglich findest du Gefallen an der dunklen Seite!«

Die Bündelung der Runenmacht! Selana wandte sich dem Leichenberg zu und blendete alles andere aus. Sie hatte es geahnt und durfte nicht mehr zaudern.

»Ich zeige dir, woran ich Gefallen finde«, schrie sie der düsteren Wolke entgegen. »Nämlich an dem hier!«

Sie klatschte in die Hände. Sofort glitten ihre Luftwirbel aufeinander zu und verbanden sich zu dem mächtigen Zauber, den sie vorbereitet hatte. Eine gewaltige Windhose aus Staub und Sand, die sich haushoch emporhob. Nur einen Atemzug später wand sich der wirbelnde Turm tosend über das Pflaster. Hier und jetzt war es ihre Magie, die leibhaftig wurde. Sie würde nicht zulassen, dass der Kreh auch diese Stadt mit der unseligen Kraft seiner Runen unterjochte.

Zu ihrer Linken zerrten Söldner an den Gellwicks. Was machten sie da? Halfen sie jetzt doch? Nein, als die Wachen den Kadavern die Arme abhackten und die Armreife von den blutigen Stümpfen zogen, verstand sie, wie mächtig der Bann der Runen war. Es war nicht allein eine Verbindung zu seinen Getreuen. Es war eine Unterwerfung all jener, die in ihrer Nähe blieben. Die Reife des Kreh würden sich immer wieder neue Opfer suchen, wie eine ansteckende Krankheit in ihre Körper kriechen und alles Gute darin auslöschen.

Selana warf die Arme nach vorn und trieb ihren mächtigen Zauber entschlossen den Gellwick-Kadavern entgegen.

Das Tosen der Windhose erfüllte die Luft und schon zerrte ihr Sog an den blutigen Leibern.

»Nein!« Brüllend und hasserfüllt drang die Stimme des Kreh durch den Sturm ihrer Magie. »Du machst mir den Zugang zum Nebelsee nicht streitig, kleine Scheltar. Du nicht!«

Plötzlich zogen die dunklen Schwaden des Abtrünnigen sich über dem Leichenberg zusammen. Sie wirbelten, begannen zu rotieren. Erst ungleichmäßig und langsam, dann schneller, türmten sie sich zu einer zweiten Windhose. Dunkel und bedrohlich thronte sie über den Leichen, als wollte sie Selanas Magie durch ihre bloße Präsenz Einhalt gebieten.

Noch einmal verstärkte Selana den Druck auf ihren Zauber, und endlich riss der Sog erste Körper vom Leichenberg. Gleichzeitig spürte sie ihren Schutzwall erzittern. Jeder Kontakt zwischen ihrer Magie und den dunklen Runen hagelte wie ein Gewitter eisiger Blitze auf sie ein. Es kostete sie alle Konzentration, standzuhalten.

Eine Druckwelle ließ sie taumeln. Die Windhose des Kreh warf sich gegen ihre. Wie mächtige Türme donnerten die Zauber gegeneinander. Erneut stolperte sie zurück. Und mit ihr ihr tosender Sturm. Fortgedrängt vom Leichenberg.

»Nein! Nein!« Voller Eifer kämpfte Selana sich wieder vor, peitschte ihren Zauber mit immer neuen Druckwellen voran. »Diese Stadt bekommst du nicht!«

Leichen flogen durch die Luft, prallten gegen die Hauswände und schlugen aufs Pflaster. Geronnenes Blut und zerfetzte Körperteile übersäten den Markt. Ein Schädel zerplatzte, Hirnmasse spritzte Selana entgegen. Ihre Eingeweide verkrampften sich. *Sie sind schon tot!* Sie kämpfte die Übelkeit nieder, ließ ihren Sturm verbissen durch den Leichenberg fegen. Immer wieder durchzuckten sie Schmerzen, die wie eisiger Hagel auf sie niedergingen. Doch Selana hielt stand.

Der Sog ihres Sturmzaubers wirbelte die Gellwicks wie Herbstlaub durch die Luft. Immer kleiner wurde der Leichenberg, und mit ihm die dunkle Windhose des Kreh. Weiter und weiter flogen die Leichen. Manche verschwanden über den Dächern, andere zerschmetterten Fenster und Türen.

Aus den Augenwinkeln sah Selana Soldaten kommen. Doch sie blieben entsetzt in den Gassen vor dem Marktplatz stehen oder rannten davon. Voller Konzentration starrte sie auf ihre Windhose, sah den Leichenberg schwinden und den dunklen Dunst des Kreh vergehen. Sie hatte erwartet, dass seine Stimme noch einmal über den Platz gellte oder gar in ihren Kopf eindränge, doch nichts dergleichen passierte.

Von einem Moment auf den anderen verging die düstere Präsenz des Kreh, das ungute Pulsieren seiner Macht war erloschen. Selana senkte die Arme und ließ den Strom ihrer Energie versiegen. Staub, Sand und alles, was ihre Windhose mit sich getragen hatte, fiel zu Boden. Mit einem letzten Geräusch verebbte der Lärm, ließ unwirkliche Stille zurück.

Schwer atmend stand Selana zwischen den Leichenteilen und versuchte zu begreifen, was geschehen war. Fassungslos blickte sie über das Schlachtfeld. Sie waren schon tot gewesen, ja. Doch es war ihre Magie, die dieses blutige Chaos verursacht hatte. Sie musste an Atharu denken und glaubte, ihn jetzt besser zu verstehen. Endlich konnte sie nachempfinden, was die Erlebnisse in Tonda für ihn bedeutet haben mochten. Angst vor sich selbst. Angst vor dem, was die eigene Macht anrichtete.

Erschüttert blickte sie an sich hinab. Sah den Dreck und das Blut an ihren Armen und Händen. Es wäre auch für sie nicht leicht, dieser Angst aufrecht zu begegnen. Angemessen und respektvoll mit der übermächtigen Magie umzugehen. Sie nicht zu verdrängen oder aufzustauen, damit sie sich selbst einen Weg suchen und ein noch größeres Unheil als dieses hier heraufbeschwören könnte. Nein, sie würde einen Weg finden. Und eines wusste sie ganz bestimmt: Sie würde alles tun, um dem Kreh endgültig Einhalt zu gebieten.

»Selana? Geht es dir gut?«

Beim Klang ihres Namens wandte sie sich um und erschrak über den Anblick der Elbenkriegerin. Ihlinn kam auf sie zu, die Rüstung vollkommen besudelt. Sie hielt ihre Hand an der Schläfe, Blut troff zwischen ihren Fingern hindurch.

»Ob es *mir* gut geht? Bei den Seelen, wie geht es dir?« Selana lief ihr entgegen und wollte sie stützen. »Lass mich mal sehen.« Vorsichtig hob sie die Hand der Elbin und schaute sich die Wunde an. Sie war nicht groß, doch sie blutete noch. Selana riss einen Fetzen Stoff vom Saum ihrer Tunika. »Hier, drück das darauf.« Sie sah sich um. »Dort!« Auf der gegenüberliegenden Seite des Marktplatzes hing ein halbrundes Becken an einer Hauswand, ein Brunnen. »Meinst du, du kannst so weit gehen?«

Sie wollte der Kriegerin unter den Arm greifen, doch Ihlinn ließ es nicht zu. »Es sieht schlimmer aus, als es ist.« Sie blickte an sich hinab. »Ich kann mich zwar nicht erinnern, woher all das Blut kommt, aber es ist zumindest nicht meins.« Sie rümpfte die Nase. »Elbenblut riecht nicht so unangenehm.«

»Das Wort ›riechen‹ kommt mir in diesem Fall geprahlt vor«, gab Selana zurück, während sie zum Brunnen hinübergingen. Der Platz stank nach Blut und Fäkalien. Immer wieder mussten sie über Leichenteile hinwegsteigen.

»Deine Macht ist gewaltig.« Die Kriegerin blickte sich um.

»Ich wünschte, es wäre nicht nötig gewesen. Keine Totenruhe sollte auf diese Weise geschändet werden. Nicht einmal die der Gellwicks!«

»Und doch war es notwendig. Die Bündelung der Runenmacht war zu stark.«

»Die Macht des Kreh ist zu stark. Und ich habe das Gefühl, sie wird immer noch stärker.«

Am Brunnen angekommen stellten sie erleichtert fest, dass keine Leichenteile im Becken gelandet waren. Aus einem kupfernen Rohr floss ein schmaler, steter Strahl klaren Wassers. Ihlinn wusch die Hände, dann ihr Gesicht, die Wunde und spülte den blutigen Stofffetzen aus. Sie trank begierig aus den hohlen Händen, ehe sie das Stück Stoff wieder an die Schläfe presste. Selana schloss sich an, wusch sich grob ab und trank. Kühl und erfrischend rann das Wasser ihre Kehle herunter.

»Nein.«

»Was, nein?« Selana schaute Ihlinn irritiert an.

»Nein, ich glaube nicht, dass der Abtrünnige immer stärker wird. Aber er hat über Monde und Winter hinweg Mittel und Wege ersonnen, mit denen er im Vorteil ist. Es ist die Stärke derer, die er missbraucht, die ihm diese Macht verleiht. Ohne die Schmieden von Fullbor könnte er diese Armreife nicht herstellen. Allein könnte er wahrscheinlich kein einziges Werkstück schmieden.«

Selana nickte. »Und ohne die Gellwicks könnte er nicht an so vielen Orten gleichzeitig Angst und Schrecken verbreiten.«

»Schon in früheren Dekaden haben Tyrannen wie er Menschen, Zwerge oder Elben benutzt, um Macht oder Reichtum zu erlangen. Aber es sind die anderen, die das zulassen. Die nichts dagegen tun oder es sogar unterstützen, in dem Irrglauben, selbst zu Ruhm und Macht zu gelangen.«

Ihlinn hatte recht. Ohne Helfer könnte der Kreh viel weniger ausrichten. Seine Sklaven und Söldner verschafften ihm diese Reichweite und diese Möglichkeiten. Doch wer wollte ihm widerstehen? Die schwarze Magie reichte aus, um zu foltern und zu töten.

»Aber dagegen können wir kaum etwas unternehmen. Ich kann verstehen, dass am Ende jeder sich selbst der Nächste ist. Wer möchte schon sterben, nur weil es der richtige Weg wäre? Kaum einer ist geboren, den Märtyrer zu spielen.«

Ihlinn nickte. »Das ist wahr. Und die Zeit spielt für ihn. Jeden Tag kann er mehr Armreife schmieden lassen, mehr Menschen entgeisten und mehr Söldner um sich scharen. Ich sage es nur ungern, doch wir Elben hätten den Zwist mit den Zwergen längst begraben müssen. Vielleicht hätten wir früher von Fullbor erfahren und die Minen zurückgewinnen können.«

Selana schaute die Elbenkriegerin überrascht an. Soweit sie sich erinnern konnte, war es das erste Mal, dass ein Elb so freimütig über Versäumnisse sprach. »Was geschehen ist, ist geschehen. Aber vielleicht sollte die Zukunft dann besser gestaltet werden. Vorausgesetzt, es gibt eine Zukunft!«

»Nur, wenn wir hier nicht verweilen.« Ihlinn schaute nach dem Fetzen Stoff und prüfte die Wunde. Die Blutung hatte nachgelassen. »Wollen wir?«

»Einen Moment noch.« Selana griff nach ihrem Rucksack. Sie hatte Jiga vollkommen vergessen. Wie furchtbar musste es für das kleine Tier sein, in einer Tasche eingesperrt zu sein. Und dann noch der Lärm und der bestialische Gestank. Es war ein Wunder, dass das Frettchen die ganze Zeit so still geblieben war. Doch als Selana den Rucksack öffnete, war Jiga nicht mehr da. Bestürzt fand sie einen Riss am Rand der Tasche, durch den das Tier sich befreit haben musste. »Jiga ist weg!«

Ihlinn sah sich um. »Ich kann es ihr nicht verdenken.«

»Aber wie sollen wir sie jemals wiederfinden? Auf diesem Schlachtfeld könnten wir sie ewig suchen.«

»Ich denke, sie wird uns finden. Frettchen haben gute Nasen.« Die Kriegerin legte ihr beruhigend eine Hand auf die Schulter. »Vorausgesetzt, wir verlassen diesen grässlich stinkenden Ort. Denn hier kann nicht mal eine Frettchennase etwas ausrichten.«

Es fiel Selana nicht leicht, weiterzugehen, ohne nach Brandans Begleittier zu suchen. Sie dachte an den Freund ihres Bruders – und an Aria. Wenn sie das Frettchen nicht wieder mit nach Hause brächte, zöge sie gleich den Unwillen von beiden auf sich. Nach Hause bringen ... Wie gut sich das anhörte. Wenn es doch nur so weit käme.

Ihlinn schritt jetzt zügig voran. Die Kopfwunde machte ihr anscheinend nicht zu schaffen, Selana hatte Mühe mitzuhalten. Immer wieder stoppte sie, hielt Ausschau nach Jiga und rief ihren Namen.

Als sie den Stadtrand erreichten, blieb Ihlinn stehen und schenkte ihr ein Lächeln. »Für eine Scheltar des Windes, die gerade dabei ist, die Welt zu retten, kümmerst du dich erstaunlich intensiv um ein einzelnes Tier.«

Selana spürte das Blut in ihre Wangen schießen. Sie seufzte. »Ich kann nicht anders. Irgendwie habe ich einen Narren an dem kleinen Fellbündel gefressen.«

»Du weißt aber, dass Frettchen vollkommen ohne die Hilfe von Menschen zurechtkommen, wenn man sie lässt, oder?« Die Kriegerin hob die Brauen.

Selana verstand, dass sie die Frage nicht ernst meinte. »Könnte sein, dass ich mal davon gehört habe. Aber das ist es nicht.« Sie seufzte. »Irgendwie habe ich das Gefühl, sie sollte bei uns sein. Als würde sie noch eine wichtige Rolle spielen.«

Wieder umspielte ein zartes Lächeln die Lippen der Elbin. »Der Gedanke gefällt mir.«

»Welcher Gedanke genau?« Selana war nicht sicher, ob sie das Gleiche meinten.

»Das ein kleines Frettchen im Kampf gegen den Kreh tatsächlich etwas ausrichten kann.«

Selana seufzte. »Es war etwas, von dem ich mich gerne tragen lassen wollte.« Sie hatte das Tier ins Herz geschlossen. Vielleicht traute sie ihm schon deshalb alle möglichen und unmöglichen Heldentaten zu. Doch jetzt müsste es eben ohne das Frettchen gehen. »Wollen wir?«

Sie machte den ersten Schritt, doch Ihlinn hielt sie am Arm und blickte über ihre Schulter. »Womöglich wissen auch andere von der Aufgabe der kleinen Jiga. Oder meinst du, es ist Zufall, dass uns jemand mit einem Frettchen an der Seite nachläuft?«

33

»Festhalten!«, hörte er Schimmi rufen.

Pitus Hände krampften sich um das Seil.

»Was ist passiert?«, fragte Orthos von oben. Ein Schatten verdunkelte Pitus Sicht. Die Muskeln in seinen Armen brannten, doch er schaffte es, sich zu halten.

»Sollen wir dir helfen?« Schimmis Stimme.

Wenn noch einer fragte, würde Pitu schreien. Konnten sie ihn nicht einfach in Ruhe lassen? Er machte das schließlich zum ersten Mal.

»Alles gut«, ächzte er und zog die Beine an, um sich erneut von der Wand abzustützen. Er spannte die Bauchmuskeln, den Rücken, die Schultern, streckte erst einen, dann den anderen Fuß und suchte mit den Steigeisen Halt. Nach einigen bangen Versuchen hatte er sich gefangen und gelangte endlich in eine erträgliche Position, die, wie er hoffte, dem gleichkam, was bei Semje so leicht ausgesehen hatte.

»Alles ... in ... Ordnung?«, hörte er seinen Freund von unten schnaufen. Unfassbar, dass der Rotbart sich auch noch darum kümmern konnte, was über ihm geschah.

»Ja«, keuchte Pitu.

»Wenn du eine Pause brauchst, musst du das Seil mehrfach um deinen Arm schlingen, das entlastet die Hand«, hörte er Orthos' Stimme über sich.

»Das darfst du aber nicht zu lange machen, weil es dir sonst das Blut abschnürt und dich schwächen könnte«, ergänzte Schimmi.

Pitu sparte sich jedes weitere Wort. Die Luft im Schacht war heiß und schweißtreibend. Vorsichtig kletterte er weiter, konzentrierte sich, um beim Umgreifen nicht abzurutschen. Sein gesamtes Körpergewicht hing für kurze Zeit immer nur an einer Hand. Jedes zweite Mal nur an drei Fingern.

»Aaaah!« Eberdreck, verfaulter! Das Seil glitt brennend durch seine verstümmelte Hand, er drohte zu stürzen. Schnell griff er mit der Linken nach. »Alles gut, alles gut«, rief er, damit nicht wieder kluge Ratschläge von oben und unten kämen.

Eigentlich hatte er vorgehabt, seine Magie für die späteren Aufgaben aufzusparen. Er konnte nicht einschätzen, wie viel Energie und Macht in ihm steckte und wie sparsam er damit umgehen musste. Wasser, um die Magie aufzufrischen, hatte er jedenfalls nicht dabei. Aber es wäre Wahnsinn, einen Sturz zu riskieren. Ein toter Scheltar nützte niemandem. Er suchte nach der Quelle seiner Macht, doch sie entzog sich ihm, wollte nicht reagieren.

Heiße, rauchbeladene Luft drängte aus den Tiefen herauf und hüllte ihn ein. Das Atmen fiel ihm schwer, er hatte das Gefühl, nicht genug Luft zu bekommen. *Durchhalten!* Er schlang sich das Seil um die Rechte, legte den Kopf in den Nacken und schloss die Augen. *Konzentrier dich!* Er dachte an einen strahlenden, blauen Himmel, eine saubere, kühle Brise und verbannte alle anderen Gedanken. Erleichtert spürte er, wie die pulsierende Energie in ihm zu zirkulieren begann, ihn mit neuer Kraft und Zuversicht erfüllte. Atharpazh sei Dank!

»Es ist nicht weit bis zum ersten Gang«, hörte er Semjes Stimme von unten. Der Zwerg sprach leiser – oder es war doch weiter, als der Rotbart zugeben wollte.

Einige Atemzüge reichten Pitu, um genug Kraft zu sammeln und die Einschränkung seiner Rechten zu vergessen. Er setzte den Abstieg fort, Griff für Griff und Schritt für Schritt gelangte er tiefer in den Schacht. Die rauchige Luft kratzte im Hals, die Hitze trieb ihm den Schweiß auf die Stirn, doch er schaffte es, ohne noch einmal abzurutschen. Von unten klangen plötzlich Hammerschläge herauf, das Geräusch von Metall auf Metall. Pitu dachte an ihre Ausrüstung und hoffte, dass es Semje war, den er da hörte.

»Gleich hast du es geschafft. Ein wenig nach rechts – ja, hier!« Die vertraute Stimme des Rotbarts klang jetzt ganz nah.

Pitu wandte den Kopf in seine Richtung. Gebückt in einer rechteckigen Öffnung, eine kleine Laterne mit Leuchtkristallen in der einen Hand, streckte Semje ihm die andere helfend entgegen. »Warte, ich halte dein Seil. So, jetzt kannst du hereinkommen.«

Für einen Moment glomm in Pitu Angst auf, erneut den Halt zu verlieren, doch mit Semjes Hilfe schaffte er es. Der alte Kämpfer hielt das Seil, bis er sicher in den Belüftungsgang geklettert war. Dann klemmte er es hinter einen Haken.

»Du bist unglaublich«, lobte er den Zwerg, der ihn ein Stück weit in den Gang geschoben hatte und jetzt die Lampe so zwischen sie stellte, dass er selbst das Licht zum Schacht abschirmte. Er dachte einfach an alles. Und die körperlichen Höchstleistungen der letzten Tage hätte Pitu dem Rotbart auch nicht zugetraut. Er war stolz darauf, Semje zum Freund zu haben. Mit einem Mal spürte er eine innige Verbundenheit.

»Danke.« Der Zwerg räusperte sich. »Aber bei den Pickeln meines Hinterns, es ist definitiv das letzte Mal, dass ich so was mache.« Ein Hustenanfall schüttelte ihn, für einen Moment wirkte er alt und abgekämpft. Spurlos gingen solche Kraftanstrengungen also nicht an ihm vorbei.

»Die Luft in diesem Belüftungsgang wird uns gut tun.« Pitu nahm sich vor, seinem Freund eine möglichst lange

Pause mit der frischen Brise zu gönnen. Doch Semje stand schon wieder auf und löste an der Laterne eine Schlaufe, die eine Stoffhaube gehalten hatte. Von einem Moment auf den anderen wurde es dunkel. Pitus Augen mussten sich erneut an das düster dunstige Licht gewöhnen, das im Schacht von unten zu ihnen heraufflackerte. Mehr davon wäre hilfreich, auch von oben, doch Orthos und Schimmi hatten wie vereinbart alle Lichtquellen gelöscht. Falls jemand heraufschaute, mussten ihre Kletterkünste unbeobachtet bleiben.

»Wir sollten nicht trödeln. Je länger wir brauchen, desto mehr Gellwicks drängen in die Schmiede.«

Pitu nickte, sah zu, wie sein Freund die abgedunkelte Laterne am Gürtel befestigte, sich eines der Seile griff und langsam im Schacht verschwand. Er selbst fühlte sich immer noch nicht sicher bei diesem Klettermanöver. Trotzdem folgte er dem Rotbart voller Entschlossenheit und merkte, dass es ihm etwas besser gelang als vorher. Doch wie Semje das ohne Magie hinbekam, war ihm ein Rätsel.

Ohne Zwischenfälle erreichten sie den nächsten Belüftungsgang, dann noch einen, und später noch einen vierten. Kampfgeräusche drangen zu ihnen herauf, wurden lauter, je tiefer sie hinunter kamen. Doch Pitu machte sich mehr Sorgen um Semjes körperliche Verfassung, die zusehends abnahm. Sein Keuchen und Schnaufen wurde immer lauter, ihr Vorankommen geriet ins Stocken. Auf dem letzten Abschnitt war Pitu sogar an ihm vorbeigeklettert.

Jetzt saßen sie im Seitenschacht. Semje schnaufte wie ein alter Doka mit vollbeladenem Karren, der bergauf musste. Die Schweißperlen auf seiner Stirn vereinten sich zu Rinnsalen, die in stetem Fluss über Gesicht und Bart liefen.

»Bin doch ... etwas ... eingerostet.« Er hustete.

»Du bist alles andere als eingerostet.«

»Auf dem letzten Loch pfeife ich, so sieht es aus. Aber ich kann nicht zurück hinauf. Zumindest nicht über diesen Weg. Dafür fehlt mir nun wirklich die Kraft. Vielleicht hätte ich doch meine Äxte zurücklassen sollen, aber ich wollte ja nicht hören.«

Pitu sah auf die schweren Klingen, die sein Freund auf den Rücken geschnallt hatte und die ihm über die Schulter lugten. Er hatte sie nie so genau betrachtet, geschweige denn eine davon in der Hand gehalten, aber ihr Gewicht musste beträchtlich sein. Die großen gezahnten Klingen, in der Form einer Art Bestie, steckten nicht einfach in dem geschmiedeten Schaft, sondern umschlangen ihn sogar.

»Was sind das eigentlich für Köpfe? Ich hab solche Tiere noch nie gesehen.«

»Gibt es auch nicht mehr. Das sind Drachtarh, auch Weltenhunde genannt. Sie wachten einst über die Seelen von euch Tagvölkern.«

»Drachtarh«, raunte Pitu voller Bewunderung. »Ich dachte immer, das wären nur ausgedachte Geschichten.«

»Bei den Eingeweiden ihrer Opfer, ganz bestimmt nicht.« Semje hustete. »Ein guter Freund hat sie einst für sich geschmiedet, nachdem er jemandem half, die letzten von ihnen zu finden.«

»Und hat er sie gefunden? Leibhaftige Drachtarh?«

»So wahr ich Semjon Zweiaxt heiße.«

Pitu schaute auf die Klingen, die an manchen Stellen schartig und abgewetzt waren. Wenn diese kunstvoll geschmiedeten Waffen die Wirklichkeit abbildeten, mussten die Weltenhunde wahrlich beeindruckende Geschöpfe gewesen sein. Plötzlich wurde ihm klar, dass jetzt Semje die Äxte seines Freundes trug. »Ist er gestorben?«

»Im Kampf gefallen, mit den Äxten in seinen Händen. So will auch ich es halten. Deswegen mag ich sie auch nicht ablegen, wenn es brenzlig wird.«

Pitu nickte. Inzwischen wusste er, wie wichtig Zwergen solche Dinge waren. Ihre Waffen und Ahnen, die Geschichten und Traditionen, das Streben nach mutigen Heldentaten, sogar nach epischer Einzigartigkeit lieferte den Mut und die Energie, die man für ein Leben im Berg brauchte. Die notwendig war, um Kämpfe nicht nur zu überstehen, sondern zu gewinnen und zu überleben. Und sei es nur, in den Liedern derer, die zurückblieben.

»Noch ist nicht die Zeit zu sterben«, mahnte er den Freund. »Ein Stück des Weges brauche ich noch deine Begleitung.«

»Hört, hört«, raunte Semje.

»Natürlich. Keiner gibt mir so schöne Spitznamen wie du.« Er boxte ihm aufmunternd in die Seite.

»Immerhin.« Die Stimme des Zwergs klang seltsam rau. »Wir nehmen es, wie es kommt. Ich habe ein langes Leben gehabt und mehr überstanden, als zu hoffen war. Solange ich meine Äxte bei mir habe, ist jedenfalls alles gut!«

Pitu hatte den Zwerg noch nie so ernste Dinge reden hören; das machte ihn unruhig. Je eher sie aus den tiefen Schmieden wieder herauskämen, umso besser. Diesmal stand er als Erster auf und löste die Schlaufe am Stoff der Lampe. »Ein letzter Abschnitt noch, sagtest du?«

»Ja. Dann kriechen wir durch den Belüftungsschacht bis zum Gewölbe zwischen Eingangshalle und Schmiede.«

Pitu atmete tief, ließ seine Magie zirkulieren und ergriff das Seil. »Diesmal klettere ich voran.«

Als er zehn oder fünfzehn Fuß hinuntergelangt war, horchte er nach oben. Der Kampflärm von unten war inzwischen so laut, dass er Semjes Keuchen kaum hören konnte. Er kletterte langsamer. Vielleicht war es besser, in der Nähe des Zwergs zu bleiben. Die Hitze war kaum auszuhalten und musste auch seinem alten Freund zu schaffen machen.

Immerhin waren sie so weit gekommen, dass das Licht merklich heller wurde. Pitu blickte hinauf. Schräg über ihm sah er die Steigeisen, mit denen Semje sich an der Schachtwand abstützte. Sonst konnte er kaum etwas erkennen, denn der massige Rumpf des Zwergs nahm ihm alle Sicht. Semje keuchte, sein schwerer Körper ruckte Pitu entgegen. Er hatte umgegriffen. Sein rechter Fuß suchte ein Stück abwärts neuen Halt und fand ihn. Er zog den anderen Fuß nach. Pitu kletterte weiter, behielt seinen Freund aber im Blick. Der hustete, keuchte und sackte hinunter. Das würde nicht mehr lange gut gehen!

Pitu sah hinab, um abzuschätzen, wie weit es bis zum nächsten Einstieg war. Sehen konnte er ihn immerhin schon. Vielleicht zehn oder fünfzehn Fuß? Das bedeutete, etwa gleich viele Male umgreifen. Fünfzehn Mal noch das ganze Körpergewicht mit einer Hand halten. Er blickte unruhig nach oben. Sein Freund ächzte erneut und ruckte ihm entgegen, hob den Fuß und rutschte ab!

Plötzlich hing Semje wie ein Sack an dem Seil, das haltlos hin- und herschwang. Er keuchte, versuchte, die Beine wieder an die Wand zu bringen, schaffte es aber nicht. Pitu griff nach dem Seil, bekam es jedoch nicht zu fassen. Panisch überlegte er, was er tun konnte. Wie lange könnte Semje sich halten? Unter sich sah Pitu kämpfende Schatten. Selbst wenn er den Sturz überlebte, wären die Gellwicks sofort über ihm.

Das Seil, ich muss zumindest das Seil zu fassen bekommen. Dann begann Semje zu rutschen. Die Kraft in seinen Händen reichte nicht mehr, um den Körper zu halten. Pitu streckte sich, angelte nach dem Seil, dachte fieberhaft darüber nach, was er tun konnte, als er plötzlich selbst von der Wand abrutschte. Verdammt! Haltlos schwang er durch den Schacht, klammerte sich an sein eigenes Seil, fischte mit den Füßen danach und schaffte es, sich erneut festzuhalten.

Fast im selben Moment kam Semjes Seil in Reichweite. Beherzt packte Pitu zu, starrte hinauf und sah den Freund näherkommen. Er machte eine Schlinge und ließ sie ein Stück hinab. Es war nur ein Impuls, kein überlegter Plan. Doch er folgte dieser Eingebung weiter und wand das Seil um die Schulter. Gerade rechtzeitig, denn unmittelbar darauf landete Semje mit einem Fuß in der Seilschlinge – und mit ihm sein ganzes Gewicht. Pitu stöhnte, als das Tau schmerzhaft in seine Schulter schnitt. Hastig verstärkte er den Strom seiner Magie.

»Lass mich fallen, dein Leben ist wichtiger«, keuchte Semje.

»Blödsinn! Halt dich gefälligst fest.« Pitu mühte sich mit den Tauen. Es waren nur noch wenige Fuß bis zur Öffnung. »Ich rutsche jetzt weiter bis zum Seitenschacht, und wenn ich Bescheid gebe, kommst du hinterher.«

Semje grunzte, was Pitu als Zustimmung auffasste. Langsam gab er Seil nach und stellte erleichtert fest, dass sein Freund an Ort und Stelle verharrte. Er schlang die Beine um sein Tau und glitt daran herab. Wenn man wusste, wie, und genug Kraft hatte, war es im Prinzip ganz einfach. Nur einen Augenblick später stieß er sich von der Wand ab und schwang sich in den eckigen Belüftungsschacht, Semjes Seil noch immer im Arm.

Schon wollte er den Freund rufen, als ihm aufging, dass er dem Gewicht des Zwergs auf dem glatten Fels nichts entgegenzusetzen hatte. Hastig nahm er den Hammer vom Gürtel und trieb einen der größeren Haken ins Gestein. Dann schlang er das Tau darum und rief nach Semje.

Sofort begann der Zwerg zu rutschen. Und er würde haltlos weiterrutschen, unfähig, noch einmal genug Kraft aufzubringen, um sein Gewicht aufzuhalten.

»Nimm das Tau zwischen deine Beine. Schnell. Gleich geht es schräg in den Schacht.«

Semje zappelte ziellos mit Füßen, bekam dann doch das Seil zu fassen, während Pitu immer mehr Schwierigkeiten hatte, der Zugkraft standzuhalten. Endlich rutschte sein rotbärtiger Freund in den Eingang des Tunnels und Pitu zog ihn so weit wie möglich herein. Beide sackten zu Boden und blieben erschöpft liegen. Im feurigen Schein des Luftschachts sah Pitu, wie Semjes Brust sich in beängstigendem Tempo hob und senkte. Sein Atem war eine Mischung aus Keuchen und Stöhnen. Pitu hoffte inständig, er würde sich erholen. Er ließ ihm etwas Zeit, damit sein Herz sich beruhigte und er Kraft schöpfen konnte. Dann robbte er zu Semje hinüber, nahm ihm die Laterne vom Gürtel und lüftete das Tuch.

»Nun hilf mir schon auf«, schimpfte der Rotbart. »Ich kann ja nicht ewig hier liegen bleiben.«

Als Pitu die Hand des Zwergs ergriff, stöhnte der auf. Die Hand fühlte sich seltsam feucht und klebrig an. Von einem unguten Gefühl geleitet führte er die Lampe dichter heran. Die Handflächen bestanden nur mehr aus aufgeschürfter Haut, von der sich blutige Fetzen lösten.

»Du musst verbunden werden. Damit kommst du unmöglich weiter.« Besorgt schaute er in das schmallippige Gesicht seines Freundes, der die Augen entschlossen zusammenkniff.

»Blablablabb. Als wenn mich so was aufhalten würde. Ich muss ja nicht drauf laufen.« Semje machte eine Faust und öffnete sie. »Geht doch.« Er stützte sich auf die Seite, versuchte aufzustehen und kippte zurück. Pitu wollte ihn stützen, doch Semje schubste ihn weg. »Das muss so gehen.«

Er schaffte es, sich auf die kurzen Beine zu wuchten. »Weiter jetzt«, schnaufte er. »Und immer hübsch ruhig bleiben. Muss ja nicht jeder mitbekommen, wer hier rumschleicht.«

Der Belüftungsgang war kaum hoch genug, um sich darin aufrecht zu bewegen, an manchen Stellen konnten sie nur gebeugt vorwärts gelangen. Semje musste die Äxte vom Rücken nehmen, um mit ihnen nicht hängen zu bleiben. Pitu wollte sie für ihn tragen, doch das kam für den alten Zwerg natürlich nicht infrage. Seine blutigen Hände schlossen sich fest um die schweren Waffen und ihm fiel ein, dass die Wunden auf diese Weise auch viel schneller heilen würden. Er hätte schon früher darauf kommen sollen, stöhnte er. Der Schaft sei schließlich versilbert, und bei Wunden helfe nichts besser als Silber.

Pitu ließ ihm den Willen. Wanda hätte ihm vielleicht sagen können, ob es stimmte oder ob der alte Dickkopf sich das ausgedacht hatte. Kessja wüsste es sicher. Für einen wunderbaren Moment sah er sie vor sich und spürte den unbändigen Wunsch, sie in den Armen zu halten.

»Einmal noch nach rechts und dann nach links.« Semje führte sie, ohne zu zögern, durch die weitläufigen Belüftungstunnel

»Langsam wird es kalt hier«,stellte Pitu fest.

»Kein Wunder. Wir sind nicht weit von der Außenöffnung des Schachtes. Sie liegt ganz in der Nähe der Tore zum Tal. Und welches Wetter dort herrscht, muss ich dir nicht sagen.«

Der Belüftungsgang wurde wieder niedriger, gebückt führte Semje ihn nach links. Die Kampfgeräusche schwollen an.

»Still jetzt. Wir sind gleich da!«

Pitu verdunkelte die Lampe. Kurz vor der Öffnung in die Felshalle, hockte Semje sich hin. »Wir müssten uns direkt hinter dem Gewölbebogen befinden, der die Eingangshalle vom Durchgang zu den Schmieden trennt. Innerhalb von Fullbor also, wenn du den Zugang verschüttet hast.«

Pitu stellte die Lampe ab und robbte bis zur Öffnung. Der felsige Boden war eiskalt, doch er hatte keine andere Wahl. Erst einmal musste er sich ein Bild verschaffen, einen Ansatzpunkt für den Zauber finden, einen Weg für seine Magie ausmachen. Er entdeckte zwei eiserne Haken in der Schachtwand, die er dankbar ergriff, während er vorsichtig über die Kante lugte.

Sofort wurde ihm schwindlig ob der Höhe und des wogenden Kampfes tief unter sich. Von rechts drängten unzählige Gellwicks herein, der Boden war übersät mit Leichen. Doch noch immer fochten Zwerge tapfer gegen die Übermacht der Horde. An einigen Stellen standen sie mit dem Rücken zur Wand, in einen Kampf verstrickt, der für sie nicht mehr zu gewinnen war. Trotzdem hörte Pitu Rufe und Schreie, mit denen sie sich anfeuerten. Direkt unter sich sah er, wie die scheußlichen Söldner des Kreh in großer Zahl ungehindert vorbeidrängten. Er musste einschreiten, und zwar schnell.

Wo war nur dieser Gewölbebogen? Pitu schaute zur Eingangshalle, konnte aber nichts dergleichen sehen. Kurz ging sein Blick zu den Zugangstoren, die weit offen standen. Vereinzelte Schneeflocken wehten herein und zerschmolzen im selben Augenblick. Vergingen, wie das Leben der Zwerge vergehen würde, wenn Pitu den Gewölbebogen nicht finden und zerstören konnte. Er riss den Blick von den dunklen Massen los, die aus dem Tal hereindrängten, und untersuchte noch einmal die Felsdecke.

Rechts neben ihm schien sich die Felswand der Halle zu öffnen. Als wäre der Belüftungsschacht, aus dem er herausschaute, in einer Art Vorsprung untergebracht. Pitu schob sich noch ein Stück vor. Anscheinend verschmälerte der Raum sich genau hier. Wie sonderbar. Pitu versuchte, sich die Karte in Erinnerung zu rufen. Eigentlich gab es nur eine einzige Stelle, wo das der Fall war. Aber dort war doch kein Gang eingezeichnet gewesen. Oder doch? Alarmiert ruckte sein Kopf nach links, dann schaute er direkt über sich. Fassungslos erkannte er, dass sie just in einer der beiden Säulen hockten, die den Gewölbebogen trugen, den er zerstören sollte.

»Hast du ihn gefunden«, fragte Semje. »Kannst du ihn zum Einsturz bringen?«

Pitu kroch zu seinem Freund zurück. »Wir sind nicht *hinter* dem Gewölbebogen. Wir sind direkt unter ihm!«

»Bei den Göttern der Himmelsschmiede!« Semje schüttelte den Kopf. »Das kann doch gar nicht ...« Er legte seine Äxte neben die Tunnelwand und kroch vorsichtig zum Rand. Fassungslos kam er zurück. »Du hast recht.«

»Und was machen wir nun? Wie viel hält die Säule aus? Was passiert, wenn ich hier den ganzen Berg zum Beben bringe? Da wird einiges runterkommen, wenn ich den Bogen wegbreche.«

Semje starrte ihn ausdruckslos an. Die Botschaft schien Zeit zu brauchen, um bis zu ihm durchzudringen. Dann holte er tief Luft, nickte und machte sich daran, die Felswand zu untersuchen. Als er anscheinend zufrieden war, kroch er noch einmal zum Rand der Öffnung. »Halt mich fest.«

»Wie meinst du denn das jetzt?«

»Ich muss mir die Außenseite ansehen. Setz dich auf meine Beine, damit ich nicht wie ein nasser Sack zu Boden stürze.«

»Kannst du nicht von hier aus sehen, ob die Säule hält? Deinem Gewicht bin ich nicht gewachsen, fürchte ich.«

Semje brummte unwillig. »Nun mach schon.«

Während der Rotbart sich nach vorn schob, ergriff Pitu dessen Stiefel.

»Setz dich drauf. Ein Stück muss ich noch.« Er keuchte und ruderte plötzlich mit den Armen.

Sofort schmiss sich Pitu über ihn. »Keinen Zoll weiter. Ich kann dich nicht wieder reinziehen, während ich auf deinen Beinen liege.«

»Bin gleich. Aha, dachte ich mir's doch ... das ist gut.« Semje bewegte sich erneut, schaffte es aber nicht, seinen Körper zurückzuschieben. Stattdessen rutschte er weiter vor und keuchte angstvoll auf.

»Die Haken!«, brüllte Pitu, aus Angst, sein Freund verlöre gleich vollends das Gleichgewicht. »In der Tunnelwand. Zu beiden Seiten!«

Semje lag stocksteif da, die Arme an den Körper gepresst. Er wusste, eine einzige falsche Bewegung ließe ihn unerbittlich in die Tiefe stürzen. Was für eine verfahrene Situation. Pitu rührte sich ebenfalls nicht, aus Angst, dass er ihr Gleichgewicht ins Wanken bringen könnte. Er schaute zu den Eisenhaken, unsicher, ob Semje einen davon erreichen könnte. Doch ihm fiel nichts anderes ein. Vielleicht den zur Linken.

»Schau ganz vorsichtig nach links.« Pitu versuchte, möglichst ruhig und deutlich zu sprechen. Wenn sein Freund panisch würde, wäre er verloren. »Gleich müsstest du den Haken sehen. Genau! Vorsichtig jetzt. Halt deinen rechten Arm weiter am Körper und strecke nur den linken. Ganz langsam, ja, du machst das gut so. Ein Stück noch, gleich hast du ihn.« Gebannt verfolgte Pitu, wie Semjes Finger bis zum Haken tasteten und die wunde Hand sich endlich um den eisernen Rettungsanker schloss. »Jetzt langsam ziehen und zurückrutschen.« Atemlos beobachtete er, wie der Zwerg seinen schweren Körper mühsam in den Tunnel zurückschob. Als Pitu es wagen konnte, sich auch selbst wieder zu bewegen, half er ihm beim letzten Stück.

»Das war knapp.« Semje wischte sich den Schweiß von der Stirn. So blass hatte Pitu den Zwerg noch nie gesehen. Trotzdem war jetzt keine Zeit, um ihn auf Federn zu betten.

»Und? Was hast du herausgefunden? Wird die Säule halten?«

»Lästiges Sumpfgewächs, kannst du mir nicht zumindest einen Augenblick Ruhe gönnen? Immerhin bin ich gerade von den Toten zurückgekehrt.«

»Nicht ganz, aber dafür schon zum zweiten Mal. Und wer hat dich gerettet?«

»Nur, weil du meine Antwort wissen willst.«

Pitu kroch zur Öffnung, legte sich auf den Rücken und griff nach einem der Haken. »Was dachtest du denn. Aber im Zweifel fange ich auch so an.« Er setzte die gesunde Hand auf den Felsboden.

»Durch und durch Granit. Schön und makellos. Der steht hier auch dann noch, wenn der Berg längst über ihm zusammengefallen ist«, meinte sein rotbärtiger Freund.

Na also. Das wollte Pitu hören. Was immer mit dem Gewölbebogen passierte, die Säule, in der sie hier steckten, würde nicht mit in die Tiefe gerissen. Das beruhigte ihn ungemein, sofort konzentrierte er sich auf seine Macht, ihre Wärme und das begehrliche Pulsieren. Mit bloßem Gedanken ließ Pitu die Erdmagie in seine Hand strömen. Auf das Problem, das ein so fester Stein mit sich brachte, war er diesmal vorbereitet. Schon während Semje die Struktur der Wand studiert hatte, war ihm eine Idee gekommen.

Risse gab es zwar nicht, denen seine Magie folgen konnte, aber er hatte Farbmuster entdeckt. Und das musste bedeuten, dass die Zusammensetzung des Gesteins nicht überall gleich war. Zumindest hoffte Pitu das und konzentrierte sich ganz auf diesen Gedanken. Er spürte der Beschaffenheit nach, ließ seine Energie in sanften Schüben in den Granit pulsieren.

Tatsächlich öffnete sich ein Weg. Es knisterte im Stein, erst leise und dann lauter, als Pitu den Druck verstärkte. Die dunkle Ader des Gesteins geriet in Bewegung, als drehten sich die Pigmente, Metalle oder was immer die Färbung verursachte, um sich selbst. Pitu fixierte die Farbmuster und ließ seine Kraft weiter durch den Stein gleiten. Schon war sie in den Gewölbebogen gesickert und folgte der Spur, die Pitu ihr zugedacht hatte.

Sein Ziel lag groß und unübersehbar am höchsten Punkt des Bogens: der Schlussstein. Denn dieses Gewölbe trug sich nicht durch sich selbst. Nach Fillgurs und Semjes Erzählungen hatten die Abrindarh bei ihrem Ziel, alles zu übertrumpfen, nicht auf die Gesteinsschichten geachtet und die Halle zu hoch aus dem Berg geschlagen. Es hatte den Zwergen beim Bau reichlich Kopfzerbrechen gemacht und eine ganze Dekade gebraucht, um das Felsengewölbe künstlich zu erschaffen. Doch ihr Unvermögen wäre nun ihre Rettung.

Da! Pitus Magie hatte den Schlussstein fast erreicht. Er verstärkte den Druck, ließ die Energie schneller pulsieren. Verfolgte, wie die Magie sich jetzt breiter durch den Gewölbebogen fraß. Wie die dunklen Adern dem höchsten Punkt entgegenpulsierten und die geballte Kraft mit einem lauten Zischen auf den Schlussstein übersprang.

Atharu

34

War das wirklich der kleinere Teil der Horde um Tonda? Wie viele kämen dann erst von Clutt? Dreckstarrende Gellwicks stürmten mit ihren Leitern auf Tondaborgen zu. Andere legten ihre Armbrüste an und zielten auf das Dach, wo sich die Bewohner des Tempels immer noch tapfer mit Steinwürfen wehrten. Schreie durchzogen die Luft, Menschen fielen aus der schwindelerregenden Höhe herab, blieben reglos liegen.

Atharu merkte, wie sein Inneres sich blähte, wie die feurige Magie hinausdrängte.

»Dein Schild!« Pelldors Stimme.

Reflexartig riss Atharu den Schild hoch und hörte Wurfmesser darauf prallen. Er sah sich dankbar zu seinem Freund um, doch der war im Getümmel verschwunden. Er hob die Elbenklinge, bereit für den nächsten Feind. Nur mit Ablenkung könnte er die Feuermacht in seinem Inneren in Schach halten. Hastig blickte er sich um. Von allen Seiten stürmten Gellwicks heran. Dann sah er Pelldor plötzlich wieder, der einer Gruppe von Feinden schreiend entgegenrannte. Nach kurzem Zögern folgte Atharu ihm und brüllte aus voller Kehle. Wie befreiend das war. Es machte Mut, drängte die Angst zurück und beruhigte die lodernde Magie in ihm. Mit jedem Schritt fühlte er sich stärker.

Pelldors Schwert wirbelte in atemberaubendem Tempo durch die Luft, Blut spritzte und die ersten Gegner fielen zu Boden. Atharu konnte nicht anders, als mit seiner Elbenklinge wie ein Wilder um sich zu schlagen. Er hatte keine Ahnung vom Schwertkampf, was er machen oder besser lassen sollte, aber er brüllte weiter wie ein Berserker. Und die Stinker blieben tatsächlich auf Abstand.

»Die Leitern!« Kieron war an Atharu vorbeigesprungen und ließ seine strahlenden Klingen durch die Luft gleiten. Das Kurzschwert und der Dolch sirrten um ihn herum, beschrieben fließende Bewegungen, die mehr einem Tanz als einem Kampf glichen. Atharu versuchte, sich etwas davon abzuschauen, doch der Versuch, es ihm gleichzutun, brachte ihn ins Straucheln. Er stolperte und verlor für einen Moment die Übersicht. Dann war ein Schatten neben ihm. Ruckartig drehte er sich und hob aus einem Impuls heraus den Schild. Die Waffe des Gellwicks prallte daran ab. Erneut flackerte die Magie in Atharus Innerem auf. Er stieß das Elbenschwert nach vorn, doch der Stinker wich aus. Dann spürte er, wie die Energie in ihm von Neuem pulsierte. *Mein Atem ist der Anfang und das Ende meiner Kraft.*

Der Angreifer sprang zur Seite, wirbelte herum und hieb jetzt von oben mit dem Schwert auf ihn ein. Atharu schaffte es gerade noch, mit seiner Klinge abzublocken. *Na toll!* Abwechselnd hieb er nach dem Gegner und hob den Schild, um dessen Schläge abzuwehren. *Wie soll ich mich hier auf meine Atmung konzentrieren!* Noch ein Hieb, diesmal von unten, aber zu langsam, um Atharu zu überraschen. Anscheinend kein überragender Schwertkämpfer, Atharpazh sei Dank!

Ein seitlicher Schlag auf Hüfthöhe, gerade rechtzeitig hielt er mit dem Elbenschwert dagegen. Die Waffen klirrten aufeinander, die Klinge des Gellwicks glitt mit kreischendem Geräusch auf Atharus Hand zu. Wäre die Parierstange nicht gewesen, hätte er sie blutend aus dem Dreck sammeln müssen.

Wut flammte in ihm auf, doch er wandelte sie in Bewegung um, hob den Schild, holte aus und verstärkte den Schwung noch mit einer Drehung. Die schmale Kante traf den Stinker unterhalb des Kinns. Ein Knirschen, der Getroffene ließ das Schwert fallen und griff sich an die Kehle. Es kam kein Blut, doch der Feind fiel vor Atharu auf die Knie, starrte ihn röchelnd aus aufgerissenen Augen an und kippte zur Seite.

»Gar nicht schlecht!« Plötzlich war Pelldor wieder neben ihm. Verteidigte sich gegen zwei Gellwicks, die ihn bedrängten. »Aber man kann auch das Schwert zum Kämpfen nehmen!«

Bitte? Sein Freund scherzte? In dieser Situation?

Plötzlich schnellte eine Klinge hinter den Feinden vor, einer der Gellwicks brach kopflos zusammen.

»Und mit der richtigen Technik schafft man sich den Abschaum für immer vom Leib.« Dieser Spruch kam von Kieron. »Es gibt für Euch beide noch etwas zu lernen, scheint es.«

Wieder ein Gellwick, doch diesmal wartete Atharu nicht auf den Angriff. Entschlossen hieb er auf den Feind ein. Versuchte eine Drehung, wehrte die Klinge des Gegners ab und schwang den Schild. Es interessierte ihn nicht mehr, ob seine Schritte oder Bewegungen denen Pelldors oder Kierons glichen. Reaktion und Schnelligkeit zählten. Magie braucht einen Zweck, damit sie fließen kann. Aber sie musste gar nicht als tosende Feuersbrunst über die Gellwicks kommen. Er konnte sie im eigenen Körper nutzen. Die Sinne und Reflexe stärken, die Energie den Muskeln überlassen.

Immer schneller und kraftvoller bewegte er sich. Gegner um Gegner fiel. Die Angriffe wurden weniger, die Gellwicks schienen sich andere Ziele zu suchen und liefen sogar fort. Plötzlich standen sie allein da, um sie her ein Schlachtfeld toter und röchelnder Körper.

»Die Leitern!« Kierons Schrei ließ Atharu herumwirbeln.

Die Gellwicks hatten bereits mehrere Leitern an die Mauern gelegt. Wo waren die Elben? Von ihrer Einheit war nur mehr eine Handvoll übrig, die sich mit dem Rücken zur Wand des Friedenstempels gegen eine Übermacht zur Wehr setzte. Aber was war mit den Elbenkriegern der anderen Schiffe? Kämpften sie immer noch in den Gassen der Stadt? Einer von Kierons Männern blies in ein Signalhorn. Würde es jemand hören?

»Ich muss zu ihnen. Kümmert Euch um die Leitern!« Kieron rannte, ohne zu zögern, zu seinen Männern.

Sofort stürmten Atharu und Pelldor los, um den Templern zu Hilfe zu kommen. Dann bremste sein Freund abrupt ab.

»Es sind zu viele!«

Dutzende von Gellwicks drängten dorthin, begierig darauf, Tondaborgen über das Dach einzunehmen. Doch das würde nicht einfach. Die Leitern waren zu kurz, die Geächteten mussten weitere hinaufziehen, um von dort ganz hinaufsteigen zu können. Aber die gezielten Steinwürfe von oben vereitelten ihre Versuche, immer wieder fielen Gellwicks mitsamt den Leitern auf die nachdrängende Horde unter ihnen.

»Jetzt wär deine Magie doch hilfreich.« Pelldor starrte auf die Menge. »Wir können uns nicht um alle gleichzeitig kümmern.«

An fünf Stellen drängten Gellwicks hinauf. Es war aussichtslos. Doch was konnte Atharu tun? »Selbst wenn ich alle Vorsicht wegen des Kreh über Bord werfe, der Bannkreis spielt ihnen in die Hände!«

Gellende Schreie lenkten ihre Blicke zum Dach. Kleine Gestalten in gelben Gewändern kippten nach vorn und stürzten in die Tiefe. Die Tempelbrüder! Halbwüchsige, die doch eigentlich für den Frieden nach Tondaborgen gekommen waren, mussten dort um ihr Leben kämpfen. Welcher Irrsinn. Diese Zerstörung, das sinnlose Sterben – alles nur wegen der zügellosen Gier eines wahnsinnigen Magisters.

»Zu viele Armbrüste!«, rief Pelldor. »Wenn wir die ausschalten könnten, wäre schon geholfen.«

Atharu sah sich um. Auf den ersten Blick zählte er elf dieser todbringenden hölzernen Waffen. Aber ja! Vielleicht war das die Lösung. *Magie nimmt jeden Weg, den mein Geist aufgibt!* Er musste es einfach versuchen.

Für einen Moment nur schloss er die Augen, atmete tief in den Bauch, bündelte die Energie zu kleinen Impulsen. Im Kopf malte er ein Bild der Angreifer, nahm ihre Waffen fest in den Blick und fokussierte sich auf die hölzernen Teile daran. Genau so. Er erlaubte sich ein Lächeln. Was hatte Lieburus gesagt? »Wenn ihr eure Magie beherrscht, können auch kleine Portionen davon eine große Wirkung haben.« Entschlossen hob er die Arme, die Fäuste geballt. Mit einem Ruck öffnete er sie, spreizte die Finger und ließ die Magie fließen.

Diesmal waren es keine übermächtigen Feuerlanzen, die er auf die Horde abschoss, keine Feuerwelle, die ihnen ein Inferno bereiten würde. Er sollte erfinderisch sein, hatte der alte Magister gesagt. Und das war er. Hunderte von Funken stoben ihm aus den Händen. Kaum größer als Flöhe kreisten sie über ihm, dehnten sich auf einen kleinen Wink und nahmen die Form geflügelter Insekten an.

»Was um der Seelen ist das?« Pelldors Stimme klang staunend und fasziniert. Atharu freute sich darüber und sah den feurigen Funken hinterher. Es war nur wenig Energie dafür nötig gewesen, und doch war es eine kleine Streitmacht, die sich in den Waffen der Gellwicks festbeißen würde. Aber noch hatte er keine Ahnung, ob es funktionierte. Ob das wirklich ausreichte, um die Armbrüste zu zerstören.

»Was für Wesen hast du auf die Reise geschickt?« Pelldors Augen folgten dem Funkenflug. Schon hatten die ersten Flammenpunkte ihre Ziele erreicht.

»Fliegende Holzwürmer. Ich hoffe auf ihren feurigen Appetit.«

Pelldor lachte. »Atharu, mir graut vor dir.« Er klopfte ihm anerkennend auf die Schulter, wies dann mit der Hand nach vorn. »Da! Sieh dir das an.«

Erst war es nur einer, der seine Armbrust fallen ließ. Schwelender Rauch stieg aus dem Gras. Doch dann schrie ein Weiterer auf und warf die lodernde Waffe fort. Plötzlich fielen überall die todbringenden Bolzengeschütze ins Gras, der

Beschuss auf die Tempelbrüder war vorbei. Andere Gellwicks wurden aufmerksam und versuchten, die Armbrüste zu retten, verbrannten sich aber dabei die Hände.

Pelldor lachte. »Was für eine Zauberei. Die werden nie begreifen, wo das herkam. Und es verschafft unseren Freunden eine Atempause.«

»Oder auch nicht.« Atharu schaute zu einer der Leiterkonstruktionen, die inzwischen bis zur Dachkante reichte. Die Gellwicks krochen wie ein Schwarm Erdkrabbler hinauf und bedrängten die Verteidiger von Tondaborgen. Noch schafften die es, ihre Angreifer mit Stöcken und Steinen in die Tiefe zu stoßen. Aber wie lange konnten sie dem Drängen standhalten?

»Wenn der Bannkreis nicht wäre.« Er blickte auf die Wiese vor dem Tempel. Glitzernde Tropfen netzten das Gras, wo vor kurzem noch der Nebel alles eingehüllt hatte. Erstaunt stellte er fest, dass der Boden innerhalb des Bannkreises trocken war, und schüttelte den Kopf über seine Dummheit. Der schwindende Dunst konnte ja nur außerhalb des Kreises niedergegangen sein. Dort, wo der Zauber sich verflüchtigt hatte.

»Wir dürfen nicht länger zögern. Die Leitern müssen stürzen!« Pelldor hob sein Schwert und lief los.

Atharu eilte ihm nach, den Blick immer noch auf den Bannkreis und das taubedeckte Gras gerichtet. Und dann sah er es! Nur zwei bis drei Zoll, doch unter Umständen die Rettung. Wie verrückt war das? Abrupt blieb er stehen und fixierte die Leitern. Sie lehnten in einem so weiten Winkel an den Mauern, dass ihre Holme außerhalb des Bannkreises standen. Atharu atmete tief und versuchte, seine Aufregung zu zügeln.

Hoffnungsvoll hob er die Arme, fühlte, wie die vertraute Magie sich in ihm regte, und ließ erneut Funken aus den Händen strömen. Sein Geist richtete sich auf die Leitern und fokussierte je einen ihrer Holme. Entschlossen schickte er die winzigen Feuerflieger auf die Reise, sah Pelldor langsamer werden, als die Insekten an ihm vorbeischossen, und beobachtete, wie sie zwischen den Gellwicks verschwanden.

Erstaunte Rufe drangen herüber. Dann aufgeregte Schreie. Plötzlich schwankte die Leiter, die Geächteten stemmten sich ächzend dagegen, um sie zu stützen. Doch das Gewicht, durch ihre Kumpane um ein Vielfaches vergrößert, ließ sich nicht halten. Langsam kippte die erste Leiter zur Seite, drehte sich von der Dachkante weg und stürzte mitsamt den Gellwicks in die Tiefe. Nun wankten auch die anderen und fielen wie gefällte Bäume zu Boden. Das Wutgeheul der Horde brandete ihnen entgegen. Doch auf den Dächern klatschten die Verteidiger Beifall, Freudenschreie klangen durch die Luft.

»Atharu! Wir müssen Kieron helfen!« Beinahe hätte Atharu Pelldors Ruf in dem ganzen Lärm nicht gehört.

Sofort rannte er hinter ihm her. Bedrängt von Dutzenden Gellwick kämpften die Elbenkrieger im Halbkreis mit dem Rücken zur Wand. Fochten im Bannkreis von Tondaborgen um ihr Leben. Atharu reckte das Schwert und merkte voll Entsetzen, dass er seinen Schild zurückgelassen hatte. Doch als er sich umblickte, zog etwas anderes seine Aufmerksamkeit auf sich. Weiter hinten, im lichten Schatten eines jungen Baums, unmittelbar vor einem der Fischerhäuser, stand eine graugewandete Gestalt und reckte die Arme. In kreisenden Bewegungen woben die Hände einen Zauber, leichter Nebel waberte um sie her. Warum erst jetzt? Und warum dort? Atharus Blick glitt an dem strohgedeckten Dach empor. Auf einem der Balkone stand eine weitere Gestalt, das Gesicht unter einer Kapuze verborgen. Etwas jedoch konnte Atharu trotzdem erkennen. Der Gestalt fehlte ein Arm!

Hektisch blickte er zurück zu Pelldor, der sich inzwischen in die Menge gestürzt hatte, um Kieron zu helfen. Kämen sie auch ohne ihn zurecht? Er durfte die beiden Verräter nicht entkommen lassen.

Plötzlich ertönten die Signalhörner der Elben. Ihr hoher Klang hallte über die Ebene, verheißungsvoll für ihre Verbündeten, tödliche Warnung allen Feinden. Sofort erkannten die Gellwicks die Gefahr, waren abgelenkt und verschafften Pelldor und Kieron einen überlebenswichtigen Vorteil. Mit wenigen Hieben streckten sie gleich mehrere ihrer Gegner nieder. Dutzende Leiber lagen schon um sie herum. Beim erneuten Klang der

Hörner strebten die Gellwicks auseinander, unsicher, in welche Richtung sie sich wenden mussten. Andere schrien voller Zorn und stürzten sich hasserfüllt auf ihre Gegner.

Auch Atharu war plötzlich in einen Kampf verstrickt. Sein Schwert zuckte hoch und wehrte die Schläge des Widersachers ab. Wieder und wieder prallten ihre Klingen aufeinander. Der Stinker konnte kein Anfänger sein, so schnell und geschmeidig, wie seine Hiebe kamen. Ohne den Schild würde Atharu ihm nicht standhalten. Aus dem Augenwinkel sah er goldgerüstete Krieger auf die Ebene strömen. Ein Schlag, das Schaben der Klingen aufeinander und der metallene Ton, als die Parierstange ihm ein weiteres Mal seine Hand rettete.

Blaue Umhänge flogen im Wind. Er durfte sich nicht ablenken lassen. Doch zum ersten Mal an diesem Tag spürte er wahrhaftig Hoffnung. Entschlossen hieb er auf den Gegner ein und brachte ihn in die Defensive. Der Geächtete stolperte zurück, Atharu wirbelte mit ausgestrecktem Schwert um die eigene Achse. Als seine Klinge ihr Ziel fand und den Rumpf des Gellwicks von links nach rechts aufschlitzte, spürte er etwas wie Genugtuung und wusste doch, dass es mehr Glück als Können war. In einem Kampf mit einem Schwertkämpfer, wie Pelldor es war, läge sein Kopf längst im Gras. Er keuchte und sah sich nach weiteren Gegnern um, doch da war niemand, der ihn unmittelbar bedrohte. Um ihn herum stürzten sich die Einheiten der Fürstin auf die Gellwicks und metzelten sie nieder. Auch Kieron und Pelldor hatten Hilfe bekommen.

Atharu reckte den Kopf und suchte nach Bennzhardizh. Hatte er nicht wieder angefangen, diesen unseligen Nebel zu wirken? Wo war der Verräter? Als Atharu zum Rand des Kampfplatzes sah, wollte er seinen Augen nicht trauen. Ja, Nannlohr-Bennzhardizh hatte einen Zauber gewirkt, doch er hatte ihn begrenzt. Dort, wo eben noch das Gebäude zu sehen gewesen war, waberte eine silbrig graue Masse. Eine runde Form, die wie ein übergroßes magisches Gefäß am Rand der Wiese stand. Was bezweckte der Nebelmacher damit? Es war für seine Gegner doch wie eine Einladung. Viel zu leicht zu finden, oder?

Atharu sah sich um. Die Elben hatten den Kampfplatz bereits für sich eingenommen. Einige wenige Kämpfe gab es noch, doch es war abzusehen, wann das Blut des letzten Gellwicks den Boden tränkte. Hier konnte er nichts mehr ausrichten. Entschlossen wendete er sich der Magie des Nebelmachers zu. Er musste dorthin, wollte dem Treiben Teehls und Bennzhardizhs endlich ein Ende bereiten. Mehr als das, was heute geschehen war, brauchte der Kreh nicht zu sehen. Mit diesem Tag waren der Älteste und seine Verbindung zum Abtrünnigen entbehrlich geworden.

Atharu überlegte, ob er sich irgendwie heranschleichen könnte, doch die Gefahr, dass Benn ihn entdeckte, war von allen Seiten gleich groß. Er sollte darauf vertrauen, dass der Nebelmacher sich innerhalb des Gebäudes befand. Durch Wände konnte er schließlich nicht sehen.

Schnell hatte Atharu die Nebelwand erreicht. Er atmete tief durch. Wenn er strikt geradeaus lief, musste er auf das Fischerhaus stoßen. Vorsichtig betrat er das feuchtdüstere Grau. Sofort legte sich ein nasser Film auf seine Haut, die Luft kühlte sich merklich ab. Langsam setzte er einen Fuß vor den anderen. Alle Geräusche blieben hinter ihm zurück. Nur sein Atem und seine Schritte, sonst nichts. *Behalte die Richtung bei. Immer geradeaus. Vorsichtig!* In dem magischen Nebel war kaum etwas zu erkennen. Dichter gewoben als der Kokon einer Seidenspinne, umschloss ihn dieser kalte Dunst. Noch einen Schritt und noch einen. Es konnte nicht mehr weit sein bis zum Haus. Ein paar Fuß noch, mehr sicher nicht.

Plötzlich stieß Atharu mit dem Schuh gegen etwas, um ein Haar wäre er gestolpert. Er beugte sich hinab und erkannte eine hölzerne Stufe. Wie viele mochten es sein? Auf allen vieren tastete er sich vor, bedacht, kein weiteres Geräusch zu machen. Er wollte ungehört ins Gebäude gelangen. Das Überraschungsmoment musste ihm gehören. Drei Stufen nur und er hatte die Tür gefunden. Er richtete sich auf, fand den Riegel und hoffte darauf, dass nichts knarren möge. Geräuschlos schwang die Tür nach innen und Atharu atmete auf.

Er lauschte. Stimmen kamen von weiter drinnen oder von oben. Er spähte in den Nebel. Was für Konturen waren das? Behutsam trat Atharu einen Schritt vor und hätte sich beinahe verschluckt. Er stand jetzt im Haus, sichtbar, ohne den kleinsten Nebelfetzen. Hastig sah er sich um. Der Raum war leer. Außer einem Herdfeuer, einem Tisch, Stühlen und einer hölzernen Truhe mit geschmiedeten Beschlägen war nicht viel zu sehen. In einer Ecke lehnten Angelruten, daneben ein kleines Brettchen, an dem diverse Haken steckten. Atharu trat vorsichtig in den Raum und biss die Zähne zusammen, als ein Dielenbrett unter ihm knarzte.

»Habt Ihr das gehört?« Die schnarrende Stimme des Ältesten.

»Das Holz arbeitet.«

Auch diese dunkle Stimme war ihm bekannt. Noch nicht lange, da hatte er ihr sogar vertraut. Freund Benn. Das klang wie Hohn. Sein Oheim, der jetzt gemeinsame Sache mit dem Mörder seines Bruders machte – dem Mörder von Atharus Vater.

»Wie könnt Ihr das wissen?« Zweifel klang in Teehls Stimme.

»Weil das die Wirkung meines Zaubers ist.« Im Geiste sah Atharu Bennzhardizh mit den Augen rollen. Der Elb hasste es, unnötige Fragen zu beantworten. »Dieses Haus besteht aus Holz, Lehm und Stroh. Und es ist von meinem magischen Nebel umhüllt. Von Abertausenden Wassertropfen eingeschlossen. Natürlich beginnt seine Substanz zu arbeiten. Es wird gleich noch mehr knarren! Ihr werdet doch nicht ängstlich, auf Eure alten Tage?«

Atharu nahm die Gelegenheit wahr und schlich mit vorsichtigen Schritten durch den Raum. Von dort hinten kamen die Stimmen. Wieder knarzten die Dielen unter ihm.

»Was habe ich gesagt?«, brummte der Nebelmacher.

»Man kann nie vorsichtig genug sein«, schnarrte Teehl. »Wenn ich mich nicht irre, ist Atharu nicht weit. Womöglich hat er uns gesehen.«

»Und wenn schon. Mein Nebel umhüllt halb Tonda. Bei jedem Schritt muss er damit rechnen, auf Gellwicks zu treffen. Die Häscher Eures Herrn sind zahlreich.«

Halb Tonda? Wusste Bennzhardizh nicht, wie weit sein Nebel wirkte? Atharu versuchte, sich einen Reim darauf zu machen. Mit dem nächsten Schritt hatte er den Fuß einer Treppe erreicht und verharrte.

»Unseres Herrn!«, herrschte Teehl den Nebelmacher an. »Vergesst das nicht. Sonst könnte ich Fenkorh-Kreh noch andere Botschaften übermitteln.« Ein hämisches Lachen entrang sich der Kehle des Alten.

»Was immer Ihr meint, Ältester! Für den Moment könnte meine Magie aber noch hilfreich sein, findet Ihr nicht? Zu viele Elbenkrieger treiben sich in Tonda herum. Außerdem haben wir dasselbe Ziel. Die Lade der Mydrah!«

»O ja, und schon bald werden wir sie aus dem Friedenstempel holen. Und ich werde sie dem Kreh bringen. Ich werde sie ihm überreichen. Durch meine Hand wird die Macht unseres Herrn allumfassend!« Teehls schnarrende Stimme war immer lauter geworden und ging in ein irres Gekicher über.

»Und ich werde meine Rache bekommen!«

Im Vergleich zu Teehl klang der Nebelmacher seltsam beherrscht und äußerst bedrohlich. Könnte Atharu es mit dem Elb aufnehmen? Sein Element war das Wasser. Auch wenn er kein Scheltar war. Was konnte Feuer gegen Wasser ausrichten? *Warte den richtigen Moment ab! Was passieren soll, wird geschehen.* Er tastete nach dem Medaillon-Schlüssel, der warm auf seiner Haut lag. Als gäbe er die Antwort auf jede Gefahr und der Schutz der fünf Elemente könnte seinen Träger nicht nur vor der Kuppel des Grehum bewahren.

»Habt Ihr dem Herrn alles übermittelt?« Schwang Ungeduld in der Stimme des Elbs? Oder die Gier auf Neuigkeiten?

»Alles, was wir über die Lade der Mydrah in Erfahrung bringen konnten. Tatsächlich wusste unser Herr schon davon. Er hätte nach seinem Sieg nach ihr gesucht, um dann seinen Triumph zu vervollständigen.«

»Dann hat er Geduld und wird jetzt nichts unternehmen?« Es war unmöglich, Bennzhardizhs Stimmung einzuordnen. Warum war er so ungeduldig? Oder war es Misstrauen?

»Oh doch. Als ich ihm die Keramik zeigte und ihm den Blick auf die Elbenstreitmacht gewährte, hat er gelacht. Sie werden sich in Tondaborgen verausgaben, um ihr Heiligtum zu schützen. Und es wird ihm eine Freude sein, diese lächerliche Streitmacht hier festzusetzen.« Teehl gab ein kehliges Kichern von sich. »Je mehr Krieger die Elben für Tonda opfern, umso weniger werden Erellgorh verteidigen.«

»Dann schickt er tatsächlich neue Horden nach Tonda.« Bennzhardizh klang plötzlich zufrieden.

»O ja, das tut er.«

»Dann müssen wir nur so lange den Elbenkriegern standhalten.«

Schritte entfernten sich. Andere Schritte tappten hinterher.

»Was seht Ihr?« Die Stimme des Ältesten klang jetzt leiser, die beiden mussten auf den Balkon getreten sein. Es böte sich keine bessere Gelegenheit, die Treppe ganz hinaufzusteigen.

»Die Elbenkrieger haben den Angriff der Gellwicks zurückgeschlagen. Doch von Westen ist eine weitere Horde gekommen. Die Kämpfe sind wieder entfacht.«

Eine weitere Horde? Konnte das schon die feindliche Armee aus Clutt sein? Das würde bedeuten, sie hätten den Zeitpunkt verpasst, um Tondaborgen und damit auch Jehlen zu retten. Atharu schluckte. Aber das durfte ihn jetzt nicht kümmern. Was immer da draußen geschah, für ihn gab es kein Zurück mehr. Er musste es zu Ende bringen. Der Kreh hatte durch Teehl alles erfahren, was sie geplant hatten, und es für bare Münze genommen. Es war an der Zeit, diese unselige Verbindung zu unterbrechen. Vorsichtig trat Atharu auf die letzte Stufe.

»Aber sind wir hier nun sicher? Sagt mir endlich, ob wir hier sicher sind!« Die Angst troff wie Speichel aus der Stimme des Ältesten. Seine Feigheit war womöglich das Einzige, was seine Hinterhältigkeit noch übertraf.

»Um sicher zu sein, müsste ich einen weiteren Zauber wirken. Aber dazu müsstet ihr mir Euren Armreif überlassen!«

Den Armreif? Vorsichtig spähte Atharu um die Ecke. In dem Raum gab es keine Fenster. Nur die Öffnung zum

Balkon spendete Licht. Bennzhardizh und Teehl standen draußen, der Älteste drückte sich mit seinem verbliebenen Arm einen grob geschmiedeten Reif an die Brust.

»Ihr habt ihn für mich gestohlen. Er ist von unschätzbarem Wert. Eine Kostbarkeit, die ausschließlich meiner Seele befohlen ist. Was könntet Ihr damit tun?«

Atharus Beine gaben nach. Das auch noch? Bennzhardizh hatte den Armreif gestohlen und Teehl zurückgegeben? Erinnerungen schossen ihm durch den Kopf. Das Arbeitszimmer Eldarhs, die dunklen Runen – verfluchte schwarze Magie – eine kurze Berührung nur, die ihn umgeworfen und eine Verbindung zum Kreh hergestellt hatte. Die dem Abtrünnigen Einlass in seinen Kopf gewährt hatte. Was konnte er gegen den Ältesten ausrichten, wenn er den Armreif bei sich trug?

»Mit der schwarzen Magie der dunklen Runen könnte ich dieses Haus vor dem Eindringen Eurer Feinde schützen. Wenn ihr mir den Armreif gebt, kann ich dafür sorgen, dass jeder, der dieses Haus zu betreten sucht und kein Untergebener des Herrn ist, von meiner Magie gefangen wird und daran zugrunde geht.« Der Nebelmacher klang düster und bedrohlich. Hochgewachsen stand er vor dem Ältesten, der jetzt zwei Schritte zurückwankte. In Teehls Stimme schwangen Überraschung und Unsicherheit. »Das könnt Ihr machen?«

Bennzhardizh nickte. »In Eurem Armreif steckt mächtige schwarze Magie!« Er streckte den Arm aus.

War das der Moment, um einzugreifen? Wie immer Atharu es drehte – solange die dunklen Runen im Spiel waren, riskierte er, dass der Kreh erneut in ihn eindrang und all ihre Pläne enthüllte. Mehr noch, er würde erfahren, dass das Medaillon bereits neu geschmiedet und auf dem Weg zum Grehum war. Es war zum Verrücktwerden! Und was geschähe, wenn Benn diesen Zauber, von dem er sprach, gleich in die Tat umsetzte? Würde Atharu zugrunde gehen, weil er sich hier im Haus befand? Ratlos tastete er nach dem Medaillon. Er durfte nichts riskieren. Ihr Kampf gegen den Kreh konnte nur gelingen, wenn er den Schlüssel heil zum Grehum brachte.

»Dann tut es«, schnarrte Teehl. »Webt Euren dunklen Zauber, damit wir hier endlich in Sicherheit sind.«

Atharu trat einen Schritt zurück, hoffte, dass er nicht doch noch entdeckt würde. Er musste aus dem Haus, jetzt! Dann sah er, wie Teehl dem Nebelmacher seinen Armreif überreichte und Bennzhardizh danach griff, einen Fetzen Stoff um die Hand gewunden. Wie angewurzelt blieb Atharu stehen.

Selana

35

Eine kleine Gestalt kam auf sie zugelaufen. Zuerst dachte Selana an ein Kind, und ein hoffnungsvoller Gedanke an Lysa schoss ihr durch den Kopf. Doch schon im nächsten Moment erkannte sie die schmächtige Statur, die auf sie zukam. Killdu, der Diener Malins, und neben ihm tatsächlich das Frettchen.

»Jiga!« Selana spürte ihr Herz aufgehen.

Ungestüm sprang das kleine Fellbündel sie an, krallte sich in ihre Kleider und kletterte ihr in die Arme. Schnüffelnd, mit leise fiependen Lauten zappelte sie in ihren Händen. »Ist ja schon gut, meine Freundin. Ich lasse dich gleich los. Aber nur, wenn du mir versprichst, dich nicht wieder davonzustehlen!«

Sie hielt sich das Frettchen vors Gesicht, Jiga reckte ihre feuchte Nase nach ihr. »Ich und davonstehlen?«, schienen ihre schwarzen Knopfaugen zu sagen. »Wo denkst du hin? Ich hatte doch etwas Wichtiges zu tun.«

»Bei den Seelen ... bin ich froh ... das ich Euch noch ... erreicht habe.« Killdu atmete schwer.

Selana setzte das Frettchen auf die Erde und sah den Urda fragend an. »Ich hoffe, Ihr bringt keine schlechten Nachrichten. Oder doch?« Sie warf Ihlinn einen Blick zu, deren Augen nach Norden zuckten. Was immer geschehen war, sie hatten keine Zeit, noch einmal in die Stadt zurückzukehren.

Selana nickte und wandte sich dem Urda zu. »Verehrter Killdu, wir können nicht umkehren ...«

Doch Killdu schüttelte den Kopf. »Nein, nein. Es ist mein Fehler. Der ehrwürdige Malin hatte es mir aufgetragen, doch meine Trauer hat mich alles vergessen lassen.« Als er einen Arm hob, fiel Selana der große Stoffbeutel auf, den er bei sich trug. »Wäre Jiga nicht gekommen, hätte ich meine Suche nach Euch wahrscheinlich aufgegeben.« Seine Lippen wurden schmal und er schluckte schwer. »Es war so furchtbar ... ich habe so etwas noch nie ...« Tränen glänzten in seinen Augen.

Selana ahnte, wovon er sprach. »Ihr seid auf dem Marktplatz gewesen?«

Killdu nickte. »Ich ... ich wusste nicht, ob Ihr vielleicht ... so viel Blut überall ...« Seine Stimme brach. Selanas Brust wurde eng. Wie sollte sie ihm erklären, was geschehen war?

»Es war nur totes Blut, das Ihr dort gesehen habt«, half Ihlinn. »Blut der Gellwicks, die Tyklahr heimgesucht hatten und besiegt wurden.« Sie wartete ein Nicken des Urda ab, ehe sie fortfuhr. »Habt Ihr das Vibrieren und Beben der Erde gespürt?«

»Ja.« Killdu schluckte. »Es hat uns zutiefst beunruhigt.«

»Das sollte es auch! Eine Bündelung schwarzer Magie durch die unseligen Runen des Abtrünnigen. Und die Gefahr ist noch nicht gebannt, fürchte ich. Die Armreife des Gefallenen dürfen nicht noch einmal zusammengetragen werden. Die Leichen seiner Häscher müssen in einzelnen Feuern verbrannt werden. Und die Feuer sollten heiß genug sein, damit die Runen schmelzen. Wollt Ihr Euch darum kümmern?«

Erst jetzt wurde Selana bewusst, dass sie die finstere Macht des Kreh nicht aus Tyklahr vertrieben, sondern der

Stadt nur ein wenig mehr Zeit verschafft hatte. Sie sah die Bestürzung im Gesicht des Urda und fürchtete schon, die Verantwortung, die Ihlinn ihm abverlangte, könnte zu groß sein.

Doch Killdu nickte tapfer. »Wir wissen durch die ehrwürdige Wanda von den dunklen Runen des Kreh. Seid versichert, dass wir alles tun werden, was in unserer Macht steht.«

Selana atmete auf. Ihr grausames Geschäft sollte nicht umsonst gewesen sein. »Ich danke Euch von Herzen. Ihr müsst Euch bitte umgehend darum kümmern.« Sie sah Killdu in die Augen, beunruhigt über die Gefahr, die immer noch von den dunklen Runen ausging. »Niemand darf den Markt reinigen und die Armreife dabei erneut zusammenführen!«

»Ja, Selana-Scheltar. Ich kehre sofort dorthin zurück.« Der Urda nickte heftig. »Nur eines noch ...« Er öffnete den Stoffbeutel und griff hinein. »Der Älteste hatte mir aufgetragen euch das hier zu geben.«

Selana versuchte zu erkennen, was er mitgebracht hatte. Doch was er da aus der Tasche zog, war ihr unbekannt. Ein Bündel unzähliger kleiner Holzstücke, untereinander mit Ringen verbunden. Als der Urda es entfaltete, wirkte es wie eine Decke, ein hölzerner Stoff mit einem Loch in der Mitte.

»Jothos-Holz«, erklärte Killdu und ließ seine Finger vorsichtig darüber streichen.

Selana dachte an ihre erste Begegnung mit den Urda. An die groben, hölzernen Schilde. Für den Kampf gegen die Schatten hatten sie den heiligen Hein der Athür beschnitten. Hatten ihm wertvolle Äste und Zweige entrissen, um Tyklahr mit der Magie der magischen Bäume zur Seite zu stehen. Keines der grausigen schwarzmagischen Geschöpfe näherte sich jemals einem Jothos, hieß es.

Killdu reichte ihr den hölzernen Stoff, Selana nahm ihn voller Ehrfurcht entgegen. Eine meisterhafte Arbeit, die nichts mit den Schilden gemeinsam hatte, deren grobe Konturen sie damals so irritiert hatten. Dieser Schutz hier war viel feiner gearbeitet. Er wirkte kostbar und edel. Killdu griff erneut in seine Tasche, förderte einen weiteren Jothosschutz zutage und reichte ihn Ihlinn.

»Yn jothzhirko!« Bewunderung lag in der Stimme der Elbin. *»Heccahnda kos brahn-walda lyn hjahtäe.«* (Größter aller Schutzzauber der Bäume.)

Selana verstand nicht jedes Wort, das Ihlinn sagte, doch sie begriff, was für ein reiches Geschenk die Urda ihnen machten.

»Ihr kennt die Heiligtümer der Holz-Scheltar?« Killdu sah die Elbenkriegerin aus großen Augen an.

Ihlinn nickte und hob den Schutz, um ihren Kopf hindurchzustecken.

»Heiligtümer der Holz-Scheltar?« Selana hörte das erste Mal davon. Ihr wurde wieder einmal bewusst, wie wenig sie doch über die Magie der Scheltar wusste.

Ihlinn strich andächtig über ihr Jothzhirko. Wie ein fließender Stoff schmiegte sich das hölzerne Artefakt an ihren Körper, bedeckte Schultern, Nacken und Brust. »Beinahe alle Scheltar, die vor euch waren, fanden besondere Verbindungen zu ihren Elementen. Geschöpfe mit fantastischen Gaben, Pflanzen mit magischen Wirkungen. Zauber, Ingredienzen und Artefakte wurden geschaffen, die wir die Heiligtümer der Scheltar nennen.«

»Gehlen hat nichts davon erzählt.« Selana schüttelte den Kopf. Wieso hatte er kein Wort darüber verloren? Jetzt, wo sie den Jothos-Schutz in den Händen hielt, schien es ihr zu wichtig zu sein, um es unerwähnt zu lassen.

»Die Magie der Elemente ist so alt wie die Welt. Und die Geschichte der Scheltar reicht beinahe ebenso weit zurück. Wie viel des allumfassenden Erbes lässt sich begreifen innerhalb eines Wimpernschlags im Angesicht der Zeit?«

Selana brauchte einen Moment, um die Worte ihrer Elbenfreundin zu verstehen. Sie waren weise gewählt und wahrscheinlich als Trost gemeint. Und doch fühlte sie sich enttäuscht. Allein der Begriff Heiligtümer versprach Hilfe im Kampf gegen den Kreh. Hilfe, die ihnen anscheinend verwehrt wurde. Vielleicht gab es noch andere Zauber und Waffen, die helfen könnten. Die einen Sieg wahrscheinlicher machten.

»Nein«, sagte Ihlinn, als hätte sie ihre Gedanken erraten. »Die Heiligtümer werden von den Scheltar an geheimen

Orten verwahrt oder an Vertraute weitergegeben. Bis heute habe ich nicht einmal gewusst, dass es die Jothzhirko noch gibt. Und ich kenne sie auch nur, weil es meinem eigenen Element entstammt.«

Selana betrachtete den Elbenschutz in ihren Händen und sah die Elbenkriegerin an. Ihr Element war also das Holz? Sofort drängten sich neue Fragen auf. Doch für den Moment zügelte sie die Neugier; sie hatten noch einen weiten Weg vor sich und Zeit genug, über das eine oder andere zu sprechen. Dankbar zog sie den Jothzhirko über den Kopf und nickte dem Urda lächelnd zu. »Du siehst mich beschämt, lieber Killdu. Bis vor Kurzem habe ich keinen Urda persönlich gekannt und so gut wie nichts über euer Volk gewusst. Doch ab jetzt, das verspreche ich dir, trage ich euch in meinem Herzen. Ihr seid hilfsbereit und großherzig, wie ich es nur selten erlebt habe.«

Sie beugte sich zu ihm hinab und hauchte ihm einen Kuss auf die Stirn. Es geschah aus einem Impuls heraus und sie hoffte, ihn damit nicht zu überfahren. Doch es fühlte sich richtig an. Es war ihre persönliche Art, Danke zu sagen und ihm ihre Verbundenheit zu zeigen. Der Glanz in seinen Augen und ein breites Lächeln belohnten sie dafür. Killdu legte sich die Hände aufs Herz, machte eine Verbeugung und eilte ohne ein weiteres Wort davon. Kurz blickten sie ihm nach – dann wandten sie sich um und schritten schweigend aus der Stadt.

Auf Ihlinns Rat hielten sie sich abseits der Wege, die zu dem einen oder anderen Weiler im Norden Tyklahrs führten. Eine direkte Handelsstraße gab es hier ohnehin nicht. Zu ihrer Linken konnten sie noch eine Zeit lang die Hochebene Abrinor erkennen. Selana kniff die Augen zusammen und versuchte, die Straße nach Westen zu entdecken, über die sie mit Semje nach Tyklahr gekommen waren. Doch die geschwungenen Hügel und lichten Wälder verdeckten die Sicht.

Sie musste an Pitu denken, der mit dem Zwerg zusammen aufgebrochen war, um die Stadt vor der übermächtigen Horde in Nehrbor zu schützen. Ob sie den kleinen Scheltar, den sie so lieb gewonnen hatte, wiedersehen würde?

Sie kniff die Augen zusammen und versuchte, die schwarze Festung zu erkennen. Aber über der Hochebene lag ein trüber Schleier dunkler Wolken. Ein Blick in den Himmel vor ihnen versprach ebenfalls nichts Gutes. Graue dunstige Schwaden zogen über den Horizont. Sie würden ihre Reiseumhänge brauchen. Selana prüfte mit einem Griff auf ihren Rücken, ob die Tasche samt Inhalt sicher verwahrt war. Glücklicherweise lag das Loch des Frettchens am oberen Rand des Rucksacks.

Als sie ihr erstes Nachtlager aufschlugen, hatten sie die Steppe Ilidor noch nicht erreicht. Selana fragte ihre Begleiterin, wie lange sie wohl bis dahin noch bräuchten.

»Wenn wir uns eilen, sollten wir Ilidor in zwei Tagen betreten.« Nachdenklich sah Ihlinn ins Lagerfeuer.

In der Hand hielt sie einen Stock, mit dem sie ihr karges Abendessen über den Flammen grillte. Ein Baumschläfer, den Jiga erlegt und angeschleppt hatte. Das Frettchen hatte das flauschige Tier vor Selanas Füße gelegt und war sofort wieder in die Dämmerung entschwunden. Nur wenig später hatte sie ein Weiteres gebracht. Wäre Ihlinn nicht gewesen, hätte Selana die possierlichen Tierchen eher begraben und ein Gebet gesprochen, als sie zu häuten und auszuweiden. Die Kriegerin war praktischer veranlagt und hatte gemeint, ihr Tod dürfe nicht umsonst sein.

»Ich denke, bis wir die Steppe erreichen, können wir ungestört vorankommen, wenn die Seelen uns gewogen sind«, nahm Ihlinn das Thema noch einmal auf.

»Und dann nicht mehr?« Eine dumme Frage. Der Kreh wusste, dass sie in Tyklahr gewesen war, und konnte sich denken, was ihr Ziel wäre. Wahrscheinlich schickte er ihnen schon seine Häscher entgegen.

»Bis dahin laufen wir im Schutz großer Sträucher und Bäume. Auf der Steppe werden wir weithin sichtbar sein – insbesondere für scharfe Augen.«

Selana dachte sofort an die Rabenvögel, die der Kreh ausschwärmen ließ. Durch sie war es keine Frage, ob, sondern wann der Kreh sie finden würde. Sie wusste in jedem Fall, dass es bedeutete, Magie einzusetzen. Wenn es darauf ankäme, müsste sie töten. Auch das war ihr klar, obwohl sich alles in ihr dagegen sträubte. Doch je mehr Unheil sie über die Horde brächte, umso sicherer wäre der Weg ihres Bruders. Er musste es einfach zum Grehum schaffen. Ohne den Medaillon-Schlüssel könnten sie die magische Kuppel niemals durchschreiten. Und wenn die Säulen der Macht nicht fielen ... Nein, diesen Gedanken durfte sie nicht zulassen. Ihr Schicksal musste ein anderes sein. Wozu wäre die Prophezeiung sonst gut gewesen? Wofür die Mühen der Hüter? Sie würden sich alle gesund wiedersehen, darauf wollte sie vertrauen. Atharu, Brandan, Aria, Wanda, Lysa und Gehlen. Vor allem Gehlen!

Sie schluckte einen letzten Bissen ihres Baumschläfers herunter und warf Jiga die Reste zu. Für das Frettchen hatte sie noch genug Fleisch am Knochen gelassen.

Gehlen! Sie malte sich das Wiedersehen mit ihm aus. Er würde auf sie warten und sein Lächeln würde diese kleinen Grübchen auf seine Wangen zaubern, die es ihr so angetan hatten. Die und seine Augen. In ihnen lag so viel Wärme.

»Woran denkst du, Selana-Scheltar?« Ihlinns Stimme katapultierte sie förmlich ins Hier und Jetzt zurück.

»Ich ... ich dachte nur so vor mich hin. Und du?« Es gab nur wenige Dinge, über die sie mit der Elbin nicht sprechen wollte. Ihre Liebe zu Gehlen gehörte dazu.

Ihlinn warf einen letzten Knochen ins Feuer, zog ihre Tasche heran und holte den Wasserschlauch hervor. Sie nahm einen kräftigen Schluck, ehe sie antwortete. »Meine Gedanken streifen durch die Möglichkeiten der Zeit. Sie sind meist auf das Heute und das Morgen gerichtet. Und manchmal weben sich Erinnerungen an frühere Tage hinein.« Sie schaute Selana mit diesem undefinierbaren Blick an, den auch die Fürstin beherrschte.

»Erinnerungen an die Heiligtümer der Scheltar?« Falsches Thema! Doch Selana hatte die Frage schon ausgesprochen, und nach dem heutigen Tag drängte sie sich ja förmlich auf.

»Ja.« Ihlinn zeigte ihr leises Lächeln, das Selana so schätzte. »Auch an die wenigen Heiligtümer, die ich kenne. Aber es ist keines dabei, das zu diesen hinzukommen könnte!« Sie strich über ihr Jothzhirko.

Selana hatte nichts anderes erwartet, gestand sie sich ein. »Holz ist also das Element deiner Magie?« Inzwischen wusste sie, dass jeder Elb unter dem Stern eines der fünf Elemente geboren wurde. Aber über dieses spezielle Element wusste sie so gut wie nichts. Welcher Art mochten die Zauber sein? Und über welche Macht geboten Elben überhaupt, wenn sie keine Scheltar waren?

»Ja, mein Element ist das Holz. Doch meine Waffe ist das Schwert. Mag meine Magie auch manchmal hilfreich sein, für den Kampf ist sie nicht geeignet. Meine Zauber sind eher persönlicher Natur.«

Die Worte der Elbin klangen abschließend, als wäre damit alles gesagt. Und obgleich Selanas Neugier jetzt noch größer war als zuvor, bohrte sie nicht nach. Still blickte sie ins Feuer und hing ihren eigenen Gedanken nach, fand hoffnungsvolle Gefühle, die Kraft spendeten und ihr gut taten.

Die Nacht war ruhig gewesen. Sie hatten abwechselnd geschlafen und gewacht. Am frühen Morgen hatten sie sich wieder auf den Weg nach Norden gemacht und waren gut vorangekommen. Ihlinn führte sie zielstrebig weiter. Ihre Orientierung war bewundernswert. Allein durch die bloße Beobachtung der Natur vermochte sie zu sagen, in welche Richtung sie gerade gingen. Manchmal, wenn der Bewuchs ihnen einen anderen Weg aufzwingen wollte, war es auch Jiga zu verdanken, dass sie weiter vorankamen. Wie aus dem Nichts tauchte sie dann auf, sprang freudig fiepend herum und machte sie damit auf verborgene Pfade aufmerksam, die von Lannpinns oder Belkschweinen ausgetreten waren.

Manchmal sprachen sie über ungewöhnliche Tiere oder Pflanzen, die sie sahen. Ihlinn wusste Erstaunliches zu berichten, Selana hatte Mühe, sich alles zu merken. Es gab Kräuter, die verliebt machen konnten, Beeren, die einen weinen ließen, und Wurzeln, die einen zum Lachen brachten. Der Schleim einer Schneckenart wirkte sich irrsinnigerweise beschleunigend auf die Muskelreflexe aus, und das Blut verschiedener Kriechtiere und Nager schärfte angeblich Gehör, Augen oder gar Denkvermögen. Es waren kostbare Momente, die Selana von den tödlichen Gefahren ablenkten, denen sie unaufhaltsam entgegenliefen. So ging der Tag dahin.

In der Nacht schliefen sie zwischen hohen Sträuchern. Bei Sonnenaufgang machten sie sich erneut auf den Weg. Über ihnen wölbten sich graue Wolken, nur hin und wieder fielen einzelne Sonnenstrahlen hindurch. Selana hatte das ungute Gefühl, dass der trübe Himmel sie schwächte. Die dumpfgrünen Hügel schienen sich endlos hinzuziehen. Beinahe glaubte sie schon, dass sie Ilidor niemals erreichen würden.

Doch dann kam Jiga aufgeregt auf sie zugesprungen und wieselte wie ein Wirbelwind eine kleine Anhöhe hinauf. Selana nutzte ein wenig Magie, um ihre Muskeln wieder auf Trap zu bringen. Selbst Ihlinn schien inzwischen langsamer zu werden. Doch als sie oben ankamen, wurden sie mit einer unvergesslichen Aussicht entschädigt. Vor ihnen lag die unglaubliche Weite der Steppe Ilidor.

Ihlinn ließ den Blick schweifen. »Wie weit kannst du sehen, Selana-Scheltar? Bis nach Crem?« Sie zeigte nach links. »Oder bis zum Grehum?«

Selana starrte in die Richtung, in die Ihlinn gewiesen hatte, doch sie sah nichts als verstörende Weite mit kargem Bewuchs. »Weder das eine, noch das andere.«

»Ich meinte es auch nicht im wörtlichen Sinne. Es geht eher darum, ein Gefühl für den Weg zu entwickeln. In der Steppe werden wir weniger Orientierungspunkte finden. Und wenn der Himmel sich weiter zuzieht, hilft uns auch der Sonnenstand nicht mehr. Wir müssen das Ziel vor unserem inneren Auge sehen und es festhalten. Egal, was passiert!«

»Und was wird passieren? Gellwicks? Schatten?«

»Ich weiß es nicht. Sag du es mir. Wohin wenden wir uns, Scheltar des Windes?«

Das also war es: Ab jetzt waren ihre Fähigkeiten als Scheltar gefragt. Fähigkeiten, die sie selbst noch nicht zur Gänze ergründet hatte. Selana schaute über die Ebene. Sie glaubte zu wissen, was die Elbenkriegerin meinte. Sie müsste mithilfe der Kraft ihres Elementes sehen.

»Sende deine Magie aus und versuch, etwas zu spüren. Wege, Orte, Leben oder Tod. Und dann entscheide!«

Selana seufzte. »Gib mir etwas Zeit. Ich versuche mein Bestes!« Sie setzte sich ins trockene Gras. Sofort sprang Jiga auf ihren Schoß und holte sich Streicheleinheiten ab. »Ich muss mich jetzt konzentrieren, damit wir den richtigen Weg nehmen, kleine Freundin.« Sie fuhr dem Frettchen kraulend über Nacken und Rücken. Und als würde es sie verstehen, rollte sich das Tier zu einem kleinen Fellknäuel zusammen.

Selana schloss die Augen, spürte nach der Quelle ihrer Kraft und ließ die wohltuende Energie durch den Körper strömen. *Mein Atem ist der Anfang und das Ende.* Sie konzentrierte sich darauf. *Magie braucht einen Zweck, damit sie fließen kann.* Sie spürte nach ihren Empfindungen, ihrer Wahrnehmung. *Magie nimmt jeden Weg, den mein Geist aufgibt!*

Sie öffnete die Hände und entließ einen Teil ihrer kraftvollen Macht, spann einen Faden, band ihn an ihre Gedanken und Sinne. Vorsichtig warf sie ihn aus, stellte sich eine Angel vor, deren Schnur durch die Luft schnellte. Das verschwommene Bild trockener Pflanzen tauchte vor ihrem inneren Auge auf. Rissige Erdkrumen und gefleckte Käfer, die erschrocken das Weite suchten. Ihr magischer Faden war gelandet, doch ihr fehlte die Orientierung, wohin und wie weit er geflogen war.

Vorsichtig atmete sie mehr Energie in das Band ihrer Wahrnehmung und stellte sich eine neue Form vor, versuchte einen ersten gestaltlichen Zauber. Sie wusste nicht, ob sie es schaffte, doch sie musste es probieren, wenn sie mehr sehen wollte. Der Faden wand sich. Unwillkürlich öffnete Selana die Augen, um zu verfolgen, was geschah. Entlang des magischen Bands begannen Staub- und Sandkörner aufzusteigen, angezogen von ihrer pulsierenden Magie. Sie schmiegten sich an den fließenden Faden und wirbelten mit ihm davon. Selanas Augen folgten dem magischen Spiel, blickten dem sich windenden

Band nach, das hangabwärts der Steppe entgegenstrebte. Schon wenig später konnte Selana es nicht mehr ausmachen.

Erneut schloss sie die Augen und versuchte es kraft ihres Geistes. Schon glaubte sie, die Verbindung verloren zu haben, als sie plötzlich wieder trockene Erde vor sich sah. Noch einmal pumpte sie Energie in den Faden, und endlich nahm er Gestalt an. Die Spitze ihres Zaubers verdickte sich, richtete sich auf, einer Schlange gleich, die zum Angriff bereit auf ihr Ziel starrte. Doch es war keine Schlange, es war der lange Hals eines anmutigen Tiers, viel graziler und schneller, mit außergewöhnlich scharfen Sinnen ausgestattet. Sie spürte freudige Erregung, als sich ihr gestaltlicher Zauber zur Gänze erhob und ihr einen weiten Blick über die Steppe schenkte.

»Ein Lannpinn«, hörte sie Ihlinn staunen. »Wie wunderbar!«

Selana widerstand der Versuchung, es mit eigenen Augen zu sehen. Sie konnte sich vorstellen, wie unwirklich schön die Gestalt aussehen musste. Staub und Sand, Pflanzenteile und Samenkörner, die sich wirbelnd ineinander verwoben – ein schillerndes Abbild der schnellsten Steppenläufer, die die Welt kannte. Vor ihrem inneren Auge sah sie sandfarbene Töne, verwaschen und schemenhaft. Eine eigene Schönheit, die ihre umfassende Klarheit nur im Gesamtklang aller Sinne erreichte. Ihr Herz pochte vor Aufregung, als sie das Tier die ersten Schritte machen ließ. Ein wenig mehr Kraft sandte sie aus, damit der Faden nicht risse, wenn ihr Lannpinn über die Steppe rannte. Aber wo entlang? Das Tier sah sich um. Nein, sie selbst sah sich um. Das Lannpinn war ihre Magie und ihre Magie war sie.

Wohin hatte Ihlinn gezeigt? Nördlich nach Crem, ein Stück westlich davon zum Grehum. Die Nüstern des Lannpinns, ihre eigene Nase sog Luft ein, Selana roch Erde und Pflanzen. Und noch etwas drängte sich in ihre Sinne. Vage nur und kaum greifbar. Wasser! Sie schaute nach Westen. Dort gelangte sie zum Fluss der Seelen. Die Erinnerung an ein Mädchen mit roten Locken strich durch ihren Geist. Eine Seelenflüsterin, mit einer besonderen Verbindung zu diesem heiligen Fluss. Wie hieß sie noch gleich? Es war nicht wichtig. Es ging ums Grehum! Die Säulen der Macht mussten fallen, das wusste sie noch. Es ging darum, den Abtrünnigen seiner Quelle zu berauben.

Entschlossen lief sie los, dem magischen Schlund entgegen. Erst langsam, dann in immer höheren Sprüngen, preschte sie nach Norden. Sie sah Tiere aufschrecken, die Schemen ganzer Herden, friedliebender Steppenbewohner. Das Leben war so reich und sie kannte so wenig davon. Schönheit, die keinen Namen hatte. Immer weiter lief sie voran, suchte mit Augen und Sinnen nach Gefahren. Den Gestank von Feinden aber roch sie nicht.

Doch plötzlich vibrierte der Boden unter ihren Hufen. Sie bremste abrupt, blieb stehen, lauschte und ihre Nüstern weiteten sich. Dann sah sie eine wabernde Staubwolke den Horizont verhüllen, das Vibrieren nahm zu. Ihr Puls beschleunigte sich und Panik schoss durch ihren Körper. Weg hier! Aber nein, sie musste doch abwarten – sehen, was dort auf sie zukam, oder nicht? Doch der Boden bebte so stark, dass all ihre Instinkte nach Flucht schrien. Pure Angst erfüllte ihren Geist und ließ sie davonpreschen. In panischer Hast floh sie vor der drohenden Gefahr, verlor jedes Ziel aus den Augen und rannte um ihr Leben.

36

Die ungeheure Macht der Erdmagie sammelte sich im Schlussstein und ließ ihn innerhalb eines Lidschlags zerplatzen wie eine überreife Frucht. Der Knall war ohrenbetäubend. Doch was dann geschah, übertraf alles, was Pitu jemals erlebt hatte. Nie hätte er sich ausmalen können, welche verheerende Zerstörung einsetzen wurde. Der mächtige Gewölbebogen brach innerhalb weniger Augenblicke in sich zusammen und riss Massen von Fels und Gestein mit in die Tiefe. Die Schreie der Gellwicks und Söldner, die unter den Trümmern ihr Leben ließen, wurden vom Donnern der Geröllmassen verschluckt, als hätte es sie nie gegeben. Pitu wollte hinabblicken, sehen, ob sich einige der kämpfenden Zwerge retten konnten. Doch der Aufprall der Felsbrocken ließ den ganzen Berg erbeben. Schnell robbte Pitu in den Belüftungsschacht zurück, wo Semje sofort seinen Arm packte.

»Halt dir was vors Gesicht!«

Das Getöse der einstürzenden Halle war so laut, dass Pitu ihm die Worte mehr von den Lippen ablesen musste, als dass er sie verstehen konnte.

»Gleich wird es erst richtig ungemütlich!«, schrie Semje, riss sich den Ärmel seines Hemds im ganzen Stück herunter und drückte den Fetzen Stoff vors Gesicht.

Pitu verstand nicht recht, machte es aber nach. Fast im selben Augenblick fegte eine dunstige Wolke über sie hinweg. Sand und Splitter zerkratzen ihre Arme, Staub nahm ihnen die Luft zum Atmen. Pitu sah Semje nach, der tiefer in den Gang robbte. Die leuchtende Lampe hüpfte an seinem Gürtel auf und ab. Wie weit würde der Staub ihnen folgen? Wie lange die kostbare Atemluft verdrängen? Pitus Lungen lechzten nach Luft. Er musste bei Semje bleiben. Der kannte sich hier viel besser aus!

Gerade wollte Pitu hinterherkriechen, als ihm die Äxte einfielen. Sie waren seinem Freund bei der Überprüfung des Gesteins hinderlich gewesen. Pitu erinnerte sich, dass sie eben noch unweit der Öffnung gelegen hatten. Hoffentlich waren sie nicht durch das Beben über die Kante ins Geröll der verschütteten Halle gerutscht. Entschlossen wandte Pitu sich um, um sie zu holen. Er mochte sich nicht vorstellen, wie unausstehlich Semje wäre, wenn die Äxte verloren gingen. Sie waren ihm sehr wertvoll, wenn nicht sogar das Wichtigste, das er besaß.

Vorsichtig schob Pitu sich vorwärts. Staub biss in seinen Augen, er konnte immer nur kurze Blicke riskieren. Endlich sah er sie, noch an derselben Stelle liegen. Den ausgerissenen Ärmel knotete er sich kurzerhand um den Kopf. Die Äxte waren schwer, doch wenn er die Hände frei hätte, könnte er sie mittragen. Er packte die Waffen und machte sich auf den Weg.

Doch plötzlich wurde das Beben wieder stärker, erneut brachen Stein und Fels, fallendes Geröll dröhnte ohrenbetäubend. Es riss Pitu förmlich von den Beinen. Was passierte denn jetzt noch? Es konnte doch nicht ...

»Nein!«

Eine weitere Wolke staubiger Splitter schlug ihm entgegen, diesmal aus dem Inneren des Belüftungsgangs.

»Semje!« Pitu sprang auf. Ein Stein traf seine Schläfe und brachte ihn ins Taumeln. Dann streifte ein Splitter sein Gesicht, und er zog den Kopf ein. Er schluckte den Schmerz hinunter, ließ nicht zu, dass er ihn aufhielt. Mit den Äxten in den Händen eilte Pitu in den finsteren Gang. Er musste zu Semje, sofort. Wo war nur die Laterne?

Ein Riss fegte über ihm durchs Gestein und ließ Granitbrocken in den Gang fallen. Pitu wich aus, blieb hängen und schlug hart auf den Boden. Auf allen vieren, die Äxte umklammert, kroch er weiter. Endlich sah er das Licht. Ein kleines Funkeln nur noch, doch er wusste, das musste die Laterne seines Freundes sein. »Semje!«

Keine Antwort. Vielleicht hatte er ihn nicht gehört. Noch immer dröhnten die Geräusche durch den Berg, war das Geröll in Bewegung. Dann wurde es unvermittelt leiser. Pitu horchte auf. Die zerstörerische Kraft des einstürzenden Gewölbes ebbte ab. Legte sich nicht schon der Staub, der mit der kostbaren Atemluft so unheilvoll über sie hinweggefegt war? Das Licht der Laterne war jetzt heller zu sehen.

»Semje!«

Wieder keine Antwort. Pitu schob sich ein Stück weiter und erstarrte. Granitbrocken, Steine und Sand bedeckten fast jeden Zoll des Bodens. Und nun erkannte er auch, warum das Licht so schlecht zu sehen gewesen war. Die Laterne war umgekippt, verdeckt von einem Felsen, der den halben Gang einnahm. Und noch etwas sah Pitu. Etwas, das ihm den Magen zusammenschnürte. Staubbedeckte Haare und ein blutverschmiertes Gesicht. Semje! Pitu drückte sich an dem Felsen vorbei und kniete sich zu seinem Freund. Er richtete die Laterne auf und legte vorsichtig eine Hand auf die Brust des Rotbarts. Sein Herz schlug nur schwach, aber es schlug!

»Semje, hörst du mich?«

Der Zwerg öffnete die Augen, versuchte, etwas zu sagen, doch es kam kein Ton über seine Lippen.

Pitu wusste nicht, was er tun sollte. Er musste ihm irgendwie helfen, ihn fortbringen, die Freunde holen. Doch als er sich suchend umblickte, fiel alle Hoffnung von ihm ab. Ein Granitblock, eingekeilt in Steine und Felsbrocken, hatte Semjes Beine unter sich begraben. Blut quoll hervor, mischte sich mit dem Staub der Zerstörung zu einer zähen Masse.

»Pitu ...« Er erschrak über die brüchige Stimme des Freundes, kaum mehr als eine blasse Erinnerung. »Ich sterbe ...«

»Nein, das lasse ich nicht zu.« Hilflos schüttelte er den Kopf.

»Ohne ... meine Äxte.« Tränen rannen aus Semjes Augen.

»Ich hab sie, warte!« Diese Tränen wollten Pitu schier das Herz zerreißen. Ein Mann wie Semje, sein Freund, er sollte nicht ... nein, das war nicht gerecht. Pitu holte die Waffen, riss sich den Stofffetzen vom Kopf und wischte den Staub von den Klingen. Er hielt sie ins Licht, damit Semje sie gut sehen konnte. Ein Blinzeln, ein Erkennen und ein schwaches Lächeln im staubbedeckten Bart des Freundes.

»Gib ... mir ...«

Semjes Finger streckten sich, doch die Arme lagen kraftlos neben seinem Leib. Pitu gab ihm die Äxte in die Hände, die Finger schlossen sich darum. Ein weiteres Lächeln und weitere Tränen. »Jetzt ... ist alles gut ...« Semjes Blick heftete sich auf ihn. »Du bist gut.«

Pitu spürte seine Brust eng werden. Er konnte nicht begreifen, was passiert war. Warum die vielen überstandenen Gefahren ausgerechnet hierher führten. Das durfte nicht das Ende sein. Er kannte niemanden auf der Welt, der so ausdauernd und stark war wie Semje. Fassungslos schüttelte er immer wieder den Kopf. »Du darfst nicht sterben. Ich weiß nicht ...«

Tränen trübten seinen Blick. Hilflos sah er sich um, wollte seine Magie einsetzen, um die Felsen fortzustemmen. Doch als er wieder das viele Blut sah, verzagte er. Unablässig rann es aus dem Körper seines Zwergenfreundes und führte ihn näher an den Rand des Todes. Verhalf dem Sterben zum Triumph über das Leben. Semje würde in das Nichtsein hinübergleiten und Pitu zurücklassen. Wieder einmal allein. Er wusste nicht, wie er ohne ihn bestehen sollte. Er hatte ihm so vieles zu verdanken.

»Dein Plan ... er wird ...« Ein Husten unterbrach Semje, Blut troff aus seinem Mundwinkel.

Wenn Pitu doch nur irgendetwas tun könnte. Plötzlich fiel ihm sein Talisman ein. »Mein Stein, warte ...« Fahrig fummelte er nach dem Lederband, angelte den schwarzen Stein hervor und riss ihn sich vom Kopf. Sanft presste er ihn auf die Brust seines Freundes. »Er hat auch mir schon mal geholfen.«

Doch Pitu hatte ihn nie alleine angewendet, wusste nicht, wie das funktionierte. »Warte, er muss auf die Haut, ja, auf die Haut, damit er wirken kann.« Umständlich öffnete er Semjes Harnisch und zerriss das Hemd. Blaue Runen starrten ihm entgegen. Die Tätowierung, die ihm schon einmal aufgefallen war. Doch Haut war Haut, oder nicht? Vorsichtig legte er den Stein auf die Brust. »Er wird dir helfen, die Schmerzen lindern, etwas heilen vielleicht ...«

»Danke ... aber ...« Semjes Blick heftete sich auf Pitu. »... es wird ... nicht helfen.« Erneuter Husten, noch mehr Blut.

»Heil ihn doch, heil ihn endlich.« Wieder und wieder presste Pitu den magischen Stein auf Semjes Brust, den Talisman, das Vermächtnis seiner Eltern. Doch was war er wert, wenn er in der Not versagte? Pitu spürte das Pulsieren darin, doch die Magie des Steins wollte nicht in seinen Freund übergehen.

Eine Möglichkeit gibt es noch! Pitu würde die eigene Magie einsetzen. Atemlos legte er die Hände über den Stein und versuchte, die Energie zu bündeln. Doch sie fand keinen Einlass, staute sich in seinen Händen und strömte wild pulsierend zurück in sein Inneres. Pitu keuchte. Noch einmal griff er nach dem Talisman, wollte nichts unversucht lassen, pumpte seine Magie mit aller Macht hinein, um sie über den Talisman in den Körper des Freundes zu pressen.

Doch sie schoss ungestüm in ihn zurück. Und plötzlich flutete auch die gebündelte Kraft des Steins in ihn. Hilflos spürte Pitu die machtvolle Energie in sein Inneres schießen, als wäre er ein leeres Gefäß, das es zu füllen galt. Er fühlte die wohltuende Wärme und unglaubliche Magie. Beinahe fielen Traurigkeit, Angst und Schmerz von ihm ab. Gefühle tobten in ihm, Emotionen rangen miteinander. Die Freude über dieses Geschenk, den ungeheuren Reichtum an Kraft, vertrieb für einen Moment die Furcht vor dem Verlust des Freundes.

Doch die Angst, Semje zu verlieren, bäumte sich auf und kämpfte gegen die Euphorie der Macht. Pitu wollte das alles nicht. Entschlossen riss er die Hände hoch und unterbrach die Verbindung. Was, um der Seelen willen, passierte hier?

»Runen ... Eskrinor ...«

Was sagte Semje da? Runen konnten doch keinen Zauber wenden, oder? Der wissende Blick des Freundes verwirrte ihn.

»Du brauchst die Magie ... deine Bestimmung.« Wieder hustete er und weiteres Blut troff aus seinem Mund. Er mühte sich, Luft zu holen, und Pitu beugte sich hinab, um ihn zu stützen. Semje kämpfte um jeden Atemzug.

»Du musst los ... das Grehum ...«

Pitu schüttelte den Kopf. »Nein, ich bleib bei dir.« Tränen liefen ihm aus den Augen.

Doch Semje sah sie nicht mehr. Sein Kopf sank zur Seite.

»Nein. Du darfst mich nicht allein lassen!« Pitu spürte den Verlust so wahrhaftig, dass es ihn schüttelte. Das durfte einfach nicht sein. Er hatte doch versprochen, Pitu zum Grehum zu begleiten. Sie waren doch Freunde! Plötzlich wurde er wütend, fühlte sich betrogen und schrie: »Warum?«

Er starrte in die Felsenhöhlung über sich, sah den verhassten Berg, der ihm seinen Freund genommen hatte, ihm den Blick zum Himmel verwehrte und die Luft zum Atmen nahm. »Hast du dir nicht schon genug Opfer geholt? Warum auch noch ihn?« Hilflos blickte er zurück in das blutverschmierte Gesicht, die graublauen Augen, die ihn nur noch leer anstarrten. Seine Wut verrauchte, räumte das Feld und ließ nichts als Einsamkeit und Trauer zurück.

Pitu sackte gegen die Felswand, starrte in die vertrauten Züge und konnte nicht begreifen, dass ihre gemeinsame Reise zu Ende war. Tränen rannen ihm aus den Augen, versuchten, das Bild des zerschmetterten Freundes auf immer fortzuspülen. Doch es hatte sich schon festgebrannt in seinem Geist. »Was für dunkle Pläne hast du, Atharpazh, die dich das erlauben lassen?«

Nie war Pitu gläubig gewesen, doch er brauchte jemanden, dem er sein Unverständnis entgegenschreien konnte. Jemanden, der Schuld hatte. »Zweimal hast du ihn heute gerettet, warum nicht noch ein drittes Mal? Welchen Sinn hat das?«

Stille hüllte ihn ein. Einsamkeit überkam ihn. Semje war tot. Nie mehr würde er seine tiefe, leicht knarrende Stimme hören, nie mehr auf seinen Rat hoffen dürfen. Pitu hatte seinen Freund verloren und fühlte sich leer. Plötzlich gab es so viel, was er ihm noch erzählen wollte. Und so viele Fragen, die jetzt für immer ohne Antwort blieben.

»Ich hatte ein langes Leben«, waren das nicht Semjes Worte gewesen? *Am Ende war es doch zu kurz. Zu kurz für uns und unsere Freundschaft.* Pitu wischte sich die Tränen aus dem Gesicht. Er starrte auf seinen Handrücken, Tränen, die sich mit Blut mischten. Erst jetzt spürte er den Schnitt auf der Wange, tastete danach und wusste, dass eine Narbe bleiben würde. Sie würde ihn erinnern an den Freund, den er verloren hatte. So wie er schon Velbert verloren hatte. Und seine Eltern.

»Deine Bestimmung«, hörte er Semjes Worte und ließ den Kopf in die Hände fallen. *Ich habe nicht darum gebeten. Ich habe nie um irgendwas gebeten.* Atharpazh hatte ungefragt einen Scheltar aus ihm gemacht. Einem Dieb das Schicksal ganzer Völker anvertraut. Was für ein Hohn. Das Schicksal hatte mit gezinkten Karten gespielt – und er hatte verloren. »Wie weit soll das noch gehen? Wo soll mein Weg zu Ende sein?«

Du musst los! Semje war tot, doch seine letzten Worte, die raue Stimme, klang so lebendig in ihm nach, dass Pitu sich dem nicht entziehen konnte.

Das Grehum! Ja, das war seine Bestimmung. An den Ort zu gelangen, wo der Kreh seine grausame Macht nährte, um damit nichts als Leid über die Welt zu bringen. *Du musst los!* Mehr denn je wusste Pitu, dass Selanas und Atharus Ziel auch sein Ziel war. Semje hätte nicht gewollt, dass er jetzt aufgäbe.

Kleiner Felsenflüsterer! Pitu musste lächeln und schämte sich dafür. Doch plötzlich spürte er die Kraft, die aus dem Stein in ihn übergegangen war. Diesmal ließ er es zu, dass die hinzugewonnene Magie ihn bestärkte und zu neuem Mut verhalf. Die Scham verging, das Lächeln blieb. Er schenkte es seinem Freund. »Für dich war ich der Felsenflüsterer.« Er sah noch einmal zu Semje hinab. »Für den Kreh werde ich eine tödliche Überraschung sein! Das verspreche ich dir.«

Entschlossen nahm er die Laterne mit den Leuchtkristallen an sich und untersuchte das Geröll. Er hatte es sich schon gedacht: Der Belüftungsgang, durch den sie gekommen waren, war versperrt. Hier ging es nicht weiter. Und die Öffnung unterhalb des Gewölbebogens musste ebenfalls verschüttet sein, zumindest wenn alles so funktioniert hatte wie geplant. Trotzdem ging Pitu den Weg dorthin und leuchtete in jede Vertiefung zwischen den Geröllbrocken. Da war kein Durchkommen, kein Luftzug, der auch nur auf eine winzige Lücke hindeutete.

Also kehrte Pitu zurück, setzte sich neben Semje und dachte nach. Für den Moment war er eingesperrt. Doch davon ließ er sich nicht beunruhigen. Er gebot über die Magie der Erde und hatte schon einmal einen Weg durch einen verschütteten Gang gebahnt. Die Frage war nur, welcher Weg der bessere war. Sein Blick fiel auf seinen Freund, dessen leblose Augen noch immer ins Leere starrten. Er seufzte, und für einen Moment kam die Trauer zurück.

»Was würdest du tun?« Er glitt mit der Hand vorsichtig über das Gesicht des Freundes, um ihm die Augen zu schließen. Gerade dieser leblose Blick machte die Gegenwart des Leichnams fast unerträglich. Die Augen schlossen sich unter der Berührung und öffneten sich wieder. Langsam, als wollten sich die faltigen Lider ins Leben zurückkämpfen.

Doch Pitu ließ sich nicht täuschen. Er wusste, dass sein Freund nicht zurückkehren würde. Auch wenn seine sterbliche Hülle erneut ins Leere starrte. Selbst als Leiche blieb sein dickköpfiger Freund sich treu. Als wollte er darauf bestehen, dass es über ihm im Berg etwas Interessantes zu sehen gäbe. Oder war es womöglich seine Seele, die ihm etwas mitteilen wollte? Nein, das konnte Pitu sich nicht vorstellen. Tot war tot. Andererseits gab es bei den Zwergen doch diese Geschichte mit den Kennluren. Vielleicht kämen die silberhaarigen Berggeister von oben durch den Felsen?

Pitu stand auf und leuchtete zu dem Loch hinauf, dass der Tunneleinsturz hinterlassen hatte. Es schien viel größer zu sein, als die Felsbrocken, die hier unten lagen. Vorsichtig bestieg er das Geröll, arbeitete sich bis über die Tunneldecke hinweg und zog die Laterne nach. Vor ihm tat sich ein Hohlraum auf, der wiederum in eine Art Tunnel mündete.

Kopfschüttelnd schaute Pitu noch einmal zu Semje hinunter. »Du erstaunst mich auch jetzt noch, mein Freund. Danke!« Er schenkte ihm ein wehmütiges Lächeln. »Von hier an müssen wir wohl getrennte Wege gehen. Aber ...«, er schluckte, »du bleibst in meinem Herzen.«

Es mochte eine Täuschung durch Licht und Schatten sein, doch es sah aus, als hätten die Augen des Zwergs sich doch noch geschlossen. Und der Gedanke, dass Semje jetzt seinen Frieden gefunden hatte, erleichterte Pitu den Aufbruch.

Entschlossen wandte er sich dem unbekannten Tunnel zu und eilte mit schnellen Schritten voran. All das, die Zerstörung und den Abschied, musste er hinter sich lassen. Der Kampf gegen den Kreh war noch nicht vorüber. Und die Befreiung Fullbors womöglich auch nicht.

Wie viel Zeit war vergangen? Ob Marjenn, Schimmi und die Freiwilligen noch auf ihren Posten waren? Acht Schächte. Acht Feuer galt es zu legen, wenn der Rückzug der Zwerge weit genug gekommen war. Ob Orthos und Fillgur es geschafft hatten, sich bis in die unteren Ebenen durchzukämpfen, um die Zwergenkrieger zu informieren? Hatten sie es überhaupt schaffen können, lebend durchzukommen. Pitu hoffte inbrünstig, er müsste heute keinen weiteren Freund beklagen.

Während er voraneilte, darauf hoffend, auf einen der seinen zu treffen, musste er immer wieder den Kopf einziehen. Decke und Wände des Gangs waren nur roh behauen. Pitu konnte sich nicht daran erinnern, auf der Karte überhaupt einen Tunnel gesehen zu haben, der den Belüftungsschacht zum Gewölbebogen kreuzte. Anscheinend hatten die Abrindarh mehrere Versuche gebraucht, bis ihr Lüftungssystem funktionierte. Immerhin, wenn alles gut ging, war die Unvollkommenheit ihrer Planung erneut die Rettung.

Beim Laufen stieß er gegen einen Stein, der mit leisem Geräusch davon purzelte. Ein Stück weiter musste er größeren Brocken ausweichen. Ganz ohne Schäden war das Beben auch hier nicht geblieben. Wie weit mochte es wohl ausgestrahlt haben? Pitu dachte an die Lüftungsschächte, die sich aus den steilen Klippen der Hochebene zum Tal hin öffneten. Ob sie alle noch intakt waren? Und wenn ja, wären diese Zugänge in den Berg dann das nächste Ziel der schwarzen Armee? Der Gedanke alarmierte ihn. Nur weil der Zugang zu den tiefen Schmieden jetzt versperrt war, würde der Kreh nicht aufgeben.

Unwillkürlich blieb Pitu stehen. Der Kampf um Fullbor war höchstwahrscheinlich gewonnen. Doch wo keine Einheiten hineinkamen, kamen auch keine heraus. Ein Problem, dem sie sich als Nächstes stellen mussten. Denn falls Willgert wirklich seine gesamte Streitmacht in den Kampf führen würde, falls hier tatsächlich in wenigen Tagen Tausende von Zwergenkriegern ankämen, musste es für sie einen Weg in die Ebene geben. Bei den Göttern der Himmelsschmiede, hörten die Probleme denn nie auf?

»Du musst los«, hatte Semje gesagt. In Gedanken versunken ging er weiter. Ja, das musste er. Doch selbst wenn er dem Kreh seine magische Quelle nehmen könnte, brauchte es die Zwergenkrieger, um der schwarzen Armee Einhalt zu gebieten. Denn ihre Grausamkeit war sicher nicht allein der Magie des Kreh geschuldet. Pitu musste sich etwas einfallen lassen.

»Halt! Wer kommt da?«

Der Schreck fuhr ihm durch alle Glieder. Sofort zuckte er zurück, verdeckte das Licht seiner Laterne und starrte abwartend in das Zwielicht vor sich. Zwielicht? Aber ja, dort vorne schien es heller zu werden. Und überhaupt: Ein Gellwick hätte ihn kaum angesprochen, sondern ihn direkt und ohne Vorwarnung aufgeschlitzt.

»Ich bin der Erd-Scheltar.« Es klang weniger selbstbewusst als beabsichtigt.

»Bei den Schwertern Nehrbors!«

Pitu seufzte vor Erleichterung, als er Stimme des Rufers erkannte. »Schimmi, du glaubst nicht, wie froh ich bin, dich zu sehen.« Er eilte dem Zwerg entgegen und umarmte ihn.

»Ich auch. Als der Berg nach dem ersten Beben noch einmal erzitterte, fürchteten wir schon, wir hätten euch verloren.« Er blickte über Pitus Schulter. »Wo ist Semje, das alte Urgestein?«

Pitu spürte, wie die Trauer in ihm wieder aufflackerte, und senkte den Blick. »Er hat es nicht geschafft.«

»Bei den Ahnen!« Schimmis Bestürzung ließ seine Miene erstarren. Tief empfundenes Leid schlich sich in sein Gesicht und fachte auch Pitus Schmerz wieder an. Doch Schimmron fasste sich. »Das ist wahrlich eine schlechte Nachricht.«

Pitu schwieg für einen Moment und überließ Schimmi seinen Gedanken. Kaum traute er sich, die Frage zu stellen, die ihm unter den Nägeln brannte. Doch es musste weitergehen, und er konnte die Ungewissheit nicht länger ertragen. »Wie steht es um die anderen?«

»Fillgur ist verletzt, aber er wird es überleben. Wir konnten ihn in Sicherheit bringen. Orthos ist in seinen Blutrausch verfallen und metzelt ohne Unterlass. Allein sein tiefes Gebrüll lässt viele der Gellwicks zurückschrecken. Um ihn brauchen wir uns nicht zu sorgen.«

Pitu atmete auf. »Und Gramdil? Marjenn?«

»Gramdil ist begeistert, weil wir die kompletten Minen samt der tiefen Schmieden allem Augenschein nach noch in der kommenden Nacht zurückgewinnen werden.«

Schimmron schien die Fassung zurückzugewinnen ob der guten Nachrichten. Es tat ihm gut, an die Erfolge zu denken. »Wir haben das Aspakied genau zur richtigen Zeit in die Gänge geworfen und in Flammen gesetzt. Die Horden des Kreh stürmten haargenau die Wege entlang, die wir ihnen zugedacht hatten. Und die Menge Asparied, die wir in die Tunnel geschüttet haben, wird noch die ganze Nacht brennen.« Stolz schwang jetzt in seiner Stimme. Und dazu hatte er allen Grund. »Ach ja, fast hätte ich es vergessen: Als dein Plan aufging, haben sich Marjenn und ihre Männer sofort in den Kampf gegen die verbliebenen Söldner und Gellwicks gestürzt. Sie werden die verschüttete Eingangshalle überprüfen, wenn die Kämpfe vorüber sind. Damit wir wirklich Sicherheit haben, was das anbelangt.«

Pitu versuchte sich in einem Lächeln. »Du kannst dir gar nicht vorstellen, wie erleichtert ich bin, das alles zu hören.« Er seufzte. »Semje hätte sich gefreut.«

Ein Schatten fiel über Schimmis Miene. »Wie ist Semjon gestorben? Ist er verschüttet worden? Werden wir ihn bergen und in Ehren bestatten können?«

Pitu nickte. »Wenn ihr diesem Gang folgt, werdet ihr ihn finden. Sein Leib wurde von Felsbrocken zerschmettert, doch er war nicht sofort tot. Wir konnten noch Abschied nehmen. Und er starb mit seinen Äxten in den Händen.«

Schimmi senkte den Blick. »Die Drachtarh-Zwillingsklingen.« Er atmete tief, als müsste er um Fassung ringen. »Dann war es ein würdiger Tod für einen Kämpfer wie ihn. Die Streitäxte waren sein ganzer Stolz. »

Pitu mochte nicht darüber nachdenken, ob der Tod seines Freundes wirklich würdig war. Doch er empfand Trost in dem Gedanken, dass Schimmron so dachte. Und hatte Semje nicht sogar gelächelt, als er die Waffen im Licht der Laterne erblickt hatte? Überdies war er in dem Gedanken gestorben, dass ihr Plan aufgegangen war. Und die neuen Herausforderungen mussten ihn nicht mehr kümmern.

»Schimmi, ich will nicht kaltblütig sein, doch es gibt Probleme, denen wir uns stellen müssen. Und am besten schnell!«

»Probleme?« Der junge Zwerg horchte auf. »Hatten wir nicht schon genug davon?«

»Das ist wahr. Doch wenn wir wirklich auf Willgerts Armee hoffen dürfen, müssen wir uns dringend um ein weiteres kümmern.«

»Wir dürfen hoffen. Gramdil hat berichtet, dass ein Bote aus Abrinor eingetroffen ist. Deshalb sollte ich nach euch suchen. Er will, so schnell es geht, mit euch, oder nun wohl nur mit dir sprechen.«

»Dann ist es ihm schon klar geworden.«

»Was denn? Bei den Kennluren, sprich nicht in Rätseln!«

»Entschuldige. Ich dachte, wir hätten es gestern im Zelt des Heerführers angesprochen. Wenn eure Armee hilfreich sein soll, müssen wir sie ins Tal bringen – überraschend und schnell. Damit eure Krieger nicht einzeln abgeschlachtet werden.«

»Bei den Göttern der Himmelsschmiede, das ist wirklich ein Problem. Obwohl ...« Schimmron sah ihn nachdenklich an. »Vielleicht auch nicht.

Atharu

37

Ein Reif gewickelt in einen Fetzen Stoff, als Schutz vor den dunklen Runen. Atharu dachte an Magister Eldarh, der vor der Berührung des Armreifs gewarnt hatte. Könnte es dem Nebelmacher nicht egal sein, wenn er doch selbst schwarze Magie wirken wollte? Atemlos beobachtete Atharu, wie Bennzhardizh den Reif in dem Tuch verbarg und mit ausgestrecktem Arm über die Brüstung in den Nebel hielt. Sofort verschluckte der graue Dunst seine Hand, der verfluchte Reif verschwand mit ihr.

»Was macht Ihr da?« Teehl trat zu ihm und griff nach Benns Arm. Doch der Nebelmacher fegte ihn kraftvoll zur Seite.

Der Älteste schrie und fiel der Länge nach hin. »Was habt Ihr vor. Gebt mir meinen Armreif zurück!« Seine Stimme überschlug sich fast. »Ich – ich will ihn sehen, wenn Ihr Euren Zauber wirkt. Ihr – Ihr müsst ihn mir zeigen. Er ist mein. Mein Ein und Alles. Mein Heiligtum!«

»Keine Sorge, Alter.« Bennzhardizh lachte. »Ich mache genau das, was ich dir versprochen habe. Jeder, der dieses Haus zu betreten sucht und kein Untergebener des Herrn ist, wird von meiner Magie gefangen und daran zugrunde gehen.« Er holte tief Luft und streckte auch den anderen Arm in den Nebel. *»Filktar forhyn, ezhanjotäe-palachnetäe. Churpde yt mahjyl-balahr! De-scherkah perk yl glandorh dukurde!«* (Kommt herbei, Seelen der Gefallenen. Folgt dem Ruf der Magie, erlabt euch für die letzte Reise!)

Atharus Finger schlossen sich um das Medaillon. Drückten es an die Brust. Er spürte das Pulsieren stärker werden und überlegte fieberhaft, ob er eingreifen sollte. Doch wie erstarrt lauschte er den Worten des Nebelmachers.

»Jyhr eltarurh jaln tuhruhn. Ezhanjotäe-brian, kreh-pazh, walda-wrihr! De-scherk yl porozhturh e de-filk perkyn nelles!« (Mein Element ist das eure. Kraft der Seelen, Macht des Einen, Schutz des Wahren! Verzehrt die Dunkelheit und gelangt zum Licht!)

Bennzhardizh sprach Worte, die er auch selbst kannte. Was für ein Zauber sollte das sein?

»Was macht Ihr denn?« Die Augen des Ältesten waren angstvoll aufgerissen, ungelenk kroch er zurück – suchte Abstand zum Nebelmacher, dessen Stimme sich düster erhob.

»Kreh-pazh, kreh-brian, ezhanjotäe-wrihr!« (Macht des Wahren, Kraft des Einen, Schutz der Seelen!)

Bennzhardizh riss die Arme aus dem Nebel, warf den Kopf in den Nacken und streckte die Hände kraftvoll zum Himmel. Der Armreif war verschwunden. Atharu keuchte. Konnte er noch etwas tun, ehe der Zauber des Nebelmachers seine Wirkung entfaltete? Er spürte, wie sich die Feuer-Magie in ihm regte. Würde er die Aufmerksamkeit des Kreh auf sich lenken? Dann fühlte er die Elbenklinge in der Hand. Es musste auch damit gehen. Entschlossen hob er das Schwert und trat in den Raum. Im selben Moment drehte sich Bennzhardizh zu ihm um und lächelte.

»Es ist vollbracht, *delldrer-mija*!«

Brudersohn? Jetzt? Inmitten der Schlacht um Tondaborgen, den unzähligen Opfern und überdies an der Seite des einarmigen Verräters, wollte er das Familienband zwischen ihnen heraufbeschwören? Das konnte Atharu nicht glauben.

Hinter Bennzhardizh geriet die Nebelwand in Bewegung. Schemenhafte Gestalten wölbten sich aus dem dunstigen Kokon, verschwammen ineinander und vergingen wieder. Graue Wirbel tosten durch die silbrige Wand, gebaren neue Formen, wanden und streckten sich. Wie Arme tasteten sie die Brüstung entlang und schoben sich träge voran. Nebelschlangen, die auf den Balkon krochen und langsam dem Ältesten entgegenstrebten.

Ungelenk krauchte der Alte zurück, versuchte, dem Nebel zu entkommen, die Augen angstvoll aufgerissenen. »Nein, nicht mich. Nein!« Seine Stimme klang schrill.

Doch Bennzhardizh schaute ungerührt zu. Inmitten der wabernden Nebelarme schien er wie ein Fels in der Brandung. Herr der Lage. Er hatte alles genau so geplant. Ein einsamer und grausamer Plan, der alle Möglichkeiten in Kauf nahm. Trotzdem verstand Atharu noch immer nicht, was ihn antrieb.

Dann sah Bennzhardizh ihn wieder an. »Es wird dir nichts geschehen, *delldrer-mija*. Hab keine Sorge!« Wie leicht ihm das über die Lippen ging. Er kam nicht einmal auf die Idee, dass er sein Vertrauen verloren haben könnte.

»Nein, mach es weg! Dein Nebel ... Was hast du gemacht?« Teehl schrie vor Angst, schob sich immer weiter rückwärts in den Raum, während die Nebelschlangen sich ihm begierig entgegenstreckten. Schon hatten sie seine Füße erreicht und krochen langsam über die Beine weiter. Er wimmerte und hob schützend seinen Arm vor den Kopf.

Atharu sah zu, starr vor Entsetzen und nicht in der Lage, sich von diesem grausamen Bild abzuwenden. Unerbittlich schob sich der graue Dunst über Teehls Körper, umschloss seinen Arm, sickerte durch die Finger und legte sich auf sein Gesicht. Noch einmal kam Bewegung in den hageren Alten. Sein Stumpf zuckte ziellos umher, seine verbliebene Hand versuchte, den Nebel von sich zu streifen. Hektisch riss er kleine Lücken in die Schwaden, die sich, Rinnsalen gleich, in seinen Mund ergossen. Er hustete, würgte, kämpfte um jeden Atemzug. Atharu wollte ihm helfen, machte einen Schritt auf ihn zu, doch sofort wallte eine dünne Wand silbrigen Nebels vor ihm auf.

»Du kannst nichts für ihn tun«, hörte er Bennzhardizhs dunkle Stimme. »Er hat seinen Weg gewählt. Vor langer Zeit.«

Atharu drehte sich weg, hilflos und entsetzt von dem grausigen Bild. In den Ohren die erstickten Schreie, würgende Laute und dann endlich, so hoffte er, ein letztes Röcheln. Stille breitete sich aus und machte Platz` für trübe Gedanken, die sich schwer auf Atharus Seele legten.

Jetzt, wo er das Ende des Ältesten miterlebt hatte, schämte er sich für die Todeswünsche, die er gehabt hatte. Hatte Teehl so ein Ende verdient? Konnte irgendjemand so einen Tod verdienen? Die Elbenklinge fiel ihm aus der Hand, er sank kraftlos zu Boden. Erschöpft von den Kämpfen des Tages und ausgelaugt von den widerstreitenden Gefühlen, die in ihm tobten.

Es war ihm egal, was der Nebelmacher im nächsten Augenblick tun würde. Delldrer-mija! Freund, Feind, Verräter, Mörder und Familie. Konnte das alles überhaupt zusammenpassen? Was sollte er von diesen Momenten halten, die er miterlebt hatte? Müsste er ihn nicht dafür hassen, dass er ihm die ganze Zeit die Wahrheit verschwiegen hatte? Dafür, dass er ihm vorenthalten hatte, sein Oheim zu sein? Atharu begriff nicht, warum er das nicht konnte. *Weil er trotz allem deine Familie ist.*

Er erinnerte sich an ihre erste Reise nach Tondaborgen. An das Vertrauen, das Benn von Anfang an in ihn gesetzt hatte. An die Hand, die er Atharu in seiner dunkelsten Stunde gereicht hatte. Damals hätte Benn ihn verabscheuen müssen, oder?

Ein dumpfes Geräusch schreckte ihn aus den Gedanken. Der Nebelmacher war zu Boden gestürzt. Atharu beschirmte die Augen. Es war plötzlich so hell. Aber ja, der Nebel war verschwunden. Bennzhardizh lag auf dem Rücken, das Gesicht leichenblass. Er atmete schwer.

Als er ihm den Kopf zuwandte, versuchte er ein Lächeln. »Dieser Elbenzauber ... ist dunkel! Er fordert Kraft und ... und noch mehr«, beendete er den Satz, ohne den Preis zu nennen, den es gekostet hatte.

Doch Atharu ahnte, was er meinte. Der Nebelmacher hatte einen Teil seiner Seele gegeben, um diese Art der Magie heraufbeschwören zu können. Atharu setzte sich auf und sah zu ihm hinüber. Er musste plötzlich an seinen Vater denken. Den Mann, den er nie kennengelernt hatte und dessen Bruder jetzt vor ihm lag. Sein Zwillingsbruder. Er versuchte, sich vorzustellen, wie das Gesicht seines Vaters ausgesehen haben mochte. Ob es dem von Benn ähnlich gewesen war oder ob es sich unterschieden hatte. So wie ihre Charaktere, wenn er Linuzh glauben schenken durfte. *Familie.*

Langsam stand er auf, ging zu seinem Oheim hinüber und setzte sich neben ihn. Warum nur hatte er sich durch den Zauber so verausgabt? Wieso hatte er nicht sein Schwert genommen, um Teehl zu töten? War der Armreif der Grund?

Bennzhardizh stöhnte, der gequälte Ausdruck in seinem Blick ließ Atharus Fragen wie ein Kartenhaus in sich zusammenfallen. Es spielte keine Rolle mehr. Schweißperlen standen auf Benns Stirn. Schon einmal hatte er so reglos vor Atharu gelegen und er hatte ihm mit einem Heilzauber Kraft gespendet, um gemeinsam aus Tonda fliehen zu können.

»Warum?«

Benn seufzte. »Es war der einzige Weg. Wir waren uns einig, dass der Kreh alles im Geist seiner Häscher finden würde. Jedes Gefühl, jeden Verdacht, jede Erinnerung an jedes Wort.« Er hustete und Atharu stützte ihn.

Benn fehlte die Kraft, sich aufrecht zu halten. Um es ihm zu erleichtern, setzte Atharu sich hinter ihn und bettete ihn auf seinem Schoß. Es kam ihm unbeholfen und dürftig vor. Doch etwas anderes fiel ihm nicht ein. Er war damit beschäftigt zu verstehen, was Benn da eben gesagt hatte. »Wir?«

»Die Fürstin und ich.« Er schluckte. Ein Schweißtropfen rann von seiner Stirn, doch als Atharu ihn mit der Hand abwischte, fühlte die Haut des Elbs sich nicht heiß, sondern seltsam kalt an. Sein Atem ging schwer.

Plötzlich hatte Atharu Angst, ihn zu verlieren. Wie sollte er das Selana erklären? Bennzhardizh war die einzige Verbindung zu ihrem Vater – zu ihrer elbischen Herkunft. »Schone deine Kräfte. Ich kann einen Heilzauber sprechen.«

»Nein, bitte tu das nicht.« Benn hob kraftlos den Kopf und ließ ihn wieder zurückfallen, doch seine Stimme klang entschlossen und sein Blick war klar. »Du brauchst deine Magie für den Kampf! ... Für mich ...«, er rang nach Luft, ehe er weitersprach. »Für mich ist es Zeit, zu gehen. Ich ... ich werde meinen Bruder wiedersehen ... unsere Seelen ... wieder vereint ... wie es von Geburt an ... bestimmt war.«

Atharu musste zusehen, wie das Leben aus Benn entschwand. Warum nur war es so weit gekommen? Er sah sich im Raum um, doch natürlich war niemand da, der hätte helfen können. Nur der Leichnam des Ältesten lag einige Schritte entfernt und starrte mit leeren Augen ins Nichts. Atharu horchte, richtete seine Aufmerksamkeit über die Brüstung des Balkons, hinaus auf die Ebene. Er könnte nach Hilfe rufen. Doch die Stimmen, die er zu hören glaubte, waren weit weg, kaum mehr als eine Ahnung. Wie entfernte Schatten, die am Ende des Tages mit der Dämmerung verschmolzen und in der Dunkelheit der Nacht verschwanden. Mit dem Lauf der Sonne könnten sie wieder erstehen.

Doch das galt nicht für Bennzhardizh. Atharu fühlte seine Brust eng werden. Ein plötzlicher Atemzug, ein scharfes Seufzen. Die Augen des Nebelmachers hatten sich geschlossen. Doch noch immer spürte Atharu das Herz schlagen, langsam, schwach. Da war so vieles, was er ihn noch fragen wollte. Nach Erinnerungen, die ihm und Selana mehr über ihren Vater verrieten. »Bitte, bleib noch. Lass uns nicht allein!«

Ein Zucken lief durch Benns Körper, als hätte ihm jemand einen Stoß versetzt. Einen Weckruf, damit er nicht hinübertrat ins Reich der Seelen. Noch einmal öffnete er die Augen und suchte Atharus Blick. »Die Augen deines Vaters.« Seine Stimme war kaum mehr als ein Hauch. »Es war wie ein Wiedersehen.«

Ein Seufzen noch, seine Lider schlossen sich und das Herz hörte auf zu schlagen.

»Ich danke dir«, flüsterte Atharu. Tränen liefen ihm über die Wangen. »Ich werde dich nicht vergessen, *jyhr Zhamm-delldrer*!« (Mein Vater-Bruder!)

»Atharu! Bist du hier?«

Er wusste nicht, wie lange er dort gesessen hatte, als er Pelldors Stimme hörte. Hier im Haus, auf dem Boden, seinen verstorbenen Oheim in den Armen, war nichts anderes mehr wichtig gewesen. Gedanken waren gekommen und gegangen. Erinnerungen an Momente seiner Kindheit, in denen er sich einen Vater oder den Bruder eines Vaters gewünscht hätte. Unmut über die Ungerechtigkeit des Schicksals, dass ihm das verwehrt geblieben war. Zorn darüber, es erst jetzt geschenkt und gleich wieder entrissen zu bekommen. Dann plötzlich fühlte er Dankbarkeit, für den friedlichen Moment des Abschieds, inmitten des grausamen Krieges. Und gleichzeitig bedauerte er, dass Selana dieses Geschenk für immer verwehrt bliebe. Niemals mehr könnten sie ihrem Vater so nah sein, wie er es durch Benn in dessen letzten Momenten gewesen war.

»Atharu-Scheltar!« Die Stimme Kierons.

Er fasste sich, schob Benn behutsam von seinem Schoß, erhob sich und trat auf den Balkon. Mehr Zeit zum Trauern durfte er sich nicht gestatten.

»Atharpazh sei Dank!« Pelldor stand vor dem Haus und schaute zu ihm herauf. »Wir glaubten dich schon verloren.«

Atharu suchte nach Kieron. Dann hörte er das Knarren der Dielenbretter und drehte sich um. Die Schritte auf den Stiegen waren ohne Hast, als wüsste der Elbenkrieger, dass er in einen Moment der Stille oder des Abschieds einbrechen würde. Sobald er in den Raum trat, erfasste er die Situation. Er legte die Hand aufs Herz und verbeugte sich. Schweigend sah er sich im Raum um. Er ließ Atharu die Zeit, selbst zu entscheiden, was er von dem preisgeben wollte, was hier geschehen war, und drang nicht auf ihn ein. Atharu war ihm dafür dankbar.

Erst einen Augenblick später sah er den Fetzen Stoff, den Kieron bei sich trug. Der Elb folgte seinem Blick und hob die Hand. »Ein dunkler Reif, gespeist von finsteren Runen. Ich fand ihn unterm Balkon und denke, er sollte vernichtet werden.«

Atharu nickte. »Schmelzt ihn ein und verbrennt die Leiche des Verräters gleich mit!« Er wies auf Teehls Überreste.

»Habt Ihr ...« Die Frage blieb unausgesprochen, doch er verstand sie auch so. Hinter Kieron kam Pelldor die Stufen hinauf. Er blickte sich um und hob fragend seine Brauen.

»Der Plan der Fürstin ging auf. Und ihr Getreuer, mein Oheim Bennzhardizh, hat dafür gesorgt.«

»Dann hat er ...« Diesmal kam die unausgesprochene Frage von Pelldor.

Atharu nickte. »Er hat eine Magie gewirkt, die den Verräter gerichtet hat. Ein Zauber, der ihn seine gesamte Lebenskraft gekostet hat.«

»Und Euer Leben gerettet hat«, ergänzte Fallam-Kierondorh.

Was er damit meinte, verstand Atharu erst, als sie Bennzhardizh hinaustrugen. Auf den Stufen der Treppe hingen, seltsam verrenkt, die Leichen zweier Gellwicks. Vier weitere Tote lagen im unteren Raum auf den Dielen. Aufgerissene Augen, die blicklos zur Decke starrten, und zungenlose Münder, denen keine Laute mehr zu entlocken waren. Deshalb hatte der Zauber ihn verzehrt. Sieben Gegner!

Während sie das Haus hinter sich ließen und über den Schlachtplatz gingen, beobachtete Atharu erschüttert, wie viele Verstorbene es für Elben und Menschen zu bergen galt. Sie wurden alle in den Friedenstempel gebracht. Auf Karren gelegt oder einzeln getragen. Sie alle bekämen ein letztes Geleit, wusste Atharu. Gebete, Gesänge und Bestattungen, wie es für ihr jeweiliges Volk üblich war.

Im hinteren Bereich des Kampfgebiets, weit ab von den Häusern, war ein grausiges Geschäft im Gange. Eine hohe Rauchsäule stieg in den Himmel. Atharu erkannte einen riesigen Scheiterhaufen, der mit immer mehr Holzscheiten angefacht wurde. Menschen und Krieger schleppten die Kadaver der Gellwicks heran und warfen sie achtlos in die Flammen. Auch Teehls Körper würde auf diesem Feuerhaufen enden.

»Wir verstärken das Feuer mit unserer Magie«, erklärte Kieron, dem aufgefallen war, wohin Atharu blickte. »Es soll so heiß brennen, dass die Runenreife schmelzen. Wenn es sein muss, die ganze Nacht und den ganzen nächsten Tag!«

Atharu nickte nur. Was immer nötig war. Doch das hier war nicht seine Aufgabe. Für ihn gab es in Tondaborgen nur noch eins zu tun: nach Jehlen schauen!

»War schon jemand im Tempel, während ich ...«, er holte Luft, »während ich beschäftigt war?«

»Ich nicht«, sagte Pelldor. »Es war ein langer Kampf, bis der letzte Gellwick vernichtet war. Und dann haben wir erst mal unsere Verletzten hineingebracht.«

»Dann wissen wir noch nicht, wie es um Freund Jehlen steht?« Er sah zu Kieron hinüber, der den Kopf schüttelte.

»Es mag unsere Hoffnung noch einen Weg lang tragen. Und doch sollten wir gefasst sein, auf das, was uns erwartet.«

»Wie meint Ihr das?« Atharu blieb vor dem Säulengang stehen. Auch Pelldor schaute den Elbenkrieger fragend an.

»Manchmal führt Hoffnung in die Irre, und wir sehen Dinge, die weniger noch sind als eine Täuschung des Möglichen.« Er senkte die Stimme. »Die Menschen im Tempel sind womöglich seit Monden eingeschlossen. Wie lange könnten sie Verletzte und Siechende am Leben halten? Welche Tränke und Kräutervorräte bedarf es, um so lange durchzuhalten?«

»Und doch sind sie noch da!« Atharu wollte die Hoffnung nicht fahren lassen. Es bestand immer noch die Möglichkeit, auch wenn sie gering war.

»Nicht nur das ...«, bekräftige Pelldor. »Sie scheuten nicht einmal den Kampf gegen die Gellwicks. Atharpazh allein weiß, wie sie nach all der Zeit im Tempel immer noch diese Energie aufbringen konnten.«

»Ihr habt wahr gesprochen. Es steht mir nicht zu, Euch die Hoffnung zu nehmen. Wie werden es ...«

»Atharu? Atharu!«

Auf diese aufgeweckte Stimme hatte er gehofft. Frohen Herzens wandte er sich dem Eingang des Tempels zu. »Ayian! Bei den Seelen – ich bin so froh, dich wiederzusehen.«

Der kleine Tempelbruder stürmte auf ihn zu und schloss ihn in die Arme. Atharu wäre beinahe aus dem Gleichgewicht geraten. Ein warmes Gefühl durchströmte ihn und zauberte ein glückliches Lächeln auf sein Gesicht. Dieses Kind war wirklich ein Lichtblick in solch düsteren Zeiten.

»Ich hab gewusst, dass du wiederkommst.« Ayian strahlte ihn an.

»Dann wusstest du mehr als ich.« Lachend strich Atharu dem Jungen über den Kopf, auf dem jetzt dunkelblonde Haarstoppel sprossen. Es fühlte sich angenehm an – weich und rau zugleich. »Wie ich sehe, sind eure Messer stumpf geworden.«

»Nö. Die Stinker haben uns nur keine Ruhe gegönnt. Es ist schon Tage her, dass wir Zeit für unsere Riten hatten.« Ayian machte eine wegwerfende Geste. »Aber Waschen wird sowieso überbewertet.« Er linste zu Pelldor und Kieron hinüber.

Atharu erklärte ihm, wer sie waren. Dann stellte er ihnen seinen kleinen Freund vor. »Das ist Ayian. Einer der Tempelbrüder und mein Lebensretter. Er kennt in Tondaborgen sämtliche Räume und Gänge, weiß unzählige Geschichten zu erzählen und ist der Verteidiger des Tempels.«

Der kleine Tempelbruder strahlte ihn mit stolzgeschwellter Brust an und verbeugte sich dann vor Pelldor und Kieron. *»Iys bellzhahn tuhl e tuhr ezhanjo!«*

»Yt raell ezhanjotäe jaln ezh tuhn!« Kieron neigte den Kopf.

Pelldor schenkte dem Jungen ein Lächeln. »Ein echter Tempelschüler Tondaborgens. Es freut mich, dich kennenzulernen.«

»Mich auch.« Ayian grinste sie über beide Ohren an und lief dann ohne ein weiteres Wort zurück in den Tempel.

Pelldor hob eine Braue. »Das war aber ein kurzes Vergnügen. Ich dachte, er würde uns hineinführen? Oder kennst du den Weg?« Er schaute Atharu fragend an.

»Nicht wirklich. Tondaborgen ist riesig.« Er wandte sich an Fallam-Kierondorh. »Kennt Ihr Euch hier aus?«

Der Elbenkrieger schüttelte den Kopf. »Der Besuch des Tempelinneren war der Fürstin und ihrem Gefolge vorbehalten.«

»Wo bleibt ihr denn?«

Atharu sah zum Eingangstor. Ayian stand grinsend zwischen den Torflügeln und winkte ihnen. »Kommt, ich bringe euch zum Schrein der Fürstinmutter!« Schon drehte er sich wieder um und lief davon, während sie sich beeilten, ihm zu folgen.

Anders als bei Atharus letztem Besuch betrat er den äußeren Ring des Tempels zum ersten Mal durch einen der offiziellen Eingänge.

»Und ich dachte, der Palast in Gelder ist groß.« Pelldor staunte, als sie die große Eingangshalle betraten. Die Deckenhöhe konnte einen schwindlig machen. Atharu legte den Kopf in den Nacken und erkannte Elbenschrift und Zwergenrunen, die die gesamte Fläche bedeckten. Es war beeindruckend. Langsam gingen sie weiter, und auch, wenn es ihn drängte, Jehlen endlich wiederzusehen, konnte er nicht verhindern, dass all die Pracht ihn faszinierte und ablenkte. Hingerissen betrachtete er die Wandteppiche zur Linken und Rechten, die die Wappen der zwölf Herrscherhäuser trugen. Dort hing das Wappen aus Geldermark. Das elfenbeinfarbene Tor auf blaugrünem Grund. Hier war es mit mehr Details ausgestaltet, als er es bisher gesehen hatte. Links neben dem Tor prangte der gehörnte Kopf eines Melbos, ihm gegenüber spannten sich die Flügel eines Fallandirs und in der blauen Fläche darunter, waren drei Fische eingewebt.

»Eine wunderschöne Arbeit!« Pelldor blieb vor dem Wappen stehen.

»Was bedeuten die unterschiedlichen Fische?«, fragte Atharu und zog seinen Freund weiter. Sie durften nicht länger trödeln.

»Jeder steht für einen Lebensraum im Reich der Geldermark. Der Nächtler für den Nebelsee, die Diamantforelle für den Uwentengoa und der Feuertümmler für das Meer.« Sein Freund zwinkerte ihm zu. »Ich kann mir schon denken, welcher dir am besten gefällt.«

»Nun kommt schon!«, rief Ayian ungeduldig.

Rasch folgten sie dem kleinen Tempelbruder durch den äußeren Ring. Der Feuertümmler und die Wappen der Völker mussten warten, Atharu beschleunigte seine Schritte. Jetzt wollte er wissen, wie es um seinen Mentor stand. Trotzdem warf er im Vorbeigehen kurze Blicke auf die kunstvollen Motive. Er sah Gebäude, Tiere, Kristalle und grazile Pflanzenmotive. Die Steppenpferde mochten für Tykalden stehen, die Dokahörner vielleicht für Akra. Bliebe das Wappen mit den Sturmseglern und den Münzen für Myzehren. Er wusste es nicht. Kristalle und Werkzeuge gehörten bestimmt zu den Zwergenstämmen, die filigran gestalteten Pflanzenmotive sicher zu den Elbenhäusern. Unwillkürlich musste er an das Eiland von Erellgorh zurückdenken, auf dem er Pflanzen und Tiere erlebt hatte, die er, wenn überhaupt, nur aus den Schriften Ondaras kannte.

Als sie das Ende der Halle erreichten, stemmte Ayian sich gegen einen der großen Torflügel und schob ihn auf. Das Licht, das von draußen hereinflutete, blendete, obgleich der Tag sich bereits dem Abend neigte. Vor ihnen lag der breite Hof, den Atharu schon kannte und der den inneren Tempelbau umgab. Ein lang gestreckter Schatten auf dem Boden ließ Atharu aufschauen. Eine hölzerne Brückenkonstruktion spannte sich vom Dach des äußeren Rings bis zu der Kuppel des Tempels. Die Menschen von Tonda und die Tempelbrüder waren fleißig gewesen.

»Damit wir uns rasch zurückziehen könnten, wenn das Ringhaus fallen sollte«, erklärte Ayian stolz und ging rückwärts vor ihnen her. Er zeigte über sich. »Schaut mal, aus was für Sachen wir das gebaut haben.«

Atharu erkannte Stuhllehnen, Bänke und Wandvertäfelungen. Einige davon mit wunderbaren Schnitzereien verziert.

»Toll, oder?«

»Wenn man so will.« Kieron seufzte. »Es waren immerhin meisterliche Handwerksarbeiten der zwölf Völker.«

»Die nun zu einer einzigen zusammengezimmert wurden«, ergänzte Ayian stolz. »Lebenswichtige Kunst sozusagen!«

»Es gäbe schlechtere Verwendungen«, meinte Atharu.

Pelldor nickte. »Das denke ich auch.«

Auf der gegenüberliegenden Seite packte Ayian einen eisernen Ring und stemmte sich gegen den Boden. Atharu erinnerte sich an die Dunstwolke, die ihnen beim letzten Besuch entgegengeweht war. Zu viele Menschen auf zu engem Raum. Doch der Gestank nach Schweiß und Fäkalien hielt sich in Grenzen. Die Räume waren leer und die Eimer für die Notdurft offensichtlich geleert worden.

»Die Menschen aus Tonda nutzen die Gelegenheit, um in den Häusern nach Vorräten zu suchen.« Ayian seufzte, für einen Moment wurden seine Lippen schmal. »Mein Freund Brandan und die anderen glauben, dass wir es noch nicht überstanden haben und weitere Horden kommen werden.«

Atharu dachte an die Karte auf der Ratstafel der Fürstin und sah im Geist noch einmal, wie die Horden von Clutt nach Tonda zogen. Ayian wusste ja gar nicht, wie recht sie hatten!

Plötzlich lächelte sein kleiner Lebensretter wieder und schaute zu Kieron auf. »Aber dank Euch haben wir eine Atempause und können uns vorbereiten. Es kann also nicht so schlimm werden wie beim letzten Mal.«

Er eilte weiter, öffnete Türen, lotste sie durch Gänge mit fehlenden Wandvertäfelungen, an Räumen vorbei, die ohne Bänke und Stühle seltsam leer wirkten. Geplündert für die Brücke, die sich vielleicht noch als lebensrettend erweisen würde. Weitere Türen, weitere Zimmer – doch nur wenige Menschen. Decken und Bündel lagen in Ecken, zwei kleine Kinder spielten mit Puppen aus Stroh und Schnur. Eine Frau wiegte ihr Baby, dessen Schreie ihnen kräftig nachhallten. Es klang wehleidig. Doch Atharu wollte es als Symbol für die Hoffnung verstehen.

Endlich waren sie beim Ratssaal der Elamarh angelangt. Ayian sah ihn erwartungsvoll an. »Du hast doch bestimmt wieder Kräuter oder so was dabei, richtig?«

Wie von selbst tastete Atharus Hand nach der Gürteltasche. »Keine Sorge, Ayian, die habe ich immer dabei. Und diesmal sogar mit einem stärkenden Heiltrank darin. Aber nun spann uns nicht länger auf die Folter. Wie geht es Jehlen? Ist es sehr ernst?«

Ayian schaute ihn überrascht an. »Jehlen? Nein, nein. Vater Prynn braucht doch deine Hilfe. Wir haben alles so gemacht, wie du uns aufgetragen hast, und es geht ihm auch schon besser. Doch der Husten will nicht weggehen.«

Atharu spürte einen Stich in der Brust. Stumm sah er, wie Ayian die Tür öffnete. Sah ihn hineingehen und war unfähig, ihm zu folgen. Seine Hoffnung zerbrach wie dünnes Eis unter einer schweren Last. Wie hatte er sich nur einreden können, dass Jehlen noch am Leben war? Die Wahrscheinlichkeit war einfach zu gering gewesen. Fallbihr-Jehlendorh könnte nie wieder zu seiner Fürstin zurückkehren. Sein Blut klebte weiterhin an Atharus Händen.

»Komm!« Plötzlich ergriff Ayian seine Hand.

Wie betäubt ließ Atharu sich von ihm durch den Saal ziehen. Die dick gewebten Teppiche, der hoch aufragende Schrein Fellen-Kehlandas, alles schien farbloser als bei seinem letzten Besuch. Ein raues Husten hallte ihnen entgegen. An Vater Prynn hatte Atharu gar nicht mehr gedacht. Er lebte also noch, gegen alle Wahrscheinlichkeit. Unfassbar!

Der Tempeljunge zog Atharu weiter durch den Raum, vorbei an seinen Tempelbrüdern, die sich bereits zum Schlafen gelegt hatten und nur müde unter ihren Decken hervorlugten.

Erneuter Husten, krächzend und laut. Wolltarh Prynn, er war den Seelen schon näher gewesen als den Lebenden. Das Einzige, was Atharu damals für ihn hatte tun können, war, ihm das Atmen zu erleichtern. Ein wenig mehr Luft, um ohne Qualen in die Seelenwelt hinüberzutreten.

»Wo warst du denn so lange?« Der Tempeljunge Brandan trat hinter dem Schrein vor. »Atharu! Bei den Seelen, Ayian hat tatsächlich recht behalten.« Er strahlte, wollte auf Atharu zulaufen und zögerte dann, als traute er sich nicht, dem großen Heiler um den Hals zu fallen.

Atharu dachte daran, wie es ihm selbst ergangen war, als er das Gefühl hatte, erwachsen zu werden. Die Versuche, Emotionen zu kontrollieren. Spontane Umarmungen schienen damals nicht mehr angebracht. Und auch die Liebkosungen der Mutter waren in der Gegenwart von Freunden kaum erträglich. Atharu öffnete die Arme, um ihm die Entscheidung abzunehmen. »Schenk mir eine Umarmung, Brandan. Es ist dieser Tage ein hohes Gut, sich gesund wiederzusehen!«

Der Tempeljunge strahlte und sie umarmten einander herzlich. Ein tröstliches Gefühl, das Atharu gut gebrauchen konnte, jetzt, wo die Hoffnung auf ein Wiedersehen mit Jehlen zerstört war. Brandan, dachte er, als er den Jungen losließ. Wie gerne würde er seinen besten Freund, den großen Brandan, wieder in die Arme schließen. Er hoffte so sehr, dass es ihm gut ging.

Das starke Husten des Tempelvaters unterbrach Atharus Gedanken. Ayian lief um den Schrein herum, und er eilte ihm nach. Er war Heiler! Und dieser Aufgabe allein sollte er sich für den Moment widmen. Mit halbem Ohr hörte er noch, wie Brandan sich Pelldor und Kieron vorstellte, dann trat er um den Schrein der Fürstinmutter herum. Er hatte lose Decken erwartet, auf denen Vater Prynn bei seinem letzten Besuch gelegen hatte. Doch der alte Mann saß in einem hohen Lehnstuhl, neben ihm ein Tisch, auf dem ein Tonkrug und ein Becher standen. Der Tempelvater sah zu ihm auf, ein schwaches Lächeln trat auf sein mageres Gesicht.

»Ich habe doch gesagt, dass er wiederkommt.« Ayian kniete sich vor den Alten, der ihm freundlich zunickte.

»Das hast du.« Ein pfeifendes Geräusch, als Wolltarh Prynn angestrengt Luft holte. *»Jys ... jys bell... bell...«* Die Begrüßung ging in einem Hustenanfall unter.

»Yt raell ezhanjotäe jahn ezh tuhn«, antwortete Atharu und trat näher. »Bitte sprecht einstweilen nicht. Es löst nur weiteren Husten aus. Darf ich Euch untersuchen?«

Vater Prynn nickte und Atharu horchte seine Brust ab. Es war erstaunlich. Kaum ein Brodeln war mehr zu hören und es steckte auch keine fiebrige Hitze mehr in ihm. Der Brudervater war wirklich auf dem Weg, gesund zu werden. Aber wie konnte das sein? In so kurzer Zeit?

Erneut schüttelte den Alten ein Hustenanfall. Trockener Reizhusten. Atharu schaute sich um. Lag es an den Kerzen?

Nein, es brannten viel weniger als beim letzten Mal. Man konnte von hieraus kaum fünf Schritte in den Saal hineinsehen. Die Gesichter der Tempelbrüder, die sich nach und nach um sie scharrten, besorgt oder neugierig, blieben im Schatten. Außerdem zog der Ruß nach oben ab, hinauf in die hohe Gewölbedecke. Nein, die Kerzen waren nicht der Grund für den Husten. Es musste eine andere Ursache geben.

Der Tee vielleicht? Atharu roch daran. Otempa. Natürlich! Das Kraut, das er ihnen dagelassen hatte, um den Schleim zu lösen. Doch wo kein Schleim war, trocknete es den Hals aus.

»Schütte das weg, bitte.« Er reichte Ayian den Becher und sah Vater Prynn an. »Kein Otempa mehr. Es trocknet Euren Rachen und die Luftwege aus. Ab jetzt nur noch schlichtes Wasser. Gerne auch warm oder heiß. Vielleicht etwas Karanda-Rinde für den Geschmack, wenn Ihr welche hier habt.«

Atharu kramte in seiner Tasche und fand ein kleines Beutelchen. »Relknüsse.« Er zählte sieben davon auf den Tisch. »Gut kauen und lange im Mund behalten. Am besten gleich eine, morgen drei über den Tag verteilt, übermorgen zwei und am Tag darauf die letzte. Das sollte reichen. Das Öl darin wird euren Hals heilen und die Krämpfe lindern.«

»Danke.« Vater Prynn nahm eine der kleinen runden Nüsse und steckte sie in den Mund.

»Darf ich?« Jemand drängte sich schwerfällig durch die Tempelbrüder nach vorn. Sonderbar schief, als stützte er sich auf einen zu niedrigen Stock. Atharu konnte das Gesicht im Dämmerlicht nicht erkennen und sah sich irritiert nach Pelldor und Kieron um. Sie standen hinter ihm, den jungen Brandan an ihrer Seite. Ein sonderbares Gefühl überkam Atharu, er starrte wieder in das schummrige Kerzenlicht.

»Die erdigen Nüsse der Relke sind eine gute Wahl, würde ich meinen. Auch wenn sie mit Bedacht gegessen werden sollten. Zu schnell kann man sich an diesen runden Kügelchen verschlucken. Und es wäre doch eine bittere Medizin, wenn man daran erstickte. Meint Ihr nicht auch, Atharu-Scheltar?«

Selana

38

Wo konnte sie hin? Das Beben unter ihren Hufen kam von überall. Wieder schlug sie einen Haken, wechselte die Richtung. Doch von dort kamen andere Tiere, flüchtende Gefährten. Die Welt schien aus den Fugen zu geraten.

»Selana!«

Sie drehte ab, reihte sich ein, schlug ihre Hufe mit denen der anderen Lannpinns in den Boden und setzte in großen Sprüngen davon.

»Selana!«

Etwas packte sie, Hitze schoss durch ihren Leib. Die Gefährten um sie herum verschwammen. Nein! Ohne die schützende Herde wäre sie allein und hilflos. Ein plötzlicher Stoß ließ sie auf den Rücken hinschlagen. Alles um sie her verging. Sandfarbene Nebelschwaden, die in sich zusammensackten und nichts als Dunkelheit zurückließen.

»Du musst die Augen öffnen.«

Was für ein Unsinn. Die hatte sie doch geöffnet. Sie wäre kaum mit geschlossenen Augen über die Steppe gerannt!

»Selana!«

Ein Schlag ins Gesicht. Wessen Name war das? Ihr eigener? Plötzlich erinnerte sie sich, riss die Augen auf und blickte ins Antlitz der Elbenkriegerin.

»Atharpazh sei Dank!« Ihlinn stieß geräuschvoll die Luft aus. »Ich dachte schon, du wärst verloren. Bei Geistwanderungen darf man sich nicht zu weit von seinem Körper entfernen! Hat Zhanjor-Gehlen das nicht erklärt?«

»Geistwanderung?« Selana setzte sich auf und mühte sich, wieder einen klaren Kopf zu bekommen. »Bis eben wusste ich nicht einmal, was das ist. Geschweige denn, dass ich das kann.« Noch ein Thema, das sie mit Gehlen klären müsste, wenn sie sich wiedersahen. Die Liste wurde länger.

»Oh, ich verstehe.« Ihlinn schwieg für einen Moment. Dann seufzte sie. »Hätte ich das gewusst, hätte ich dich gewarnt. Man reist mit seinem Geistgeschöpf, um die Himmelsrichtungen zu bestimmen oder Gefahren zu wittern und einzuschätzen. Nicht, um von einem Ort zu einem anderen zu kommen. Aber dein Zauber wirkte so fließend und zielgerichtet. Als hättest du das schon viele Male gemacht.«

»Auf vier Hufen panisch über die Steppe flüchten?« Selana konnte sich an all die Eindrücke und Gefühle erinnern, die ihr Geistgeschöpf gehabt hatte. »Nein, das war eine vollkommen neue Erfahrung für mich. Und ich muss das auch so schnell nicht wieder haben.« Sie setzte sich auf und blickte sich nach Jiga um. Das Frettchen saß ein Stück weiter auf einem Stein und sah skeptisch zu ihr herüber. »Na, meine Kleine, kein Lannpinnfreund?« Selana sah sich zu Ihlinn um und streckte ihr hilfesuchend einen Arm entgegen.

»Vor was bist du geflohen?« Die Elbin half ihr auf. »Was hast du gesehen?«

Selanas Magen zog sich zusammen, als sie an das Beben dachte und sich an die riesige Staubwolke erinnerte, die sich weit über den Horizont erstreckt hatte. Alarmiert streckte sie einen Arm aus. »Dort!« Von hier aus war kaum etwas zu sehen, aber das Vibrieren konnte sie schon spüren. Es kam direkt aus nördlicher Richtung. »Wir müssen hier weg. Und zwar schnell!«

»Aber wohin?« Ihlinn blickte sich um.

»Zum Fluss der Seelen. Komm Jiga!« Sie beugte sich vor, das Frettchen sprang ihr auf die Arme. »Krall dich fest!«

Ohne ein weiteres Wort rannte sie los, Ihlinn dicht hinter sich. *Zu langsam!* Sie stürmte die Anhöhe hinab, wich immer wieder größeren Sträuchern aus, sprang über lose Steinhaufen und schaffte es, nicht ins Straucheln zu geraten.

»Der Boden vibriert.« Die Stimme der Elbin klang gehetzt. »Was ist das?«

»Ich weiß es nicht. Aber mein Geistgeschöpf hat mit purer Angst reagiert.« Selana warf einen Blick zur Seite. Jetzt konnte sie deutlich eine Staubwolke erkennen. Wie weit müssten sie laufen, um aus ihrer Reichweite zu kommen? Immer schneller hetzte sie in Richtung Fluss. Rhythmus, mahnte sie sich. *Deine Schritte, deine Atmung!* Wieder blickte sie zur Seite.

»Entweder riesig oder viele!«, hörte sie Ihlinn rufen.

Das Vibrieren nahm zu. Egal ob riesig oder viele, die Wolke war eindeutig schneller als sie. Selana sog Magie aus ihrem Innersten und pumpte sie in die Beine. Die Kraft verschaffte ihr zusätzliche Sicherheit, sodass sie es schaffte, ihr Tempo noch ein wenig zu steigern. Fast schon befürchtete sie, ihre Elbenfreundin würde zurückfallen, doch die Kriegerin war viel trainierter als Selana und hielt mit.

»Vor uns ... kommt ... eine Baumgruppe!«, rief Ihlinn atemlos.

Ein Blick zur Seite: Sie würden nicht davonkommen, ohne sich zu stellen. Vielleicht wären die Bäume ihre Rettung, um nicht überrannt zu werden. Wie im Fieber dachte Selana über Zauber nach, die sie wirken könnte. Aber wie begegnete man einer Übermacht? Wie schaltete sie Dutzende oder gar Hunderte Feinde gleichzeitig aus? Eine Druckwelle dieser Größe hatte sie noch nie versucht. *Erst mal zu den Bäumen!*

»Abdrehen!«, warnte Ihlinn.

»Was?« Dann sah Selana es auch: eine Gruppe von Melbobullen. Sie wusste nicht viel über diese riesigen Panzerechsen. Doch es reichte aus, um einen gehörigen Respekt vor ihnen zu haben.

»Sie haben uns ... noch nicht ... entdeckt«, rief Ihlinn.

Fast im selben Moment schoss Selana eine Idee durch den Kopf. Sie lief mit neuer Entschlossenheit voran. »Wir müssen hinter sie kommen«, keuchte sie und behielt die Bullen im Auge. Irgendetwas schien die Tiere aggressiv zu machen. Einer rammte seinen Kopf mit Wucht gegen einen der Bäume.

Selana ließ sich nicht beirren. Entschlossen rannte sie weiter. Inzwischen vibrierte der Boden nicht – er bebte, begleitet von ohrenbetäubendem Rauschen. Sie mussten es einfach schaffen. Wieder stieß einer der Melbobullen gegen den Baum, machte Platz und überließ einem anderen Tier das Feld. Irgendetwas hatte sie aufgestachelt. Von der herannahenden Gefahr bekamen sie anscheinend nichts mit.

Den schweren Atem Ihlinns hinter sich, blickte Selana flüchtig über die Schulter, vergewisserte sich, dass die Kriegerin durchhielt. Zu ihrer Linken füllte die Staubwolke beinahe den ganzen Himmel aus. Einzelne Schemen waren zu erkennen. Ungleiche Formen, die hervorpreschten und sofort wieder vom Staub verschluckt wurden.

Vor ihnen die Melbobullen, ihre dornenbewehrten Schwänze aufgeregt hin- und herpeitschend. *Das gilt hoffentlich nicht uns!* Endlich waren sie bei der Herde und liefen um sie herum. Die Baumgruppe mit den Melbobullen lag nun zwischen ihnen und der herannahenden Gefahr.

Abrupt bremste Selana ab. Nur wenige Atemzüge gönnte sie sich, dann konzentrierte sie sich einzig auf ihre Magie. Aus den Augenwinkeln nahm sie undeutlich wahr, wie Ihlinn ihr Schwert zückte, sich schützend hinter ihr hielt und ihr den Rücken deckte. Selana ballte die Fäuste, hob die Arme und stieß sie sofort wieder nach unten. Ruckartig öffnete sie die Hände und ließ kraftvolle Luftwirbel aus den Fingern schießen. Von einem Moment auf den anderen peitschte sie die Wirbel in die Höhe und ließ sie zwischen sich und den Melbos heranwachsen. Wirbelnde Türme aus Staub und Sand.

Die Panzerechsen hatten inzwischen von dem Baum abgelassen und stierten der heranpreschenden Wolke entgegen. Unruhig stampften sie auf, ihre Flanken zitterten. Plötzlich wandten sie sich zur Flucht, ihrem Urinstinkt folgend. Doch dort wartete Selana auf sie. Ihr Windzauber fraß immer mehr Sand, Steine und Gestrüpp in sich hinein, er könnte es spielend mit den Melbos aufnehmen. Mit einer machtvollen Geste jagte sie den Bullen ihre Magie entgegen. Die Tiere brüllten, drehten panisch ab und rannten jetzt blindlings auf die riesige Staubwolke zu. Erdkrumen flogen, der Boden bebte, als würde die Welt auseinanderbrechen.

»Hierher!« Ihlinn hetzte zu den Bäumen.

Selana folgte ihr, immer darauf bedacht, die Luftwirbel zu kontrollieren. Als sie den Stamm erreichte, ließ sie endlich ihre Magie fallen und sah nach vorn. »Tiere!«, schrie sie.

Eine gewaltige Stampede flüchtender Tiere. Die Melbobullen brüllten den panischen Viechern entgegen und stellten sich auf die Hinterläufe. Im selben Moment teilten sich die Massen und rauschten stampfend und galoppierend an ihnen vorbei. Ihlinn griff nach Selana und zog sie hinter den Stamm, dessen Rinde von den gehörnten Köpfen der Panzerechsen vollkommen zerquetscht war. Selana schloss die Augen und hielt sich Mund und Nase zu, als die panischen Tiere an ihnen vorbeipreschten. Der Lärm war ohrenbetäubend, der Staub peitschte ihnen wie Gewitterregen um die Ohren. Die Zeit dehnte sich, schien zu verharren, während Sand und Staub ihr die Luft zum Atmen nahmen. Doch irgendwann war es vorbei, der Lärm verebbte und zurück blieb nur ihr eigenes Herzklopfen, das dumpf durch ihren Kopf hallte.

»Die Macht der Seelen ist mit uns.« Selana warf Ihlinn einen erleichterten Blick zu.

»Und die Weisheit der Scheltar. Für deine Eingebung und Magie bin ich sehr dankbar!«

»O ja. Ich auch dankbar sein.« Wie aus dem Nichts sprach plötzlich eine fremde Stimme mit ihnen.

Erschrocken schaute sich Selana um. Woher kam das?

»Rettung im letzten Augenblick, nicht?«

Selana schaute zum Baum hinauf und entdeckte zwischen den Ästen eine kleine Gestalt, die ihr seltsam vertraut vorkam. Zweige knackten und einige Blätter fielen ihr entgegen.

»Vorsicht! Ich runterkommen, nicht?« Die Gestalt ächzte.

»Ein Urda«, stellte Selana fest, als der Baumkletterer auf einem der unteren Äste in Sicht kam.

»Aber ja.« Ihlinn zog sie geistesgegenwärtig zur Seite. Nur einen Lidschlag später fiel der Sumpfmann wie ein nasser Sack vor ihre Füße.

»Au! Das wehtun, nicht?« Mühsam rappelte er sich auf und klopfte Gras und Sand von den Hosen.

»Wir kennen uns«, stellte Selana fest. »Du bist der Fischer aus Malins Gefolge, richtig?«

»Fludo, ehrwürdigste Scheltar, nicht?« Er verbeugte sich tief vor ihr.

»Ich denke, diese Bezeichnung gebührt dann doch Mijah-Glajurdah. Aber hab Dank dafür.« Sie legte ihre Hand auf ihr Herz und sprach die traditionelle Begrüßung in Iljaitt.

»Yt Zhar ezh tuhn!« (Friede sei mit dir!), schloss auch Ihlinn sich an.

»E Jigu i jylnuhn!« (Und Leben in uns!)

Selana konnte es kaum glauben, dass der kleine Fischer hier vor ihnen stand. In dieser endlosen Weite. Dann erst schoss ihr die Erkenntnis durch den Kopf, was der Zufall noch bedeuten musste. »Wanda, Aria und Lysa! Man sagte uns im Gesundhaus, du hättest sie begleitet? Aber wo sind sie? Es ist doch nichts ...«

»Nein, nein. Nicht sein Schlimmes.« Er wedelte beschwichtigend mit seinen Händen. »So ich hoffen, nicht?« Er schaute nach Westen. »Wir zum Fluss der Seelen unterwegs und dann lagern an falscher Stelle, nicht?«

Ihlinn hob eine Braue. »Was meinst du damit?«

»Nest mit Melboeiern nicht gesehen. Doch Melbos uns gesehen, nicht? Wir laufen, doch sie uns folgen, nicht aus den Augen lassen. Bis kleine Höhle uns retten. Doch Stampfen von Melbos nicht gut für Höhlen. Immer mehr Erde auf uns fallen, nicht?« Die Aufregung stand ihm ins Gesicht geschrieben. »Dann ich nachts aus Höhle geschlichen und Ei stehlen, nicht?«

»Du hast was gemacht?« Ihlinn sah ihn aus großen Augen an.

»Ei genommen und gerannt. Immer weiter, nicht. Melbos sollten folgen. So die anderen zum Fluss sich aufmachen konnten, nicht?«

Selana schaute den untersetzten Fischer kopfschüttelnd an. Wie von selbst glitt ihr Blick zu seinen kurzen Beinen. »Und du bist schneller gewesen als die Melbos?«

Fludo schüttelte den Kopf. »Melbos erst spät gemerkt und ich langen Vorsprung, nicht? Dann aber schnell da gewesen und ich klettern auf Baum.« Mit einem entschlossenen Nicken beendete er seine Geschichte. »Nun ihr wissen, nicht?«

»Und wo sind Wanda, Aria und Lysa? Geht es ihnen gut?«

»Ich denke, sie inzwischen bis Fluss gelaufen und auf mich warten, nicht?«

Selana sah zu ihrer Elbenfreundin. »Dann nehmen wir denselben Weg, wenn es dir recht ist?«

Ihlinn nickte. »Das klingt sinnvoll. Direkt nach Norden scheint zumindest keine gute Idee zu sein. Irgendetwas muss die Stampede ja ausgelöst haben.« Nachdenklich blickte sie gen Westen. »Es soll so sein, dass der Wunsch der Scheltar in Erfüllung geht. Womöglich triffst du doch noch deine Ziehmutter.«

Selana spürte, wie ihre Lebensgeister aufs Neue erwachten. Wie ihre Hoffnung auf ein Wiedersehen entfachte und ihr neue Energie gab. »Dann wollen wir die drei nicht länger warten lassen als nötig.«

»Oh, sie nicht allein«, erklärte Fludo hastig. »Kessja bei ihnen sein, nicht? Gute Hände mit guter Seele.«

»Ein Grund mehr, uns zu eilen.« Sie lächelte und lief los.

Mit Fludo im Schlepptau kamen sie deutlich langsamer voran. Der kleine Fischer war zwar erstaunlich ausdauernd, doch seine kurzen Beine konnten mit Ihlinns und ihren langen Schritten nicht mithalten. Es blieb ihnen nichts anderes übrig, als das neue Tempo zu akzeptieren. Trotzdem hatten sie die Hoffnung, Fludos Ausgangspunkt schnell zu erreichen. Erst nach und nach wurde Selana klar, was für eine weite Strecke der Fischer hinter sich gebracht hatte.

Als sie eine kurze Pause einlegten, um etwas zu trinken und wieder zu Atem zu kommen, fragte sie ihn. »Wie weit, um der Seelen willen, bist du denn gelaufen? Ich dachte, wir wären längst da.«

»Ich immer weiter gelaufen. Keine Höhle und kein Baum für mich nirgendwo, nicht?«

Das stimmte natürlich. Eine Steppe bot wahrlich nicht viele Möglichkeiten, um sich vor wütenden Melbos in Sicherheit zu bringen.

»Und dir ist nie der Gedanke gekommen, einfach das Ei zurückzulassen?«

Fludo machte ein zerknirschtes Gesicht. »Gute Gedanken kommen nicht, wenn Furcht Beine treiben, nicht?«

Selana seufzte. Womöglich wäre es ihr ähnlich ergangen. Und es machte auch keinen Unterschied, es im Nachhinein in Zweifel zu stellen. Fludo hatte einiges riskiert, das allein verdiente Anerkennung.

»Mach dir keine Gedanken. Du bist sehr mutig gewesen und ich bin dir dankbar dafür!« Sie schenkte ihm ein warmes Lächeln. »Aber sag bitte: Wie weit ist es noch bis zu diesem Melbonest?« Selana schaute zu Ihlinn hinüber, die auf dem Boden kniete und Jiga mit Wasser versorgte. Ihr Blick fuhr besorgt zum Himmel. Die Dämmerung hatte bereits eingesetzt.

»Wir gleich morgen früh dort vorbeikommen, nicht?«

»Morgen? So spät erst?« Selana hoffte inbrünstig, dass Wanda und ihre Begleiterinnen unbehelligt bis zum Fluss gekommen waren. »Ist Aria denn wieder wohlauf? Ich meine, kann sie ihr Schwert benutzen?«

»O ja«, Fludo klang wenig begeistert, »ihre Klinge ständig zischen durch Luft. Sie üben immer und Fludo sich gut in Acht nehmen müssen, nicht?«

»Es ist immer gut, Vorsicht walten zu lassen.« Ihlinn hatte sich erhoben und blickte auf den Fischer hinab. »Insbesondere, wenn man schnell mal übersehen wird.«

Eine kurze Wegstrecke liefen sie noch weiter, bis sie eine windschiefe, verkrüppelte Steineiche fanden, unter der sie ihr Nachtlager aufschlugen. Am Feuer erzählte Fludo vom Aufbruch aus Tyklahr und ihrer beschwerlichen Reise, die nicht ohne Zwischenfälle verlaufen war. Erst vor zwei Tagen hatte ihnen ein Rudel Gibbos aufgelauert. Es grenzte an ein Wunder, dass sie alle unverletzt davon gekommen waren. Mit Feuer, Schleuder und Schwert hatten sie es geschafft, drei dieser gefährlichen Raubkatzen zu töten und die anderen schließlich zu vertreiben.

Die Welt steckte auch ohne den Kreh voller Gefahren, erkannte Selana. Nur ließe sich denen mit mehr Entschlossenheit und Aussicht auf Erfolg begegnen. Denn wie tapfer ihre Momm und die anderen auch waren, gegen die Häscher des Kreh könnten sie kaum bestehen. Selana begriff noch immer nicht, warum ihre Ziehmutter sich auf den Weg nach Norden begeben hatte. Ausgerechnet nach Norden! Besorgt fiel sie in einen unruhigen Schlaf, der ihr keine Antwort brachte.

Am frühen Morgen zogen sie weiter. Aus dem Osten, wo die Wolken lichter waren, leuchteten die Strahlen der aufgehenden Sonne golden zu ihnen herüber. Die Luft war kühl, aber angenehm frisch. Vögel zwitscherten in den Sträuchern, alles um sie herum wirkte wunderbar und friedlich. Selana wünschte, sie könnte diesen Moment festhalten. Doch das Gefühl von Frieden und Unberührtheit war eine Illusion. Eine Täuschung, die schon im nächsten Augenblick in sich zusammenstürzen konnte. Die Gefahren der letzten Tage waren schlimm genug gewesen.

Doch was Selana noch mehr Sorgen machte als Melbos oder Gibbos, war das, was noch nicht geschehen war. Müssten die Häscher des Kreh nicht längst auf ihre Spur gekommen sein? Wo waren die Gellwicks und Schatten, die der eisige Schwarzmagier befehligte? Wann müssten sie den grausamen Söldnern des Kreh ins Auge blicken?

Ihr Frühmahl fiel dürftig aus. Jiga und Ihlinn hatten kein Jagdglück gehabt, und so blieb ihnen nur trockenes Brot und etwas Dörrobst. Selana hörte den Magen des Fischers vernehmlich knurren, doch er klagte nicht. Bis sie die anderen gefunden hatten, musste es reichen. Am Ufer des Arro-Ezhanjotäe hätten sie hoffentlich mehr Jagdglück und fänden auch wieder Beeren und Kräuter.

Sie waren noch nicht lange unterwegs, als sie weit voraus die grasende Melboherde entdeckten, denen Fludo das Ei entwendet hatte. Respektvoll hielten sie Abstand und Selana versuchte, nicht daran zu denken, wie viel Zeit sie für diesen Umweg opferten. Sie tröstete sich mit dem Gedanken, dass ein Kampf gegen die Panzerechsen ungleich mehr gekostet hätte.

Während Ihlinn voranschritt und konzentriert nach Feinden oder Gefahren Ausschau hielt, suchte Fludo den Boden nach Spuren ab. Irgendwo müssten sie den Weg der Frauen kreuzen, meinte er. Und endlich, in der Nähe eines Wasserlochs, fanden sie ihre Fußstapfen.

Der kleine Urda beugte sich hinab, tastete danach und zerrieb den trockenen Sand zwischen den Fingern. »Schon einen Tag alt sein, ich denke.«

»Dann sollten wir rasch weitergehen.« Selana merkte, wie die Ungeduld immer weiter in ihr wuchs. Am liebsten wäre sie vorausgeeilt, um nach Wanda und den anderen zu sehen. Aber das bedeutete, Ihlinn und Fludo zurückzulassen. Und sie könnte es sich nicht verzeihen, wenn ihnen etwas zustieße.

Der Tag endete, ohne dass sie den Fluss erreicht oder Wanda und die anderen eingeholt hatten. Ein weiteres Nachtlager, ein weiteres karges Mahl. Inzwischen wurde auch das Wasser knapp. Seit dem Vortag waren sie an keinem Wasserloch vorbeigekommen. Nur Selana hatte noch etwas übrig behalten, das sie mit Ihlinn und Fludo teilte. Doch damit kämen sie auch nicht mehr lange aus. Gerade hatte sie sich entschlossen, noch einmal ihre Geistgestalt auf die Reise zu schicken, als plötzlich lautes Flügelrauschen näherkam.

»Runter!«, rief Ihlinn und warf sich zu Boden.

Sofort ließ Selana sich fallen und zog Fludo mit sich. Ein Schwarm großer Vögel jagte über ihre Köpfe hinweg. Voller Schrecken starrte sie ihnen nach und hoffte, die Augen des Kreh würden abdrehen. Doch die Vögel dachten gar nicht daran. Sie flogen einen weiten Bogen und kamen dann direkt auf sie zu.

»Es sind keine Rabenvögel!« Ihlinn bemerkte es zuerst.

Nein, sie waren viel zu hell. Trotzdem hielten sie auf sie zu. Wenn Selana verhindern wollte, dass die Biester ihnen die Gesichter zerkratzten oder die Augen auspickten, müsste sie den Tieren Einhalt gebieten, sie unter Umständen sogar töten. Konzentriert ließ sie ihre Magie zirkulieren und bis in ihre Hände strömen. Sie ahnte, was ihre Windzauber für Auswirkungen haben konnten. Mehrere Druckwellen und die Tiere würden ins Trudeln geraten und wie Steine zu Boden stürzen.

Sie griff in den Sand neben sich und sammelte etwas davon. Auf ausgestreckten Händen ließ sie die kleinen Steinchen tanzen und schloss dann die Fäuste. Sie spürte, wie die Magie sich darin staute, konzentrierte sich auf den Vogelschwarm. Gleich wäre er über ihnen. Sie musste zuschlagen und hasste sich schon jetzt dafür. Noch drei Atemzüge, zwei, einer ...

»Nein!« Fludo sprang auf und reckte die Arme, als wollte er die Vögel willkommen heißen. »Sind Silbereulen!«

Geistesgegenwärtig hielt Selana ihre Magie zurück. Nur einen Lidschlag später brandeten die düsteren Schreie der Eulen über sie hinweg, begleitet vom Rauschen ihrer Flügel. Sie keuchte, den Sand in den Fäusten haltend. Jedes einzelne Körnchen hätte ihre Federn durchschlagen und sich in ihre anmutigen Körper gebohrt. Sie blickte den Vögeln nach, die jetzt abdrehten und nach Westen flogen.

»Es nicht mehr weit ist!« Fludo begann zu laufen. »Folgen Ruf von Seelenwächtern, nicht?«, hörte sie ihn noch schreien.

Lysa! Sofort rannte sie dem Fischer nach. Der vermeintliche Angriff war eine Warnung, oder sogar ein Hilferuf.

Ihlinn schloss zu ihr auf und eilte neben ihr her. »Ich kann den Fluss sehen!« Sie zeigte nach vorn.

Doch Selana sah etwas ganz anderes. Und es schnürte ihr förmlich den Bauch zusammen. Dutzende dunkler Gestalten drängten von Norden heran. Gestalten in stumpfen Rüstungen. Von einem Moment auf den anderen begannen sie zu rennen, die schartigen Schwerter in die Luft gereckt. Ihre kehligen Schreie erfüllten die Luft!

Selana rannte schneller. Längst hatte sie Fludo hinter sich gelassen. Wo, um der Seelen willen, waren Wanda, Aria und die anderen? Fiebrig suchte sie das Flussufer ab. Endlich sah sie die Frauen, mit dem Rücken zum Fluss, den Karren schützend vor sich. Noch war die Horde nicht bei ihnen. Doch ob Selana und Ihlinn es vorher schaffen konnten, war ungewiss.

Nein, sie würde das nicht zulassen. *Diese Menschen kriegt ihr nicht!* Abgrundtiefer Hass loderte in ihr auf, es war ihr egal, ob die dunkle Seite sich in ihr breitmachen wollte. Sie spürte den Sand in ihren Fäusten, die drängende Magie. Mit einem gewaltigen Ruck schleuderte sie den Gellwicks ihre Macht entgegen. Der Zauber schoss wie ein Blitz über die Ebene. Der Sog ihrer Druckwelle war so machtvoll, dass er ganze Büsche aus der Erde riss.

Dann erreichte er die Horde und pflügte wie ein Sturm durch ihre Reihen. Gellwicks flogen durch die Luft, sackten tot zu Boden oder fielen über die Leichen ihrer Kumpane. Die Gellwickattacke kam ins Stocken. Erst jetzt erkannten sie, von welcher Seite die Gefahr drohte.

Doch der Moment währte nur kurz, die Häscher des Kreh kannten keine Furcht und setzten sich sofort wieder in Bewegung. Selana sah zu ihrer Momm. Sie konnte Aria erkennen, die mit erhobenem Schwert vor den anderen stand. *Gleich sind wir bei euch.* Noch einmal nahm sie die Angreifer ins Visier, ihre Linke noch immer geballt. Sie verlangsamte ihre Schritte, zielte und feuerte ihnen noch eine Druckwelle entgegen. Der Zauber gelang nicht so mächtig wie der erste, doch er brachte die Gellwicks erneut ins Stocken und richtete beträchtlichen Schaden in ihren Reihen an. Selana hatte erwartet, dass die Horde weiterlaufen würde, doch diesmal hielten sie an und liefen zwischen ihren gefallenen Kameraden umher.

»Sie sammeln sich!«, rief Ihlinn.

Nur noch wenige Schritte und Selana wäre bei ihrer Momm und ihrer Freundin. Bei Lysa und Kessja. Sollten die Feinde ruhig noch einmal wagen, eine Scheltar anzugreifen. Sie würden ihr blaues Wunder erleben.

»Das wurde aber auch Zeit!« Aria winkte ihr mit dem Schwert entgegen.

Selana lachte. Sie wurde langsamer, nutzte die letzten Schritte, um zu Atem zu kommen. Wanda und Kessja traten neben Aria und strahlten.

»Wir haben es tatsächlich geschafft«, raunte Ihlinn ihr ins Ohr. Ihre Hand legte sich beruhigend auf Selanas Schulter. »Begrüße sie in der Ruhe vor dem Sturm. Ich gebe auf die Häscher des Abtrünnigen acht.«

Einmal mehr warf Selana ihrer Elbenfreundin einen dankbaren Blick zu. Ohne Ihlinn wäre sie nicht so weit gekommen. Dann wandte sie sich wieder Aria und Wanda zu. »Ich hatte den Eindruck, ihr wolltet euren Ausflug zu fünft genießen.«

»Wir waren gerade dabei, es zu genießen.« Aria zeigte zur Horde. »Aber wenn du schon mal da bist, darfst du dich gern nützlich machen.« Ihre Freundin trat auf sie zu und sie umarmten einander herzlich.

Dann kam auch Wanda. »Selana. Ich hatte nicht gehofft, dich noch einmal zu sehen.« Ihre Augen glänzten.

Auch Selana spürte Tränen und schloss ihre Momm in die Arme. »Ich war schon immer für eine Überraschung gut.«

»Eigentlich nicht.« Lachend gab Wanda ihr einen Stups auf den Kopf.

»Hallo, Schwester Kessja« Selana streckte der Urda eine Hand entgegen, die kleine Frau ergriff sie.

»Kessja reicht«, sagte sie und schenkte Selana eine kurze Umarmung. »In diesen Tagen muss man sich so viel Wärme abholen, wie man kann.« Die Schwester blickte zu ihr auf. »Es tut gut, Euch zu sehen, Selana-Scheltar.«

»Selana reicht.« Sie lachte zurück.

»Hallo.« Ein roter Lockenschopf sah unter dem Karren hervor.

»Lysa!« Selana hockte sich hin und erntete eine stürmische Umarmung. »Meine kleine Seelenflüsterin. Ich hoffe, es geht dir gut!« Sie wuschelte ihr durch die roten Locken.

»Sehr«, rief die Kleine. »Ich habe neue Freunde.« Sie zeigte hinter sich ans Flussufer. Selana staunte, als sie die Silbereulen entdeckte, die sich dort niedergelassen hatten. »Sie passen auf mich auf!«

»Das glaube ich gern. Immerhin haben sie uns hergeholt.«

»Jiga!« Plötzlich ließ Lysa sie stehen und lief dem Frettchen entgegen, das mit Fludo zusammen ankam.

Wanda nutzte die Gelegenheit und zog Selana beiseite. »Du fragst dich, warum wir Tyklahr verlassen haben, nicht wahr?«

»Das stimmt. Ich habe mir schreckliche Sorgen gemacht. Und wenn das Schicksal es nicht gewollt hätte ...« Wieder merkte Selana, wie ihr die Tränen kamen.

»Ist schon gut, meine Kleine.« Wanda strich ihr zärtlich übers Haar. »Wir sind ja jetzt zusammen. Lass mich nur rasch erklären, ehe die Horde angreift. Lysa ist noch sehr jung, doch ihre Macht ist weitaus größer, als ich zuerst gedacht hatte. Sie vermag die Seelen zu heilen, die mit den Wassern zum Grehum ziehen. Und sie hat sich gänzlich dieser Aufgabe verschrieben.«

Selana verstand nicht, was sie sich darunter vorstellen sollte. Doch Wanda erklärte weiter: »Auch die Seelen der Söldner, der Opfer des Kreh, der Entgeisteten und die von den dunklen Runen zerstörten Seelen ziehen mit den Wassern zum Grehum. Es liegt in ihrer Natur.«

Selana nickte. Sie hatte noch nicht darüber nachgedacht. Aber ja, es klang ganz selbstverständlich. »Und was ist das Problem? Ich meine, jede Seele findet ihren Weg und kehrt in den Schoß Jukahbajahns zurück. Das ist der magische Kreislauf des Lebens.«

»Das stimmt. Doch an den geschändeten Seelen haften die Spuren schwarzer Magie.«

Selanas Puls beschleunigte sich. Sie konnte die Tragweite noch nicht völlig erfassen, doch sie ahnte, was das für die zukünftigen Leben bedeutete. »Und Lysa kann sie heilen?«

Wanda nickte. »Die Magie einer Seelenflüsterin vermag das. Seit Stunden schon hat sie am Ufer gestanden und ihre Zauber gewirkt.«

Selana blickte zu Lysa hinüber. Sie hatte das Frettchen auf dem Arm und kraulte ihm liebevoll durchs Fell. Kaum zu glauben, dass dieses Kind über eine solche Macht verfügte.

»Und die Silbereulen helfen ihr dabei. Lysa, oder besser gesagt: Die Seelenflüsterin in ihr will um jeden Preis den Seelen folgen. Deshalb sind wir hier und nicht in Tyklahr!«

»Achtung!«, warnte Ihlinn. »Sie brauchen nicht mehr lange.«

Alarmiert sah Selana zur Horde, dann wieder zu Wanda. »Wir müssen später darüber sprechen. Vielleicht finden wir einen anderen Weg.«

»Lysa! Komm mit Jiga ans Ufer, so weit es geht.« Wanda winkte die Kleine heran.

»Sie kommen!«, schrie Aria.

Ihlinn zog ihr Schwert und lief zu ihr nach vorn.

Selana schaute sich zu Fludo und Kessja um. »Bleibt bei Wanda und Lysa!«

Die Horde kam brüllend näher, die Reihen breit aufgefächert.

Selana sah das Frettchen flussaufwärts laufen. »Jiga! Komm zurück!« Lysa rannte ihm nach. »Lysa nein. Bleib hier!« Selanas Kopf flog hin und her. Noch war die Horde ein gutes Stück entfernt, doch es konnte nicht mehr lange dauern, bis die ersten Messer oder Pfeile flogen.

»Ich hole sie!« Kessja setzte der Kleinen nach.

Selana blickte dem Frettchen hinterher, das plötzlich wild hin- und hersprang und laut fauchte. Lysa blieb hinter ihm, die Augen starr nach vorn gerichtet. Wie eingefroren stand sie da, schien das Frettchen gar nicht mehr zu beachten. Dann machte sie einen Schritt rückwärts.

»Selana!« Arias Stimme. »Die Stinker kommen! Wir brauchen dich!«

»Sofort!« Sie ballte die Fäuste, sammelte ihre Magie und machte sich bereit. Doch immer noch war ihr Blick auf Lysa geheftet. Die Kleine trat einen weiteren Schritt rückwärts, dann noch einen. Plötzlich hielt sie sich die Hände vor die Augen und kreischte vor Angst.

»Die Gellwicks!« Ihlinns drängender Ruf.

Selana wusste nicht, was sie tun sollte. Dann hatte Kessja Lysa erreicht, packte sie und zog sie zurück. Auf ihrem Gesicht lag blankes Entsetzen.

39

Pitu eilte hinter Schimmron her, der plötzlich mit großen Schritten losgelaufen war. »Was hast du vor?«

»Es ist nur so ein Gedanke. Ich muss erst mal nachsehen, ob ich das richtig in Erinnerung habe.«

Der junge Zwerg lief durch die Gänge, als hätte er sie selbst entworfen. Er nahm kleine Seitentunnel, zögerte an keiner Abzweigung und fand grob gehauene Treppenschächte, die sie emporklommen. Immer wieder hörten sie das Klirren von Waffen und die Schreie der Kämpfe. Auf der nächsten Ebene kamen sie dicht an einem der Aspariedfeuer vorbei, hinter denen kämpfende Schemen aufeinander droschen. Doch Schimmi schenkte ihnen keine Beachtung.

»In der nächsten Ebene wird es ruhiger«, schnaufte er, als er Pitu über einen weiteren Treppenschacht hinaufführte. »Von da aus müssten wir es sehen können.«

Was meinte Schimmi? Sollte es irgendwo einen größeren Schacht nach unten geben, einen Höhenwechsler, über den man zu einem geheimen Ausgang kommen konnte, müsste der in den Karten eingezeichnet sein. Und selbst wenn Pitu das übersehen hätte, könnten sie immer nur wenige Männer gleichzeitig über solche Wege hinunterbringen.

»Hier müsste es sein.« Schimmi ging langsamer und bog in einen schmalen Seitentunnel.

Es wurde deutlich kälter. Und als Pitu hinter der nächsten Biegung ein helles Licht sah, wusste er, dass das eine der Öffnungen zum Tal war.

»Das ist aber keiner der Lüftungsschächte, oder?«

»Nein. Das ist ein Ausguck. Wenn ich es richtig weiß, wurde er angelegt, um seinerzeit den Fortschritt der Bauarbeiten besser im Blick zu behalten. Er liegt in einer Felsnase, von der man die Felswand mit dem Tor zum Tal überblicken kann.«

Kurz vor der Öffnung hielt Schimmi an. »Eigentlich müssten wir Deckung haben, aber es schadet nichts, wenn wir uns sehr vorsichtig bewegen.«

»Und ihr lasst diese Öffnung unbewacht? Muss ich das verstehen?« Pitu schaute den jungen Zwerg ungläubig an.

»Hier heraufzuklettern, ist unmöglich, das wirst du gleich sehen. Der Berg ist zu steil und die Felsnase wölbt sich überdies nach außen. Trotzdem ist es nicht ungefährlich. Weitreichende Geschosse könnten uns treffen.«

Pitu sah zu, wie der junge Zwerg sich hinhockte und auf allen vieren durch die Öffnung kroch. An ihm vorbei konnte er eine Felsenterrasse ausmachen, die von einer Brüstung aus rohem Gestein eingefasst war. Von unten käme man wahrscheinlich nicht darauf, dass hier ein Eingang ins Zwergenreich lag. Er krabbelte hinterher und lugte zusammen mit Schimmi über die Mauer. Der Wind fing sich in den Felsen und rauschte in seinen Ohren. Er linste über die Kante und zuckte zurück. Ein schwindelerregender Blick in die Tiefe. Nein, hochklettern würde hier wohl niemand. Pitu sah zu den wütenden Horden des Kreh hinunter, die immer noch versuchten, in die Schmieden zu drängen. Man hörte ihr Gebrüll bis hier herauf. So viele. Die Idee, eine Zwergenarmee hätte ihnen etwas entgegenzusetzen, schien bei diesem Anblick an Wahnsinn zu grenzen.

»Siehst du, wie glatt die Wand um die Tore herum ist?« Schimmi deutete nach vorn.

»Ja.« Auch dort drüben käme keiner der Gellwicks hoch, so viel stand fest.

»So ist es auch bei den Lüftungsschächten.« Schimmi deutete auf mehrere Öffnungen, die leicht oberhalb des Tors aus dem Felsen lugten. Sie alle endeten in Bereichen, die keine Möglichkeit boten, Halt zu finden. »Man kommt zwar nicht hinauf ...«, fuhr der Zwerg fort, »aber hinunter schon.«

Pitu schüttelte den Kopf, während er sich das vorstellte. »Das würde zu lange dauern. Sie würden gesehen und unten bereits von Hunderten Feinden in Empfang genommen.«

»Stimmt.« Schimmron lächelte und deutete auf das Tor. »Aber wenn sie sich nur bis zu dem Sims über dem Tor abseilen, können sie nicht direkt attackiert werden.«

Pitu verstand nicht, was sie damit gewinnen würden. Selbst wenn sie dort nicht von Wurfmessern oder anderen Geschossen getroffen würden, könnten sie kaum etwas bewirken. »Das hilft uns doch auch nicht.«

»Aber es lenkt die Aufmerksamkeit der Stinker aufs Tor!«

»Und dann?«

»Dann ...«, Schimmi deutete auf einen Punkt jenseits des Tors, »kommst du ins Spiel.«

Pitu versuchte zu erkennen, was der junge Zwerg meinte. Doch er sah nicht mehr als rohen Felsen.

»Siehst du die Steigung, die sich dort hinten unter dem Schnee verbirgt?«

Tatsächlich entdeckte Pitu eine Fläche, die, gleichmäßig ansteigend, direkt bis zur Felswand verlief. »Eine Rampe?«

»Genau. Eine Rampe!« Schimmis Augen leuchteten, als er in den Gang zurückkroch. Pitu sah noch einmal hinunter, suchte nach Öffnungen oder womöglich Trittstufen in der

Felswand, konnte aber nichts entdecken. Als er sich umwandte und Schimmron folgte, lief der schon weiter.

Pitu hetzte ihm hinterher. »Wo willst du denn jetzt hin?«

»Ins Zelt des Heerführers natürlich.« Ohne innezuhalten, rannte er weiter; Pitu blieb nichts übrig, als hinterherzulaufen.

Kurz vor dem Aufgang zur Ebene trafen sie auf Marjenn. »Hallo ihr zwei, wer ist denn hinter euch her?«

»Eine zündende Idee, die überprüft werden will«, gab Schimmi zurück, blieb aber stehen, um sie zu begrüßen.

»Gut, euch zu sehen.« Sie wirkte erschöpft, aber zufrieden.

»Gut, dich zu sehen«, meinte Pitu. »Wie stehen die Kämpfe?«

»Sie sind hart und wir haben Verluste. Aber trotzdem sieht es ganz gut aus für uns. Endlich!« Sie lächelte ihn an. »Das haben wir deinem Plan zu verdanken.«

Pitu nickte, dankbar für die Anerkennung.

»Wollt ihr mit eurer zündenden Idee zum Heerführer? Dann haben wir denselben Weg.« Sie blickte an ihnen herunter und wies zu einer Tür. »Nehmt euch aus der Kleiderkammer, was ihr braucht. Es ist bitterkalt da draußen.«

Kurze Zeit später waren sie in warme Umhänge gehüllt, Pitu hatte sogar eine ähnliche Mütze gefunden, wie Schimmron sie trug. Ohne die wären ihm wahrscheinlich die Ohren abgefroren, denn es hatte zu schneien begonnen und der Wind blies ihnen die Flocken kalt ins Gesicht. Sie konnten kaum etwas sehen, doch zumindest verbarg das den Blick auf die Gellwickkadaver. Trotzdem glaubte Pitu, das dunkle Pulsieren der schwarzen Runen zu spüren, und war erleichtert, als sie endlich in das warme Zelt des Heerführers traten.

»Du hast sie gefunden!« Gramdil war sichtlich erfreut, als sie eintraten. Er begrüßte sie mit einem Lächeln, das sofort schwand, als niemand sonst mehr hereinkam. »Semjon?«

»Er hat es nicht geschafft«, antwortete Schimmron.

Ein furchtbarer Satz. Er wurde weder dem Leben noch dem Sterben gerecht und blendete den unsagbaren Verlust einfach aus. Musste man das sagen, um weitermachen zu können?

»Das tut mir sehr leid«, sagte Gramdil leise und hielt einen Moment inne, ehe er um den Tisch herumging und ihnen entgegenblickte. »Es wird eine Zeit der Trauer geben, doch diese Zeit ist nicht jetzt.« Er hob ein Pergament mit gebrochenem Siegel. »In wenigen Tagen schon wird die gesamte Streitmacht der Abrindarh nach Fullbor kommen.«

»Was für eine gute Nachricht«, sagte Marjenn. »Endlich scheint sich das Schicksal auf die richtige Seite zu schlagen.«

»Und wir werden der Horde gehörig einheizen«, frohlockte Schimmi.

»Das ist der Punkt«, entgegnete Gramdil. »Ich habe keinen Ansatz gefunden, wie wir unsere Streitmacht vernünftig ins Tal bringen können.«

»Aber wir!« Schimmron warf Pitu einen Blick zu und klopfte ihm auf die Schulter.

Pitu versuchte, sich nicht anmerken zu lassen, dass er keine Ahnung hatte, was der junge Zwerg sich vorstellte. Doch Schimmi ließ ihn nicht auflaufen, umrundete den Tisch und ergriff das Wort. »Darf ich zeigen, was ich meine?«

Gramdil nickte. Der junge Zwerg schob alles beiseite, was störte und suchte dann in den Karten der Minen und Schmieden, bis er schließlich eine hervorzog und vor sich ausbreitete. »Seht ihr diesen Tunnel? Er verläuft bis an die äußere Felswand.« Er zeigte auf eine Stelle jenseits der Tore und Pitu hätte schwören können, dass außerhalb des Bergs, genau dort, eine ungenutzte Rampe lag, verborgen unter einer dicken Schneeschicht. »Hier sollten einstmals die neuen Tore zu den Schmieden entstehen.«

Pitu ahnte, welche Aufgabe ihm zufallen würde. Doch bevor er sich einschalten konnte, antwortete Gramdil. »Sie stammt aus den Zeiten, als sich die jetzige Halle kurz vor dem Einsturz befand, weil unsere Ahnen sich verrechnet hatten. Ich habe das ganz vergessen.«

»Dann entschied man sich ja auch für den Gewölbebau und dieser zweite Plan wurde nicht weiterverfolgt. War es nicht so?«, fragte Marjenn.

Schimmron nickte. »So hat Fillgur es mir erzählt. Aber die Rampe draußen war zu der Zeit schon fertiggestellt. Und wenn wir dort durchbrechen ...« Er schaute in die Runde. »Eine gute Ablenkung vorausgesetzt, könnten wir einen Ausfall hinbekommen, der die Horde nicht nur überraschen, sondern in Bedrängnis bringen wird.«

Pitu starrte auf die Karte und überlegte, ob das wirklich reichen konnte. Selbst mit dem Überraschungsmoment auf ihrer Seite müssten sie sehr schnell sein. Es sei denn, ihnen fiele noch etwas ein. »Das ist nur ein Teil des Plans«, sagte er und sprach die Idee aus, die ihm gerade durch den Kopf ging. »Ein wenig mühsamer wird es für den Teil eurer Armee, der sich abseilen muss.« Er zog eine Karte des Tals in die Mitte des Tisches und zeigte auf eine Stelle östlich der Tore, wo sich in etwa die Außengleise des Fernzahns befinden mussten.

»Der Fernzahn?«, fragte Gramdil erstaunt.

»Aber ja«, antwortete Marjenn. »Das ist weit genug von den Toren weg. Wenn wir aus den Belüftungsschächten heraus ein Ablenkungsmanöver starten, könnten wir im Schutz der Nacht sicher genügend Männer runterschaffen.«

Der Heerführer nickte. »Wenn wir von dort den Angriff starten, wird sich die Horde nach Osten wenden und wir können ...«, er tippte auf die Rampe, »ihnen von hier aus gehörig in den Arsch treten.«

Marjenn lachte. »Ich sagte doch, das Schicksal meint es am Ende doch noch gut mit uns.«

Pitu seufzte, als ihm bewusst wurde, dass der Plan einen Haken hatte. Zumindest für ihn selbst. Doch er entschied sich, das vorerst für sich zu behalten. Vielleicht kam es nur darauf an, wie dick die Felswand war, die sie durchbrechen mussten.

Gramdil wies Marjenn an, die Vorbereitungen für die Ostflanke zu leiten. Seile, Riemen und vieles mehr brauchte es, damit das Abseilen Hunderter Zwerge reibungslos verlaufen konnte. Die Westflanke wollte er selbst befehligen. Schimmron und Pitu sollten vorab die Höhlung des zweiten Ausgangs untersuchen, um die Wandstärke abzuschätzen. Der Durchbruch musste gut geplant sein, damit er der Horde nicht zu früh auffiel.

Doch vorher bekamen sie von Gramdil die Zeit zugestanden, Fillgur einen Besuch abzustatten. Pitu mochte diesen schwergewichtigen Zwerg, der immer so ausgeglichen und frohgemut daherkam. Und er hoffte, dass seine Verletzungen nicht zu schwer waren.

Fillgur empfing sie im Bett, die Augen gerötet, aber mit gefasstem Blick. Pitu fragte sich, ob er geweint hatte, doch diese Vorstellung wollte ihm nicht in den Kopf. Als der Zwerg die Bettdecke zur Seite schlug, verstand er. Ein blutiger Verband verhüllte den Stumpf seines rechten Beins.

»Ich gebe zu, dass mich dieser Verlust trifft. Sehr hart sogar«, sagte Fillgur, nachdem sie eine Zeit lang gesprochen und ihn auf den neuesten Stand gebracht hatten. »Aber der Verlust Semjons trifft mich schwerer. Ich würde sofort auch mein anderes Bein hergeben, wenn ich meinen Freund Semjon damit retten könnte.«

Einige Zeit blieben sie bei Eisenfaust sitzen, lauschten seinen Erinnerungen an frühere Zeiten, in denen er und Semje noch jung waren. Pitu freute sich, auf diese Weise etwas mehr über seinen Freund zu erfahren. Doch Schimmi drängte zum Aufbruch und sie verabschiedeten sich. Er hatte natürlich recht, denn alles hing davon ab, dass der Durchbruch zur Rampe gelang.

Du musst los! Semjes Stimme kam Pitu wieder in den Sinn. Aber wann träfen die Zwergenkrieger aus Abrinor ein? Wäre es gut, so lange hier zu warten?

Schimmi lotste ihn noch in eines der Küchenzelte. Doch Pitu hatte keinen Appetit. Für ihn wurde immer klarer, dass er aufbrechen musste. Dass er nicht warten könnte, bis die Zwergenarmee hier wäre. Noch hatte er die Stellungen der Horden im Kopf, schwarze Flecken auf weißem Grund, die ihm halfen, sich im Tal zu orientieren und das Grehum zu finden. Doch bis Willgert mit seiner Armee hier wäre, mochte alles Mögliche passieren. Schon jetzt konnte der Kreh sie in Marsch versetzt haben. Spätestens aber, wenn die Zwerge angriffen, würden unzählige Söldner und Gellwicks zum Berg streben. Wie sollte er dann noch durchkommen?

»Du machst dir Sorgen über unseren Plan?«

Pitu schüttelte den Kopf und schwieg.

»Wir kennen uns noch nicht lange, aber vormachen kannst du mir trotzdem nichts. Also sag, was dir im Kopf rumgeht.«

»Semjes letzte Worte.« Pitu hoffte, Schimmi könnte es damit besser verstehen.

»Die da wären?«

»›Du musst los! Zum Grehum!‹«

Der junge Zwerg nickte. »Ich hatte schon befürchtet, dass du nicht mehr lange bleiben kannst.«

»Jeder weitere Tag, an dem der Kreh über die Macht des Grehum gebietet, macht einen Sieg über ihn unwahrscheinlicher.«

»Aber Willgert könnte womöglich schon morgen da sein.«

Pitu schüttelte den Kopf. »Das glaubst du nicht wirklich, oder?«

Schimmi seufzte. »Nein. Ich denke, es wird noch drei, vielleicht sogar vier Tage dauern. Unser Stammesvater ist nicht der schnellsten einer.«

»Dann macht es auch keinen Sinn, länger zu warten.« Es klang schärfer, als Pitu beabsichtigt hatte, doch er spürte die Dringlichkeit mit jedem Moment mehr.

Schimmron trank seinen Becher leer und erhob sich. »Du wirfst aber trotzdem noch einen Blick auf die Felswand?«

Pitu nickte. »Aber sicher. Vielleicht kann ich da noch etwas für euch tun, bevor ich gehe.«

Schweigend stapften sie Richtung Front. Es schneite noch immer. Inzwischen war der Matsch der ausgetretenen Straße unter einer weißen Decke verschwunden. Doch sie konnten den Spuren anderer Krieger folgen. Wenig später erkannte Pitu das Gräberfeld. Kleine mahnende Wächter im Schnee. Womöglich mussten ihre Seelen und Körper noch lange ausharren, bevor ihre Stammesbrüder und -schwestern sie holten. Aber immerhin würden sie geholt. Was, wenn ihm selbst etwas zustieße? *An so was darfst du nicht denken.*

»Was ist mit Orthos, Gramdil und den anderen?«, brach Schimmi das Schweigen. »Willst du dich noch verabschieden?«

Pitu blickte nachdenklich durch das Treiben der Flocken. Zu seiner Rechten sah er plötzlich das Absperrseil mit den schwarzen Stofffetzen. Er schluckte, als er den Leichenberg schemenhaft durchs Schneetreiben sah, spürte das ungute Pulsieren, glaubte, die dunkle Macht zu fühlen, die von dort ausging. Kopfschüttelnd meinte er: »Ich muss los. So bald wie möglich.«

Zurück im Berg führte Schimmi ihn zum letzten Höhenwechsler, der noch intakt war. Ein Soldat meldete, dass unten keine Gefahr drohe. Die Kämpfe begrenzten sich einzig noch auf das Gebiet zwischen den Feuern. Alle anderen Bereiche waren bereits zurückerobert.

Sie ließen sich Laternen geben, bestiegen die Plattform des Höhenwechslers und fuhren hinab, ohne ein Wort zu sprechen. Irgendwie schien alles gesagt. Pitu fiel auch nichts ein, was seinen bevorstehenden Abschied besser erklären oder gar erleichtern könnte.

Erst als Schimmi ihn in den unteren Ebenen weiterführte und mit ihm immer wieder über gefallene Zwerge und Gellwickkadaver steigen musste, sagte er: »Ich werde es den anderen erklären.«

Für einen Moment verstand Pitu den Zusammenhang nicht. So viele Leichen. Konnte man so etwas wirklich erklären? Doch dann begriff er endlich, was Schimmi meinte: Pitus Entscheidung, sich nicht zu verabschieden.

»Danke.«

Wieder wurde es still zwischen ihnen. Einzig ihre Schritte, das Tappen auf dem felsigen Boden, das gelegentliche Knirschen von Sand unter ihren Sohlen, begleitete sie, tönte voran und hallte kalt von den Felswänden zurück.

Wenig später reichte der Schein ihrer Laternen nicht mehr bis zur Tunneldecke. Pitu fehlte die Sehkraft der Zwerge, doch die Geräusche verrieten ihm, wie groß und weit die Gänge und Tunnel hier waren. Als der Hall sich verstärkte, trat sein Begleiter zielstrebig auf eine Wand zu und machte sich an einer eisernen Platte mit Zwergenrunen zu schaffen.

Unvermittelt leuchteten über ihnen die magischen Kristalle der Berge auf, so strahlend schön, wie Pitu sie bisher nur in Abrinor erlebt hatte. Für einen Moment musste er die

Augen schließen, so hell schien es auf sie herab. Sie standen in einem riesigen Raum, der Pitu an einen Felsendom oder die Ankunftshallen des Fernzahns erinnerte. Doch hier gab es kein Fernzahngerüst – dafür aber Loren ohne Ende. Dicht an dicht aufgereiht, ohne dass Gleise zu sehen waren. Es wirkte wie ein Friedhof eiserner Gondeln.

»Was ist das?«

»Material zum Schmieden – oder aber zum Gießen.«

»Eisen kann man gießen?« Das konnte Pitu sich nicht vorstellen. »Wie soll das denn gehen?« Er warf Schimmi einen skeptischen Blick zu.

»Gusseisen nennen wir das. Wir schmelzen unser Alteisen in großen Hochöfen und gießen es dann in große Formen aus Sandstein. So entstanden auch viele Teile des Fernzahns. Eine Handwerkskunst, die es nur bei uns in den tiefen Schmieden von Fullbor gibt. Vielleicht will es die Zukunft, dass du einmal in friedlicheren Zeiten zurückkehrst. Dann würde ich mich freuen, es dir zu zeigen.«

Pitu nickte. »Das will ich gerne tun.« Es gab ihm ein gutes Gefühl, dass Schimmron ihn einlud, wiederzukommen.

Während sie weitergingen, schaute er sich neugierig die eisernen Gefährte an und versuchte auszumachen, weshalb sie ausgesondert worden waren. »Diese Loren sind noch alle intakt, nicht? Ich verstehe den Sinn dieses Eisenfriedhofs noch nicht so recht.«

»Eisenfriedhof ist vielleicht nicht das richtige Wort.« Schimmi seufzte. »Auch wenn der Begriff dieser Tage recht bedeutungsschwer sein mag. Nein, es ist viel mehr so: Immer, wenn eine Mine geschlossen wird und keine neuen Stollen in den Berg gehauen werden, bringt man die Loren nach Fullbor. Sie sind zu wertvoll, um sie irgendwo verrosten zu lassen.«

Pitu ließ den Blick über die eisernen Gondeln schweifen und dachte an die Fahrten mit dem Fernzahn. An die Geschwindigkeit und die Wucht, mit der Semje und er über die Gleise gerauscht waren. Sein rotbärtiger Freund hatte es geliebt und jede Konstruktion, jede Lore bewundert, als wäre sie ein Teil von ihm.

»Das hier sollte übrigens die neue Eingangshalle werden«, riss Schimmron ihn aus seinen Gedanken. »Und gleich kommen wir an die Stelle, wo das Tor ins Tal führen sollte.« Er führte Pitu aus dem Saal hinaus in einen langgestreckten Gewölbegang, der mit leichtem Gefälle auf eine nahezu schwarze Felswand zuführte. An manchen Stellen hatten Steinmetze bereits damit begonnen, Säulen und Simse aus den Wänden zu stemmen. Doch die Arbeiten waren unvollendet geblieben.

»Hier ist die Lösung. Oder zumindest wäre sie es, wenn wir es schaffen, die Wand in kürzester Zeit wegzustemmen, ehe die Horden des Kreh es bemerken und uns von der anderen Seite belagern.«

Pitu trat zu ihm und besah sich die Struktur. »Was für ein Gestein ist das? Ich habe noch nie so dunklen Stein gesehen.«

»Wir nennen es einfach schwarzen Granit. Die Gelehrten sagen Norit dazu. Sehr fest, aber nicht ganz so widerstandsfähig wie normaler Granit.«

Pitu legte die Hand auf die raue Oberfläche und versuchte, die Struktur zu ertasten. Wenn er helfen wollte, ohne die Horden auf sich aufmerksam zu machen, musste er sich etwas Besonderes einfallen lassen. Dazu war es wichtig, das Gestein zu verstehen. Ähnlich, wie beim Granit des Gewölbebogens. »Weißt du, wie dick der Rest dieser Wand ist?«

»Nein. Das wissen nur die Ahnen. Fullbor ist zu alt, als dass noch irgendwer davon erzählen könnte.«

Pitu konzentrierte sich, spürte das beruhigende Pulsieren seiner Magie und sandte winzige Energieschübe in den Stein. Er ahnte, dass die Oberfläche zu dicht war, um größere Mengen hindurchzulassen. Doch er konnte Poren im Norit wahrnehmen, die vielleicht ein wenig davon aufnehmen würden. Mit geschlossenen Augen spürte er der Zusammensetzung des schwarzen Granits nach, wand sich mit der Macht seines Elements durch die Struktur, erkannte, wie dünn die Felswand an dieser Stelle war, und wusste plötzlich, wie er die Magie einsetzen musste. Mit einem beseelten

Lächeln schaute er zu Schimmi hinüber. »Ich kann euch helfen. Aber es wird ein wenig dauern.«

Schimmis Augen wurden groß. »Das ist ja großartig. Und mehr, als ich zu hoffen wagte. Kann ich etwas für dich tun? Dir irgendwie beim Helfen helfen?«

Pitu dachte einen Moment nach. In seinem Geist entstand das Bild einer schweren Wand, die sich öffnen und schließen ließ. Es wäre die einzige Lösung, um unerkannt zu bleiben. Aber es bräuchte geballte Zwergenkraft, die Wand zu bewegen. Doch dann wäre dies auch der Weg, den er selbst nehmen musste, um seiner Bestimmung zu folgen. Acht Finger, die eine Aufgabe hatten. »Ja«, sagte er. »Du kannst mir sogar zwei Gefallen tun.«

»Die da wären?«

»Du kannst mit zwei oder drei Männern zurückkommen. Denn ich fürchte, meine Lösung braucht mehr Kraft, als wir beide aufbieten können.«

»Wird gemacht. Und das andere?«

»Besorge mir etwas Proviant, warme Unterkleider und Rüstungsteile toter Gellwicks.«

Die Lippen des Zwergs wurden schmal. Ob er insgeheim gehofft hatte, Pitu könnte doch noch länger bleiben?

»Aber nur so viel Proviant, wie ich in den Kleidungsstücken unterbringen kann.« *Nicht zu emotional werden!* »Eine Tasche wäre zu auffällig.«

Schimmi nickte stumm und ging.

Ich möchte euch auch nicht verlassen. Aber ich muss! Pitu holte tief Luft, drehte sich um und konzentrierte sich auf sein Vorhaben. Er führte den Zeigefinger der Rechten an die Wand und umschloss ihn mit der Linken. Wenn er in das harte Gestein eindringen, es sogar schneiden wollte, musste die gebündelte Macht seines Elements in diesen einen Punkt fließen. Er versuchte, eins zu werden mit der Struktur des Norits, erspürte jede Schwingung und führte die Magie wie ein scharfes Schwert. Als es plötzlich leichter wurde, der Widerstand nachließ, schob er Hand und Finger weiter. Er spürte die ungeheure Energie, die er aus seinem Talisman empfangen hatte. Dem Stein, der jetzt auf immer bei Semje ruhen würde, als Symbol ihrer Verbundenheit.

Pitu führte die Hände weiter und weiter. Gedanken kamen und gingen, während er sich dieser einen Aufgabe verschrieb. Er dachte an Wanda, Lysa und Kessja. An Atharu und Selana, die ihm ein Vorbild waren. An Fludo, den Freund, den er zurücklassen musste, und an Velbert, den er viel zu früh verloren hatte. So wie Semje. Erinnerungen an ihre gemeinsame Zeit stoben durch seinen Kopf. An den Dokabullen, der ihm vor dem Gesundhaus so einen Schrecken eingejagt hatte. Ob er noch immer auf der Wiese vor der Schlucht von Nehrbor graste? Er würde allein zurechtkommen, hatte Semje damals gemeint und sich doch nur schwer von ihm trennen können. *Ich werde nach ihm schauen, mein Freund.* Von Tyklahr wäre es nur ein Sprung und dorthin ginge er in jedem Fall zurück, denn er wollte Kessja wiedersehen. Die Gedanken an sie, ihre sanfte Stimme, ihre grünen Augen trieben ihn voran. Beinahe mehr noch, als die euphorisierende Macht, die durch seinen Körper pulsierte.

Pitu führte die Hände weiter über den schwarzen Granit. Immer tiefer durchschnitt seine Magie den Norit, schuf einen kaum sichtbaren Spalt, der ein geheimes Tor aus der schwarzen Wand löste. Zoll um Zoll, Fuß um Fuß kam er vorwärts, schöpfte aus der Fülle der Macht, ohne auch nur einen Gedanken daran zu verschwenden, dass diese neu gewonnene Kraft endlich sein könnte.

Auch dass Schimmi zurückkam, blendete er einfach aus. Er wollte jetzt nicht wissen, ob er genügend Hilfe bei sich hatte. Noch war das Tor nicht fertig. Kurz nur nahm er den Gestank der Gellwickrüstung wahr, verdrängte dann auch das aus seinem Geist.

Irgendwann gaben seine Beine nach, er musste sich gegen die schwarze Wand lehnen, sich von ihr tragen lassen. Seine Gedanken stoben davon, die Zeit tanzte in Sprüngen um ihn herum. Eben noch stand er, dann kniete er, jetzt kroch er über den kalten Boden. Zurück zu dem Punkt, an dem er begonnen hatte. Noch wenige Zoll – er konnte es schaffen – das, was er hier machte. Was auch immer das sein mochte. Es kam ihm wichtig vor, und das zählte. Seine Magie pulsierte immer schwächer, jeder Schnitt brauchte länger als der vorige.

»Pitu, du solltest dich erfrischen.«

Wer sagte das? Was bedeutete das?

»Pitu!«

Ein letzter Schnittpunkt, dann wäre es geschafft. Er wollte Luft holen, die Lungen mit Atem füllen, um seine Magie zu lenken, aber er hechelte nur. Das Schwarz verschwamm vor seinen Augen, der Boden kam näher und er atmete Staub.

Wasser rann durch seine Kehle. Er schluckte und hustete.

»Trink endlich!«

Plötzlich verstand Pitu, was das bedeutete, spürte den Trinkschlauch am Mund, schmeckte das erfrischende Wasser. Begierig trank er, griff nach dem Schlauch und sog hastig daran. Seine Gedanken klärten sich, die Kraft kehrte zurück.

»Das war knapp.«

Er wendete den Kopf und blickte zu einem hünenhaften Zwerg hinauf. »Orthos«, seufzte Pitu. »Bei den Seelen! Gut, dich zu sehen.«

»Du musst auf dich achtgeben, junger Scheltar.« Marjenn stand neben Orthos und schaute Pitu besorgt an.

Dann reichte Schimmi ihm die Hand. »Noch einen Freund wollte ich heute nicht verlieren.«

Etwas schwerfällig ließ er sich hochhelfen. Doch es ging ihm bereits besser, er konnte sich sogar auf den Beinen halten.

»Eins noch muss ich tun, damit das Tor funktioniert.« Er wankte zur Mitte der Wand und reckte sich.

»Muss das sein?« Schimmi legte ihm eine Hand auf die Schulter, doch Pitu schüttelte sie ab.

»Es muss. Aber keine Sorge, diesmal ist es einfacher.«

In seinem Kopf entstand das Bild einer Röhre, die senkrecht durchs Tor ging, und seine Magie bohrte sich entschlossen durch den Stein. Dann ließ er, erst von oben, dann von unten, einen steinernen Dorn in diese Röhre wachsen. »Es ist vollbracht.« Zumindest hoffte er das.

Er wich einige Schritte zurück und setzte sich. »Hat noch jemand was zu trinken?«

Marjenn reichte ihm einen weiteren Trinkschlauch. »Du hast recht gehabt, Schimmi. Unser Freund ist wirklich durstig.«

»So was mache ich auch nicht alle Tage«, gab Pitu zu bedenken und winkte alle zu sich heran. Er zeigte auf die schwarze Wand, die ihm so viel abverlangt hatte. »Ihr könnt das Tor wahrscheinlich kaum als solches erkennen, aber es ist da. Und durch die Anker in der Mitte, das, was ich eben als Letztes noch gemacht habe, sollte es auch am Platz bleiben, wenn ihr es öffnet. Es müsste sich drehen wie ein Rad um die Achse. So könnt ihr es öffnen und wieder schließen. Hoffe ich.«

Er setzte den Trinkschlauch erneut an und trank ihn in einem Zug leer. Selig spürte er in sich hinein und fühlte das vertraute Pulsieren. Die Magie war noch da. Seine Freunde waren rechtzeitig zurückgekommen. Dankbar blickte er in die Runde, bis ihm auffiel, dass die drei ihn abwartend anstarrten. »Hallo? Das Tor ist hinter euch. Probiert gefälligst, ob es funktioniert. Oder muss ich etwa selbst aufstehen?«

Schimmi schüttelte lachend den Kopf. »Nein, nein. Wir machen das schon, keine Sorge.«

Er ging zur Wand hinüber und drückte mit beiden Händen dagegen. Nichts rührte sich. Auch als Marjenn ihm half, bewegte sich nichts. Pitu schluckte. War seine ganze Arbeit umsonst gewesen? Dann kam Orthos hinzu, und die drei stemmten sich gemeinsam mit aller Kraft gegen die Wand. Es knirschte und Staub rieselte aus dem Spalt.

»Fester!«, feuerte Pitu die drei an.

Und dann öffnete sich das Tor. Erst einen Spalt, dann noch ein Stück, bis sogar etwas Schnee zu ihnen hereinwehte.

»Halt!«, rief Pitu, erhob sich und begann hastig, seine neue Kleidung anzulegen. »Nicht breiter, als ich schmal bin. Es soll da draußen doch keinem auffallen, was wir hier haben.«

Was für ein Gestank. Immerhin passten diese ekligen Rüstungsteile über seine eigenen Sachen. Er hätte sich nur ungern von der Melborüstung getrennt. Und in der Hemdtasche darunter steckte schließlich ein gut verborgenes Andenken, das dort hoffentlich sicher war. Zumindest, wenn die Gellwicks sich von dieser Maskerade täuschen ließen.

Als er sich umgekleidet und etwas Proviant in einer Gürteltasche verstaut hatte, drängte er sich durch seine Freunde zum Spalt. »Was seht ihr denn? War die Stelle richtig?«

Schimmi trat zurück und ließ ihn durch. »Besser hätte es kein Zwerg hinbekommen. Wir stehen in deiner Schuld, so viel steht mal fest.«

Pitu sah ihn an und hielt inne. »Macht einfach das Beste draus und bleibt am Leben, dann ist die Schuld abgetragen.«

Er schob sich an ihm vorbei und spähte durch den Spalt auf die Ebene. Es schneite noch immer. Einen besseren Moment würde es nicht geben. Er blickte sich um, stand vor seinen neuen Freunden und fühlte sich plötzlich klein und verletzlich. So gefährlich sein Weg bisher auch gewesen war, er hatte ihn nie lange allein gehen müssen. Hinter ihm pfiff der Talwind durch den Spalt, als würde er rufen. »Wenn ich draußen bin, müsst ihr das Tor wieder schließen!«

»Wir sollten dich begleiten«, brummte Orthos. »Es kommt mir nicht richtig vor, dich allein durchs feindliche Lager gehen zu lassen.«

Wie sehr würde Pitu sich das wünschen. Doch tief in seinem Inneren wusste er, dass er diesen letzten Weg nur allein schaffen konnte. »Ich bin einer von ihnen. Riechst du das nicht?« Er versuchte, die Wehmut des Abschieds fortzulächeln. »Ihr habt hier eure Aufgabe und müsst dafür sorgen, dass der Kreh abgelenkt wird, weil er um sein schwarzes Heer fürchten muss. Das ist für mich Hilfe genug.«

»Wirst du es schaffen?« Marjenn blickte ihn offen an.

Pitu nickte. »Ich verspreche es!«

»Wir werden alles daran setzen, das Tal zu reinigen.« Sie reichte ihm die Hand. »Deine Hilfe wird nie vergessen.«

»Wir werden den Stinkern so in die Ärsche treten, dass ihre Rosetten aus den Nasen wieder rauskommen«, grollte Orthos, drückte Pitu an die Brust und schob ihn zu Schimmron weiter, der ihn bei den Schultern packte und ihm ein breites Lächeln schenkte, ehe er ihn in die Arme schloss.

»Pass auf dich auf, Felsenflüsterer.«

Atharu

40

Vielleicht war es die Stimme, vielleicht das, was er sagte, oder wie er es sagte. Doch von einem Moment auf den anderen stiegen Atharu Tränen in die Augen. Er spürte sie warm und feucht über die Wangen rinnen und schmeckte das Salz auf den Lippen. Wie angewurzelt stand er da, als Jehlen ins Licht trat. Die Augen des Elbs lagen tiefer in den Höhlen als gewöhnlich, doch es gab keinen Zweifel: Atharus Mentor, sein Freund, war am Leben. Die unbändige Freude schnürte Atharu die Brust zusammen; seine Tränen rannen ohne Unterlass.

»Ich würde doch meinen, dass für unser Wiedersehen keine Trauer vonnöten ist.« Fallbihr-Jehlendorh stützte sich auf einen kurzen Stock und legte den Kopf von einer Seite auf die andere. »Dieses salzige Augenwasser vernebelt einem nur den Blick. Womöglich könnten dann manche Schritte fehlgehen, meint Ihr nicht auch?«

Atharu schüttelte fassungslos den Kopf. Doch er sah, dass auch sein Mentor einen schimmernden Glanz in den Augen hatte. »Ihr seid einfach unverbesserlich, mein Freund.« Er holte Luft, bemüht, die Fassung wiederzufinden. »Einfach unverbesserlich!«

»Das kommt darauf an, was man betrachtet«, entgegnete Jehlen, stützte sich am Stuhl des Tempelvaters ab und hob den Stock. »Bedenke ich die Nachwirkungen meiner Verletzung, gäbe es sicher noch das eine oder andere zu verbessern. Bei allem anderen wird allerdings schwerlich eine Verbesserung zu erreichen sein. Ich bin recht zufrieden mit mir, möchte ich meinen. Wenn man vielleicht davon absieht, dass ...«

Weiter kam er nicht, denn Atharu war mit einem Schritt bei ihm und schloss ihn fest in die Arme. Der Stock fiel zu Boden und Jehlen japste nach Luft, doch das war Atharu egal. Manche Dinge ließen sich erst wirklich begreifen, wenn man sie berührte – oder in die Arme nahm. Und das Wiedersehen mit einem Totgeglaubten gehörte in jedem Fall dazu. Sein Freund lebte! Es war wie ein Wunder und machte die Welt wieder heil. Der Mentor, dem er so viel zu verdanken hatte, war nicht verloren.

»Ich hätte nie gedacht, welch nützlichen Schmuck die Ordensmagister einst herstellten«, sagte Jehlen, als Atharu ihn wieder losließ. Er hielt einen schlichten Silberreif hoch. »Der junge Ayian hatte die Idee, ihn nicht für Vater Prynn allein zu nutzen, sondern auch mir das magische Pulsieren zukommen zu lassen. Ein Risiko, möchte ich meinen, wenn zwei Leben nur noch am seidenen Faden hängen. Wie leicht wären wir auf diese Weise beide zu den Seelen hinübergetreten.« Er seufzte und sein Kopf neigte sich zur Seite.

»Ondaras Silberreif«, raunte Atharu. Er hatte schon gar nicht mehr daran gedacht. Wie gut, dass er ihn Vater Prynn überlassen hatte, obgleich er sich nicht im Klaren gewesen war, wie viel Magie ihm innewohnte. Er schaute dankbar zu dem Tempeljungen, der ihn stolz anlächelte.

»Ich finde, es war die beste Idee überhaupt«, sagte Ayian.

Vater Prynn nickte. »Du hast es genau richtig gemacht.«

»Hilfreich, ja, das gebe ich zu. Ohne die Magie darin hätte ich womöglich nicht den Weg zurückgefunden.« Jehlen schaute Atharu mit einem so dankbaren Lächeln an, dass diesem mulmig wurde. »Es war eine weise Entscheidung, ihn nicht für dich zu behalten, Atharu-Scheltar. Und wie ich finde, wiegen unsere Weisheiten manche Unachtsamkeit auf, ist es nicht so?«

Fast hätte Atharu seinem Mentor noch einmal um den Hals fallen können, so glücklich machten ihn die Worte. Trotz allem, was geschehen war, bliebe ihr Verhältnis ungetrübt. Das war mehr, als er jemals erhoffen konnte. Eine ungeheure Last fiel von seinen Schultern und gab einer Leichtigkeit Platz, die ihn in den kommenden Tagen tragen sollte, wenn er mit Pelldor den Weg zum Grehum gehen musste.

Wie ein drohendes Gewitter zogen die dunklen Gedanken an die bevorstehende Begegnung mit dem Kreh herauf. Doch Atharu kämpfte sie nieder und drängte sie in einen stillen Winkel seines Geistes. Dieser Moment des Wiedersehens sollte ungetrübt bleiben. Er wollte die Freude festhalten, denn er spürte die Stärke, die daraus erwuchs. Und für einen flüchtigen Augenblick glaubte er, dass alles gut würde und nichts mehr passieren könnte, was ihren Sieg gefährdete.

In den kommenden Tagen, als Atharu bereits mit Pelldor unterwegs zum Grehum war, dachte er noch oft an diesen Moment zurück. Leider hatte sich keine Gelegenheit ergeben, mit Jehlen allein zu sprechen. Dabei hätte er ihm noch so vieles sagen wollen. Doch es hatte in Tonda reichlich Arbeit gegeben, ehe sie aufbrechen konnten. Und als dann ein Krähenschwarm gesichtet worden war, hatte ihnen das deutlich vor Augen geführt, dass ihre Atempause nicht von Dauer wäre.

Sie hatten gemeinsam mit Vater Prynn und den Tempelbrüdern über die Situation gesprochen, in der Tondaborgen sich noch immer befand. Ideen zur Befestigung waren erdacht und wieder verworfen worden. In seiner unnachahmlichen

Art hatte Jehlen selbst die hoffnungsvollsten Pläne für die Verteidigung des Friedenstempels mit kritischen Bemerkungen kommentiert. Auch zu seiner Heimreise nach Erellgorh und zu Atharus und Pelldors Reiseroute hatte er drohendes Unheil heraufzubeschwören gewusst.

Auch jetzt noch, Tage später, hatte Atharu ihn so lebendig vor Augen, als begleitete er sie auf dem Weg zum Grehum. Er sah immer noch, wie Jehlens Kopf sich von einer Seite zur anderen neigte, und hörte im Geiste noch seine leicht näselnde Stimme: »In der Tat scheinen genug Menschen und Waffen vorhanden, um den Friedenstempel zu bewahren. Die Zeit dürfte die entscheidende Rolle spielen, möchte ich meinen. Denn wäre man zu lange gefangen, würden alle Kräfte verzehrt. Den Belagerern steht die ganze Welt offen, den Belagerten aber bleibt nur ihr begrenztes Dasein zwischen steinernen Wänden!«

Natürlich hatte er recht gehabt. Aber welche Alternative hätte es gegeben? Zeit, die vielen Bewohner des Tempels in Sicherheit zu bringen, war nicht gewesen. Und Tondaborgen selbst, das Symbol des Friedens, mit dem Schrein der Fürstinmutter seinem Schicksal zu überlassen, hatte niemand gewollt. Fallam-Kierondorh war vehement dafür eingetreten, dass der Tempel verteidigt werden musste. Er hatte auffallend schnell beschlossen, dass der Großteil der Elbenkrieger dort bliebe.

So waren sie nur mit einer Handvoll Elben aufgebrochen, die Jehlen zurück nach Erellgorh geleiteten. Kurz vor der Flussmündung hatten sie sich getrennt. Und jetzt, Tage später, musste Atharu immer noch an Jehlens letzten Ratschlag denken: »Handelsstraßen sind ohne Hindernisse, möchte man meinen. Gerne geht man sie, die angenehmen Wege, die uns direkt und ohne Stolpersteine ans Ziel bringen können. Doch manchmal muss man sich gerade vor den vermeintlichen Vorzügen einer Sache hüten!«

Atharu spürte jetzt noch die Wehmut, die ihn überkommen hatte, als sein Mentor ihn angeschaut hatte, den Kopf sanft zur Seite geneigt. Es war ein ernstgemeinter Rat gewesen, der sich nicht nur auf die Straße nach Crem bezogen hatte. Es war vielmehr die Art seines Mentors gewesen, zu sagen, wie wichtig Atharu ihm war.

Er seufzte, während er unverdrossen mit Pelldor Schritt hielt. In den ersten Tagen hatten sie Jehlens Rat befolgt. Sie waren dem Lauf des Arro-Duado gefolgt, ohne auch nur eine Straße zu betreten. Nur deshalb waren sie über eine Anhöhe gekommen, die ihnen einen weiten Blick über den Fluss beschert hatte. Von dort oben hatten sie zurückgeblickt, etwas, das Atharu sich wohl nie abgewöhnen könnte.

Ihm wurde schwer ums Herz, wenn er an die Rauchwolken am Horizont dachte, die in der Richtung aufstiegen, in der Tonda lag. Das Heer aus Clutt hatte die Fischerstadt erreicht, so viel war sicher. Inbrünstig hoffte er aber, dass nur die leeren Fischerhäuser in Rauch aufgegangen waren. Die Verteidiger Tondaborgens mussten einfach durchhalten. Er mochte sich nicht vorstellen, dass die Tempeljungen Ayian und Brandan starben. Zu sehr hatte er sie ins Herz geschlossen. Und auch die vielen anderen Menschen und Elben. Jeder hatte eine Geschichte, Familie und Freunde, so wie er selbst.

Unwillkürlich beschleunigte Atharu sein Tempo. Alles hing davon ab, dass er den Medaillon-Schlüssel rechtzeitig zum Grehum brachte. Wie weit war Selana wohl inzwischen gekommen? Er hoffte, dass sie mit der Anwendung ihrer Magie nicht zu viele Häscher des Kreh auf sich lenkte. Was für einem irrsinnigen Plan sie folgten. Dabei waren ihre Wege so unglaublich weit und es konnten so grausame Dinge passieren.

Er erinnerte sich an den Tag, als Pelldor und er zu der Brücke kamen, die auf dem Weg von Clutt nach Crem lag. Um ein Haar wären sie einem Spähtrupp der Gellwicks in die Arme gelaufen. Mit einem beherzten Sprung in den Fluss hatten sie sich unter die Brücke retten können. Das Brennen auf der Haut vom sauren Wasser des Arro-Duado hatte sie noch lange begleitet. Doch sie waren davon gekommen und unbehelligt geblieben.

Seit Tondaborgen hatte Atharu noch keine Magie einsetzen müssen. Ob er sich im Ernstfall zurückhalten könnte, wusste er nicht. Aber durch Pelldor hatte er inzwischen gelernt, mit seiner Elbenklinge umzugehen. Auch wenn es kaum Zeit für Trainingseinheiten gab. Sie wollten schließlich vorwärtskommen und brauchten ihre Kraft und Ausdauer allein dafür.

Wie lange würde es noch dauern? Die Zeit lief ihnen davon. Sie verrann unter ihren schweren Schritten, mit denen sie viel zu langsam vorwärtskamen. Und sie war überfrachtet mit unsinnigen Gedanken. Sein Kopf beschäftigte sich damit, Erinnerungen durchzukauen, Entscheidungen in Zweifel zu ziehen oder wahnwitzige Ideen zu entwickeln.

Inzwischen lag der Fluss längst hinter ihnen und Atharus Gedanken kreisten um den Weg, der noch vor ihm lag. Wenn er es richtig in Erinnerung hatte, bog die Straße schon bald nach Westen ab. Dann hätten sie zwei Drittel der Strecke nach Crem und beinahe die Hälfte des Weges zum Grehum geschafft. Immerhin, ein guter Anfang.

»Atharu«, Pelldor war stehen geblieben und blickte an ihm vorbei. »Siehst du das auch?« Er zeigte nach vorn und Atharu folgte seinem Blick. Vor dem Horizont hob sich ganz deutlich eine große Staubwolke ab.

Unwillkürlich setzte er sich in Bewegung, um von der Handelsstraße herunterzukommen. Pelldor war bereits zu den Büschen und Sträuchern getreten, die links und rechts des Weges wuchsen.

»Atharu konnte nichts Genaues erkennen. »Aus welcher Richtung kommen sie?«

»Viel wichtiger: In welche Richtung gehen sie?« Pelldor rieb sich die Augen. Seit zwei Tagen schon zogen graue Wolken über sie hinweg. Auf diese Entfernung schienen Himmel und Staub zu einem trüben Brei zu verschwimmen. »Wir sollten von hier verschwinden«, sagte er plötzlich und begann, sich durch die Sträucher zu schlängeln. »Gib acht, dass du keine Pflanzen zertrittst oder Zweige abbrichst!«

Atharu starrte noch immer nach Norden. Und dann sah er, wie hoch die Staubwolke hinaufzog. Es mussten wahrlich viele sein, die dort über die Handelsstraße zogen. »Könnte es das Waldelbenheer sein?« Er folgte Pelldor durch das Grün und schaute mit Bedacht, wo er hintrat.

»Nein. Sie würden nach Westen ziehen.«

»Natürlich.« Unruhig sah Atharu noch einmal hin: Die Staubwolke kam direkt auf sie zu. Eilig drängte er sich weiter durchs Gestrüpp. »Wann können wir laufen? Sind wir inzwischen nicht weit genug von der Handelsstraße entfernt, sodass sie unsere Spuren nicht entdecken können?«

Sie? Er hätte das Kind auch beim Namen nennen können. Wessen Truppen konnten das schon sein, wenn es nicht das Waldelbenheer war? Wollte der Kreh die Lade der Mydrah so dringend haben, dass er sein Heer in Crem weiter schwächte?

»Gar nicht!« Pelldor hob den Arm und Atharu starrte dem Heer entgegen, das sich langsam auf sie zuwälzte. Langsam – bis auf die Vorhut, die aus der Staubwolke hervorpreschte und direkt auf sie zuhielt. Und zwar deutlich schneller als der Rest. An ihrer Spitze etwas sehr Großes!

»Runter!«, schrie Pelldor.

Atharu ließ sich sofort fallen. Sein Herz raste! Was war das? Ganz bestimmt kein Pferd. Es war viel zu gewaltig. Am liebsten hätte er sich noch mal aufgerichtet, um zu schauen. Sollten sie nicht wissen, was da auf sie zukam? Welche finsteren Geschöpfe der Kreh noch in den Kampf führte?

Eine Frage nur, die ausreichte, damit feurige Magie in seinem Bauch zusammenströmte. *Kontrolliere deinen Atem!* Er sah um sich. Wo war Pelldor? Der Freund, der ihm die Sicherheit gab, die er selber nicht hatte. Ein erfahrener Kämpfer, der stets Ruhe bewahrte und die Übersicht behielt. Atharu starrte durch das Gewirr aus Zweigen. Im ersten Moment erkannte er überhaupt nichts. Doch dann hörte er das Schaben eines Schwerts und sah ein metallenes Schimmern. Vorsichtig robbte er durch die Sträucher. Als er Pelldor endlich erreicht hatte, legte der warnend einen Finger auf die Lippen und wies auf die Schwertscheide an Atharus Gürtel.

Behutsam zog er seine Elbenklinge hervor. Er spürte, wie der Boden unter ihnen vibrierte, hörte das Stampfen der Hufe lauter werden. Viel zu schnell nahm das Beben zu. Das Trommeln der Hufe dröhnte in Atharus Ohren. Jeden Moment mussten sie auf ihrer Höhe sein. Er hoffte, sie würden vorbeireiten, sie nicht entdecken. Was für ein Unsinn. Warum sollten sie sich so plötzlich in Bewegung gesetzt haben, wenn nicht ihretwegen? Sie würden so lange suchen, bis sie sie fänden.

Dann wurde das Trommeln der Hufe langsamer, die Hoffnung, sie könnten vorbereiten, war ausgeträumt. Ergeben schloss Atharu die Augen und wartete auf das Unvermeidliche. Auf das Rascheln im Laub und das Brechen der Zweige. Er fasste die Elbenklinge fester, bereit, jederzeit aufzuspringen und sich zu verteidigen. Doch noch waren sie nicht nah genug. Er spürte die Vibration bei jedem Schritt ihrer Reittiere. Sicher bewegten sie sich zu beiden Seiten der Handelsstraße, den Blick auf den Boden geheftet, um keine Spur zu verpassen. Sie suchten noch immer nach ihnen.

Unbewusst griff Atharu nach dem Medaillon-Schlüssel. Das warme Pulsieren beruhigte ihn. Konnte die Macht der fünf Elemente auch gegen die dunkle Magie des Kreh schützen? Die Energie möglicher Angriffszauber in den schwarzen Stein ableiten? Eher nicht, es wäre dumm, sich darauf zu verlassen. Außerdem glaubte er nicht, dass sie es mit Magie zu tun bekämen. Söldner oder Gellwicks waren wahrscheinlicher.

Er hielt die Luft an, als die Geräusche näherkamen. Zweige brachen. Wieder spürte er, wie die Energie in seinem Inneren aufbegehrte. Mit wie vielen Gegnern hatten sie es zu tun? Mit einer Handvoll? Für den Scheltar des Feuers wäre das kein Problem. Doch er durfte hier kein Inferno verursachen. Er sollte unerkannt bleiben – das war der Plan.

Plötzlich war es still. Keine Vibrationen, keine dumpfen Geräusche. Atharu machte sich bereit, jeden Muskel angespannt. Dann erfüllte ein schreckliches Grollen die Luft, dem ein lautes Schnauben folgte. Was für ein Tier war das? Unwillkürlich ließ er seine Energie frei pulsieren, spürte die beruhigende Kraft, die in jeden Winkel seines Körpers flutete. *Vorsicht!* Doch ein wenig Magie könnte er einsetzen, ohne damit die Aufmerksamkeit des Kreh auf sich zu lenken. In Tonda war ihm das schließlich auch gelungen. Wie sonst sollten sie etwas gegen ein riesiges Monster ausrichten?

Pelldor robbte ein Stück vor und lugte über die Zweige. Ein Pfiff ertönte, dann noch einer. Plötzlich hallte ein tiefes Gebrüll über sie hinweg, Äste brachen und der Boden bebte. Das Untier kam direkt auf sie zu. Mit einem Satz war Pelldor auf den Beinen, Atharu nur einen Lidschlag später. Er keuchte, als er gewahr wurde, was dort auf sie zuhielt. Ein riesiger Melbobulle, dessen gehörnter Kopf sich in groben Zügeln wand. Mit Schaum vor dem Maul preschte er durch das Dickicht, sodass Erdkrumen und Pflanzen durch die Luft flogen.

Atharu ließ die Elbenklinge fallen. Wenn diese mächtige Panzerechse über sie hinwegtobte, wären Schwerter nutzlos. Er riss den Arm hoch, eine Feuerkugel stob hervor. Eine nur, mahnte er sich und lenkte sie dem Untier entgegen. Der Bulle warf den Kopf herum, brach zur Seite aus und wurde langsamer. Doch noch war die Gefahr nicht vorbei. Der Melbo nahm sie erneut ins Visier und hinter ihm kamen Reiter.

Atharu konzentrierte sich. Es kostete nur einen Gedanken und sein feuriger Zauber verwandelte sich in einen Fallandir. Ein Schnippen der Finger und es waren zwei, dann drei. Die lodernden Greifvögel stoben auf ihre Gegner zu, der Bulle stemmte brüllend seine mächtigen Vorderläufe in den Boden, um den flammenden Vögeln auszuweichen. Erdkrumen, Blätter, ganze Sträucher flogen ihnen entgegen. Jemand schrie auf, eine Gestalt flog durch die Luft. Der Reiter hatte sich nicht länger auf der Panzerechse halten können.

»Ich kümmere mich um ihn!«, rief Pelldor und lief dem Feind hinterher. Atharu behielt derweil die feurigen Greife im Auge, ließ sie gewagte Attacken fliegen und trieb die Reittiere ihrer Gegner immer weiter zurück. Wenn die Feinde angreifen wollten, müssten sie schon absteigen und zu Fuß kommen. Bis dahin aber hatte er sie unter Kontrolle.

Wie berauschend diese Gestaltzauber doch waren. Sie kosteten ihn kaum Kraft und gaben ihm trotzdem ein unbändiges Gefühl von Freiheit und Macht. Atharu konnte förmlich den Wind spüren, der durch die Flügel der Fallandire zauste. Das war so völlig anders, als er es von den Feuerbällen oder -lanzen kannte. Selbst die feurigen Insekten hatten ihm nicht dieses Gefühl gegeben. Es fühlte sich so leicht an. Ein wenig Konzentration war alles, was er brauchte, um den Melbo und die Reiter mit seinen Feuervögeln zurückzutreiben.

Doch dann kam, was kommen musste. Sie sprangen von ihren Tieren und ließen sie auf der Straße zurück. Vier waren es, und Atharu wusste, dass sie sich von den Gestaltzaubern nicht länger beeindrucken ließen.

»Es reicht, du kannst aufhören.« Pelldors Stimme, doch Atharu verstand nicht, was sein Freund damit sagen wollte. »Hör auf mit deiner Magie und komm hier rüber!« Hektisch winkte er ihm zu.

Atharu ließ die Feuervögel vergehen und kämpfte sich durch die Büsche. Was war geschehen? Von dem Melboreiter war nichts zu sehen. Vielleicht war er so unglücklich aufgetroffen, dass der Sturz ihm direkt den Garaus gemacht hatte. Ein Problem weniger. Er blickte sich zu den vier anderen um. Langsam wanden sie sich durch das Gewirr aus Büschen und Sträuchern, folgten der Schneise der Panzerechse. Sie hatten es offenbar nicht eilig. Und noch etwas fiel Atharu auf: Sie waren seltsam gekleidet.

»Nun komm schon«, rief Pelldor erneut und er beeilte sich. »Aber erschrick nicht! Ich wäre selbst nicht darauf gekommen. Doch jetzt werden deine Heilerfähigkeiten gebraucht.«

Sein Begleiter wies zum Boden und zog einige Zweige zur Seite, damit Atharu besser sehen konnte, was da in einem Knäuel unterschiedlicher Kleidung vor ihm lag. Mehrere Schichten von Jacken, Mänteln und Umhängen hüllten den Reiter ein, als käme er aus dem tiefsten Winter. Das Gesicht war von hieraus nicht zu sehen, aber vom Hinterkopf troff Blut und verklebte das dunkle Haar. Als Atharu über ihn hinwegstieg, um ihn sich genauer anzusehen, stockte ihm der Atem. Seine Beine gaben nach, er sank neben dem Melboreiter auf die Knie.

»Brandan?« Das konnte doch nicht sein. Wieso ... weshalb hatte er sie angegriffen? Atharu nahm die Hand seines Freundes und schüttelte fassungslos den Kopf.

»Das wäre jetzt ein guter Moment für einen deiner Heilzauber«, drängte Pelldor. »Ich kümmere mich so lange um die Begleiter deines Freundes.« Er wandte sich ab.

Atharu konnte die Schritte der anderen schon hören, ihre Stimmen, die Zweige und Äste, die unter ihren Füßen brachen. Aber es interessierte ihn nicht. Vor ihm lag sein bester Freund, regungslos, als wäre er der Welt entrissen. Er musste ihm helfen, schnell. Entschlossen kämpfte Atharu die Emotionen nieder und fühlte nach Brandans Herz. Kräftig und gleichmäßig. *So ist es gut. Halte durch, mein Freund! Du darfst nicht gehen – nicht jetzt, wo wir uns wiedergefunden haben!*

Vorsichtig drehte er ihn auf den Rücken und untersuchte ihn. Er würde ihn heilen können, doch er musste wissen, worauf er sich fokussieren sollte. Anscheinend war nichts gebrochen. Die Büsche hatten den Sturz gut abgefedert. »Brandan?« Atharu beugte sich über ihn, befühlte den Schädel, tastete Hals und Nacken ab. Er atmete auf. Alles fühlte sich normal an. Und trotzdem war er nicht ansprechbar. »Brandan? Hörst du mich?« Keine Reaktion.

Hinter sich hörte er Pelldor ruhig und besonnen mit Brandans Begleitern sprechen. Es drohte offenbar keine Gefahr von ihnen. Gut so. Atharu musste sich auf den Heilzauber konzentrieren. Seine Magie an die richtige Stelle lenken.

»Atharpazh garri yl fenn - brian jyhr brian fellezh i tuhl ...« (Atharpazh, gewähre die Gnade - Kraft meiner Kraft fließe in dich ...) Seine ganze Aufmerksamkeit richtete sich auf diese eine Sache und sperrte alles andere aus. Allein Atem und Herzschlag des Freundes drangen in sein Bewusstsein. Vorsichtig ließ er heilende Magie durch die Finger fließen, dosierte sie sanft und lenkte sie in Brandans Kopf. Wenn alles andere heil war, musste dort die Verletzung liegen. *»Brian jyhr brian fellezh i tuhl.«* Immer wieder rezitierte Atharu die Worte, die Ondara ihn gelehrt hatte. Viel zu lange rührte sich nichts, er war kurz davor aufzugeben.

Doch dann schlug Brandan endlich die Augen auf. Er starrte ihn aus glasigen Augen an, als versuchte er zu begreifen, wen er da vor sich hatte. Dann blinzelte er und begann zu sprechen. »Willst du ... willst du etwa ...«

Doch er brachte den Satz nicht zu Ende. Husten, das Gesicht verzog sich schmerzhaft, Brandans Augen fielen wieder zu. In seinem Kopf mussten wahnsinnige Schmerzen toben. Atharu ließ noch mehr der heilenden Kraft in ihn strömen.

Plötzlich starrte sein Freund ihn an. Hatte er ihn erkannt? Etwas in diesem Blick kam Atharu vertraut vor. Die Brauen des Freundes hoben sich, und von einem Moment auf den anderen trat ein schelmisches Grinsen auf sein Gesicht. »Willst du mich etwa küssen?«

Atharu ruckte zurück und musste dann lachen. Er hätte ihn tatsächlich küssen können. Dafür, dass er endlich wieder da war! Grinsend ließ er den Kopf des Freundes los und stand auf. »Das hättest du wohl gerne.«

»Für den Anfang würde es auch reichen, wenn du mir aufhilfst.« Er streckte ihm die Hand entgegen.

Atharu zog ihn mit Schwung auf die Beine. »Ahh.« Brandan hielt sich den Kopf. »Ich sollte damit aufhören, dich überraschen zu wollen. Irgendwie bekommt mir das nicht.«

Atharu schüttelte den Kopf und schloss ihn in die Arme. »Gelungen ist es trotzdem.« Er schaute zu dem Melbo hinüber, der in einiger Entfernung zwischen hohen Gräsern Zuflucht gesucht hatte. »Du bist jetzt tatsächlich ein Melbo-Reiter. Ich freue mich sehr für dich!«

Das war von Kindesbeinen an Brandans größter Wunsch gewesen. Wenn die Alten von den Zeiten erzählt hatten, in denen die Tangora noch das stolze Volk der Melboreiter waren, hatte er förmlich an ihren Lippen gehangen. Und jetzt war er ihm auf einer dieser gehörnten Panzerechsen entgegen geritten.

Atharu schaute seinen Freund an. »Woher konntest du überhaupt wissen, dass ich es war, den du da überraschst?«

»Na hör mal. Wie viele große, blonde Männer gibt es, die ihr langes Haar so freizügig im Wind wehen lassen? Wo doch jeder weiß, dass Frauen eher auf dunkle Locken stehen.« Atharu wollte ihm einen Klaps geben, doch Brandan fing seine Hand ab. »Nicht der Kopf! Den hast du gerade erst in Ordnung gebracht.« Er grinste. »Nein, wenn ich ehrlich bin, war es nur so eine Ahnung. Gellwickgruppen sind größer. Und sonst wagt sich niemand auf die Straßen.«

Brandan hatte recht. Wer wäre schon so verrückt, sich dieser Tage so offen zu präsentieren?

»Außerdem geht keiner mehr in den Norden! Alle flüchten in den Süden. Wie wir es auch tun.« Er wies auf die Handelsstraße. Die Staubwolke hatte sich gelegt. Stattdessen konnte Atharu viele Menschen und beladene Karren erkennen. Anscheinend warteten sie darauf, dass ihre kleine Vorhut mit guten Nachrichten zu ihnen zurückkam.

»Du hast es also wirklich geschafft und den Menschen von Crem zur Flucht verholfen.«

»*Wir* haben es geschafft.« Brandan drehte sich zu seinen Begleitern um. Einer von ihnen blickte herüber und hob die Hand zum Gruß.

»Gehlen!« Atharu hatte das Gefühl, er müsste im Kreis grinsen. Er konnte sich schon jetzt Selanas Freude vorstellen, wenn er ihr davon erzählte. Was für ein wunderbarer Tag! Erfüllt und voller Zuversicht tastete er nach dem Medaillon-Schlüssel unter seiner Tunika. Alles wendete sich zum Guten. Was sollte jetzt noch geschehen, das sie aufhalten könnte?

Selana

41

Immer noch sprang Jiga wie vom Irrsinn erfasst wild hin und her. Was war da?

»Selana! Jetzt!«

Blitzschnell drehte sie sich um und erkannte in einem Wimpernschlag, wie dicht die Horde bereits gekommen war.

»Ducken!«, schrie sie und warf die Arme vor. Ein Luftstoß stob aus ihren Händen. Sie atmete tief, spreizte die Finger und breitete die Arme aus. Die Druckwelle dehnte sich, trieb eine Walze aus Sand und Staub vor sich her und schoss auf die Feinde zu. Nur einen Augenblick später hatte ihr Zauber die Reihen der Gellwicks erreicht, hüllte sie ein und ließ das Gebrüll der Söldner verstummen. Nur zu ihrer Linken hatte die Energie nicht alle Angreifer ausgeschaltet.

Sie hörte Schwerter aufeinanderprallen. Aria war den Stinkern mutig entgegengesprungen und Ihlinn kam ihr zu Hilfe.

Sie mussten sich gegen fünf Gellwicks behaupten. Doch Selana konnte ihnen nicht helfen. Die Gefahr, mit ihren Zaubern auch die Freunde zu treffen, war einfach zu groß. Und hier blieb ihr noch genug zu tun. In einer fließenden Bewegung beugte sie sich hinab, schöpfte ihre Hände voller Sand und richtete sich wieder auf. Sie wusste, die Druckwelle hatte die meisten Gellwicks nur von den Füßen gerissen. Es brauchte mehr, um sie gänzlich zurückzuschlagen. Wie viele hatte sie gezählt? Noch zwei Dutzend?

Hinter sich hörte sie plötzlich das Kreischen der Eulen, doch sie hatte keine Zeit dafür. Gerade sackte die Staubwolke in sich zusammen, viele der Gellwicks rappelten sich auf, schüttelten den Dreck ab und reckten angriffslustig ihre Schwerter. Übler Gestank wehte ihr ins Gesicht und hüllte sie ein wie die giftigen Dämpfe des Gerberviertels in Akralahr. Schon brüllten die Feinde laut auf und stürmten ihr erneut entgegen.

Wie sie es hasste, immer nur zu kämpfen. Sie brauchte wieder Ruhe und Frieden. Wollte mit ihrer Familie zusammen sein, mit ihren Freunden. Das musste ein Ende haben!

Machtvoll schleuderte sie den Sand in die Luft und ließ ihn wie wild rotieren. *Magie nimmt jeden Weg, den mein Geist aufgibt!* Inzwischen wusste sie, dass der Weg auch die Form bestimmte und umgekehrt. Die wirbelnde Spirale streckte sich, schien sich zu verhärten und nahm die Gestalt eines Speers an. Ein Fingerzeig genügte ihr und der Zauber flog davon, beschrieb einen weiten Bogen, wurde schneller und schneller, schoss in die Leiber der herannahenden Gellwicks und forderte Opfer um Opfer. Drei, fünf, zehn – immer mehr Feinde stürzten wie gefällte Bäume zu Boden und blieben blutüberströmt liegen.

Endlich regte sich keiner mehr und Selana drehte sich zu dem Schreien der Eulen um. Die Vögel kreisten wie wild über dem Ufer, schraubten sich hoch in die Luft und stießen im Sturzflug wieder hinab. Wanda und Lysa wirkten inmitten dieser Attacken wie erstarrt. Auch Kessja und Fludo schienen eingefroren zu sein. Nur Jiga, die jetzt direkt vor ihnen war, vollführte einen irrsinnigen Tanz und sprang mit gefletschten Zähnen vor und zurück.

Selana versuchte zu begreifen, was da geschah. Warum die Eulen sich auf ihre Freunde warfen. Was sollte sie tun? Immer noch hörte sie die Schwerter von Aria und Ihlinn auf die Feinde eindreschen. Sie musste helfen, allen. Aber wie? Panisch schaute sie sich um. Sowohl Aria als auch die Elbenkriegerin attackierten ihre Gegner mit kraftvollen Schlägen. Zwei der Stinker lagen schon blutig vor ihren Füßen. Selana blickte zurück, entschied sich für die anderen und lief ihnen kurzentschlossen entgegen.

Unverändert standen die vier zusammen, dicht gedrängt, die Augen angstvoll aufgerissenen. Sie starrten auf den gleichen Punkt. Eine schemenhafte Form. Es wirkte, als würde die Luft vor Hitze flirren. Jiga gebärdete sich wie eine tollwütige Bestie. Immer wieder stieß sie auf den flirrende Schemen vor. Bei den Seelen, auch die Eulen hatten dieses Ziel. Die Erkenntnis griff mit eisiger Hand nach Selanas Herz. *Schatten spiegeln ihre Umgebung!*

Nein! Selana hetzte dem schwarzmagischen Geschöpf entgegen. Erinnerungen stürmten auf sie ein. Ihre Kämpfe in Tyklahr, die Schmerzen, der Kreh. Sie musste Wanda und den anderen helfen, und zwar schnell. Plötzlich kam ihr ein rettender Gedanke. Sie bremste ab, zog sich das Jothzhirko vom Kopf und schleuderte es mit einem gezielten Wurf zu ihrer Momm. »Hier!«

Doch ihre Ziehmutter reagierte nicht, der Schutz aus Jothosholz segelte an ihr vorbei und landete im Wasser. Bei den Seelen! Wie viel Kälte mochte die Nähe des Schattens schon in ihre Momm getrieben haben? Hatte das grausame Geschöpf bereits begonnen, die Magie aus ihren Körpern zu saugen? Selana starrte mit grimmiger Entschlossenheit auf die flirrende Spiegelung. Dann musste es eben anders gehen.

Eine kleine Bewegung nur, ein Luftstoß schoss vor und traf den Schemen. Sofort waberten dunkle Male über seine Umrisse und Selana sah, wie sich das grausige Geschöpf zu ihr umdrehte. Ein erneuter Wink von ihr erzeugte einen weiteren Luftstoß. »Hier ist die Magie, nach der dich gelüstet!«, schrie sie. Wieder flohen schwarze Male über die Gestalt. Der Schatten glitt ihr entgegen. Erleichtert warf sie einen Blick zu Wanda, Lysa und den anderen. Sie sah, wie das Frettchen ins Wasser sprang, den magischen Schutz aus dem Fluss zog und ihrer Momm vor die Füße legte.

»Gut, Jiga!« Eine neue Hoffnung.

Sie schoss einen weiteren Luftstoß auf das grausige Geschöpf, bewegte sich langsam rückwärts. *Ich muss ihn weglocken!* Sie wollte ihre Freunde in Sicherheit wissen, um sich ganz auf den Kampf gegen den Schatten konzentrieren zu können. Wieder schoss sie eine wohldosierte Portion ihrer Magie in den flirrenden Schemen. Immer mehr dunkle Male waberten über die Oberfläche. Das grausige Geschöpf schien so gierig, dass es sich nicht mehr auf die Spiegelung konzentrierte.

Als das Kreischen der Silbereulen abnahm, glaubte Selana, weit genug entfernt zu sein. Sie reckte die Arme und beschwor das magische Netz, das sie in Tyklahr bereits gewoben hatte, als plötzlich Jiga an ihr vorbeistürmte. Das Tier fauchte und Selana wusste im selben Moment, was das bedeutete. Es waren zwei!

In einer schnellen Bewegung, einen Arm zum Boden gerichtet, den anderen emporgereckt, wirbelte sie herum und entfachte mit der Macht ihres Elements einen Sandsturm, der die wahre Bedrohung enthüllte. Jiga duckte sich weg, jaulte auf und stob davon. Überall um sie herum tanzten dunkle Male durch die Luft. Fassungslos erkannte Selana, wie groß die Gefahr wirklich war. Fünf Schatten glitten auf sie zu.

Sie riss sich die Tasche vom Rücken, befreite sich in Windeseile von Schuhen und Umhang. »Kommt nur!«, schrie sie den dunklen Geschöpfen entgegen und kämpfte die aufsteigende Panik nieder. »Ich bin die Schattentöterin!« Ja, sie hatte schon drei von ihnen besiegt. Aber nacheinander. Könnte sie gegen fünf bestehen? *Konzentrier dich!*

Dann spürte sie die unsagbare Kälte auf sich einstürzen, das dunkle Pulsieren der schwarzen Magie ließ ihre Seele erschaudern. Doch sie war darauf gefasst und verbannte die Pein. Ihre eigene Macht reichte aus, den Schutzwall aufrechtzuhalten. Und obgleich sie spürte, dass schon drei der Schatten an ihrem Körper sogen, dass ihre unsagbare Dunkelheit Einlass begehrte, fühlte sie sich stark. Sie würde nicht wanken! Zu viel hing davon ab. Aus den Augenwinkeln sah sie Aria und Ihlinn gegen einen letzten Widersacher kämpfen. Und dort, am Ufer des Arro-Ezhanjotäe stand Wanda mit Lysa, Kessja und Fludo. Irgendetwas war anders, dachte sie plötzlich.

Doch in diesem Moment schob sich einer der Schatten über sie. Sie durfte nicht länger warten. Entschlossen sandte sie dünne Fäden ihrer Magie aus und gewährte dem dunklen Geschöpf eine Verbindung. Sie wusste, was kommen würde, und peitschte ihren Schutzwall hoch. Drei Schatten! Die finstere Macht brandete wie ein Orkan in ihren Geist. Sie wollte die Fäden zurückziehen, sie wieder aussperren, doch ihre gebündelte Kraft war zu gewaltig. Gierig sogen sie an ihrer Magie und zerrten an ihrer Seele.

»Selana! Atme!«

Auf einmal spürte sie eine Erleichterung. Einer der Schatten hatte von ihr abgelassen. Sofort nutzte sie den Augenblick und pumpte neue Energie in ihren Schutzwall. Ihre Gedanken klarten auf, sie konzentrierte sich auf ihren nächsten Zauber. Mit grimmiger Entschlossenheit feuerte sie ihr magisches Netz in den ersten der Schatten. Gleich darauf ein weiteres in den zweiten. Ihre Magie drang mit Wucht in die finsteren Hüllen ein und zerrte, ohne zu zögern, und mit aller Macht an ihren Eingeweiden. »Ich bin die Schattentöterin!«, spie sie ihnen voller Abscheu entgegen und zog noch einmal mit geballter Kraft.

Da waren sie, die magischen Abdrücke der unzähligen Opfer, die diese eisigen Geschöpfe verschlungen hatten. Erinnerungssplitter an Gräueltaten, die jetzt aus der Finsternis hervordrängten. Mehr und mehr Zeugnisse des schändlichen Daseins quollen aus den Schatten hervor, ließen ihre Konturen zerfasern und vergehen. Ein letztes Aufbäumen, ehe sie in sich zusammensackten, dunkle Lachen zurücklassend, aus denen der Dunst schwarzer Magie emporstieg. Selana streckte ihre Hand danach aus, versuchte, sie aufzunehmen, um diese Macht hinzuzugewinnen.

Doch ihr blieb keine Zeit. Schon einen Lidschlag später war der nächste Schatten bei ihr. Und dann noch einer. Wie viele hatte sie gezählt? Fünf? Würde auch noch der Letzte über sie kommen? Sie fühlte sich geschwächt. Spürte das dunkle Pulsieren jetzt deutlicher als eben, auch die eisige Kälte kroch ihr tiefer in die Haut und löste stechende Schmerzen aus, die wie Messer auf sie einstachen. Stöhnend sank sie in die Knie. Ihre Haut spannte sich unter dem Sog der schwarzen Magie. Sie zerrte an ihren Haaren, ihren Kleidern. *Nein!* Selana blickte sich hilfesuchend um. *Nicht noch mehr Narben!*

Sie sah einen Körper vor sich liegen, Menschen am Ufer stehen, glaubte Lysa zu sehen, schwebend über dem Wasser und eingehüllt in einen silbrigen Kokon. Graue Schwaden ... Neben ihr stieg noch immer magischer Dunst aus den dunklen Lachen auf. Ihr Blick trübte sich. Selana brauchte diese Kraft. Jetzt! Konzentriert pumpte sie ihre letzten Reserven in den Schutzschild, sog Energie aus jeder einzelnen Zelle und streckte die Finger. Ihr Magen krampfte sich schmerzhaft zusammen. Es fühlte sich an, als würde ihr Körper austrocknen, sie spürte ihre Lippen reißen. Doch es war ihr egal. Sie musste es wagen, obsiegen oder auf immer vergehen.

Mutig öffnete sie einen Spalt in ihr Innerstes, holte tief Atem und schleuste Stück für Stück die rettende Energie in ihren Körper. Füllte Zelle um Zelle. Die Schmerzen wurden erträglicher und sie schöpfte neue Hoffnung. Doch die Schatten stürzten sich sofort auf diesen Zugang zu ihrer Macht. Selana hatte Mühe, die tödliche Dunkelheit von der freien Magie zu trennen. Verzweifelt mühte sie sich, den finsteren Geschöpfen standzuhalten. Ihre Arme zitterten, Krämpfe schossen in ihre Hände.

Plötzlich gelang es ihr, den Schatten magische Fäden entgegenzuschleudern. Und sofort schleuste sie die neu gewonnene Magie in diese Verbindungszauber. Die flirrenden Schemen stürzten sich gierig wie hungrige Hunde darauf. Noch einmal holte Selana Luft, atmete tief, kontrollierte sich und sog die freigewordenen Kräfte gänzlich in sich auf. Sie spürte die erfüllende Macht durch ihren Körper strömen, kappte die Fäden und verschloss sich den finsteren Geschöpfen aufs Neue. Dann, fokussiert auf ihr ureigenes Element, jagte Selana den Feinden ihre magischen Netze in die flirrenden Körper. Nur für einen Wimpernschlag hielt sie die Verbindung und begann dann, ihre Magie zurückzurufen, um sie zu wenden.

»Ich bin die Scheltar des Windes!« Sie peitschte ihnen ihren Ruf entgegen und kämpfte sich wieder auf die Beine, die Bindungen zu den Schatten fest in den Händen. Finsternis flirrte vor ihren Augen, als sich die unsagbaren Geschöpfe ein letztes Mal aufbäumten. Dann zog Selana mit aller Kraft an ihrem Netz, zerriss die finstere Quelle in den Eingeweiden der Schatten, und ihre Hüllen zerfaserten. Fassungslos blickte sie auf die dunklen Überreste und sog dann, mit einem irren Lachen, die freiwerdende Magie in sich auf.

Die Kraft durchströmte sie wie eine gewaltige Flut wärmenden Wassers. Nährte sie wie frisches Brot nach tagelangem Hunger und beglückte ihre Seele mit unbändiger Freude. Sie spürte wieder den Wind in den Haaren, hörte die Schreie der Eulen und sah alles um sich herum in absoluter Klarheit. Jäh stürmten neue Bilder auf sie ein, verschafften ihr einen Überblick und ließen sie erstarren.

Nur wenige Schritte vor ihr lag der regungslose Körper von Ihlinn-Saldanah. Aber das konnte nicht wahr sein. Ihre Elbenfreundin durfte nicht tot sein.

Aria rief Selana etwas zu und kam herübergelaufen, doch sie verstand nicht, was ihre Freundin wollte. Mit einem Satz war Selana bei der Elbenkriegerin und kniete sich zu ihr.

»Ihlinn!« Sie blickte in dunkle Augen, die ausdruckslos zum Himmel gerichtet waren. *Nein, das darf nicht wahr sein!* Selana nahm ihre Hand, legte den Kopf auf die Brust ihrer treuen Begleiterin, versuchte, den Herzschlag zu hören. »Nein, nein, nein!«

»Bei den Seelen!«

Arias Stimme vernahm sie kaum, so sehr mühte sie sich, ein Lebenszeichen zu entdecken. Vorsichtig hob sie den Oberkörper ihrer Elbenfreundin auf ihren Schoß. »Ich habe Aria geheilt. Ich kann auch dich heilen!« Sie suchte nach einer Wunde, einem Zugang, durch den sie ihre Magie in den Körper der Elbin strömen lassen konnte. »Halte durch, halte durch.« Das Bild verschwamm hinter ihren Tränen.

»Selana ...« Eine Hand auf ihrer Schulter. »Sie ist ...«

»Nein! Ist sie nicht.« Alles in ihr wehrte sich gegen diesen Gedanken. Sie presste ihre Hände auf eine klaffende Wunde am Oberarm. »Ich kann dich heilen. Ich kann das.« Hastig wischte sie sich die Tränen aus den Augen. »Atharpazh, gewähre mir die Gnade.« Sie ließ Magie durch ihre Hände strömen, doch der Energiefluss versiegte sofort. »Nein, nein, nein. Es musste doch gehen!« Bilder jagten ihr durch den Kopf, Erinnerungen an ihre Freundschaft. An die gefahrvollen Momente, in denen Ihlinn ihr das Leben gerettet hatte. Sie stand mit so viel in der Schuld der Kriegerin.

Wieder sog Selana die Kraft aus ihrem Inneren und versuchte, sie auf die Elbin zu übertragen. Es war doch so viel Macht in ihr. Sie spürte es in jeder Faser ihres Körpers. Es musste für die Heilung ihrer Freundin ausreichen. Doch ihr Zauber versiegte erneut. *Magie braucht einen Zweck, damit sie fließen kann. Welchen Zweck, wenn nicht diesen?* Ihre Brust schnürte sich zusammen, als die Magie zurückfloss, unfähig, in den leblosen Körper der Elbin überzugehen. Tränen schüttelten Selana, während sie Ihlinn hilflos auf dem Schoß wog.

»Selana.« Arias Stimme klang sanft, doch sie fühlte sich an wie scharfe Klauen, die ihr das letzte bisschen Hoffnung entrissen.

»Lass mich!« Keifte sie und wehrte ihre Freundin ab. Ohne es zu wollen, schoss ein Luftstoß aus ihren Händen und Aria flog durch die Luft.

»Nein!« Entsetzt schrie Selana auf, als Aria stürzte und dumpf aufschlug. Sofort ließ sie Ihlinns Körper in den Sand gleiten und lief zu Aria hinüber.

»Das tut mir leid!« Sie wollte sich zu ihr knien, doch ihre Freundin rappelte sich schon wieder auf. »Ich weiß gar nicht, wie das geschehen konnte.«

Aria rieb sich den Kopf. »Dir bekommt deine Macht nicht, das ist es.« Die junge Frau aus Akralahr fixierte sie. »Komm wieder zu dir, Scheltar des Windes.«

Selana sog scharf die Luft ein, als sie plötzlich eine Distanz spürte, die sie so nicht kannte und die wie ein Messer in ihre Brust stach.

»Ihlinn mag tot sein, doch es sind noch andere da, die deinen Beistand brauchen«, fuhr Aria sie an. »Es ist noch nicht vorbei. Wenn du wieder bei Sinnen bist, kannst du dich vielleicht um die Lebenden kümmern.« Ohne einen weiteren Blick stapfte sie davon.

Besorgt starrte Selana ihr nach und versuchte zu verstehen, warum ihre Freundin so harsch war. Mühsam kämpfte sie gegen ihre Emotionen. Einen Streit mit Aria konnte sie jetzt wirklich nicht gebrauchen. Sie hatte genug zu verarbeiten. Ihr Kampf, die Schmerzen, der Sieg, Euphorie, Trauer, Hilflosigkeit, Wut! Nur Zeit hatte sie nicht.

Sie schaute zum Ufer des heiligen Flusses. Aria lief den anderen entgegen. *Wanda braucht meine Hilfe* ... Ein letztes Mal sah Selana zu ihrer Elbenfreundin und rang mit den Tränen. Ihlinn hätte ihre Hilfe auch gebraucht, doch jetzt war sie tot. Nie wieder würde Selana ihre Stimme hören, nie wieder ihrem Rat lauschen oder sich über ihr seltenes Lächeln freuen. Die Kriegerin war nicht mehr. Selana trat zu ihr, beugte sich hinab und hob den Leichnam auf. Schwer trug sie an dem leblosen Körper, doch sie gestattete sich nur wenig Magie, um den Weg bis zum Ufer des heiligen Flusses mit festen Schritten zu erreichen. Bestürzt kamen Kessja und Fludo ihr entgegengelaufen.

»Wir uns kümmern ... du zu Wanda gehen, nicht?«

Die Urdaschwester breitete eine Reisedecke aus, Fludo half dabei, Ihlinn vorsichtig daraufzulegen.

»Wir sollten ihren Körper bestatten«, sagte Selana mit rauer Stimme. »Das bin ich ihr schuldig.«

Kessja blickte an ihr vorbei und ließ den Blick besorgt über die Ebene schweifen. »So der Schatten nicht zurückkehrt, wollen wir das tun.«

»Der Schatten?« Selana verstand nicht. Waren noch mehr dieser finsteren Geschöpfe gekommen? Sie hatte sie doch besiegt, oder nicht?

»Einer von dir abgelassen und uns angegriffen, nicht?« Fludo gestikulierte mit den Armen, während er aufgeregt erzählte, wie Wanda sich dem Schatten in den Weg gestellt hatte. »Sie das Jothzhirko gehabt. Mächtige Magie, nicht?«

Selana atmete auf. Dann hatte ihre Momm doch noch nach dem hölzernen Schutz gegriffen.

»Doch was helfen, wenn Gellwicks kommen?« Fludo schüttelte traurig den Kopf. »Gegen Messer kein Jothos etwas ausrichten kann.«

»Gellwicks?« Selana keuchte und blickte sich um. Wo war ihre Momm? Sie sah, wie Aria sich über den Karren beugte, und rannte bestürzt zu ihr. Ihre Freundin tupfte Wandas Stirn mit einem feuchten Tuch ab. Lysa hockte daneben und presste die Hände auf einen Verband. Sie summte eine leise Melodie, schien der Welt entrückt, einzig auf diese eine Sache fokussiert.

Aria hob den Blick. »Sie hat nur wenig Blut verloren und ihr Herz ist stark. Aber wenn du irgendwas tun kannst, wär jetzt ein guter Moment.« Ihre Stimme klang unversöhnt.

Selana schluckte. Doch das spielte jetzt keine Rolle. Sie würde alles tun, um ihre Momm zu retten. »Lysa?« Vorsichtig tippte sie dem Mädchen auf die Schulter. »Bitte lass mich die Wunde sehen.«

Die Kleine schaute sie aus großen Augen an und lächelte. »Tante Wanda hat gesagt, dass du die Schatten besiegen wirst. Sie wusste das.«

Selana nickte ihr zu. »Darf ich bitte? Ich möchte ihr ein wenig Magie zukommen lassen.«

Lysa rückte zur Seite und Selana besah sich die Wunde. Erleichtert stellte sie fest, dass der Blutstrom fast versiegt war. Sie riss den Stoff des Kleides weiter auf, nahm Arias Tuch und säuberte die Wundränder, soweit es damit möglich war. Dann legte sie die hohlen Hände über die Wunde und ließ ihre Kraft hinübergleiten. Beruhigt spürte sie den Strom ihrer Magie in die Wunde fließen. Hier funktionierte ihr Zauber, sie war erleichtert wie selten zuvor.

Eine Hand griff nach ihrem Arm. »Danke, mein Kind.« Wanda schaute sie aus wachen Augen an. »Jetzt ist es genug.«

Selana hob die Hände, hielt aber die Verbindung noch aufrecht. Sie durfte nichts riskieren, wollte sicher sein, dass ihre Magie half. Erleichtert sah sie rosiges Fleisch heraufheilen, die Wundränder sich aufeinander zuschieben und neue Haut bilden, wo eben noch eine Wunde klaffte.

»Nun ist es aber wirklich gut.« Wandas Stimme klang ein wenig streng. »Du brauchst deine Kräfte noch!«

»Vor allem brauche ich dich.« Selana schloss ihre Momm in die Arme. Sie spürte die Hände ihrer Ziehmutter auf dem Rücken, fühlte ihre Wärme und Nähe. Am Fluss der Seelen, inmitten der grausamen Schrecken, die der Abtrünnige hasserfüllt über die Welt ausschüttete, durfte Selana die Liebe ihrer Ziehmutter spüren und wollte den Moment gegen nichts in der Welt eintauschen. Und obgleich dieser Augenblick vergehen musste, wusste sie, dass sie ihn mit sich tragen und in ihrem Herzen bewahren würde. Er sollte sie vor der dunklen Seite schützen und helfen, den schlechten Gefühlen, dem Zorn und dem Hass des Kreh zu trotzen. Einzig die Liebe sollte das Motiv ihres Handelns sein. Selbst, wenn Selana alles verloren geben müsste und die Zeit dem Abtrünnigen in die Hände spielte. Voller Zuversicht dachte sie an Atharu. Ihr Bruder würde den Medaillonschlüssel wohlbehalten zum Grehum bringen. Denn was ihre Aufgabe anbelangte, hatte sie, wenn auch unfreiwillig, alles getan, um die Aufmerksamkeit des Kreh auf sich zu lenken. Die Entladungen ihrer Magie mussten ihn erreicht haben. Spätestens der Tod von vier Schatten konnte ihm nicht entgangen sein.

Wenn nur der Preis dafür nicht so hoch gewesen wäre, dachte Selana später, als sie an Ihlinns Grab stand. Aria hatte ihr geholfen, Findlinge auf die Ruhestätte zu rollen, und

Selana hatte einen davon mit einer Inschrift versehen. Ein großes I für Ihlinn und dann noch die Buchstaben F, d und V: Freundin der Völker. Die Lettern waren nur grob und unregelmäßig gelungen, doch mehr hatte sie mit ihrer Magie nicht ausrichten können. Aria hatte die Idee gehabt, es mit einem Sandstrahl auszuprobieren, und Selana war ihr dankbar, dass das Grab nicht namenlos bleiben musste.

Aria war es auch, die nun zu einer Entscheidung drängte. »Wir können nicht mit allen zusammen zum Grehum gehen, wenn wir schnell vorankommen wollen!«

Selana schaute zu den anderen hinüber, die sich wieder am Karren versammelt hatten. Lysa stand ein Stück weiter am Ufer des Arro-Ezhanjotäe und malte mit anmutigen Bewegungen Symbole in die Luft, die niemand sonst verstand. Über ihr zogen die Silbereulen still ihre Kreise. »Ich weiß. Ich weiß nur nicht, wie ich es Wanda beibringen soll. Sie wird Lysa nur ungern allein lassen.«

Aria schaute zu der Kleinen hinüber. »Dann willst du das Kind mitnehmen?«

Das Kreischen der Eulen zog Selanas Aufmerksamkeit auf sich. Flussabwärts stießen einige von ihnen auf die Wasserfläche hinab und flogen dann, nebeneinander wie die Perlen einer Kette, direkt auf das kleine Mädchen zu. Ob sie geschändete Seelen in die Obhut der Seelenflüsterin trieben? Selana sah Lysas konzentrierten Blick, versuchte, von ihren Lippen zu lesen, und folgte ihren Händen, die stetig die geheimnisvollen Symbole in die Luft malten.

»Ja, wir werden Lysa mitnehmen.« Sie schaute Aria an. »Du weißt besser als ich, wie mächtig ihre Magie ist, oder nicht?«

Wanda und Aria hatten ihr von dem geheimnisvollen Zauber berichtet, an den Selana sich nur schemenhaft erinnern konnte, weil sie zur selben Zeit gegen die Schatten gekämpft hatte. Ein schützender Kokon, der das Mädchen eingehüllt hatte und silbrig schimmernd über das Wasser geglitten war. Die Seelen hatten die Kleine vor den grausamen Geschöpfen in Sicherheit gebracht. Solange sie dem Arro-Ezhanjotäe folgten, brauchten sie sich um Lysa nicht zu sorgen.

Aria nickte. »Trotzdem ist sie immer noch ein Kind!«

»Und gleichzeitig die Einzige, die es vermag, den Schoß Jukahbajahns vor der schwarzen Magie zu bewahren, die an den geschändeten Seelen haftet. Es ist ihre Bestimmung!«

Ihre Freundin nickte stumm. Auch wenn sie nicht glücklich mit der Entscheidung war, würde sie sie hinnehmen.

Der Abschied von ihrer Ziehmutter fiel Selana schwer, auch wenn ihre Momm versuchte, es ihr leicht zu machen. Sie hatte schnell eingewilligt, Lysa bei ihr zu lassen, und Kessja war sofort bereit gewesen, Wanda nach Tyklahr zurückzubegleiten. Nur Fludo hatte mehrmals versucht, Selana davon zu überzeugen, dass er sie nach Norden begleiten sollte. Einer müsste sich doch um das Kind kümmern, wenn Aria und Selana kämpften. Doch Selana konnte ihm klar machen, dass Wanda und Kessja seiner Hilfe dringender bedurften. Waren sie doch weder des Schwertkampfs noch der Magie mächtig. Als er widerwillig einlenkte, glaubte sie trotz allem, ein wenig Erleichterung bei ihm zu spüren.

Lysa verkraftete die Trennung von ihrer Tante Wanda viel besser, als Selana gedacht hätte. Sie nahm es sogar ganz leicht. »Du musst nicht traurig sein, Tante Wanda. Unsere Seelen kennen sich so gut, die werden sich immer wiederfinden.« Sie pikte der Alten in den Bauch und blinzelte verschwörerisch. »Und sonst werde ich ihnen was flüstern.«

Ihr glockenklares Lachen klang lange in Selanas Ohren nach. Es steckte sie alle an und machte die ersten Schritte leicht, auch wenn Tränen in Selanas Augen standen. Niemand wusste, wie ihre Reise ausgehen würde. Beinahe im letzten Moment entschied Selana, dass ihre Momm Jiga in ihre Obhut nehmen sollte. Das Frettchen hatte sich als wahre Lebensretterin entpuppt und zum Sieg gegen die Schatten beigetragen. Es war mehr als tröstend, das Tier bei ihrer Momm zu wissen.

Selana nahm Brandans Begleittier sanft auf den Arm und flüsterte ihm zu, warum sie sich trennen müssten. Wer konnte schon sagen, was solche Tiere verstanden und was nicht? Sie musste schmunzeln, als Jiga ohne zu zögern in Wandas

Tasche krabbelte und es sich darin bequem machte. Ein wirklich schlaues Frettchen.

Inzwischen waren sie seit zwei Tagen auf ihrem Weg zum Grehum. Die letzten Tage hatten ihnen bange Augenblicke und gefahrvolle Begegnungen gebracht. Sie hatten Angriffe von Gibbos überstanden, sich gerade rechtzeitig vor einem Rudel Wolfshunde in Sicherheit gebracht und unliebsame Erfahrungen mit dem ätzenden Speichel der Grellkläufer gemacht. Aria hatte früher einmal in den Kaschemmen des unteren Viertels etwas über die vogelartigen Zweibeiner gehört. Doch das war ihr leider zu spät eingefallen, und so gerieten sie zu dicht an die Brutplätze. Lysa war die Einzige gewesen, die nicht von den spuckenden Riesenvögeln getroffen wurde. Selana hatte es empfindlich im Gesicht und am Hals erwischt, und Aria fluchte noch lange über die Löcher in ihrer Lederrüstung.

Auffällig waren die Schwärme schwarzer Rabenvögel, die oft über sie hinwegflogen und damit kreischende Attacken der Silbereulen auslösten. Die Augen des Kreh wirkten wie dunkle Vorboten der Finsternis. Ungute Gefühle und Ahnungen beschlichen Selana, wenn sie in den düsteren Himmel sah. Jeden Moment war sie darauf gefasst, von der Horde des Abtrünnigen heimgesucht zu werden. Doch auf Gellwicks trafen sie nicht. Es war fast, als hätte der Kreh seine Häscher zurückgerufen. Als wollte er, dass Selana ungehindert zu ihm käme.

Auch der fünfte Schatten, den Wanda und die Eulen in die Flucht geschlagen hatten, tauchte nicht wieder auf. Aria meinte zwar, das finstere Geschöpf sei bestimmt noch in der Nähe, verfolge sie vielleicht sogar und sei für den Abtrünnigen Aug und Ohr, doch Selana glaubte nicht daran. Trotzdem ließ sie mehr Kraft in ihren Schutzwall strömen und achtete sorgsam auf die Anzeichen dunkler Magie.

Wenn sie rasteten und Lysa sich um die geschändeten Seelen kümmerte, sandte Selana ihr Lannpinn aus und erkundete den Weg. Es war ein ernstes Unterfangen, das ihre ganze Konzentration kostete, und doch genoss sie jeden Augenblick, den sie mit ihrem Geistgeschöpf verbrachte.

Ein weiterer Tag brach an, mit ihm kamen Schnee und Kälte. Lysa hielt tapfer mit. Doch als das Ufer des Flusses hügeliger und der Schnee für die Beine des Mädchens zu tief wurde, trugen sie sie abwechselnd auf den Schultern.

Dann endlich erreichten sie das Eskringebirge. Und als sie sich am Morgen des folgenden Tages auf eine Anhöhe hinaufgekämpft hatten, wurden sie mit einem unvergesslichen Anblick belohnt.

Pitu

42

Vorsichtig spähte Pitu durch den Spalt des Tors. Schneeflocken flogen ihm entgegen, tanzten über die Rampe, die von oben aus dem Berg so gut zu erkennen gewesen war. Aus dieser Perspektive war die breite Zuwegung kaum mehr als eine weiße Fläche, die hinunter ins Tal führte. Ein sanfter Hügelkamm am Fuß der Hochebene. Die kalte Magie des Kreh spielte ihnen hier tatsächlich mal in die Hände. Ein Stück abwärts traf die verschneite Zuwegung auf die Trasse, die zum eigentlichen Tor der Schmieden führte. Doch die wirbelnden Flocken verschleierten die Sicht dorthin, verschluckten das Schieben und Drängen der mordlüsternen Horde.

Dankbar dafür trat Pitu durch die Tür, warf einen letzten Blick zurück und sah noch, wie Schimmi grüßend die Hand hob. Ob sie sich wiedersehen würden? Die steinerne Wand bewegte sich und schloss mit einem dumpfen Laut, nichts hinterlassend als rauen Felsen.

Pitu legte die Hand darauf, zufrieden und stolz auf dieses magische Kunstwerk. Es hatte ihn einen hohen Preis gekostet. Obgleich das Wasser seine Magie erfrischt hatte, fühlte er, dass die unsagbare Kraft, die er aus dem Talisman gewonnen hatte, so nicht mehr da war. Etwas davon glaubte er noch zu spüren, aber würde das reichen? Er sollte vorsichtig zu Werke gehen, wenn er es bis zum Grehum schaffen wollte. Wahrscheinlich müsste er ohnehin auf Magie verzichten, damit er nicht durch die unseligen Armreifträger entdeckt würde. Entweder ungesehen bleiben oder aber mit der Masse verschmelzen, hoffend, dass seine Maskerade die Feinde täuschen könnte.

Stinken tat Pitu zumindest, in diesen fürchterlichen Rüstungsteilen. Er rümpfte die Nase, als er an sich hinuntersah. Schimmi hatte keine Rücksicht darauf genommen, in welchem Zustand die ledernen Klamotten waren. Fettig, dreckig und mit Blut besudelt. Ein paar Wurfmesser steckten noch in den metallenen Schlitzen des Harnischs, am Gürtel hingen zwei Dolche. Er hatte keine Erfahrung im Kampf Mann gegen Mann und würde sie hoffentlich nicht brauchen. Im Werfen allerdings traute er sich einiges zu. Die messerscharfen Wurfscheiben könnten ihm vielleicht von Nutzen sein. Bei Gelegenheit sollte er auch die leeren Schlitze mit Wurfmessern füllen.

Doch dafür müsste er erst einmal losgehen. Unentschlossen blickte er sich um und versuchte, sich an die Stellungen der Heerlager zu erinnern. Ein weißes Bild mit dunklen Flecken, oder besser: ein schwarzes Bild mit weißen Schneisen, die sich durch die Fläche wanden wie Wege in einem Garten. Wie von selbst kam das Bild zurück, das er sich eingeprägt hatte, hatte einprägen können, weil es gleichzeitig Antrieb und Sehnsucht gewesen war. Der Garten im Gesundhaus, den er durchschreiten wollte, um zu Kessja zurückzugelangen.

Pitu erinnerte sich an den Ausblick vom Fernzahn. Als er das Gesehene mit dem Bild seiner Erinnerung abgeglichen hatte, um es für diesen Moment bewahren zu können. Die Stelle unterhalb der Fernzahngleise entsprach in seiner Vorstellung der Eingangshalle des Gesundhauses. Und der Brunnen des Gartens stand für das größte der Heerlager, das er mittig im Tal gesehen hatte. Von dort führte ein geschwungener Weg vorbei an Hundsrosen und Kräuterbeeten zu einer Tür, die Pitu nie benutzt hatte, die in seiner Vorstellung jetzt dem Standort des Grehum entsprach. Befände er sich unter dem Fernzahn, wüsste er recht genau, welchen Weg er einschlagen musste. Doch er stand viel weiter westlich. Mindestens eine Meile Fußmarsch lag zwischen seinem Standort und den Gleisen. Vor allem aber über die Trasse zu den Toren nach Fullbor – überlaufen mit hasserfüllten Feinden – könnte er unmöglich hindurchgelangen.

Also versuchte Pitu, sich die Karte aus einer anderen Perspektive vorzustellen. Er stand an der Tür zum Krankenflügel, die zu Wandas Zimmer geführt hatte, und blickte von dort aus über den schwarz gefleckten Garten. Tatsächlich funktionierte das Bild auch von hier. Pitu erinnerte sich an die vielen kleineren Heerlager, die Rauchsäulen ihrer Feuer. Flüchtige Abbilder der Rimmpur-Bäume, an denen vorbei es zu Eldarhs Arbeitszimmer ging.

Jäh kam die Erinnerung an den Todeskampf des jungen Magisters zurück, an Pitus eigene Hilflosigkeit und die Vorwürfe Schwester Epresstas. Alles in ihm wehrte sich gegen die Vorstellung, noch einmal durch diese Tür gehen zu müssen. Doch wenn er es richtig erinnerte, war genau dort das Letzte der Heerlager. Wenn er es daran vorbeischaffen würde, könnte er am Fuße des Eskringebirges ungesehen nach Osten zum Grehum gelangen. Entschlossen machte er sich auf den Weg.

Die ersten Schritte fielen ihm leicht und bestärkten ihn. Die Schneedecke auf der Rampe war nicht dick und behinderte ihn kaum. Wahrscheinlich fegte der Wind das Meiste fort. Doch auf diesem Weg konnte Pitu nicht bleiben, er müsste weiter nach Norden gehen.

Plötzlich kam ihm ein Gedanke, erschrocken blickte er sich um. Würde man seine Spuren sehen? Nein, der frische Schnee begann bereits sie wieder zuzudecken. Vorsichtig ging er am

Rande der Rampe entlang. Irgendwo müsste er hinunterstei-gen, doch die Schneedecke verwischte die Konturen und machte es unmöglich, abzuschätzen, wo der Abstieg sicher wäre. Das Einzige, was er erkennen konnte, war, dass es hier tief hinabging. Er sah sich noch einmal um, die Hochebene lag direkt hinter ihm. Solange er sie im Rücken hatte, wäre er in Richtung Norden unterwegs. Eine Orientierungshilfe, die er brauchte. Pitu trat dichter an den Rand der Rampe, und dann geschah es.

Plötzlich sackte er weg. Er ruderte mit den Armen, verlor das Gleichgewicht und stürzte die Böschung hinab. Hilflos rollte er durch den Schnee, überschlug sich mehrmals und versank in einer Schneewehe, die ihn vollkommen in sich auf-nahm. Prustend kämpfte er sich aus der weißen Kälte, bewegte vorsichtig Arme und Beine, doch er hatte keine erns-ten Verletzungen davongetragen. *Ich muss besser aufpassen!* Alles Mögliche konnte unter dem Schnee verborgen liegen. Büsche, Steine, ganze Felsen.

Er rappelte sich auf, klopfte den Schnee vom Körper und nahm seinen Weg wieder auf – die Hochebene im Rücken. Vor ihm nichts als eintönige, kalte Landschaft. Nirgendwo gab es Tiere oder Pflanzen, wie man sie im Frühjahr oder Sommer sehen konnte. Es fehlten Strukturen, die dem Land Orien-tierung verliehen hätten. Der viele Schnee tauchte die Szenerie in eine eisige Fläche – weiß und kalt. Und die Flocken, die unablässig vom Himmel rieselten, erschwerten die Sicht.

Als wenig später die Dämmerung den Rest des Tages ver-zehrte, blieb ihm keine andere Orientierung als die eigenen Fußstapfen. Er sah ein, dass er im Dunkeln gänzlich vom Weg abkommen würde. Ob er sich für die Nacht besser im Schnee vergrub? Dann wäre er zumindest nicht mehr dem eisigen Wind ausgesetzt. Für ein Feuer wie das dort vor ihm fehlte ihm jedenfalls das Brennholz.

Pitu rieb sich die Augen – aber ja, da flackerte ein Licht vor ihm. Er war erst kurz unterwegs, doch die Aussicht auf eine Nacht an einem wärmenden Feuer war schon jetzt unwiderstehlich. Und es gab nur zwei, nein, drei Alternativen: Frostbeulen an Händen und Füßen, gleich ganz erfrieren oder seine Magie anrufen und riskieren, dass der Spürsinn der Armreifträger sie zu ihm führen würde.

Kurzentschlossen stapfte er weiter auf das Lagerfeuer zu. Als Straßendieb hatte er gelernt, Leuten nach dem Mund zu reden, sich zu verkleiden und zu verstellen. Wie oft hatte er sich etwas ausdenken müssen, um aus den Fängen einfältiger Wachen zu entkommen. Auf dem Weg durchs Tal müsste er den Scheltar einfach nur zurücklassen und wieder ganz Pitu sein. Er würde sich durchschlagen wie einst in den Straßen und Gassen Gelders. Was sollte da schon schiefgehen?

Doch mit jedem Schritt fielen ihm mehr Dinge ein, die ihn in Bedrängnis bringen konnten. Weder kannte er die Angewohnheiten der Gellwicks noch ihre Zeichensprache. Er wusste nicht, wie er die Anführer erkennen sollte, noch, welche Befehle er befolgen müsste. Seine Zeit als Straßendieb würde ihm überhaupt nicht helfen. Also doch lieber Frostbeulen? *Durchatmen und ruhig bleiben.*

Er schob sich weiter durch den Schnee. Immer mehr Feuer flackerten vor ihm auf. Nur aus der Ferne hatte es wie ein Einzelnes gewirkt. Dutzende von Gellwicks oder Söldnern scharten sich um die Lagerfeuer. Ihr Gestank waberte ihm entgegen wie Herbstnebel über einer modrig feuchten Wiese. Nur, dass der besser roch.

Pitu blieb stehen und beobachtete sie. Ihr Verhalten, ihre Bewegungen, ihre Sprache. Von hier aus konnte er schon einzelne Silhouetten und sogar Waffen erkennen, die den Schein der Flammen reflektierten. Es war Wahnsinn, direkt in dieses Lager zu marschieren. Nur, um sich am Feuer aufzuwärmen. Nein, er musste umdrehen, solange er noch konnte.

»He, du!«

Mist, verfaulter! Warum hatte er den Stinker nicht gesehen?

»Auch zu viel gesoffen?«

Pitu gab ein zustimmendes Grunzen von sich und hoffte, es klänge rüde genug, um sich nicht verdächtig zu machen. Der

Stinker kam näher und wurde mit jedem Schritt größer. Nach den vielen Tagen, die Pitu mit den Zwergen verbracht hatte, war ihm fast entfallen, wie groß Menschen sein konnten.

»Zwerg oder Sumpfling?« Das war auf jeden Fall kein Gellwick. Weder trug er eine dieser abgehalfterten Rüstungen, noch stank er so unerträglich. Vielleicht ein Söldner. Der Mann grinste schief und baute sich neben ihm auf. »Egal«, sagte er und öffnete die Hose. »Saufen und Pissen ist bei allen gleich.«

Pitu hatte nie verstanden, warum so viele Männer beim Pinkeln nebeneinanderstehen mussten. Nicht für einen Schwanzvergleich, so viel war sicher. Die meisten guckten beim Strullen eh nur starr geradeaus oder nach oben. Wie dem auch sei, Pitu hatte zum Glück kein Problem damit, in Gesellschaft zu schiffen, und tat es dem Großen gleich. Womöglich hätte der Söldner sonst Verdacht geschöpft. Es plätscherte, der Schnee vor ihren Füßen verfärbte sich.

»Sind nicht viele von euch dabei«, sinnierte der Soldat, während er sein Teil wieder einpackte. Auch ein In-die-Luft-Gucker. »Kann mich gar nicht erinnern, überhaupt schon so einen Zwerg in unserer Horde gesehen zu haben.«

O nein. Nicht nur ein In-die-Luft-Gucker, sondern auch noch ein Denker. Das konnte ja heiter werden.

»Ich komm direkt aus den Kämpfen um diese verhassten Schmieden«, grummelte er und suchte fieberhaft nach einer glaubwürdigen Geschichte. Sein Herz schlug schneller, er merkte, wie ihm trotz der Kälte Schweiß auf die Stirn trat.

»Fullbor? Unser Hordenführer hat uns zurückgepfiffen, als wir uns dem Kampf anschließen wollten.« Der Große legte ihm eine Hand auf die Schulter. »Schön, wenn wir endlich mehr erfahren. Und dann noch aus erster Hand.«

Pitu sah zu den Feuern, die ihn eben noch so stark angezogen hatten. Eine Wärme versprechend, die er in der Gesellschaft von Gellwicks wohl kaum genießen konnte.

Der Große lotste ihn durch Gruppen ungeschlachter Männer. Sogar Frauen gab es, deren struppige Haare und dreckstarrende

Gesichter es allerdings schwer machten, sie als solche zu erkennen. Einzig ihre Bereitschaft, sich von den Stinkern nehmen zu lassen, offenbarte Pitu ihr Geschlecht. Er schluckte.

»Entgeistete Huren.« Der Große lachte. »Wir halten sie an der Ringleine, damit sie nicht abhauen oder sich selbst zerfleischen.« Er wies auf ein Tau, das an einer eisernen Fußfessel hing. »Aber ich denke, du kennst das. Hast dir auch schon eine genommen?« Der Schlag auf Pitus Rücken ließ ihn husten.

»Mehrere.«

»Hört, hört.«

Zwei Gellwicks stolperten ihnen in den Weg, droschen wie brunftige Elche aufeinander ein.

»Macht euren Krach woanders, zungenloses Pack!«, brüllte der Söldner.

Die beiden gaben seltsam gurgelnde Laute von sich, zogen unvermittelt ihre Messer und drohten dem Großen. Für einen Moment schreckte Pitu zurück. Dann jedoch fiel ihm ein, dass er jetzt selbst einer dieser blutrünstigen Kämpfer war. Er schnappte sich einen Dolch und versuchte, kampfbereit zu wirken. Doch alles ging viel zu schnell, um einzugreifen. Der Hüne hatte blitzschnell sein Schwert gezogen, und ehe Pitu es kommen sah, waren die Kehlen der beiden Zungenlosen klaffende Löcher, aus denen dunkles Blut schoss. Innerhalb weniger Lidschläge sackten sie leblos zusammen.

Ohne innezuhalten, ging der Große weiter, als hätte der Zwischenfall gar nicht stattgefunden. »Wie stehen denn die Kämpfe um die Schmieden. Ist dein irrsinniges Volk immer noch auf dem Weg in den Selbstmord?«

Pitu starrte auf die Leichen. Er konnte sich nicht daran gewöhnen, solche Grausamkeiten kaltlächelnd abzuschütteln. Doch außer ihm nahm keiner Notiz davon. Es war fast, als hätten die Morde gar nicht stattgefunden.

»Aufgegeben haben sie«, antwortete er zögernd und hoffte, sich nicht schon verdächtig gemacht zu haben. Er musste sich unbedingt etwas ausdenken, das den Söldner bei Laune hielt. Die Zwerge hilfloser darzustellen, als sie in Wirklichkeit waren, konnte in jedem Fall nicht schaden.

Der Hüne lachte. »Ich hatte ihnen noch ein paar Tage Widerstand zugetraut. Aber mit dem Stammesvater wohl nicht.«

Pitu traute seinen Ohren nicht. Was wussten einfache Söldner denn über Willgert?

Der Hüne packte Pitu und zwang ihn an ein Feuer. Es war das Größte des Lagers, und doch saß hier kein einziger Gellwick oder Söldner. Ein unguter Verdacht stieg in Pitu auf.

»Und nun erzähl mir, wer du wirklich bist, kleiner Sumpfling. Oder glaubst du, du kannst Prinz Randor verarschen?« Die Pranke des Mannes umschloss Pitus Hand mit eisernem Griff, die Erkenntnis, von wem er sich ins Lager hatte führen lassen, ließ das Blut in seinen Adern gefrieren.

»Randor von Akra?«, stieß Pitu heiser hervor.

Sein Gegenüber lachte. »Meinen Namen kennst du also. Das ist doch schon mal ein Anfang.« Die Miene des Prinzen verdüsterte sich. »Was ist nun wirklich geschehen. Ich kenne die Abrindarh lange genug, um zu wissen, dass sie ein starrköpfiges Volk sind. Die würden nicht einmal dann aufgeben, wenn die ganze Hochebene im Meer versinken würde.«

Nein, nicht, wenn ihnen etwas wirklich wichtig ist. Das würde Randor wahrscheinlich nicht passieren. Selana hatte davon erzählt, dass der Sohn des Königs von Akra mit den Gellwicks im Bunde war. Hatte er nicht sogar Arias Mutter auf dem Gewissen? Pitu hatte es zuerst nicht glauben können. Königsfamilien hatten doch alles, was man sich erträumen konnte. Warum sollten sie sich auf einen solchen Handel einlassen? Am liebsten hätte er dem Prinzen sofort in seinen erlauchten Hintern getreten und ihn in die Königsburg zurückgeschickt. Doch er hielt sich zurück.

»Es stimmt dennoch«, antwortete er und schluckte den sauren Geschmack hinunter, der jeden Moment seine Magie in Wallung bringen könnte. »Sie konnten den schwarzen Heeren nicht standhalten und haben das Eingangsgewölbe zum Einsturz gebracht. Jetzt ist kein Reinkommen und kein Rauskommen mehr!«

Die Pranke des Prinzen griff nach Pitus Kinn und zog es heran. Sein stechender Blick fixierte ihn. »Du scheinst wirklich die Wahrheit zu sagen, wer hätte das gedacht.« Er schlug sich auf die Schenkel. »Ha! Dann müssen wir also nicht in den elendigen Berg ziehen und können auf die nächsten Befehle warten. Schlimm genug, dass wir hier in der Kälte versauern.«

Was meinte Randor damit? War er dem Kreh nicht so ergeben, wie er vorgab? Könnte er womöglich ein Verbündeter werden? Nein, unmöglich. Niemand führte eine Horde von Soldaten, Söldnern und Vogelfreien ins Heer des Kreh, wenn er sich nichts davon versprach. Es sei denn, es war dunkle Magie im Spiel.

Pitu schluckte. »Glaubt Ihr nicht, dass der Kreh schon bald den Befehl für den Feldzug gegen die anderen Königreiche gibt?«, sagte er aufs Geratewohl. Solange er hier war, musste er versuchen, mehr aus dem Prinzen herauszubekommen.

»Vor allem gegen die Elben. Sein Hass gegen sie ist größer als alles, was die Welt je gesehen hat.« Randors Stimme klang seltsam gleichgültig. »Die Königreiche haben einfach nur Pech, wenn sie im Weg stehen.«

»Dann habt Ihr eine gute Entscheidung gefällt, sich ihm anzuschließen.«

Der Prinz horchte auf. »Was meinst du damit?«

»Nur, dass ich Eure Weitsicht bewundere. Andere bekamen die schwarzmagischen Runen zu spüren.«

Randor zog seinen Dolch und schlitzte ihm mit einer schnellen Bewegung die Schnürung des Harnischs auf. Pitu schreckte zurück, doch der Hüne packte ihn und griff mit einer Hand grob unter sein Wams, wühlte sich bis zu den Schultern und tastete nach den Armen. Genauso plötzlich, wie er ihn angepackt hatte, ließ er ihn los. Pitu keuchte.

»Vergib mir, kleiner Sumpfling.« Randor starrte ihn an. »Ich wollte nur sicher sein. In meinem Heer dulde ich keine schwarze Magie. Wir leisten unsern Dienst freiwillig oder gar nicht.«

Pitu versuchte, sich zu beruhigen. Die Magie in ihm pulsierte bedrohlich, er hatte Mühe sie niederzukämpfen. Ein Fingerbreit tiefer, und der Schnitt wäre ins Fleisch gegangen.

Schweigend und mit klopfendem Herzen starrte er ins Feuer. Wenn Randor es gewollt hätte, wäre er schon tot. Bei den streitenden Stinkern hatte er jedenfalls keinen Augenblick gezögert. Was mochte den Prinzen dazu bewegen, sich mit einem Fremden einzulassen? Pitu sah zu den umliegenden Feuern, zu den Gellwicks und Söldnern. Finstere Gesichter, aus denen scheele Blicke herüberblitzten.

Erst jetzt entdeckte er die Soldaten, die außerhalb des Lichtkreises um das Lagerfeuer des Prinzen hockten. Ihre Rüstungen unterschieden sich, waren aufwendiger gearbeitet. Randor hatte also treu ergebene Kämpfer bei sich, die ihm den Rücken freihielten. Womöglich die Königsgarde von Akralahr.

Pitu sah zum Prinzen hinüber. Seine Kiefermuskeln arbeiteten. Er verlor die Geduld, verstand Pitu, wartete vielleicht schon seit Tagen oder Wochen auf den Einsatzbefehl. Ein Herrscher, der einem Herrscher dienen musste. Wie lange konnte das gutgehen? Wann würde er sich ein nächstes Opfer suchen, um seine Macht spüren zu können? Wenn Pitu es richtig einschätzte, war er für diesen Verräterprinzen nur eine willkommene Abwechslung. Ein Sumpfling, den er, ohne mit der Wimper zu zucken, töten könnte. Es sei denn, er würde in ihm einen Wert erkennen.

»Ihr tut gut daran, nicht auf die Geißeln des Kreh zu vertrauen«, wagte er sich vor, in der Hoffnung, ein Gespräch zu entfachen, das den Prinzen neugierig machte.

»So, meinst du. Waghalsige Worte für einen Sumpfling, findest du nicht?«

»Ich war ein Straßendieb, als man mich fand. Bis ich den Auftrag bekam, mit in den Kampf zu kommen. Allerdings eher als Beobachter denn als Krieger.« Das kam der Wahrheit ziemlich nahe, Pitu staunte über sich selbst.

»Den Krieger kauft dir auch keiner ab. Da hilft nicht mal das Blut auf deiner Rüstung.«

Pitu schluckte. Was immer man über Randor sagen mochte, einfältig war er nicht. »Das habt Ihr gleich erkannt?«

»Ich bin der Prinz von Akra. Denkst du nicht, meine Ausbildung sollte sich von der unserer Soldaten unterscheiden? Es ist mir gleich, was du bist, solange du mich neugierig machst. Und das hast du mit deinen letzten Worten in jedem Fall geschafft. Für wen beobachtest du also was?«

»Als Kind von der Straße lernt man, sich nicht mit denen anzulegen, die die Macht haben«, antwortete er wahrheitsgemäß. »Und man lernt, seinen Blick zu schärfen, um beizeiten zu wissen, wann sich an den Machtverhältnissen vielleicht etwas ändert.« Er fing den Blick des Prinzen auf. War da ein Funke Hoffnung aufgeblitzt?

»Dann dienst du dem Kreh?«

Pitu nickte, obgleich ihm diese Lüge schwerfiel. »Alles andere würde keinen Sinn machen. Zumindest noch nicht!«

Blitzschnell packte der Prinz ihn beim Kragen, sein Dolch schnellte an Pitus Kehle. »Dafür müsste ich dich töten!«, zischte er ihm ins Ohr.

Randors saurer Atem umwölkte ihn wie giftiger Dampf. Und wieder wollte in Pitus Bauch die Magie aufbegehren, um ihn zu schützen. Er schloss die Augen und drängte sie erneut zurück. »Habt Ihr ... aber nicht«, keuchte er. Warum nur redete er immer so leichtsinnig daher?

»Reichlich mutig. Oder sollte ich lieber lebensmüde sagen?« Der Prinz ließ so plötzlich von ihm ab, wie er über ihn gekommen war. Pitu sackte zusammen. Randor ließ ihn nicht aus den Augen. »Was weißt du, was ich nicht weiß?«

Pitu schluckte, griff sich an den Hals, um Zeit zu gewinnen, doch das Zittern seiner Hand war echt. Alles, was er jetzt sagte, musste überzeugend klingen und in Randor Hoffnung schüren. Hoffnung auf eine Rückkehr nach Akralahr und die ungetrübte Ausübung der eigenen Macht. Denn das schien alles zu sein, was ihm wichtig war.

»Die Völker schließen sich zusammen und ziehen dem Kreh entgegen. Sogar die Elben sind auf dem Weg.« Womöglich waren sie das sogar. Irgendetwas mussten Atharu und Selana in Erellgorh schließlich bewegt haben. »Die Entscheidung fällt beim Grehum.«

»Der Quelle seiner Macht«, raunte Randor. »Sag, was genau weißt du darüber?«

»Nur, was ich Euch gesagt habe. Und – dass ich dahin will! Denn welche Entscheidung auch immer sich dort anbahnt, wird mir zeigen, wem ich als Nächstes dienen muss.«

Was für unterwürfige Worte. Pitu traute sich kaum, Randor in die Augen zu schauen. Doch genau das musste er in diesem Moment tun. Er musste ihn mit festem Blick ansehen und durfte keine Unsicherheit zeigen. Der Prinz fixierte ihn, neigte den Kopf, prüfend, nachdenklich, ohne den Augenkontakt zu verlieren. Kein Zucken, kein Blinzeln.

Pitu hielt stand und Randor nickte. »Ich weiß immer noch nicht, warum du gerade mir über den Weg gelaufen bist, oder ob dich womöglich jemand zu mir geschickt hat. Aber ich habe das Gefühl, ich tue gut daran, dich nicht zu ignorieren. Wenn du zum Grehum willst, wirst du den Weg durch die Heerscharen des Kreh sicher kennen, oder etwa nicht?«

Pitu nickte – unsicher, in welche Richtung sich das Ganze gerade entwickelte.

»Du wirst heute Nacht ruhig schlafen können, Sumpfling. Und morgen ziehen wir gemeinsam zum Grehum.«

Unter dem Schutz des Prinzen von Akra hätte er vielleicht tatsächlich ruhig schlafen können. Doch Pitu hatte kaum ein Auge zugetan, so aufgewühlt war er. Was würde passieren, wenn plötzlich ganze Teile der dunklen Armee zum Grehum zögen? Der Kreh würde viel zu früh auf sie aufmerksam.

Doch der Prinz hatte das Lager nicht abbrechen lassen, sondern die Befehlsgewalt an den Hauptmann seiner Garde weitergereicht. Dann waren sie nur mit einer kleinen Gruppe aufgebrochen. Fünf Gellwicks, drei Gardisten, der Prinz und Pitu. Ohne die zungenlosen Stinker würden sie zu sehr auffallen, hatte Randor gemeint. Die Macht des Kreh war zu groß, um ein Risiko einzugehen.

So zogen sie durchs Tal, mieden die Heerlager und nutzten die schneebedeckten Schneisen, die Pitu sich eingeprägt hatte. In das Bild des Gartens gekleidet, der ihm in so kurzer Zeit ans Herz gewachsen war. Ein Bild, das ihn tröstete, auch wenn die

Erinnerung an den Duft der Hundsrosen den realen Gestank der Gellwicks kaum erträglicher machte. Schlimmer noch waren ihre gurgelnden Laute und die aggressive Spannung, die zwischen den Soldaten und den Vogelfreien herrschte. Sonderbarerweise schwand Pitus Angst, dass er selbst Schaden nehmen könnte. Auch wenn es nur ein Zweckbündnis war, fühlte er sich sicher inmitten dieser kampferprobten Begleiter.

Tiefer Schnee wechselte mit ausgetretenen Pfaden, matschigen Spuren der Horde oder Hufspuren berittener Botschafter zwischen den Lagern. Randor befahl, dass sie stets dicht zusammenbleiben sollten. Auch dann noch, als es am nächsten Tag aufhörte zu schneien. Leider hockten sie auch während der Ruhepausen und der nächtlichen Lager so eng beieinander, dass sich kein ernsthaftes Gespräch mit Randor ergab. Der Prinz wirkte von Tag zu Tag mürrischer, Pitu fürchtete, ein einziges falsches Wort könnte genügen, um seinen Zorn zu entfachen.

Am dritten Abend sah Pitu endlich das blaue Leuchten der magischen Kuppel. Er zeigte nach Osten. »Dort! Wir sind bald da.«

»Bei den Seelen.« Randor lachte. »Du hast es tatsächlich geschafft, uns an den Heerscharen des Kreh vorbei zum Grehum zu bringen.« Er schlug Pitu beherzt auf die Schulter und wandte sich an seine Männer. »Seht zu, dass ihr einen geschützten Platz findet und ein Feuer zustande bringt. Wir werden hier unser Lager aufschlagen. Ich möchte ausgeschlafen sein, wenn ich morgen dem Kreh meine Aufwartung mache.«

Seine Augen funkelten. Pitu begriff, dass er jede Gelegenheit nutzen würde, um Akra wieder zu unumstrittener Macht zu verhelfen. Plötzlich war ihm unwohl bei dem Gedanken, der Prinz könnte sich morgen in den Kampf gegen den Kreh einschalten. Falls der Abtrünnige überhaupt hier war. Was, wenn Randor sich im letzten Moment doch noch für den Kreh entschied? Hatte Pitu womöglich seine eigenen Widersacher mitgebracht? Er musste sich etwas einfallen lassen. Nur für den Fall des Falles.

Doch als sie am Morgen aufbrachen, wurde ihm die Entscheidung abgenommen.

Ein Gellwick sprang ihnen in den Weg. »Halt! Keinen Schritt weiter.« Zwei Schwerter blitzten in seinen Händen.

»Das ist geschütztes Gebiet!«, rief eine weitere Stimme von links und Pitu fuhr herum. Noch ein Stinker, bis zu den Zähnen bewaffnet. Wären sie selbst ohne Vogelfreie unterwegs gewesen, hätten sie die Feinde womöglich früher gerochen.

»Zurück! Oder ihr seid des Todes!« Ein Dritter!

Pitus Kopf ruckte nach rechts. Wo kamen die plötzlich alle her? Egal, sie selbst waren zehn. Das sollte wohl reichen.

In diesem Moment brach mindestens ein Dutzend Gegner aus dem Schnee und starrte ihnen mit eisigen Blicken entgegen. Auf ein Wort des Ersten hoben sie kampfbereit die Waffen. Bestürzt schaute Pitu zu Randor, sah seinen Kopf hin- und herzucken. Ein Wink von ihm reichte und seine Männer waren bei ihm.

»Angriiiiiff!«

Atharu

43

Eine kurze Rast gönnten sie sich, bevor sie weiterzogen. Gerade genug Zeit, um sich bei einem Kräutertee und einem Bissen Brot auszutauschen. Atharu war beeindruckt von der Leistung seiner Freunde. Einhundertvierundfünfzig Menschen, die meisten Frauen und Kinder, hatten Brandan und Gehlen aus der Stadt geführt. Mit gerade einmal neun Karren und sieben Pferden.

»Die Menschen stecken voller Angst.« Brandan senkte die Stimme. »Sie haben Furchtbares durchlitten, ihr macht euch keine Vorstellung.«

Nein, dachte Atharu. Obgleich ihm Venas Erzählung noch viel zu deutlich in Erinnerung war, würde er sich nie anmaßen, es auch nur annähernd nachempfinden zu können.

»Als gestern ein Schwarm Krähen über uns kreiste, sind viele der Mütter mit ihren Kindern panisch davongerannt. Wir haben Mühe gehabt, sie zurückzuholen und zu beruhigen.«

»Die Augen des Abtrünnigen«, raunte Gehlen. »Er wollte sich überzeugen, dass ihm keine lohnenden Opfer entkommen.«

Atharu nickte stumm. Sie alle wussten, wie weit die Macht des Kreh reichte. Eine große Schar wie diesen Flüchtlingstreck würde er auslöschen, wenn Gefahr von ihr ausginge.

»Gestern haben wir endlich die Schneegrenze hinter uns gelassen. Das hat vielen Auftrieb gegeben.«

Pelldor befragte Brandan und Gehlen nach den Horden des Kreh. Die beiden schilderten ihnen, worauf sie achten müssten, wenn sie die Stadt Crem passierten.

»Auch wenn die Waldelben die Stadt vor euch erreichen, wird es besser sein, sie zu umgehen«, empfahl Gehlen.

»Ihr wisst von dem Waldelbenheer?« Pelldor klang erstaunt, doch Selanas Mentor nickte.

»Sie sind am frühen Morgen an uns vorbeigezogen.«

»Du hättest das sehen sollen«, schwärmte Brandan. »Ein wahrer Augenöffner. Hunderte gerüsteter Elben in prächtigen grünen Roben. Ihr Marsch glich eher einer tänzerischen Wanderung, so leichtfüßig zogen sie dahin. Jeder Schritt im Gleichklang der anderen.«

Atharu konnte die Begeisterung seines Freundes verstehen. Er dachte an das Heer der Elamarh, an ihre goldenen Harnische und Helme, ihre blauen Umhänge und die glänzenden Waffen. Selbst im Kampf wirkten sie geschmeidig und bewegten sich wie Tänzer. Doch er wusste, dass ihre Anmut im Widerspruch zu der Kaltblütigkeit stand, die er in Tonda erlebt hatte. Sie waren präzise Tötungsmaschinen, so wie alle Krieger und Söldner auf der Welt.

Der Gedanke an Tondaborgen, an Ayian und die vielen Menschen, die dort um ihr Leben kämpften, ließ ihn unruhig werden. In kurzen Worten erklärte er Brandan und Gehlen den Plan, mit dem sie die Aufmerksamkeit des Kreh auf die falschen Fährten lenkten.

»Die Lade der Mydrah.« Gehlen klang beeindruckt. »Ein geschickter Plan. Ich freue mich, dass er aufzugehen scheint.«

»Trotzdem spielt die Zeit gegen uns. Wir können nicht wissen, wie viele Tage Selana benötigen wird, um bis zum

Grehum zu gelangen. Und die Menschen im Friedenstempel können nicht ewig durchhalten.« Atharu holte das Medaillon hervor und zeigte es den beiden. »Das ist unsere einzige Hoffnung. Der Schlüssel zum Grehum, um die Säulen der Macht zu stürzen. Wenn ich nicht rechtzeitig da bin, steht Selana vor einem übermächtigen Gegner, gegen den selbst ihre Macht nichts ausrichten kann!«

Er schaute in die Runde, doch niemand sagte ein Wort. Es war alles gesagt, jeder wusste um den Ernst der Situation. »Deshalb müssen wir sofort wieder aufbrechen. Jeder Augenblick, jeder Lidschlag mag das Schicksal wenden!« Er stand auf und gab Pelldor ein Zeichen. Sein Begleiter erhob sich.

»Wenn das so ist«, meldete Brandan sich zu Wort, »ist es keine gute Idee, die ganze Strecke zu laufen.« Er stellte sich zu ihnen. »Wir sollten reiten! Das geht in jedem Fall schneller.«

»Was heißt wir?«, fragte Atharu.

Brandan grinste. »Du glaubst doch nicht, dass ich dich noch mal allein lasse. Schon die Vorstellung, du fuchtelst mit einem Schwert rum, jagt mir ein schlechtes Gewissen ein.«

Das Leid der Menschen aus Crem musste unvorstellbar gewesen sein. Dieser Gedanke ging Atharu noch einmal durch den Kopf, als sie sich zum Aufbruch bereitmachten. Sie hatten nicht nur all ihr Hab und Gut verloren, sondern mit ansehen müssen, wie ihre Familien und Freunde grausam zugrunde gegangen waren. Atharu hätte verstehen können, wenn sie an den wenigen Dingen festgehalten hätten, die ihnen geblieben waren.

Doch wenn überhaupt irgendjemand verstand, worum es ging und was für eine Gefahr es abzuwenden galt, dann diese armen Menschen. Sie hatten die grausame Macht des Kreh am eigenen Leib zu spüren bekommen und trennten sich nun bereitwillig von Kleidungsstücken, die Atharu und Pelldor warm halten sollten. Darüber hinaus überließen sie ihnen auch noch zwei ihrer Pferde. So würden die beiden viel schneller vorankommen, was im Angesicht der drohenden Gefahr vielleicht das wertvollste Geschenk war.

Für die Menschen von Crem aber war es sicher am schwersten, ihren Retter ziehen zu lassen. Atharu konnte sich vorstellen, wie wichtig Brandan für den Flüchtlingstreck gewesen war, und konnte die Heldenverehrung in ihren Augen sehen, als sie dem Melboreiter nachwinkten. Viele weinten, einige verbeugten sich voller Ehrerbietung. Atharu war beschämt von so viel Selbstlosigkeit. Ihm fehlten die Worte, um seine Dankbarkeit auszudrücken. Allein dass Zhanjor-Gehlen den Treck weiterhin anführen würde, war ihm Trost und Hoffnung.

»Sorgt Euch nicht, Atharu-Scheltar. Ich werde sie führen und sie in Sicherheit bringen. An Euch ist es, dafür zu sorgen, dass diese Sicherheit von Dauer ist! Was könnte jemand mehr tun als das?«

So waren sie zu dritt aufgebrochen. Brandan ritt mit seinem Melbobullen vorweg, Atharu und Pelldor folgten ihm auf ihren Pferden. Es war ein gutes Gefühl, das Waldelbenheer vor sich zu wissen, und sie kamen zügig voran. Egal, wie viele Feinde gen Osten zogen, sie müssten sich erst den Elbenkriegern stellen, ehe sie weiterziehen konnten, um die Horde in Tonda zu unterstützen.

Doch auch wenn das Elbenheer keinen Feind durchließe, bekämen sie schon bald ein Problem. Atharu erinnerte sich an die Karte der Ratstafel, an die schwarzen Steine, die sich aus der Stadt wandten, um den grünen entgegenzutreten. Wenn sie auf dem Weg nach Crem blieben, würden sie unweigerlich in diese Schlacht geraten. Das sprach Atharu bei ihrer nächsten Rast an. Brandan schlug daraufhin vor, schon jetzt einen Bogen nach Süden einzuschlagen.

Atharu sah nachdenklich in das grüne Dickicht, das die Handelsstraße zu beiden Seiten begrenzte und wie eine undurchdringliche Barriere erschien. »Eine andere Möglichkeit gibt es wohl nicht, oder?«

»Nein. Crem grenzt direkt an die Bucht von Eskrin. Entweder wir schlagen uns südlich der Stadt durchs Unterholz oder wir reiten direkt in die Schlacht!« Brandan klang ausgesprochen ernst.

»Meinst du nicht, wir verlieren zu viel Zeit?« Noch einmal blickte Atharu auf die grüne Wand, dann wieder zu Brandan.

»Höchstens ein bis zwei Tage. Wenn ich vorausreite, solltet ihr in unserer Schneise gut folgen können.« Brandan wies zu seinem Melbo, einem Ungetüm mit einer Schulterhöhe von mindestens zehn Fuß.

Atharu nickte. »Dann ist es beschlossen?« Er sah zu Pelldor.

»Zwei Tage.« Der Soldat schüttelte den Kopf. »Aber ich bin trotzdem dafür. Selbst am Rand eines Schlachtfelds ist es zu gefährlich für uns. Und die weiße Stadt sollten wir in jedem Fall umgehen. Selbst wenn die Elben vom Nebelsee Crem unter ihre Kontrolle bringen, würde der Weg durch die verwinkelten Gassen zu lange dauern.«

Brandan sprang auf und klatschte aufmunternd in die Hände. »Dann wollen wir mal!«

Atharu blickte ihm nach, als er zum Melbobullen hinüberging. Selbst ein Muskelpaket wie er, der in den dicken Jacken noch massiger wirkte als sonst, sah neben dem Tier winzig aus. Sein Freund klopfte dem Bullen auf die Seite und begann Worte zu wispern, die Atharu nicht hören konnte. Der mächtige Kopf wandte sich ihm zu und das Tier ging vor ihm in die Knie. Sofort sprang Brandan auf den Vorderlauf und zog sich von dort auf den selbstgeknüpften Sattel. Ganz langsam, als wollte das Tier seinen Reiter nicht gefährden, erhob es sich. Trotz der alten Stofffetzen, die Atharus Freund trug, wirkte er auf dem Hals des Melbos ehrfurchtgebietend.

Voller Zuversicht stieg Atharu auf sein Pferd, während Brandan den Bullen direkt in das grüne Meer aus Sträuchern, Büschen und Bäumen lenkte. Langsam, aber wirkungsvoll wälzte die Panzerechse eine Schneise durchs Dickicht, in der Atharu und Pelldor mit ihren Pferden folgten. Alles um sie herum war unberührte Natur. Hier waren weder Mensch noch Tier durchgekommen. Zu dicht standen die Pflanzen. Außer den eigenen Geräuschen und ein paar Vogelrufen hörten sie nichts. Keine verdächtigen Laute, kein Schlachtenlärm.

Gegen Abend zog Atharu Jacke und Umhang enger zusammen. Die Kälte kroch ihm unter die Haut und ließ seine Augen tränen. Eiskristalle hingen ihm an den Wimpern, er war versucht, sie mit warmer Magie zu vertreiben. Pelldor hatte sich einen Reiseumhang über den Kopf gezogen und hielt ihn vor dem Gesicht geschlossen. Auch Brandan hatte alle Jacken und Stoffschichten zugeknöpft und sich ein Tuch um den Kopf gebunden, um die Ohren zu schützen. Für Atharu wäre die Kälte normalerweise kein Problem – ein wenig seiner Magie und ihm wäre wieder warm. *Nein, ich darf es mir nicht einfach machen, während meine Freunde sich quälen.* Außerdem sollte er vorsichtig sein. Sie waren jetzt im Herrschaftsgebiet des Kreh. Unter Umständen reichte hier schon viel weniger Magie aus, um seine Aufmerksamkeit auf sich zu ziehen.

Eine dichte Wolkendecke hing über ihnen und wurde immer dunkler. Trotzdem gab es am Horizont hellere Bereiche. Wenig später wusste Atharu, warum. Sie hatten die Schneegrenze erreicht!

Brandan zügelte den Melbo. »Wenn es nicht so verdammt kalt wäre, könnte man es genießen.«

»Und wenn die Umstände andere wären«, grollte Pelldor. »Wollen wir hier lagern? Ich könnte ein wärmendes Feuer brauchen.« Er hauchte in die Hände und rieb sie aneinander.

»Ich bin dafür.« Brandan gab ein kurzes Kommando, sein Bulle ließ sich in den Schnee sinken.

Fasziniert blickte Atharu über die hell schimmernde Landschaft. Wie wunderbar wäre das bei klarem Himmel und dem Licht des Mondes und der Sterne. Schnee! In Tangris hatte er noch nie welchen gesehen, aber es gefiel ihm.

Sie lagerten zwischen den Tieren, wärmten sich an ihrer Nähe und an einem kleinen Lagerfeuer. Irgendwann in der Nacht wachte Atharu von seinem Zähneklappern auf. Das Feuer war ausgegangen, schnell fachte er es wieder an. Sehnsüchtig blickte er in die Flammen. Das Spiel mit der eigenen Magie fehlte ihm. Er dachte an Ondara, überlegte, was sie über sein Schicksal gewusst oder geahnt hatte. Wäre sie zufrieden mit ihm? Er wischte diesen Gedanken beiseite, schloss die Augen und versuchte, wieder einzuschlafen. *Ich selbst werde mit mir zufrieden sein. Ich muss nur das Medaillon sicher zum Grehum bringen.*

Morgens erwartete sie derselbe grau verhangene Himmel, der schon die letzten Tage wie ein düsteres Gewicht auf ihre Stimmung gedrückt hatte. Selbst Brandan, der noch gestern ein paar scherzhafte Bemerkungen gemacht hatte, wurde immer schweigsamer. Anfangs kamen sie noch gut voran, doch als die Schneedecke dicker wurde, brauchte die Panzerechse deutlich länger, um sich durch dieses kalte Weißmeer zu schieben. Ja, dachte Atharu, mit ein bisschen Fantasie wirkten die bedeckten Büsche und Bäume tatsächlich wie die aufschäumende Gischt eines gefrorenen Meers. In seinen Wellen hatte der Schnee sich so hoch aufgetürmt, dass der Melbobulle kaum noch vorwärtskam. Vielleicht war es auch die Kälte, die ihm zu schaffen machte. So heißblütig diese Tiere waren, ihnen fehlte ein Fell. Ob allein die Fettschicht ausreichte, konnte Atharu nicht sagen. Immer öfter gab der Bulle ein unwilliges Schnauben und Grollen von sich. Doch Brandan schaffte es, ihn trotz der schneidenden Kälte und der kräftezehrenden Arbeit voranzutreiben.

Am Nachmittag entkamen sie endlich dem weißen Meer. Ihr Weg führte sie über eine weite Ebene, die von unzähligen Felsen dominiert wurde. Einige davon verschwanden unter dem Schnee, es machte Mühe, die Tiere vor Verletzungen zu bewahren. Andere ragten haushoch in den grauen Himmel. Es war unmöglich, einen geraden Weg zu finden, sie drohten die Orientierung zu verlieren. Auf Pelldors Vorschlag machten sie einen Umweg und gelangten so auf eine Anhöhe, die ihnen einen besseren Überblick verschaffte.

»Dort! Sieh nur!« Aufgeregt zeigte Brandan nach Westen. »Siehst du es? Einfach unglaublich, oder?«

Am Horizont, vor den dunklen Bergen des Eskringebirges, lag sie endlich vor ihnen. Die magische Kuppel des Grehum.

Wie eine runde Glocke waberte sie über dem Schlund, der den heiligen Fluss in sich aufnahm und die Seelen in den Schoß Jukahbajahns zurückführte. Silbrigblau schimmerte sie und stellte alles in den Schatten, was Atharu bisher gesehen hatte. *Wir sind bald bei dir, Selana!*

»Ich fürchte, wir haben ein Problem!« Pelldor deutete auf die Ebene zum Fuß der Anhöhe. Erst auf den zweiten Blick erkannte Atharu, was er meinte. Der Schnee war durchzogen von Spuren. Vielen Spuren!

»Vorsicht!«, rief Brandan.

Doch es war keine Zeit, sich zu verstecken. Ein Schwarm Krähen flog über sie hinweg. Aufgeregt kreischend umkreisten sie die Anhöhe, ehe sie in Richtung der Berge verschwanden.

»Die Boten des Kreh!« Fast wollte Atharus Stimme brechen vor Enttäuschung. Sie waren entdeckt, so kurz, bevor sie das Grehum erreicht hätten.

»Wir sollten hier verschwinden, und zwar schnell! Wir stehen hier wie auf einem Paradeplatz!« Wieder hatte Pelldor etwas gesehen. Nördlich von ihnen bahnten sich dunkle Gestalten ihren Weg durch den Schnee. Die Horde des Kreh kam direkt auf sie zu.

»Welchen Weg nehmen wir? An diesem Felsenturm vorbei? Links oder rechts? Sag was, Atharu!« Brandan rutschte unruhig auf seinem Sattel hin und her.

Atharu suchte fieberhaft nach dem besten Weg durch die Felsen. »Links vorbei!«

Sofort trieb Brandan seinen Melbo an. Auf dieser Hangseite lag kaum Schnee, und so kamen sie schnell hinunter auf die Ebene. Doch die weiße Pracht hatte sich unten zwischen den Felsen gesammelt und brachte ihre Flucht ins Stocken. Brandan trieb die Panzerechse mit lauten Rufen an, während Atharu nach den markanten Felsformationen suchte, die er sich eingeprägt hatte. Nur sah hier unten alles anders aus. Endlich entdeckte er den gekrümmten Felsrücken, den er sich gemerkt hatte.

»Dort! Der Felsrücken. Halt darauf zu und dann rechts!«

Hoffentlich war das der richtige Weg. Atharu blickte über die Schulter. Von den Gellwicks war noch nichts zu sehen. Hielten sie auf die Anhöhe zu oder würden sie sich direkt der Ebene zuwenden?

»Vorwärts, du dickhäutiger Hornochse!«, schimpfte Brandan, als der Melbo in eine Schneewehe geriet und nicht weiter wollte. Er riss an den Zügeln und der Kopf des Bullen schlug aus. Atharu hoffte, dass sein Freund wusste, was er tat, denn die Panzerechse grollte vor Zorn. Kurz überlegte er, ob er an ihm vorbeireiten sollte. Doch dann entschied er sich dagegen und schaute nach Pelldor.

Der Hauptmann schloss gerade zu ihm auf und zeigte hinter sich. »Sie sind uns auf den Fersen!«

Atharu sah bestürzt, wie schnell die Gellwicks aufholten. Sicher ein Dutzend bewaffneter Männer, die ihnen von der Anhöhe aus hinterherstürmten. In der Spur des Melbos hätten sie es wesentlich leichter als sie selbst.

»Ach du heilige Scheiße!« Brandans Schrei ließ Atharus Kopf herumwirbeln. Vor ihm hatte der Melbo sich aufgebäumt, sein Freund hing nur noch mit einer Hand am Sattel. Gerade bekam er mit der anderen den Sattelrand zu fassen, als der Bulle sich nach vorn warf und alles in eine weiße Wolke hüllte.

»Ich wusste, du schaffst das!«, hörte Atharu Brandan aus dem weißen Nebel jubeln und spürte, wie der Boden vibrierte, als der Melbo weiter voran durch den Schnee stürmte.

Der krumme Felsrücken, dann rechts und dann ... »Zwei Felsen, die wie ein V aussehen!«, schrie er Brandan nach, während er dem Pferd die Fersen in die Seite stieß.

Schon hörte er den Schlachtruf der Horde hinter sich. Für den Moment verringerte der Abstand sich nicht weiter. Doch in diesem Gelände könnte das jederzeit vorbei sein. Immer noch pflügte Brandan mit dem Melbobullen durch den Schnee und ließ einen Sturm weißer Flocken durch die Luft wirbeln. *Zu viel Schnee!* Atharu konnte kaum etwas sehen. Seine Augen tränten vom schneidenden Wind. Er scherte nach links aus, um mehr zu erkennen.

Sofort geriet das Pferd ins Straucheln und blieb stehen. Es war mehr als Glück, dass das Tier sich nichts getan hatte. Atharu musste absitzen und es zurück in die Schneise führen. Die Gellwicks kamen gefährlich nahe. Schnell sprang er wieder auf und galoppierte den Freunden hinterher. Aus dem Augenwinkel sah er ein Messer vorbeifliegen. Vor ihm hatte Brandan das V erreicht und zog die Zügel nach links. Links?

»Nein!«, rief Atharu, doch es war zu spät.

Der Melbo war bereits an den Felsen vorbei. Hoffentlich irrte er sich. So schnell hatte er sich die Ebene nicht einprägen können. Es war immer noch Hoffnung. Er tastete nach dem Medaillon und spürte das Pulsieren. Es wird gut gehen. Es muss gut gehen!

»Vorsicht!« Pelldors Stimme von vorn.

Das Grollen des Melbos.

»Scheiße, verdammte!«

Atharu stemmte sich schwer in den Sattel und parierte durch, um sein Pferd abzubremsen. Er ließ ihm die Zügel, es wich von alleine aus und kam endlich zum Stehen.

Der Melbo war zwischen Felsen geraten, durch die er nicht hindurchpasste. Kaum hatte Atharu die Situation erfasst, schwang er sich vom Sattel. Pelldor versuchte bereits, den Melbo zurückzubewegen. Brandan redete geduldig auf das Tier ein, während der Hauptmann an dem herabhängenden Zügel zerrte.

Hinter ihnen grölten die Gellwicks. Genau das Geräusch hatte Atharu gebraucht, um seine Furcht vor der Panzerechse zu überwinden. Er drängte sich vor das Ungetüm und stemmte sich gegen dessen Brust. Der Melbo schnaubte. Doch er schien endlich zu verstehen, dass er sich rückwärts bewegen musste. Metallisches Klirren an den Felsen zeigte ihnen, dass die Gellwicks in Reichweite waren. Aber vielleicht hielten sie aus Angst vor dem Melbo Abstand.

Fast wie auf Kommando bäumte das Tier sich auf und brüllte. Atharu brachte sich mit einem Sprung in Sicherheit und prallte direkt gegen einen Felsen. Schmerz schoss ihm in die Brust und presste ihm den Atem aus den Lungen. Er keuchte, giemte, konnte keine Luft bekommen. Um ihn herum begann die Welt sich zu drehen. Mit letzter Kraft schob er sich von der steinernen Kante, die sein Brustbein geprellt hatte. Sein ganzer Oberkörper schien erstarrt zu sein, er schaffte es einfach nicht, einzuatmen.

»Ihr elenden Stinker!« Brandans zornerfüllte Stimme, das Klirren von Waffen.

Eiskristalle bissen in Atharus Augen. Das durfte nicht das Ende sein. Nicht so kurz vor dem Ziel! In ihm regte sich die Magie und er wusste, dass sie seine einzige Chance war. Er konnte sich heilen. Auch jetzt noch! *Magie nimmt jeden Weg, den mein Geist aufgibt!*

Mit aller Entschlossenheit lenkte er die Energie durch seinen Körper. Doch irgendetwas stimmte nicht. Das Pulsieren war viel zu schwach. Was war nur los? *Der Atem! Mir fehlt die Luft, um meine Macht zu lenken.* Aber etwas war noch da, das spürte er. Er fasste sich auf die Brust, konzentrierte sich auf diesen einen Punkt. Dort, wo die Luft in seine Lungen strömen sollte. Die feurige Hitze, die er bisher gewohnt war, blieb aus. Kein Gefühl der Macht, wie er es sonst kannte. Nur eine kleine Flamme brannte noch, ein schwaches Pulsieren, das der Berührung seiner Hand folgte und Heilung versprach.

Dann endlich konnte er Luft holen. Wenig erst, doch es reichte, um mehr Magie zu mobilisieren. Die nächsten Atemzüge reichten aus, um seine Sinne zu festigen. Kurz darauf verging der Schwindel, er versuchte, auf die Beine zu kommen. *Weiter atmen!*

Er hörte das Klirren der Waffen, die Schreie der Gellwicks. Plötzlich vibrierte die Erde unter ihm. *Noch einmal tief Luft holen.*

Atharu stemmte sich hoch, wischte den Schnee aus den Augen und sah, wie Brandan die Gellwicks mit seinem Melbo niedermachte. Wurfmesser steckten in der Flanke des Tiers. Ein Stück weiter lieferte Pelldor sich einen Schwertkampf mit zweien dieser elenden Stinker.

Noch einmal holte Atharu Luft und warf dann die Arme nach vorn. Feuerbälle stoben aus seinen Händen. Es war ihm egal, ob der Kreh jetzt den Blick auf ihn richtete. So kurz vor dem Ziel durften sie sich nicht von seinen ruchlosen Schändern aufhalten lassen. Ein Wink nur, ein Schnippen der Finger reichte, und die Feuerbälle schossen auf die Gellwicks zu. Von einem Moment auf den anderen standen Pelldors Gegner in Flammen. Erschrocken duckte der sich weg, erkannte dann die Situation und wirbelte mit gestrecktem Schwert mehrfach herum. Die Köpfe der Geächteten flogen gegen einen Felsen, prallten ab und rollten ihm vor die Füße. Um ihn her färbte der Schnee sich rot.

»Gut gemacht!«

Atharu wandte sich Brandan zu, die nächste Feuerkugel bereits über seiner Hand. Doch die Leichen der Gellwicks klebten bereits im Schnee wie zerquetschte Fliegen.

»Vielleicht ist es noch nicht vorbei«, warnte Pelldor. »Wir sollten uns erst einen Überblick verschaffen.« Er winkte sie heran und bestieg einen zerklüfteten, hoch aufragenden Felsen.

Brandan schlug Atharu im Vorbeilaufen auf die Schulter. »Wer zuerst oben ist.«

Die Euphorie des überstandenen Kampfes schien ihn anzuspornen. Das Blut der beiden musste heiß in ihren Adern strömen, wenn sie es schafften, sich bei der klirrenden Kälte so schnell zu bewegen. Ihm selbst half die Magie.

Er kletterte den beiden hinterher. Pelldor war schon am höchsten Punkt angelangt und schaute sich um. Für zwei Männer war die Felsspitze offensichtlich zu schmal, denn Brandan drehte sich zu Atharu um und wartete auf ihn.

»Au, dich hat es aber ganz schön erwischt.« Sein Freund zeigte auf Atharus Brust.

»Ach das.« Er blickte an sich hinab und sah den zerfetzten Stoff. »Ich hatte die Wahl, von deinem Melbo zerstampft zu werden oder mir den Brustkorb auf einem Felsen zu prellen.«

»Du bist direkt mit der Brust auf dem Felsen gelandet?« Brandans Stimme klang alarmiert.

»Besser, als zerstampft zu werden. Ich habe mich heilen können, wenn auch nur knapp.«

»Und was ist mit dem Medaillon? Hat es den Sturz überlebt?«

»Ich weiß nicht ...« Atharus Herz setzte einen Schlag aus. Hektisch tastete er nach dem Schlüssel. War er zerbrochen?

Zu viele Schichten. Wie von Sinnen riss er den Umhang auf und zerrte an der Jacke. Fiebrig fingerte er an der Tunika und fand endlich mit der Hand den Weg unters Hemd. Der Schlüssel, wo war er? Wenn sie die Kuppel des Grehum nicht stürzen könnten ...

Seine Hand fand das Medaillon, er seufzte erleichtert auf. Doch schon im nächsten Moment stockte sein Atem und pure Angst schnürte ihm die Kehle zu. Das Pulsieren war fort – er spürte keine Magie! Seine Hand tastete weiter und fand Gewissheit. Kraftlos sackte er zu Boden. Statt des rettenden Schlüssels, zog er nur noch ein geborstenes Medaillon hervor.

Selana

44

Selana starrte sprachlos auf die Berge. Halb verborgen, hinter einem schneebedeckten Hügel strahlte ihnen eine leuchtende Kuppel entgegen. Wie blau glimmendes Feuer glühte sie verheißungsvoll in den grau verhangenen Himmel und thronte, einer Insel gleich, inmitten dieses eisigen Reichs. Das Grehum, endlich! Sie hatten den heiligen Schlund Jukahbajahns erreicht. Hier stürzte der Arro-Ezhanjotäe in den Schoß der Welt, fanden die Seelen Ruhe, um dereinst mit neuer Energie auf die Erde zurückzukehren.

Die Magie der Kuppel war beinahe greifbar, Selana spürte deutlich ihr Pulsieren. Endlich würde sich erweisen, ob sie die Säulen der Macht stürzen und den Kreh besiegen könnten. Ihr Herzschlag beschleunigte sich. Nach all den Gefahren, den Verlusten, den Enttäuschungen und Zweifeln stand der letzte Kampf, die wahrhaftige Entscheidung unmittelbar bevor.

»Es ist schrecklich und schön.« Lysa sah sich um und winkte in den Himmel. Die Silbereulen kamen vom Fluss herüber, kreisten und flogen der strahlenden Kuppel entgegen.

»Fast zu schade, um es zu zerstören«, raunte Aria. Plötzlich sog sie scharf die Luft ein. »Ach du heilige Scheiße! Ich glaube, es wird höchste Zeit.« Sie stieß Selana an und zeigte ins Tal. Eine breite Schneise zog sich durch den Schnee, an deren Ende sie ein großes Heer entdeckte. In einheitlichen Farben und präziser Formation rückte es vor. Banner wehten an langen Piken, goldene Helme strahlten.

»Ein Elbenheer!« Selana legte Aria eine Hand auf die Schulter. »Das sollte uns Hoffnung geben.«

Doch ihre Freundin wirkte immer noch wie erstarrt. »Falls ein Wunder geschieht.« Sie hob den Arm erneut. »Ich fürchte aber, es hat sich ausgehofft!«

Selana starrte an dem Heer vorbei, weiter nach Westen und ihr Magen verkrampfte sich. Etwas Dunkles kroch langsam aber stetig über den Horizont und bedeckte den Schnee mit schwarzen Flecken. Eine lebende Masse quoll ihnen entgegen und schob sich wie ein finsterer Teppich über die eisige Fläche. Einzelheiten konnte sie aus dieser Entfernung nicht erkennen, doch das war auch nicht nötig. Dort kam das Heer des Kreh – und es war riesig! Selana dachte an die schwarzen Steine, die sich auf der Tafel der Fürstin nach Osten bewegt hatten. Sie erinnerte sich an ihre Beklommenheit bei dem Blick in diese Zukunft. Die lähmende Furcht, die in ihr aufgestiegen war. Doch die Wirklichkeit stellte das alles in den Schatten. Das Heer des Kreh erstreckte sich von der Hochebene bis zum Eskringebirge! Im Angesicht dieser Heerscharen wirkte die Elbenstreitmacht winzig.

»Sie werden die Welt überschwemmen und in Dunkelheit stürzen«, sagte Aria mit heiserer Stimme.

»Nein! Das werden sie bestimmt nicht!« Bestürzt warf Selana einen Blick zu Lysa. Wie konnte Aria vor der Kleinen nur alle Hoffnung fahren lassen? »Wir sind schon fast da! Atharu wird kommen und den Medaillonschlüssel mitbringen. Die Säulen der Macht werden fallen!«

»Und wenn er nicht kommt? Auf seinem Weg kann alles Mögliche passiert sein. Du hast doch selbst gesagt, dass er seine Magie nicht einsetzen darf.«

»Er wird kommen!«, beharrte Selana. Sie wollte nicht zulassen, dass die Zweifel ihrer Freundin an ihrer eigenen Überzeugung nagten.

Plötzlich griff Lysa nach ihrer Hand. »Wir müssen zum Fluss!« Die Stimme der Kleinen klang erregt.

Sofort war Selana alarmiert. Sie hob Lysa auf die Schultern, warf Aria einen kurzen Blick zu und schritt entschlossen die Anhöhe hinab.

»Und wie soll es jetzt weitergehen?« Aria lief neben ihr her. »Du sprichst immer von den Säulen der Macht. Aber diese Kuppel ist riesig.« Sie schnaufte. »Hat die Fürstin euch wenigstens gesagt, *wie* ihr das genau machen sollt? Es werden wohl kaum kleine Steine sein, die du einfach umblasen kannst.«

»Es ist eine Umschreibung, Aria. Sie müssen nicht wirklich fallen. Ihr magischer Strom muss gebrochen werden. Dann fällt auch ihre Macht.« Sie hätte schon früher mit Aria darüber sprechen sollen. Doch sie war sich selbst nicht sicher, was genau zu tun war. Die Kuppel wurde von den reinsten Diamanten Jukahbajahns gespeist, ja. Aber ob sie nur einen davon oder aber alle aus den Säulen reißen müsste, wusste sie nicht. Womöglich genügte auch ein Zauber. Aber was für eine Magie wäre die richtige? Die Einsame, schoss es ihr durch den Kopf. Vielleicht bezog sich die Prophezeiung genau darauf. Aber welche war das?

»Wenn wir die Kuppel durchschritten haben, entfernen wir die magischen Diamanten«, antwortete sie knapp, um überhaupt etwas zu sagen. Sie war selbst überrascht, wie überzeugend es klang. »So einfach ist das! Konzentriere du dich lieber darauf, die Häscher des Kreh zu entdecken, wenn sie in der Nähe sind. Vielleicht solltest du besser dein Schwert ziehen. Unser Glück währt sicher nicht ewig!« Sie hörte das metallische Schaben von Arias Waffe hinter sich und richtete ihre Aufmerksamkeit wieder auf Lysa, sobald sie das Ufer erreicht hatten. »Wo soll ich dich runterlassen?«

»Näher ans Grehum!«, rief die Kleine und klammerte sich an ihre Schultern. »Wo die Eulen kreisen. Ich höre schon die Schreie der Seelen. Wir müssen uns beeilen!«

Selana wusste nicht, ob es richtig war, den Wünschen der kleinen Seelenflüsterin zu folgen. Jetzt, so kurz vorm Ziel. Doch Lysas drängende Worte trieben sie an. Wieder kamen Silbereulen zu ihnen, kreisten mit lauten Rufen, als wollten sie sie antreiben. Ein Gedanke reichte Selana, um die Magie schneller in sich zirkulieren zu lassen. Sofort spürte sie, wie die Kraft in ihren Beinen zunahm und das Gewicht der Kleinen auf ihren Schultern schwand. Hastig eilte sie durch den Schnee, auch auf die Gefahr, dass Aria Mühe hätte, ihr zu folgen. Sie streckte eine Hand aus und Schneewehen stoben vor ihr auseinander. Unablässig ließ sie ihre Magie strömen, um den Weg freizuräumen. Die Schonung ihrer Macht für den Kampf gegen den Kreh musste jetzt vorbei sein.

Abdrücke von Hunderten von Stiefeln kamen in Sicht. Dann eine breite Brücke. Hier war das Elbenheer über den Fluss marschiert. Der flüchtige Geruch von Arbenzweigen zog an ihr vorbei, als sie über die ausgetretene Schneise hastete. Vor ihr glühte die Kuppel des Grehum in schimmerndem Blau. Erst jetzt sah sie, wie durchscheinend die Halbkugel war, erkannte die Säulen der Macht, die sich großen Statuen gleich darunter verbeugten. Hell strahlten die machtvollen Diamanten an ihren Köpfen.

Lysa schrie auf. Sofort hielt Selana an, um sie abzusetzen.

»Dort!« Lysa rannte ans Ufer. Direkt vor der magischen Kuppel stieg dunstiggrauer Nebel auf und ballte sich zu gedrungenen Wolken. Die Silbereulen kreisten kreischend darüber. »Die Seelen kämpfen gegeneinander. Das darf nicht sein!«

Selana war neben sie geeilt. »Kann ich etwas tun?«

Hilflos sah sie, wie Lysa Tränen über die Wangen rollten. Das Bild, das die kleine Seelenflüsterin vor sich sah, musste grausig sein. Doch was könnte Selana tun? Für sie waren es nur Wolken – feuchter Dunst, der vom Wasser aufstieg. Was sich dort wirklich abspielte, sah nur Lysa.

»Die geschändeten Seelen wollen ins Grehum und die anderen versuchen, sie aufzuhalten«, schrie Lysa gegen das Kreischen der Silbereulen und das Rauschen des Flusses an. »Aber es sind zu viele! Das können meine Seelenwächter nicht schaffen. Ich muss das tun! Ich allein kann das tun! Es ist meine Bestimmung.« Sie fixierte den dunstigen Nebel und reckte die Arme.

Selana sah, wie Lysas Lippen sich bewegten und tonlose Worte sprachen. Sie sah große Augen in einem kleinen Kindergesicht, das strahlen sollte, statt ernst und erwachsen dreinzublicken. Doch das Kind war vergangen. Im Blick der Seelenflüsterin spiegelte sich keine Freude mehr, sondern Schrecken und Furcht anstelle von Zuversicht. *Bei den Seelen, Atharpazh, was hast du ihr aufgebürdet?*

Die feuchten Wolken vor der magischen Kuppel sackten zusammen und waberten auf sie zu. Dunstige Schwaden, die Lysa wie Schlangen entgegenzüngelten. Die Silbereulen attackierten sie, schienen aber nichts ausrichten zu können. Wie viel dunkle Magie mochte noch an diesen Seelen haften?

Plötzlich wimmerte Lysa und begann zu zittern. »Zu viele!«, schrie sie und stemmte sich gegen die unsichtbare Macht.

Aus einem Impuls heraus trat Selana hinter die Kleine, legte ihr die Hände auf die Schultern und suchte nach einer Verbindung. Konzentriert spürte sie nach dem Pulsieren der Seelenmacht, versuchte, die Magie zu verstehen, die Lysa innewohnte und die sich so von allem unterschied. Es war ein anderes Sein, versteckter, fließender und treibender. Die Quelle kam nicht aus dem Innersten, sondern gebar sich aus den Empfindungen selbst. Keine Elementemagie, die zum Körper gehörte wie Augen und Ohren. Es war eine Kraft, die in der diesseitigen Welt keine Entsprechung finden konnte.

Endlich verstand Selana und umhüllte Lysa mit ihrem luftigen Zauber. Es brauchte nicht den Einlass zu einer Quelle, um sie zu stützen oder zu füllen, weil es diese Quelle nicht gab. Sanft ließ sie ihre Magie über die Haut des Mädchens gleiten und durch ihre roten Locken streichen, bis das

Zittern schwand. Endlich entspannten sich die Züge der Kleinen und sie begann, ihre Arme in langsamen Bewegungen kreisen zu lassen.

Die Eulen sammelten sich, flogen eng nebeneinander und trieben die Schwaden des grauen Dunstes flussaufwärts. Unentwegt woben Lysas Hände ihre unsichtbaren Zauber, formten ihre Lippen stumme Worte. Die Nebelschlangen bäumten sich auf und zuckten ihr entgegen, ehe sie endlich niedersanken und sich zu einem dunstigen Teppich verwoben, der silbrig schimmernd mit dem Wasser dahinglitt.

»Bei den Nüssen der Zirbelviecher.« Aria schaute mit großen Augen über den Fluss. »Du hast's echt drauf!«

Das Mädchen in Lysa hätte sich gefreut, vielleicht gelacht. Doch Selana begriff, dass ihre kleine Freundin schon gegangen war. Vor ihnen stand die Seelenflüsterin. Gewachsen in ihrer Macht und gealtert durch die Aufgabe, die sie zu erfüllen hatte.

Lysa sah den Eulen nach, die flussaufwärts über dem Wasser kreisten, immer wieder in Linie flogen und auf die Schwaden hinabstießen. Dann wandte sie sich zu ihnen um. »Es bleibt nicht viel Zeit. Meine Bestimmung ruft mich.«

Sie lächelte, und für einen winzigen Moment erkannte Selana noch einmal die kleine Lysa. Das Mädchen, dem sie so gern mit der Hand durch die Locken gefahren war. Dann machte die Seelenflüsterin einen Schritt rückwärts und der Augenblick war vorbei. Aria wollte nach ihr greifen, damit sie nicht in den Fluss fiele. Doch Lysa schüttelte den Kopf.

»Macht euch keine Sorgen!« Sie trat einen weiteren Schritt zurück und ihr Fuß senkte sich über das eisige Wasser. Selana hielt den Atem an, Aria streckte noch einmal die Hand aus. Doch ihre kleine Freundin blieb unbeirrt, tat noch einen Schritt zurück. Staunend sahen sie, wie der silbrige Nebel sich unter Lysas Füße schob und sie trug.

»Es sind die heilen Seelen, die mich tragen.« Die Seelenflüsterin blickte noch einmal zu den Eulen. Das Kreischen und Toben kam wieder näher. »Noch mehr geschändete Seelen. Zu viele, um sie vom Ufer aus zu heilen!« Sie tat weitere Schritte auf dem Nebelteppich. Dann, von einem Moment auf den anderen, tanzten silberne Schleier um Lysa, wanden sich empor und hüllten ihre Gestalt in einen schimmernden Kokon. Eine glänzende Kugel, die sich kaum merklich vom Wasser in die Luft hob und sich schwebend vom Ufer entfernte.

»Sorgt euch nicht!« Ihre Stimme, im Rauschen des Flusses kaum zu hören, perlte wie Magie in Selanas Geist. Klar und schön. »Meine Seelenfreunde kennen den Weg. Dort, wo wir hingehen, werden wir helfen können. Uns allen! Denn das mache ich auch für euch.«

»Was hat sie vor? Sie kann doch nicht ...« Aria sprang vor, landete im Wasser und ruderte mit den Armen. Selana bekam sie gerade noch zu fassen und zog sie mit einem Ruck zurück. »Aber Lysa! Lass mich!« Aria wollte sich losmachen, starrte ihrer kleinen Freundin hinterher.

»Unsere Seelen werden sich wiedersehen!« Lysas Ruf drang warm und tröstlich in Selanas Geist.

Auch Aria musste ihn vernommen haben, denn sie hielt plötzlich inne – als würde sie endlich begreifen. Eine Träne rann ihr über die Wange. Selana ahnte, was in ihr vorging, sie selbst spürte den Verlust, bevor er endgültig war, und rang mit ihren Gefühlen. Gebannt blickte sie dem silbernen Kokon nach, der sich wie ein strahlender Mond vor der blau schillernden Kuppel abzeichnete. Immer schneller flog er auf die glühende Wand zu, drohte jeden Moment daran zu zerschellen oder in der Hitze der Magie zu verglühen.

Jäh schlug Selanas Hoffnung in Bestürzung um, als das Leuchten des Kokons zu explodieren schien, die Kuppel vibrierte und alles hinter grellen Lichtblitzen verschwand. Zu spät riss Selana die Arme hoch und verbarg ihre Augen in den Händen. Stechender Schmerz schoss ihr in den Kopf, wunde Flecken tanzten auf ihren Lidern. *Atme!* Sie mühte sich, die Kontrolle über ihre Magie zu behalten. Verzweifelt blendete sie die Sorgen aus, die ihr durch den Kopf tobten, und schaffte es, die Konzentration auf ihre Macht zu fokussieren. Sie spürte nach ihrer Kraft, ließ heilsame und stärkende Energie durch ihren Körper fluten. Endlich schwanden die Schmerzen, die tanzenden Schatten vor den Augen vergingen.

Aria war gestürzt und rappelte sich stöhnend wieder auf, bemüht, einen festen Stand zu erlangen. Sie wirkte völlig verstört. Selana griff nach ihren Händen, spürte die Schwielen an ihrer Schwerthand und konzentrierte sich auf ihre Verbindung. Schon einmal hatte sie ihre Kraft mit Aria teilen können. Auch diesmal strömte die Magie ohne Widerstand in den Körper ihrer Freundin und verschaffte ihr Linderung.

»Ist es vorbei?«, hörte sie Aria fragen. »Kann ich die Augen wieder aufmachen?«

»Es scheint vorbei zu sein.« Das grelle Blenden hatte aufgehört, Selana starrte fassungslos auf das Grehum.

»Kann ich die Augen wieder aufmachen?«

»Ja.« Selana wusste nicht, wie sie ihrer Freundin erklären sollte, was passiert war. Die magische Kuppel über dem Schlund der Welt war verschwunden!

»Was ist ...? Wo ist ...?« Aria hob den Arm, ließ ihn wieder sinken, sah suchend über den Fluss und blickte dann zum Grehum. Plötzlich rannte sie los. »Lysa!«

»Aria! Gib acht. Wir wissen nicht ...« Selana hastete hinter ihr her. Sie kannten sich nicht aus, wussten nicht, wie fest der Boden am Abhang war. Je näher sie dem Schlund kamen, umso tosender wurde das Rauschen der Fluten. Die Ausmaße des Kraters und die Wassermassen, die dort in die Tiefe stürzten, waren gewaltig.

»Aria!« Ihre Freundin lief viel zu schnell und konzentrierte sich nicht auf den Weg. Wenn sie über den Rand stürzen würde, gäbe es keine Rettung. »Um der Seelen willen, bleib stehen!«

Der Lärm der stürzenden Wassermassen war ohrenbetäubend. Selana rannte wie eine Besessene hinter ihrer Freundin her, schloss zu ihr auf und warf sich auf sie. Sie stürzten, fielen übereinander, schlugen hart auf den Boden und blieben nur wenige Fuß vor dem Abgrund liegen. Die Gischt des Arro-Ezhanjotäe wehte ihnen kalt ins Gesicht. Sofort versuchte Aria aufzustehen, doch Selana hielt sie fest.

»Lass mich!« Ihre Freundin spie ihr die Worte entgegen, wehrte sich aber nicht. »Lysa ...« Ihre Stimme brach, von einem Moment auf den anderen schien die Kraft sie zu verlassen.

»Lysa ist bei ihren Seelen«, versuchte Selana eine Erklärung und merkte, wie ihr selbst die Tränen kamen. »Sie hat es gewusst und es so gewollt.«

»Sie war noch ein Kind!« Plötzlich vergrub Aria ihr Gesicht an Selanas Schulter und schluchzte.

Selana strich ihr sanft über den Rücken, unfähig, tröstende Worte zu finden. Vor ihrem inneren Auge sah sie rote Locken durch ihre Finger gleiten. Das kleine Mädchen, dessen Lachen alle für sich eingenommen hatte, war tot.

Mit bebender Brust holte sie Atem und versuchte, sich ins Hier und Jetzt zurückzuzwingen. Sie hatte eine Aufgabe. Das durfte sie nicht vergessen. Die Magie der Seelenflüsterin hatte die Säulen der Macht gestürzt oder ihnen die Kraft geraubt, die Kuppel aufrechtzuerhalten. Selana schaute zu den großen Statuen und erkannte die klaffenden Löcher in ihren Häuptern. Von den Diamanten, den mächtigen Magiespeichern, war nichts mehr zu sehen. Zerborsten durch die Entladung ihrer Magie und hinabgestürzt in die Tiefen des Grehum. So wie auch ...

Nein, diese Gedanken behinderten sie nur. Es galt noch einen Kampf zu bestehen! Sie riss sich zusammen und stand auf. Zeit, nach ihrem Bruder zu suchen. Er musste es einfach hierher geschafft haben. Gleichzeitig stellte sie sich dem Gedanken, dass spätestens jetzt auch der Abtrünnige auf dem Weg war oder aber Söldner und Gellwicks schicken würde. Die Zerstörung der Quelle seiner Macht konnte nicht unbemerkt bleiben. Sie musste den Kreh bis ins Mark erschüttert haben.

»Komm!« Selana reichte Aria eine Hand. »Es wird eine bessere Zeit für unsere Trauer geben.« Sie spürte, wie innere Unruhe Besitz von ihr ergriff.

Aria ließ sich aufhelfen. »Wenn es nach mir geht«, sie wischte sich mit dem Ärmel den Tränenrotz von der Nase, »dann erst, nachdem wir unseren Sieg über den Kreh gefeiert haben.«

»Ja. Denn dann erst zerfällt auch seine runengelenkte Armee.« Selana blickte nach Westen und erstarrte. Von hier aus waren es nur Schemen, die sie ausmachen konnte, doch die riesige schwarze Masse hatte das Elbenheer schon fast erreicht. Gegen diese Übermacht war ein Sieg unvorstellbar.

»Dort! Sieh nur.« Aria packte Selana bei der Schulter und riss sie herum.

Zuerst konnte sie nicht erkennen, was ihre Freundin meinte. Doch dann sah sie Bewegung im Süden, wehende Banner über einer wogenden Menge. Das mussten die Truppen der Geldermark sein. Erneut jagten Erinnerungen an den Ratssaal der Fürstin durch Selanas Gedanken. Weiße Steine.

Aria lachte. »Scheiße auch, es gibt immer wieder Hoffnung!«

In diesem Moment zischte ein Wurfmesser an ihrem Kopf vorbei. Selana wirbelte herum. Eine Handvoll Gellwicks kam auf sie zugelaufen, die Schwerter erhoben und die Münder zu unhörbaren Schreien aufgerissen. Das grollende Rauschen hatte ihre Stimmen verschluckt und den Stinkern einen Vorteil verschafft. Doch sie wussten nicht, wem sie hier entgegenstürmten.

Mit einer ausholenden Geste schleuderte Selana eine Druckwelle auf sie. Schnee wirbelte auf und vernebelte ihre Sicht. Mist, verflucht! Hatte sie die Gellwicks von den Beinen gerissen oder kamen sie näher? Sie müsste sich etwas anderes überlegen, um nicht noch einmal überrascht zu werden.

»Ha, zielen können die Stinker so nicht mehr«, schrie ihre Freundin und hob das Schwert. »Mehr davon und ich bin bei denen, ehe sie auf üble Gedanken kommen!«

Aber wäre das wirklich die Lösung? Noch einmal warf sie eine Druckwelle in die Richtung ihrer Feinde, und Aria schickte sich an, vorauszustürmen.

»Warte! Lass uns einen Bogen machen.« Selana lief am Grehum entlang und wandte sich nach Norden. Hier lag der Hügel, der zuvor die Sicht auf die magische Kuppel verdeckt hatte. »Da rauf!«, rief sie über ihre Schulter. Von dort oben hätten sie einen besseren Überblick, und die Gellwicks müssten bergan kämpfen.

»Was Einfaches konntest du dir wohl nicht überlegen«, keuchte Aria hinter ihr.

Als sie die Anhöhe zur Hälfte erklommen hatten, lichtete sich der aufgewirbelte Schnee. Sie sahen die Gellwicks, die weiter aufs Grehum zugelaufen waren und sich verwirrt umschauten.

»Jetzt!«, rief Aria und klopfte Selana auf die Schulter.

»Was jetzt?«

»Eine Windwelle oder so was. Die Stinker stehen direkt vor dem Seelenschlund!«

Die Gellwicks hatten sie noch nicht entdeckt, doch Selana zögerte. Sollte sie sie wirklich hinterrücks in den Tod stoßen?

»Nun tu es endlich. Das ist echt nicht die Zeit, um einen auf Gewissensbisse zu machen.«

Selanas Gedanken jagten wie ein gehetztes Tier durch ihren Kopf. Sie wollte nicht töten. Nicht so!

Plötzlich tönten Schreie durch das Rauschen. Sie waren entdeckt, die Gellwicks stürmten hasserfüllt heran. Sofort erwachten Selanas Überlebensinstinkte. Entschlossen entfachte sie ihre Magie und jagte den heranstürmenden Feinden eine Druckwelle entgegen. Sie reckte die Arme und schoss unmittelbar danach eine weitere hinterher. Ihre Zauber waren so gewaltig, dass der aufwirbelnde Schnee wie eine Wand nach vorne gedrückt wurde und nurmehr blanken Fels zurückließ. Ein Lidschlag von ihr und die Wand aus Wind und Eiskristallen verging in der Gischt des Grehum. Die Gellwicks waren verschwunden.

»Dort!«

Auf Arias Schrei wirbelte Selana erneut herum, bereit, noch einmal zuzuschlagen. Sie wollte nicht töten, doch sie würde Aria schützen und sich verteidigen, um jeden Preis. Wild entschlossen suchte sie nach den Angreifern. »Wo sind sie?«

»Sieh doch!« Aria zeigte hektisch nach Osten.

Schemen bewegten sich dort, hielten an, liefen auseinander und wieder zusammen. Ein Kampf, schoss es ihr durch den Kopf. Dann sah sie feurige Bälle durch die Luft fliegen, die ihre Ziele fanden, in den Schnee hinabrissen und verglühten. »Atharu!« Ihr Bruder war da – er hatte es geschafft.

Voller Euphorie wirkte sie einen Luftwirbel und ließ ihn hoch aufsteigen. Mit ihrer Linken lenkte sie ihn auf den

Hügel, mit der Rechten beschwor sie einen Windstrahl, der den Schnee der Umgebung aufsog und in ihn hineinblies. Strahlend weiß erhob die Säule sich über ihr, um ihrem Bruder den Weg zu weisen. Gleich wären sie vereint.

Plötzlich schrie Aria und ging in die Knie. Mit schmerzverzerrtem Gesicht presste sie die Hände auf die Ohren. Selana ließ ihren Zauber fahren und stürzte zu ihr. Im selben Moment traf sie ein Schauer eisiger Kälte. Er drängte sich tief in ihr Bewusstsein und schuf eine Verbindung, die sie niemals mehr zulassen wollte.

»Hahaha. Endlich bist du da, wo ich dich haben wollte!« Wie ein Pfeilhagel bohrte sich das Lachen des Kreh in ihren Schädel. »Glaubtest du, meine Macht würde schwinden? Du hast ja keine Ahnung!«

45

Schwerter trafen auf Schwerter. Fieberhaft überlegte Pitu, was er tun sollte. Sie alle waren Feinde, Häscher des Kreh, die jetzt gegeneinander kämpften. Er konnte sich unmöglich für eine Seite einsetzen, sondern musste an seine Bestimmung denken. Acht Finger, die eine Aufgabe hatten! Ein Wurfmesser sirrte durch die Luft, Pitu wich aus, stolperte und fiel. Dumpfer Schmerz jagte durch seinen Leib und raubte ihm den Atem. Er wollte sich aufrappeln, sich davonmachen, zum Grehum gelangen, ehe es zu spät war. Das blaue Licht war nicht mehr weit. Doch gerade, als er sich hochstemmte, war einer der Gellwicks über ihm. Ein Stiefel traf ihn, und mit jähem Schmerz verschwammen die Bilder vor seinen Augen. Alles versank in Dunkelheit.

Das Nächste, was Pitu spürte, waren Schmerzen und Kälte. Was war geschehen? Irgendwo klirrte Metall auf

Metall. Die Gellwicks! Sie kämpften noch. Er konnte nicht lange bewusstlos gewesen sein.

»Sumpfling!« Randors zornige Stimme.

Pitu versuchte, sich aufzurichten, die Schmerzen in seinem Kopf zu verdrängen.

»Was für eine Narretei treibst du mit mir?«

Pitus Hände waren so kalt, dass er glaubte, seine Finger würden brechen, als er sich hochstemmte. *Nicht darauf achten! Ich muss zum Grehum. Das ist das Einzige, was zählt.*

»Wo ist die Kuppel?«

Jedem Wort Randors folgte das Klirren von Schwertern. Jedem Klirren ein quälender Blitz in Pitus Kopf. Was hatte der Prinz gesagt?

»Was zum Henker ist mit der Kuppel passiert?«

Pitus Kopf ruckte herum, unerträgliche Schmerzen jagten ihm durch den Schädel. Sein Blick verschwamm, und es dauerte einen ewigen Moment, bis er wieder etwas erkennen konnte. Bis er sah, was nicht zu sehen war: Das blaue Leuchten war verschwunden. Die magische Kuppel vom Erdboden verschluckt. Aber das konnte doch nicht sein. Eben noch hatte ihr blaues Licht ihm die Richtung gewiesen. Ihn willkommen geheißen am Ende seines langen Weges.

»Du hast mich genarrt, du kleiner Bastard!« Randor hatte den Gegner niedergestreckt und schritt mit erhobenem Schwert auf ihn zu. Blut troff von seiner Klinge.

»Aber nein, seht doch. Die Kuppel ist gefallen!« Pitu wich zurück. »Jemand anders war schneller!«

»Wage es nicht, mich anzulügen!« Nur noch wenige Schritte und das Schwert würde ihn erreichen. Pitu konnte nicht mehr fliehen, der große Mann wäre ihm körperlich überlegen und könnte ihn bei einem Wettlauf im Schnee jederzeit einholen.

Er blickte sich um, von der anderen Seite kamen zwei von Randors Männern näher. Er müsste Magie einsetzen – so kurz vor dem Ziel. Die Gedanken in seinem Kopf überschlugen sich. War der Kreh nicht sowieso gewarnt? Jetzt, wo die

Quelle seiner Macht versiegt war, musste doch die ganze Aufmerksamkeit des Schwarzmagiers aufs Grehum gerichtet sein. Was machte da ein wenig Erdmagie?

»Es gibt tatsächlich etwas, was ich Euch nicht erzählt habe«, schrie Pitu Randor entgegen und holte Luft. Es kostete ihn nur einen Gedanken, die Erdmagie anzurufen. Augenblicklich pulsierte sie durch seinen Körper. »Ich bin Teil der Prophezeiung, die die Rückkehr des Abtrünnigen vorausgesagt hat.«

Randor verharrte so plötzlich, als wären seine Stiefel am Boden festgefroren. »Du willst einer der Hüter sein?« Unglauben und Neugier kämpften in der Stimme des Prinzen.

»Ich bin der Erd-Scheltar.« Das war der Moment, in dem Pitu Kontakt zur Erde herstellen musste, um seine Kraft unter Beweis zu stellen. Doch er brachte es nicht fertig, sich vor dem doppelzüngigen Prinzen auf den Boden zu werfen. Dieser Mann hatte unzählige Leben auf dem Gewissen und mordete ohne Reue, wenn es seiner Sache dienlich war.

»Dann ist die Quelle seiner Macht wirklich versiegt?« Die Augen des Prinzen zuckten zum Grehum, als wollten sie kontrollieren, ob die magische Kuppel nicht doch wieder aufflackerte. Sein unruhiger Blick fand Pitu, ein falsches Lächeln kroch über das schöne Prinzengesicht. »Du hast Wort gehalten. Ich wusste doch, dass wir uns vertrauen können.«

Er schob sein Schwert in die Scheide und streckte Pitu die Hand entgegen. Wie armselig konnte man sein? Hielt Randor ihn wirklich für so dumm? Pitu spürte, wie die Magie aus seinen Fingern drängte, einen Weg suchte, diesen Möchtegern-Prinzen zur Rechenschaft zu ziehen. Der Impuls, auf die Knie zu gehen, um die Hände auf den Grund zu schlagen und seine Energie in den Boden zu pumpen, kämpfte gegen den Vorsatz, ihm mit erhobenem Haupt in die Augen zu blicken.

Dann, ganz unvermittelt, überkam Pitu ein sonderbares Gefühl. Als könnte er plötzlich den Grund unter seinen Füßen zur Gänze wahrnehmen. Als offenbarten sich ihm die Struktur der Erde und die Zusammensetzung jedes Steins. Aber wie konnte das sein? Er starrte auf seine Hände und dann auf den

Boden, der unter ihm vibrierte. Erst zaghaft, doch schon einen Augenblick später begannen um ihn her erste Flocken über den Schnee zu tanzen. Dann breitete das Beben sich aus, erfasste die Männer des Prinzen und ließ sie erstarren. Ihre Blicke huschten von ihren Füßen zu Pitu und wieder zum Boden.

Auch Randor wirkte plötzlich wie erstarrt und bewegte sich keinen Zoll. Angstvolles Erkennen kroch über sein Gesicht und verzerrte die sonst so selbstsichere Miene zu einer panischen Fratze. »Was soll das? Was machst du mit uns?« Er ging rückwärts, bemüht nicht zu stürzen. »Hör auf damit!«

Doch Pitu achtete nicht auf ihn. Er hatte endlich verstanden. Die Verbindung zu seinem Element brauchte nicht die Berührung mit den Händen. Sie war immer und allgegenwärtig. Solange er mit den Beinen fest auf dem Boden stand, würde auch die Magie in ihm fließen. Er schaute an sich hinunter, als sähe er sich selbst zum ersten Mal. Endlich verstand er. Sein ganzer Körper war Träger der Magie und könnte sie auslösen. Ein Stampfen des Fußes, ein Zwinkern der Augen. Die Hände halfen ihm nur, sie leichter zu formen und ihr Gestalt zu verleihen.

Gefesselt von dieser Erkenntnis hob er die Rechte, und mit einem Wink stob die Schneedecke auseinander. Er bewegte die verbliebenen drei Finger und kitzelte die Erde aus dem Grund. Schwarze Krumen sprudelten einer Quelle gleich aus dem Boden. Randor und seine Männer begannen zu laufen, und Pitu wusste, sie würden nicht wiederkommen. Aber er konnte nicht aufhören, nicht jetzt, wo er sein ureigenes Element endlich begriffen hatte. Denn wenn er die Strukturen verstand, wenn Felsen und Steine sich formen ließen, musste das auch mit der bloßen Erde gehen.

In seinem Kopf entstand ein hehres Bild, ein irrwitziger Gedanke zauberte ihm ein Lächeln auf die Lippen. Seine Hände bewegten sich wie von selbst, rafften die Krumen zusammen, formten und modellierten, ohne sie zu berühren. Nur wenige Fuß vor ihm wuchsen grobe Strukturen aus der Erde, nahmen immer mehr Form an und wurden zu großen

Gestalten, die auf seinen Wink hinter dem Verräter und seinen Leuten her hetzten. Jeder Schritt der kleinen Kolosse ließ den Boden beben. Erst als die Feinde endgültig aus seinem Blick verschwunden waren, löste Pitu den Zauber und die Gestalten fielen in sich zusammen.

»Das ...«, brüllte er dem Prinzen hinterher, »war nur ein Vorgeschmack. Denn selbst ein Willgert ist tausendfach besser, als du es je sein wirst!«

Pitu wusste, dass er gerade die Möglichkeit vertan hatte, Akra von dem verräterischen Prinzen zu befreien. Er hätte ihn töten können, ja. Aber würde sich dadurch etwas ändern? Außer, dass Pitus Seele einen weiteren dunklen Fleck davongetragen hätte? Niemand konnte seinem Schicksal entkommen und musste irgendwann ernten, was er gesät hatte. Auch Randor! Es gab genügend Menschen, die eine Rechnung mit ihm offen hatten. Aria zum Beispiel.

Pitu klopfte sich Schnee von den Hosen und wandte sich um. Er freute sich darauf, ihr von dem Treffen zu erzählen, falls sie sich wiedersehen würden. Doch vorerst wartete noch eine letzte Aufgabe auf ihn. Mit festen Schritten machte er sich auf den Weg. Eine Anhöhe lag noch vor ihm, hinter der die Kuppel hervorgeleuchtet hatte. Tief verschneit und unberührt reckte sie sich auf, nicht preisgebend, was unter der Schneedecke verborgen lag.

Für einen Moment war er versucht, sich mit Magie den Weg zu ebnen, doch er wollte es nicht übertreiben und schob sich kraftvoll durch den kniehohen Schnee. Seine Magie pulsierte in ihm. Sie stärkte, wärmte und machte ihn bereit, jederzeit zu reagieren. Es fühlte sich richtig an. Das alles hier fühlte sich plötzlich richtig an. Nach all dem Weglaufen, dem Zögern und Hadern wusste er: Er sollte genau hier sein. Denn das war sein Leben. Mochte es auch schwierig und manchmal aussichtslos erscheinen – er würde nie wieder Zeit damit verschwenden, sich etwas anderes zu wünschen, sondern mit allen Sinnen immer genau das auskosten, was sich ihm bot.

Fast hatte er die Anhöhe erklommen, als er das Rauschen von Wasser hörte. Sehr viel Wasser. Der Fluss der Seelen –

bald hatte er es geschafft. Nur noch wenige Schritte und er sähe das Grehum. Den magischen Schlund der Welt! Kraftvoll schob er den Schnee beiseite. Das Rauschen wurde immer lauter. Die Wassermassen, die hier in den Schoß Jukahbajahns hinabstürzten, mussten immens sein.

Doch dann, noch bevor er das Grehum sehen konnte, zog etwas Gewaltiges seinen Blick zum Himmel und ließ ihn erstarren. Eine riesige Windhose schraubte sich vor ihm in die Luft und strahlte weiß zu ihm herüber. *Bei den Seelen, was ist das?* Er keuchte, fassungslos ob der Macht, die sich dort entfesselte. Massen wirbelnden Schnees, die in den Himmel gepeitscht wurden. Die so hoch hinaufflogen, dass sie die Wolkendecke durchstießen. Was für eine Magie! Aber ja, die Scheltar des Windes. Selana war da! War der Kampf gegen den Kreh schon entbrannt?

Jäh fiel die Säule in sich zusammen. Pitu erwachte aus seiner Starre. Kam er etwa zu spät? Nur wenige Schritte und er sah das Grehum, fassungslos ob der schieren Größe des Kraters und der Wassermassen, die sich in ihn ergossen.

Sofort suchte er nach Selana, verstärkte seine Sinne, um auf die Entfernung besser sehen zu können. Dann entdeckte er zwei Frauen auf der anderen Seite. Der Dunst über dem Grehum trübte die Sicht, doch er glaubte, Selana und Aria erkannt zu haben. Hockten sie oder standen sie? Vielleicht waren sie geschwächt? Wer könnte es ihnen verdenken. Sie hatten gerade die magische Kuppel zerstört. Jetzt musste das elende Scheusal von Kreh sehen, wie er ohne diese Macht zurechtkäme. Pitu freute sich. Er würde Kessja wiedersehen, Wanda und die kleine Lysa. Ein warmes Gefühl durchströmte ihn.

Dann erstarrte er. Jemand – oder etwas? – schritt auf den Krater zu. Ein dunkler Schemen diesseits des Grehum, die Arme hoch über den Kopf gereckt. Eine finstere Gestalt, die seltsame Symbole in die Luft malte. Der Kreh war gekommen!

Pitu war zu weit weg, um Selana und Aria zu warnen. Zu laut rauschten die Wassermassen. Und die Frauen sahen in die falsche Richtung. Sie merkten nicht einmal, dass der Abtrünnige hinter ihnen kam. Warum nur starrten sie von ihm weg?

Plötzlich flogen Feuerbälle durch die Luft und Pitu wusste, auf wen Selana und Aria warteten. Er sah Gestalten über die Hügel kommen und auf das Grehum zulaufen. Die erste drehte sich um, und mehr der flammenden Bälle machten sich auf den Weg. Kein Zweifel: Auch Atharu war hier. Seine feurigen Zauber trafen jedes Ziel, sofort hastete er weiter aufs Grehum zu. Hatte er seine Schwester gesehen? Wusste er, dass der Kreh schon auf sie wartete?

Panisch blickte Pitu zu dem Schwarzmagier zurück. Er musste dichter heran, wenn er helfen wollte. Plötzlich lichtete sich der wässrige Nebel über dem Grehum, die Gischt verwehte und die Sicht wurde klarer. Nein! Die beiden Frauen hockten nicht, sie lagen auf dem Boden, wanden sich vor Schmerzen und pressten ihre Hände auf die Ohren. Der Kreh hatte schon angegriffen!

Sofort riss Pitu sich die stinkenden Rüstungsteile vom Körper und wand sich aus den dicken Klamotten, die er über seiner Urdarüstung trug. Befreit von allem unnötigen Ballast, rannte er los. Die Magie würde ihn wärmen und das helle Melboleder mit dem Schnee verschmelzen. Wer nicht auf ihn achtete, könnte ihn in der fast weißen Rüstung nicht entdecken. So schnell er es vermochte, hetzte er hangabwärts und versuchte dabei, den Kreh im Blick zu behalten. Doch der Schnee war tückisch, immer wieder rutschte Pitu weg. Es war nicht zu erkennen, wo sich Steine oder loses Geröll verbargen.

Plötzlich blieb sein Fuß hängen, es knackte im Gelenk und er stürzte. Unter Tränen versuchte er, die Schmerzen hinunterzuschlucken, um nicht zu schreien. Es dauerte viel zu lange, bis er wieder bei Sinnen war. Aber er durfte keine Zeit verlieren. Vorsichtig setzte er sich auf und betastete seinen Fuß. Bei der Berührung schossen ihm erneut Tränen in die Augen. Der Schmerz war unerträglich, an Bewegung nicht zu denken.

Pitu sah zum Kreh. Schwarz gewandet stand er da, die Arme gesenkt, der Stoff seines Mantels wehte um den dürren

Körper. Auf was wartete er? Da, Selana stemmte sich wieder auf die Beine. Sie wirkte angeschlagen, aber sie konnte stehen.

Noch einmal versuchte Pitu, den Fuß zu bewegen, ließ Magie in sein gepeinigtes Gelenk strömen, in der Hoffnung, die Schmerzen würden vergehen. Doch bei jeder Berührung schossen sie erneut durchs Bein. Sein Atem wurde flach, sein Herz raste. Er musste doch helfen, er musste!

Besorgt sah er zum Grehum und erstarrte, als der Kreh noch einmal die Arme hob. Sein Blick flog zu Selana hinüber. Diesmal sah sie es kommen, denn der Kreh stand ihr direkt gegenüber. Und auch Atharu war jetzt bei ihr. Nur Aria lag noch immer am Boden. Es musste sie schwer erwischt haben.

Halt, wer war das? Jemand kam von hinten auf die drei zugelaufen. Doch er griff nicht an, sondern kniete sich zu Aria und hob sie auf. Brandan, schoss es Pitu durch den Kopf. Der Tangora-Jäger brachte Selanas Freundin aus dem Gefahrenbereich. Jemand trat ihnen entgegen und half, Aria fortzubringen. Ein Soldat vielleicht. Doch plötzlich trübte sich Pitus Sicht, er konnte es nicht mehr erkennen. Was passierte da?

Panisch blickte er zum Kreh, der die Hände in kreisenden Bewegungen dem Schlund entgegenstreckte. Der Wasserdunst zog sich zusammen, verdichtete sich über dem Grehum, wurde zu Strömen klaren Wassers, das zum Himmel flutete. Was für eine Macht!

Bei den Seelen, ich muss doch irgendwie helfen können! Noch einmal versuchte Pitu, den Fuß aufzusetzen, und schrie vor Schmerzen. Unmittelbar darauf gellte ein Donnergrollen über den Schlund und er zuckte zusammen, presste sich flach in den Schnee. Es kam ihm wie eine Antwort vor, doch es war nur ein Vorbote von Schlimmerem. Hoch über dem Krater blähten sich drohende Wolken wie giftig gärender Sud. Der Himmel grollte und Blitze zuckten, als plötzlich ein mächtiger Eishagel auf das Grehum hinabdonnerte. Geschosse, die die Größe kleiner Hunde hatten und die Sicht auf Selana und Atharu unmöglich machten. Wie könnten sie das überleben? Wäre der Kampf wirklich so schnell vorbei? Gab es denn nichts, was er tun konnte?

»Ich habe schon mehr als eine Kostprobe erlebt.« Plötzlich hatte er Semjes Stimme im Kopf. »Ich weiß, zu was unser kleiner Felsenflüsterer fähig ist.« *Ja, aber immer nur, wenn du dabei warst. Mit dir und deinen Freunden war alles einfacher.*

Aber ja, mit einem Mal wusste er, was er tun konnte. In seinem Kopf nahm ein Zauber Gestalt an, dem er seine ganze Kraft schenken würde. Und wenn seine gesamte Lebensmagie dabei draufginge. Hastig scharrte Pitu den Schnee vom Boden und presste die Hände auf den Grund. Acht Finger, die eine Aufgabe hatten. Er wusste nicht, ob es ihm gelingen würde, noch wie lange es dauerte, den Kreh über diese Distanz hinweg zu erreichen. Doch er schwor sich, alles zu versuchen. Mit Macht pumpte er seine Magie in die Erde und konzentrierte sich nur auf dieses eine Ziel!

Atharu

46

»Ein Dach. Wir brauchen ein Dach!« Die einzigen Worte, die er noch herausbringen konnte, ehe der Hagelsturm auf sie niederging. Selana hatte in Windeseile einen Zauber gewebt, der für ihn kaum mehr als ein magisches Flirren war. Mit einem Ruck ihrer Arme wirbelte sie ein luftiges Netz in die Höhe. Doch schon die ersten Geschosse durchbrachen es.

»Ist das alles, was ihr könnt?« Die dunkle Magie des Kreh trug seine Stimme schrill und höhnend zu ihnen herüber. Etwas traf Selana, sie fiel auf die Knie. Ihr Schrei ging Atharu durch Mark und Bein. Mit einem Satz war er bei ihr. Um sie herum prasselten Hagelstücke herunter. Kleine und große Teile, die wie Scherben auf dem Boden zersplitterten. Er sah sich zu Pelldor, Brandan und Aria um. Doch sie waren nicht mehr zu sehen und hoffentlich außer Gefahr. Ein Geschoss streifte Atharu, er zuckte vor Schmerz. Was um der Seelen willen ließ der Kreh vom Himmel regnen?

Fassungslos hielt Selana ihm den blutigen Splitter entgegen, der ihre Schulter aufgeschlitzt hatte. »Es ist Eis. Einfach nur Eis!«

Atharu reagierte blitzschnell. Mit aller Macht wirkte er eine Feuerwelle, die er senkrecht in den Himmel schoss. Sofort schmolz der Eishagel über ihnen dahin und wurde zu Wasser. Doch die Tausenden Tropfen drohten seine Magie auszulöschen. »Selana, du musst meinen Zauber verstärken!«

Er ahnte, dass der Eissplitterregen erst aufhören würde, wenn der Zauber des Kreh vollständig gebrochen war. Sofort reckte seine Schwester die Arme. Die Luft zog sich zusammen, verdichtete sich um ihre Fäuste und schoss mit dem Öffnen der Finger in einer mächtigen Druckwelle steil hinauf. Ihre Magie traf auf Atharus Feuerzauber und entflammte den Himmel. Erst tiefrot, dann gelb wechselte ihr magisches Flammenmeer in ein strahlendes Blau. Der Eiszauber des Kreh verdampfte in der Hitze ihrer verbundenen Elemente zu winzigen Wassertröpfchen. Auf einen Fingerzeig Selanas wirbelte die Gischt über das Grehum und blieb, einer Nebelwand gleich, zwischen ihnen und dem Kreh hängen.

»Es wird nicht lange halten«, keuchte sie.

»Dann lass uns die Zeit nutzen.« Atharu stützte Selana, gemeinsam wichen sie seitlich zurück, um Abstand zum Abtrünnigen zu gewinnen.

»Wir sollten in die Offensive gehen.« Sie hielt sich die blutende Schulter und ihre Stimme klang gepresst.

»Erst mal werde ich die Blutung stillen.« Er legte eine Hand auf ihre Wunde und ließ die heilende Wärme seiner Kraft in ihren Körper strömen. Als sie aufatmete, wusste er, dass ihr Schmerz gestillt war.

Sofort wob sie ihren nächsten Zauber, ließ Sand und Staub vom Boden wirbeln und formte eine Sturmlanze, die erwartungsvoll in der Luft vibrierte, ihre Spitze auf den Kreh gerichtet. Sie feuerte sie ab und schuf gleich die nächste. Wieder und wieder hob sie Lanzen aus dem Staub und katapultierte sie mit einem gewaltigen Stoß durch den Nebel. Wie

Blitze schossen die Sturmlanzen über den Schlund und rissen die dunstige Gischt entzwei.

Für einen Lidschlag nur sah Atharu Überraschung in den Augen des Kreh. Doch der Abtrünnige reagierte blitzschnell. Ihm genügte eine einzige Bewegung und rotierende Eisschilde umhüllten seinen Körper. Mit lautem Krachen zerbrachen einige der Lanzen und vergingen. Doch vier von ihnen blieben in den Schilden stecken, erzitterten kurz und erstarrten dann zu Eis. Selana keuchte und Atharu ahnte Böses.

»Unterbrich den Zauber!«, rief er ihr zu. Doch die Sturmlanzen blieben bestehen.

Seine Schwester krümmte sich. »Ich kann nicht.«

Wenn die Verbindung nicht unterbrochen würde, zöge sie ihr alle Magie aus dem Körper. Atharus Gedanken überschlugen sich.

»Hilf mir!«, schrie Selana. »Zerstöre sie!«

»Die Schilde des Kreh sind zu mächtig!«

So hatte Atharu sich den Kampf nicht vorgestellt. Zu zweit müssten sie den Kreh doch besiegen können.

»Tu was!«

Verzweifelt warf er die Arme nach vorn und schoss eine Salve von Feuerbällen ab. Fünf, zehn, fünfzehn, zwanzig. Wenn sie ihn schon nicht in die Knie zwingen konnten, dann wollte er ihn zumindest daran hindern, Selanas Magie zu rauben. Fassungslos sah er, wie seine Feuerzauber an den Schilden zerschellten und zu Rauchwolken verdampften. Erneut hallte das höhnische Gelächter des Abtrünnigen zu ihnen herüber.

Voller Wut jagte Atharu immer weitere Feuerkugeln über den Schlund. Dreißig, vierzig, fünfzig! Er wusste, dass er seine Gefühle unter Kontrolle bringen sollte, doch es ging hier um Selana. Irgendetwas musste er tun. Dann sah er, wie die Eisschilde unter den Treffern erzitterten. Eine der Sturmlanzen löste sich und verging. Sofort verstärkte Atharu die Anstrengungen und formte größere Feuerkugeln, die er dem Kreh entgegenschmetterte. Groß wie Wagenräder schossen sie durch die Luft und prallten auf das rotierende Eis. Die

Lanzen fielen von den Schilden wie überreife Früchte. Selana atmete auf und das Lachen des Kreh verstummte.

Noch einmal formte Atharu die Feuerkugeln, doch im selben Moment ließ der Abtrünnige eine riesige Wasserwand aus dem Grehum aufsteigen, in der die Feuerzauber in einem Lidschlag verloschen. Das durfte doch nicht wahr sein!. Atharu war so kurz davor gewesen, die Schilde zu zerschmettern. Er starrte auf die Wand und hoffte, dass sie jeden Moment wieder vergehen würde. Wartete auf den Zeitpunkt, den er nutzen könnte, um den Kreh noch einmal in die Defensive zu treiben.

Doch der Schutzzauber des Abtrünnigen hielt. Schemenhaft sah Atharu die Eisschilde, die immer noch um den Schwarzmagier kreisten wie jagender Sturm. Und noch etwas bemerkte Atharu: Der Kreh hatte die Arme gereckt und wob an einer weiteren Grausamkeit. Wie viele Zauber konnte dieses Monster noch wirken und gleichzeitig aufrecht erhalten. Wände, Schilde – irgendwann müsste doch auch er seine Magie fokussieren, oder?

Über ihnen blähten sich neue Wolken, Atharu ahnte, was kommen würde.

»Wir brauchen auch einen Schutzschild«, rief Selana. Ihre Stimme klang schwach und ging beinahe unter im Rauschen des Grehum. »Eines, das uns nicht so viel Magie kostet.«

Erste Blitze zuckten durch die Wolken. Gleich würde es donnern und nur wenig später würden weitere Eissplitter auf sie hinabregnen.

»Hast du eine Idee?«

Sie schüttelte den Kopf. »Wenn wir nur irgendwie den Wind nutzen könnten, ohne dass ich ihn kanalisieren muss.«

»Dazu fallen mir nur Segelschiffe ein, oder vielleicht Windmühlen. Aber das hilft uns nicht weiter.«

»Aber ja! Vielleicht doch.« Sofort begann Selana einen Zauber zu weben. Über ihnen donnerte es, doch sie ließ sich davon nicht ablenken. Ein Netz luftiger Magie wölbte sich über ihr, dann noch eins und noch eins. Ihre anmutigen Gesten wirkten sonderbar entrückt im Angesicht der Bedrohung. Atharu spürte, wie er unruhig wurde. Er wusste noch immer nicht, was Selana vorhatte. Als sie fünf ihrer Netze beisammen hatte, verband sie sie mit Fäden luftiger Magie und ließ sie langsam zum Himmel emporsteigen. Gebannt starrte Atharu ihnen nach, fürchtete, dass der Sturm des Kreh sie zerreißen würde. Doch plötzlich blähten die Netze sich zu Segeln, die gemeinsam wie ein Rad zu rotieren begannen.

Einmal mehr war er fasziniert von der Magie seiner Schwester. »Du bist einfach großartig!«

»Zünde es an!«, rief sie.

»Aber warum? Es funktioniert doch.«

Immer rascher rotierten die magischen Segel.

»Vertrau mir. Schnell!«

Die drängende Stimme Selanas alarmierte ihn, sofort feuerte er einen flammenden Signalschweif hinauf. Seine Feuerbälle hätten ihren Zauber womöglich zerreißen können. Doch dieser feurige Bote war langsamer und weniger gewaltig als die anderen Feuerzauber. Dafür aber anhaltend, zielstrebig und strahlend. Endlich prallte er gegen eines der magischen Netze und entflammte es. Das Feuer sprang auf das nächste über und dann weiter – bis alle Segel hell glühten. Fasziniert sahen sie zu, wie ihr flammendes Rad rotierte. Schneller und schneller drehte sich der feurige Schild, wurde größer und gewaltiger, einzig durch den Wind, der übers Land fegte.

Dann brachen die Eissplitter aus den Wolken und hagelten auf sie herab. Mächtiger als beim ersten Mal sahen sie die Splitter durch ihr glühendes Rad auf sich herabstürzen. Eisscheiben, in denen ihr eigener Zauber reflektierte. Tödlich und schön. Einige der Scherben drangen in ihr feuriges Rad und blieben stecken. Atharu keuchte. Doch beinahe im selben Moment zerschmolzen sie und ihr Schutzschild hielt stand. Kleinere Splitter vergingen, ehe sie den Schild überhaupt erreichten, wieder andere prallten davon ab und flogen hinfort. Die Magie des Kreh brach in sich zusammen, ohne Schaden anzurichten. Und diesmal war es ein wütendes Aufheulen, das über das Grehum zu ihnen herübergellte.

Das war der Moment, den sie nutzen mussten, wusste Atharu sofort. »Er ist außer sich vor Zorn. Vielleicht aber sogar verunsichert. Schau!« Die Wasserwand drohte in sich zusammenzustürzen. Sie konnten den Kreh viel klarer sehen als noch kurz zuvor. »Wir müssen angreifen, sofort!«

Ein flüchtiger Gedanke durchfuhr ihn. Sie mussten sich direkt verbinden. Noch vor der Kopplung einzelner Zauber.

»Wie? Womit?«

»Denk an den Öffnungszauber der Portale und vertrau mir!« Atharu griff nach ihrer Hand und spürte augenblicklich das Pulsieren ihrer Magie, fühlte die Verbindung, die ihre Kräfte zu außergewöhnlicher Macht vereinen würde.

Er streckte den Arm, und aus seiner Hand stob eine Stichflamme, die alles Gesehene in den Schatten stellte. Wie eine Explosion aus purem Sonnenlicht brandete sie auf die Wasserwand zu. Er musste die Augen zusammenkneifen, den Kopf abwenden und begann zu taumeln. Doch Selana hielt seine Hand fest umschlossen. Ihre verbundene Magie war so gewaltig, dass die Hitze ihm den Atem raubte.

Dann, als er glaubte, dass gleich alles vor ihnen vernichtet wäre, mit der Wucht ihrer gebündelten Macht zu Rauch und Dampf verbrannt, entglitt ihm plötzlich die Hand seiner Schwester. Die Hitze und das Licht schwanden.

Er riss die Augen auf, versuchte zu sehen, was passiert war. Doch helle Flecken nahmen ihm die Sicht. Licht, das vergangen war und dennoch unter seinen Lidern tanzte, verbarg ihm, was geschehen war. Für einen panischen Moment dachte er, Selana wäre fort. Dann aber sah er sie reglos am Boden liegen.

Atharu fiel neben ihr auf die Knie, spürte nach ihrem Herzschlag, suchte nach einem Lebenszeichen. »Atharpazh«, flehte er. »Lass sie nicht sterben. Nicht so!«

Doch der Schöpfer war es nicht, der antwortete. Eine andere Stimme erhob sich schrill und kalt über dem Grehum.

»War das schon alles?«

Das Lachen des Kreh schmerzte in Atharus Kopf. Wie scharfe Messer durchschnitt es jeden Hoffnungsfaden und jeden klaren Gedanken; quälte ihn und weckte eine andere, eine dunkle Seite in ihm.

»Wer hat euch glauben gemacht, mich besiegen zu können? Die unselige Fürstin von Erellgorh?« Wieder brandete das kaltherzige Lachen des Kreh über sie hinweg. »Ein Bauernopfer seid ihr für sie. Von Beginn an wart ihr nur Opfer!«

Atharu starrte zum Abtrünnigen hinüber. Die Wasserwand war verschwunden und auch die Eisschilde vergangen. Der Kreh schritt ihnen bis an den Rand des Grehum entgegen. Er war sich seiner so sicher.

»Die Fürstin hat sich mit euch Zeit verschafft, doch es wird ihr nichts nützen. Ich werde die Elbenstädte dem Erdboden gleich machen. Der Reihe nach. Nie wieder werden sie die Magie der Welt vor mir zurückhalten können. Nie wieder das Schicksal ganzer Völker bestimmen!« Er hob die Arme.

Atharu wusste, dass der Kreh einen letzten Zauber wirken würde. Grausam und tödlich. Der Wind wirbelte Staub hinter ihm auf, zauste an der schwarzen Robe und verlieh seiner hageren Gestalt eine finstere und mächtige Aura.

»Das Einzige was diese lächerliche Fürstintochter noch sehen wird, sind eure blutigen Köpfe!« Mit irrem Gelächter reckte er die Arme und wand den kahlen, bleichen Schädel zum Himmel, das Gesicht zu einer hasserfüllten Maske verzerrt.

Schwarze Magie! In Atharus Innerem kämpfte die dunkle Seite um die Oberhand. Der Hass auf den Abtrünnigen brannte so lodernd in ihm, dass er alles Gute aufzuzehren drohte. Er wäre dazu bereit, wenn er Selana damit retten könnte. Atharu spürte eine unglaubliche Macht, die sich ihm darbot. Er bräuchte sich ihr nur hinzugeben, und könnte den Kreh hinwegfegen. Ja, plötzlich war er sicher, dass seine Magie reichen würde.

Der Kreh wandte sich ihm zu, die Hände über sich immer noch in Bewegung. »Du spürst deine dunkle Seite, nicht wahr? Ich kann es fühlen. Das Pulsieren in dir nimmt einen anderen Klang an. Versuche sie ruhig, koste von der Dunkelheit und gib dich ihr hin. Es wird mich stärker machen als je zuvor!«

Wieder lachte er. »Nichts wird mehr Bedeutung haben. Nichts deine Seele belasten. Du wirst frei sein!« Die Stimme hallte zu ihnen herüber, formte Worte, die locken sollten.

Doch diesmal klang es in Atharus Ohren seltsam hohl. Nicht erschreckend, nicht mehr einschüchternd – sondern leer. Irgendetwas war verloren gegangen. Dann verstand er: Die schwarze Magie bedeutete Macht. Aber sie hinterließ nur Leere, wo vorher Erfüllung war, und Hass, wo vorher Liebe wohnte. Wollte er werden wie der Kreh? War das erstrebenswert?

Plötzlich erklang eine andere Stimme in seinem Kopf. »Nichts ist so mächtig wie ein Geist, in dem wache Erinnerungen leben!« Ondaras Stimme, als wäre sie noch immer bei ihm. Er verstand, dass die Dunkelheit ihm all das nehmen würde. Die Hoffnung, die Liebe, die Erinnerung an alle, die ihm etwas bedeuteten. Nie wieder würde er Ondara in seinem Kopf hören. Ihre raue, doch leise, fast flüsternde Stimme, in der die Erfahrungen eines reichen Lebens am Faden der Zeit rieben. »Atharu, übe das Bewahren deiner Gefühle, deiner Gedanken und Träume! Alles, was ist und was war, wird dir Kraft geben, wird dir Kraft geben müssen, mehr, als du oder ein anderer Tangora heute ermessen mag.« Kraft, zu widerstehen.

Der lodernde Hass in ihm verging, machte Platz für das Gute. Langsam stand er auf, beugte sich zu Selana und hob sie behutsam in seine Arme. Ihr Atem ging flach, doch sie lebte noch. Auf der anderen Seite des Grehum stand der Kreh und starrte zu ihm herüber. Das Lachen war verklungen, die Hände hingen still in der Luft, als hätten sie vergessen, was sie tun müssten. Er hatte ihn schon auf der dunklen Seite geglaubt, doch Atharu schüttelte den Kopf.

»Du hast keine Macht über uns!«, schrie er ihm zu. »Verrichte dein Werk, wenn du willst. Aber deine Leere wirst du niemals füllen und deine Armseligkeit nie mehr verlieren!«

»Du wagst es, mit mir zu sprechen wie mit einem Knecht? Ich bin der Kreh, der Gebieter der schwarzen Magie!« Sofort begannen die Hände des Abtrünnigen wieder zu arbeiten, das Grehum brodelte. Wasser stieg empor, leckte an seinen Füßen und machte sich ihm untertan.

Atharu schüttelte noch einmal den Kopf, wandte sich ab und trug Selana fort.

»Niemand verlässt diesen Ort, wenn ich es nicht will!« Die Stimme des Kreh überschlug sich fast, ein hohes Kreischen, das in den Ohren schmerzte.

Dann hörte Atharu ein Zischen, doch er sah sich nicht um. Der Abtrünnige könnte sie töten, doch ihre Seelen würden rein bleiben. Blitze stoben vorbei, über ihre Köpfe hinweg und schlugen vor ihnen in den Boden. Stäbe aus Eis, die in den Fels krachten, dort stecken blieben und eine unüberwindbare Barriere bildeten. Wie armselig.

Atharu drehte sich doch noch einmal um. Er wollte die Wut und die Hilflosigkeit auskosten, die den Kreh zu diesem Zauber getrieben hatten. Dort stand der Abtrünnige, am Rand des Kraters, in sein hasserfülltes Tun versunken. Vollkommen dem Zorn verfangen, spann er noch mehr finstere Magie, starrte mit irrem Lachen auf das Wasser zu seinen Füßen und zog eisige Kreaturen daraus hervor.

Gestaltzauber. Atharu konnte nicht umhin, sich von dem Anblick fesseln zu lassen. Der Kreh schuf Gestalten aus purem Eis und hauchte ihnen Leben ein. Mit breiten Schwingen erhoben sie sich in die Luft und kreisten über dem heiligen Schlund. Der Dunst des Grehum gefror an ihren Körpern und verzerrte ihre Glieder zu plumpen Strukturen, verwandelte ihre hasserfüllten Gesichter zu grausamen Fratzen. Atharu spürte die Feuermagie in sich aufbegehren, doch er würde sie nicht mehr gegen den Abtrünnigen wenden. Er wusste, dass es keinen Zweck hatte. Nein, seine Kraft spendete er einzig dem Bemühen, Selana sicher im Arm zu halten und ihr Wärme und Trost zu geben.

»Jetzt, ihr armseligen Scheltar, könnt ihr erleben, was wirkliche Macht ist«, gellte der Kreh zu ihnen herüber. »Meine eisigen Freunde werden jeden Funken Wärme aus euren Eingeweiden ziehen, jedes magische Pulsieren in euch niederringen, bis nichts als eure Hülle bleibt!«

Der Abtrünnige wedelte mit den Armen, die Eisgestalten wandten sich Atharu und Selana zu. Auf breiten Schwingen glitten sie ihnen entgegen. Ein qualvolles Ende erwartete sie.

Atharu spürte, wie sein Mund trocken und seine Beine schwach wurden. Zitterte er? Ja, denn er wollte nicht sterben. Das Leben war so kostbar. Auch wenn es immer wieder neue Hürden bereithielt, gab es so vieles, wofür zu leben sich lohnte.

Schon konnte er grausige Einzelheiten in den Gesichtern der Eisgestalten erkennen. Klaffende Augenhöhlen, aufgerissene Kiefer und spitze Zähne. Plötzlich wusste er, dass alles ein Ende nehmen würde, und blinzelte eine Träne weg.

»Ich wär dir gern ein besserer Bruder gewesen«, sagte er zu Selana und wünschte, er könnte die Zeit zurückdrehen. Da war noch so vieles, über das sie nicht gesprochen hatten.

Er machte einen Schritt rückwärts, dann noch einen. Selana noch immer auf den Armen tragend, zog er sich zurück, bis er die frostige Barriere im Rücken spürte und es nicht weiterging. Die Eisgestalten wären gleich bei ihnen, doch Atharu richtete den Blick fest auf den Kreh. Was, um der Seelen willen, hatte der Abtrünnige jetzt noch vor?

Seine Robe war kaum noch zu sehen vor den dunklen Kreaturen, die hinter ihm erschienen. Reichte es ihm nicht, die Klauen seiner Eisgestalten in ihre Körper zu schlagen? Welcher Gestaltzauber könnte das noch übertrumpfen? Atharu zählte vier gedrungene Gestalten, jede fast doppelt so groß wie der Kreh selbst. Sie glitten auf den Abtrünnigen zu, als erwarteten sie etwas von ihm – einen letzten Befehl vielleicht? Dann stampften sie plötzlich auf und ließen den Boden erbeben. Atharus Knie zitterten, doch es war der Kreh, der sich mit einem Schrei zu den Stampfern umdrehte. Was hatte ihn so erschreckt? Die dunklen Kreaturen standen im Halbkreis um ihn, machten einen Schritt auf ihn zu und stampften erneut auf. Der Rand des Kraters begann zu bröckeln, der Kreh drehte sich um die eigene Achse. Er strauchelte, verfing sich in der schwarzen Robe. Es waren gar nicht seine Gestalten!

Plötzlich blickte Atharu auf messerscharfe Klauen, die vor ihm zum Schlag ausholten. »Nein!«, schrie er und wich zur Seite.

Die Klaue der Eisgestalt verfehlte Selanas Kopf um Haaresbreite. Rasch ließ er seine Schwester zu Boden gleiten. Irgendetwas passierte dort drüben, und er musste Zeit gewinnen.

Atharu schoss einen Feuerball auf die Eiskreatur und sie wich zurück. Noch einmal feuerte er, diesmal gleich ein halbes Dutzend lodernde Bälle, mit denen er die Eisgestalten auf Abstand hielt. Vielleicht war doch noch nichts verloren.

Auf der anderen Seite stampften die Gestalten erneut auf. Der Kreh mühte sich, ihnen standzuhalten und sein Gleichgewicht wiederzufinden, doch die riesigen Gegner drangen weiter auf ihn ein. Aus der Hand des Kreh schossen Eislanzen und durchbohrten die gedrungenen Kreaturen, die vage an Menschen oder Zwerge erinnerten. Wer immer den Kreh attackierte, er schaffte es, dass Atharu neue Hoffnung schöpfte.

Noch einmal wandte der Kreh sich ihm und Selana zu und die Eismonster formierten sich neu, schwangen sich hoch in die Luft. Wieder bebte der Boden und der Abtrünnige stolperte herum. Ein großer Felsen löste sich aus dem Krater.

»Nein!«, schrie er und stürzte. »Wagt es noch einmal und ihr seid alle des Todes!« Mit beiden Händen klammerte er sich an einen Vorsprung, die Beine über dem Abgrund. »Ihr könnt mich nicht besiegen!« Aus jeder Silbe troff Zorn und Hass. Und noch etwas anderes, etwas Neues: Zweifel!

Atharu mobilisierte seine ganze Macht und ließ flammende Speere aus den Händen schnellen. Sie schossen auf die Gestaltzauber des Kreh, durchstießen ihre Schwingen und stoben über den Schlund, dem Schwarzmagier entgegen. Die Gelegenheit, ihn zu stürzen, durfte nicht vergehen. Er blickte zu den Riesenzwergen hinüber. Sie hatten durch die Geschosse des Kreh kaum Schaden genommen, die klaffenden Löcher in ihren Körpern schlossen sich schon wieder. Erneut hob jede von ihnen einen Fuß.

»Nein!«

Atharus Flammenspeere hatten den Kreh fast erreicht. Er ruckte herum und starrte ihn an, hob eine Hand, und wie aus dem Nichts waren seine Schilde wieder da. Atharus flammende Zauber vergingen innerhalb eines Lidschlags, doch im selben Moment erbebte der Boden ein letztes Mal.

Hastig schaute Atharu sich nach den Eisgestalten um. Zwei waren noch übrig geblieben, die anderen lagen zerschmettert auf den Felsen.

Wieder gellte ein Schrei herüber. Der Kreh verlor den Halt, Sand und Steine lösten sich aus der Kraterwand und jäh verschwand der hagere Körper.

Von einem Moment auf den anderen stürzten die Eiswesen zu Boden und vergingen, nichts zurücklassend als eine Pfütze klaren Wassers. Atharu drehte sich um, auch der eisige Zaun hinter ihm war zerschmolzen. Sollte es am Ende so einfach gewesen sein? Konnte ein so mächtiger Schwarzmagier wie der Kreh einfach in den Tod gestürzt werden? Auf der anderen Seite des Grehum standen noch immer die Riesenzwerge, als könnten sie es auch nicht glauben.

Der Lärm des Kampfes aber war vorbei und das Rauschen des Arro-Ezhanjotäe hatte die Kulisse für sich zurückgewonnen. Fast klang es, als wollte der Fluss den Sieg alleine feiern. Als würde sein Fließen und Stürzen freudig aufbegehren und den Kreh entschlossen in die tiefsten Tiefen hinabdrücken, um ihn im Innersten der Welt zu zerschmettern.

Doch plötzlich schossen die Fluten des heiligen Flusses empor und trugen den Abtrünnigen zurück ans Licht. Atharu traute seinen Augen nicht. Wie viele Leben hatte dieses Monster? Noch einmal suchte er alle Magie zu mobilisieren, um dem Schwarzmagier so viele Feuerlanzen in den Leib zu jagen, wie es brauchte.

Dann aber hörte er die irren Schreie des Abtrünnigen, sah seine ungelenken Bewegungen und erkannte silbrige Nebelarme, die sich um den Körper des Kreh legten. Die wie Schlangen an seinen Armen hingen und sich bis zum Hals hinaufwanden. Die Schreie erstickten, die Augen des Kreh traten aus den Höhlen und sein Gesicht verzerrte sich zu einer fragenden Fratze. Wie ein Knäuel wickelten sich immer mehr der nebligen Schlangen um den Gefallenen und zogen ihn in den Wasserstrudel hinein, auf dem er eben noch ans Licht gekommen war. Für einen Moment meinte Atharu, ein Lachen zu hören, hell wie Silberglöckchen. Dann aber stürzten die Wassermassen mit ohrenbetäubendem Brausen zurück ins Grehum, hinab in den Schlund der Welt!

Atharus Blick glitt um den Krater herum. Obgleich sie nach dem Kampf ein Stück Richtung Tal gegangen waren, dröhnte das Rauschen immer noch laut und mächtig zu ihnen herüber. Das Beben der Riesenzwerge hatte die meisten der zwölf Säulen zerstört. Nur drei standen noch. Ein Mahnmal für den Irrglauben, die Gesetze der Natur außer Kraft setzen zu können. Doch das Gleichgewicht des Lebens ließ sich nicht beeinflussen.

Tieren und Pflanzen würde niemals einfallen, was Herrscher immer wieder versuchten. Manche mochten wirklich glauben, etwas Gutes zu bewirken. Andere jedoch, da war Atharu sicher, waren nur machtverliebte Despoten, armselige Wichte im Angesicht der Zeit, die nichts als Unheil mit ihren Worten und Entscheidungen anrichteten, ohne selbst darunter zu leiden. Solche brachte wohl jedes Volk der Welt hervor. Weder die Menschen und Zwerge noch die Elben hatten sich seinerzeit mit Ruhm bekleckert.

Doch es half nicht, mit den Fingern auf die Fehler der Vergangenheit zu zeigen. Mahnen aber, und nicht müde werden, die möglichen Folgen ihres jetzigen Handelns kundzutun, war eine Aufgabe, der sich jeder verschreiben sollte. Atharu jedenfalls nahm es sich vor.

Sein Blick folgte den Wassermassen, die sich in den Schlund des Grehum ergossen. Vielleicht würde man irgendwann einmal aus der Geschichte der Völker lernen. Er sah sich zu Brandan und Aria um. Sein Freund hatte sie zusammen mit Pelldor in Sicherheit bringen können. Inzwischen ging es ihr wieder gut. Die beiden hatten sich ein Stück abseits auf einer Felsplatte niedergelassen. Brandan schien etwas Lustiges zu erzählen, er fuchtelte wild mit den Armen. Arias raues Lachen war bis hierher zu hören, sie ergriff den

Arm des Jägers und zeigte zum Himmel. Sonnenstrahlen fielen durchs dunstige Grau. Atharu glaubte, ein seliges Lächeln auf Brandans Gesicht zu erkennen, als Aria sich dicht neben ihn setzte und ihren Kopf an seine Schulter lehnte.

Mit einem dankbaren Seufzen wandte er sich seiner Schwester, Pelldor und Pitu zu. Wahrlich ein Erd-Scheltar. Selana war es gewesen, die darauf bestanden hatte, nach dem Urda zu suchen, nachdem sie selbst wieder zu Kräften gekommen war und er ihr von den Erdgestalten erzählt hatte. Während Pelldor bei ihr geblieben war, hatte er nach Pitu gesucht und ihn schließlich jenseits des Grehum gefunden, verletzt und völlig entkräftet. Er hatte ihm einen Wasserschlauch gereicht, den der Urda bis zur Neige ausgetrunken hatte. Sein Gestaltzauber musste ihn unglaubliche Kraft gekostet haben, zumal in dieser Kälte und mit einem gebrochenen Fuß. Glücklicherweise hatte Atharus Magie ausgereicht, um ihn zu heilen. Er schüttelte den Kopf, als er Pitu betrachtete. Von ihnen allen hatte er sich wohl am meisten verändert. Was mochte ihm auf seinem Weg widerfahren sein?

Der Urda sog gerade mit seligem Lächeln an einer Pfeife. Er hatte sie den ganzen weiten Weg von den Sümpfen bis hierher bei sich getragen, durch alle Kämpfe und Schlachten hindurch. Das wollte er ihnen zumindest weismachen. Und das, obwohl er eigentlich gar nicht rauchte. Atharu tat ihm den Gefallen und glaubte es.

»Seht doch!« Pitu hustete und wies zum Himmel.

Um sie her löste sich das Grau, sank, hellen Nebelschwaden gleich, zu Boden. Sanft und unbestimmt, wie Federn im Wind. Die Reste der dunklen Magie lösten sich im schmelzenden Schnee, um letztlich mit ihm zusammen ins Erdreich zu sickern. Der Kreh war nicht mehr.

Atharu blickte über die Ebene, in der mehr und mehr Konturen sichtbar wurden. Trotz ihres Sieges war es noch nicht vorbei. Im Tal zwischen den Ausläufern des Eskringebirges und der Hochebene lieferten sich die Häscher des Kreh immer noch einen Kampf mit den Völkern der Welt.

»Meinst du, wir sollten eingreifen?«, fragte Selana ihn.

Doch ehe er antworten konnte, meldete Pelldor sich zu Wort. »Ich habe das Gefühl, dass Willgert der Bedachte das Feld von hinten aufräumt. Außerdem sind die Elben begnadete Kämpfer, und die Armee aus Geldermark wird das ihre zum Sieg beisteuern. Sie werden ohne uns zurechtkommen.«

»Sie müssen ohne uns zurechtkommen«, sagte Pitu. »Zumindest diesmal. Ich bin froh, dass wir uns nach all dem Schlamassel überhaupt unversehrt wiedergefunden haben. Zumindest fast.« Er hielt seine dreifingrige Hand hoch und lächelte.

Selana wuschelte ihm durchs Haar. Für sie bliebe der Erd-Scheltar so etwas wie ein kleiner Bruder, dachte Atharu.

»Du kannst ja hierbleiben«, sagte sie zu Pitu. »Ich dachte nur, wir sollten vielleicht das Schlimmste verhindern.«

Atharu legte einen Arm um sie. »Wir *haben* das Schlimmste verhindert.«

Eine Zeit lang blickten sie schweigend in die Ebene.

»Und jetzt?« Selana schaute ihn mit ihren strahlend blauen Augen an. Das weiße Haar fiel ihr ins Gesicht und verdeckte die Narben der Schatten. Doch auch mit, oder vielleicht sogar wegen dieser Narben war sie von frappierender Schönheit.

»Was wohl?« Pitu blies ihnen eine Wolke Rauch entgegen. »Nach Hause gehen natürlich. Kessja wartet sicher schon mit dieser köstlichen Jothoscreme auf uns.« Er rieb sich den Bauch, stand auf und stapfte los. Nach ein paar Schritten wandte er sich um. »Worauf wartet ihr? Immer dem Fluss nach, nicht?«

Selana lachte und Atharu rief: »Wenn du es so eilig hast, können wir dich auch durchs Portal nach Erellgorh bringen. Von dort aus ist es mit dem Boot nicht weit bis Tyklahr.«

Pitu winkte ab. »Bis jetzt ging's auch ganz gut ohne Elben.«

Atharu schaute zu seiner Schwester. »Aber wir könnten ihn fragen, ob er dabei hilft, dass du durchs Portal gehen kannst. Ich habe das Gefühl, du würdest deinen Mentor gerne wiedersehen.«

Sie schenkte ihm ein dankbares Lächeln. »Dein Gefühl stimmt.« Sie seufzte. »Aber ich denke, eine Zeit ohne Erellgorh und die Fürstin der Elben wird uns guttun.« Sie lächelte noch einmal, wurde dann plötzlich ernst. »Nach Hause hat Pitu gesagt ... Ich weiß gar nicht, ob ich noch eins habe ...«

Atharu nahm sie sanft in den Arm. »Natürlich hast du das. Mutter wartet schon auf uns.«

Epilog

»Seid Ihr sicher, dass sie heute ankommen?« Jehlen sah ihn fragend an.

»So sicher ich sein kann«, antwortete Gehlen und blickte in die Dunstschleier über dem Nebelsee.

»Sicherer als gestern? Vorgestern? Oder vorvorgestern?«

Gehlen lächelte. »Mit jedem Tag sicherer.«

»Das ist natürlich ein Argument, dem ich mich kaum verschließen kann.« Jehlen neigte den Kopf. »Allerdings ist der Weg vom Grehum recht weit und voller Gefahren. Ihnen könnte etwas zugestoßen sein, Menschen sind ein empfindliches Volk. Anfällig für Krankheiten.«

Gehlen seufzte. »Sie sind Halbelben und Scheltar. Krankheiten sollten vor ihnen Angst haben.« Manchmal machte sein Freund es ihm nicht leicht, sich über seine Rettung zu freuen.

»Hallo?«

Sie schauten sich um. Lieburus kam ihnen mit wehender Robe entgegengelaufen. »Ach, da seid Ihr ja. Meiner Treu, ich dachte schon, ich würde die Ankunft unseres Trios verpassen.«

»Das würde voraussetzen, dass sie heute tatsächlich eintreffen«, meinte Jehlen.

Gehlen zählte innerlich von zehn rückwärts.

»Sie werden, mein Bester, sie werden. Eure Fürstin und meine Wenigkeit haben letzte Nacht die Sterne befragt. Und was soll ich sagen, sie waren sehr auskunftsfreudig, sehr auskunftsfreudig, möchte ich sagen.« Der alte Magister strahlte. Ein wahrlich erstaunlicher Mensch. Wäre er nicht gewesen, hätten die Scheltar womöglich nie zueinandergefunden.

»Möchtet Ihr uns auch sagen, wie viele Menschen wir zu erwarten haben? Es ist immer gut, vorbereitet zu sein.«

Gehlen war froh, dass Jehlen sich auf den Magister konzentrierte. Das Einzige, was ihn selbst interessierte, war die Ankunft der drei Scheltar. Oder, wenn er ehrlich war, die Ankunft der einen Scheltar. Selana ging ihm nicht mehr aus dem Kopf. Wie froh war er gewesen, als die Fürstin von ihrer Abstammung erzählt hatte. Im Stillen erhoffte er sich eine gemeinsame Zukunft mit Selana. Denn auch ihr Leben würde länger währen als das gewöhnlicher Menschen.

»Aber natürlich, natürlich, mein Bester«, plapperte Lieburus weiter. »Hilja-Mehlen-Ellanjah hat Nachricht aus Tangris erhalten. Ihr wisst doch, dass die Scheltar einen Umweg über Crem gemacht haben. Schließlich habt ihr Pelldor mit Brandan und Aria begrüßt, als sie durchs Portal kamen, nicht wahr?«

Gehlen schüttelte den Kopf. Es war Jehlen, der die beiden begrüßt hatte. Aber natürlich wusste er von ihm, dass die drei die Botschaft über den Sieg gebracht hatten und dann nach Tangris weitergereist waren.

»Nun, wie auch immer.« Lieburus rieb sich die Stirn. »Was wollte ich noch gleich sagen?«

»Ihr hattet die Ehre, mit der Fürstin ...«, versuchte Jehlen ihn zu erinnern.

Doch plötzlich winkte der Alte aufgeregt an ihnen vorbei. Gehlen schaute sich um. Ein Stück entfernt stand Mehlen-Ellanjah. Aufrecht, stolz und unnahbar – ganz die Tochter der Fürstinmutter. Sie nahm den Magister und ihre beiden Berater gar nicht wahr, so intensiv richtete sie den Blick in den magischen Nebel. Ob sie dankbar war, dass es einen dritten Scheltar gab, von dem sie nichts geahnt hatte? Ob es ihr im Nachhinein recht war, dass Gehlen das Portal in Crem doch nicht zerstört hatte?

»Sie ist außergewöhnlich, nicht wahr? Ganz außergewöhnlich.« Lieburus Stimme klang beinahe schwärmerisch, doch er fasste sich. »Wo bin ich nur mit meinen Gedanken? Immerhin ... nun ja ... wie auch immer. Mein Pelldor dürfte inzwischen längst zurück in Gelder sein. Und was Brandan und Aria angeht, haben sich anscheinend zwei Liebende gefunden. Ist das nicht wunderbar? Der Tangorajäger und diese erstaunliche junge Frau aus Akralahr. Einfach wunderbar! Ja, die Liebe kennt fürwahr keine Grenzen.«

»Andererseits wäre der Welt gedient, wenn Liebende sich fänden, ohne dass ganze Völker dem Untergang geweiht wären.« Jehlen legte den Kopf auf die andere Seite. »Was mich betrifft, wird Liebe überbewertet. Man könnte genauso gut ...«

»Dort!« Gehlen sah eine Barke durch den Nebel kommen und war froh, den Gedankengängen seines Freundes ein Ende bereiten zu können. »Sie kommen.«

»Wahrlich, ich sehe sie. Die Barke, sie kommen!« Lieburus klatschte vor Freude in die Hände. Dann legte er Gehlen behutsam eine Hand auf den Rücken. »Selana wird sich freuen, dass Ihr hier auf sie wartet.«

Gehlen blickte in die wissenden Augen des Magisters. Er schluckte. »Ich hoffe es.«

»Und *ich* hoffe, dass auch die anderen sich freuen«, entgegnete Jehlen. »Immerhin sind sie unsere Schüler gewesen. Wenngleich man natürlich nie weiß, ob die guten Dinge, die man lehrt, auch in den unbedarften Köpfen hängen bleiben, die einem anvertraut werden. Nicht wahr, werter Lieburus?«

Und doch werden aus Schülern Frauen und Männer, Künstler oder Handwerker und, wenn es gut geht, wiederum Lehrer, dachte Gehlen.

»Alles ist möglich, mein Bester.« Lieburus blickte Gehlen in die Augen. »Ich möchte meinen, das ist mein Lieblingssatz, fürwahr: Alles ist möglich!«

»Fast alles, würde ich einschränken. Zumindest werden wir endlich unsere Schüler in die Arme schließen können.« Auch Jehlen schien aufgeregt. Er hatte an dem Scheltar des Feuers einen Narren gefressen, auch wenn er es nicht zugeben wollte. Plötzlich reckte er sich, sein Kopf wurde kerzengerade. »Ich kann sie schon sehen. Atharu, Selana. Und so ein Kleiner ist auch bei ihnen.« Jehlens Hand klopfte aufgeregt auf Lieburus' Schulter.

»Pitu!«, rief der Magister begeistert. »Ich wusste, dass er es schaffen würde. Keiner hatte schlechtere Voraussetzungen!«

Gehlen stutzte und blickte den Magister fragend an. »Wie meint Ihr das?«

»Das ... ist eine lange Geschichte. Aber auch sie endet mit meinem Lieblingssatz. Fürwahr – mit meinem liebsten Satz!«

Gehlen schaute der Barke entgegen und spürte sein Herz schneller schlagen. Selana stand am Bug und lächelte ihm entgegen. Ja, dachte er, alles ist möglich.

80 Jahre vorher ... wie alles begann:

Schon beim Schreiben dieses Buches fasste ich, motiviert durch die vielen begeisterten Rückmeldungen meiner Leserinnen und Leser, den Entschluss, aus »Erellgorh« ein größeres Epos zu machen. Durch achtzig Jahre Geschichte aus der Sicht spannender Charaktere erfahrt ihr auch die Entwicklung Fenkorh Gluhnbars zum Kreh.
Im nächsten Roman nehme ich dich also mit zu den Anfängen, in die Zeit vor den Kriegen. Begleite den jungen Farim aus Myxa auf einer Reise voller magischer Begegnungen, fantastischer Geschöpfe und liebenswerter Charaktere.

Die Elbenstifte

Ein abgeschlossener Roman, der dir Dinge offenbaren wird, die bis in die Zeit der Erellgorh-Trilogie eine Rolle spielen, und der dich überdies in Regionen führt, die noch in keinem der bisherigen Romane gezeigt wurden. »Die Elbenstifte« ist im März 2019 erschienen.

Inzwischen ist der erste Band einer weiteren Trilogie erschienen, die unmittelbar an die »Elbenstifte« anschließt und einen tieferen Blick in die Kultur der Zwerge wirft:

Eskrinor
Das Reich der Zwerge

Neues zu den Büchern, der Vorgeschichte und zu aktuellen Terminen erfährst du auf **www.erellgorh.com.**

Ein langer Weg ...

... nicht nur für Atharu, Selana und Pitu. Was für mich vor vielen Jahren als Traum von einer eigenen Fantasywelt begonnen hat, mit Bunt- und Bleistiftzeichnungen auf weißem Papier, hat sich mit dieser Trilogie erfüllt. Ich bin froh und dankbar, ihn nie ganz aus dem Blick verloren zu haben. Den Grundstein dafür legten meine Eltern, meine Großmütter, Onkel und Tanten, die mir immer ausreichend Raum zum Träumen ließen. Selbst verrückte Pläne haben meine Familie und Freunde meist unterstützt – oder sie mir zumindest nur selten ausreden können. ;-)

Bis aus einer Idee, aus Kartenzeichnungen und Notizen die lebendige Welt Jukahbajahn wurde, galt es viel zu lernen. Damit aus Worten und Sätzen eine Geschichte wird, die sich lesen lässt, braucht es Handwerkszeug, das ich mir allein nie hätte aneignen können. Ohne Frank, Anna, Marc, Meike, Nadia und Sophie wäre ich nie so weit gekommen. Danke, ihr Lieben!

Natürlich gab und gibt es noch mehr Menschen, die mir eine Inspiration waren. Der Hamburger Fantasy-Stammtisch und die Hamburger NaNoWriMo-Gruppe zum Beispiel, deren Fantasie und Kreativität mich immer wieder aufs Neue anspornen und herausfordern. Ihr seid wunderbar, danke!

Für diesen letzten Band der Erellgorh-Trilogie möchte ich besonders meinen Testleserinnen danken. Ohne euch, Anna, Cathrin, Lisa und Sophie, wären mir einige wichtige Dinge entgangen, die den Roman besser gemacht haben. Danke für eure großartige Unterstützung!

Das Wichtigste aber, um die Trilogie zu vollenden, wart ihr! Ohne euch, liebe Leserinnen und Leser, Bloggerinnen und Blogger, ohne eure Postings, eure positiven und konstruktiven Rezensionen, eure Briefe und vielen Mails hätte ich das sicher nicht durchgehalten. Ihr seid mein wichtigster Antrieb! Für euch schreibe ich weiter. Danke!

Einzelroman
von Matthias Teut

Die Elbenstifte

494 Seiten, 03/2019
ISBN: 978-3-946937-03-6
14,95 €

Entdecke die Welt von Erellgorh vor den Kriegen

»Wo ist die Essenz der Stifte? Was hast du getan?«
Das Licht der Laternen, Reflexe im Dolch –
und niemand, der ihm helfen konnte ...

Zu einer Zeit, da das Misstrauen der Völker untereinander wächst, erhält ein Elb aus Erellgorh den Auftrag, eines der Heiligtümer seiner Bestimmung zuzuführen.
In Myxa soll Farim in die Fußstapfen seines Vaters treten, um das Handelskontor zu übernehmen. Doch viel lieber würde er Bilder malen. Der Elb Zhinlohr erkennt sein Talent und schenkt ihm Zeichenstifte, die alle Farben der Welt in sich tragen. Fortan kann Farim sich ein Leben ohne die Elbenstifte nicht mehr vorstellen und vernachlässigt die Arbeit im Kontor. Als sein Vater voller Zorn die Stifte zerbricht, flieht Farim aus Myxa.
Auf einem Elbenschiff erfährt er, was es mit den magischen Stiften wirklich auf sich hat – und setzt alles daran, neue zu erlangen. Eine abenteuerliche Reise voller tödlicher Gefahren nimmt ihren Lauf.

„Endlich zurück in dieser magischen Welt.
Wunderbar erzählt und einfach nur spannend!“
(Cathrin Harms)